JANET EVANOVICH

Der Winterwundermann
Liebeswunder und Männerzauber
Glücksklee und Koboldsküsse

Drei Stephanie-Plum-Romane in einem Band

W0418449

GOLDMANN
Lesen erleben

Janet Evanovich

Der Winterwundermann

Liebeswunder und Männerzauber

Glücksklee und Koboldküsse

Drei Stephanie-Plum-Romane
in einem Band

Aus dem Amerikanischen
von Thomas Stegers
und Ulrike Laszlo

GOLDMANN

Die Originalausgabe von »Der Winterwundermann« erschien 2002 unter dem Titel »Visions of Sugar Plum«, die Originalausgabe von »Liebeswunder und Männerzauber« 2007 unter dem Titel »Plum Lovin'« und die Originalausgabe von »Glücksklee und Koboldküsse« 2008 unter dem Titel »Plum Lucky« bei St. Martin's Press, New York.

1. Auflage Wiederveröffentlichung Dezember 2016
»Der Winterwundermann«

Übersetzt von Thomas Stegers
»Liebeswunder und Männerzauber«

Übersetzt von Ulrike Laszlo
»Glücksklee und Koboldküsse«

Neumarkter Straße 28, 81673 München
Übersetzt von Ulrike Laszlo
Umschlaggestaltung: UNO Werbeagentur, München
Umschlagmotiv: FinePic®, München
Satz: Uhl + Massopust, Aalen
EM · Herstellung: Str.
Druck und Bindung: CPI books GmbH, Leck
Printed in Germany
ISBN 978-3-442-48523-9
www.goldmann-verlag.de

Der Winter-
wundermann

Ein Stephanie-Plum-Roman

Ins Deutsche übertragen
von Thomas Stegers

1

Ich heiße Stephanie Plum, und in meiner Küche sitzt ein Fremder. Ein wildfremder Mann. Wie aus dem Nichts ist er aufgetaucht. Ich will in Ruhe meinen morgendlichen Kaffee trinken und meine Termine für den Tag durchgehen, und auf einmal … *Wusch*, war er da.

Und was für ein Mann! Er war locker einsachtzig, hatte leicht gewelltes, blondes Haar, zu einem Pferdeschwanz zusammengebunden, tiefliegende braune Augen und einen durchtrainierten Körper. Ich schätzte ihn auf Ende zwanzig, Anfang dreißig. Er trug Jeans, Boots, ein gammeliges weißes Baumwollshirt über der Hose und eine zerknautschte schwarze Lederjacke, die von seinen breiten Schultern herabhing. Er führte einen Zweitagebart spazieren und machte keinen sonderlich zufriedenen Eindruck.

»Na toll. Perfekt!«, sagte er, eindeutig angewidert, und stemmte die Fäuste in die Seiten. Er musterte mich.

Mir schlug das Herz bis zum Hals. Ich war total perplex, wusste nicht, was ich davon halten sollte, geschweige denn, was ich sagen sollte. Keine Ahnung, wer der Mann war und wie er sich Zutritt zu meiner Wohnung verschafft hatte. Er jagte mir einen Riesenschreck ein, aber mehr noch als das, er brachte mich auch völlig aus dem Konzept. So als wäre man zu einer Geburtstagsparty eingeladen und käme einen Tag zu früh. Als würde man … ja, was nur. Scheiße, was ging hier eigentlich ab?

»Wie?«, fragte ich. »Was?«

»Dürfen Sie mich nicht fragen, Lady«, sagte er. »Ich bin genauso überrascht wie Sie.«

»Wie sind Sie in meine Wohnung gekommen?«

»Das würden Sie mir sowieso nicht glauben, meine Süße.« Er ging zum Kühlschrank, machte die Tür auf und nahm sich ein Bier, einfach so. Er riss den Verschluss der Dose auf, trank einen satten Schluck und wischte sich mit dem Handrücken den Mund ab. »Kennen Sie *Star Trek*? Da werden die Leute auf die Erde gebeamt. So ungefähr müssen Sie sich das bei mir vorstellen.«

Sitzt also dieser Riesentrottel von Kerl in meiner Küche und kippt sich ein Bier rein. Was soll man dazu sagen? Ich glaube, der Typ ist nicht ganz dicht im Kopf. Anders kann ich es mir nicht erklären, außer ich halluziniere, und der Mann ist gar nicht aus Fleisch und Blut. Vor Jahren, auf dem College, habe ich mal Gras geraucht, aber daran kann es nicht liegen. Von dem Krautzeug kriegt man keinen Flashback. Auf der Pizza gestern Abend waren Pilze. Konnte es von daher kommen?

Zum Glück arbeite ich als Kautionsdetektivin, ich kenne mich also aus mit solchen Gruselgestalten, die unerwartet in Schränken und unter Betten auftauchen. Zentimeterweise schob ich mich durch die Küche vor bis zu meiner Braunbär-Plätzchendose, steckte die Hand hinein und holte meine 38er Smith&Wesson heraus.

»Ach, Gottchen!«, sagte er. »Wollen Sie mich erschießen?

Das würde auch nichts ändern.« Er sah sich die Waffe genauer an und schüttelte dann angewidert den Kopf. »Die ist ja nicht mal geladen, Schätzchen.«

»Vielleicht ja doch«, sagte ich. »Ich glaube, es ist noch eine Kugel im Magazin.«

»Das wüsste ich aber.« Er trank sein Bier aus, schlenderte ins Wohnzimmer, sah sich um und ging weiter ins Schlafzimmer.

»He!«, rief ich hinter ihm her. »Was soll das? Was haben Sie da zu suchen?«

Er ließ sich nicht beirren.

»Jetzt reicht es mir«, sagte ich. »Ich rufe die Polizei.«

»Also echt, jetzt«, sagte er. »Ein Scheißtag ist das.« Er schüttelte die Boots von den Füßen, warf sich auf mein Bett und ließ aus der bequemen Rückenlage seinen Blick durchs Zimmer schweifen. »Wo ist denn hier der Fernseher?«

»Im Wohnzimmer.«

»Mann, eye, Sie haben nicht mal einen Fernseher im Schlafzimmer? Krass.«

Vorsichtig trat ich näher ans Bett, streckte eine Hand aus und berührte den Mann.

»Ja, ja, ich bin echt«, sagte er. »Irgendwie. Ist alles dran an mir. Und funktionieren tut es auch.« Er lachte, zum ersten Mal. Ein Lachen zum Niederknien. Blendend weiße Zähne und verschmitzter Blick, Krähenfüßchen in den Augenwinkeln. »Falls es Sie interessiert.«

Das Lachen gefiel mir gut. Was er von sich gab, weniger. Was sollte das bedeuten: »Echt. Irgendwie«? Und dass alles an ihm dran war und funktionierte – was sollte ich mit der Auskunft anfangen? Mein Herz jedenfalls schlug plötzlich noch einen Takt schneller. In Wahrheit bin ich nämlich ein ziemlicher Angsthase. Aber trotzdem, auch wenn ich nicht gerade der mutigste Mensch auf Erden bin, im Bluffen kann ich mit den Besten mithalten. Ich verdrehte die Augen zur Decke. »Reißen Sie sich am Riemen!«

»Irgendwann kriegen Sie sich schon wieder ein«, sagte er. »Tun sie alle.«

»Wer, sie?«

»Frauen. Frauen liegen mir zu Füßen«, sagte er.

Gut, dass doch keine Kugel im Magazin steckte, wie angedroht, sonst hätte ich diesen Kerl definitiv über den Haufen geschossen. »Haben Sie auch einen Namen?«

»Diesel.«

»Der steht an jeder Tankstelle.«

»Ich habe nur diesen einen. Und wer sind Sie?«

»Stephanie Plum.«

»Wohnen Sie alleine hier?«

»Nein.«

»Gelogen«, sagte er. »Das sieht man Ihnen an, dass Sie alleine wohnen.«

Ich kniff die Augen zusammen und funkelte ihn an. »Wie bitte?«

»Eine Sexbombe sind Sie auch nicht gerade«, sagte er. »Ihre Frisur ist der reinste Horror. Ihre Jogginghose hängt wie ein Sack. Sie haben kein Make-up, und Sie haben einen miesen Charakter. Aber Sie könnten was aus sich machen, so ist es nicht. Ihre Figur ist nicht schlecht. Welche Körbchengröße haben Sie? 75B? Und Ihr Mund ist auch nicht übel. Hübsche Schmolllippen.« Er schenkte mir wieder sein

Lachen. »Bei Ihnen könnte man als Mann schon auf Gedanken kommen.«

Toll. Der Irre, der sich in meine Wohnung eingeschlichen hatte, kommt beim Anblick meiner Lippen auf dumme Gedanken. Mir ist es nicht anders ergangen. Ich hatte auch gleich Bilder von Vergewaltigern und Serienmördern im Kopf. Die Ermahnungen meiner Mutter klingelten mir im Ohr. *Nimm dich in Acht vor fremden Leuten. Immer schön die Haustür abschließen.* Ja, aber diesmal ist es nicht meine Schuld, erklärte ich ihr. Meine Tür war abgeschlossen. Was sagst du nun dazu?!

Ich nahm seine Boots, ging damit zur Wohnungstür und schleuderte sie in den Hausflur. »Ihre Schuhe sind da draußen«, rief ich. »Wenn Sie sie nicht holen, werfe ich sie in den Müllschlucker.«

In dem Moment trat mein Nachbar Mr. Wolesky aus dem Aufzug, in der Hand eine kleine weiße Tüte vom Bäcker. »Gucken Sie mal«, sagte er. »Jetzt brauche ich schon Donuts zum Frühstück. Das habe ich dem Weihnachtsfest zu verdanken. Der ganze Trubel macht mich ganz kirre, und dann muss ich Donuts essen. Noch vier Tage bis Weihnachten, aber die Geschäfte sind praktisch jetzt schon leergekauft«, sagte er. »Angeblich sind es alles lauter tolle Schnäppchen und Supersonderangebote, dabei werden die Preise vor Weihnachten jedes Jahr raufgesetzt. So ein Beschiss müsste eigentlich verboten werden. Die Politiker könnten sich das ruhig auf die Fahnen schreiben.«

Mr. Wolesky schloss seine Tür auf, schlurfte in seine Wohnung und knallte die Tür wieder hinter sich zu. Der

Riegel wurde vorgeschoben, dann hörte ich, wie Mr. Woleskys Fernseher anging.

Diesel stieß mich mit dem Ellbogen zur Seite, ging in den Flur und holte sich seine Boots wieder. »Soll ich Ihnen mal was verraten? Sie sind ziemlich mies drauf.«

»Sie gleich auch!«, erwiderte ich, machte ihm die Tür vor der Nase zu und schloss ihn aus meiner Wohnung aus.

Sofort schnappte der Riegel zurück in seine Ausgangsstellung, das Schloss wackelte, und Diesel öffnete die Tür, begab sich schnurstracks zum Sofa und zog sich seine Boots an.

Schwer zu sagen, was da rein gefühlsmäßig so abging. Zuerst mal war ich verwirrt, verblüfft, und gleich danach bekam ich Schiss. »Wie haben Sie das gemacht?«, fragte ich ihn, mit Piepsstimme und außer Atem. »Wie haben Sie meine Tür aufbekommen?«

»Ich weiß es nicht. So was können wir eben.«

Ich bekam eine Gänsehaut auf den Unterarmen. »Jetzt kriege ich aber wirklich Schiss.«

»Nicht nötig. Ich tue Ihnen schon nichts. Ich soll Ihnen doch angeblich das Leben leicht machen.« Er schnaubte verächtlich und lachte bellend. »Von wegen!«

Tief durchatmen, Stephanie. Bloß nicht hyperventilieren, das käme nicht gut an. Weiß der Himmel, was passiert, wenn ich jetzt aus Mangel an Sauerstoff ohnmächtig würde. Angenommen er wäre ein Außerirdischer und würde mir im Schlaf eine Analsonde einführen? Mir lief es eiskalt den Rücken herunter. Buah! »Was sind Sie für einer?«, fragte ich ihn. »Ein Geist? Ein Vampir? Ein Bewohner von einem anderen Stern?«

Er schlenderte zurück zum Sofa und schaltete die Glotze an. »So ungefähr.«

Ich war am Rand der Verzweiflung. Wie wird man jemanden los, der Schlösser knacken kann? Man kann ihn ja nicht mal von der Polizei verhaften lassen. Selbst wenn ich mich dazu durchringen würde, die Polizei zu rufen – was sollte ich denen sagen? Dass so ein sonderbarer Typ in meiner Wohnung wäre, der irgendwie übermenschliche Fähigkeiten hatte?

»Wenn ich Ihnen jetzt Handschellen anlegen und Sie an ein Bett fesseln würde – was dann?«

Er konzentrierte sich auf den Fernsehschirm und zappte sich durch die Sender. »Ich könnte mich wieder befreien.«

»Und wenn ich Sie erschießen würde?«

»Dann wäre ich ziemlich stinkig. Davor kann ich Sie nur warnen.«

»Könnte ich Sie überhaupt töten? Würde Ihnen das wehtun?«

»Was soll das hier werden? Heiteres Beruferaten? Ich suche gerade einen Sender, der ein Spiel überträgt. Wie spät ist es eigentlich? Wo bin ich überhaupt?«

»Sie sind in Trenton, New Jersey. Es ist acht Uhr morgens. Und Sie sind mir noch eine Antwort schuldig.«

Er schaltete den Fernseher wieder aus. »Trenton? So ein Dreck. Hätte ich mir denken können. Acht Uhr morgens. Wie schön, da habe ich ja noch den ganzen Tag vor mir. Wunderbar. Und die Antwort auf Ihre Frage ist klipp und klar Nein. Es wäre nicht so leicht, mich zu töten, aber wenn Sie Ihr Gehirn anstrengen, fällt Ihnen sicher was Geeignetes ein.«

Ich ging in die Küche und rief meine Nachbarin an, Mrs. Karwatt. »Ich wollte Sie um einen Gefallen bitten. Ob Sie mal kurz rüberkommen könnten?«, sagte ich. »Ich will Ihnen etwas zeigen.« Ein paar Minuten später führte ich Mrs. Karwatt ins Wohnzimmer. »Was sehen Sie?«, wollte ich von ihr wissen. »Sitzt da jemand auf meinem Sofa?«

»Na klar, ein Mann sitzt auf Ihrem Sofa«, sagte Mrs. Karwatt. »Er ist groß, hat blonde Haare, die zu einem Pferdeschwanz zusammengebunden sind. Ist das die richtige Antwort?«

»Vielen Dank«, sagte ich zu Mrs. Karwatt. »Ich wollte nur etwas überprüfen.«

Mrs. Karwatt ging wieder, Diesel blieb da.

»Mrs. Karwatt hat Sie auch sehen können«, sagte ich zu ihm.

»Sieh einer an.«

Diesel hielt sich jetzt fast schon eine halbe Stunde in meiner Wohnung auf, und weder war sein Kopf um seinen Hals rotiert, noch hatte er versucht, mich zu bezwingen oder zu Boden zu werfen. Ein gutes Zeichen, oder? Wieder meldete sich die Stimme meiner Mutter: *Das hat nichts zu bedeuten. Sei vorsichtig. Der Mann könnte ein Irrer sein.* Das Problem war nur, dass die kopfigen Überlegungen, er könnte ein Irrer sein, sich gegen das Bauchgefühl wehrten, dass der Typ eigentlich ganz in Ordnung war. Vielleicht ein bisschen aufdringlich und arrogant und allgemeingefährlich, aber kein Irrer im kriminellen Sinn. Vielleicht war aber auch mein Instinkt getrübt durch die Tatsache, dass der Kerl wahnsinnig sexy aussah, außerdem roch er so gut.

Die Neugier überwog schließlich die Angst. »Was wollen Sie hier?«, fragte ich ihn.

Er stand auf, streckte sich und kratzte sich am Bauch. »Was würden Sie dazu sagen, wenn ich einfach nur der Weihnachtsgeist wäre?«

Mir fiel die Kinnlade herunter. Der Weihnachtsgeist. Ganz einfach. Ich muss wohl träumen. Wahrscheinlich habe ich auch geträumt, dass ich Mrs. Karwatt angerufen hatte. Einfach nur der Weihnachtsgeist. Eigentlich ganz witzig. »Jetzt sage ich Ihnen mal was. Weihnachtsgeister habe ich genug. Ich brauche Sie nicht.«

»War nicht meine Entscheidung, Gracie. Ich persönlich hasse Weihnachten. Und momentan würde ich viel lieber unter einer Palme sitzen, aber jetzt bin ich nun mal hier. Warum nicht das Beste daraus machen?«

»Ich heiße nicht Gracie.«

»Egal.« Er sah sich um. »Wo haben Sie denn Ihren Baum stehen? Wollen Sie sich etwa keinen Scheißtannenbaum hinstellen?«

»Ich habe keine Zeit, mir einen Baum zu kaufen. Ich bin gerade hinter einem Mann her, Sandy Claws. Er ist wegen Einbruchs angeklagt. Er ist nicht zu seinem Gerichtstermin erschienen, und hat die Kautionsvereinbarung verletzt.«

»Ha! Echt klasse. Die Entschuldigung ist wirklich preisverdächtig. Soll ich raten? Sie sind Kautionsdetektivin.«

»Volltreffer.«

»Sie sehen gar nicht aus wie eine Kautionsdetektivin.«

»Wie sehen Kautionsdetektivinnen denn sonst aus?«

»Schwarze Kleidung, sechsschüssiger Revolver am Bein, Zigarrenstumpen zwischen den Zähnen.«

Ich verdrehte wieder die Augen zur Decke.

»Und jetzt sind Sie hinter Santa Claus her, weil er abgehauen ist.«

»Nicht Santa Claus«, sagte ich. »Sandy Claws. S A N D Y C L A W S!«

»Sandy Claws! Mann, wie kann man nur mit so einem Namen herumlaufen? Was hat er denn geklaut? Katzenstreu?«

Das muss man sich von jemandem anhören, der nach einem Motor benannt wurde! »Zunächst mal, ich habe einen anständigen Beruf. Damit das klar ist. Ich arbeite als Kautionsdetektivin für Vincent Plums Kautionsagentur. Zweitens ist Claws gar kein so ungewöhnlicher Name. Wahrscheinlich hieß er früher mal Klaus, und der Name wurde bei der Einwanderungsbehörde auf Ellis Island zu Claws verunstaltet. Das ist häufiger vorgekommen. Drittens weiß ich nicht, warum ich Ihnen das erkläre. Wahrscheinlich hatte ich einen Schlaganfall und habe mir den Kopf gestoßen und liege in Wirklichkeit auf einer Intensivstation und halluziniere das hier alles nur.«

»Wissen Sie, das ist typisch bei diesem Problem. Die Menschen glauben einfach nicht mehr an das Mystische im Leben. Sie glauben nicht mehr an Wunder. Zufällig habe ich ein paar übernatürliche Fähigkeiten. Warum können Sie das nicht einfach akzeptieren und es dabei belassen? Sie glauben bestimmt auch nicht mehr an den Weihnachtsmann. Und Santa Claus ist für Sie ein Fremder. Vielleicht hieß Sandy Claws früher gar nicht Klaus. Vielleicht leitet sich sein Name ganz woanders her. Vielleicht hieß er früher Santa Claus. Vielleicht hatte der Kerl dieses ewige Kinderspielzeug-Verteilen einfach satt und wollte mal für eine Weile untertauchen.«

»Sie glauben also, dass Santa Claus unter falschem Namen in Trenton wohnt?«

Diesel zuckte die Achseln. »Gut möglich. Santa ist ein ziemlich gerissener Typ. Der Mann hat auch seine Schattenseiten. Wussten Sie das nicht?«

»Nein, das wusste ich nicht.«

»Das geht den meisten Leute so. Aber egal. Sie kaufen sich also erst einen Tannenbaum, wenn Sie diesen Claws geschnappt haben.«

»Wahrscheinlich nicht. Ich habe kein Geld für einen Tannenbaum. Und Weihnachtsschmuck habe ich auch keinen.«

»Oh, Mann, was sind Sie nur für ein wehleidiger Mensch? Keine Zeit, kein Geld, keinen Weihnachtsschmuck. Bla, bla, bla.«

»Hören Sie mal, ich lebe so, wie ich will. Ich muss nicht unbedingt einen Tannenbaum in meiner Wohnung aufstellen.«

In Wahrheit hätte ich liebend gerne einen Tannenbaum gehabt, einen richtig schönen Baum mit vielen Zweigen und hellen bunten Lichtern und einem Engel auf der Spitze. Ich wünschte mir einen Kranz an der Wohnungstür und rote Kerzen auf meinem Esstisch. In meinem Schrank sollten sich kunstvoll eingepackte Geschenke für meine ganze Familie stapeln, und im Radio sollte Weihnachtsmusik spielen. Das Früchtebrot im Kühlschrank nicht zu vergessen, nach einem alten Familienrezept gebacken. Das alles wünschte ich mir.

Ich wollte glücklich und zufrieden aufwachen, voll guten

Mutes. Frieden auf Erden und den Menschen ein Wohlgefallen. Äpfel, Nuss und Mandelkern wollte ich, das ganze Programm.

Und wissen Sie was? Ich hatte nichts von alldem. Gar nichts hatte ich. Keinen Tannenbaum und keinen Kranz, keine Kerzenleuchter und keine Geschenke, kein blödes Früchtebrot und keine Äpfel, Nuss und Mandelkern.

Jedes Jahr nahm ich mir vor, das perfekte Weihnachtsfest zu feiern, und jedes Jahr fand Weihnachten bei mir so gut wie nicht statt. Mein Weihnachten war immer ein einziges Chaos, hässlich verpackte, in letzter Minute erstandene Geschenke, einen Klops Früchtebrot in einer Restetüte von Zuhause bei meinen Eltern. Und einen Baum habe ich schon seit ein paar Jahren nicht mehr in meiner Wohnung aufgestellt. Richtiges Weihnachten, so weit kam es bei mir anscheinend nie.

»Was soll das heißen, Sie wollen keinen Weihnachtsbaum?«, fragte Diesel. »Jeder Mensch will Weihnachten einen Tannenbaum haben. Wenn Sie einen Tannenbaum hätten, würde der Weihnachtsmann Ihnen auch Geschenke bringen, Lockenwickler, Schuhe zum Männeraufreißen und solche Sachen.«

Ein stiller Seufzer entwich mir. »Ich weiß Ihre wohlwollenden Ratschläge durchaus zu schätzen, aber jetzt müssen Sie gehen. Ich habe noch einiges zu erledigen. Ich muss weiter an dem Claws-Fall arbeiten, und für später habe ich meiner Mutter versprochen zum Plätzchenbacken vorbeizukommen.«

»Keine gute Idee. Plätzchenbacken, da stehe ich nicht so drauf. Ich habe eine bessere Idee. Zuerst suchen wir Claws, dann gehen wir shoppen und schauen uns nach einem

Tannenbaum um. Auf dem Heimweg gucken wir, ob die Titans irgendwo spielen. Vielleicht kriegen wir ja noch Karten für ein schönes Hockeyspiel.«

»Woher kennen Sie die Titans?«

»Ich weiß eben alles.«

Wieder mal verdrehte ich die Augen zur Decke und huschte an ihm vorbei. Ich hatte jetzt schon so oft die Augen verdreht, dass ich allmählich Kopfschmerzen bekam.

»Ich war vorher schon mal in Trenton«, sagte er. »Sie müssen mit diesem Augenverdrehen aufhören. Sonst löst sich in Ihrem Oberstübchen noch ein Schräubchen.«

Eigentlich hatte ich vorgehabt, mich zu duschen, aber jetzt unter die Dusche zu steigen, wenn ein Fremder in meinem Wohnzimmer saß, kam natürlich nicht in Frage. »Ich ziehe mich um, und dann gehe ich zur Arbeit. Nicht dass Sie in mein Schlafzimmer hineingestürmt kommen.«

»Wenn Sie möchten, gerne.«

»Nein!«

»Sie wissen nicht, was Ihnen entgeht.« Er kehrte zurück zu Sofa und Fernseher. »Sagen Sie Bescheid, wenn Sie es sich anders überlegt haben.«

Eine Stunde später saßen wir in meinem Honda CRV, ich und mein kleiner Superman. Ich hatte ihn nicht darum gebeten mitzukommen. Er hatte einfach die Tür aufgeschlossen und sich ins Auto gesetzt.

»Jetzt geben Sie es schon zu, Sie fangen an, mich zu mögen, stimmt's?«, sagte er.

»Da liegen Sie falsch. Ich mag Sie nicht. Aber aus irgendeinem unerfindlichen Grund habe ich nicht mehr den absoluten Horror vor Ihnen.«

»Das kommt, weil ich so charmant bin.«

»Sie sind nicht charmant. Sie sind einfach nur ein schräger Typ.«

Sein betörendes Lächeln blitzte in meine Richtung. »Ich weiß, aber ein schräger Typ mit Charme.«

Ich saß am Steuer, Diesel auf dem Beifahrersitz; er blätterte in der Akte von Claws. »Was steht jetzt an? Wollen wir zu ihm fahren und ihn mit Gewalt aus seinem Haus zerren?«

»Er wohnt mit seiner Schwester zusammen, Elaine Gluck. Ich war gestern schon mal da, aber Elaine meinte, er sei verschwunden. Ich glaube, sie weiß, wo er steckt, deswegen will ich heute noch mal hin und sie ein bisschen unter Druck setzen.«

»Alter sechsundsiebzig. Einbruch in Kreider's Hardware Store, zwei Uhr morgens. Diebstahl von Elektrowerkzeugen und einem Eimer gelber Farbe von Morning Glory im Wert von tausendfünfhundert Dollar«, las Diesel laut vor. »Wurde von einer Überwachungskamera gefilmt. So ein Idiot. Das weiß doch jedes Kind, dass man sich eine Skimütze überziehen muss, wenn man so eine Sache durchziehen will. Guckt der Kerl denn kein Fernsehen? Geht der nicht ins Kino?« Diesel zog das Foto aus der Akte hervor. »Ich werd' verrückt. Ist das der Mann?«

»Ja.«

Diesels Gesicht hellte sich auf, und das Lachen kehrte zurück. »Und Sie waren gestern bei ihm zu Hause?«

»Ja.«

»Sind Sie eine gute Kautionsdetektivin? Ich meine, können Sie gut Leute aufspüren?«

»Nein. Aber meistens habe ich Glück.«

»Noch besser«, sagte er.

»Sie sehen aus, als hätten Sie gerade eine Offenbarung gehabt.«

»Aber hallo! Langsam fügen sich die Einzelteile zu einem Bild zusammen.«

»Und?«

»Tut mir leid«, sagte er. »Es war nur eine private Offenbarung.«

Sandy Claws und seine Schwester Elaine Gluck wohnten in North Trenton, in einem Viertel mit kleinen Häusern und großen Fernsehschirmen. Hier fuhr man amerikanische Automarken und geizte nicht mit Weihnachtsschmuck. Die Veranden waren mit Lichterketten dekoriert, in den Fenstern brannten elektrische Kerzen, in den handtuchgroßen Vorgärten drängten sich Rentiere, Nikoläuse und Schneemänner. Sandy Claws' Haus war das schönste oder hässlichste, je nach Geschmack – ein Meer aus roten, grünen, gelben und blauen Weihnachtslichtern, unterbrochen von Kaskaden aus kleinen blinkenden Lämpchen. Ein Leuchtschild auf dem Dach verkündete die Botschaft FRIEDEN AUF ERDEN. Ein riesiger aufblasbarer Plastiknikolaus samt Schlitten quetschte sich in den winzigen Vorgarten. Auf der Veranda kauerten drei ungefähr anderhalb Meter hohe Plastik-Weihnachtssänger, wie aus einem Dickens-Märchen entsprungen.

»Das nenne ich Weihnachtsstimmung«, sagte Diesel. »Nette Geste, das Schild mit den Blinklichtern auf dem Dach.«

»Auch wenn es zynisch klingt, aber die Lichterkette hat er wahrscheinlich irgendwo geklaut.«

»Hab ich kein Problem mit«, sagte Diesel und wollte schon aussteigen.

»Momentchen. Die Tür können Sie gleich wieder zumachen«, sagte ich. »Sie bleiben schön im Auto sitzen, während ich mit Elaine rede.«

»Soll ich mir etwa den Spaß entgehen lassen? Kommt nicht in Frage.« Er schraubte sich aus dem Sitz hoch und stand, Hände in den Taschen, auf dem Bürgersteig und sah mich erwartungsvoll an.

»Na gut. Aber verhalten Sie sich still. Bleiben Sie einfach nur hinter mir und versuchen Sie, einen halbwegs seriösen Eindruck zu machen.«

»Finden Sie, dass ich unseriös aussehe?«

»Auf Ihrem Shirt sind Soßenflecken.«

Er sah an sich herab. »Das ist mein Lieblingsshirt. Es ist total bequem. Und das sind auch keine Soßenflecken. Das sind Fettflecken. Früher habe ich in diesem Hemd immer mein Motorrad repariert.«

»Was für ein Motorrad?«

»Eine Harley, Spezialanfertigung. Ein schöner alter Cruiser mit Phyton Pipes.« Er blickte versonnen bei der Erinnerung an seine Maschine. »Sie war ein Schätzchen.«

»Was ist mit ihr passiert?«

»Zu Bruch gefahren.«

»Sind Sie deswegen so geworden? Ich meine, halb tot, halb lebendig?«

»Nein. Gestorben ist nur mein Motorrad.«

Es war später Vormittag, und die Sonne verbarg sich hinter einer Wolkendecke, von Beschaffenheit und Farbe her wie Sojaquark. Ich trug Wollstrümpfe, CAT-Boots mit dicken Sohlen, schwarze Jeans, ein rotkariertes Baumwollhemd und eine schwarze Motorradjacke aus Leder. Ich sah ziemlich taff aus, auf eine coole Art, aber ich fror mir den Arsch ab. Diesel trug seine Jacke vorne offen. Anscheinend war ihm kein bisschen kalt.

Ich überquerte die Straße und klingelte an Elaines Haustür.

Elaine machte die Tür weit auf und lachte mich an. Sie war ein paar Zentimeter kleiner als ich und fast so breit wie groß. Alter ungefähr siebzig. Ihr Haar war schneeweiß, kurz geschnitten und lockig. Sie hatte rote Bäckchen und strahlende blaue Augen, und sie roch nach Lebkuchen. »Hallöchen, meine Liebe«, sagte sie. »Wie schön, Sie wiederzusehen.« Ihr Blick ging zur Seite, da, wo Diesel stand und lauerte. Sie stutzte und schnappte nach Luft. »Ach je«, sagte sie, und ein glühendes Rot stieg auf vom Hals bis zu den Wangen. »Haben Sie mich aber erschreckt. Ich habe Sie erst gar nicht gesehen.«

»Ich gehöre zu Miss Plum«, sagte Diesel. »Ich bin … ihr Assistent.«

»Du liebe Güte.«

»Ist Sandy zuhause?«

»Leider nicht«, sagte sie. »Zu dieser Jahreszeit ist er immer sehr beschäftigt. Manchmal bekomme ich ihn tagelang nicht zu Gesicht. Er hat ein Spielzeuggeschäft. Und vor Weihnachten ist in Spielzeuggeschäften die Hölle los.«

Ich kannte das Spielzeuggeschäft. Es war ein schmuddeliger kleiner Laden in einer Einkaufsmeile in Hamilton Township. »Ich bin gestern mal an dem Geschäft vorbeigefahren«, sagte ich. »Es war geschlossen.«

»Sandy war bestimmt nur unterwegs, Besorgungen machen. Manchmal schließt er den Laden, weil er was erledigen muss.«

»Sie haben dieses Haus als Sicherheit für die Kaution Ihres Bruders angegeben, Elaine. Wenn Sandy nicht vor Gericht erscheint, muss mein Chef Ihr Haus beschlagnahmen.«

Elaine lächelte unbeirrt weiter. »So etwas Gemeines würde Ihr Chef sicher niemals tun. Sandy und ich wohnen nämlich noch gar nicht so lange hier, aber wir fühlen uns pudelwohl in dem Haus. Letzte Woche haben wir das Badezimmer gestrichen. Es sieht jetzt wunderschön aus.«

Oje. Das wird eine einzige Pleite hier, dachte ich. Wenn ich Claws nicht dem Gericht überstelle, bekomme ich kein Honorar, und dann stehe ich wie ein Versager da. Und wenn es mir gelingt, Elaine dazu zu überreden, ihren Bruder zu verraten, komme ich mir vor wie ein Fiesling. Lieber bin ich hinter einem irren Killer her, den alle verabscheuen, selbst seine eigene Mutter, als hinter so einem. Leider haben irre Killer nur die Neigung, auf Kautionsdetektive zu schießen, und eine Schussverletzung ist keine Streicheleinheit.

»Es riecht nach Lebkuchen«, wandte sich Diesel plötzlich an Elaine. »Sie haben bestimmt gerade Plätzchen gebacken.«

»Ich backe jeden Tag Plätzchen«, klärte sie ihn auf. »Gestern habe ich einfache Zuckerplätzchen mit bunten Streuseln gebacken, und heute backe ich Lebkuchen.«

»Ich esse für mein Leben gern Lebkuchen«, sagte Diesel. Er schlüpfte an Elaine vorbei und bahnte sich einen Weg bis zur Küche. Er suchte sich ein Lebkuchen-Männchen aus, biss hinein und lachte. »Schmecke ich da einen Schuss Essig heraus?«

»Das ist meine Geheimzutat«, sagte Elaine.

»Also, wo steckt der Junge?«, fragte Diesel. »Wo ist Sandy?«

»Wahrscheinlich ist er in der Werkstatt. Er baut viele Spielzeuge selbst, die er dann verkauft.«

Diesel schlenderte zur Hintertür und sah nach draußen. »Wo hat er denn seine Werkstatt?«

»Eine kleine Werkstatt ist gleich hinter dem Laden. Und dann gibt es noch den Produktionsbetrieb. Wo der ist, weiß ich nicht genau. Ich war noch nie da. Ich bin mit Plätzchenbacken beschäftigt.«

»Ist er in Trenton?«, fragte Diesel.

Elaine überlegte. »Na, so was«, sagte sie. »Nicht mal das weiß ich. Sandy spricht viel über das Spielzeug und wie schwer es ist, geeignete Mitarbeiter zu finden. Aber ich wüsste nicht, dass er jemals mehr über seinen Betrieb erzählt hätte.«

Diesel nahm sich noch einen Lebkuchen für unterwegs, bedankte sich bei Elaine, und wir gingen nach draußen.

»Wollen Sie ein Stück abhaben?«, fragte Diesel, der den braunen Lebkuchen zwischen den blendend weißen Zähnen geklemmt hielt, während er den Sicherheitsgurt ins Schloss steckte.

»Nein.«

Er hatte eine nette Stimme, etwas heiser und als würde ein Lächeln mitschwingen. Zu der Stimme passten seine Augen. Ich hatte schwer was dagegen, dass mir seine Stimme und seine Augen so gefielen. Mein Leben ist mit zwei anderen Männern schon kompliziert genug. Der eine ist mein Mentor und Quälgeist, ein kubanischstämmiger Amerikaner, Kautionsdetektiv und Geschäftsmann, mit Namen Ranger. Augenblicklich ist er nicht da, keiner weiß, wo er sich herumtreibt oder wann er wiederkommt. Der andere Mann in meinem Leben ist ein Polizist aus Trenton, Joe Morelli. Als ich noch klein war, hat mich Morelli mal in die Garage von meinem Vater gelockt und mir gezeigt, wie man Puff-puff-Eisenbahn spielt. Ich war der Tunnel, und Morelli war die Eisenbahn – wenn Sie verstehen. Später, als ich einen Schülerjob in der Tasty Pastry Bakery hatte, verführte er mich nach Feierabend mit süßen Worten und brachte mir hinter der Eclairtheke die reifere Version von Puff-puff-Eisenbahn bei. Seitdem sind ein paar Jährchen vergangen, die gegenseitige Anziehung aber ist noch da. Es ist sogar echte Zuneigung, ja vielleicht Liebe, daraus geworden. In puncto Vertrauen und Sichbinden sind wir allerdings noch keinen Schritt weitergekommen. Einen dritten, möglicherweise außermenschlichen Mann in meinem Leben konnte ich also nicht gebrauchen.

»Sie machen sich bestimmt Sorgen, dass Ihnen Ihre Jeans nicht mehr passen könnten«, sagte Diesel. »Sie haben Angst, so ein Lebkuchen könnte zu viele Kalorien enthalten.«

»Blödsinn! Meine Jeans passen mir ausgezeichnet.« Ich wollte keinen Lebkuchen mit Dieselspucke dran, das war der Grund. Was wusste ich schon über den Kerl? Und was meine Jeans betrifft, na gut, ein bisschen eng waren sie schon. Mist!

Er biss dem Lebkuchenmännchen den Kopf ab. »Was jetzt? Hat Claws Kinder, die wir vernehmen können?«

»Der Mann hat keine Kinder, das habe ich überprüft. Er hat auch keine Verwandten hier in der Gegend. Das Gleiche bei Elaine. Sie ist verwitwet, kinderlos.«

»Arme Elaine. Die hat es bestimmt nicht leicht. Frauen haben doch diese gewissen Triebe.«

Ich kniff die Augen zusammen. »Was für Triebe?«

»Kinder. Fortpflanzung. Mütterliche Triebe.«

»Was sind Sie bloß für einer?«

»Gute Frage«, sagte Diesel. »Ich glaube, ich wüsste nicht mal selbst eine Antwort darauf. Aber wer weiß schon, wer er wirklich ist.«

Großartig. Philosoph war er auch noch.

»Haben Sie keinen mütterlichen Trieb?«, fragte er. »Hören Sie nicht Ihre biologische Uhr ticken? Ticktack, Ticktack.« Er lachte wieder, als würde ihm das Freude machen.

»Ich habe einen Hamster zu Hause.«

»Einen Hamster? Mehr kann man nicht verlangen. Hamster sind cool. Ich finde sowieso, dass Kinderkriegen überbewertet wird.«

Mein Auge fing an zu zucken. Ich rieb mit dem Finger daran, damit das Flackern aufhörte. »Das Thema möchte ich jetzt lieber nicht vertiefen.«

Diesel hob abwehrend die Hände. »Null problemo. Ich will Sie nicht in Verlegenheit bringen.«

Kann ja jeder sagen.

»Widmen wir uns lieber wieder unserer Großfahndung. Haben Sie einen Plan, wie wir weiter vorgehen sollen?«

»Ich fahre noch mal zurück zu dem Laden. Mir war beim ersten Mal nicht aufgefallen, dass da eine Werkstatt angebaut ist.«

Zwanzig Minuten später standen wir vor dem Ladeneingang und starrten ungläubig auf das kleine handgeschriebene Pappschild im Schaufenster. GESCHLOSSEN. Diesel fasste an den Türknauf, und das Schloss öffnete sich mit einem Ruck.

»Das staunen Sie, was?«

»Gleich kommt die Polizei, würde ich sagen.«

Er drückte die Tür auf. »Sie sind ein echter Spielverderber.«

Wir blinzelten in die Dunkelheit. Die einzigen Fenster im Raum waren die kleinen Glasscheiben in der Tür. Der Laden war nicht größer als eine Doppelgarage. Diesel machte die Tür hinter uns zu und knipste das Licht an. Zwei Neonröhren sprangen summend an und verströmten ein trübes, flackerndes Licht.

»Mann, das muntert einen ja richtig auf«, sagte Diesel. »Da will ich doch gleich Spielzeug kaufen. Aber erst nachdem ich mir ein Auge ausgestochen und mir die Kehle aufgeschlitzt habe.«

An den Wänden standen Regale, aber sie waren leer, und auf dem Boden verstreut lagen Spielzeugeisenbahnen, Brettspiele, Puppen, Actionfiguren und Stofftiere.

»Merkwürdig«, sagte ich. »Warum liegt das ganze Spielzeug auf dem Boden?«

Diesel sah sich um. »Vielleicht hatte hier jemand einen Wutanfall.« Auf einem kleinen Tresen stand eine alte Registrierkasse. Diesel drückte eine Taste, und die Schublade sprang auf. »Sieben Dollar und fünfzig Cents«, sagte er. »Das Geschäft läuft wohl nicht so gut.« Er durchquerte den Raum und probierte den Hinterausgang. Die Tür war nicht verschlossen. Er machte sie auf und spähte in den hinteren Raum. »Hier gibt es auch nicht viel zu sehen«, sagte Diesel.

Zwei lange Metall-Klapptische und einige Klappstühle standen herum, auf den Tischen unbearbeitetes Holzspielzeug in unterschiedlichen Stadien der Fertigstellung, hauptsächlich klobig geschnitzte Tiere und noch klobiger geschnitzte Eisenbahnzüge. Die Waggons waren durch Haken und Ösen miteinander verbunden.

»Sehen Sie sich mal um! Vielleicht finden Sie irgendwo die Adresse der anderen Produktionsstätte«, sagte ich. »Sie könnte auf einem Versandetikett oder einer Schachtel stehen. Vielleicht findet sich auch ein Zettel mit einer Telefonnummer.«

Wir durchsuchten beide Räume, fanden aber weder eine Adresse noch eine Telefonnummer. Im Papierkorb war nur eine zerknüllte Bäckertüte von Baldanno's. Sandy Claws war also ein Leckermaul. Einen Telefonanschluss gab es hier offenbar nicht. Auf der Kautionsvereinbarung war auch keine Telefonnummer vermerkt, nicht einmal eine Handynummer. Aber das musste nicht heißen, dass es keine gab.

Wir verließen das Geschäft und schlossen die Eingangstür hinter uns ab. Als wir am Auto waren, auf dem Parkplatz gegenüber, schauten wir noch mal zurück. »Fällt Ihnen irgendwas Ungewöhnliches auf?«, fragte ich Diesel.

»Das Geschäft hat gar keinen Namen«, sagte Diesel. »Es gibt nur diese Tür mit einem kleinen ausgestanzten Holzsoldaten drauf.«

»Was ist denn das für ein Spielzeuggeschäft, das keinen Namen hat?«

»Wenn man genauer hinsieht, erkennt man, dass über der Tür mal ein Schild gehangen hat«, sagte Diesel. »Es wurde abmontiert.«

»Wahrscheinlich ist das alles nur Fassade. In Wahrheit ist das eine Briefkastenfirma.«

Diesel schüttelte den Kopf. »Dann würde es einen Telefonanschluss geben. Und wahrscheinlich auch Computer. Aschenbecher, Zigarettenkippen.«

Ich sah ihn neugierig an.

»Ich gucke auch Fernsehen«, sagte er.

Na gut. Egal. »Ich fahre jetzt zu meinen Eltern«, sagte ich. »Soll ich Sie irgendwo absetzen? Einkaufszentrum, Billardkneipe, Läusepension, Obdachlosenheim …«

»Das verletzt mich ganz schön. Wollen Sie nicht, dass ich Ihre Eltern kennenlerne?«

»Wir sind kein festes Paar.«

»Mein Auftrag lautet, Sie ein bisschen in Weihnachtsstimmung zu versetzen, und ich nehme meine Arbeit sehr ernst.«

Genervt sah ich ihn an. »Sie nehmen Ihre Arbeit nicht ernst. Eben haben Sie mir noch gesagt, dass Sie Weihnachten überhaupt nicht mögen.«

»Ich wurde überrumpelt. Weihnachten ist normalerweise nicht mein Ding. Aber langsam finde ich Gefallen dran. Merkt man das nicht? Sehe ich nicht schon viel munterer aus als eben?«

»Sie wird man wohl nicht so schnell wieder los, was?«

Er schaukelte auf den Fersen, Hände in den Hosentaschen, breites Grinsen im Gesicht, wie eingemeißelt. »Nein.«

Ich tat einen Stoßseufzer, ließ den Motor an und fuhr

vom Parkplatz herunter. Es war keine Weltreise bis zum Haus meiner Eltern in Burg. Burg ist die Abkürzung für Chambersburg, einem kleinen Wohnviertel am Rand von Trenton. Ich bin geboren und aufgewachsen in Burg, und ich werde für den Rest meines Lebens ein Burger sein. Ich habe mal einen Versuch gemacht, woanders hinzuziehen, aber weit bin ich nicht gekommen.

Meine Eltern wohnen in einem kleinen zweigeschossigen, schindelverkleideten Häuschen, so wie die meisten anderen in Burg. Wand an Wand mit dem identischen Nachbarhaus. Die andere Doppelhaushälfte gehört Mabel Markowitz. Seit ihr Mann gestorben ist, wohnt sie allein. Sie putzt regelmäßig ihre Fenster, spielt zweimal die Woche Bingo im Seniorenheim und zieht aus jedem Zehncentstück drei Cents Gewinn.

Ich stellte meinen Wagen am Straßenrand ab, und Diesel sah sich die beiden Häuser an. Mrs. Markowitz' Hälfte war gallig grün gestrichen. In ihrem winzig kleinen Vorgarten stand eine Gipsmadonna, zu ihren Füßen ein Topf Plastik-Weihnachtssterne. In dem Fenster zur Straße brannte eine einsame Kerze. Das Haus meiner Eltern war gelb und braun gestrichen und geschmückt mit einer bunten Lichterkette. Ein fetter alter Plastik-Santa-Claus, der Mantel von der Sonne zu einem Rosa ausgebleicht, hatte es sich in ihrem Vorgarten bequem gemacht, in direkter Konkurrenz zu Mrs. Markowitz' Madonna. Meine Mutter hatte in alle Fenster elektrische Kerzen gestellt und an die Haustür einen Kranz gehängt.

»Ach du liebe Scheiße«, sagte Diesel. »Was für eine Geschmacksverirrung.«

Ich teilte seine Einschätzung. Die beiden Häuser waren in ihrer Hässlichkeit schon wieder faszinierend. Schlimmer noch, sie hatten etwas Tröstliches. Solange ich denken kann, haben die Häuser so ausgesehen. Ich wüsste nicht, dass sie jemals anders ausgesehen hätten. Als ich vierzehn Jahre alt war, bekam Mrs Markowitz' Madonna von einem Baseball eins auf die Rübe, und ein Teil des Kopfes brach ab, doch das hielt die Jungfrau Maria nicht davon ab, weiter das Haus zu segnen. Beherzt trotzte sie mit ihrem angeschlagenen Kopf Wind und Wetter, Regen, Schnee und Sturm. So wie auch Santa Claus verblasste und schrumpelte, aber jedes Jahr zurückkehrte.

Hinter der Haustür aus bruchsicherem Glas stand Grandma Mazur und sah zu uns hinaus. Seit Grandpa seine Speckgrieben und Schmalznudeln mit Elvis teilt, wohnt Grandma bei meinen Eltern. Grandma besteht hauptsächlich aus faltiger Haut und dürren Knochen. Ihr graues Haar trägt sie in Löckchen dicht am Schädel, und sie hat immer eine .45er mit langem Lauf in ihrer Tasche. Die Vorstellung, in Würde zu altern, hat sich bei Grandma nie durchgesetzt.

Als ich mit Diesel näher trat, machte Grandma uns auf. »Wer ist das?«, fragte sie und beäugte meinen Begleiter. »Ich wusste nicht, dass du einen neuen Mann anschleppst. Wie stehe ich denn jetzt da? Ich bin ja gar nicht richtig angezogen. Was ist überhaupt mit Joseph? Was hast du mit ihm gemacht?«

»Wer ist Joseph?«

»Ihr Freund«, sagte Grandma. »Joseph Morelli. Ein Polizist aus Trenton. Er soll später noch zum Abendessen kommen, weil, heute ist nämlich Sonntag.«

Diesel grinste mich an. »Sie haben mir gar nicht gesagt, dass Sie einen Freund haben.«

Ich stellte Diesel meiner Mutter vor, meiner Oma und Dad.

»Was soll das bloß immer, Männer mit Pferdeschwänzen?«, fragte mein Vater. »Normalerweise tragen Mädchen lange Haare. Und Männer haben kurze.«

»Und was ist mit Jesus?«, gab Grandma zu bedenken. »Hatte der vielleicht keine langen Haare?«

Mein Vater steckte den Kopf durch die Tür. »Dieser Mann ist aber nicht Jesus«, sagte er und hielt Diesel seine Hand hin. »Freut mich. Was machen Sie denn so? Sind Sie etwa Wrestler?«

»Nein, Sir. Ich bin kein Wrestler«, sagte Diesel mit einem Lachen.

»Die meisten sind sowieso nur Sportclowns«, stellte Grandma fest. »Nur wenige sind wirklich gut im Wrestling. Kurt Angle und Lance Storm.«

»Lance Storm?«, sagte mein Vater. »Was ist denn das für ein Name?«

»Der kommt aus Kanada«, sagte Grandma. »Ein ganz Süßer, der Junge.«

Diesel sah mich an, und sein Lachen wurde breiter. »Ich liebe Ihre Familie.«

2

Meine Schwester Valerie kam aus der Küche ins Zimmer. Valerie ist seit Kurzem geschieden und mittellos, was sie dazu bewogen hat, zu meinen Eltern zu ziehen. Sie bewohnt mit ihren zwei Kindern mein altes Zimmer im ersten Stock. Vor der Scheidung lebte sie in Südkalifornien, wo sie sich mit mäßigem Erfolg zu einem Meg-Ryan-Klon entwickelte. Die blonden Zotteln hat sie immer noch. Die unverwüstlich forsche Art ging auf dem Heimflug irgendwo über Kansas verloren.

»Scharf«, sagte Valerie beim Anblick von Diesel.

Grandma stimmte ihr zu. »Ein Prachtexemplar, was?«, sagte sie. »Den würde man nicht von der Bettkante stoßen.«

Diesel knuffte mich. »Sehen Sie? Sie mögen mich.«

Ich zerrte Diesel ins Wohnzimmer.

»Von wegen, die mögen mich. Die haben nur Augen für Ihren hübschen Arsch. Das ist nicht dasselbe. Setzen Sie sich vor die Glotze! Gucken Sie sich Zeichentrickfilme an, Baseball, was Sie wollen. Aber reden Sie mit niemandem ein Wort.«

In der Küche warteten meine Mutter, meine Oma und meine Schwester auf mich.

»Wer ist der Mann?«, wollte Valerie wissen. »Der ist ja Wahnsinn.«

»Ja, ein geiles Gerät«, sagte Grandma. »Der muss einen nur anschauen. Und ordentlich was in der Hose hat er auch.«

»Der Mann ist ein Nobody«, sagte ich und verdrängte jeden Gedanken an Diesels Schritt. »Er ist bei mir im Haus eingezogen, und er kennt bisher niemanden, deswegen habe ich ihn sozusagen unter meine Fittiche genommen. Er ist ein Fall für die Fürsorge.«

Valerie wurde ernst. »Ist er verheiratet?«

»Das glaube ich nicht, aber als Mann möchte man den sowieso nicht. Der ist nicht normal.«

»Er sieht doch ganz normal aus.«

»Wenn ich es dir doch sage: Der Mann ist nicht normal.«

»Also ist er schwul, oder?«

»Ja. Genau. Ich glaube, dass er schwul ist.« Lieber schwul als eine übernatürliche Nervensäge.

»Dass diese Wahnsinnstypen immer schwul sein müssen«, sagte Valerie mit einem Seufzer. »Das scheint so was wie ein ungeschriebenes Gesetz zu sein.«

Grandma warf einen dicken Batzen Plätzchenteig auf den Tisch. Sie rollte ihn aus und gab mir eine sternenförmige Ausstechform. »Du machst die Zuckerplätzchen, und Valerie übernimmt die Makronen.«

Wenn ich bei meinem Tod irgendetwas mit ins Jenseits nehmen darf, dann wären es die Gerüche in der Küche meiner Mutter. Das morgendliche Kaffeekochen, an kalten Februartagen Rotkohl und Schmorbraten in den dampfenden Kochtöpfen, so dass die Küchenfenster beschlagen, im September der warme Apfelstrudel, der gerade aus dem Backofen kommt. Ist vielleicht ein bisschen kitschig, wenn ich so darüber nachdenke, aber die Gerüche sind authentisch und gehören genauso zu mir wie mein rechter Daumen oder mein Herz. Ich schwöre, der erste Sinneseindruck im Bauch meiner Mutter war der Duft von gestürztem Ananaskuchen.

Heute war die Küche meiner Mutter erfüllt vom Duft der Butterplätzchen im Backofen. Meine Mutter verwendete echte Butter und echte Vanille, und der Vanilleduft haftete an meiner Haut und in meinen Haaren. Die Küche war warm, es wimmelte von Frauen, und ich war butterplätzchenselig. Eigentlich war alles perfekt, wenn nicht nebenan im Wohnzimmer ein Alien gesessen hätte, der mit meinem Vater fernsah.

Ich öffnete die Küchentür einen Spaltbreit, steckte den Kopf durch und sah hinüber zum Wohnzimmer. Diesel stand vor dem Tannenbaum, einer dürren, anderthalb Meter hohen Fichte, die in einem wackligen Ständer steckte. Noch vier Tage bis Weihnachten, aber schon rieselten die Nadeln. Auf die kahle Spitze hatte mein Vater einen Engel aus grüner und silberner Folie gepfropft. Eine bunte, blinkende Lichterkette verlief spiralförmig um das magere Gewächs, das außerdem mit diversem Christbaumschmuck behangen war, der sich im Laufe der Ehejahre meiner Eltern angesammelt hatte. Der Ständer war in weiße Polsterwatte gehüllt, der die Anmutung von Schnee erzeugen sollte, und auf der Watte war ein Dörfchen aus betagten Papphäusern aufgebaut.

Valeries Kinder, Angie, neun Jahre, und Mary Alice, sieben Jahre, hatten dem Baum mit Vorhängen aus Lametta den Rest gegeben. Angie ist ein perfektes Kind und wird nicht selten für eine sehr kleine Vierzigjährige gehalten. Mary Alice kämpft bereits seit Jahren mit einem gewaltigen Identitätsproblem. Sie ist fest davon überzeugt, in Wirklichkeit ein Pferd zu sein.

»Schöner Baum«, sagte Diesel.

Mein Vater starrte konzentriert auf den Bildschirm. Mein Vater wusste sehr wohl, dass dieser Tannenbaum ein Fehlkauf war und dass man damit keinen Preis gewinnen konnte. Er wollte sparen, wie üblich, und hatte den Baum von Andy an der Mobil-Tankstelle erstanden. Andys Bäume sahen immer aus, als hätte man sie neben einem Atomkraftwerk gezüchtet.

Mary Alice und Angie hatten zusammen mit meinem Vater ferngesehen. Jetzt wandte Mary Alice ihren Blick vom Fernsehschirm ab und sah zu Diesel auf. »Wer bist du?«, sagte sie.

»Ich heiße Diesel«, sagte er. »Und wer bist du?«

»Ich bin Mary Alice, und ich bin ein wunderschönes Palominopferd. Und das ist meine Schwester Angie. Die ist bloß ein Mädchen.«

»Du bist überhaupt kein Palomino«, stellte Angie klar. »Palominos haben blonde Haare, und deine Haare sind braun.«

»Ich kann doch ein Palomino sein, wenn ich will«, sagte Mary Alice.

»Nein, kannst du nicht.«

»Kann ich wohl.«

»Kannst du nicht.«

Ich schloss die Küchentür und widmete mich wieder dem Plätzchenausstechen. »In der Price Cutter-Einkaufsmeile in Hamilton Township gibt es ein Spielzeuggeschäft«, sagte ich zu meiner Mutter und zu meiner Oma. »Wisst ihr Näheres über den Laden?«

»Ein Spielzeugladen ist mir da nie aufgefallen«, sagte Grandma. »Aber letzte Woche war ich mit Tootie Frick shoppen, und da haben wir einen Laden mit einem Spielzeugsoldaten aus Holz an der Tür gesehen. Ich wollte schon rein, aber die Tür war verschlossen, und drinnen brannte auch kein Licht. Ich habe einen Passanten gefragt, und der sagte, in dem Laden soll es spuken. Die Woche davor hätte man gehört, wie sich da drinnen ein Gewitter entlädt, mit Donnergrollen und allem, was dazugehört.«

Ich balancierte einen ausgestochenen Plätzchenteigstern vom Tisch auf das Backblech. »Ob es da spukt, keine Ahnung, eigentlich soll das ein Spielzeuggeschäft sein. Der Besitzer ist angeklagt und zur Anhörung nicht vor Gericht erschienen, aber ich konnte ihn bisher nicht ausfindig machen. Angeblich stellt er sein eigenes Spielzeug her, und er soll irgendwo auch einen kleinen Betrieb haben. Die Adresse muss ich allerdings erst noch rausfinden.«

Wenn morgen das Kautionsbüro aufmachte, durfte Connie, die Büroleiterin, gleich als Erstes den Namen Claws in ihre Suchmaschine eingeben. Außerdem sollte ich mir Claws' Strom- und Wasserrechnungen näher ansehen. Womöglich waren darauf noch weitere Adressen verzeichnet.

»Legt mal einen Zahn zu«, feuerte Grandma uns an. »Wir müssen noch den Zuckerguss über die Plätzchen streichen. Danach kommen die gefüllten Kekse dran, und nicht zu vergessen die Sahne-Schneebälle. Ich habe nicht den ganzen Tag Zeit, weil ich heute Abend noch zu einer Totenwache gehen will. Lenny Jelinek ist aufgebahrt. Er war Mitglied der Moose Lodge, und ihr wisst, was das bedeutet.«

Meine Mutter und ich sahen Grandma an. Wir hatten nicht den geringsten Schimmer, was das zu bedeuten hatte.

»Ich passe«, sagte meine Mutter.

»Wenn ein Mitglied der Elch-Loge aufgebahrt wird, kommt immer ein Haufen Leute. Besonders viele Männer. Gut zum Anbaggern, wenn man auf Frauenhelden aus ist.«

Meine Mutter rührte Plätzchenteig in einer großen Rührschüssel an. Sie blickte auf, den Löffel in der Hand, und ein Flatschen Teig platschte auf den Boden. »Frauenheld?«

»Na klar. Ich habe mir schon einen ausgeguckt«, sagte Grandma. »Ich habe ihn vorletzte Woche kennengelernt, bei der Totenwache für Harry Farfel. Es war richtig romantisch. Mein Frauenheld ist gerade erst hierher gezogen. Er gondelte mit seinem Auto durch die Gegend, auf der Suche nach einem Geschäftspartner, und dabei hat er sich verfahren. Er war gerade in der Nähe von Stivas Beerdigungsinstitut und ging rein, um nach dem Weg zu fragen. Dabei ist er mir direkt in die Arme gelaufen. Er sagte, er sei quasi in mich hineingelaufen, weil er schlecht sieht, aber ich wusste sofort, dass es Schicksal war. Ich hatte eine Gänsehaut, als er mit mir zusammenstieß. Es hat mich glatt umgehauen. Könnt ihr euch das vorstellen? Und jetzt gehen wir praktisch fest miteinander. Ein ganz Lieber ist das. Und küssen kann er auch gut. Da prickelt es auf meinen Lippen.«

»Das hast du uns noch gar nicht erzählt«, sagte meine Mutter.

»Ich wollte kein Aufhebens darum machen, wo doch jetzt Weihnachten vor der Tür steht.«

Ich fand es irgendwie cool, dass Grandma sich einen Frauenhelden geangelt hatte. Aber Grandma in inniger Umarmung mit dem Mann, der auch noch gut küssen kann, das wollte ich mir lieber nicht vorstellen. Als Grandma das letzte Mal einen Mann zum Essen nach Hause eingeladen hatte, nahm der am Tisch sein Glasauge heraus und legte es neben den Löffel.

Gedanken an alternde Frauenhelden konnte ich einigermaßen erfolgreich verdrängen, Gedanken an Diesel nicht so ohne Weiteres. Ich hatte Angst, er könnte jetzt im Wohnzimmer sitzen und sich überlegen, wer von meiner Familie zu seinem Mutterschiff hochgebeamt werden sollte. Aber vielleicht war er ja auch gar kein Alien. Vielleicht war er der Teufel. Bloß roch er nicht nach Feuer und Schwefel. Er roch eigentlich ganz lecker. Also gut, der Teufel war er nicht. Aber wer war er dann? Ich öffnete noch mal die Küchentür und sah hinaus.

Die Kinder hockten auf dem Fußboden und schauten wie gebannt auf den Fernsehschirm. Mein Vater saß in seinem Sessel und schlief. Von Diesel keine Spur. »He«, rief ich. »Wo ist Diesel?«

Angie zuckte die Schultern. Mary Alice sah sich zu mir um und zuckte ebenfalls die Schultern.

»Dad«, rief ich. »Wo ist Diesel?«

Mein Vater schlug die Augen auf. »Nach draußen gegangen. Er sagte, er wäre zum Abendessen wieder da.«

Nach draußen gegangen? Um spazieren zu gehen? Raus aus seiner körperlichen Hülle? Ich sah zur Zimmerdecke, ob Diesel vielleicht oben schwebte wie der Geist der vergangenen Weihnacht aus Dickens' Weihnachtsgeschichte. »Hat er gesagt, wohin er geht?«

»Nein. Nur, dass er gleich wieder da ist.« Mein Vater klappte die Augen wieder zu, Ende der Unterhaltung.

Plötzlich plagte mich ein beängstigender Gedanke. Ich lief in den Hausflur, den Plätzchenheber noch immer in der Hand, und sah durch das Fenster der Haustür nach draußen. Für einen Moment hörte mein Herz auf zu schlagen. Mein Honda war verschwunden. Diesel hatte mein Auto geklaut. »Scheiße! Scheiße! Scheiße!« Ich ging nach draußen auf den Bürgersteig und sah nach links und rechts die Straße entlang. »Diesel!«, brüllte ich. »Die! Sel!« Keine Antwort. Der große geheimnisvolle Mann mit den außergewöhnlichen Talenten kann verschlossene Türen öffnen, aber hören, wenn ich nach ihm rufe, kann er mich nicht.

»Ich musste gerade an die Zeitung von heute denken«, sagte Grandma, als ich wieder in die Küche kam. »Ich habe mir heute Morgen die Suchanzeigen durchgelesen, weil ich mir gedacht habe, ein Job für mich wäre gar nicht so schlecht, wenn sich nur was Richtiges finden würde … zum Beispiel als Barsängerin. Na, jedenfalls gab es keine Stellenanzeigen für Barsängerinnen, aber es gab eine für Spielzeugmacher. Klang auch richtig süß. Da stand, sie suchten Elfen.«

Die Zeitung lag auf dem Boden neben dem Sessel meines Vaters. Ich nahm sie mir und las mich durch den Anzeigenteil. Tatsächlich, es gab eine Suchanzeige für einen

Spielzeugmacher. Elfen würden bevorzugt. Eine Telefonnummer war auch angegeben. Bewerber sollten nach einem gewissen Lester fragen.

Ich wählte die Nummer und bekam Lester gleich nach dem zweiten Klingelton an die Strippe.

»Ich habe Ihre Telefonnummer aus der Zeitung«, sagte ich. »Suchen Sie wirklich Spielzeugmacher?«

»Ja, aber wir nehmen nur Leute, die was von dem Job verstehen.«

»Elfen?«

»Jeder weiß, dass sie die Spitzenkräfte unter den Spielzeugmachern sind.«

»Stellen Sie außer Elfen auch noch andere Leute ein?«

»Sind Sie keine Elfe? Suchen Sie nur so einen Job?«

»Ich suche einen bestimmten Spielzeugmacher, Sandy Claws.«

Klick. Aufgelegt. Ich wählte noch mal, und jemand anders nahm ab. Ich fragte nach Lester, aber es hieß, Lester sei im Moment nicht am Platz. Ich fragte, wo das Vorstellungsgespräch stattfinden solle, was wieder nur dazu führte, dass der Teilnehmer auflegte.

»Ich wusste gar nicht, dass es in Trenton auch Elfen gibt«, sagte Grandma. »Wer hätte das gedacht. Elfen, mitten unter uns.«

»Ich glaube, das mit den Elfen war nur so zum Spaß«, sagte ich.

»Schade eigentlich«, sagte Grandma. »Ein Leben mit Elfen wäre bestimmt lustig.«

»Du bist immerzu am Arbeiten«, sagte meine Mutter zu mir. »Nicht mal Weihnachtsplätzchen kannst du backen, ohne zwischendurch Anrufe zu machen wegen deiner kriminellen Kunden. Loretta Krakowskis Tochter macht so was nicht. Loretta Krakowskis Tochter kommt nachmittags aus der Knopffabrik nach Hause und denkt nie an ihre Arbeit. Lorettas Tochter hat alle ihre Weihnachtskarten selbst gebastelt.« Meine Mutter hörte auf, den Teig zu rühren, und sah mich mit großen angstvollen Augen an. »Hast du deine Weihnachtspost schon erledigt?«

Die Weihnachtspost! Schreck lass nach! Die Weihnachtspost hatte ich total vergessen. »Klar«, sagte ich. »Die habe ich letzte Woche schon weggeschickt.« Hoffentlich verzeiht mir der liebe Gott meine Lüge.

Puuh! Meine Mutter tat einen Seufzer der Erleichterung und bekreuzigte sich. »Gott sei Dank. Ich dachte schon, du hättest es vergessen.«

Knoten ins Gehirn: Weihnachtskarten kaufen.

Um fünf Uhr waren wir fertig mit Plätzchenbacken, und meine Mutter hatte eine Schüssel Lasagne in den Ofen geschoben. Die Plätzchen waren in Keksdosen und Keksgläsern verstaut, andere stapelten sich auf Serviertellern zum sofortigen Verzehr. Ich stand am Spülbecken und wusch die letzten Backbleche, als ich plötzlich ein Prickeln im Nacken spürte. Ich drehte mich um, und hinter mir stand Diesel.

»Sie haben mein Auto genommen«, sagte ich und wich entrüstet zurück. »Sie sind einfach damit weggefahren. Sie haben es gestohlen!«

»Beruhigen Sie sich. Ich habe es mir nur ausgeliehen. Ich wollte Sie nicht stören. Sie waren ganz ins Plätzchenbacken vertieft.«

»Wenn Sie unbedingt irgendwo hinmussten, hätten Sie

sich doch bloß hinzubeamen brauchen … so wie Sie sich auch in meine Wohnung gebeamt haben.«

»Damit will ich mich zurückhalten … Beamen hebe ich mir für besondere Gelegenheiten auf.«

»Sie sind gar kein Weihnachtsgeist, oder doch?«

»Wenn ich wollte. Ich habe gehört, die Stelle wäre noch frei.«

Er trug dieselben Boots und Jeans und dieselbe Jacke, nur das schmutzige Shirt hatte er gegen einen Pullover getauscht.

»Sind Sie nach Hause gegangen, um sich umzuziehen?«

»Zuhause? Das ist weit weg.« Er wickelte verträumt eine Strähne von meinem Haar um seinen Finger. »Sie stellen aber viele Fragen.«

»Ja, aber Antworten bekomme ich keine.«

»Im Wohnzimmer sitzt ein kleiner pummliger Mann neben Ihrem Vater. Ist das Ihr Freund?«

»Das ist Valeries Freund. Albert Kloughn.«

Ich hörte, wie die Haustür aufging, und Sekunden später schlenderte Morelli in die Küche. Er sah erst mich an, dann Diesel, dann hielt er Diesel die Hand zur Begrüßung hin. »Joe Morelli«, sagte er.

»Diesel.«

Ein Moment des Kräftemessens. Diesel war ein paar Zentimeter größer und hatte mehr Körperfülle. Morelli war ein schlankes, kompaktes Muskelpaket mit finsteren prüfenden Augen. So einem wie ihm wollte man nachts in einer dusteren Gasse lieber nicht in die Arme laufen. Dann lachte Morelli mich plötzlich an und hauchte mir einen federleichten Kuss auf die Stirn.

»Diesel ist so was wie ein Alien«, sagte ich zu Morelli. »Heute Morgen tauchte er auf einmal in meiner Küche auf.«

»Solange er nicht die Nacht mit dir verbracht hat«, sagte Morelli. Er fasste hinter mich, nahm den Deckel von einer der Plätzchendosen ab und suchte sich einen Keks aus.

Ich sah Diesel verstohlen von der Seite an und ertappte ihn bei einem Schmunzeln.

Morellis Pager summte. Er überprüfte die Digitalanzeige und schimpfte. Er benutzte das Telefon in der Küche und starrte beim Reden auf seine Schuhe. Kein gutes Zeichen. Das Gespräch fiel kurz aus.

»Die Arbeit ruft«, sagte Morelli. »Ich muss gehen.«

»Sehen wir uns später noch?«

Morelli zog mich hinaus auf die hintere Veranda und schloss die Küchentür hinter sich. »Sie haben gerade Stanley Komenski in einem Fass für Industrieabfall entdeckt. Hinter dem neuen Thai-Restaurant in der Summer Street. Anscheinend steht das Ding schon seit Tagen da und zieht Schmeißfliegen an, von streunenden Hunden und Krähen gar nicht zu reden. Stanley war Gorilla von Lou Two Toes, das kann also eklig werden. Und als würde das nicht reichen, spielt auch noch das Stromnetz verrückt. Im Großraum Trenton ist es in einigen Gebieten zu Stromausfällen gekommen, die urplötzlich von allein wieder behoben waren. Nicht weiter schlimm, aber das hat natürlich zu einem Verkehrschaos geführt.« Morelli wandte sich um und deutete mit einem Kopfnicken zur Fensterscheibe in der Küchentür. »Wer ist dieser Riese?«

»Ich habe dir doch gesagt, der stand heute Morgen einfach so in meiner Küche. Ich glaube, das ist ein Alien. Vielleicht auch irgendein Geist oder so.«

Morelli legte eine Hand auf meine Stirn. »Hast du Fieber? Bist du wieder auf den Kopf gefallen?«

»Mir geht es gut. Hör lieber zu, was ich dir sage. Der Typ ist einfach in meiner Küche aufgetaucht.«

»Na gut, aber alle möglichen Leute tauchen in deiner Küche auf.«

»Aber nicht so wie er. Er ist wirklich einfach so erschienen. Wie gebeamt. Vom Himmel oder so.«

»Okay«, sagte Morelli. »Ich glaube dir. Er ist ein Alien.« Morelli zog mich zu sich heran und küsste mich saftig. Dann verschwand er.

»Und?«, fragte mich Diesel, als ich wieder in der Küche war. »Wie ist es gelaufen?«

»Er glaubt mir nicht.«

»Kein Wunder. Wenn Sie allen Leuten erzählen, ich sei ein Alien, dann kommen Sie irgendwann in die Klapsmühle. Und ganz nebenbei, ich bin kein Alien. Und ich bin auch kein Geist.«

»Was dann? Ein Vampir?«

»Ein Vampir würde niemals ungefragt ein Haus betreten.«

»Das ist mir zu hoch.«

»Überhaupt nicht«, sagte Diesel. »Ich kann eben einige Sachen, die andere Menschen nicht können. Machen Sie es nicht dramatischer, als es ist.«

»Ich weiß ja nicht einmal, was *es* ist.«

Diesmal konnte sich Diesel ein Lachen nicht verkneifen.

Punkt sechs Uhr setzten wir uns zu Tisch.

»Ist das nicht schön?«, sagte Grandma. »Ich komme mir vor wie auf einem Fest.«

»Ich kriege Platzangst«, sagte Mary Alice. »Pferde haben es nicht gern, wenn es eng ist. Es sitzen zu viele Leute am Tisch.«

»Bei mir ist noch Platz«, sagte Albert Kloughn. »Ich kann mich noch ein bisschen dünner machen.«

Mein Vater hatte bereits Lasagne auf seinem Teller. Meinem Vater wurde immer zuerst aufgegeben, weil alle hofften, er wäre dann so mit seinem Essen beschäftigt, dass er nicht von seinem Stuhl aufspringen und Grandma Mazur an die Gurgel gehen würde. »Wo ist die Soße?«, fragte er. »Wo bleibt die Soßenschüssel?«

Angie reichte die Tomatensoße ihrer Schwester Mary Alice. Mary Alice hatte Probleme, ihre Hufe um die Soßenschüssel zu legen, in der Luft geriet die Schüssel ins Wanken, krachte dann nieder auf den Tisch und löste einen Tomatensoßen-Tsunami aus. Grandma beugte sich weit vor, um die Schüssel aufzufangen, haute dabei aber einen Kerzenständer um, worauf die Tischdecke in Flammen aufging. Es war nicht das erste Mal, dass so etwas passierte.

»Hilfe! Feuer!«, kreischte Kloughn. »Feuer! Feuer! Willst du uns alle umbringen?«

Mein Vater blickte kurz auf, schüttelte den Kopf, als hätte er nichts mit diesen Leuten zu tun, und schaufelte weiter seine Lasagne in sich hinein. Meine Mutter bekreuzigte sich wieder. Und ich schüttete aus einem Krug Wasser auf den Tisch und löschte das Feuer.

Diesel grinste. »Ich liebe diese Familie. Diese Familie muss man einfach lieben.«

»Nimm dir noch ein Stück Lasagne!«, sagte meine Mutter zu Valerie. »Sieh dich an. Du bestehst beinahe nur noch aus Haut und Knochen.«

»Das kommt, weil sie kotzen muss, wenn sie was gegessen hat«, sagte Grandma.

»Ich habe irgendeinen Virus«, sagte Valerie. »Ich werde leicht nervös.«

»Vielleicht bist du schwanger«, sagte Grandma. »Deine morgendliche Übelkeit hat sich auf den ganzen Tag ausgedehnt.«

Kloughn wurde weiß und kippte vom Stuhl. Plumps. Auf den Boden.

Grandma sah zu ihm hinunter. »Männer sind auch nicht mehr das, was sie mal waren.«

Valerie hielt sich die Hände vor den Mund und lief aus dem Zimmer, die Treppe hoch zur Toilette.

»Heilige Muttergottes«, sagte meine Mutter.

Kloughn schlug die Augen wieder auf. »Was ist passiert?«

»Sie sind ohnmächtig geworden«, sagte Grandma. »Sie sind wie ein Sandsack umgekippt.«

Diesel stand von seinem Stuhl auf und griff Kloughn unter die Arme. »Nicht schlecht, Kumpel«, sagte Diesel.

»Danke«, sagte Kloughn. »Ich bin sonst eigentlich ganz robust. Liegt in der Familie.«

»Ich habe keine Lust mehr, hier zu sitzen«, sagte Mary Alice. »Ich will galoppieren.«

»Du wirst jetzt nicht galoppieren, mein Fräulein«, brüllte meine Mutter sie an. »Du bist kein Pferd. Du bist ein kleines Mädchen. Also benimm dich gefälligst wie eins! Sonst kannst du auf dein Zimmer verschwinden.«

Wir waren wie vom Donner gerührt. Meine Mutter brüllte sonst nie.

Es herrschte einen Moment Schweigen, dann fing Mary Alice an zu plärren. Die Augen waren fest zusammengekniffen, der Mund stand sperrangelweit offen. Ihr Gesicht war rot und fleckig, und Tränen liefen ihr über die Wangen aufs T-Shirt.

»Meine Fresse«, sagte mein Vater. »Stell doch mal einer das Kind ab!«

»He«, sagte Diesel zu Mary Alice. »Was wünschst du dir dieses Jahr zu Weihnachten?«

Mary hörte auf zu plärren, doch jetzt würgte sie Luft und stieß auf. Sie wischte sich die Tränen aus dem Gesicht und fuhr sich mit dem Handrücken über die Nase. »Gar nichts will ich zu Weihnachten. Ich hasse Weihnachten. Weihnachten ist bekackt.«

»Irgendetwas musst du dir doch wünschen«, sagte Grandma.

Mary Alice schob mit der Gabel das Essen auf dem Teller hin und her. »Nein, ich wünsche mir nichts. Und ich weiß auch, dass es Santa Claus eigentlich gar nicht gibt. Santa Claus ist einfach nur eine blöde Erfindung.«

Darauf hatte niemand eine Antwort parat. Mary Alice hatte uns auf dem verkehrten Fuß erwischt. *Santa Claus gibt es gar nicht*. Sehr originell.

Diesel beugte sich ein Stück vor, stützte den Kopf auf den Händen ab und sah Mary Alice über den Tisch hinweg an. »Also ich sehe die Sache so, Mary Alice: Ich kann nicht mit Sicherheit sagen, ob es Santa Claus gibt oder nicht, aber es macht doch Spaß, so zu tun, als ob es ihn gäbe. Wir können uns entscheiden. Wir können an alles Mögliche glauben, was wir wollen.«

»Und du bist auch ziemlich bekackt«, sagte Mary Alice.

Diesel legte einen Arm um meine Schultern und neigte sich zu mir herüber, sein warmer Atem streifte mein Ohr. »Klug von Ihnen, dass Sie sich für einen Hamster entschieden haben«, sagte er.

Rechtzeitig zum Nachtisch kehrte Valerie zurück ins Esszimmer. »Es ist eine Allergie«, sagte sie. »Ich glaube, ich habe eine Laktose-Unverträglichkeit.«

»Ach, wie schade«, sagte Grandma. »Heute Abend gibt es gestürzten Ananaskuchen mit ganz viel Schlagsahne oben drauf.«

Schweißperlen erschienen auf Valeries Oberlippe und ihrer Stirn, und sie rannte wieder zur Toilette.

»Seltsam, wie so etwas plötzlich entsteht«, sagte Grandma. »Laktoseunverträglichkeit hat sie früher nie gehabt. Das muss sie sich in Kalifornien eingefangen haben.«

»Ich hole mal die Plätzchen aus der Küche«, sagte meine Mutter.

Ich ging ihr nach in die Küche und erwischte sie gerade noch, wie sie sich ein Glas Four Roses hinter die Binde kippte.

Sie zuckte zusammen, als sie mich sah. »Hast du mich jetzt aber erschreckt«, sagte sie.

»Ich wollte dir nur mit den Plätzchen helfen.«

»Ich brauchte mal ein Gläschen.« Ein Schauder befiel ihren Körper. »Es ist Weihnachten. Deswegen.«

Das Gläschen entsprach eher einem Longdrink-Glas. »Höchstwahrscheinlich ist Valerie gar nicht schwanger«, sagte ich.

Meine Mutter trank ihr Longdrink-Glas leer, bekreuzigte sich und ging mit den Plätzchen zurück ins Esszimmer.

»Und?«, fragte Grandma den Freund meiner Schwester. »Backen Sie Weihnachten zu Hause auch Plätzchen? Haben Sie schon Ihren Baum aufgestellt?«

»Wir haben keinen Tannenbaum«, sagte Kloughn. »Wir sind Juden.«

Alle hörten auf zu essen, sogar mein Vater.

»Sie sehen gar nicht jüdisch aus«, sagte Grandma. »Sie tragen gar nicht so ein kleines Käppi.«

Kloughn verdrehte die Augen zur Decke, als suchte er nach seinem verlorenen Käppi, und rang nach Worten. Offensichtlich bekam sein Gehirn nach dem Ohnmachtsanfall noch nicht wieder genug Sauerstoff.

»Das ist ja super«, sagte Grandma. »Wenn Sie Valerie heiraten, können wir jüdische Festtage feiern. Und ich wollte schon immer so einen jüdischen Kerzenleuchter haben, den können wir uns dann kaufen. Das ist doch was!«, sagte Grandma. »Wenn ich den Frauen im Schönheitssalon erst mal erzähle, dass wir bald einen Juden in der Familie haben, werden die bestimmt alle ganz neidisch.«

Mein Vater saß noch immer in Gedanken versunken da. Seine Tochter heiratete einen Juden. Seiner Ansicht nach bedeutete das nichts Gutes. Er hatte nichts gegen Juden. Die Möglichkeit, dass Kloughn italienischer Abstammung war, konnte man so gut wie ausschließen. Im Denkschema meines Vaters gab es nur zwei Gruppen, es gab Italiener, und es gab den Rest der Welt. »Sie sind nicht zufällig italienischer Abstammung, oder?«, fragte mein Vater.

»Meine Großeltern stammen aus Deutschland«, sagte Kloughn.

Mein Vater seufzte und konzentrierte sich wieder auf die Lasagne. Noch ein Versager in der Familie.

Meine Mutter war aschfahl. Schlimm genug, dass ihre Töchter nicht zur Kirche gingen. Die Wahrscheinlichkeit, bald Enkelkinder zu haben, die nicht katholisch waren, war eine Katastrophe, die einer atomaren Auslöschung gleichkam. »Der Plätzchenteller ist leer. Ich hole noch mal welche nach«, sagte meine Mutter und rückte mit dem Stuhl nach hinten.

Noch ein Mal Nachschub, und meine Mutter würde volltrunken auf dem Küchenboden zusammenklappen.

Um neun Uhr waren Angie und Mary Alice ins Bett gepackt, meine Oma irgendwo mit ihrem Frauenhelden unterwegs, und meine Eltern saßen vor dem Fernseher. Valerie und Albert Kloughn führten ein Beziehungsgespräch in der Küche. Diesel und ich standen draußen auf dem Bürgersteig vor meinem Auto. Es war kalt, und unser Atem erzeugte kleine Wölkchen vor dem Mund.

»Und? Was jetzt?«, fragte ich. »Werden Sie jetzt wieder zurückgebeamt?«

»Heute Abend nicht. Ich habe keinen Flug mehr bekommen.«

Ich lupfte die Augenbrauen einen halben Zentimeter.

»Ich mache nur Spaß«, sagte er. »Sie glauben wirklich alles, was man Ihnen erzählt.«

Anscheinend. »Also dann, es war mir eine echte Freude«, sagte ich. »Aber jetzt muss ich wirklich los.«

»Klar. Bis dann.«

Ich stieg in meinen Honda, ließ den Motor an und fuhr davon. An der nächsten Kreuzung drehte ich mich um und blickte zurück. Diesel stand noch genau da, wo wir uns verabschiedet hatten. Ich fuhr einmal um den Block, und als ich wieder am Haus meiner Eltern vorbeikam, war der Bürgersteig leer. Diesel war wie vom Erdboden verschluckt.

Er wurde auf der Heimfahrt nicht in mein Auto gebeamt. Er erschien nicht in unserem Hausflur, und er war auch weder in meiner Küche noch in meinem Schlafzimmer noch im Badezimmer.

Ich warf ein Stück Butterkeks in den Hamsterkäfig auf meinem Küchentresen und sah Rex dabei zu, wie er aus dem Laufrad angesprungen kam und zu dem Plätzchen raste. »Den Außerirdischen sind wir los«, sagte ich zu ihm. »Gut gemacht, was?«

Rex sah mich mit einer Miene an, als dachte er bei sich: Außerirdischer? So ein Quark. Wenn man in einem Glaskäfig wohnt, sind einem Aliens in der Küche wahrscheinlich schnuppe. Als Frau allein in einer Wohnung können einem Aliens dagegen ganz schön Angst machen. Außer Diesel. Diesel war lästig und irritierend, aber eigentlich ganz sympathisch. Angst machte er mir keine mehr, das konnte ich streichen. »Was meinst du?«, fragte ich Rex. »Warum habe ich keine Angst vor Diesel? Meinst du, das liegt an der Magie der Außerirdischen?«

Rex verstaute gerade emsig das Plätzchen in seiner Backentasche.

»Und da wir schon mal so nett miteinander plaudern«, sagte ich, »wollte ich dich beruhigen, dass ich Weihnachten nicht vergessen habe. Ich weiß, es sind nur noch vier Tage, aber heute habe ich immerhin schon Plätzchen gebacken. Der Anfang ist also gemacht.«

In Wahrheit war meine Wohnung nicht die Spur weihnachtlich. Es war auch nirgendwo eine rote Schleife oder wenigstens ein leuchtender Weihnachtsstern in Sicht, und das Schlimmste, ich hatte noch kein einziges Geschenk.

»Wie kommt es bloß, dass ich viel zu spät für alles dran bin?«, fragte ich Rex. »Gestern noch kam es mir so vor, als wäre Weihnachten Ewigkeiten hin.«

Ich schlug die Augen auf und schreckte hoch. Diesel stand neben meinem Bett und sah auf mich hinunter. Ich packte die Bettdecke und zog sie hoch bis unters Kinn.

»Was …? Wie …?«, fragte ich.

Er reichte mir einen großen Becher Kaffee, den er mitgebracht hatte. »Das Theater hatten wir doch gestern schon.«

»Ich dachte, Sie wären weg.«

»Ja, aber jetzt bin ich wieder da. Eigentlich müssten Sie sagen, guten Morgen, ich habe mich schon auf Sie gefreut, herzlichen Dank für den Kaffee. So gehört es sich wenigstens.«

Ich hob den Plastikdeckel ein Stück an und spähte in den Pappbecher. Es sah aus wie Kaffee, und es roch nach Kaffee.

»Meine Güte!«, sagte er. »Es ist bloß Kaffee.«

»Man kann nicht vorsichtig genug sein. Als Frau.«

Diesel nahm mir den Kaffee ab und trank ihn. »Raus aus

den Federn, meine Schöne! Die Arbeit ruft. Wir müssen Sandy Claws suchen.«

»*Ich* muss Sandy Claws suchen. Ich wüsste nicht, warum Sie nach Sandy Claws suchen müssten.«

»Ich tue es für Sie. Aus lauter Freundlichkeit.«

Hm.

»Stehen Sie jetzt auf oder nicht?«, sagte er.

»Jedenfalls nicht, solange Sie neben meinem Bett sind. Und duschen, während Sie in meiner Wohnung sind, tue ich schon gar nicht. Gehen Sie raus, und warten Sie draußen im Hausflur.«

Er schüttelte den Kopf. »Immer dieses Misstrauen.«

»Sie sollen gehen.«

Ich wartete, bis ich die Wohnungstür ins Schloss fallen hörte, dann stahl ich mich aus dem Bett und schlich ins Wohnzimmer. Leer. Barfuß tapste ich zur Tür, öffnete sie einen Spalt und schielte in den Flur. Diesel lehnte mit verschränkten Armen und gelangweilter Miene an der Wand gegenüber.

»Ich wollte nur mal nachgucken«, sagte ich. »Sie beamen sich auch ganz bestimmt nicht ins Badezimmer, wenn ich gleich dusche?«

»Nein.«

»Versprochen?«

»So dringend habe ich es nicht nötig, meine Liebe.«

Ich machte die Tür wieder zu, schloss ab, lief ins Badezimmer, duschte so schnell wie noch nie im Leben, rannte zurück ins Schlafzimmer und legte meine übliche Arbeitskleidung an, Jeans, Boots und T-Shirt. Ich füllte Rex' Wasserschüssel nach und gab ihm zum Frühstück noch ein paar Bröckchen Hamsterkuchen, eine Rosine und eine einzelne Cornflakes. Rex kam aus seiner Suppendose gehuscht, stopfte sich die Rosine und die Cornflakes hinter die Backen und huschte wieder zurück in seine Behausung.

Unter der Dusche hatte ich einen super Einfall gehabt. Ich kannte jemanden, der mir bei der Suche nach Claws vielleicht helfen konnte. Randy Briggs. Briggs war kein Elf, aber dafür war er nur knapp einen Meter groß. Vielleicht reichte das ja.

Ich stöberte in meinem Adressbuch und fand Briggs' Telefonnummer. Briggs war Computerfreak und selbständig. Meistens war er zu Hause, und meistens war er knapp bei Kasse.

»Hi«, begrüßte ich ihn. »Ich habe Arbeit für Sie. Ich brauche einen Undercover-Elf.«

»Ich bin kein Elf.«

»Ja, aber Sie sind kleinwüchsig.«

»Nicht zu fassen«, sagte Briggs und legte auf.

Wahrscheinlich war es besser, ihn persönlich aufzusuchen. Leider brachte mich das jetzt in eine echte Klemme. Ich hatte gedacht, falls ich mich lange genug in meiner Wohnung verkroch, würde Diesel das Warten irgendwann zu lange, und er würde abhauen. Das Problem war nur, dass ich jetzt aber aus dem Haus gehen musste.

Ich machte die Tür auf und sah mich nach Diesel um.

»Keine Bange, ich bin noch da«, sagte er.

»Ich muss mal weg.«

»Sagen Sie bloß.«

»Allein.«

»Immer noch Schiss vor meinen übernatürlichen Fähigkeiten?«

»Hm …«

Er legte mir einen Arm um die Schultern. »Finden Sie nicht auch, dass Spiderman echt schnucklig ist? Möchten Sie nicht mit so einem Typen befreundet sein?«

»Kann sein …«

»Dann tun Sie doch einfach so, als wäre ich Spidey.«

Ich musterte ihn von der Seite. »Und? Sind Sie Spidey?«

»Nein. Spidey ist viel kleiner.«

Ich schnappte mir meine Tasche und meine Schlüssel und zog meine gefütterte Jacke über. Dann schloss ich flugs meine Wohnungstür ab und ging die Treppe hinunter ins Erdgeschoss.

Diesel blieb die ganze Zeit hinter mir. »Wir können auch mein Auto nehmen«, sagte er, als wir den Parkplatz ansteuerten.

»Haben Sie überhaupt einen fahrbaren Untersatz?«

Ein paar Schritte weiter stand ein schwarzer Jaguar. Diesel schloss ihn mit dem Funkschlüssel auf.

»Wow!«, sagte ich. »Sie verdienen wohl nicht schlecht als Alien.«

»Ich bin kein Alien.«

»Das sagen Sie immer wieder, aber wie soll ich Sie sonst nennen?«

»Diesel.«

Ich glitt auf den Beifahrersitz und schnallte mich an. »Der Wagen ist doch gestohlen, oder?«

Diesel sah mich an und lachte.

Scheiße. »Ich will zu den Cloverleaf Apartments in der

Grand Street. Es ist gut einen Kilometer von hier, die Grand geht von der Hamilton ab.«

Das Gebäude der Cloverleaf Apartments sah fast genauso aus wie meins, ein großer Würfel aus rotem Backstein, zweckmäßig, dreigeschossig, Vorder- und Hintereingang, Mieterparkplatz auf der Rückseite.

Randy Briggs wohnte im ersten Stock. Ich hatte bereits vor einiger Zeit in meiner Funktion als Kopfgeldjägerin Bekanntschaft mit ihm gemacht. Er war wegen verdeckten Waffentragens angeklagt und nicht zu seinem Gerichtstermin erschienen. Ich hatte ihn wieder unserem Rechtssystem zugeführt, wogegen er sich mit Händen und Füßen gewehrt hatte. Die Anklage war schließlich fallen gelassen worden, weil man Briggs für leicht verhaltensgestört und deshalb für nicht straffähig hielt.

»Und wozu das Ganze?«, wollte Diesel wissen, als wir die Treppe in den ersten Stock erklommen.

»In der Zeitung stand eine Suchanzeige für Spielzeugmacher. Als ich bei der Firma anrief und nach Sandy Claws fragte, wurde aufgelegt.«

»Und das deutet Ihrer Meinung darauf hin, dass Claws bei dieser Organisation der Spielzeugmacher mitmischt.«

»Ich finde es jedenfalls verdächtig, und es macht weitere Ermittlungen erforderlich. Ich will diesen Bekannten von mir bitten, die Organisation zu unterwandern.«

»Ist Ihr Bekannter Spielzeugmacher?«

»Nein. Er verfügt über andere Talente.«

Noch im Treppenhaus umhüllte uns urplötzlich völlige Finsternis. Ich spürte, dass Diesel näher herantrat, dann, wie sich seine Hand beschützend auf meine Taille legte.

»Stromausfall«, sagte ich. »Morelli hat mir schon gesagt, dass das neuerdings überall in Trenton passiert.«

»Toll«, sagte Diesel. »Ein Stromausfall. Das hat mir gerade noch gefehlt.«

»Nicht weiter schlimm«, sagte ich. »Morelli meinte, es gebe zwar immer ein Verkehrschaos, der Strom käme aber jedesmal bald wieder.«

»Da steckt weit mehr dahinter, als Sie sich vorstellen können, mein Sonnenscheinchen.«

Ich hatte keine Ahnung, was er damit meinte, es klang jedoch nicht gut. Gerade wollte ich ihn danach fragen, da gingen die Lichter wieder an, und wir stiegen die restlichen Stufen hinauf in den ersten Stock. Ich klopfte an die Tür mit der Nummer 2B, aber es kam keine Antwort. Ich legte mein Ohr an die Tür und lauschte.

»Hören Sie was?«, fragte Diesel.

»Den Fernseher.«

Ich klopfte noch mal. »Machen Sie die Tür auf, Randy! Ich weiß, dass Sie da sind.«

»Hauen Sie ab!«, rief Randy. »Ich arbeite.«

»Sie arbeiten gar nicht. Sie gucken Fernsehen.«

Die Tür wurde aufgerissen, und Randy funkelte mich böse von unten an. »Was ist?«

Diesel sah hinunter zu Randy. »Sie sind ja ein Zwerg.«

»Schlaues Kerlchen, Sherlock«, sagte Randy. »Nur damit Sie Bescheid wissen, der Ausdruck Zwerg ist politisch nicht korrekt.«

»Wie hätten Sie es denn gern?«, fragte Diesel. »Wie wäre es mit ›kleiner Kumpel‹?«

Randy hielt eine Suppenkelle in der Hand und schlug

damit auf Diesels Knie ein. »Legen Sie sich nicht mit mir an, Klugscheißer!«

Diesel trat vor, packte Briggs am Hemdkragen und hob ihn fast einen Meter hoch, so dass sie auf Augenhöhe waren. »Ein bisschen mehr Humor, wenn ich bitten darf«, sagte er. »Und die Suppenkelle lassen wir brav fallen, verstanden?«

Die Suppenkelle entglitt Briggs' Fingern und fiel scheppernd auf den Parkettboden.

»Kleiner Kumpel wollen Sie also nicht genannt werden«, sagte Diesel. »Und wie, bitte schön, wollen Sie dann genannt werden?«

»Ich bin ein kleiner Mensch«, sagte Randy und strampelte sich die Beine ab.

Diesel grinste. »Kleiner Mensch? Was Besseres fällt Ihnen nicht ein?«

Er setzte Randy behutsam wieder auf dem Boden ab, und Randy schüttelte sich, wie ein Vogel, der sein Federkleid richtete.

»Also«, sagte ich, »nachdem das geklärt wäre …«

Briggs sah mich an. »Jetzt kommt's …«

»Habe ich Sie jemals um einen Gefallen gebeten?«

»Ja.«

»Okay, geschenkt. Aber ich habe Ihnen das Leben gerettet.«

»Ohne Sie wäre ich gar nicht in Gefahr gewesen.«

»Ich möchte Sie nur bitten, sich als ein Elf auszugeben.«

Diesel schnaubte verächtlich.

Ich schielte ihn schräg an, und er fuhr sein geringschätziges Lachen zu einem matten Grinsen herunter.

»Ich bin kein Elf«, sagte er. »Habe ich vielleicht spitze Ohren? Nein. Trage ich Schuhe, die vorne und hinten hochgebogen sind? Nein. Habe ich Spaß an der Erniedrigung? Nein. Nein. Nein.«

»Ich würde Ihnen auch etwas dafür bezahlen.«

»Ach so«, sagte Briggs. »Das ist natürlich was anderes.«

Ich gab Briggs die Zeitungsanzeige. »Sie brauchen nur auf die Anzeige zu antworten. Vielleicht ist es gar nicht nötig, dass Sie ihm sagen, Sie seien ein Elf. Vielleicht reicht es, wenn Sie ihm sagen, Sie seien … geeignet. Und wenn Sie zum Vorstellungsgespräch gehen, halten Sie Ausschau nach einem Mann namens Sandy Claws. Ein Kautionsflüchtling.«

»Wollen Sie mich verarschen? Santa Claus ein Kautionsflüchtling? Was ist mit dem Osterhasen? Ist der Osterhase auch ein Kautionsflüchtling?«

Ich zückte das Foto von Sandy Claws aus meiner Tasche und buchstabierte Briggs den Namen. Dann gab ich ihm noch meine Visitenkarte mit Handy- und Pagernummer und ging gleich danach, weil ich seine Gastfreundschaft nicht überstrapazieren wollte. Was, wenn er es sich am Ende doch noch anders überlegte?

Als wir wieder in dem schicken Jaguar saßen, sah ich mir Diesels Knie an. »Alles in Ordnung?«

»Ja. Er schlägt zu wie ein kleines Mädchen. Man sollte ihm mal beibringen, wie man eine Suppenkelle schwingt.«

3

Connie Rosolli leitet das Kautionsbüro meines Vetters Vinnie. Connie ist einige Jahre älter als ich, sie hat eine üppige Frisur, einen üppigen Busen, und ihr brennt schnell die Sicherung durch. Ein Tritt von ihr in den Hintern, und ich sähe ganz schön alt aus. Gut, dass sie sich dazu nie genötigt fühlt, weil, Connie und ich sind nämlich Freundinnen.

Ich rief Connie an und bat sie nachzuprüfen, ob Claws irgendwo Strom und Wasser angemeldet hatte. Dank halblegaler Computerrecherche und dem ganz legalen dichten Tratsch-Netzwerk der Frauen von Chambersburg gibt es kaum eine Information, die Connie und ich uns nicht beschaffen können.

Kaum hatte ich nach dem Telefongespräch aufgelegt, da klingelte mein Handy.

»Hilfe!« Es war meine Mutter.

Im Hintergrund hörte ich lautes hysterisches Gebrüll. »Was ist los?«, fragte ich.

»Valerie hat einen Schwangerschaftsschnelltest gemacht, und jetzt hat sie sich auf der Toilette eingeschlossen.«

»Mach dir keine Sorgen! Der Hunger macht ihr schon wieder Beine.«

»Es gibt nur eine Toilette im ganzen Haus. Wie du weißt,

wohnen hier noch zwei Kinder, die gleich aus der Schule kommen und ab morgen Ferien haben, eine alte Frau mit einer schwachen Blase und dein Vater, von dem will ich gar nicht erst reden. Wir alle sind auf die Toilette angewiesen.«

»Und?«

»Unternimm irgendwas! Tritt die Tür ein! Schieß das Schloss kaputt!«

Als gute Tochter hätte ich eigentlich Mitgefühl mit meiner Mutter haben müssen und als gute Schwester Mitgefühl mit Valerie. Ich hätte besorgt um ihre körperliche und seelische Gesundheit sein müssen. Die Wahrheit ist hässlich und sieht so aus: Als wir klein waren, war Valerie immer das perfekte Kind gewesen. Ich hatte die blutigen Knie, ich vermasselte so gut wie jedes Diktat, und ich lebte irgendwie auf einem anderen Stern. Meine gesamte Kindheit war im Grunde ein außerkörperliches Erlebnis. Selbst später, als wir erwachsen waren, änderte sich nicht viel. Valerie führte die tolle Ehe, und sie schenkte meinen Eltern zwei Enkelkinder. Ich hatte eine schreckliche Ehe, und sie endete, bevor mein Vater die Hochzeit abbezahlt hatte. Ich liebe meine Schwester, und ich wünsche ihr alles Gute, aber manchmal musste ich doch schmunzeln, jetzt, wo sie in der Scheiße sitzt.

»Oha«, sagte Diesel. »Das Lachen gefällt mir aber gar nicht.«

»Ist mir rausgerutscht, sozusagen. Eigentlich brauche ich Ihre Hilfe bei was anderem. Ich muss ein Türschloss öffnen.«

»Irgendwann zeige ich Ihnen mal, was ich sonst noch so draufhabe.«

Ach, du Scheiße. Es ist nie gut, wenn ein Mann anfängt, über seine speziellen Talente zu reden. Ehe man sich versieht, steht man in seiner Werkstatt und kriegt einen Schlagbohrhammer oder Ähnliches vorgeführt. Und nachdem man die ganzen Werkzeuge gebührend bewundert hat, bleibt zuletzt nur noch ein Teil in der Kiste übrig, das hervorgeholt werden will. Die Bandsägemaschine. Irgendwann sollte man wirklich mal eine wissenschaftliche Untersuchung über Bandsägemaschinen und deren Auswirkung auf die Testosteronproduktion durchführen.

Wieder zurück bei meinen Eltern, drängelten sich alle Hausbewohner vor der Toilette. Mary Alice galoppierte im Kreis, die übrigen Familienmitglieder gingen abwechselnd auf und ab, brüllten oder bollerten gegen die Tür.

»Echt irre«, sagte Diesel zu mir. »Ich bin immer wieder von den Socken, wie absolut gestört, ja komplett gaga eine Familie sein kann und doch als Einheit funktioniert. Soll ich die Tür für Sie öffnen?«

»Nein.« Ich hatte Angst, sie würden alle auf einmal die Tür einrennen, und es könnte jemand bei dem Massenansturm zu Tode getrampelt werden. Ich ging nach unten in die Küche und durch den Hintereingang nach draußen. Über der hinteren Veranda befand sich ein kleines Dach, das an das Toilettenfenster grenzte. Wenn ich früher zu meinen Freundinnen wollte, war ich immer aus dem Fenster geklettert. »Helfen Sie mir mal rauf«, bat ich Diesel. »Ich hole Valerie hier heraus. Dann können Sie von innen die Tür aufmachen.«

Diesel verschränkte die Finger ineinander, ich steckte einen Fuß in den Steigbügel, und Diesel hob mich hoch bis zum Dach. Ich war schwer beeindruckt, wie stark der Kerl war.

»Könnten Sie auch einen Güterzug zum Stoppen bringen?«, fragte ich ihn.

»Einen Güterzug wahrscheinlich nicht. Dazu müsste ich Superman sein.«

Ich schaute durchs Fenster und sah Valerie auf der Toilette sitzen und auf den kleinen Teststreifen starren. Als ich ans Fenster klopfte, blickte sie hoch.

»Mach auf!«, sagte ich. »Es ist kalt hier draußen.«

Sie drückte sich die Nase an der Scheibe platt und guckte hinaus. »Bist du allein?«

»Diesel ist bei mir.«

Sie sah nach unten, und Diesel winkte ihr, ein albernes Winken mit dem kleinen Finger.

Valerie machte das Fenster auf, und ich kletterte ins Badezimmer.

»Was ist los?«, fragte ich sie.

»Guck mal, mein Teststreifen!«

»Vielleicht ist es ein Irrtum.«

»Das ist jetzt mein fünfter Test, und alle waren positiv. Ich bin schwanger, verdammt noch mal, ich bin schwanger. Albert Kloughn hat mir einen dicken Bauch gemacht.«

»Hast du keine Verhütungsmittel benutzt?«

»Nein, ich habe keine Verhütungsmittel benutzt. Bei dem Kloughn? Der sieht doch aus wie ein Hefebrot vorm Aufbacken. Ganz weich und weiß, ohne jeden Nährstoff. Wer hätte gedacht, dass der überhaupt Samen produzieren kann? Stell dir vor, wie das Kind aussehen wird«, jammerte Valerie. »Wie ein Brötchen.«

»Was ist denn daran so schlimm? Du warst doch ganz scharf darauf zu heiraten.«

»Ja, war ich ja auch. Aber ich war nicht scharf darauf, schwanger zu werden. Ich will Kloughn nicht heiraten. Ich bitte dich! Der Mann wohnt bei seiner Mutter! Und Geld verdient er auch keins.«

»Kloughn ist Anwalt!«

»Ja, nur hat er keine Klienten. Der ist doch verzweifelt auf Kundenfang.«

Valerie hatte recht. Kloughn hatte große Probleme mit seiner Anwaltspraxis, und er hatte sich angewöhnt, den Polizeifunk abzuhören.

»Heutzutage können Frauen frei entscheiden«, sagte ich.

»In unserer Familie doch nicht!« Valerie ging auf und ab und fuchtelte mit den Armen. »Herrgott, wir sind katholisch!«

»Ja, schon. Aber du gehst nie in die Kirche. Du bist überhaupt nicht religiös.«

»Weißt du, was übrig bleibt, wenn die Religion wegfällt? Schuld! Schuldgefühle gehen nie weg. Ich würde für den Rest meines Lebens mit einem Schuldgefühl herumlaufen. Und was wäre mit Mum? Mum würde sich bekreuzigen, bis ihr die Arme abfallen, wenn ich das Wort Abtreibung auch nur in den Mund nehmen würde.«

»Dann sag es ihr nicht. Sag ihr, der Test wäre negativ.«

Valerie unterbrach ihr Herumgerenne und sah mich an. »Würdest du abtreiben?«

Wow! Ich? Da brauchte ich erst mal einen Tag Bedenkzeit. »Ich weiß nicht«, sagte ich. »Fällt mir schwer, mich da hineinzudenken. Ich habe mir mal einen Hamster gekauft, das kommt einer Geburt vielleicht noch am nächsten.«

»Na gut«, sagte Valerie. »Stell dir vor, Rex wäre nie auf die Welt gekommen. Seine Hamstermutti hätte abgetrieben, und er wäre zusammen mit der dreckigen Hamsterstreu aus dem Brutkäfig in irgendeinem Abfallbeutel gelandet.«

Mein Herz krampfte sich vor Schmerz zusammen. »Wenn man es so sieht…«

»Es ist alles nur seine Schuld«, sagte Valerie. »Den schnappe ich mir. Ich spüre ihn auf, und dann schlage ich ihn zum Krüppel.«

»Wen? Kloughn?«

»Nein. Meinen verkackten Exmann. Wenn er nicht mit der Babysitterin durchgebrannt wäre, wäre das alles nicht passiert. Wir waren so glücklich zusammen. Ich weiß nicht, was schiefgelaufen ist. Gestern waren wir noch eine intakte Familie, und dann vergnügt er sich mit der Babysitterin im Kleiderschrank.«

»Mach die Tür auf!«, schrie Grandma vom Hausflur aus. »Ich muss gleich los. Schließ dich in einem anderen Zimmer ein!«

»Du musst Kloughn ja nicht gleich heiraten, nur weil du ein Kind von ihm kriegst«, sagte ich. Im Stillen dachte ich mir nur, dass es weit schlimmere Kerle gab. Eigentlich war Albert Kloughn das Beste, was Valerie passieren konnte. Ich mochte Kloughn. Er war nicht der große hübsche, coole Typ, aber er bemühte sich nach Kräften: Er war lieb zu Valerie und den Mädchen, und ich hatte den Eindruck, dass die vier sich mochten. Ich war mir längst nicht mehr so sicher wie früher, was eine gute Ehe ausmachte.

Liebe sollte schon im Spiel sein, selbstverständlich, aber es gab viele verschiedene Arten von Liebe, und manche waren dauerhafter als andere, klar. Valerie und ich glaubten beide, wir hätten die Liebe fürs Leben gefunden – und was hatte uns das eingebracht?

»Schuhe«, sagte ich nur. »Wenn ich nicht mehr weiterweiß, kaufe ich mir immer neue Schuhe. Ich habe festgestellt, dass mir das am besten hilft. Geh doch shoppen.«

Valerie sah zur Badezimmertür. »Stimmt, neue Schuhe könnte ich gut gebrauchen, aber ich will nicht durch die Tür da gehen.«

»Dann steig doch durchs Fenster.«

Valerie kletterte aus dem Fenster, ging vor bis zur Dachkante und zögerte. »Ich habe Schiss.«

»Ist nicht gefährlich«, ermutigte Diesel sie. »Setzen Sie sich einfach mit Ihrem Hintern auf die Kante, und ich hole Sie runter.«

Valerie sah sich zu mir um.

»Vertrau ihm«, sagte ich. Vertrau Superman, Spiderman, E.T., dem Weihnachtsgeist … dem Höllenhund, von mir aus.

»Ich weiß nicht«, sagte Valerie. »Das kommt mir irgendwie zu hoch vor. Das gefällt mir nicht. Vielleicht gehe ich doch lieber zurück ins Haus.« Valerie wandte sich zum Fenster, wobei sie mit dem Fuß auf einem Dachziegel ausrutschte. »Ahhh!«, kreischte sie. Sie ruderte mit den Armen und bekam meine Jacke zu fassen. »Hilfe! Hilfe!«

Sie zog mich mit sich, wir verloren das Gleichgewicht, stürzten, kullerten das Dach hinunter bis zur Kante, klammerten uns aneinander, krachten dem armen Diesel auf den Kopf, und alle drei gingen wir zu Boden. Diesel landete auf dem Rücken, ich auf seinem Bauch, Valerie auf meinem. Die ganze Familie kam aus dem Hintereingang gerannt und drängte sich um uns herum.

»Was ist denn hier los?«, wollte Grandma wissen. »Ist das irgendwie so eine neue Sexmarotte?«

»Wenn sie jetzt noch oben auf den Haufen draufspringt, bin ich platt«, sagte Diesel.

»Einen Krankenwagen, schnell!«, rief meine Mutter. »Keiner rührt sich. Ihr könnt euch einen Wirbel gebrochen haben.« Sie sah zu Valerie. »Kannst du die Zehen bewegen?«

»Du hast die Badezimmertür nicht aufgeschlossen«, schimpfte mein Vater. »Jetzt muss extra wieder jemand nach oben gehen und die Badezimmertür aufsperren.«

»Frank! Ich habe dir gesagt, du sollst einen Krankenwagen rufen!«

»Wir brauchen keinen Krankenwagen«, sagte ich. »Nimm bloß endlich mal einer Valerie von mir herunter!«

Meine Mutter half Valerie wieder auf die Beine. »Ist dem Baby auch nichts passiert? Hast du dich verletzt? Ich fasse es nicht, dass du einfach aus dem Fenster gestiegen bist.«

»Was ist mit mir?«, empörte ich mich. »Ich bin schließlich auch vom Dach gefallen.«

»Du fällst andauernd«, sagte meine Mutter. »Du bist ja schon mit sieben Jahren vom Garagendach gefallen. Und heute schießen wildfremde Leute auf dich.« Sie schimpfte mit erhobenem Zeigefinger. »Du hast einen schlechten Einfluss auf deine Schwester. Früher hätte sie so etwas nie gemacht.«

Ich lag noch immer auf Diesels Bauch, ein ganz angenehmes Gefühl.

»Ich wusste, dass Sie irgendwann auf mich zukommen würden«, sagte Diesel zu mir.

Ich wurde wütend. »Nie im Leben würde ich so was tun!«

Der Pager an meinem Gürtel summte. Ich wälzte mich von Diesel herunter und las die Digitalanzeige. Es war Randy Briggs. Ich stand auf und ging ins Haus, um vom Festnetz aus zu telefonieren, während Diesel nach oben ging, um die Badezimmertür zu öffnen.

Mein Vater folgte Diesel ins Badezimmer. »Frauen«, sagte er. »Hat unsereins nicht was Besseres verdient?«

Ich wartete an der Haustür, bis Diesel wieder nach unten kam. »Randy hat einen Termin für ein Vorstellungsgespräch bekommen«, sagte ich. »Er ist unterwegs. Ich habe die Adresse.«

»Du wolltest doch mit mir shoppen gehen«, sagte Valerie.

»Du musst alleine shoppen«, sagte ich. »Ich muss unbedingt Sandy Claws auftreiben. Wieso arbeitest du eigentlich nicht?«

»Ich kann Albert nicht unter die Augen treten. Ich weiß nicht, was ich ihm sagen soll.«

»Jetzt kapier ich gar nichts mehr«, sagte Diesel. »Was hat Albert denn mit ihrer Arbeit zu tun?«

»Albert ist Valeries Chef.«

»Das ist ja wie in einer Vorabendserie bei euch«, sagte Diesel.

»Wie siehst du überhaupt aus?«, fragte mich meine Mutter. »Wir haben bald Weihnachten, und du trägst nichts Rotes.« Sie löste eine Tannenbaum-Anstecknadel von ihrer

Bluse und befestigte sie an meiner Jacke. »Hast du dir schon einen Baum gekauft?«, wollte sie wissen.

»Dazu bin ich noch nicht gekommen. Keine Zeit.«

»Dafür musst du dir Zeit nehmen«, sagte meine Mutter. »Bevor du dich versiehst, ist dein Leben vorbei, und du bist tot. Was dann?«

»Du hast doch schon einen Baum, oder?«, sagte ich. »Kann ich nicht deinen benutzen?«

»Junge, Junge«, sagte meine Oma. »Du hast wirklich von nichts eine Ahnung.«

Diesel kam zu mir. Er hatte die Hände in den Taschen vergraben und lächelte.

»Gehen Sie schon mal zum Auto«, sagte ich zu ihm. »Und hören Sie auf, so zu lächeln.«

»Wir haben Weihnachten«, sagte Diesel. »An Weihnachten machen alle Menschen ein freudiges Gesicht.«

»Warte«, sagte meine Mutter. »Ich hole dir noch schnell was zu essen für unterwegs.«

»Keine Zeit«, sagte ich. »Ich muss gleich los.«

»Es dauert nur eine Minute!« Sie war bereits in der Küche, und ich hörte, wie die Kühlschranktür geöffnet und wieder geschlossen wurde, danach Schränke und Schubladen. Dann kehrte sie mit einem Fressbeutel zurück.

»Danke«, sagte ich.

Diesel guckte in den Beutel und holte ein Plätzchen heraus. »Schoko-Chip. Meine Lieblingssorte.«

Langsam konnte man den Verdacht haben, dass jede Sorte seine Lieblingssorte war.

Als wir wieder im Auto saßen, wandte ich mich Diesel zu. »Ich will mehr über Sie wissen. Wer sind Sie?«

»Da gibt es nicht viel zu erzählen. Wenn ich nicht in Ihre Küche gebeamt worden wäre, brauchten wir diese Unterhaltung nicht zu führen. Wenn Sie mir auf der Straße begegnet wären, hätten Sie mich für einen ganz normalen Mann gehalten.«

»Sie sind also stark und können Türschlösser öffnen. Gibt es noch etwas, was Sie besonders gut können?«

Diesel lachte mich an.

»Das glauben alle Männer«, sagte ich.

Diesel stieß auf die Hamilton Avenue und bog links ab. »Was haben Sie mit Claws vor, wenn Sie ihn finden?«

»Ich übergebe ihn der Polizei. Dann meldet sich mein Vetter Vinnie beim Gefängnis und holt Claws ein zweites Mal gegen Kaution wieder raus.«

»Und warum macht Vinnie das?«

»Weil er sein Geld damit verdient. Claws hat einen Kleinbetrieb, und als Sicherheitsleistung hat er sein Haus verpfändet. Vinnie geht also kein Risiko ein.«

»Und wenn Claws nicht will, dass man ihn der Polizei übergibt? Schießen Sie ihn dann nieder?«

»Ich schieße so gut wie nie auf andere Menschen.«

»Das kann ja heiter werden«, sagte Diesel.

Ich sah ihn schräg von der Seite an. »Verheimlichen Sie mir etwas?«

»Oh, ja, alles Mögliche.«

Ich zupfte mit einem Finger an meinem unteren Augenlid.

»Probleme?«, fragte er.

»Augenzucken.«

»Wenn Sie erst mal einen Tannenbaum haben, geht das wieder weg.«

»Also gut. Dann kaufe ich mir eben einen Tannenbaum.«

»Wann?«

»Wenn ich Zeit habe. Sie fahren übrigens zu langsam. Wo haben Sie Autofahren gelernt? In Florida?«

Diesel bremste mitten während der Fahrt ab. »Tief Luft holen!«

»Was soll das? Sind Sie verrückt? Wir können doch nicht mitten auf der Straße anhalten!«

»Tief Luft holen und bis zehn zählen.«

Ich holte Luft und zählte bis zehn.

»Langsamer zählen«, sagte Diesel.

Der Fahrer hinter uns hupte laut, und ich ließ die Fingerknöchel krachen. Mein Auge zuckte wie irre. »Es hilft nicht«, sagte ich. »Bei Ihnen kriege ich Herzklopfen. Wir hier in New Jersey halten uns nicht an Geschwindigkeitsbeschränkungen.«

»Wir stecken im Stau«, sagte Diesel. »Ist Ihnen noch nicht aufgefallen, dass der Abstand zu dem Auto vor uns nur wenige Meter beträgt und dass der Mann nicht vom Fleck kommt? Schnelles Vorwärtskommen ist nur möglich, wenn ich über den Bürgersteig fahre.«

»Was wollen Sie damit andeuten?«

»Dass unser Auto nicht auf den Bürgersteig passt.«

»Dann lassen Sie mal Ihre übernatürlichen Kräfte walten«, sagte ich. »Können Sie den Wagen nicht seitlich kippen und auf zwei Rädern fahren? In Filmen sieht man so was ständig.«

»Tut mir leid, in Levitation bin ich durchgefallen.«

So ein Pech. Muss ich mich auch mit einem Kerl abgeben, der *den* klassischen Zaubertrick nicht draufhat?

Zwanzig Minuten später hielten wir vor einem Büro in einer Ladenzeile, ein Rattenloch. Auf dem provisorischen Schild im Fenster stand: SPIELZEUGMACHERMEISTER GESUCHT. Das wollte ich mir aus der Nähe ansehen. Wir stiegen aus und überquerten die Straße.

Wir standen auf dem Bürgersteig und spähten durch die verdreckte Fensterscheibe. Drinnen wimmelte es von kleinen Menschen.

»Sind das Elfen?«, fragte ich Diesel. »Die haben gar keine Spitzohren.«

»Schwer zu sagen, auf die Entfernung. Irgendwo habe ich auch gehört, dass Elfen nicht unbedingt Spitzohren haben müssen.«

»Dann könnten sie sich also mitten unter uns aufhalten. Getarnt als ganz normale, kleinwüchsige Bürger.«

Diesel sah mich an und grinste. »Sie glauben doch nicht im Ernst, dass es Elfen gibt, oder?«

»Natürlich nicht«, sagte ich. In Wahrheit wusste ich nicht mehr, an wen oder was ich überhaupt noch glauben sollte. Bei Diesel ging es ja schon los. Was für ein Mensch war er? Und wenn ich an Diesel glaubte, warum dann nicht auch an Elfen oder gar den Weihnachtsmann. »Haben Sie Briggs gesehen?«, fragte ich ihn.

»Er ist ganz hinten und redet mit einem großen Mann, der ein Klemmbord in der Hand hat. Claws kann ich nicht erkennen.«

Wir sahen uns noch etwas um, dann zogen wir uns in den Jaguar zurück und machten uns über den Fressbeutel her, den meine Mutter uns gegeben hatte. Nach kurzer Zeit kam Randy Briggs vorne aus dem Ladenlokal, ging einen halben Block weit die Straße entlang und stieg auf der Beifahrerseite in ein wartendes Auto. Das Auto fuhr los, wir hinterher. Kaum zwei Straßen weiter, und mein Handy klingelte.

»Mann, ey, sind Sie das hinter mir in dem Jaguar?«, fragte Briggs. »Ihr Kopfgeldjäger müsst ja gut Kohle machen, dass Sie sich so einen Wagen leisten können.«

»Diesel ist kein Kopfgeldjäger. Diesel ist Alien oder so was Ähnliches.«

»Ist mir egal. Jedenfalls, ich habe noch nie so viele kleine Menschen auf einem Haufen gesehen wie eben. Da muss irgendwo ein Nest sein. Ich dachte, ich würde alle Kleinwüchsigen hier in der Gegend kennen, aber von denen kannte ich keinen Einzigen.«

»Hat man Sie eingestellt?«

»Ja. Aber ich soll kein Spielzeug herstellen. Ich habe einen Job in einem Büro bekommen. Ich soll ihnen eine Website erstellen.«

»Was ist mit Claws?«

»Den habe ich nicht gesehen. Und von einem Mann mit diesem Namen war auch nicht die Rede. Ich fange morgen mit der Arbeit an. Vielleicht treffe ich diesen Claws in der Fabrik.«

»Was denn für eine Fabrik?«

»Eine kleine Spielzeugfabrik. Sie produziert handgefertigtes Spielzeug, und die Firma will damit werben, dass es von Elfen hergestellt wird. Ziemlich cool, was?«

»Glauben Sie, dass einige von den Kleinwüchsigen, die Sie heute gesehen haben, wirklich Elfen sind?«

Schweigen am anderen Ende der Leitung, Briggs glotzte

bestimmt ungläubig und mit weit aufgerissenem Maul vor sich hin. »Sind Sie plemplem, oder was?«

»Wo befindet sich die Fabrik?«, fragte ich Briggs.

»In dem Gewerbepark an der Route 1. Sie werden mir den Job doch nicht vermasseln, oder? Das ist ein Traumjob für mich. Die Bezahlung ist gut, und der Personalchef, der mich eingestellt hat, sagte, die Toiletten seien alle extra für kleinwüchsige Menschen. Ich will nicht erst auf einen Stuhl steigen, wenn ich scheißen muss.«

»Ich vermassle Ihnen den Job schon nicht. Wie lautet die Adresse?«

»Das verrate ich Ihnen nicht. Ich will doch meinen neuen Job nicht gleich wieder verlieren«, sagte er und legte auf.

Ich wandte mich Diesel zu. »Wenn das Auto vor uns anhält, und Briggs steigt aus, dann will ich, dass Sie ihn sich schnappen, klar?«

»Das würde ich gerne tun, aber vermutlich wäre das sein Tod, und dann könnten wir ihn morgen nicht mehr bis zu seinem Arbeitsplatz verfolgen.«

Ich warf einen Blick auf die fast leere Tüte mit Plätzchen zwischen meinen Beinen. Mir kam eine Idee.

»Was macht Elaine eigentlich mit ihren ganzen Plätzchen?«, fragte ich Diesel.

»Ist das eine Fangfrage?«

»Sie sagte, sie würde den ganzen Tag Plätzchen backen. Nach der Menge von gestern zu urteilen, müssen das unheimlich viele Plätzchen sein. Was macht sie mit den Plätzchen? Familie hat sie hier nicht, und Sandy war nicht zu Hause. Isst sie die Plätzchen alleine auf?«

»Vielleicht verschenkt sie sie.«

»Kehren Sie um!«, sagte ich. »Fahren Sie zurück zu dem Laden, wo Briggs eingestellt wurde.«

Es dauerte keine fünf Minuten, und wir standen wieder vor dem heruntergekommenen Büro in der Ladenzeile. »Warten Sie hier«, sagte ich. »Es dauert nur eine Minute.« Ich sprang aus dem Auto, lief über die Straße und betrat das Büro. Es wimmelte noch immer von kleinwüchsigen Menschen, doch jetzt trugen alle künstliche Spitzohren. Ich war ein paar Meter in die wuselnde Menge hineingelaufen, als mir plötzlich auffiel, dass Totenstille im Raum herrschte.

»Hi«, sagte ich frisch vergnügt. »Ich habe Ihr Schild im Fenster gesehen, und ich wollte mich für den Job bewerben.«

»Sie sind zu groß«, sagte eine Stimme hinter mir. »Diese Arbeit ist nur für Elfen.«

»Das ist ungerecht«, sagte ich. »Ich könnte Sie wegen Diskriminierung großer Menschen anzeigen.« Ich wusste nicht, welche Behörde dafür eigentlich zuständig war, aber irgendwo gab es bestimmt eine offizielle Stelle, die sich dieser Sache annahm. Ich meine, schließlich hat auch die Mehrheit ein Recht auf Schutz vor Diskriminierungen. Wo bleibt der Schutz für Menschen mit durchschnittlicher Körpergröße?

»Solche Leute wie Sie wollen wir hier nicht haben«, sagte jemand anders. »Verschwinden Sie!«

»Solche Leute wie mich?«

»Groß und dumm.«

»He! Hören Sie mal, Kleiner …«

Ein Plätzchen kam durch die Luft geflogen und traf

mich am Hinterkopf. Ich sah mir das Plätzchen, das auf dem Boden landete, genauer an. Ein Lebkuchen!

»Woher kommt der Lebkuchen?«, fragte ich. »Haben Sie noch mehr davon? Hat Sandys Schwester Elaine diese Lebkuchen gebacken?«

»Schnappt sie euch!«, rief jemand, und eine Plätzchenkanonade setzte ein. Aus allen Richtungen kamen sie angeflogen. Lebkuchen, Erdnussbutterkekse, Schokoplätzchen, Maronen. Die Elfen drehten durch, überfielen mich in Schwärmen und brüllten. Ein glasierter Butterkeks traf mich an der Stirn, ein anderer an der Wade. Die Elfen hingen an mir wie Kletten an einem Hund.

Dann spürte ich, wie sich Diesel von hinten an mich heranmachte. Er schlang seine Arme um mich, zog mich dicht zu sich heran und trug mich, einen Fußbreit über dem Boden schwebend, nach draußen. Zwischendurch trat er einige Elfen aus dem Weg, packte auch schon mal den einen oder anderen am Kragen und schleuderte ihn durch den Raum. Er trat auf den Bürgersteig, zog die Eingangstür fest zu und vollführte seinen Zaubertrick, mit der die Tür verriegelt wurde. Jetzt saßen die Elfen in der Falle.

Die Insassen drückten ihre verzerrten kleinen Elfengesichter an das Fensterglas, funkelten uns böse an, stießen Elfenverwünschungen aus und streckten uns den kleinen wurstigen Elfen-Mittelfinger entgegen. Da drinnen herrschte ein einziges Chaos. Tische und Stühle waren umgestoßen, und überall lagen zermantschte Plätzchen.

Diesel stellte mich ab, nahm mich an die Hand und zerrte mich ins Auto. »Du liebe Scheiße. Was war das denn?«, fragte er. »So was habe ich ja noch nie gesehen. Ein ganzer Raum voller abgenervter kleinwüchsiger Menschen. Ganz schön gruselig.«

»Ich glaube, es waren Elfen. Haben Sie die Ohren gesehen?«

»Die Ohren waren nicht echt«, sagte Diesel.

Ich glitt auf den Beifahrersitz, und ein Seufzer entfuhr mir. »Ich weiß. Ich will nur keinem sagen müssen, ich sei von einer Horde wütender kleiner Menschen angegriffen worden. Eine Horde wütender Elfen hört sich doch irgendwie besser an.«

Ein falscher Elf durchschlug mit einer Axt das Schaufenster. Diesel drückte aufs Gas.

»Haben Sie die Plätzchen gesehen?«, fragte ich ihn. »Die sahen genauso aus wie Elaines Plätzchen.«

»Plätzchen sehen alle gleich aus, meine Liebe.«

»Ja, aber vielleicht waren es ja doch Elaines Plätzchen.«

Mein Handy klingelte. »Ich bin im Einkaufszentrum«, sagte Valerie. »Ich brauche Hilfe. Ich weiß nicht mehr, was auf Mary Alice' Wunschliste stand. Ich habe ihr die Barbie gekauft, den Fernseher, das Spiel und die Schlittschuhe. Die Eisenbahn und den Computer habe ich schon. Die stehen zu Hause. Weißt du, was sie sich außerdem noch gewünscht hat?«

»Wie willst du das denn alles bezahlen?«

»Mit meiner MasterCard.«

»Das dauert fünf Jahre, bis du das wieder abbezahlt hast.«

»Mir egal. Es ist Weihnachten. Weihnachten ist so etwas erlaubt.«

Ach ja? Wieso konnte ich mir das nicht merken? »Auf der

Liste von Mary Alice standen ungefähr fünfzig Wünsche. Aber ich kann mich nur noch an das Pony erinnern.«

»Schreck lass nach!«, sagte Valerie. »Das Pony! Wie konnte ich nur das Pony vergessen?«

»Du kannst ihr doch nicht ein Pony kaufen, Valerie! Wir wohnen nicht in einem Streichelzoo. Wir wohnen in Trenton. In Trenton kriegen die Kinder keine Ponys geschenkt.«

»Aber sie hat sich doch eins gewünscht. Sie ist stinksauer auf mich, wenn ich ihr kein Pony kaufe. Es verdirbt ihr das ganze Weihnachtsfest.«

Ich konnte von Glück sagen, dass ich es nur mit einem Hamster zu tun hatte. Rex würde zu Weihnachten eine Rosine von mir bekommen.

Ich schmiss Valerie aus der Leitung und wandte mich Diesel zu. »Haben Sie Kinder?«

»Nein.«

»Wie stehen Sie zu Kindern?«

»So wie zu Elfen. Sie sind niedlich, aber ich möchte sie nicht in meiner Nähe haben.«

»Angenommen, Sie möchten Kinder haben … wie steht es um Ihre Zeugungsfähigkeit?«

Diesel sah mich baff an. »Ob ich zeugungsfähig bin? Ja. Wahrscheinlich.« Er schüttelte den Kopf. »Eins kann ich Ihnen sagen. Nie wieder lasse ich mich einfach so zu einem wildfremden Menschen beamen. Das ist mir einfach zu abgedreht. War sowieso nicht meine Idee.« Er beugte sich vor, fasste in den Beutel, den meine Mutter uns mit auf den Weg gegeben hatte, und fand ein übrig gebliebenes Brownie. »Meistens fragen mich Frauen, ob ich sie auf einen

Drink einlade. Sie nicht. Sie fragen mich, ob ich zeugungsfähig bin.«

»Biegen Sie an der Kreuzung Clinton ab!«, sagte ich. »Ich möchte noch mal mit Elaine sprechen.«

Es war früher Nachmittag und ungewöhnlich finster. Dunkle Wolken zogen sich am Himmel zu Wirbeln zusammen, gespenstische grüne Lichtstreifen leuchteten zwischen ihnen auf. Die Luft war drückend schwer und irgendwie aufgeladen. Der Jüngste Tag.

In den Häusern entlang der Grape Street brannte Licht, und Elaines Dachbeleuchtung erstrahlte und blinkte weihnachtliche Grüße hinaus in die Welt. Diesel hielt vor dem Haus an, und wir stiegen aus. Der Wind hatte zugelegt, und auf dem Weg zu Sandy Claws' Veranda zog ich unwillkürlich den Kopf ein.

»Ich bin gerade sehr beschäftigt«, sagte Elaine, als sie uns die Tür öffnete.

Diesel schob sich an ihr vorbei ins Haus. »Es riecht so, als würden Sie immer noch Plätzchen backen.«

Elaine folgte Diesel in die Küche und musste fast rennen, um mit ihm Schritt halten zu können. »Pekannussbrötchen für morgen«, sagte sie. »Und große Kekse mit Smarties belegt.«

»Nur so, aus Neugier«, sagte Diesel. »Wer kriegt die ganzen Plätzchen eigentlich zu essen?«

»Die Elfen natürlich.«

Diesel und ich sahen uns an.

»Natürlich sind es keine echten Elfen«, sagte Elaine. »Sandy nennt sie nur so. Seine kleinen Elfen. Sandy ist ja so klug. Er hat sich was Tolles ausgedacht. Will ganz groß einsteigen, Spielzeug verkaufen. Es ist wegen seines Namens, Sandy Claws. Ist Ihnen schon mal aufgefallen, dass es sich anhört wie Santa Claus?«

»Wie viele Elfen füttern Sie denn so mit Ihren Plätzchen durch?«, wollte Diesel wissen.

»Ach du liebe Güte, das weiß ich nicht«, sagte Elaine. »Aber es sind nicht wenige. Ich backe jeden Tag an die hundert Plätzchen.«

»Und wo gehen die alle hin?«

»Das weiß ich gar nicht so genau. Lester kommt immer vorbei und holt sie ab. Lester ist Sandys Produktionsleiter.«

»Knapp einsachtzig groß? Graue Haare, schlank, dunkle Hornbrille?«, erkundigte sich Diesel.

»Ja. Genau«, sagte Elaine.

Es war der Mann, der die Bewerbungsgespräche mit den Elfen geführt hatte.

»Ich will ja nicht unhöflich sein«, sagte Elaine, »aber ich muss Sie bitten zu gehen. Ich muss weiterbacken.«

»Sie haben doch nichts dagegen, dass ich mich mal ein bisschen umschaue, oder?«, fragte Diesel.

Elaine wischte sich nervös die Hände an der Schürze ab. »Warum sollte das nötig sein? Sandy ist nicht da.«

Diesel öffnete die Tür zu einem kleinen Badezimmer im Erdgeschoss und sah hinein. »Sie wissen also nicht, wo Sandy sich gerade aufhält.«

»Hören Sie auf damit!«, sagte Elaine. »Hören Sie auf, in meinem Haus herumzuschnüffeln. Sonst hole ich die Polizei.«

»Wir haben ein gesetzlich verbrieftes Recht, dieses Haus zu durchsuchen«, sagte Diesel. »Stimmt's, Stephanie?«

»Ja. Das steht in der Kautionsvereinbarung, die Ihr Bruder unterschrieben hat.«

»Das Ganze ist wirklich zu dumm«, sagte Elaine. »Alles nur wegen ein paar Werkzeuge und etwas Farbe. Dabei hätte Sandy das Material gar nicht zu stehlen brauchen, wenn der Baumarkt nicht geschlossen gewesen wäre. Man kann nicht einfach eine Fertigungsstraße anhalten, nur weil einem die Farbe ausgegangen ist. Und jeder weiß, dass Elfen nur nachts arbeiten. Sandy hat schon so genug arbeitsrechtliche Probleme. Er kann es sich nicht leisten, eine ganze Schicht so lange warten zu lassen, bis die Baumärkte am nächsten Tag um neun Uhr öffnen.«

»Ich dachte, das sind gar keine echten Elfen.«

»Echte Elfen, falsche Elfen … wo ist da der Unterschied? Nach fünf Uhr kriegen sie alle fünfzig Prozent mehr Lohn.«

Diesel lehnte sich an den Küchentresen und verschränkte die Arme. »Wann haben Sie Sandy das letzte Mal gesprochen?«

»Er hat mich um die Mittagszeit herum angerufen.« Elaine kniff die Lippen zusammen.

»Haben Sie ihm gesagt, dass ich nach ihm suche?«

»Ja.« Elaine warf mir einen Blick zu, dann sah sie wieder Diesel an. »Ich habe versucht, es Miss Plum zu verschweigen.«

»Dazu ist es jetzt zu spät«, sagte Diesel. »Ich wurde in ihre Küche gebeamt.«

Elaine blickte entsetzt. »Wie konnte das passieren?«

Diesel hob abwehrend die Hände und zuckte mit den Schultern. »Es muss ein ganzes Team im Einsatz gewesen sein. Ich bin sonst nicht so leicht von der Stelle zu kriegen.«

Elaine wischte sich wieder die Hände an der Schürze ab. »Tut mir leid, aber Sandy möchte nicht mit Ihnen reden. Er möchte, dass Sie ihn in Ruhe lassen.«

»Ich bin neugierig«, sagte Diesel. »Woher kommt der Name Sandy Claws?«

Elaine nahm ein Backblech mit Plätzchen aus der Röhre und stellte es auf den Herd. »Eigentlich heißt er Sandor Clausen. Und jetzt, wo er sich zur Ruhe gesetzt hat, dachten wir, er könnte seinen Geburtsnamen ruhig wieder annehmen. Sandy Claws ist schlicht eine Ableitung davon.«

»Sandor Clausen«, sagte Diesel. »So weit habe ich in der Akte nicht zurückgeblättert.«

Moment mal. Akte? Was für eine Akte? Wovon redeten die eigentlich? Jetzt war ich echt konfus. Elaine und Diesel kannten sich. Die redeten, als hätten sie sich gleich wiedererkannt, und diese scheinbar unbedeutende Information hatte Diesel mir vorenthalten. Gute Gelegenheit, mich ein bisschen in Selbstbeherrschung zu üben.

»Sandor will Spielzeug herstellen. Im Ruhestand darf er doch wohl machen, was er will«, sagte Elaine.

»Es geht keinen was an, was er im Ruhestand macht«, sagte Diesel. »Ich bin hier, weil Ring ihm nachgegangen ist.«

Das saß. Die Überraschung war ihm gelungen. »Ring?!«

Diesel nahm sich ein Plätzchen und wandte sich zum Gehen. »Sie müssen Sandor davon überzeugen, dass es besser für ihn ist, wenn er mit uns kooperiert«, sagte er zu Elaine. »Ich versuche, ihn zu beschützen.«

Elaine nickte. »Das mit Ring wusste ich nicht.«

Hä? Ring? Hatte ich das richtig verstanden? Irgendjemand oder irgendetwas mit Namen Ring war noch in diese komplizierte Sache verwickelt.

Ich sagte keinen Ton, erst als wir wieder im Auto saßen. Ich gab mich ganz ruhig, aber innerlich kochte ich. Ich kam mir vor wie Stephanie, die Dämonin, mit roten Augäpfeln und fauchendem, feuerspeiendem Maul. Zum Glück spielte sich das alles nur in meinem Kopf ab. Jedenfalls hoffte ich das. »Was sollte das denn eben?«, fragte ich Diesel wie beiläufig. Ich gab mir redlich Mühe, das dämonische Bild zu unterdrücken, und entschied mich stattdessen für einen stählernen Blick und verkniffenen Mund.

Diesel drehte sich zu mir um. Dachte nach. Schätzte ab. Stumm.

»Überlegen Sie gerade, was Sie mir sagen sollen?«, fragte ich und beließ es vorerst bei dem stählernen Blick.

»Ja.« Mister Serious. Kein Lächeln im Gesicht.

Ich wartete ab.

»Es gibt Menschen, die unterliegen nicht den sonst üblichen Beschränkungen. Sie besitzen die Fähigkeit, sich über gewisse Dinge hinwegzusetzen«, sagte Diesel schließlich. »Die meisten dieser Personen haben einen etwas skrupellosen Charakter, sie sind Einzelgänger und handeln nach eigenen Regeln. Sandor war einer der Besten. Sehr stark, sehr gut. Leider ist er jetzt alt, und er hat seine besonderen Fähigkeiten verloren. Deswegen ist er im Ruhestand. Normalerweise werden Ruheständler nach Lakewood geschickt, in ein Heim für betreutes Wohnen. Sandor hat es versucht, aber er wollte wieder da raus.«

»Und wer ist Ring?«

»Ring ist ein schlimmer Kerl, auch so alt wie Sandor.

Man hat mir gesagt, früher, als Kinder, seien die beiden dicke Freunde gewesen. Wahrscheinlich wussten sie, dass sie anders waren als ihre Spielkameraden. Es war ein Geheimnis, das sie miteinander teilten. Mit zunehmendem Alter wurden die Unterschiede jedoch ausgeprägter, und es tat sich eine Kluft zwischen ihnen auf. Ring benutzte seine besonderen Kräfte ganz nach Lust und Laune. Ihm ging es einzig darum, andere Menschen zu beherrschen. Sandor hingegen versuchte, den Schaden, den Ring anrichtete, wiedergutzumachen. Als sie beide Anfang zwanzig waren, auf der Höhe ihres Könnens, taten sich einige von Rings Kumpel zusammen und rieten ihm, seine übernatürlichen Aktivitäten einzustellen.

Ring lehnte das natürlich ab. Er richtete gerne Chaos an, er war regelrecht süchtig nach Macht. Leider war er so clever, dass nur sehr wenige mit ihm mithalten konnten. Es war praktisch unmöglich, ihn auszuschalten.

Sandor war einer der wenigen, die ihm das Wasser reichen konnten. Sandor hat sein halbes Leben damit verbracht, gegen Ring vorzugehen, ihn zu eliminieren.«

»Eliminieren?«

Diesel strich sich mit der Handkante über die Kehle, verdrehte die Augen nach oben und ließ die Zunge heraushängen. »Jedenfalls war Sandor kein Erfolg beschieden, aber immerhin gelang es ihm, Ring von Zeit zu Zeit lahmzulegen, ihn auf Monate oder Jahre unschädlich zu machen, dass er untertauchen musste.«

»Und jetzt hat Ring seine übernatürlichen Kräfte auch verloren.«

»Ja, genau. Zuletzt war er in der geschlossenen Abteilung

in Lakewood. Die haben da eine Station nur für Verhaltensauffällige und Alzheimerpatienten. Irgendwie ist es ihm gelungen, von da zu fliehen. Wahrscheinlich schlummerten doch noch Kräfte in ihm, von denen keiner was ahnte.«

Das muss man sich mal vorstellen. Ich unterhalte mich – ja, worüber eigentlich? Über Superhelden! Und mein Gesprächspartner ist ein Mann, der mich blöd anguckt, wenn ich ihm sage, dass es möglicherweise doch Elfen gibt.

»Und was für eine Rolle spielen Sie in diesem Theater?«, fragte ich ihn.

»Ich bin so einer wie Sie. Ich spüre Leute auf, die aus dem System ausgeschert sind. Ich jage die Bösen.«

4

Also. Der Reihe nach. Ich sitze im Auto und neben mir ein Typ, der sich für ein Mitglied einer Supergesellschaft hält. Und das Komische ist, ich glaube ihm. Irgendwie. Wirklich. Mir gefällt die Vorstellung, dass es noch Helden gibt, Superhelden, die uns vor uns selbst schützen. Was Diesel betrifft, bin ich mir allerdings nicht so sicher, ob er auch zu der Sorte Helden gehört.

»Nur, damit keine Missverständnisse aufkommen«, sagte ich. »Sie sind hinter Ring her, ja? Sie wollen ihn zurück nach Lakewood bringen. Und nebenher machen Sie sich Sorgen, dass Sandor in Gefahr sein könnte.«

Diesel fuhr los, fädelte sich in den Verkehr ein und bog an der nächsten Kreuzung ab. »Auf dem Höhepunkt seiner Laufbahn arbeitete Ring mit Elektrizität.«

»Wie meinen Sie das? War er bei einem Stromunternehmen angestellt?«

Diesel bekam sich nicht ein vor Lachen. »Nein. Er war so was wie der Electric Man aus dem Actionspiel. Er konnte Blitzschläge auslösen. Ich weiß nicht, wie er das anstellte. Ich dachte immer, er machte das nur aus Angeberei, aber nein, er konnte enormen Schaden damit anrichten. Ich weiß auch nicht, wie gefährlich er heute ist. Ich habe den Verdacht, dass er versucht hat, das Spielzeuggeschäft zu verwüsten, aber nicht genug Saft aufbringen konnte, um die Kisten aus den Regalen zu hauen. Das hat ihm wahrscheinlich gestunken, nehme ich an, und deswegen hat er das Fassadenschild aus der Wand gerissen. Einige Kisten waren angesengt, das heißt, ein bisschen Strom ist wohl doch geflossen, aber der war vielleicht nicht stark genug. Darüber muss man sich nicht den Kopf zerbrechen. Die Stromausfälle sind ein anderes Kapitel. Wenn er für die Stromausfälle in Trenton verantwortlich ist, bedeutet das, dass er mehr anrichten kann. Außerdem ist mir die Luft um Sandors Haus herum viel zu aufgeladen.«

»Glauben Sie, dass Sandor Kontakt zu Ihnen aufnehmen wird?«, fragte ich Diesel.

»Nein. Sandor hat immer allein gearbeitet. Ich gehe nicht davon aus, dass er jetzt jemanden um Hilfe bittet.«

Das Handy in meiner Handtasche klingelte.

»Du hast natürlich recht, was das Pferd betrifft«, sagte Valerie. »Ich weiß nicht, was ich mir dabei gedacht habe. Wo soll ich auf die Schnelle noch ein Pferd herkriegen? Sears hat sie ja auch nicht gerade jeden Tag im Angebot. Deswegen habe ich Mary ein Buch über Pferde gekauft und einen Schlafsack mit Pferdchen drauf. Jetzt fehlt mir noch was für Mom. Hast du eine Idee?«

»Ich dachte, für Mom hättest du schon einen Bademantel gekauft?«

»Ja, aber das reicht doch nicht. Da hat sie nur ein einziges Päckchen aufzumachen. Was hältst du von einem Parfüm für sie? Oder einer Bluse. Ich könnte auch noch ein passendes Nachthemd zu dem Bademantel kaufen. Und Pantoffeln.«

»Hast du nicht langsam genug eingekauft für heute, Valerie? Hat dich der Kaufrausch gepackt?«

»Ich kann jetzt nicht aufhören. Ich habe ja kaum was eingekauft. Und wir haben nur noch drei Tage zum Shoppen.«

»Wie viel Kaffee hast du heute schon getrunken, Val? Reduzier lieber deinen Kaffeekonsum ein bisschen.«

»Ich muss jetzt los«, antwortete sie und legte auf.

»Also, wo waren wir stehengeblieben?«, fragte ich Diesel.

»Wir waren gerade dabei, die Welt zu retten.«

»Ach ja, richtig.« Ich persönlich hätte mich auch schon damit zufriedengegeben, wenn ich nur den Finderlohn für Sandy Claws kassiert hätte. Auf die Weise könnte ich wenigstens den monatlichen Mindestbetrag auf mein Kreditkartenkonto einzahlen.

»Hat Connie schon herausgefunden, ob Claws sonst noch irgendwo Wasser und Strom angemeldet hat?«

Ich rief Connie an, aber ihre Informationen halfen uns auch nicht weiter. Auf den Namen Sandy Claws wurden keine derartigen Konten geführt. Ich bat sie, es mal unter dem Namen Sandor Clausen zu probieren, doch auch da Fehlanzeige.

An der nächsten Ampel blieb Diesel stehen, und ich sah, wie sein Blick in den Rückspiegel ging und sich seine Lippen zusammenzogen. »Ich habe so ein mulmiges Gefühl.«

Diesel machte eine Kehrtwende, und plötzlich zuckte vor uns am Himmel ein greller Blitz auf. Auf den Blitz folgte ein leises Grollen, dann wieder ein Blitz, und Rauch stieg über den Dächern auf.

Diesel sah zu den Rauchwolken. »Ring«, sagte er nur.

Wir brauchten keine Minute bis zu Sandy Claws' Haus.

Diesel stellte den Wagen ab, und wir gingen zu der kleinen Gruppe von Leuten, die sich auf der Straße eingefunden hatte. Sie standen mit vor Staunen weit aufgerissenen Mündern und Augen da. Blitze sieht man zu dieser Jahreszeit nicht häufig. Und ein derartiges Gemetzel, wie es der Blitzschlag angerichtet hatte, sieht man auch nicht häufig.

Das Haus der Claws war intakt geblieben, aber die lebensgroße Santa-Claus-Puppe aus Plastik, die an den Schornstein des Nachbarhauses festgezurrt war, war vom Dach gefegt worden und lag, zu einem qualmenden roten Batzen geschmolzen, auf dem Bürgersteig. Die Garage des Nachbarn brannte lichterloh.

»Er hat Santa Claus in Brand gesetzt«, sagte ich zu Diesel. »Das ist wirklich ein schwerwiegender Tatbestand.«

Diesel schüttelte ungläubig den Kopf. »Er hat das falsche Haus getroffen. Jahrelang Angst und Schrecken verbreiten, und was kommt dabei heraus – eine abgefackelte Plastikfigur. Und nicht mal die richtige Figur. Erbärmlich.«

»Ich habe alles gesehen«, sagte eine Frau. »Ich war auf der Veranda, um zu gucken, ob mein Licht brennt, da stürzt auf einmal ein Feuerball vom Himmel und fällt auf die Garage der Pattersons. Dann kommt ein zweiter Ball und haut den armen Santa Claus vom Dach. So was habe ich noch nie gesehen. Santa flog einfach vom Dach!«

»Hat sonst noch jemand die Feuerbälle gesehen?«, fragte Diesel in die Runde.

»Gegenüber von Sandys und Elaines Haus, auf dem Bürgersteig, war ein Mann, aber der ist verschwunden. Ein älterer Herr, er war ziemlich durcheinander.«

Ein Polizeiauto fuhr mit heulender Sirene vor, dicht gefolgt von einem Löschfahrzeug der Feuerwehr, und Schläuche wurden bis zur Garage ausgerollt.

Elaine stand auf ihrer Veranda. Sie hatte sich einen schweren dicken Mantel um ihren fülligen Körper gewickelt, um den Mund ein trotziger Zug.

Diesel legte einen Arm um meine Schultern. »Also, Partner. Reden wir noch mal mit Elaine.«

Elaine zog den Mantel noch fester um sich, als wir anrückten. »Der verrückte alte Kerl«, sagte sie. »Er kann einfach nicht damit aufhören.«

»Haben Sie ihn gesehen?«, fragte Diesel.

»Nein. Ich habe nur so ein elektrisches Knistern gehört, und da wusste ich, dass er irgendwo da draußen steckt. Als ich auf der Veranda stand, war er schon wieder weg. Sieht ihm ähnlich, sogar an Weihnachten keine Ruhe zu geben. Der Mann ist das Böse in Person.«

»Sie sollten besser nicht hier im Haus bleiben«, sagte Diesel. »Können Sie woanders hingehen, bis die Gefahr vorüber ist? Soll ich Ihnen ein sicheres Quartier besorgen?«

Elaine reckte ihr Kinn ein Millimeterchen vor. »Ich verlasse mein Haus nicht. Ich muss Plätzchen backen. Außerdem muss jemand da sein, der die Vogeltränken im Hinterhof auffüllt. Die Vögel verlassen sich darauf. Ich passe auf Sandor auf, seit mein Mann tot ist, und das ist fünfzehn Jahre her. In der Zeit musste ich nicht ein einziges Mal in ein sicheres Quartier umziehen.«

»Sandor konnte Sie immer beschützen. Jetzt, wo seine Kräfte nachlassen, müssen Sie vorsichtiger sein«, sagte Diesel.

Elaine biss sich auf die Unterlippe. »Sie müssen mich entschuldigen. Ich muss mich wieder ans Backen machen.«

Elaine zog sich ins Haus zurück, und Diesel und ich blieben auf der Veranda. Der Brand war so gut wie gelöscht, und eine Frau, vermutlich Mrs. Patterson, versuchte, die Reste von Santa Claus mit einem Bratenwender vom Bürgersteig zu kratzen.

Das Handy in meiner Tasche klingelte.

»Wenn das wieder Ihre Schwester ist, werfe ich Ihr Handy in den Fluss«, sagte Diesel.

Ich nahm das Handy aus der Tasche und drückte gleich die Off-Taste. Ich wusste auch so, dass es meine Schwester war. Und es bestand durchaus eine reelle Chance, dass Diesel seine Drohung wahr machte.

»Was jetzt?«, fragte ich Diesel.

»Lester weiß, wo die Fabrik ist.«

»Das können Sie vergessen. Ich gehe nicht noch mal in dieses Rattenloch.«

Diesel lachte mich aus. »Was ist los? Hat unsere große tapfere Kopfgeldjägerin Angst vor kleinen Menschen?«

»Diese falschen Elfen sind irre. Und gemein sind sie auch!«

Diesel zerzauste mir das Haar. »Keine Angst. Ich werde nicht zulassen, dass sie gemein zu Ihnen sind.«

Na, super.

Diesel stellte den Wagen ein paar Häuser von dem Personalbüro entfernt ab, und wortlos starrten wir auf die Einsatzfahrzeuge vor uns. Feuerwehr, Krankenwagen und vier Polizeiautos. Die Fenster und der Eingang zu dem Ladenlokal waren zerschlagen, auf dem Bürgersteig stand ein verkohlter Stuhl.

Wir stiegen aus und gingen auf zwei Polizisten zu, die ich kannte, Carl Costanza und Big Dog. Sie standen tatenlos herum, Hände am Gürtel eingehakt, und nahmen den Schaden mit einem Eifer in Augenschein, den man sonst nur fürs Zugucken beim Graswachsen aufbringt.

»Was ist passiert?«, fragte ich.

»Feuer. Randale. Das Übliche. Sieht ziemlich eklig aus da drin«, sagte Carl.

»Leichen?«

»Das nicht, aber Plätzchen. Überall zermantschte Plätzchen.«

Big Dog hatte ein halbes Elfenohr in der Hand. Er hielt es hoch und sah es sich an. »Und diese Dinger hier.«

»Das ist ein Elfenohr«, sagte ich.

»Ja, ich weiß. Nur diese Ohren, mehr ist von den kleinen Scheißern nicht übrig geblieben.«

»Sind sie verbrannt?«, fragte ich.

»Nein. Weggelaufen«, sagte Carl. »Hätte ich nicht gedacht, dass diese kleinen Zwerge so schnell laufen können. Wir konnten keinen Einzigen von ihnen fassen. Wir kamen am Tatort an, und sie sind sofort geflüchtet, wie die Kakerlaken, wenn das Licht angeht.«

»Wie ist das Feuer ausgebrochen?«

Carl zuckte die Schultern und sah zu Diesel. »Wer ist denn das?«

»Diesel.«

»Weiß Joe Bescheid?«

»Diesel ist nicht von hier.« Diesel kommt von weit weg,

sehr weit weg. »Wir arbeiten zusammen an einem Fall. Es geht um einen Kautionsflüchtling.«

Mehr ließ sich jetzt hier auch nicht in Erfahrung bringen, wir verabschiedeten uns von Carl und Big Dog und gingen zurück zum Auto. Die Sonne hatte sich gerade verzogen aus Trenton, die Straßenbeleuchtung war eingeschaltet und die Temperatur um etliche Grad gesunken. Meine Füße waren nass, weil ich zweimal durch Löschwasser gestapft war, und meine Nase war taub, eingefroren wie ein Eiszapfen.

»Fahren Sie mich nach Hause«, sagte ich zu Diesel. »Ich bin erledigt.«

»Was? Kein Shopping mehr? Kein Weihnachtslied? Soll Ihre Schwester Sie bei dem Wettrennen um das schönste Geschenk ausstechen?«

»Ich gehe morgen einkaufen. Ehrlich, ich schwöre es.«

Diesel stellte den Wagen auf dem Mieterparkplatz hinter meinem Haus ab und stieg aus.

»Sie brauchen mich nicht bis zur Tür zu begleiten«, sagte ich. »Sie wollen doch sicher die Suche nach Ring fortsetzen.«

»Nö. Ich habe jetzt Feierabend. Ich dachte, wir essen einen Happen zusammen und hängen dann vor der Glotze ab.«

Im ersten Moment verschlug es mir die Sprache. Irgendwie hatte ich mir den Abend anders vorgestellt. Erst wollte ich mich unter die glühend heiße Dusche stellen, bis ich ganz schrumpelig war. Dann wollte ich mir ein Sandwich mit Erdnussbutter und Marshmallowaufstrich machen. Ich esse gerne Erdnussbutter mit Marshmallows, die beiden sind wie Hauptgericht und Nachtisch in einem, und man verbraucht keinen Kochtopf. Nach dem Essen würde ich vielleicht ein bisschen fernsehen, wenn ich Glück hatte, sogar zusammen mit Morelli.

»Tolle Idee«, sagte ich, »aber ich habe heute Abend schon was vor. Vielleicht ein anderes Mal.«

»Was haben Sie denn vor?«

»Ich treffe mich mit Morelli.«

»Wirklich?«

»Ja.« Nein. Vielleicht. Die Chancen standen fünfzig zu fünfzig. »Außerdem will ich unbedingt duschen.«

»Sie können ja duschen, während ich mich ums Abendessen kümmere.«

»Können Sie kochen?«

»Nein«, sagte er. »Aber einen Lieferservice anrufen.«

»Ich hätte kein gutes Gefühl, wenn Sie sich in meiner Wohnung aufhalten.«

»Ich dachte, Sie hätten sich langsam an Super-Diesel gewöhnt.«

Der alte Mr. Feinstein schlurfte auf seinem Weg zum Auto an uns vorbei. »Hallo, mein Täubchen. Brauchen Sie Hilfe? Der Mann sieht irgendwie durchtrieben aus.«

»Wie finden Sie das?«, fragte ich Diesel. »Sie sehen durchtrieben aus.«

»Durchtrieben? Ich bin ein Softie«, sagte Diesel. »Ich habe Sie bis jetzt nicht ein einziges Mal angemacht. Gut, vielleicht ein bisschen rumgeschäkert, aber nichts Ernstes. Ich habe Sie auch nicht begrapscht… so zum Beispiel.« Er packte mich am Jackenaufschlag und zog mich zu sich heran. »Und geküsst habe ich Sie auch nicht… so zum Beispiel.« Er küsste mich.

Mir kringelten sich die Fußnägel. Eine Hitzewelle schwappte durch meinen Magen und setzte sich untenrum fort.

Mist.

Er ließ ab von meinen Lippen und lachte mich an. »Das habe ich alles noch nicht gemacht, oder?«

Ich rammte ihm beide Fäuste in die Brust, aber es ließ ihn ungerührt, deswegen trat ich einen Schritt zurück. »Kein Küssen, kein Rummachen, nichts, gar nichts. Ist das klar?«

»Klar.«

Ich machte eine Geste, die »Ich gebe auf« bedeuten sollte, drehte mich um und ging ins Haus. Diesel kam hinter mir her, und schweigend standen wir vor dem Aufzug. Die Tür öffnete sich, und Mrs. Bestler lachte mir entgegen. Mrs. Bestler ist so ungefähr der älteste Mensch, den ich kenne. Sie wohnt allein im zweiten Stock, und wenn sie sich langweilt, spielt sie gerne Aufzugführerin.

»Fahrt aufwärts«, rief sie.

»Erster Stock, bitte«, sagte ich.

Die Aufzugtüren schlossen sich, und Mrs. Bestler stimmte ihren üblichen Singsang an: »Damenhandtaschen, Weihnachtsmarkt, Kleidung für den gehobenen Geschmack.« Sie sah mich an und schimpfte mit erhobenem Zeigefinger. »Nur noch drei Tage zum Geschenke kaufen.«

»Ich weiß. Ich weiß«, sagte ich. »Morgen erledige ich meine Einkäufe. Versprochen.«

Diesel und ich traten aus dem Aufzug, und Mrs. Bestler

setzte ihre Litanei fort. »Sieht alles schon sehr weihnachtlich aus«, sagte sie, als wir den Flur entlanggingen.

»Jede Wette, dass die Frau mindestens achtzig ist«, sagte Diesel und öffnete meine Wohnungstür.

Es war dunkel in meiner Wohnung, nur die blaue Digitalanzeige an meinem Mikrowellenherd leuchtete, und das rote Lämpchen an meinem Anrufbeantworter blinkte.

Rex schnurrte in seinem Hamsterrad, sein Käfig stand auf dem Küchentresen. Das leise Surren beruhigte mich immer, Rex ging es gut, und wahrscheinlich hatten sich auch keine Bridge-Trolle in meinen Kleiderschrank eingenistet. Ich machte das Licht an, und sofort hörte Rex auf zu laufen und blinzelte mich an. Erleichtert warf ich Rex ein paar Froot Loops aus dem Karton auf dem Tresen in den Käfig, und Rex grinste zufrieden.

Ich drückte den Abspielknopf an meinem Anrufbeantworter und knöpfte mir die Jacke auf.

Erste Nachricht: »Hallo, ich bin's, Joe. Ruf mich zurück.«

Zweite Nachricht: »Stephanie? Hier ist deine Mutter. Du hast dein Handy nicht eingeschaltet. Ist irgendwas? Wo bist du?«

Dritte Nachricht: »Joe noch mal. Ich schaffe es nicht, heute Abend noch vorbeizukommen, die Arbeit hält mich fest. Ruf nicht zurück. Ich kann nicht immer frei sprechen. Ich rufe dich an, sobald ich kann.«

Vierte Nachricht: »Meine Güte, wo steckst du?«, sagte Morelli.

»Also nur Sie und ich, ganz allein«, stellte Diesel grinsend fest. »Gut, dass ich da bin. Sonst wären Sie einsam.«

Das Schlimme an der Sache: Er hatte recht. Ich stand

kurz davor, in eine handfeste Weihnachtsdepression zu fallen. Weihnachten drohte mir mal wieder zu entgleiten. Fünf Tage, vier Tage, drei Tage … und ehe ich mich versah, stand Weihnachten vor der Tür und würde ohne mich vorübergehen. Dann müsste ich wieder ein ganzes Jahr warten, um einen erneuten Versuch mit Geschenkpapier und Paketschleifen, Süßigkeiten und Weihnachtspunsch zu starten.

»Weihnachten besteht nicht nur aus Geschenken und dem ganzen Flitterkram«, sagte ich zu Diesel. »Es ist der gute Wille, auf den es ankommt, stimmt's?«

»Falsch. Sie haben ja keine Ahnung. Weihnachten dreht sich alles um Geschenke. Der Tannenbaum gehört ebenso dazu wie die Feiern bei der Arbeit.«

»Glauben Sie das wirklich?«

»Von dem religiösen Kram, auf den ich nicht näher eingehen will, mal abgesehen … Ich glaube, Weihnachten ist das, was jeder für sich daraus macht. Daran glaube ich fest. Jeder entscheidet für sich, was für Erwartungen er an das Weihnachtsfest hat. So erhält jeder die Chance, dass sich das Weihnachtsgefühl einstellt.«

»Und wenn man es jedes Jahr vermasselt? Wenn man sich sein Weihnachten jedes Jahr versaut?«

Er legte einen Arm um meine Schulter. »Versauen Sie sich gerade Ihr Weihnachten, meine Liebe?«

»Irgendwie komme ich nie damit klar.«

Diesel sah sich um. »Ist mir schon aufgefallen. Keine Lichterketten, kein Adventskranz. Keine Rauschgoldengel, keine Elchschlitten, kein Nippes, kein Schnickschnack.«

»Ich hatte mal viel Weihnachtsschmuck, aber dann gab

es einen Brandanschlag auf meine Wohnung, da ist alles in Rauch aufgegangen.«

Diesel schüttelte den Kopf. »Mein herzliches Beileid.«

Schweißgebadet wachte ich auf. Ein Albtraum plagte mich. Nur noch zwei Tage bis Weihnachten, und noch immer hatte ich kein einziges Geschenk gekauft. Im Geist schlug ich mir an den Kopf. Es war kein Albtraum. Es war Wirklichkeit. Nur noch zwei Tage bis Weihnachten.

Ich sprang aus dem Bett und huschte ins Badezimmer. Ich duschte schnell und trocknete mir die Haare mit meinem Powerföhn. Ihh! Sah das blöd aus. Ich zähmte sie mit etwas Gel, zog mir meine Tageskluft an, Jeans, T-Shirt und Boots, und ging in die Küche.

Diesel lehnte am Spülbecken, in der Hand eine Kaffeetasse. Auf dem Tresen stand eine weiße Bäckertüte, und Rex war schon wach und knabberte sich gemütlich bis zum Marmeladenkern eines Donuts vor.

»Morgen, Sonnenscheinchen«, sagte Diesel.

»Nur noch zwei Tage bis Weihnachten«, sagte ich. »Zwei Tage! Und von Ihnen wünsche ich mir, dass Sie sich nicht andauernd Zutritt zu meiner Wohnung verschaffen!«

»Ja, ja. Haben Sie dem Christkind schon Ihre Wunschliste übergeben? Waren Sie etwa nicht artig?«

Es war noch zu früh am Morgen für ein genervtes Augenverdrehen, ich versuchte es trotzdem. Ich goss mir Kaffee ein und nahm mir einen Donut.

»Nett von Ihnen, dass Sie Donuts mitgebracht haben«, sagte ich. »Aber Rex kriegt davon hohle Zähne, wenn er so ein ganzes Teilchen isst.«

»Wir machen Fortschritte«, sagte Diesel. »Sie haben nicht gleich losgeschrien, als Sie mich gerade eben hier stehen sahen. Und Sie haben den Kaffee und die Donuts nicht nach Gift abgeschmeckt.«

Ich sah mir die Brühe in meiner Tasse an und bekam sofort Panik. »Wo habe ich nur meinen Kopf«, sagte ich.

Eine halbe Stunde später parkten wir in einer Nebenstraße, mit Blick auf Briggs' Wohnung. Briggs wollte heute seinen neuen Job anfangen, und wir wollten ihm nachspionieren. Er würde uns zu der Spielwarenfabrik führen, ich würde Sandy Claws ausfindig machen, ihm Handschellen anlegen, und dann – endlich –, dann konnte ich Weihnachten feiern.

Punkt Viertel nach acht kam Randy Briggs aus dem Haus und stieg in ein speziell für seine Bedürfnisse angefertigtes Auto. Er ließ den Motor an, fuhr von dem Parkplatz herunter und steuerte Richtung Route 1. Wir klemmten uns hinter ihn, ein paar Wagen zwischen uns, und ließen Briggs nicht aus den Augen.

»Also gut«, sagte ich zu Diesel. »In Levitation sind Sie durchgefallen, und Blitze können Sie anscheinend auch nicht erzeugen. Haben Sie überhaupt ein spezielles Talent? Was haben Sie denn so im Angebot?«

»Ich habe Ihnen doch schon gesagt, ich habe ein besonderes Talent, Menschen aufzuspüren. Ich habe eine stark ausgeprägte sensorische Wahrnehmung.« Er sah mich schief von der Seite an. »Hätten Sie nicht gedacht, dass ich solche Wörter kenne, was?«

»Sonst noch was? Können Sie fliegen?«

Diesel seufzte. »Nein. Fliegen kann ich nicht.«

Briggs blieb für gut anderthalb Kilometer auf der Route 1, dann nahm er die nächste Ausfahrt und bog in ein Gewerbegebiet ab. Er ließ drei Betriebe links liegen, bevor er auf einen Parkplatz fuhr, neben einem eingeschossigen roten Ziegelbau, der schätzungsweise 500 Quadratmeter groß war. Irgendein Firmenschild, das auf den Namen oder das Produkt des Unternehmens hinwies, war nicht zu erkennen. Die einzige Dekoration war ein Spielzeugsoldat vor der Eingangstür.

Wir gaben Briggs eine halbe Stunde Vorsprung, damit er in Ruhe ankommen und sich zurechtfinden konnte. Dann gingen wir über den Parkplatz auf das Gebäude zu, stießen die Doppeltür aus Glas auf und standen in einem kleinen Empfangsraum. Die Wände waren in hellen Gelb- und Blautönen gestrichen. An einer Wand standen aufgereiht mehrere Stühle, eine Hälfte klein, die andere groß. Ein Schreibtisch grenzte den Empfang vom eigentlichen Bürobereich ab, der aus mehreren kleinen Arbeitsnischen bestand. In einer davon saß Briggs.

Die Frau am Schreibtisch sah zu Diesel und mir auf und sagte mit einem Lächeln: »Kann ich Ihnen behilflich sein?«

»Wir möchten gerne zu Sandy Claws«, sagte Diesel.

»Mr. Claws ist heute Morgen nicht da«, antwortete die Frau. »Vielleicht kann ich Ihnen weiterhelfen.«

Briggs' Kopf schnellte hoch, als er Diesels Stimme vernahm. Er sah uns an, und Sorgenfalten erschienen auf seiner Stirn.

»Erwarten Sie ihn heute noch?«, fragte ich die Dame.

»Schwer zu sagen. Er kommt und geht, wann er will.«

Wir verließen das Gebäude, und im Auto rief ich noch mal in der Firma an und verlangte Briggs.

»Rufen Sie mich hier nicht an«, sagte Briggs. »Der Job ist toll. Den will ich mir von Ihnen nicht vermasseln lassen. Und ich werde Sie auch nicht weiter auf dem Laufenden halten.« Aufgelegt.

»Dann müssen wir das Gebäude eben überwachen«, sagte ich zu Diesel. Ich wusste auch, was ich lieber täte: mir die Augen ausstechen.

Diesel rückte mit seinem Sitz nach hinten und streckte die Beine aus. »Ich bin alle«, sagte er. »Ich habe eine Nachtschicht hinter mir. Wollen Sie nicht die erste Tagesschicht übernehmen?«

»Was für eine Nachtschicht haben Sie denn hinter sich?«

»Sandor und Ring verbindet eine lange Geschichte mit Trenton. Ich habe gestern Abend, nachdem ich mich von Ihnen verabschiedet hatte, noch mal Rings alte Schlupfwinkel abgeklappert, aber es ist nichts dabei herausgekommen.«

Er verschränkte die Arme vor der Brust und fiel anscheinend umgehend in Schlaf.

Ich übernahm die erste Schicht. Um halb elf klingelte mein Handy.

»Hallo, Mädel«, sagte Lula. »Was liegt an?«

Lula macht die Ablage in Vinnies Kautionsbüro. In ihrem früheren Leben war sie mal Prostituierte gewesen, aber seitdem hatte sich ihr Lebenswandel gebessert, nur ihre Garderobe war die gleiche geblieben. Lula ist eine üppige Frau, die die besondere Herausforderung liebt, sich Kleider zu kaufen, die zwei Nummern zu klein sind.

»Nicht viel«, sagte ich. »Und wie sieht es bei dir aus?«

»Ich wollte gerade shoppen gehen. Noch zwei Tage bis Weihnachten, und ich habe noch keine Geschenke. Ich will zur Quakerbridge Mall. Hast du nicht Lust mitzukommen?«

»Und ob!«

Lula sah in den Rückspiegel, um einen letzten Blick auf Diesel zu ergattern, bevor sie den Parkplatz der Spielzeugfabrik verließ. »Feines Teil, der Mann. Keine Ahnung, wo du die immer auftreibst, aber gerecht ist das nicht. Du hast den gesamten Markt für geile Teile abgeräumt.«

»Eigentlich ist er ein Superheld, oder so.«

»Kann ich mir denken. Und bestimmt sind seine Jungs auch kleine Superhelden.«

Diese Bemerkung hätte auch von Grandma sein können. Über Diesels Fortpflanzungsorgan wollte ich mir keine Gedanken machen, lieber schaltete ich das Radio ein. »Ich muss um drei Uhr zur Wachablösung wieder hier sein«, sagte ich.

»Wie blöd«, sagte Lula und fuhr auf das Gelände der Quakerbridge Mall. »Jetzt sieh sich einer diesen Parkplatz an. Voll. Gerammelt voll. Wo soll ich jetzt parken? Ich habe nur noch zwei Tage zum Shoppen. Ich kann mich jetzt nicht mit Parkplatzsuche beschäftigen. Und wieso sind die besten Plätze eigentlich immer für Behinderte reserviert? Siehst du hier irgendwo Behindertenfahrzeuge auf diesen Behindertenparkplätzen? Gibt es etwa so viele Behinderte bei uns in New Jersey?«

Geschlagene zwanzig Minuten kurvte Lula auf dem Parkplatz herum, aber es fand sich kein freier Platz. »Guck mal den winzigen Sentra da vorne, der mit seiner Nase an das Pinto-Wrack stößt«, sagte Lula und riss das Steuerrad herum, bis die vordere Stoßstange ihres Firebirds knapp an die hintere Stoßstange des Sentras stieß. »Oh, oh«, rief sie, sich langsam vorschiebend, »da macht sich der Sentra doch glatt selbständig, und der Pinto rollt auf die Fahrbahn. Na so etwas. Eh man sich versieht, ist ein Parkplatz frei.«

»Du kannst doch nicht einfach ein Auto vom Parkplatz schieben«, sagte ich.

»Siehst du doch, dass ich das kann«, sagte Lula. »Schon vorbei.« Lula hängte sich die Handtasche um die Schulter, wälzte sich aus ihrem Firebird und kugelte Richtung Shopping-Mall-Eingang. »Ich habe viel zu erledigen«, sagte sie. »Wir treffen uns um halb drei wieder am Auto.«

Ich sah auf meine Uhr. Halb drei. Und ich hatte erst ein Geschenk. Ein Paar Handschuhe für meinen Vater. Ein einfallsloses Geschenk. Jedes Jahr bekam er Handschuhe von mir. Er rechnete fest damit. Was die anderen aus meiner Familie betraf, war ich schwer in Verlegenheit. Meine guten Geschenkideen hatte ich alle Valerie abgetreten. Und in der Einkaufs-Mall war ein irres Gewusel. Zu viele Shopper. Zu wenig Kassiererinnen. Begrapschte Ware. Warum musste ich die Geschenke immer auf den allerletzten Drücker besorgen? Nächstes Jahr würde ich im Juli mit dem Weihnachtseinkauf beginnen. Ich schwöre es. Ganz bestimmt. Im Juli.

Lula und ich trafen gleichzeitig am Auto ein, ich mit meinem kleinen Beutel mit den Handschuhen, Lula mit vier prall gefüllten Einkaufstüten.

»Du bist ja echt gut«, sagte ich. »Ich habe nur Handschuhe gekauft.«

»Dabei weiß ich nicht einmal, was in den Tüten drin ist«, sagte Lula. »Ich habe mir einfach das Zeug geschnappt, das in der Nähe der Kassen war. Keine Ahnung, ob es das Richtige ist. Nach Weihnachten tauschen die Leute ihre Sachen sowieso wieder um, also ist es eigentlich auch egal, was man kauft.«

Lula gondelte Richtung Ausfahrt, und plötzlich leuchteten ihre Augen. »Ist das zu fassen?«, sagte sie. »Die haben ja einen Verkaufsstand für Weihnachtsbäume hier. Ich brauche unbedingt einen Tannenbaum. Ich halte mal eben an. Es dauert bloß eine Minute. Ich kaufe mir nur eben schnell einen Tannenbaum.«

Eine Viertelstunde später hatten wir zwei Zweimeterbäume in Lulas Mini-Kofferraum gepackt. Einen Baum für Lula, einen für mich. Wir zurrten sie mit einem Gummiseil fest, und weiter ging es.

»Gut, dass wir diesen Verkaufsstand entdeckt haben. So bist du doch noch zu einem Baum gekommen«, sagte Lula. »Weihnachten ohne Tannenbaum, das geht doch nicht. Ach, ist Weihnachten nicht herrlich?«

Lula steckte in kniehohen, weißen Kunstfell-Boots, in denen sie wie Häuptling Bigfoot aussah. Ihre untere Hälfte hatte sie in eine hautenge rote Hose aus Elastan gezwängt, in die glitzernde Goldfäden eingewoben waren. Sie trug einen roten Pullover mit einem Tannenbaum-Aufnäher aus grünem Filz, darüber eine gelb eingefärbte Kaninchenfelljacke. Bei jeder Bewegung lösten sich gelbe Kaninchenfellhaare von der Jacke und schwebten wie Pusteblumenflaum in der Luft. Der Verkaufsstand hinter uns versank in einem gelben Dunst.

»Also«, sagte Lula, als sie an der nächsten Ampel anhielt. »Weihnachten wäre damit gerettet. Jetzt kann eigentlich nichts mehr schiefgehen.« Die Ampel sprang auf Grün, doch der Fahrer vor uns zögerte. Lula drückte auf die Hupe und zeigte ihm den Stinkefinger. »Los! Beweg dich!«, rief sie. »Wir haben nicht den ganzen Tag Zeit. Es ist Weihnachten, verdammt noch mal. Wir haben noch viel zu erledigen!« Sie stieß auf den Highway und gab Gas und trällerte aus voller Kehle. *Jingle bells, jingle bells, jingle all the way*.

Ich hielt die Hand vor Augen.

»Hast du wieder dein Augenzucken?«, fragte sie. »Musst du mal was gegen machen. Geh zum Arzt!«

Lula hatte gerade die dritte Strophe von *Stille Nacht, heilige Nacht* angestimmt, als wir hinter dem Jaguar anhielten. Ich stieg aus ihrem Firebird aus. Diesel ließ sein Fenster herunter, und ich beugte mich zu ihm.

»Lula und ich können die nächste Schicht übernehmen«, sagte ich zu ihm. »Wenn was passiert, rufe ich Sie an.«

»Klingt gut«, sagte Diesel. »Ich könnte eine Pause vertragen. Es war den ganzen Tag ruhig, so wie ich es mag. Wenn es keine weiteren Störungen mehr gibt, kehrt Sandor irgendwann in seine Werkstatt zurück.«

»Da machen Sie sich mal keine Sorgen, Diesel-Schätzchen«, ließ sich Lula hinter mir vernehmen. »Wir haben hier alles voll unter Kontrolle. Ich bin die Ruhe in Person.«

Diesel musterte Lula und lachte.

»Und? Was ist Sache?«, wollte Lula wissen, als Diesel weg war.

»Ich bin hinter einem Kautionsflüchtling her, Sandy Claws. Ihm gehört die Spielzeugfabrik.«

»Und das Auto neben uns? Was ist damit? Auf dem Fahrersitz liegt eine dicke Sitzauflage. Und was sollen die vielen Hebel am Lenkrad?«

»Die meisten Beschäftigten hier sind kleine Menschen.«

Wenn Lula aufgeregt war, gingen ihr die Augen von allein über, so dass sie wie große Enteneier aussahen. Dies war so ein Enteneiermoment. »Willst du mich verarschen? Zwerge? Ein ganzes Haus voller Zwerge? Ich liebe Zwerge. Seit ich den *Zauberer von Oz* gesehen habe, bin ich ganz verknallt in Zwerge. Nur nicht in diesen einen, Randy Briggs, dieses eklige kleine Scheusal.«

»Briggs arbeitet auch hier«, sagte ich. »Im Büro.«

»Hmpf. Dem täte ich gerne eine verpassen.«

»Bloß nicht!«

Lula schob den Unterkiefer vor und verdrehte heftig die Augen, so dass sie ganz in ihren Höhlen verschwanden. »Ich weiß doch, was sich gehört. Ich bin ein anständiger Mensch. Etwa nicht? Ich bin der Anstand in Person.«

»Du bekommst ihn sowieso nicht zu Gesicht«, sagte ich. »Weil wir nämlich nur hier sitzen bleiben.«

»Ich will aber nicht hier sitzen bleiben«, sagte Lula. »Ich will die Zwerge sehen.«

»Heute sagt man kleine Menschen dazu. Zwerg ist politisch nicht korrekt.«

»Mist. Ich bin gar nicht mehr auf dem Laufenden, was politisch korrekt ist und was nicht. Ich weiß ja nicht mal, wie ich mich selbst nennen soll. Einmal bin ich schwarz. Dann bin ich Afroamerikanerin. Dann bin ich eine Farbige. Wer stellte eigentlich solche blöden Regeln auf?«

»Egal, wie sie nun heißen, kleine Menschen, Elfen oder wie auch immer. Du wirst sie erst sehen, wenn die Schicht wechselt und sie nach Hause gehen.«

»Woher willst du wissen, ob Claws nicht durch die Hintertür hereingekommen ist? Wetten, dass diese Fabrik einen Hintereingang hat? Wahrscheinlich mit Verladerampe. Sollen wir nicht lieber rein und fragen, ob Claws schon da ist?«

Lula hatte recht, das war ein Argument. Ganz bestimmt gab es einen Hintereingang.

»Also gut«, sagte ich. »Wird wohl nicht schaden, die Frau an der Empfangstheke noch mal zu behelligen.«

Briggs wurde leichenblass, als wir den Raum betraten. Die Empfangsdame sah uns entschuldigend an. »Tut mir leid, aber er ist immer noch nicht da«, sagte sie zu mir.

»Wo wird das Spielzeug hergestellt?«, fragte Lula und spazierte auf die Tür zum Fabrikationsbereich zu. »Doch bestimmt hier, oder? Ich würde mir liebend gerne mal ansehen, wie das Spielzeug hergestellt wird.«

Die Frau hinter dem Tresen war sofort auf den Beinen. »Mr. Claws hat es nicht gerne, wenn sich Gäste in der Produktionshalle aufhalten.«

»Ich will nur mal schnell einen Blick hineinwerfen«, sagte Lula und öffnete die Tür. »Du liebe Güte!«, rief sie und betrat die Werkhalle. »Jetzt guck sich einer das an! Eine Horde Elfen!«

Briggs kam aus seinem Kabuff hervor, und beide liefen wir hinter Lula her.

»Das sind keine Elfen«, sagte Briggs und bremste schliddernd vor ihr ab.

Lula stemmte die Fäuste in die Seiten. »Von wegen! Ich werde doch wohl noch Elfen erkennen können. Man braucht sich doch nur die Ohren anzugucken. Die haben alle Elfenohren.«

»Das sind künstliche Ohren, Dummerchen«, sagte Briggs zu Lula. »Eine Marketingmasche.«

»Nennen Sie mich nicht Dummerchen«, warnte Lula ihn.

»Dummerchen, Dummerchen, Dummerchen«, sagte Briggs.

»Pass bloß auf, Schwachkopf«, sagte Lula. »Ich könnte dich wie eine kleine Wanze zertreten. Also bitte etwas mehr Respekt!«

»Da ist sie ja!«, schrie einer der Elfen und zeigte auf mich. »Sie hat das Feuer im Personalbüro ausgelöst.«

»Feuer?«, sagte Lula. »Wovon redet der?«

»Sie hat das Chaos ausgelöst«, schrie jemand anders. »Schnappt sie euch!«

Die Elfen sprangen von ihren Arbeitsplätzen auf und kamen auf ihren Elfenbeinchen angetrippelt.

»Schnappt sie euch! Schnappt sie euch!«, schrien sie. »Schnappt euch die große blöde Aufrührerin.«

»He!«, sagte Lula. »Moment mal! Was soll das …!«

Ich packte Lula hinten am Jackenkragen und zerrte sie zur Tür. »Lauf weg! Und nicht umdrehen!«

5

Wir rauschten ab und schoben uns durch den Haupteingang, sprinteten über den Parkplatz und sprangen ins Auto. Lula verschloss die Türen, und die Elfen umschwärmten uns.

»Das sind überhaupt keine Elfen«, sagte Lula. »Mit Elfen kenne ich mich aus. Elfen sind niedlich. Das hier sind Gremlins. Böse kleine Monster. Sieh mal, diese spitzen Zähne. Und die roten, glühenden Augen!«

»Gremlins? Ich weiß nicht«, sagte ich. »Das Kerlchen mit den roten Augen ist nur ein kleiner Mensch, der einen Kater hat und schlechte Zähne.«

»Was ist denn das für ein Lärm? Was machen die hinten an meinem Firebird?«

Wir drehten uns um und sahen aus dem Rückfenster. Zu unserem Schreck fielen die Elfen über das Auto her und zogen unsere Tannenbäume aus dem Kofferraum.

»Weg da!«, rief Lula. »Lasst den Tannenbaum in Ruhe! Der Tannenbaum gehört mir!«

Keiner hörte auf sie. Die Elfen waren wie rasend, knackten einen Ast nach dem anderen ab und sprangen auf den zerfetzten Zweigen herum.

Plötzlich lag ein Elf auf der Motorhaube, ein zweiter kletterte hinterher.

»Verfluchte Scheiße!«, sagte Lula. »Das artet ja in den reinsten Horrortrip aus.« Sie stieß den Schlüssel in den Anlasser, ließ den Motor an und schoss wie eine Rakete über den Parkplatz. Ein Elf flog umgehend von der Motorhaube herunter, der andere hielt sich krampfhaft an den Scheibenwischern fest, das wutverzerrte Gesicht an die Windschutzscheibe gepresst. Abrupt riss Lula das Steuerrad herum, einer der Wischer brach ab, und der kleine Elf segelte davon wie eine Frisbeescheibe, das Elfenhändchen noch immer um den Wischer gekrallt.

»Arschlooooooch!« Die Arie des Elfenflugs erstarb.

Wir hatten schon einige Kilometer auf der Route 1 hinter uns gebracht, ehe einer von uns etwas sagte.

»Keine Ahnung, was das für kleine Arschfratzen waren«, meinte Lula. »Denen müsste man erst mal Umgangsformen beibringen.«

»Das war ziemlich knapp«, sagte ich.

»Und wie.«

Einen Tannenbaum hatte ich jetzt immer noch nicht.

Kurz nach fünf verabschiedete ich mich von Lula und trottete nach Hause. Meine Wohnung war leer, Diesel nicht da. Im Stillen sagte ich mir Gott sei Dank, aber eigentlich war ich enttäuscht. Ich hängte meine Jacke an einen Haken im Flur und hörte meinen Anrufbeantworter ab.

»Stephanie? Hier ist deine Mutter. Mrs. Krienski sagte, sie hätte noch keine Weihnachtskarte von dir bekommen. Du hast doch deine Weihnachtspost verschickt, oder? Heute Abend gibt es Schmorbraten zum Essen – wenn du kommen willst. Dein Vater hat an der Tankstelle einen Tannenbaum für dich gekauft. Die hatten Schlussverkauf. Er sagte, er hätte ein Schnäppchen gemacht.«

Schreck lass nach. Einen Schlussverkaufs-Tannenbaum von der Tankstelle. Schlimmer geht es nicht.

Zu Hause bei meinen Eltern das übliche Bild: Mary Alice und Angie saßen vor dem Fernsehgerät. Mein Vater schlummerte in seinem Sessel. Meine Schwester war oben im Badezimmer und reierte in die Kloschüssel. Und meine Oma und meine Mutter waren in der Küche.

»Ich habe sie nicht verlegt«, sagte meine Oma zu meiner Mutter. »Jemand hat sie an sich genommen.«

»Das ist doch lächerlich«, sagte meine Mutter. »Wer sollte sie dir wegnehmen?«

Ich wusste im Voraus, dass ich es bereuen würde, aber meine Neugier siegte. »Was fehlt denn?«

»Meine Zähne«, sagte meine Oma. »Jemand hat sie genommen. Ich hatte sie in ein Glas gesteckt, mit so einer weißen Reinigungstablette, und jetzt sind sie weg.«

»Wie war dein Tag?«, fragte mich meine Mutter.

»Geht so. Eine Horde wütender Elfen hat mich angegriffen, zum zweiten Mal, aber sonst war alles wie immer.«

»Schön«, sagte meine Mutter. »Kannst du mal die Soße umrühren?«

Valerie kam in die Küche und hielt sich beim Anblick des Schmorbratens auf einem Servierteller gleich die Hand vor den Mund.

»Was Neues?«, fragte ich sie.

»Ich habe mich entschieden, das Kind auszutragen. Aber ich werde nicht gleich heiraten.«

Meine Mutter bekreuzigte sich, und ihr Blick ging wehmütig zu dem Regal, in dem sie eine Flasche Four Roses aufbewahrte. Der Moment ging vorüber, dann trug sie den Schmorbraten ins Esszimmer. »Essen!«, rief sie.

»Soll ich den Braten vielleicht ohne Zähne kauen?«, fragte Grandma. »Wenn die Zähne bis morgen früh nicht wiederaufgetaucht sind, hole ich die Polizei. Ich habe mich für Heiligabend verabredet. Ich habe meinen neuen Freund zum Essen eingeladen.«

Wir waren wie erstarrt. Der Frauenheld wollte zum Weihnachtsessen kommen.

»Verdammt«, sagte mein Vater.

Nach dem Essen gab mir meine Mutter einen Beutel mit Speisen, die ich nur noch kurz aufwärmen musste. »Ich weiß ja, dass du keine Zeit zum Kochen hast«, sagte sie. Es gehörte zu unserem Ritual. Und eines Tages, wenn ich Glück hatte, würde ich die Tradition an die nächste Generation weiterreichen. Nur, dass der Beutel, den ich meiner Tochter geben würde, wahrscheinlich Fertiggerichte enthielt.

Mein Vater war draußen und befestigte den Tannenbaum an meinen Honda CRV. Er versuchte es am Dachgepäckträger, aber jedes Mal, wenn er das Seil strammer zog, rieselte es Tannennadeln. »Er ist etwas trocken«, sagte er. »Stell ihn mal gleich ins Wasser, wenn du nach Hause kommst.«

Auf halbem Weg leuchteten mir von hinten Scheinwerfer ins Auto. Tiefe Sportwagen-Scheinwerfer. Ich sah in den Rückspiegel. Es war nicht leicht zu erkennen in der Dunkelheit, aber ich war mir ziemlich sicher, dass es ein schwarzer

Jaguar war. Ich stellte mich auf den Mieterparkplatz, Diesel daneben. Wir stiegen aus und betrachteten mein Bäumchen. Zum Glück schien kein Mond.

»Kann man ja kaum erkennen in der Dunkelheit«, sagte Diesel.

»Besser so.«

»Wie lief die Überwachung?«

»Wie Sie prophezeit haben – alles ruhig.«

Diesel lachte.

»Sie wissen wohl schon Bescheid, wie es gelaufen ist«, seufzte ich.

»Ja.«

»Woher?«

»Ich weiß einfach alles.«

»Nein.«

»Doch.«

»Nein.«

Eine plötzliche Windbö, in der Luft ein Prasseln, und Diesel packte mich, warf mich zu Boden und bedeckte mich mit seinem Körper. Licht blitzte auf, und für einen kurzen Moment erfasste mich eine Hitzewelle. Ich hörte, wie Diesel fluchte und sich zur Seite wälzte. Als ich aufblickte, sah ich, dass mein Tannenbaum lichterloh brannte. Funken sprühten in den Nachthimmel, und das Feuer griff auf das Auto über.

Diesel zog mich hoch in den Stand, und wir traten von den Flammen zurück. Wegen des Autos war ich stinkig, aber dass ich meinen Baum losgeworden war, darüber war ich gar nicht mal unzufrieden.

»Was war das?«, fragte ich Diesel. »Ein Meteor?«

»Tut mir leid, Sonnenscheinchen. Das galt mir.«

Ich starrte auf mein Auto, und hinter mir hörte ich, wie Fenster in meinem Haus aufgerissen wurden. Lorraine in Nachthemd und Mo mit Mütze. Gerade hatten sie sich für einen langen Winterschlaf vor dem Fernseher eingerichtet, als sich draußen auf dem Parkplatz ein solcher Lärm erhob, dass sie aus ihren Liegesesseln aufsprangen. Wie der Blitz waren sie ans Fenster geeilt, rissen die Vorhänge beiseite und schoben den Fensterrahmen hoch. Und was bekamen ihre verwunderten Augen zu sehen? Stephanie Plum, deren Auto lichterloh in Flammen stand, wieder mal.

»He!«, rief Mo Kleinschmidt. »Ist Ihnen auch nichts passiert?«

Ich winkte ihm zu.

»Sieht hübsch aus mit dem Baum auf dem Dach«, rief er. »Einen Baum haben Sie bisher noch nicht abgefackelt.«

Ich sah Diesel von der Seite an. »Es ist nicht das erste Mal, dass ein Auto von mir explodiert, abbrennt oder bombardiert wird.«

»Ach ja? Erstaunt mich nicht«, sagte Diesel.

In der Ferne heulten Feuerwehrsirenen. Zwei Streifenwagen rollten auf den Parkplatz, hielten aber einen Sicherheitsabstand zu dem Rauch und den Flammen. Hinter dem zweiten Wagen folgte Morellis Pick-up. Morelli stieg aus und schlenderte zu uns herüber. Er sah erst mich an, dann den abgefackelten Honda, dann schüttelte er den Kopf und seufzte resigniert. Seine Freundin war eine Plage.

»Ich habe die Meldung im Polizeifunk gehört. Da wusste ich, das kannst nur du sein«, sagte Morelli. »Alles in Ordnung mit dir?«

»Ja, ja. Ist schon gut. Ich habe mir gedacht, dass das die einzige Möglichkeit für mich ist, dich mal wiederzusehen. Sonst bleibt mir ja nichts.«

»Sehr witzig«, sagte Morelli. Er musterte Diesel. »Muss ich mir Sorgen machen wegen ihm?«

»Nein.«

Morelli gab mir einen Kuss auf die Stirn. »Ich muss wieder an die Arbeit.«

Diesel und ich sahen Morellis Wagen hinterher.

»Ich mag ihn«, sagte Diesel. »Es gefällt mir, wie er Sie auf die Stirn küsst.«

»Ziehen Sie lieber Ihre Jacke aus«, sagte ich zu Diesel. »Sie brennt.«

Als ich am nächsten Morgen aus dem Bad kam, saß Diesel im Wohnzimmer auf dem Sofa und guckte fern. Sein Anblick war unerwartet, und ich brauchte eine Schrecksekunde lang, bis mein Gehirn in der Lage war, die einzelnen Punkte *groß*, *ungebetener Gast*, *auf dem Sofa* und *Diesel* zu einem Bild zusammenzufügen.

»Meine Fresse«, sagte ich. »Können Sie nicht ein Mal die Klingel benutzen? Ich hatte nicht damit gerechnet, einen Mann auf meinem Sofa vorzufinden.«

»Das ist Ihr persönliches Problem«, sagte Diesel. »Wie sieht Ihr Plan für den heutigen Tag aus?«

»Ich habe keinen Plan. Ich dachte, Sie hätten einen.«

»Mein Plan sieht im Wesentlichen vor, Ihnen zu folgen. Es muss doch einen Grund haben, dass man mich in Ihre Wohnung gebeamt hat. Eigentlich warte ich darauf, dass sich mir alles irgendwann erschließt.«

Oh, Mann.

»In der Küche stehen ein paar Sachen für Sie«, sagte Diesel. »Beim Nippes sind alle guten Sachen längst weg. Aber ich habe Ihnen einen Tannenbaum und einen Weihnachtsstern besorgt. Ich hatte das Gefühl, dass ich Ihnen noch einen Baum schuldig bin.«

Ich begab mich in die Küche und entdeckte auf dem Tresen einen schönen großen roten Weihnachtsstern. Und mitten in der Küche stand ein ungefähr anderthalb Meter großer geschmückter Tannenbaum. Es war ein echter Baum, mit Gold und Silberlametta, der Fuß steckte in einer Plastikwanne, die mit Goldfolie ausgeschlagen war, und auf der vollendet geformten Tannenspitze prangte ein Strohstern. Ein herrlicher Baum, aber irgendwie kam er mir bekannt vor. Und dann fiel mir ein, wo ich den Baum schon mal gesehen hatte. In der Quakerbridge Mall. Diese Bäume standen als Deko im Erdgeschoss des Shopping Centers.

»Ich möchte Sie lieber nicht fragen, wo Sie den Baum herhaben«, sagte ich.

Diesel schaltete das Fernsehgerät aus und kam in die Küche geschlendert. »Es gibt Dinge, die bleiben besser ungeklärt.«

»Es ist trotzdem ein schöner Baum. Und noch dazu geschmückt.«

»Ich halte mein Wort.«

Ich stand staunend vor dem Baum, fragte mich, ob ich wegen Mittäterschaft beim Diebstahl einer Tanne ins Gefängnis kommen konnte, da rief Randy Briggs an.

»Ich wollte gerade anfangen zu arbeiten, aber irgendwas Seltsames geht hier vor. Ihr spezieller Freund Sandy Claws ist aufgetaucht und hat alle nach Hause geschickt. Er hat die ganze Produktion stillgelegt.«

»Heute ist Heiligabend. Vielleicht ist er ein sozial eingestellter Arbeitgeber.«

»Sie haben mich nicht verstanden. Er hat die Produktion für immer eingestellt.«

»Ich dachte, Sie wollten nicht für mich spionieren.«

»Ich habe gerade meinen Job verloren. Sie sind die Einzige, die mich vor der Sozialhilfe bewahren kann.«

»Sind Sie noch da?«

»Ich stehe auf dem Parkplatz. In der Produktionshalle sind nur Claws und Lester.«

Ich legte auf, schnappte mir Jacke und Tasche, und Diesel und ich liefen die Treppe hinunter. Ich stieß die Haustür auf und hielt kurz inne, als ich die verkohlten Reste auf dem Bürgersteig sah. Kein Honda mehr, nur noch der durch die Hitze verformte Asphalt und das zu Eis gefrorene Löschwasser.

Diesel packte mich am Ärmel und zog mich mit sich. »Es war doch nur ein Auto«, sagte er. »Das lässt sich ersetzen.«

Ich stieg in seinen Jaguar und schnallte mich an. »Wenn es doch so einfach wäre. Es kostet Zeit und Geld. Und dann ist da noch die Versicherung.« Über die Versicherung wollte ich lieber erst gar nicht nachdenken. Ich war ein Witz für jede Versicherung.

Diesel fuhr los, im Tiefflug zur Route 1. »Null problemo. Was für ein Auto möchten Sie haben? Wieder einen Honda? Einen Pick-up? Einen BMW Z3? In einem Z3 kann ich Sie mir gut vorstellen.«

»Nein! Ich kaufe mir mein Auto selbst.«

Diesel brauste über eine rote Ampel und schraubte sich auf die Auffahrt zur Route 1 Richtung Süden. »Sie haben bestimmt geglaubt, ich würde ein Auto für Sie klauen. Bestimmt glauben Sie auch, ich hätte den Tannenbaum für Sie geklaut.«

»Und?«

»Es verhält sich kompliziert«, sagte Diesel, wechselte auf die linke Spur, Gaspedal bis zum Anschlag durchgedrückt. Er wirkte viel zu cool für einen Mann, der mit 150 Stundenkilometern die Straße entlangbretterte.

Ich schloss die Augen und versuchte, mich auf meinem Sitz zu entspannen. Wenn ich schon bei einem Zusammenstoß sterben sollte, wollte ich das entgegenkommende Fahrzeug wenigstens nicht auf mich zukommen sehen. »Die Superpower, die Sie angeblich haben… gehört Autofahren auch dazu?«

Diesel lachte und musterte mich von der Seite. »Aber klar doch.«

Die Antwort bestärkte mich nicht gerade in meinem Vertrauen.

Mit quietschenden Reifen legte er sich in die Kurve, einmal um die Ecke, und wir standen auf dem Parkplatz der Spielzeugfabrik. Briggs war noch da, und in der Nähe des Firmeneingangs parkten noch zwei andere Autos.

Diesel machte den Motor aus und war schon ausgestiegen. »Warten Sie hier!«

»Kommt gar nicht in Frage!«, sagte ich, doch meine Tür war verschlossen, alle Türen waren verschlossen. Ich stemmte mich gegen die Hupe.

Auf halbem Weg zum Firmeneingang drehte sich Diesel um und sah mich giftig an, Fäuste in den Seiten. Ich drückte weiter ungerührt auf die Hupe, worauf er ungläubig den Kopf schüttelte. Er kam zurück, machte die Beifahrertür auf und zog mich aus dem Auto. »Sie können einen wirklich total nerven.«

»Ohne mich wären Sie in diesem Fall keinen Schritt weitergekommen.«

Er seufzte und legte einen Arm um meine Schulter. »Was wäre ich nur ohne Sie, Schätzchen.«

Noch eine Autotür wurde geöffnet und zugeschlagen, und Briggs stieß zu uns. »Ich komme mit, falls Sie noch einen starken Mann brauchen«, sagte er.

»Wenn ich noch mehr Helfer kriege, muss ich eine Demonstration anmelden«, sagte Diesel lapidar.

Der Empfangsbereich und die Arbeitsnischen dahinter waren menschenleer. Sandy Claws und Lester waren im hinteren Raum, wo das Spielzeug hergestellt wurde. Sie saßen zusammen an einem der Arbeitsplätze. Als wir eintraten, sahen sie zu uns herüber, aber sie standen nicht von ihren Stühlen auf. Vor Claws lagen einige Holzspäne, ein paar Holzwerkzeuge und ein kleiner roher Holzklotz. Die Ecken an dem Klotz waren schräg abgesägt worden.

Wir gingen zu den beiden Männern, und Diesel sah hinunter auf den Holzklotz. »Was machen Sie da?«, fragte er.

Claws lachte und strich mit der Hand über den Klotz. »Ein Spezialspielzeug.«

Diesel nickte, als wüsste er Bescheid, was er meinte.

»Sind Sie gekommen, um mich heimzuholen?«, fragte Claws.

Diesel schüttelte den Kopf. »Nein. Sie sind ein freier

Mann. Ich bin hinter Ring her. Leider ist Ring hinter Ihnen her.«

»Ring«, stöhnte Claws auf. »Wer hätte gedacht, dass der noch solche Power hat.«

»Mir scheint eher, der Kerl hat seine Zielsicherheit verloren«, sagte Diesel.

»Das ist der graue Star. Der blöde Kerl kann nicht mehr richtig sehen.«

Diesel überflog mit einem Blick den Raum. Überall lag Spielzeug herum, in unterschiedlichen Stadien der Fertigstellung. »Sie haben die Fabrik dichtgemacht. Wieso das?«

»Er steckt da irgendwo«, sagte Claws. »Ich spüre die elektrische Ladung in der Luft. Ich wollte die Arbeiter keiner Gefahr aussetzen, deswegen habe ich sie nach Hause geschickt.«

»Gott sei Dank«, sagte Lester. »Widerliche kleine Faulpelze. Es hat sich nicht gelohnt. Sie machen nur Ärger.«

»Die Elfen?«, fragte ich.

Claws gab einen verächtlichen Laut von sich. »Wir haben sie aus Newark herangekarrt. Ich hatte diese Fabrik ungesehen angemietet, und dann stellte sich heraus, dass hier vorher eine Kindertagesstätte drin war. Alles ist für Minis zugeschnitten. Ich dachte, es wäre billiger, kleine Menschen einzustellen, als die Toiletten und Waschbecken umzubauen. Das Problem war nur, dass wir eine Horde Verrückter bekamen. Die Hälfte der Leute behauptete allen Ernstes, echte Elfen zu sein. Und Sie wissen ja, dass Elfen unberechenbar sind.«

Wir nickten. »Ja, ja«, sagten wir in törichter Übereinstimmung. »Elfen sind launisch. Auf Elfen ist kein Verlass.«

»Was haben Sie jetzt vor?«, fragte Diesel.

Claws zuckte die Schultern. »Ich stelle jetzt nur noch gelegentlich das eine oder andere Spezialspielzeug her. Das macht mir sowieso am meisten Freude.«

»Ich würde Sie und Elaine gerne an einen sicheren Ort bringen, bis wir Ring unter Kontrolle haben«, sagte Diesel.

»Solange Ring frei herumläuft, ist man an keinem Ort sicher«, sagte Claws.

Ich räusperte mich und knackte mit den Fingerknöcheln. »Ich sage es ja nur ungern, aber eigentlich muss ich Sie festnehmen.« Ich fasste in meine Tasche und zog Handschellen hervor.

»Scheiße«, sagte Briggs.

»Ich tu nur meine Arbeit.«

»Ja, aber heute ist Weihnachten. Lassen Sie Milde walten!«

»Nicht vergessen: Ich kann Sie erst bezahlen, wenn ich bezahlt werde«, sagte ich zu Briggs.

»Das ist ein Argument«, sagte Briggs. »Legen Sie ihm die Handschellen an!«

Ich sah zu Diesel.

»Das ist Ihr Job«, sagte Diesel.

Ich betrachtete die Handschellen, die an meinem Finger baumelten. Meine letzte Chance, Geld für Weihnachtsgeschenke zu verdienen. Und Claws einzulochen war gerechtfertigt. Er hatte gegen das Gesetz verstoßen und war nicht zu seiner Anhörung vor Gericht erschienen. Nur, leider, es war Weihnachten, und ich hatte keine Garantie, dass Claws heute noch gegen Kaution auf freien Fuß kam. Ich dachte an sein Haus, das vor lauter Weihnachtsplätzchen und Weihnachtsstimmung förmlich platzte und mit Lichterketten geschmückt war, die Segenswünsche in die Welt hinausblinkten.

»Ich kann nicht«, sagte ich. »Es ist Weihnachten. Elaine stünde mit ihren Plätzchen ganz alleine da.«

Claws und Lester gaben einen Seufzer der Erleichterung von sich. Briggs war hin und hergerissen. Diesel grinste sich einen ab.

»Und jetzt?«, fragte ich.

»Jetzt machen wir Jagd auf Ring«, sagte Diesel.

Ich brauchte nicht auf die Uhr zu gucken, ich wusste auch so, dass es bereits später Vormittag war. Die Zeit raste mir davon. Ich hatte nur noch einen halben Tag, damit Weihnachten dieses Jahr nicht wieder ins Wasser fiel, und der größte Teil der Zeit würde mit der Jagd auf Ring draufgehen. Ich spürte, wie die Angst mir die Kehle zuschnürte. Ich besaß nicht mal mehr die Handschuhe, die ich für meinen Dad gekauft hatte. Sie waren zusammen mit meinem Honda in Rauch aufgegangen.

»Sie könnten einen kleinen Kurzkredit aufnehmen«, sagte Diesel, der meine Gedanken las.

Die Entscheidung blieb mir erspart. Plötzlich war schweres Donnergrollen zu hören, das Gebäude bebte, und ein Riss tat sich in der Decke auf. Wir schossen los zum Eingang, doch ein nächster Donnerschlag ließ uns auf halbem Weg erstarren. Putz rieselte von oben herab, und wir duckten uns unter einen Arbeitstisch aus Massivholz. Einige große Brocken lösten sich aus der Decke und krachten zu Boden. Noch mehr Deckenteile kamen herunter. Das Licht kam flackernd zum Erlöschen, und Staub wirbelte auf. Der Arbeitstisch hatte uns das Leben gerettet, aber wir waren unter lauter Trümmern begraben.

Wir zählten durch und kamen zu dem Schluss, dass keiner von uns verloren gegangen war.

»Ich könnte mich durch das Chaos nach draußen wühlen«, sagte Diesel, »aber ich befürchte, dass der Haufen instabil ist. Der Schutt müsste von oben freigeräumt werden.«

Wir probierten unsere Handys aus, hatten aber keinen Empfang.

»Ich verstehe das nicht«, sagte Briggs. »Was war das? Es fühlte sich an wie ein Erdbeben, aber in New Jersey gibt es doch gar keine Erdbeben.«

»Ich vermute, es war einfach nur … irgendein Vorkommnis«, sagte ich.

Wir blieben eine halbe Stunde auf dem Boden hocken und warteten auf Feuerwehr- und Krankenwagensirenen.

»Kein Mensch weiß, dass wir hier eingeschlossen sind«, sagte Claws schließlich. »Und die meisten Firmen hier in der Nähe sind Warenlager, mit geringem Publikumsverkehr.«

»Vielleicht ist auch nur die Decke eingestürzt, und die Wände stehen noch«, sagte Lester. »Wenn man nicht genau hinsieht, kann man von außen nichts von der Verwüstung erkennen.«

Ich rückte näher an Diesel heran. Diesel war groß und stark, bei ihm fühlte ich mich sicher.

Er zupfte an einer Haarsträhne von mir. »Sie haben doch etwa keine Angst, oder?«, fragte er mich, wobei seine Lippen mein Ohr streiften.

»Ich doch nicht. Ich bin cool.«

Wer einmal lügt… Ich hatte Schiss wie sonst was. Ich saß in der Falle, unter Tonnen von Schutt, allein mit vier Männern und ohne Toilette. Mein Herz pochte wie wild in meiner Brust, und mir war kalt bis auf die Knochen vor Angst und Klaustrophobie. Sollte ich hier lebend wieder herauskommen, stünden mir vielleicht ein paar peinliche Momente bevor, wenn ich mich an Diesels Lippen erinnerte. Erst aber hatte ich genug damit zu tun, nicht mit den Zähnen zu klappern vor lauter Panik.

»Jemand muss Hilfe holen«, sagte Claws.

»Das dürfte dann wohl ich sein«, sagte Diesel. »Dass mir keiner ausflippt.«

Ein Geräusch, als würde eine Seifenblase zerplatzen – *Pling* –, und Diesel neben mir war verschwunden.

»Ach, du liebe Scheiße«, sagte Briggs. »Was war das denn schon wieder?«

»Äh, ich weiß nicht«, sagte ich.

»Wir sind doch noch alle hier, oder?«, fragte Briggs.

»Ich bin jedenfalls hier«, sagte ich.

»Ich habe nichts gehört«, sagte Lester.

»Ich auch nicht«, sagte Briggs. »Keinen Mucks habe ich gehört.«

Wir saßen da und warteten, um uns herum gespenstische Stille.

»Hallo«, rief Briggs nach einer Weile, aber niemand antwortete, und wir fielen wieder in Schweigen.

In einer stockfinsteren Höhle verliert man jedes Gefühl für Zeit. Die Minuten zogen sich hin, doch dann plötzlich hörten wir von Weitem Geräusche. Ein Kratzen und Poltern. Gedämpfte Stimmen drangen zu uns vor. Wir hörten Sirenen, aber nur schwach, das Geröll tötete jeden Lärm.

Zwei Stunden später, nachdem ich endlose Verhandlungen mit Gott geführt hatte, wurde ein riesiges Trümmerteil der Decke von unserem Tisch gehoben, und wir sahen Tageslicht über uns, und Gesichter starrten uns an. Ein weiteres Trümmerteil wurde entfernt, und Diesel stieg durch die Öffnung zu uns herunter.

»Dann habe ich mir das wohl nur eingebildet, dass Sie mit uns unter der eingestürzten Decke eingeschlossen waren. In Wirklichkeit waren Sie die ganze Zeit draußen, oder?«

»Genau«, sagte Diesel und streckte mir seine Hand entgegen.

Er schob mich von unten hoch, ein paar Feuerwehrleute zogen mich durch das Loch nach oben, und Jubel brach aus. Als Nächster kam Briggs, danach Lester, dann Claws, und zum Schluss tauchte Diesel auf.

Das Dach war nahezu komplett eingestürzt, nur die Außenwände standen noch, wie Lester vermutet hatte. Der Parkplatz war voller Einsatzfahrzeuge und den obligatorischen Gaffern. Ich blieb stehen und schüttelte mir den Dreck und Putz aus den Haaren und Kleidern. Meine Jacke und Hose waren wie in Staub gebacken, und noch immer hatte ich diesen komischen Geschmack im Mund.

Ich sah zu Claws, und zum ersten Mal fiel mir auf, dass er das Holzspielzeug, an dem er geschnitzt hatte, mitgenommen hatte, als das Gebäude zusammengestürzt war. Er wiegte es in den Armen, drückte es an die Brust. Es war ein kleines, nicht ausgearbeitetes Werkstück, mit Staub bedeckt, so wie wir alle. Es war noch zu früh, um zu erkennen, was für ein Spielzeug es einmal werden sollte. Ich beobachtete ihn, wie er sich heimlich an den Rettungskräften vorbeimogelte, in seinen Wagen stieg und davonfuhr. Nicht schlecht, dachte ich, immerhin wurde er gesucht, er war ein Kautionsflüchtling.

Ich sah mich auf dem Parkplatz um, dann sah ich zum Himmel.

»Er ist nicht mehr hier«, sagte Diesel. »Er taucht für gewöhnlich ab, wenn er zugeschlagen hat.«

»Wie sieht er eigentlich aus?« In meiner Fantasie stellte ich mir eine Figur wie Green Goblin vor.

»Ein ganz normaler kleiner alter Mann mit grauem Star.«

»Kein Werkzeuggürtel? Kein eingenähter Blitz auf seinem Hemd?«

»Leider nicht.«

Ein Sanitäter legte mir eine Decke um die Schultern und versuchte, mich zu dem Krankenwagen zu geleiten. Ich sah auf die Uhr und stellte auf stur. »Ich kann mich jetzt nicht einfach ausklinken«, sagte ich. »Ich muss noch meine Weihnachtseinkäufe erledigen.«

»Sie sehen ein bisschen angegriffen aus«, sagte der Mann. »Etwas blass.«

»Natürlich bin ich blass. Es sind nur noch vier Stunden, bis ich zum Weihnachtsessen bei meinen Eltern einlaufen muss. Sie sähen auch blass aus, wenn Sie in meiner Haut stecken würden.« Ich wandte mich Diesel zu. »Ich hatte viel Zeit zum Nachdenken, während wir unter dem Tisch verschüttet waren, und eins ist mir klar geworden. Meine Mutter ist augenblicklich eine stärkere Bedrohung für mich als dieser Ring. Fahren Sie mich zu Macy's!«

Es war später Nachmittag, die Straßen relativ leer. Die Büroangestellten hatten früher als sonst Schluss gemacht, die Kinder hatten Ferien, und die Shopper gönnten ihren Kreditkarten mal eine Auszeit. Die Bewohner von New Jersey waren zu Hause, bereiteten den Weihnachtsbraten vor und packten die letzten Geschenke ein. In acht Stunden, wenn alle Kaufhäuser geschlossen waren, wird die gesamte Bevölkerung verzweifelt nach Batterien suchen, nach Geschenkpapier und nach Klebeband.

In acht Stunden horchen alle Kinder des Landes nach dem Trappeln von Rentierhufen auf dem Dach. Außer Mary Alice, die nicht mehr an Weihnachten glaubte.

Vorfreude lag in der Luft, in der Mall, auf dem Highway, in Chambersburg, in jedem Haus in jeder Stadt, und alles vermischte sich zu der einen großen Megalopolis. Weihnachten stand vor der Tür. Ob es einem gefiel oder nicht.

Diesel bog in die Einfahrt zum Kundenparkplatz und fand einen Platz neben dem Haupteingang. Parkplatzprobleme gab es jetzt nicht mehr. Die Stille in der Mall war bedrückend. Konfuse Verkäufer standen reglos herum, warteten auf den Schlussgong. Hier und da torkelten vereinzelte Kunden von Regal zu Regal. Hauptsächlich Männer. Sie wirkten verloren.

»Hilfe«, sagte Diesel. »Das ist ja beängstigend. Die Nacht der lebenden Toten.«

»Und was ist mit Ihnen?«, fragte ich ihn. »Haben Sie Ihre Weihnachtseinkäufe schon erledigt?«

»Ich mache eigentlich keine Weihnachtseinkäufe.«

»Frau, Freundin, Mutter?«

»Bin gerade solo.«

»Entschuldigen Sie.«

Er zwickte mich an der Nase und lachte. »Schon okay. Ich habe ja Sie.«

»Haben Sie auch ein Geschenk für mich?«

Wir sahen uns tief in die Augen, und sein Blick wurde eine Idee wärmer. Er lupfte fragend die Augenbrauen um ein Millimeterchen, und meine Körpertemperatur stieg an.

»Möchten Sie denn ein Geschenk haben?«, fragte er. Wir verstanden beide sehr genau, was er mir anbot.

»Nein. Nein.« Ich kniff den Mund zusammen und tat beschäftigt, wischte mir Staub von der Jacke. »Trotzdem vielen Dank.«

»Sagen Sie Bescheid, wenn Sie es sich anders überlegt haben«, sagte er, die Stimme wieder munter und fröhlich wie vorher.

Normalerweise würden zwei Leute, die sich anscheinend in Baustellendreck gesuhlt hatten, ziemlich auffallen in der Quakerbridge Mall. Heiligabend, vier Uhr, hätte man auch nackt herumlaufen können, es hätte niemand gemerkt. Mit Konfektionsgröße und Farbe gab ich mich erst gar nicht ab, ich machte es nach Lulas Methode: alles in den Einkaufskorb werfen, was griffbereit in der Nähe der Kasse war. Um halb sechs war ich fertig und im Auto. Auf der Fahrt zu meinen Eltern packte ich die Geschenke ein.

Diesel legte vor unserem Haus eine kleine Bremsung hin, und wir kullerten aus dem Auto, vollbepackt mit Schachteln und Tüten.

Grandma stand an der Tür. »Sie ist da!«, rief sie dem Rest der Familie zu. »Und sie hat diesen knackigen Schwuli mitgebracht.«

»Schwuli?«, fragte Diesel.

»Zu kompliziert zu erklären«, sagte ich.

»Schreck lass nach«, sagte meine Mutter, als sie uns sah. »Was ist passiert? Ihr seid ja ganz dreckig.«

»Es ist weiter nichts«, sagte ich. »Ein Haus ist über uns zusammengestürzt, und wir hatten keine Zeit mehr zum Umziehen.«

»Vor ein paar Jahren hätte ich das noch ungewöhnlich gefunden«, stellte meine Mutter fest.

»Du musst mir helfen«, sagte Grandma. »Mein kleiner Weiberheld kommt heute zum Abendessen, und ich habe mein Gebiss immer noch nicht wiedergefunden.«

»Wir haben überall nachgeguckt«, sagte meine Mutter. »Sogar den Abfall haben wir durchsucht.«

»Jemand hat es gestohlen«, sagte Grandma. »Ein gutes Gebiss bringt bestimmt viel Geld auf dem Schwarzmarkt.«

Es klopfte an der Haustür, und Morelli schloss sich auf.

»Kommt ja wie gerufen«, sagte Grandma. »Ich möchte eine Straftat melden. Man hat mir meine Zähne gestohlen.«

Morelli sah mich an. *Hilfe!* besagte der erste Blick. *Wie siehst du denn aus*, der zweite.

»Eine Decke ist eingestürzt«, erklärte ich. »Aber uns ist nichts passiert.«

Morelli malmte mit seinen Kiefermuskeln. Er versuchte, ganz ruhig zu bleiben.

»Wo waren deine Zähne denn zuletzt?«, fragte ich Grandma.

»In einem Glas, zum Reinigen.«

»Ist nur das Gebiss weg oder auch das Glas?«

»Der hinterhältige gemeine Dieb hat alles genommen, Zähne und Glas.«

Mary Alice und Angie saßen vor dem Fernsehgerät.

»He«, wandte ich mich an sie. »Hat einer von euch Grandmas Gebiss gesehen? Es war in einem Glas in der Küche, und jetzt ist es weg.«

»Ich dachte, Grandma wollte es wegwerfen, deswegen habe ich es Charlotte gegeben«, sagte Mary Alice.

Charlotte ist ein großer lila Dino, der in Grandmas Schlafzimmer wohnt. Grandma hatte ihn vor zwei Jahren an der Strandpromenade von Point Pleasant gewonnen, ganze vier Vierteldollar hatte sie dafür auf die rote Einunddreißig gesetzt. Der Mann brachte das Glücksrad in Schwung. Und Grandma gewann Charlotte. Ursprünglich sollte Mary Alice den Dino bekommen, doch Grandma verliebte sich in Charlotte und behielt sie. Die Füllung in Charlottes gewaltigem Dinoleib hatte sich seitdem ein bisschen umverteilt, deswegen wies sie hier und da klumpige Stellen auf, so wie Grandma.

Mary Alice lief nach oben und holte Charlotte, und tatsächlich, in Charlottes klaffendem Maul steckte, wie angepasst, Grandmas Gebiss.

»Charlotte waren die Zahnfüllungen ausgefallen«, sagte Mary Alice. »Sie hatte Probleme beim Essen, deswegen habe ich ihr Grandmas Gebiss gegeben.«

»Ach, wie lieb«, sagte Grandma. »Das ist mir nie aufgefallen.«

Wir sahen uns die Zähne etwas genauer an. Sie waren

alle bemalt, mit Blumenmotiven, Regenbogen und bunten Sternchen.

»Ich habe die Zähne mit meinen Markerstiften hübscher gemacht«, sagte Mary Alice. »Ich habe die wasserfesten benutzt, damit die Bilder beim Zähneputzen nicht gleich wieder weggehen.«

»Das ist ganz lieb von dir«, sagte Grandma, »aber ich brauche meine Hauerchen, weil ich doch heute Abend eine ganz heiße Verabredung habe. Ich kaufe Charlotte welche, sobald ich kann.«

Grandma nahm Charlotte die Zähne aus dem Maul und steckte sie sich in den Mund. Sie lachte, und wir alle versuchten, nicht loszuprusten, außer mein Vater.

»Ach, du liebe Scheiße«, sagte er und starrte wie gebannt auf Grandmas Dentaldekor.

Das Telefon klingelte, und Grandma lief, um abzuheben. »Das war mein kleiner Weiberheld«, sagte sie, nachdem sie wieder aufgelegt hatte. »Er sagte, er hätte einen anstrengenden Tag hinter sich und müsste erst noch ein Nickerchen machen, um seine Batterie aufzuladen. Wir treffen uns nach dem Essen bei Stiva. Da gibt es heute eine Weihnachts-Spezialtotenwache für Betty Schlimmer.«

Bei uns gibt es Weihnachten immer Backofenschinken. An Heiligabend wird er heiß gegessen, und am Ersten Weihnachtsfeiertag baut meine Mutter ein riesiges Buffet auf, dazu gibt es den Schinken kalt, in Scheiben geschnitten, Makkaroni und noch ungefähr tausend andere Gerichte.

Wir hatten uns gerade zu Tisch gesetzt, da kam Kloughn. »Komme ich zu spät?«, fragte er. »Ich hoffe, ich komme nicht zu spät. Ich habe mir Mühe gegeben, nicht zu spät zu kommen, aber auf der Hamilton Avenue gab es einen Unfall. Sogar einen ziemlich einträglichen. Schwere Halswirbelverletzungen und so. Vielleicht nehmen sie mich ja als Anwalt.« Er küsste Valerie auf die Wange und wurde knallrot. »Alles gut?«, fragte er. »Hast du viel kotzen müssen heute? Geht es dir jetzt besser? Ich wäre so froh, wenn es dir wieder besser gehen würde.«

Grandma reichte Kloughn den Kartoffelbrei. »Ich habe mal gehört, dass diese Halswirbelverletzungen eine Menge Geld einbringen«, sagte Grandma.

Kloughn sah Grandmas Zähne, und der Schöpflöffel für den Kartoffelbrei fiel ihm aus der Hand und knallte auf seinen Teller. »Hä?«

»Sie wundern sich bestimmt über meine Zähne«, sagte Grandma. »Mary Alice hat sie für mich angemalt.«

»Ich habe noch nie bemalte Zähne gesehen. Bemalte Fingernägel, die ja. Und Tätowierungen tragen die Leute ja überall. Bemalte Zähne sind wahrscheinlich der nächste große Renner«, sagte Kloughn. »Vielleicht sollte ich mir meine Zähne auch bemalen lassen. Könnte man sich einen Fisch daraufmalen lassen? Wie fänden Sie einen Fisch?«

»Eine Regenbogenforelle sähe schick aus«, sagte Grandma. »Da hätten Sie gleich alle Farben drin.«

Mary Alice rutsche auf ihrem Stuhl herum. Sie redete leise mit sich selbst, zwirbelte Haarsträhnen um ihren Zeigefinger, zappelte unentwegt.

»Was ist los?«, fragte Grandma. »Musst du galoppieren?«

Mary Alice sah zu meiner Mutter.

»Na los, mach schon«, sagte meine Mutter. »Es war in

letzter Zeit sowieso viel zu ruhig hier. Ein Pferd könnte ein bisschen Stimmung ins Haus bringen.«

»Ich weiß, dass es Santa Claus eigentlich gar nicht gibt«, sagte Mary, »aber wenn es ihn doch gibt – glaubst du, dass er auch Geschenke für Pferde dabeihat?«

Wir alle gingen sofort darauf ein.

»Natürlich.«

»Auf jeden Fall.«

»Und ob.«

»Klar hat der auch Geschenke für Pferde dabei.«

Mary Alice hörte auf zu zappeln und blickte nachdenklich. »Wollte ich nur wissen«, sagte sie.

Angie beobachtete Mary Alice. »Vielleicht gibt es Santa Claus ja doch«, sagte sie sehr ernst.

Mary Alice starrte hinunter auf ihren Teller. Schwierige Entscheidungen, die da getroffen werden mussten.

Mary Alice war nicht die Einzige, die zwischen Baum und Borke stand. Ich hatte Diesel auf der einen Seite und Morelli auf der anderen, und von beiden Personen gingen starke Anziehungskräfte aus. Sie konkurrierten nicht miteinander. Diesel spielte in einer ganz anderen Liga als Morelli. Es war eher so, dass sich ihre Energiefelder im Luftraum über mir überschnitten.

Beim Nachtisch sprang Grandma plötzlich vom Stuhl auf. »Was? *Wie* spät ist es?«, sagte sie. »Ich muss unbedingt los. Bitsy Greenfield will mich abholen, und wenn ich nicht startbereit bin, fährt sie ohne mich los. Wir müssen diesmal früh da sein. Es ist eine Spezialfeier. Es gibt nur Stehplätze.«

»Mach lieber nicht den Mund auf«, rief ich Grandma

hinterher. »Die Leute könnten das Kunstwerk auf deinen Zähnen falsch deuten.«

»Das ist kein Problem«, sagte sie. »Von den Gästen bei Stiva sieht sowieso keiner mehr so gut, dass er irgendwas unterscheiden könnte. Die haben alle was an der Netzhaut oder grauen Star, da braucht man nicht mal Make-up aufzulegen. Das Alter hat viele Vorteile. Wenn man grauen Star hat, sehen alle Menschen schön aus.«

»Sag mir doch noch mal, warum du so dicke bist mit dem Typen«, bat mich Morelli. Wir standen in der Kälte auf der hinteren Veranda und schlangen die Arme um uns. Es war der einzige Ort im ganzen Haus, an dem man sich ungestört unterhalten konnte.

»Er sucht einen Mann namens Ring. Er glaubt, dass es zwischen Ring und mir irgendeine Verbindung gibt. Wir wissen nur nicht welche. Deswegen hält er sich in meiner Nähe auf, bis wir es herausgefunden haben.«

»Wie nah?«

»So nah nun auch wieder nicht.«

Drinnen holten meine Eltern und meine Schwester Geschenke aus ihren Verstecken hervor und bauten sie unter dem Tannenbaum auf. Angie und Mary Alice schliefen fest. Grandma war irgendwo unterwegs, wahrscheinlich mit ihrem neuen Schwarm, und Diesel hatte man losgeschickt, um Batterien zu kaufen.

»Ich habe ein Geschenk für dich«, sagte Morelli, krallte seine Pfoten in meinen Mantelkragen und zog mich zu sich heran.

»Ein großes Geschenk?«

»Nein. Es ist sehr klein.«

Damit konnte ich den dringlichsten Wunsch auf meiner Liste also abhaken.

Morelli gab mir eine kleine, in rote Folie eingewickelte Schachtel. Ich machte die Schachtel auf und fand einen Ring darin. Der Ring war eine Kordel aus zwei miteinander verwobenen Gold- und Platinbändern, darin hineingesetzt waren drei kleine dunkelblaue Saphire. »Es ist ein Freundschaftsring«, sagte Morelli. »Wir haben es ja mal mit Verlobung versucht, aber das hat nicht geklappt.«

»Nein, jedenfalls noch nicht«, sagte ich.

»Ja, noch nicht«, sagte er und streifte mir den Ring über den Finger.

Geräusche klingen in kalter Luft kristallklar. Ich hörte, wie ein Auto draußen vorfuhr, eine Tür geöffnet und geschlossen wurde, dann noch eine.

»Da bist du ja«, sagte Grandma.

Die tiefere männliche Stimme drang nicht ganz so klar zu uns durch.

»Grandma und ihr Frauenheld!«, flüsterte ich Morelli ins Ohr.

»Ich würde ja wirklich gerne bleiben«, sagte Morelli, »aber ich habe einen dringenden Auftrag …«

Ich öffnete die Tür von der Veranda zur Küche. »Kannst du vergessen. Du bleibst hier. Ich will mich dem Frauenhelden nicht alleine aussetzen.«

»Guckt mal, wen ich hier habe«, verkündete Grandma in die Runde. »Das ist mein Freund John.«

John war etwa einsachtzig groß, hatte weißes Haar, einen frischen Teint und einen schlanken Körper. Er hatte dicke

Brillengläser und trug, passend zum Anlass, eine gebügelte graue Hose, Freizeitschuhe mit Gummisohle und einen roten Blazer. Grandma hatte schon Schlimmere angeschleppt. Wenn John künstliche Gelenke oder Ähnliches hatte, hielt er sie gut versteckt, immerhin.

Grandma war nicht halb so schick herausgeputzt. Ihr Lippenstift war verschmiert, und ihre Haare standen zu Berge.

»Sieht ja eklig aus«, flüsterte Morelli mir zu.

Ich reichte Grandmas Schwarm die Hand. »Guten Tag. Ich bin Stephanie«, sagte ich.

Er schüttelte meine Hand; meine Kopfhaut kribbelte, und ein Funke sprang über. »Ich bin John Ring«, stellte er sich vor.

Oh, Mann. Das war also die Verbindung. Das war der Grund, warum Diesel in meine Küche gebeamt worden war.

»Er ist immer statisch aufgeladen, aber heute Abend besonders«, sagte Grandma. »Wir müssen ihn mit so einem weichen Antistatiktuch abreiben.«

»Tut mir leid, dass ich es nicht geschafft habe, zum Essen hier zu sein«, sagte Ring. »Ich habe einen anstrengenden Tag hinter mir.« Er trat näher heran, rückte seine Brille zurecht und schielte mich an. »Kenne ich Sie irgendwoher? Sie kommen mir irgendwie bekannt vor.«

»Sie ist Kopfgeldjägerin«, sagte Grandma. »Sie macht Jagd auf die Bösen.«

Tsss. Tsss. Funken sprühten von Rings Kopf.

»Ist das nicht sagenhaft, was er da machen kann?«, sagte Grandma. »So geht das den ganzen Abend.«

Meine Mutter bekreuzigte sich heimlich und wich einen Schritt zurück. Morelli rückte näher an mich heran, drückte sich von hinten an mich und legte eine Hand auf meinen Nacken.

»Guckt mal, die Härchen auf meinem Arm«, sagte Kloughn. »Sie stehen ab. Warum ist das nur so? Mann, das macht mir ganz schön Angst. Hat das etwas zu bedeuten? Aber was nur?«

»Die Luft ist ziemlich trocken«, sagte ich. »Wenn die Luft so trocken ist, liegen die Haare manchmal nicht dicht an.«

Was nun? Da stand ich also Ring gegenüber, Diesel war losgezogen, um Batterien zu besorgen, und ich hatte keine Ahnung, was ich machen sollte. Mein Herzschlag setzte bei jedem zweiten Mal aus, und ich knisterte von Kopf bis Fuß. Unter meinen Schuhsohlen vibrierte es.

»Ich hätte Lust auf einen Slurpee«, sagte ich zu Grandma und Ring. »Sollen wir nicht alle zu 7-Eleven gehen und uns einen Slurpee genehmigen?«

»Jetzt?«, fragte Grandma. »Wir sind doch gerade erst gekommen.«

»Ja. Jetzt gleich. Ich brauche unbedingt einen Slurpee.«

In Wahrheit wollte ich Ring schnellstens aus dem Haus schaffen. Er durfte sich auf gar keinen Fall in der Nähe von Angie und Mary Alice aufhalten, auch nicht von meinem Vater und meiner Mutter.

»Du kannst ja hierbleiben und beim Geschenkeeinpacken helfen«, schlug ich Grandma vor. »Und Mr. Ring könnte mich zum 7-Eleven fahren. So könnten wir uns gleich ein bisschen miteinander bekannt machen.«

Tsss. Tsss. Tsss. Mr. Ring schien meine Idee nicht besonders zu gefallen.

»War nur ein Vorschlag«, sagte ich.

Morelli hielt die ganze Zeit seine Hand auf meinem Nacken, und Ring holte ein paarmal tief Luft.

»Alles in Ordnung?«, fragte Grandma ihren neuen Freund. »Du siehst ein bisschen blass aus.«

»Ich bin … aufgeregt«, sagte er. »Weil ich deine Familie kennenlerne.« *Tsss. Tsss.*

Ring hatte sich offenbar nicht mehr unter Kontrolle, er litt unter Spontanausfluss von Elektrizität, was ihm ebenso unangenehm zu sein schien wie mir.

»Ja, ja«, sagte er und lächelte gezwungen, »ein typisches Familienweihnachten. Macht Spaß, nicht?« *Tsss.* Er wischte sich Schweißperlen von der Stirn. *Tsss. Tsss.* »Was haben Sie für einen schönen Tannenbaum.«

»Der hat mich fünfzehn Dollar gekostet«, sagte mein Vater.

Tsss.

Der Baum war spindeldürr und hatte nur noch ungefähr zwölf kümmerliche Nädelchen. Mein Vater goss ihn gewissenhaft jeden Tag, aber der Baum hatte wohl schon in der Jahresmitte das Zeitliche gesegnet.

Ring streckte eine Hand aus, berührte das Bäumchen behutsam, und umgehend ging es in Flammen auf.

»Ach, du Scheiße!«, jammerte Kloughn. »Feuer. Feuer! Schafft die Kinder aus dem Haus. Den Hund. Den Braten.«

Das Feuer sprang auf die Watte über, mit der der Baumständer umwickelt war, dann auf die Geschenke. Ein anderer Feuerstrang raste die nächste Fenstergardine hoch.

»Ruf den Notarzt!«, sagte meine Mutter. »Ruft die Feuerwehr! Frank, hol den Feuerlöscher aus der Küche!«

Mein Vater trabte in die Küche, doch Morelli hielt den Feuerlöscher bereits in der Hand. Kurze Zeit später standen wir alle wie gelähmt im Wohnzimmer und staunten mit offenen Mündern über das Chaos, das wir angerichtet hatten. Der Baum war weg. Die Geschenke waren weg. Die Gardine hing nur noch in Fetzen von der Stange.

John Ring war ebenfalls verschwunden.

Und Diesel war immer noch nicht wieder da.

Draußen war eine ganze Serie lauter Explosionen zu hören, und durchs Fenster sahen wir, wie der Himmel aufleuchtete, taghell. Dann auf einmal war alles dunkel und still.

»Verdammte Hacke«, sagte mein Vater.

Grandma sah sich um. »Wo ist John? Wo ist mein kleiner Frauenheld?«

»Meinst du Sparky?«, fragte Kloughn. »Den Zündfunken?«

»Der ist anscheinend schon gegangen«, sagte ich.

»Typisch Mann«, sagte Grandma. »Erst deinen Tannenbaum abbrennen und dann abhauen.«

Morelli stellte den Feuerlöscher wieder beiseite und legte einen Arm um meine Schulter. »Hast du mir vielleicht was zu sagen?«

»Ich wüsste nicht.«

»Ich habe von alldem nichts mitgekriegt«, sagte Morelli. »Ich habe keine Funken aus seinem Kopf sprühen sehen. Und ich habe auch nicht gesehen, wie er den Tannenbaum in Brand gesteckt hat.«

»Ich auch nicht«, sagte ich zu ihm. »Ich habe auch nichts mitgekriegt.«

Wir standen alle noch eine Weile so herum, ohne dass jemand etwas sagte. Uns fehlten die Worte. Wir standen wie unter Schock. Und wahrscheinlich spielte auch Selbstverleugnung eine Rolle.

Ein leises Piepsstimmchen unterbrach die Stille.

Es war Mary Alice. »Was ist passiert?«, fragte sie.

Sie stand in ihrem Pyjama auf der Treppe, Angie hinter ihr.

»Wir hatten ein Feuer hier«, sagte meine Mutter.

Mary Alice und Angie traten näher an den Tannenbaum heran. Mary Alice untersuchte die verkohlten Geschenkschachteln und sah meine Mutter an. »Waren das Geschenke von der Familie?«

»Ja.«

Mary Alice betrachtete die Sache von der nüchternen Seite. Sie überlegte, sah zu Angie, dann wieder zu Grandma.

»Das ist gut«, sagte sie schließlich. »Santas Geschenke sollen nämlich nicht verbrennen.« Mary Alice kletterte auf das Sofa, setzte sich und legte die Hände in den Schoß. »Ich bleibe hier und warte auf Santa«, sagte sie.

»Ich dachte, du würdest nicht an den Weihnachtsmann glauben«, sagte Grandma.

»Diesel hat mir gesagt, es wäre wichtig, an etwas zu glauben, das einem Glück bringt. Er war gerade eben bei mir im Zimmer, und er sagte, er würde jetzt gehen, aber heute Nacht würde Santa Claus uns besuchen kommen.«

»Kam er auf einem Pferd angeritten?«, fragte Grandma. »Oder saß er auf einem Rentierschlitten?«

Mary Alice schüttelte den Kopf. »Diesel ist allein gekommen.«

Angie setzte sich neben Mary Alice. »Ich warte auch.«

»Sollen wir nicht erst mal den Mist hier aufräumen?«, sagte Grandma.

»Das machen wir morgen«, sagte meine Mutter, holte sich einen Stuhl aus dem Esszimmer und setzte sich Mary Alice und Angie gegenüber. »Ich warte auch auf Santa Claus.«

Und so setzten wir uns alle hin und warteten auf Santa. Wir machten den Fernseher an, aber wir guckten gar nicht richtig hin. Wir horchten. Wir horchten auf Schritte auf dem Dach. Wir hofften darauf, einen Rentierschlitten vor dem Fenster vorbeifliegen zu sehen. Wir warteten darauf, dass etwas Magisches geschah.

Die Uhr schlug zwölf, und ich hörte, wie draußen Autos vorfuhren und Türen geöffnet und wieder geschlossen wurden. Und ich hörte Stimmen, die aufgeregt miteinander flüsterten. Es klopfte, und wir sprangen alle auf. Ich ging zur Haustür, und ich staunte nicht schlecht, als Sandy Claws vor mir stand. Er trug einen schicken roten Anzug und eine rote Weihnachtskrawatte. In den Armen hielt er einen Karton, in schimmerndes Papier eingewickelt und mit einer goldenen Schleife versehen. Hinter ihm scharte sich ein Heer von Elfen. Echte? Falsche? Wer konnte das schon beurteilen? Alle hatten Geschenke dabei. Unter ihnen war auch Randy Briggs.

»Diesel meinte, Sie brauchten Hilfe bei Ihren Festvorbereitungen«, sagte Claws zu mir.

»Geht es ihm gut?«

»Ja, es ist alles bestens. Diesel geht es immer gut. Er begleitet Ring zurück ins Heim.«

»Wie schafft er das nur? Wie schafft er es, keine Stromschläge abzubekommen, wenn er mit Ring unterwegs ist?«

»Diesel hat so seine Methoden.«

»Werden Sie viel belästigt?«, fragte Kloughn einen der Elfen. »Sie können bestimmt einen guten Anwalt gebrauchen. Hier, da haben Sie meine Visitenkarte.«

Meine Mutter lief in die Küche und kehrte mit Tellern voller Plätzchen und Früchtebrot zurück. Mein Vater spendierte ein paar Bier. Grandma warf ein Auge auf Claws.

»Ein süßer Kerl«, sagte sie zu mir. »Weißt du, ob er schon vergeben ist?«

Das Fest dauerte so lange, bis alle Geschenke ausgepackt waren, das letzte Plätzchen verzehrt und das letzte Glas Bier ausgetrunken war. Die Elfen verabschiedeten sich und machten sich in ihren Autos davon.

Nur Sandy Claws und Briggs blieben. Es gab noch eine allerletzte Schachtel auszupacken, die mit dem goldenen Schleifenband, und Claws überreichte die Schachtel Mary Alice.

»Das habe ich ganz alleine gemacht«, sagte er. »Es ist für dich. Bewahr es sorgfältig auf. Es ist ein besonderes Geschenk für einen ganz besonderen Menschen.«

Mary Alice hob den Deckel der Schachtel und sah hinein. »Oh, wie schön«, sagte sie.

Es war ein Pferd, aus gemasertem Kirschholz geschnitzt.

Mary Alice hielt es in der Hand. »Es fühlt sich warm an«, sagte sie.

Ich fasste das Stück Holz an. Für meine Begriffe war es kalt. Ich sah Sandor mit einem fragenden Blick an.

»Ein besonderes Geschenk für einen ganz besonderen Menschen«, sagte er zu mir.

»Jemanden mit ganz besonderen Fähigkeiten?«

Er lachte. »Es gibt Zeichen und Wunder.«

Ich erwiderte sein Lachen. »Wir sehen uns vor Gericht.«

Ich wachte in aller Frühe auf, neben mir Morelli, und stahl mich leise aus dem Bett. Vorsichtig taperte ich durch meine dunkle Wohnung in die Küche. Der Tannenbaum aus der Shopping Mall war mit winzigen blinkenden Lichtern geschmückt, und Diesel lehnte am Tresen.

»Ist das der Abschied?«, fragte ich ihn.

»Bis zum nächsten Mal.« Er nahm meine Hand und schmatzte mir einen Kuss auf den Handteller. »Es war ein schönes Weihnachtsfest«, sagte er. »Bis dann, mein Sonnenscheinchen.«

»Bis dann«, sagte ich, aber da war Diesel bereits verschwunden.

Er hatte absolut recht, fand ich. Es war ein wunderschönes Weihnachtsfest.

Liebeswunder und Männerzauber

Ein Stephanie-Plum-Roman

Ins Deutsche übertragen
von Ulrike Laszlo

*Ich möchte mich bei Alex Evanovich,
Peter Evanovich und meiner Freundin und Lektorin
bei St. Martin's Press SuperJen Enderlin
für ihre unschätzbare Unterstützung bedanken.*

1

Männer sind wie Schuhe. Manche passen besser als andere. Manchmal macht man einen Einkaufsbummel und findet rein gar nichts, was einem gefällt. Und dann, wie es der Zufall so will, entdeckt man eine Woche später gleich zwei Paar, die einfach perfekt sind – nur dass man sich alle beide auf einmal nicht leisten kann. Genau in dieser Situation befand ich mich im Augenblick – allerdings ging es nicht um Schuhe, sondern um Männer. Und an diesem Morgen wurde alles nur noch schlimmer.

Vor einiger Zeit war plötzlich ein Typ namens Diesel in meiner Küche erschienen. *Wusch*, war er da. Wie durch Zauberhand. Und dann, einige Tage später, war er, *wusch*, wieder verschwunden. Und nun stand er ohne Vorwarnung wieder vor mir.

»Überraschung«, sagte er. »Ich bin wieder hier.«

Der Kerl war mindestens einsachtzig groß, hatte einen durchtrainierten Körper, breite Schultern, tiefliegende braune Augen und einen prüfenden Blick. Er sah so aus, als könnte er ordentlich Gas geben, ohne dabei ins Schwitzen zu geraten. Seine blonde Lockenmähne hatte er zwischenzeitlich abgeschnitten. Ich schätzte ihn auf Ende zwanzig, Anfang dreißig. Viel mehr wusste ich nicht über ihn. Mit dem Genpool hatte er jedoch eindeutig Glück gehabt. Er war ein attraktiver Mann mit blendend weißen Zähnen und einem Lächeln, bei dem es jeder Frau ganz anders wurde.

Es war ein kalter Februarmorgen, und als er in meiner Wohnung auftauchte, trug er einen bunten Schal um den Hals, eine dicke, schwarze Winterjacke, ein verwaschenes Thermoshirt, alte Jeans und abgewetzte Boots. Er wirkte so missmutig wie immer. Ich wusste, dass sich unter der Jacke ein muskulöser, athletischer Körper befand. Allerdings war ich mir nicht sicher, ob sich hinter seinem mürrischen Auftreten auch ein netter Mensch verbarg. Ich heiße Stephanie Plum. Ich bin mittelgroß, mittelschwer, und für jemanden, der aus New Jersey kommt, geht auch mein Wortschatz in Ordnung. Mein schulterlanges Haar ist entweder gewellt oder gelockt, je nachdem, wie feucht die Luft ist. Meine Augen sind blau. Ich habe ungarische und italienische Vorfahren. Meine Familie ist zwar ein wenig gestört, aber durchaus noch als normal zu bezeichnen. Es gibt eine Menge Dinge, die ich in meinem Leben noch tun möchte, im Augenblick bin ich allerdings schon zufrieden, wenn ich einen Fuß vor den anderen setzen kann und mir keine Speckrolle über den Bund quillt, wenn ich meine Jeans zugeknöpft habe.

Ich arbeite als Kautionsdetektivin für meinen Cousin Vinnie, mein beruflicher Erfolg hat jedoch mehr mit Glück und Hartnäckigkeit als mit echtem Können zu tun. Ich wohne in einer Mietwohnung am Stadtrand von Trenton, und mein einziger Mitbewohner ist ein Hamster namens Rex. Also fühlte ich mich verständlicherweise bedroht, als dieser Typ plötzlich in meiner Küche stand.

»Ich kann es nicht ausstehen, wenn du so aus heiterem Himmel vor mir auftauchst«, erklärte ich. »Kannst du nicht an der Tür klingeln wie jeder normale Mensch?«

»Erstens bin ich nicht normal. Und zweitens solltest du froh sein, dass ich nicht in dein Badezimmer spaziert bin, als du nass und nackt warst.« Er schenkte mir sein unwiderstehliches Lächeln. »Obwohl ich nichts dagegen hätte, dich nass und nackt zu sehen.«

»Davon kannst du nur träumen.«

»Ja«, meinte Diesel. »Das ist schon vorgekommen.«

Er steckte seinen Kopf in meinen Kühlschrank und sah sich um. Es war nicht viel darin, aber er fand schließlich eine letzte Flasche Bier und ein paar Scheiben Käse. Er verspeiste den Käse und schüttete sich das Bier hinterher. »Triffst du dich immer noch mit diesem Bullen?«

»Joe Morelli. Ja.«

»Und was ist mit dem anderen Kerl?«

»Ranger? Ja, mit dem arbeite ich immer noch zusammen.« Ranger war mein Kopfgeldjägermentor und mehr. Der Teil mit dem ›mehr‹ war dummerweise nicht so genau definiert.

Ich hörte ein Schnauben und ein fragendes *wuff* aus meinem angrenzenden Schlafzimmer.

»Was war das?«, wollte Diesel wissen.

»Morelli arbeitet Doppelschichten, und ich kümmere mich um seinen Hund Bob.«

Wir hörten Hundepfoten über den Boden tappen, dann kam Bob um die Ecke geschossen und schlitterte über das Linoleum in der Küche, bis ihm endlich die Bremsung gelang. Bob war ein struppiges Tier mit riesigen Pfoten, hellbraunem Fell, Schlappohren und glücklichen braunen Augen. Wahrscheinlich war er ein Golden Retriever, aber bei einem Rassewettbewerb hätte er keine Chance auf einen Preis gehabt. Er hockte sich vor Diesels Boots auf seinen Hintern und wedelte mit dem Schwanz.

Diesel tätschelte zerstreut Bobs Kopf, und Bob sabberte ein wenig auf Diesels Hosenbein, in der Hoffnung, ein Stück Käse abzubekommen.

»Ist das ein Freundschaftsbesuch, oder kommst du aus beruflichen Gründen?«, fragte ich Diesel.

»Beruflich. Ich suche einen gewissen Bernie Beaner. Ich muss ihn unbedingt zu fassen kriegen.«

Wenn ich Diesel glauben darf, dann gibt es auf diesem Planeten Menschen mit Fähigkeiten, die über die Grenzen des Normalen hinausgehen. Diese Menschen sind nicht gerade Superhelden, sondern ganz gewöhnliche Leute, die jedoch etwas Abgedrehtes draufhaben. Sie können zum Beispiel eine Kuh schweben lassen oder einen Blitz verlangsamen. Einige von ihnen sind gut, andere böse. Diesel ist hinter den Bösen her. Vielleicht ist Diesel aber auch nur selbst ein Spinner.

»Wo liegt das Problem?«, erkundigte ich mich.

Diesel ließ einen kleinen Rest Käse in Rexs Käfig fallen und gab Bob ein Stück. »Beaner ist ausgerastet. Seine Ehe ist im Eimer, und er gibt einer anderen Unerwähnbaren die Schuld daran. Jetzt will er sie sich schnappen.«

»Unerwähnbar?«

»So nennen wir uns selbst. Es klingt besser als komische Käuze.«

Nur geringfügig.

Bob drückte sich an Diesel und versuchte, mehr Käse

von ihm zu bekommen. Bob war ein schlaksiger, vierzig Kilo schwerer Hund, und Diesel brachte neunzig Kilo harte Muskelmasse auf die Waage. Da musste schon ein anderer als Bob kommen, um Diesel durch meine Küche zu schieben.

»Und was habe ich damit zu tun?«, fragte ich Diesel.

»Ich brauche deine Hilfe.«

»Nein. Nein, nein, nein, nein, nein.«

»Du hast keine Wahl, Süße. Die Frau, nach der Beaner sucht, steht ganz oben auf deiner Liste mit Kautionsflüchtlingen. Und sie steht unter meinem Schutz. Wenn du deine nicht unerhebliche Kaution wiederhaben willst, dann musst du mir helfen.«

»Das ist ja schrecklich. Das ist Erpressung oder Bestechung oder so etwas in der Art.«

»Ja. Finde dich damit ab.«

»Wer ist die Frau?«, wollte ich wissen.

»Annie Hart.«

»Du machst wohl Witze. Vinnie tobt wegen ihr. Ich habe gestern den ganzen Tag damit verbracht, sie zu suchen. Sie wird wegen bewaffneten Raubüberfalls gesucht.«

»Alles Schwindel! Vergiss es!« Diesel durchstöberte systematisch meine Küchenschränke auf der Suche nach etwas Essbarem, und Bob blieb ihm dicht auf den Fersen. »Jedenfalls musste ich sie vorerst aus dem Verkehr ziehen. Sie bleibt so lange an einem geheimen Ort, bis ich die Sache mit dem verrückten Bernie geklärt habe.«

»Bernie ist der … äh, Unerwähnbare, der hinter Annie her ist?«

»Ja. Das Problem ist nur, dass Annie eine von diesen

Überzeugungstätern ist, die ihren Job sehr ernst nehmen. Sie sieht darin ihre *Berufung*. Ich konnte Annie deshalb nur dazu überreden, sich versteckt zu halten, indem ich ihr versprach, ihr sämtliche Arbeit abzunehmen. Allerdings liegt mir das, was sie tut, überhaupt nicht. Also übertrage ich ihre Fälle hiermit an dich.«

»Und was springt für mich dabei heraus?«

»Du bekommst Annie. Sobald ich Bernie gefunden habe, übergebe ich dir Annie.«

»Ich verstehe nicht, womit du mir damit einen Gefallen tust. Wenn ich dir nicht helfe, wird Annie irgendwann aus ihrem Versteck kommen. Ich schnappe sie mir, und mein Job ist erledigt.«

Diesel schob seine Daumen in die Taschen seiner Jeans. Er sah mir tief in die Augen, und seine Miene wirkte ernst. »Wie viel willst du dafür haben? Ich brauche deine Hilfe, und jeder hat seinen Preis. Wie wäre es mit zwanzig Dollar für jeden Auftrag, den du übernimmst?«

»Hundert, und nichts Illegales oder Lebensgefährliches.«

»Abgemacht«, stimmte Diesel zu.

Und hier ist die bittere Wahrheit: Ich hatte nichts Besseres zu tun. Und ich brauchte Geld. Die Kautionsagentur lief nicht gerade gut. Ich war nur hinter einem einzigen NVGler her – so nannten wir die Leute, die auf Kaution raus und nicht ordnungsgemäß zu ihrem Gerichtstermin erschienen waren –, und das war ausgerechnet die Frau, die Diesel versteckt hielt.

»Und was genau soll ich tun?«, erkundigte ich mich. »In der Kautionsvereinbarung wird ihr Beruf mit ›Beziehungsexpertin‹ angegeben.«

Diesel lachte bellend auf. »Beziehungsexpertin. Ich schätze, das trifft es ganz gut.«

»Ich weiß nicht einmal, was das bedeutet! Was zum Teufel ist eine Beziehungsexpertin?«

Diesel ging zu dem abgewetzten Lederrucksack, den er auf die Arbeitsfläche in meiner Küche gepfeffert hatte, und holte ein großes gelbes Kuvert heraus. Er reichte es mir. »Steht alles hier drin.«

Ich öffnete den Umschlag und zog einen Packen Aktendeckel heraus, aus denen Fotos und handbeschriebene Blätter quollen.

»Auf den obersten Hefter hat Annie eine Zusammenfassung für dich drangeheftet«, erklärte Diesel. »Die wichtigsten Fälle zuerst. Sie meint, du solltest dich besser beeilen. Bis zum Valentinstag ist es nicht mehr lange hin.«

»Und?«

»Nun ja, ich persönlich kann mit dem Valentinstag nicht viel anfangen. All diese kitschigen Karten mit Liebespfeilen drauf und die standardmäßigen Herzchen und Blumen – das ist alles gar nicht mein Ding. Aber Annie ist für den Valentinstag das, was der Weihnachtsmann für Weihnachten ist. Sie sorgt für einen reibungslosen Ablauf. Natürlich arbeitet Annie in einem kleineren Rahmen. Sie hat keine zehntausend Elfen, die ihr zur Hand gehen.«

Diesel sah wirklich sehr sexy aus, aber ich hatte den Eindruck, dass er möglicherweise nur einen Schritt von einer dauerhaften Unterbringung in der Klapsmühle entfernt war. »Ich verstehe immer noch nicht, welche Rolle ich dabei spielen soll.«

»Ich habe dir gerade fünf offene Fälle gegeben. Es ist

deine Aufgabe, dafür zu sorgen, dass diese fünf Personen einen schönen Valentinstag erleben.«

Oh, Mann.

»Hör zu, ich weiß, das ist schwachsinnig«, meinte Diesel. »Aber es lässt sich leider nicht ändern. Jetzt brauche ich aber erst mal ein ordentliches Frühstück. Wenn ich nicht sofort was zu essen kriege, geht mir der Saft aus. Lass uns was frühstücken gehen. Danach werde ich Bernie suchen, und du wirst dich schön brav durch Annies Liste arbeiten.«

Ich befestigte die Leine an Bobs Halsband, und wir drei gingen die Treppe hinunter und hinaus zu meinem Wagen. Ich fuhr einen gelben Ford Escape, der sich hervorragend zum Transport von Verbrechern und Hunden wie Bob eignete.

»Nimmst du Bob überall mit hin?«, erkundigte sich Diesel.

»Beinahe. Wenn ich ihn zu Hause lasse, fühlt er sich einsam und zerbeißt die Möbel.«

Vierzig Minuten später vertilgte Diesel den Rest eines riesigen Bergs aus Rührei, Speck, Pfannkuchen, Bratkartoffeln und Sauerteigtoast mit Marmelade … alles in Ahornsirup ertränkt.

Ich bestellte ein ähnliches Frühstück, musste aber nach einem Drittel bereits aufgeben. Ich schob den Teller beiseite und bat darum, mir den Rest zum Mitnehmen einzupacken. Während ich meinen Kaffee trank, blätterte ich in der ersten Akte. Charlene Klinger. Zweiundvierzig Jahre alt. Geschieden. Vier Kinder im Alter von sieben, acht, zehn und zwölf. Sie arbeitete im Kraftfahrzeugamt. Auf dem beiliegenden, nicht sehr schmeichelhaften Schnappschuss blinzelte sie in die Sonne. Sie trug Turnschuhe, eine leger geschnittene Hose und einen Pullover, der kaum verbarg, dass sie gut zehn Kilo Übergewicht hatte. Ihr Gesicht wirkte sympathisch. Kein Make-up. Keine aufwändige Frisur. Das kurze braune Haar war hinter die Ohren gestrichen. Ihr Lächeln wirkte angespannt, so, als hätte sie Wichtigeres zu tun, als für dieses Foto zu posieren. In Charlenes Akte befanden sich weitere vier Seiten. Harvey Nolen, Brian Seabeam, Lonnie Brownowski, Steven Klein. Auf jedem Blatt war mit rotem Filzstift quer der Vermerk ABGELEHNT angebracht. Auf der Rückseite der Akte klebte eine Haftnotiz mit dem Spruch: FÜR JEDEN TOPF GIBT ES EINEN DECKEL. Ich nahm an, dass Annie sich damit selbst Mut machen wollte. Und unter dem ersten Zettel klebte noch eine zweite Haftnotiz: CHARLENES WAHRE LIEBE FINDEN!!! stand darauf. Ein Einsatzbefehl.

Ich seufzte tief und schlug die Akte zu.

»Hey, es hätte schlimmer kommen können«, meinte Diesel. »Du könntest auch einen Ausreißer jagen müssen, der glaubt, die Jagdzeit für Kopfgeldjäger sei eröffnet. Solange du sie nicht total nervst, wird Charlene wahrscheinlich nicht auf dich schießen.«

»Ich weiß nicht, womit ich anfangen soll.«

Diesel stand auf und warf ein paar Geldscheine auf den Tisch. »Das wirst du schon noch herausfinden. Ich werde später nach dir sehen.«

»Warte«, sagte ich rasch. »Wegen Annie Hart …«

»Später«, erwiderte Diesel. Und mit drei Schritten durchquerte er den Raum und marschierte zur Tür hinaus. Bis ich auf dem Parkplatz eintrudelte, war von Diesel keine Spur mehr zu sehen. Glücklicherweise hatte er sich meinen Wagen nicht unter den Nagel gerissen. Es stand immer noch auf dem Parkplatz, und Bob starrte mich durch das Rückfenster an. Anscheinend begriff er, dass sich in der Styroporschachtel in meiner Hand Essbares für ihn befand.

Das Kautionsbüro ist ein kleines Ladenlokal in der Hamilton Avenue, mit dem Auto nur zehn Minuten von dem Restaurant entfernt. Ich parkte direkt davor und ging hinein. Connie Rosolli, die Büroleiterin, sah auf, als ich durch die Tür trat. Connie ist ein paar Jahre älter als ich, einige Pfund schwerer, einige Zentimeter kleiner, sieht wesentlich italienischer aus und hat immer besser manikürte Fingernägel.

»Du kommst wie gerufen«, meinte Connie. »Ich wollte dich gerade anrufen. Vinnie flippt aus wegen Annie Hart.«

Vinnies Frettchengesicht tauchte am Türrahmen seines weiter hinten liegenden Büros auf. »Und?«, fragte er.

»Und was?«

»Sag mir, dass du sie geschnappt und hinter Gitter gebracht hast. Sag mir, dass du mir eine Übergabebestätigung mitgebracht hast.«

»Ich habe eine Spur«, erklärte ich Vinnie.

»Nur eine Spur?« Vinnie schlug die Hände vors Gesicht. »Du bringst mich noch um!«

Lula saß auf der Kunstledercouch und blätterte in einer Zeitschrift. »Warum sollten wir so viel Glück haben?«, fragte sie.

Lula ist schwarz, und ihre gut achtzig Kilo sind über einen 1,65 Meter großen Körper verteilt. Im Augenblick trug sie ein rotes, knallenges Shirt, auf dem in schillernder goldfarbener Schrift LECK MICH stand, eine Jeans, die an den Nähten mit Strasssteinen besetzt war und die so aussah, als ob sie jeden Moment platzen würde, und Stiefel mit zehn Zentimeter hohen Absätzen. Lula macht die Ablage im Büro, wenn ihr danach zumute ist, und wenn ich Unterstützung brauche, begleitet sie mich.

»Was steht sonst noch an?«, fragte ich Connie.

»Nichts Neues. Annie Harts Kaution ist die Einzige, die aussteht. Um diese Zeit im Jahr herrscht immer Flaute. Die Cracksüchtigen haben sich über Weihnachten allesamt umgebracht, und für die Nutten und Drogendealer ist es noch zu kalt, um an den Straßenecken rumzustehen. Die einzigen Verbrechen, die im Augenblick begangen werden, sind Schießereien zwischen Gangs, und diese Idioten wandern ohne Kaution in den Knast.«

»Das Geschäft läuft so schlecht, dass Vinnie auf Kreuzfahrt geht«, warf Lula ein.

»Ja, und die Reise ist nicht billig«, erklärte Vinnie. »Also beweg deinen Arsch und find mir endlich diese Annie Hart. Wenn das mit ihrer Kaution in die Hose geht, werde ich einen Schlaganfall vortäuschen und meine Reiseversicherung einkassieren müssen. Und das würde Lucille gar nicht gefallen.«

Lucille ist Vinnies Frau. Ihr Vater ist Harry der Hammer, und während Harry vielleicht noch Verständnis für ein verbotenes Schäferstündchen aufbringen würde, würde er es auf keinen Fall gern sehen, wenn Lucille um diese Kreuzfahrt betrogen würde.

»Es ist eine dieser Champagnerfahrten zum Valentinstag«, erklärte Vinnie. »Lucille hat ihre Koffer bereits gepackt. Sie glaubt, dass die Reise unsere Ehe neu beleben wird.«

»Sie wird eure Ehe nur beleben, wenn Lucille Handschellen, eine Peitsche und ihren Freudenspender mitnimmt«, meinte Lula.

»Na und?«, erwiderte Vinnie. »Ich habe nun einmal einen ausgefallenen Geschmack.«

Wir verdrehten alle die Augen.

»Ich muss los«, sagte ich zu Connie. »Ich bin auf meinem Handy zu erreichen, falls du mich brauchst.«

»Ich komme mit dir«, verkündete Lula und griff nach ihrer Umhängetasche, einem Prada-Imitat. »Ich habe das Gefühl, als ob ich heute Glück haben könnte. Ich wette, ich werde Annie Hart sofort aufspüren.«

»Danke«, sagte ich zu Lula, »aber ich schaffe das schon allein.«

»Verdammt, stell dir vor, du musst dich in eins dieser heruntergekommenen Stadtviertel wagen und brauchst jemanden, der dich beschützt. Das würde ich dann übernehmen. Oder du musst dich in dem neuen Laden an der State Street für einen der vielen Donuts entscheiden. Auch dann wäre ich die Richtige.«

Ich warf Lula einen Blick zu. »Du willst damit wohl sagen, dass du den neuen Donut-Shop an der State Street ausprobieren willst, richtig?«

»Ja«, gab Lula zu. »Aber nur, wenn du ganz dringend einen Donut brauchst.«

Fünfzehn Minuten später startete ich den Wagen vor dem Donut Delish und fuhr in Richtung Kraftfahrzeugamt.

»Ich kann es nicht fassen, dass du keinen dieser Donuts essen willst«, meinte Lula und hielt die Tüte mit dem Gebäck auf ihrem Schoß fest. »Die sind Spitzenklasse. Sieh dir nur diesen mit den rosa und gelben Sprenkeln an. Das ist mit Sicherheit der glücklichste Donut, den ich jemals gesehen habe.«

»Ich hatte ein ziemlich üppiges Frühstück und bin immer noch satt.«

»Schon, aber wir reden hier über erstklassige Donuts.«

Bob saß hinten auf der Ladefläche des Escape. Sein Kopf hing über den Rücksitz, und er schnaufte in unsere Richtung.

»Dieser Hund könnte ein Pfefferminzbonbon vertragen«, meinte Lula.

»Versuch es mit einem Donut.«

Lula warf Bob einen Donut zu, und Bob schnappte ihn sich aus der Luft und hockte sich hin, um ihn genüsslich zu verspeisen.

»Wo zur Hölle fahren wir hin?«, wollte Lula wissen. »Ich dachte, wir machen uns auf die Suche nach Annie Hart. Wohnt sie nicht in North Trenton?«

»So einfach ist das nicht. Ich musste mich auf einen Handel einlassen. Annie Hart ist für mich unerreichbar, bis ich ihre Fälle erledigt habe.«

»Willst du mich verarschen? Und was soll das überhaupt bedeuten? Heißt das, dass du jetzt ihren Job machst? Das kann ich mir, ehrlich gesagt, nicht vorstellen. Ich habe ihre Akte gelesen. Sie hat ›Beziehungsexpertin‹ als ihren Beruf angegeben, und für mich ist das ein anderer Ausdruck für Nutte.«

»Falsch. Es geht eher um Partnervermittlung. Die erste Kandidatin auf meiner Liste ist eine gewisse Charlene Klinger. Sie ist zweiundvierzig und geschieden, und wir müssen für sie ihre wahre Liebe finden.«

»Wahre Liebe, meine Güte. Das ist knifflig. Bist du sicher, dass sie nicht mit schmutzigem, heißem Sex zufrieden wäre? Dafür könnte ich mit ein paar Namen dienen.«

»Ich bin mir ziemlich sicher, dass es die wahre Liebe sein muss.«

2

Charlene Klinger stand im Kraftfahrzeugamt hinter dem Schalter für Zulassungen. In natura sah sie hübscher aus. Ihr Haar brauchte einen neuen Schnitt, aber es war dicht und glänzend und stand ihr gut. Sie hatte ein freundliches Gesicht und lächelte häufig. Nach dreißig Minuten in der Schlange hatten wir uns zentimeterweise zu ihr vorgeschoben. Ich stellte mich als Charlene vor und erklärte, dass ich für Annie Hart einsprang.

»Diese Frau ist irre«, verkündete Charlene. »Ich weiß nicht, woher sie gekommen ist, aber es ist ein Glück, dass ich sie los bin. Und ich brauche keinen Ersatz für diese Verrückte. Mir geht es gut. Ich will keinen Mann in meinem Leben – ich habe schon genügend Probleme am Hals.«

»Haben Sie denn Annie Hart nicht damit beauftragt?«

»Nein, verdammt. Sie ist eines Tages einfach in meiner Küche aufgetaucht. Das passiert mir ständig. Die Kinder lassen die Tür offen, und bevor ich mich versehe, schleichen sich einige halbverhungerte Katzen in mein Haus und lassen sich nicht mehr vertreiben.«

»Ich war der Meinung, Sie wollten Ihre wahre Liebe finden«, hielt ich Charlene entgegen.

Charlene warf einen Blick auf den Puderzucker, der auf

Lulas Brust gerieselt war. »Eine Tüte Donuts wäre mir lieber. Dafür muss man sich nicht die Beine rasieren.«

»Das können Sie laut sagen!«, stimmte Lula ihr zu.

»Wenn Sie kein Auto an- oder ummelden wollen, müssen Sie jetzt Platz machen für den Nächsten in der Schlange«, erklärte Charlene. »Sie halten sonst den Betrieb zu lange auf, und dann werden die Leute ganz schnell ungeduldig und fangen an zu maulen.«

Lula und ich verließen das Gebäude und eilten zurück zu meinem Wagen. Es war eiskalt, und wir senkten die Köpfe, um uns vor dem Wind zu schützen.

»Und nun?«, fragte Lula.

Ich schlüpfte hinter das Lenkrad und zog eine weitere Akte aus dem Kuvert. »Ich habe noch mehr davon.«

Lula holte einen Donut aus der Tüte. »Ich auch.«

»Gestern hast du mir gesagt, dass du eine Diät machen wolltest.«

»Ja, aber es handelt sich um etwas Neues. Es nennt sich Nachmittagsdiät. Du darfst bis zum Mittag alles essen. Danach beginnt die Diätphase.«

»Der Nächste ist Gary Martin. Er hat eine Tierarztpraxis an der Route 1. War nie verheiratet. Der Mann sieht recht nett aus.« Ich reichte Lula sein Foto.

»Er sieht aus wie ein Vollidiot«, erklärte Lula. »Er trägt eine Fliege und hat sich die Haare quer über den Schädel gekämmt. Der braucht keinen Partnervermittler, sondern eine Frau mit einer Schere.«

Ich legte den ersten Gang ein und rollte langsam über den Parkplatz. »In Annies Akte steht, dass er Hilfe dabei braucht, seine Freundin zurückzugewinnen.«

»Und wir sollen ihm dabei helfen? Entschuldige bitte, wenn ich das etwas skeptisch betrachte, aber es sieht nicht so aus, als wären wir Experten, was Partnerschaften betrifft. Ich verabrede mich nur mit Versagern, und du leidest unter Bindungsproblemen. Du kannst dich noch nicht einmal entscheiden, mit wem du eine feste Bindung eingehen willst. Also treibst du es sowohl mit Morelli als auch mit Ranger.«

»Das tue ich nicht.«

»In Gedanken treibst du es sehr wohl mit beiden.«

»Das zählt nicht. Jeder hat in Gedanken mehrere Liebhaber. Halt die Augen nach der Städtischen Tierklinik offen.«

Das Wartezimmer der Städtischen Tierklinik war hell und freundlich und glänzte vor Sauberkeit. Und es waren keine Patienten da. Hinter einem großen, umlaufenden Schreibtisch saß eine junge Frau. Auch sie war äußerst sauber gekleidet, sah aber nicht sehr fröhlich aus.

»Hi«, grüßte Lula. »Ich bin Lula, und das ist die weltberühmte Stephanie Plum. Wir würden gern Gary Martin sprechen.«

»Er ist im Operationssaal«, erwiderte die Frau. »Die Sprechstunde beginnt um ein Uhr.«

»Vielleicht könnte er sich zwischen den Operationen Zeit für uns nehmen«, meinte Lula. »Es handelt sich um eine persönliche Angelegenheit.«

»Dr. Martin wünscht nicht gestört zu werden, wenn er operiert.«

»Schauen Sie, es geht um Folgendes«, begann Lula. »Draußen im Wagen liegt ein Donut, der auf mich wartet, und ich habe keine Lust, bis ein Uhr hier herumzusitzen. Gary nimmt ja wohl keine Operation am offenen Herzen vor. Ich nehme an, er schneidet gerade einem Kater die Eier ab, stimmt's?«

Ich deutete mit meinem ausgestreckten Arm auf die Tür. »Raus«, befahl ich Lula.

»Ich versuche doch nur, ein Gespräch mit Fräulein Kratzbürste zu führen«, verteidigte sich Lula.

»Raus!«

Ich wartete, bis Lula gegangen war und wandte mich dann an die Rezeptionistin. »Vielleicht könnte ich eine Nachricht für Dr. Martin hinterlassen.«

Es folgte ein langes peinliches Schweigen, und ich nahm an, dass die Rezeptionistin ernsthaft darüber nachdachte, ob sie den entsprechenden Knopf an der Alarmanlage drücken sollte, um die Polizei zu rufen, oder zumindest die Dobermänner aus dem Zwinger lassen sollte. Wir befanden uns hier in einer Tierarztpraxis – da gab es doch sicher Hunde, oder?

Schließlich atmete die Frau tief aus und schob mir einen Block und einen Stift zu. »Ich nehme an, das ist in Ordnung.«

Ich hatte bereits die Hälfte der Notiz verfasst, als Gary Martin aus einem Hinterzimmer auftauchte und auf die Rezeptionistin zuging.

»Irgendwelche Notrufe?«, erkundigte er sich bei ihr. »Oder, äh, private Anrufe?«

Sie schüttelte den Kopf.

»Sind Sie sicher? Kein einziges Privatgespräch?«

Gary Martin sah aus wie ein großer, vierzigjähriger Cherub. Er war etwa einen Meter fünfundsechzig groß, hatte Pausbacken und einen Bauchansatz. Er trug einen hellblauen aufgeknöpften Arztkittel über einer hellbraunen Stoffhose und einem gelben Button-Down-Hemd. Auf eine treudoofe Art wirkte er hinreißend. Und er war offensichtlich enttäuscht, dass niemand für ihn angerufen hatte.

Ich streckte meine Hand aus und stellte mich ihm vor. »Annie Hart ist vorübergehend verhindert«, erklärte ich ihm. »Ich bin ihre Vertretung.«

Nach der Begegnung mit Charlene Klinger wusste ich nicht so recht, was mich jetzt erwartete, aber Gary Martin schien von meinem Besuch begeistert zu sein. Er führte mich in sein kleines Büro und schloss die Tür.

»Ich habe schon gewartet«, sagte er. »Eigentlich habe ich mit Miss Hart gerechnet, aber ich bin sicher, Sie machen Ihren Job ebenfalls sehr gut.«

»Wie ich gehört habe, brauchen Sie Hilfe, um Ihre Freundin zurückzugewinnen.«

»Ich weiß nicht, was passiert ist. Vor zwei Wochen hat sie mir gesagt, es sei vorbei. Ich habe keine Ahnung, was da schiefgelaufen ist. Wahrscheinlich habe ich irgendetwas Schreckliches getan, aber ich weiß nicht, was das gewesen sein könnte. Ich wollte sie am Valentinstag bitten, mich zu heiraten. Und jetzt weiß ich nicht, was ich tun soll. Sie ruft mich nicht zurück und lässt mich nicht in ihre Wohnung. Als ich das letzte Mal versuchte, mit ihr zu sprechen, erklärte sie mir, ich sei eine Plage. Eine Plage!«

»Was mich wundert …«, sagte ich. »Wie sind Sie eigentlich auf Annie Hart gekommen?«

»Das war in der Tat merkwürdig. Ich habe ihre Karte in meiner Jackentasche gefunden. Jemand muss sie mir gegeben haben. Darauf stand, Miss Hart sei eine Beziehungsexpertin… Und ich dachte, das ist genau das, was ich brauche! Also rief ich sie an, und wir trafen uns. Das war vor vier Tagen.« Martin nahm ein Foto von seiner Schreibtischplatte und reichte es mir. »Miss Hart bat um ein Foto von Loretta.«

Der Aufkleber auf der Rückseite verriet mir, dass es sich um Loretta Flack handelte. Darunter hatte Martin fein säuberlich Lorettas Adresse und ihre Telefonnummer notiert. Die Vorderseite zeigte eine lächelnde Blondine mit der Figur einer Barbie-Puppe. Das Foto war auf irgendeinem Straßenfest aufgenommen worden, und sie hielt einen Teddybär in der Hand.

»Sie ist Barkeeperin«, erklärte Martin. »Sie arbeitet während der Mittagsschicht im Beetle Bumpkin, das ist diese Sportsbar ein Stück die Straße runter. Dort gibt es mittags gute Sandwiches, aber Loretta sagte, dass sie mich dort nicht mehr sehen wolle.«

»Sie ist hübsch«, stellte ich fest.

»Ja, viel zu hübsch für mich. Und wahrscheinlich auch zu jung. Ich weiß nicht, warum sie überhaupt mit mir ausgegangen ist. Vielleicht könnten Sie ihr sagen, dass ich mich in einem Fitnessstudio angemeldet habe und jetzt auch einen Personal Trainer habe. Und ich glaube, mein Haar wächst wieder nach.«

Ich warf einen Blick auf die drei Haarsträhnen, die oben auf seinem sonst kahlen Kopf klebten.

»Ich glaube, ich habe heute Morgen ein wenig Flaum entdeckt«, fügte Gary Martin hinzu.

»Gibt es sonst noch was, das ich ihr sagen soll?«

»Das überlasse ich Ihnen. Sie sind doch Beziehungsexpertin, oder? Ich meine, Sie sagen sicher die richtigen Dinge.«

Au weia, das konnte heiter werden. Ich sagte nie das Richtige. Lula hatte recht – in puncto Beziehungen war ich eine echte Katastrophe.

»Natürlich«, versicherte ich ihm. »Überlassen Sie alles mir. Ich werde das Kind schon schaukeln.«

Lula schob ihren Hintern auf einen Barhocker im Beetle Bumpkin und sah sich um. »Beetle Bumpkin ist eine dieser neuen Miniketten«, bemerkte sie. »Im Stadtzentrum hat gerade schon wieder einer dieser Läden aufgemacht. Die Sandwiches sind gut, weil sie sie in der Pfanne braten. Das ist das Geheimrezept von Beetle Bumpkin.«

Loretta Flack nahm am anderen Ende der Bar eine Bestellung entgegen. Im Schein der Bumpkin-Barleuchten wirkte ihr Haar gelb. Ihre Brüste steckten in einem engen roten Beetle-Bumpkin-T-Shirt. Fünfzehn Jahre jünger als Gary Martin, schätzte ich mal.

»Überlass dieses Mal das Reden mir«, befahl ich Lula.

»Meine Lippen sind versiegelt. Ich bin nur hier für den Fall, dass du Unterstützung brauchst. Falls sie vielleicht zu einem Karateschlag ansetzen oder eine Waffe zücken sollte.«

»Ich glaube nicht, dass das passieren wird.«

»Man kann nie wissen. Wie sage ich immer? Man sollte auf alles vorbereitet sein. Menschen sind unberechenbar. Das habe ich in dem Kurs über menschliches Verhalten an der Volkshochschule gelernt. Habe ich dir schon erzählt, dass ich diesen Kurs besucht habe?«

»Ja.«

»Jetzt könnte das wirklich hilfreich sein. Durch den Kurs habe ich mich praktisch zur Beziehungsexpertin qualifiziert. Außerdem habe ich in all den Jahren als Nutte jede Menge Erfahrung gesammelt. Ich wette, ich könnte dir in Beziehungsfragen den Rang ablaufen.«

»Ohne Zweifel. Lass trotzdem mich das Gespräch führen.«

Loretta kam auf uns zu. »Ladies?«, sprach sie uns an.

»Eine Cola Light und ein Tunfisch-Sandwich«, bestellte ich.

»Ich nehme das Beetle-Spezialsandwich, Fritten mit Käse und eine Cola«, sagte Lula.

Ich warf einen Blick auf meine Armbanduhr. Es war halb eins. »Was ist mit deiner Nachmittagsdiät?«

»Dabei handelt es sich eher um eine Empfehlung als um eine Vorschrift. Außerdem bin ich der Meinung, dass ich bei Kräften bleiben muss, solange wir an diesem Fall arbeiten. Ohne diese Käsefritten könnte ich wegen Unterzuckerung einen Schwächeanfall erleiden.«

»So«, warf Loretta ein. »Sie sind berufstätig?«

»Ja. Wir sind Beziehungsexpertinnen«, erklärte Lula. »Wir kitten Beziehungen. Haben Sie Bedarf?«

»Nein, ich habe keine Beziehungsprobleme. Es könnte nicht besser laufen. Er ist Anwalt.«

»Sie sehen gar nicht so aus, als wären Sie der Typ, der auf Anwälte steht«, meinte Lula. »Sie wirken … irgendwie anders.«

Loretta schenkte mir mein Getränk ein und schob das Glas über die Theke zu mir herüber. »Ich bin auf keinen bestimmten Typ festgelegt. Dieser Job eignet sich hervorragend dafür, Männer kennenzulernen. Ich gehe mit ihnen aus, bringe sie dazu, mir ein wenig Schmuck zu kaufen, und kurz bevor sie mit dem L-Wort daherkommen, trenne ich mich wieder von ihnen. Die Halskette hier habe ich von einem Tierarzt bekommen.«

»Das ist eine hübsche Kette«, meinte Lula. »Und Sie scheinen eher ein Tierarzt-Typ als ein Anwalt-Typ zu sein. Vielleicht sollten Sie zu ihm zurückkehren.«

»Er war ein Versager«, erklärte Loretta. »Ständig lag er mir in den Ohren, wie sehr er sich eine Familie wünscht.« Sie krauste die Nase. »Kinder! Puh! Bloß nicht! Ich hasse Kinder. Und er war pausenlos im Einsatz, um irgendeine blöde Katze oder einen Hund zu retten. Ich meine, was soll das? Wer will schon einen Freund haben, der dich bei der Nachspeise zur Eile antreibt, nur weil irgendeine Katze von einem Kipper überfahren wurde?«

»Was für ein Widerling«, empörte sich Lula. »Beim Dessert hetzen – das würde ich mir nicht gefallen lassen.«

»Der Anwalt ist viel besser«, fuhr Loretta fort. »Er hat Frau und Kinder, also muss ich mir um das L-Wort keine Gedanken machen. Wenn das L-Wort nicht ernst gemeint ist, dann kann ich damit leben.«

»Mannomann, Sie haben das alles wirklich gut durchdacht«, sagte Lula.

Loretta ging an das andere Ende der Bar.

»Was war das denn?«, wandte ich mich an Lula. »Du solltest doch mir das Reden überlassen.«

»Entschuldige, Miss Kontrollfreak. Es hat sich einfach so ergeben. Du hast den richtigen Moment nicht genutzt.«

Wie sich herausstellte, spielte das ohnehin keine große Rolle. Ich mochte Gary Martin, und ich konnte Loretta Flack nicht ausstehen. Loretta Flack war ein eingebildetes Miststück. Ich konnte nicht guten Gewissens dafür sorgen, dass Martin wieder mit ihr zusammenkam.

Die Sandwiches und die Pommes frites wurden gebracht, und wir ließen uns es schmecken.

»Das gefällt mir«, erklärte Lula. »Den ganzen Tag über hat uns noch niemand bespuckt oder auf uns geschossen, und ich komme mir vor wie ein riesengroßer Amor, der seine Pfeile verschießen darf. Klar, wir haben noch niemanden verkuppelt, aber irgendwie liegt Liebe in der Luft. Spürst du das nicht auch? Wie viele Fälle haben wir noch?«

»Drei. Der Nächste ist Larry Burlew. Er hat ein Auge auf jemanden geworfen, schafft es aber nicht, sich mit ihr zu verabreden. Ich habe seine Akte bereits überflogen. Burlew ist Metzger. Er arbeitet in Sal's Fleischerladen an der Broad Street. Seine Traumfrau arbeitet in dem Café gegenüber. Laut Annies Notizen ist Burlew ein schüchterner Mensch.«

»Wie süß«, meinte Lula. »Ein schüchterner Metzger. Ich habe ein gutes Gefühl, was ihn betrifft. Und gegen ein paar Schweinekoteletts zum Abendessen hätte ich auch nichts einzuwenden.«

3

Larry Burlew war ein Bär von einem Mann. Er war fast einen Meter fünfundachtzig groß, wog mehr als hundert Kilo und hatte Hände wie Schinkenkeulen. Er sah nicht schlecht aus, aber auch nicht besonders gut. Vor allem sah er aus wie ein Metzger... Wahrscheinlich lag das an seiner weißen Metzgerschürze, die mit Flecken von Fleischmarinade und Hühnerinnereien verziert war.

In der Metzgerei war keine Kundschaft, als wir eintraten. Burlew war allein in dem Laden und schnitt Rippchen, die er dann fein säuberlich in die Kühltheke legte.

Als ich mich als Annies Assistentin vorstellte, errötete Burlew vom Kragen seines weißen T-Shirts bis zu den Wurzeln seines kurz geschnittenen Haares.

»Freut mich sehr, Sie kennenzulernen«, sagte er mit leiser Stimme. »Ich hoffe, ich mache Ihnen keine allzu großen Umstände. Ich komme mir ein wenig dumm vor, weil ich in dieser Sache um Hilfe gebeten habe, aber Miss Hart kam in den Laden und hinterließ mir ihre Karte, also dachte ich...«

»Machen Sie sich deswegen keine Gedanken«, beruhigte Lula ihn. »Dafür sind wir doch da. Wir bringen alles in Ordnung. Wir leben praktisch dafür, Leuten aus der Scheiße zu helfen.«

Ich wandte mich an Burlew. »Ich habe gehört, dass Sie jemanden kennenlernen möchten?«

»Ja, dieses Mädchen, das mir gefällt. Ich glaube, sie ist etwa in meinem Alter. Ich sehe sie jeden Tag, und sie ist sehr nett, allerdings auf eine geschäftsmäßige Art. Manchmal versuche ich, ein Gespräch mit ihr anzufangen, aber es stehen immer eine Menge Leute um uns herum, und ich weiß nie so recht, was ich sagen soll. Bei Frauen führe ich mich auf wie ein Trottel.«

»Okay«, sagte ich. »Geben Sie mir alle nötigen Informationen. Wer ist sie?«

»Sie arbeitet in dem Café gegenüber. Gleich auf der anderen Straßenseite. Ich hole mir jeden Morgen dort meinen Kaffee, und sie bereitet ihn mir immer genau so zu, wie ich ihn mag. Jeden Tag gibt sie genau die richtige Menge Kaffeesahne in die Tasse. Und der Kaffee ist nie zu heiß. Ihr Name ist Jet. So steht es auf ihrem Namensschild. Mehr weiß ich nicht über sie. Sie ist das Mädchen mit dem glänzenden schwarzen Haar.«

Ich sah zu dem Café hinüber. Zur Straße hin hatte es große Glasscheiben, durch die man das Geschehen im Inneren gut beobachten konnte. Hinter der Theke arbeiteten drei Frauen, und etliche Kunden standen Schlange und warteten darauf, bedient zu werden. Als ich meine Aufmerksamkeit wieder Burlew zuwandte, sah ich, dass er Jet beobachtete und von ihrem Anblick fasziniert war.

Ich entschuldigte mich, überquerte rasch die Straße und betrat das Café. Jet stand an der Kasse und nahm das Geld eines Kunden entgegen. Sie war klein und zierlich und hatte kurze, schwarze Haare, die zu einer Stachelhaarfrisur frisiert waren. Sie trug ein schwarzes T-Shirt, einen kurzen schwarzen Rock, schwarze Strümpfe und schwarze Stiefel. Dazu einen breiten schwarzen Ledergürtel mit silbernen Nieten. Auf ihren Arm hatte sie sich eine rote Rose tätowieren lassen. Sie sah aus wie Anfang bis Mitte zwanzig, und an ihrer linken Hand befand sich weder ein Ehe- noch ein Verlobungsring.

Ich bestellte einen Kaffee. »Er ist für meinen Cousin drüben auf der anderen Straßenseite«, erklärte ich. »Vielleicht kennen Sie ihn … Larry Burlew.«

»Tut mir leid, nein.«

»Er ist Metzger. Und er hat mir erzählt, dass Sie ihm den Kaffee immer absolut perfekt machen.«

»Ach, du meine Güte, sprechen Sie etwa von dem riesigen Kerl mit der Stoppelfrisur? Er kommt jeden Morgen hier rein. Und er spricht so leise, dass ich ihn kaum verstehe. Dann geht er wieder über die Straße und starrt den ganzen Tag in unseren Laden. Tut mir leid, das zu sagen – immerhin ist er Ihr Cousin –, aber mir ist er ein wenig unheimlich.«

»Er ist sehr schüchtern. Und er starrt immer hier rüber, weil er … weil er gerne noch eine Tasse Kaffee hätte, aber den Laden nicht verlassen kann.«

»Ach, du lieber Himmel, ich hatte ja keine Ahnung! Das ist so süß. Und auch traurig. Der arme Kerl steht dort drüben und wünscht sich eine Tasse Kaffee, und ich halte ihn für einen dieser perversen Stalker. Er sollte hier anrufen. Oder einfach winken. Ich würde ihm dann eine Tasse bringen.«

»Tatsächlich? Darüber würde er sich riesig freuen. Er

ist wirklich ein netter Kerl, aber er hat immer Angst, sich jemandem aufzudrängen.«

Jet beugte sich über die Theke und winkte Larry Burlew mit dem kleinen Finger zu. Selbst aus dieser Entfernung sah ich, wie Burlews Wangen sich röteten.

Ich trug den Kaffee über die Straße und reichte ihn Larry Burlew.

»Ich habe alles vorbereitet«, erklärte ich ihm. »Sie müssen Jet nur zuwinken, dann wird Sie Ihnen eine Tasse Kaffee bringen. Und dann haben Sie die Möglichkeit, sich mit ihr zu unterhalten.«

»Ich kann nicht mit ihr reden! Was soll ich denn sagen? Sie ist so hübsch, und ich bin so…« Burlew sah an sich herunter. Er fand keine Worte mehr.

»Sie sind ein attraktiver junger Mann«, versicherte ich ihm. »Okay, vielleicht machen sich die Reste der Hühnerinnereien nicht so gut, aber Sie können ja einfach eine andere Schürze anziehen, bevor sie in den Laden kommt. Und starren Sie bloß nicht die ganze Zeit dort rüber. Das könnte falsch ausgelegt und als, äh, unhöflich aufgefasst werden.«

Burlew nickte heftig. »Das werde ich mir merken. Winken, wenn ich Kaffee haben will. Nicht so viel starren. Schürze wechseln, bevor sie reinkommt.«

»Und Sie müssen mit ihr reden!«

»Mit ihr reden«, wiederholte er.

Ehrlich gesagt hatte ich Bedenken, ob das funktionieren würde, also schrieb ich ihm meine Handynummer auf einen Zettel und reichte ihm den Wisch.

»Rufen Sie mich an, wenn es Probleme geben sollte«, sagte ich.

Burlew nickte wieder heftig mit dem Kopf. »Ja, Madam.«

»Bevor wir gehen, möchte ich noch ein paar Schweinekoteletts kaufen«, warf Lula ein. »Darauf habe ich jetzt richtig Lust.«

Diesel saß auf der Couch und sah fern, als Bob und ich nach Hause kamen. Auf dem Kaffeetisch vor ihm befanden sich ein Sechserpack Bier und eine Pizzaschachtel. Sowohl von dem Bier als auch von der Pizza fehlte bereits einiges.

»Ich habe etwas zum Abendessen mitgebracht«, verkündete Diesel. »Wie ist es heute gelaufen?«

»Was machst du hier?«

»Ich wohne hier.«

»Nein, das tust du nicht.«

»Entschuldige, aber ich habe meine Schuhe schon ausgezogen und ...«

»Okay, aber in meinem Bett schläfst du nicht.«

»Null problemo. Du bist ohnehin nicht mein Typ«, erwiderte Diesel.

»Wie ist denn dein Typ?«

»Leicht zu haben.«

Ich verdrehte die Augen.

»Ich bin ein Arschloch, aber liebenswert«, meinte Diesel.

Und damit hatte er recht.

Ich zog Bob in die Küche, gab ihm frisches Wasser und füllte seine Schüssel mit Trockenfutter. Zurück im Wohnzimmer nahm ich mir ein Stück Pizza und ließ mich neben Diesel auf die Couch fallen.

»Iss auf«, forderte Diesel mich auf. »Wir haben heute

Abend noch Arbeit vor uns. Ich habe eine Spur gefunden, die zu Beaner führt.«

»Vergiss es. Ich bin diejenige, die für die Liebespaare zuständig ist. Mit der Suche nach verrückten, unerwähnbaren Irren habe ich nichts zu tun.«

»Ich brauche Hilfe. Und ich habe nur dich«, erklärte Diesel.

»Was ist so besonders an Beaner? Kann er einen Tornado erzeugen? Kann er ein Auto in der Luft schweben lassen? Kann er mit den Zähnen eine Kugel auffangen?«

»Nein, das kann er alles nicht.«

»Nun, was kann er dann?«

»Das sage ich dir nicht. Aber du solltest ihm besser nicht zu nahe kommen.«

Bob kam aus der Küche getrottet und starrte auf die Reste der Pizza. Ich gab ihm ein Stück davon; er verschlang es mit drei Bissen, legte dann seinen Kopf auf Diesels Bein und hinterließ eine Spur Tomatensauce auf der Hose. Diesel kraulte Bob hinter dem Ohr. Auf Diesels schmutziger Jeans fiel die Tomatensauce gar nicht auf.

Es war acht Uhr, als ich meinen gelben Ford Escape auf dem kleinen Parkplatz neben Ernie's Bar & Grill abstellte. Ich war schon früher mal bei Ernie's gewesen und wusste, dass es sich eher um eine Bar als um ein Grillrestaurant handelte. Zu essen gab es hier hauptsächlich Wasabi-Erbsen und Brezeln. Hierher kamen fast nur Männer mittleren Alters, die zu viel tranken. Die Bar lag nur einen Block von einem großen Regierungsgebäude entfernt, also war sie das ideale Wasserloch für geknechtete Bürokraten, die ihre

Stunden absaßen und auf den Tod oder die Pensionierung warteten, was auch immer zuerst kam. Um acht Uhr hatten die Verzweifelten bereits die Kneipe verlassen. Jetzt trösteten sich hier nur noch die völlig Hoffnungslosen.

»Beaner war zwei Abende hintereinander hier«, erklärte Diesel. »Und er ist auch jetzt dort drin, das fühle ich. Aber an einem öffentlichen Ort kann ich keinen Kontakt zu ihm aufnehmen. Ich weiß, dass er sich in einer Wohnung hier in der Nähe verschanzt hat, aber ich weiß nicht, wo genau. Ich möchte, dass du ein Gespräch mit ihm anfängst. Versuch herauszufinden, wo er wohnt. Aber lass dich nicht von ihm berühren. Und komm ihm nicht zu nahe.«

»Wie nahe ist *zu* nahe?«

»Wenn du seinen Atem an deinem Hals spüren kannst, ist es zu nahe. Er ist eins zweiundsiebzig groß, wiegt 82 Kilo und sieht aus wie Ende vierzig. Er hat braunes kurzgeschnittenes Haar, blaue Augen und einen Blutschwamm auf der Stirn, der sich bis zu seiner linken Augenbraue zieht.«

»Warum folgst du ihm nicht einfach, wenn er aus der Bar kommt?«

»Das geht nicht. Außer er hat dich im Schlepptau.«

Ich warf Diesel einen fragenden Blick zu, und er murmelte etwas Unverständliches.

»Was?«, fragte ich nach.

»Ich kann nicht.« Wieder Gemurmel.

»Kannst du mir dieses Genuschel etwas genauer erklären?«

Diesel ließ sich auf seinem Sitz zurücksinken und seufzte tief. »Er geht mir immer wieder durch die Lappen. Er ist wirklich raffiniert. Kaum ist er um eine Ecke gebogen, ist er verschwunden.«

»Ein listiges Kerlchen, dieser Beaner.«

»Genau. Er stört meinen Radar.«

»Du glaubst nicht wirklich, dass du einen Radar besitzt, oder?«

»Nein, aber ich habe ein GPS. Und manchmal auch außersinnliche Wahrnehmungen. Und an Montagabenden kann ich den Sportsender ESPN empfangen.«

Okay, er mochte ein Spinner sein, aber wenigstens hatte er Sinn für Humor. Und Teufel noch mal! Wie kam ich eigentlich dazu, mir ein Urteil darüber erlauben zu wollen, ob er übersinnliche Fähigkeiten besaß oder nicht? Auf gewisse Weise glaube ich nämlich selbst an Geister. Und irgendwie auch an den Himmel. Und daran, dass man sich beim Ausblasen der Geburtstagskerzen etwas wünschen darf. Ich schätze, Diesel und seine außersinnliche Wahrnehmung sind davon gar nicht allzu weit entfernt. Gewissermaßen einzureihen in eine Sparte mit Radiowellen, Selbstentzündung und Elektrizität. Schließlich verstehe ich von allen diesen Dingen auch nichts, aber es gibt sie trotzdem.

»Manchmal muss man sich einfach damit abfinden«, meinte Diesel.

Ich ließ Diesel mit dieser Erkenntnis allein und tänzelte in die Bar. Beaner war in der Reihe der Loser-Typen leicht ausfindig zu machen. Er war der Einzige mit einem Blutschwamm auf der Stirn. Der Barhocker neben ihm war frei, also kletterte ich darauf und vergewisserte mich, dass ich genügend Abstand zu ihm hielt.

Beaner trank irgendeine bernsteinfarbene Flüssigkeit auf Eis. Wahrscheinlich Scotch. Ich bestellte mir ein Bier und lächelte ihn an.

»Hi«, begrüßte ich ihn. »Wie geht's so?«

Er erwiderte mein Lächeln nicht. »Wie viel Zeit haben Sie?«, brummte er.

»Ist es so schlimm?«

Er kippte den Inhalt seines Glases hinunter und bedeutete dem Barkeeper, ihm einen weiteren Drink zu bringen.

Ich startete einen weiteren Versuch. »Kommen Sie oft hierher?«, fragte ich.

»Ich wohne hier.«

»Es ist sicher nicht leicht, auf diesem Barhocker zu schlafen. Wie schaffen Sie es, dabei nicht herunterzufallen?«

Das entlockte ihm beinahe ein Lächeln. »Ich schlafe nicht hier«, erwiderte er. »Ich trinke nur hier. Ich würde auch zu Hause trinken, aber das könnte darauf schließen lassen, dass ich Alkoholiker sei.«

»Wo ist denn Ihr Zuhause?«

Er machte mit der Hand eine vage Geste. »Dort draußen.«

»*Dort draußen* ist ein ziemlich großes Gebiet.«

»Meine Frau hat mich rausgeworfen«, erklärte er. »Und die Schlösser an den verdammten Türen ausgetauscht. Seit zweihundert Jahren sind wir verheiratet, und sie setzt mich einfach vor die Tür. Sie hat alle meine Sachen in Kartons gepackt und sie mir auf den Rasen vor dem Haus gestellt.«

»Meine Güte, das tut mir leid.«

»Was soll ich denn jetzt machen? Als ich meine Frau damals kennengelernt habe, war alles noch ganz anders. Und einfach. Man fand ein Mädchen, das man mochte, und fragte ihren Vater, ob man sie heiraten durfte. Dann wurde geheiratet, und schon war man an Bord.«

Er nahm seinen frischen Drink in die Hand und nippte daran. »Verstehen Sie mich nicht falsch – damit will ich nicht sagen, dass das richtig war. Es war eben so. Und das war mir vertraut. Heutzutage geht es pausenlos um Gespräche und Sensibilität. Nach so vielen Jahren will meine Frau jetzt mit einem Mal mit mir reden. Und dabei stellt sich heraus, dass unser Sex schlecht war, sie aber guten Sex haben will. Können Sie sich vorstellen, wie peinlich es ist, wenn man feststellt, dass man es seit zweihundert Jahren falsch gemacht hat? Wissen Sie, wie verdammt frustrierend das ist? Sie hat mir an den Kopf geworfen, ich könne nicht einmal mit einer Landkarte den Weg südlich der Grenze finden.«

»Vielleicht kenne ich jemanden, der Ihnen helfen kann.«

»Ich brauche keine Hilfe. Ich möchte nur, dass meine Frau wieder zur Vernunft kommt. Dieser ganze Schlamassel ist das Ergebnis eines Hilfeversuchs. Alles war in bester Ordnung, bis diese Schwätzerin unbedingt ihre große dicke Nase in meine Ehe hineinstecken musste. Wenn ich die zwischen die Finger bekomme, kann sie was erleben. Das war das letzte Mal, dass sie ungefragt in eine Ehe hineingepfuscht hat.«

»Aber wenn sie doch nur helfen wollte …«

»Sie hat nicht geholfen – sie hat alles nur noch schlimmer gemacht.« Er kippte seinen Drink hinunter, warf einen Zwanziger auf die Theke und stand auf. »Ich muss los.«

»Jetzt schon?«

»Ich habe noch etwas zu erledigen.«

»Wohin gehen Sie? Nach Hause?«

Ich sah kurz zu dem Barkeeper hinüber, als dieser den

Geldschein und das leere Glas von der Theke nahm. Eine Sekunde später wandte ich mich wieder Beaner zu, aber er war verschwunden.

»Wo ist er hin?«, fragte ich den Barkeeper. »Haben Sie gesehen, wohin er gegangen ist?«

»Ich habe gesehen, wie er von dem Hocker gestiegen ist, aber dann war er sofort verschwunden.«

Ich legte ein paar Scheine auf die Theke und ging hinaus zu Diesel.

»Er ist weg«, berichtete ich. »Wir unterhielten uns, dann regte er sich mächtig auf und verschwand.«

Diesel lehnte lässig an meinem Wagen. »Ich habe ihn kurz gesehen, als er durch die Tür kam. Ein paar Leute kamen mit ihm heraus, und irgendwie war er hinter ihnen verschwunden, bevor ich ihn mir schnappen konnte.« Diesel stieß sich von meinem Wagen ab, ging zur Fahrerseite und schob sich hinter das Lenkrad, bevor er den Schlüssel in das Zündschloss steckte. »Fahren wir!«

»Warte mal! Das ist mein Wagen. Ich fahre.«

»Jeder weiß, dass immer der Mann fährt.«

»Nicht in New Jersey.«

»Und ob«, entgegnete Diesel. »Hier ist der Testosteronspiegel sogar noch um fünfzehn Prozent höher als in jedem anderen Bundesstaat.«

4

Es war noch früh, also hielten wir auf dem Heimweg an einem Supermarkt.

»Wie verhält es sich bei Einkaufswagen?«, fragte ich Diesel. »Musst du die auch fahren?«

»Wenn ich den Einkaufswagen nicht schieben würde, müsste ich mir anschließend neue Eier zulegen.«

Eine halbe Stunde später luden wir unsere Einkäufe auf das Förderband an der Kasse, und Diesel reichte der Kassiererin seine Kreditkarte.

»Meine Güte, Sie haben aber eine Menge Lebensmittel gekauft«, meinte die Kassenkraft.

»Essen muss der Mensch schließlich«, meinte Diesel.

Ich warf einen Blick auf seine Karte. »Auf der Karte steht kein Bankname«, flüsterte ich Diesel zu.

»So eine Karte haben nur die Unerwähnbaren«, meinte er. »Sie ist in drei Sonnensystemen gültig.«

Ich war mir ziemlich sicher, dass er nur einen Scherz gemacht hatte.

Ich stopfte den letzten Rest der Lebensmittel in meine Küche … Aufschnitt, Bier, Käse, Erdnussbutter, Essiggurken, Bagels, Eiscreme, Müsli, Milch, Orangensaft, Äpfel, Bananen, Brot, Frischkäse, Kaffee, Sahnemilch, Kräcker, Gebäck, Kartoffelchips, Salsa, Karotten, eine Nussmischung und weiß der Geier was sonst noch.

Diesel schnappte sich eine Tüte Chips und ein Bier, ging damit ins Wohnzimmer und stellte mit der Fernbedienung den Fernseher an. »Echt gut«, meinte er. »Jetzt kann ich mir sogar noch das Ende des Hockeyspiels anschauen.«

Ich setzte mich neben ihn und griff in die Chipstüte. Bob hatte im Schlafzimmer gepennt, aber das Rascheln einer Chipstüte war wie ein Alarmsignal für ihn. Er schoss hoch, stand in Sekundenschnelle vor mir und schaute mich erwartungsvoll an. Ich gab ihm ein paar Chips, und er ließ sich auf den Boden fallen und legte seinen Kopf auf meinen Fuß.

»Beaner ist gar nicht so übel«, erklärte ich. »Er ist nur frustriert. Er ist schon ewig lange verheiratet, und plötzlich ist seine Frau mit dem Stand der Dinge nicht mehr zufrieden. Ich glaube, Beaner würde gern alles wieder in Ordnung bringen, aber er weiß einfach nicht, wie er es anstellen soll. Er hat keine Ahnung, wie er ein Gespräch mit seiner Frau in Angriff nehmen soll. Und seine Frau sagt, er bringe es nicht mehr im Bett.«

»Dann gib ihm eine Pille.«

»Darum geht's doch gar nicht. Das ist es nicht, was Frauen stört. Damit haben Männer ein Problem.«

»Ja, ich verstehe schon«, sagte Diesel. »Aber eine Pille wäre so schön einfach gewesen. Das Ganze ist einfach nur peinlich. Vielleicht muss ich ihn doch nicht ausschalten. Möglicherweise können wir ihn neu programmieren.«

»Wir?«

»Solange Beaner unglücklich ist, geschehen schlimme Sachen. Du musst ihn also entweder dazu überreden, sich zu beruhigen und mit mir zu reden, oder du musst ihn allein irgendwo hinlocken. Ich scheine Beaner nicht folgen zu können, aber ich kann dir folgen.«

»Und was ist mit seinem Problem, was zuhören und verstehen betrifft?«

»Darin bin ich ganz schlecht«, wehrte Diesel ab. »Das ist Frauensache. Du wirst ihm das erklären müssen.«

»Nur wenn du mir bei Annie Harts Fällen hilfst. Bei zwei von dreien habe ich rein gar nichts erreicht, und ich bin mir nicht sicher, ob ich bei dem dritten etwas zustande bringen werde.«

Diesels Handy klingelte.

»Ja«, sagte Diesel in das Telefon. »Und nun?«

Er ließ sich tiefer auf das Sofa sinken und lauschte mit zusammengepressten Lippen. »Ja«, sagte er wieder. »Ich verstehe, was du meinst. Ich bin ganz nah an ihm dran. Schick allen einfach ein verdammtes Päckchen mit irgendwas drin, was sie brauchen können.«

»Und?«, fragte ich, als er aufgelegt hatte.

»Beaner kann Annie nicht finden. Also geht er zu ihren Freunden und Verwandten und richtet überall großen Schaden an.«

Der nächste Anruf kam von Annie.

»Ich bin an ihm dran«, erklärte Diesel. »Ich kann allerdings nicht in der Öffentlichkeit auf ihn zugehen und riskieren, dass er einen Raum voll von unschuldigen Menschen kontaminiert.« Er nickte und lauschte. »Du musst noch ein wenig Geduld haben«, meinte er. »Ich habe eine

Partnerin. Sie unterstützt mich bei deinen Fällen und hilft mir, Bernie Beaner zu finden.« Am anderen Ende der Leitung wurde wieder gesprochen. »Nein, ich bringe sie nicht zu dir. Du musst mir vertrauen.«

Diesel beendete das Gespräch.

»Wie sieht's aus?«, wollte ich wissen. »Vertraut sie dir?«

»Kein bisschen. Sie kommt hierher.«

»Aber was ist mit Bernie? Ich dachte, es sei nicht sicher für Annie, sich nach draußen zu wagen, weil Bernie sie dabei erwischen könnte.«

»Sie wird sich Hilfe holen«, erklärte Diesel. »Das wird schon klappen.«

Ich nahm mir noch eine Handvoll Chips, verfütterte einige davon an Bob und wandte meine Aufmerksamkeit wieder dem Spiel zu. Wenige Minuten später klingelte es an meiner Tür. Diesel öffnete und führte Annie Hart in mein Wohnzimmer. Sie war ein wenig kleiner als ich, ein wenig fülliger und ein wenig älter. Sie hatte kurze braune Locken, lebhafte braune Augen und einen hübschen Mund. Bei dem Lächeln, das sie Diesel und mir schenkte, erschienen kleine Fältchen in ihren Augenwinkeln. Sie trug eine hellrote Jacke mit Kapuze, Jeans und Stiefel. Ihre Handtasche hatte sie in ihre Armbeuge geklemmt.

Diesel stellte uns vor. »Annie Hart, das ist Stephanie Plum. Stephanie, darf ich dich mit Annie Hart bekannt machen.«

Ich stand auf und streckte meine Hand aus. »Freut mich sehr.«

»Haben Sie sich die Akten angesehen?«, fragte sie mich.

»Ja.«

»Sie müssen unbedingt dafür sorgen, dass diese Leute

einen schönen Valentinstag erleben. Aber viel Zeit haben Sie nicht mehr. Heute ist Freitag. Montag ist es so weit. Das eigentliche Ziel ist natürlich die große, wahre Liebe, aber ehrlich gesagt ist das nur das Tüpfelchen auf dem i.« Sie warf Diesel einen Blick zu. »Wir alle haben Diesel sehr gern, aber Partnerschaften sind nicht seine Stärke. Diesels Kraftstoff besteht aus reinem Testosteron, und für eine funktionierende Beziehung braucht man auch ein wenig Östrogen.«

»Reines Testosteron ... das würde seinen Kleidergeschmack erklären«, meinte ich.

Annie und ich betrachteten einen Augenblick lang das schmuddelige Thermoshirt, die ausgetretenen Boots und den Zwei-Tage-Bart.

»Genau«, stimmte Annie mir zu. »Obwohl es ihm gut steht.«

»Man muss sich mit dem zufriedengeben, was man hat«, meinte Diesel.

»Ich habe ein gutes Gefühl, was Sie betrifft«, sagte Annie zu mir. »Sie haben eine wunderbare Aura. Ich hoffe, es stört Sie nicht, dass ich einfach so hereingeschneit bin, aber ich musste mich persönlich überzeugen. Jetzt geht es mir wesentlich besser. Rufen Sie mich an, wenn Sie Probleme haben. Jederzeit, Tag und Nacht. Ich habe diesen Leuten etwas versprochen, und ich hasse es, Versprechen zu brechen. Bei Charlene Klinger habe ich mich wirklich ins Zeug gelegt, doch irgendwie lag ich total daneben. Sie sagt, sie braucht keinen Mann, aber ich weiß, dass das nicht stimmt. Sie ist ein netter Mensch und hat einen liebevollen Partner verdient.«

»Möchten Sie was trinken?«, fragte ich sie. »Kaffee? Einen Drink?«

»Normalerweise sehr gern, aber ich habe versprochen, mich nicht lange aufzuhalten. Wenn alles erledigt ist, könnten wir uns vielleicht einmal treffen. Ich weiß, dass Sie ein paar Herzensprobleme haben.«

Ich warf Diesel einen wütenden Blick zu. »Plappermaul.«

»Meine Güte, nein«, widersprach Annie. »Diesel hat nichts verraten. Ich habe ein Gespür für solche Dinge. Was haben Sie am Valentinstag vor?«

»Bisher noch nichts. Ich nehme an, Diesel und ich werden noch mit Ihren Schützlingen beschäftigt sein.«

»Gütiger Himmel, Sie werden doch den Valentinstag nicht mit Diesel verbringen, oder?«

»Darüber habe ich eigentlich noch gar nicht nachgedacht.«

»Das ist keine gute Idee«, stellte Annie fest. »Er ist ein Herzensbrecher.«

»Wir haben keine solche Beziehung«, erklärte ich ihr.

»Wenn Sie etwas länger mit ihm zusammen sind, werden Sie die Pheromone zermürben ... und die Grübchen.«

»Diesel hat Grübchen?«

»Ignorieren Sie sie einfach«, riet mir Annie. »Und machen Sie sich keine Sorgen über Ihre feste Beziehung. Sobald ich aus meinem Gefängnis komme, werden wir uns gemütlich zusammensetzen, und ich werde dieses Problem lösen. Lieber Himmel, die Antwort liegt auf der Hand. Sie gehören ganz eindeutig zu ...«

Und dann war Annie weg.

»Ist sie jetzt einfach verschwunden?«, fragte ich Diesel.

Diesel fläzte sich auf dem Sofa. »Keine Ahnung. Ich habe nicht hingesehen. Das Hockeyspiel ist in vollem Gang, und die Rangers haben gerade ein Tor geschossen.«

»Meine Güte, das war seltsam«, meinte ich.

»Ja, willkommen in meiner Welt«, meinte Diesel und griff wieder nach der Chipstüte. »Kannst du mir noch ein Bier holen?«

Ich schlug die Augen auf und sah Diesel über mir. Er war angezogen, aber nicht rasiert, und hielt eine Tasse Kaffee in der Hand.

»Wie spät ist es?«, fragte ich. »Und was tust du in meinem Schlafzimmer?«

»Es ist sechs Uhr. Raus aus den Federn, Sonnenscheinchen!«

»Geh weg. Ich will noch nicht aufstehen.«

Diesel schob mich ein paar Zentimeter zur Seite, setzte sich auf die Bettkante und nippte an seinem Kaffee. »Wir müssen die Sache unter Dach und Fach bringen, bevor Annie wieder unruhig wird.«

»Was zum Teufel können wir um sechs Uhr morgens erledigen?«

»Ich wüsste da was.«

Ich stützte mich auf meinen Ellbogen. »Du bist eine richtige Nervensäge.«

»Ja, das bekomme ich öfters zu hören. Du siehst sehr sexy aus, wenn dein Haar zerzaust ist und deine Augen so verschlafen wirken. Vielleicht sollte ich zu dir unter die Decke schlüpfen.«

»Und was wird dann aus dem frühen Start in den Tag?«

»Es würde nicht lange dauern.«

»Du hast leicht reden. Verschwinde aus meinem Schlafzimmer, und steck einen English Muffin für mich in den Toaster. Ich bin in einer Minute fertig. Und es wäre eine große Hilfe, wenn du Bob schon mal füttern und mit ihm Gassi gehen würdest.«

Ich duschte rasch, fönte mir die Haare und band sie zu einem Pferdeschwanz zusammen. Dann zog ich mir ein T-Shirt an, schlüpfte in eine Jeans und streifte mir einen Fleecepullover mit Kapuze über.

Als ich die Küche betrat, studierte Diesel Annie Harts Akten.

»Ich habe Bob gefüttert und ihn nach draußen gebracht«, erklärte Diesel.

»Hast du daran gedacht, eine Plastiktüte für seinen Haufen mitzunehmen?«

»Schätzchen, ich schaufle keine Haufen in Plastiktüten. Mit einer Tüte voller Hundekacke in der Hand sieht man unmöglich wie ein harter Kerl aus. Außerdem solltest du ihm weniger zu fressen geben: Was vorne reingeht, kommt hinten wieder raus.«

Ich nahm den Muffin aus dem Toaster und sah Diesel über die Schulter. Er las gerade die Akte über Charlene Klinger.

»Ich habe mit ihr gesprochen«, erzählte ich Diesel. »Sie hält Annie für bekloppt und will auf keinen Fall verkuppelt werden.«

Diesel blätterte zu Gary Martins Unterlagen um.

»Er wünscht sich sehnlich unsere Hilfe«, erklärte ich. »Unglücklicherweise ist die Liebe seines Lebens nicht die Richtige für ihn. Ich will ihn auf keinen Fall mit ihr zusammenbringen. Er hat etwas Besseres verdient.«

»Unsere Aufgabe ist es nicht, die Welt zu verändern«, meinte Diesel. »Wir sollen lediglich dafür sorgen, dass am Valentinstag alles glatt läuft.«

»Für Gary Martin und Loretta Flack wird es keinen gemeinsamen Valentinstag geben. Flack hat Martins Kreditrahmen bei Tiffany's ausgereizt und weidet nun auf saftigeren Wiesen.«

»Das ist übel«, bemerkte Diesel. Er wandte sich Larry Burlews Akte zu. »Wie steht es mit ihm?«

»Er hat ein Auge auf das Mädchen aus dem Café gegenüber seiner Metzgerei geworfen. Ich habe ein Treffen der beiden arrangiert. Mit ein wenig Glück können wir ihn von der Liste streichen. Die anderen beiden Fälle konnte ich mir noch nicht anschauen.«

Diesel blätterte in den restlichen Akten. »Der vierte Fall betrifft eine gewisse Jeanine Chan. Hier heißt es nur, dass sie ein Problem hat. Sieht nicht so aus, als hätte Annie ihr bereits einen Besuch abgestattet. Kein Bild. Keine Vorgeschichte. Und der fünfte Fall braucht Hilfe bei der Eheschließung. Sein Name ist Albert Kloughn.«

Ich riss Diesel die Akte aus der Hand. »Das ist der Lebensgefährte meiner Schwester!«

»Jetzt fällt es mir wieder ein«, meinte Diesel. »Als ich das letzte Mal hier war, stellte sie fest, dass sie schwanger war.«

»Sie hat das Baby bekommen, und die beiden planten eine große Hochzeit, aber dann bekam Kloughn eine heftige Panikattacke. Ihm brach der kalte Schweiß aus, und er hyperventilierte und kippte um. Sie bliesen die Hochzeit ab und flüchteten nach Disney World. Und bis jetzt hat er es immer noch nicht geschafft, Valerie zu heiraten.«

»Wie wäre es, wenn wir ihn mit einem Elektroschocker betäuben, und wenn er wieder zu sich kommt, ist er verheiratet?«

»Du bist wirklich ein Romantiker.«

»Ich habe meine lichten Momente«, meinte Diesel.

»Und was nun?«

»Jetzt ziehst du deine Stiefel und deine Handschuhe an, und wir ziehen los, um die lahmarschigen Amorspielchen in Gang zu bringen.«

Ich schlüpfte in meine Stiefel, holte meine Handschuhe und meinen Schal und rief schnell noch bei Morelli an. Ich ließ es x-mal klingen, aber er nahm nicht ab. Schließlich ging seine Mailbox an. Morelli war als verdeckter Ermittler im Einsatz.

»Ich bin's«, sagte ich. »Ich wollte dir nur sagen, dass es Bob gut geht.«

Charlene Klinger wohnte in einem schmalen, zweistöckigen Einfamilienhaus in North Trenton. Der Vorgarten hatte die Größe einer Briefmarke, es gab eine Auffahrt, aber keine Garage. Der grüne Minivan in der Auffahrt passte zu einer typischen Vorstadtmutter, die ihre Sprösslinge ständig von einer Sportveranstaltung zur nächsten kutschierte. Auf dem Dach des Wagens saß eine große orangefarbene Katze und kniff die Augen zusammen.

Diesel parkte meinen Escape an der Bordsteinkante, und wir stiegen aus und gingen zur Haustür. Wir klingelten, und Charlenes jüngster Sohn ließ uns ins Haus und verschwand sofort wieder, ohne irgendwelche Fragen zu stellen. Es war Samstagvormittag, und im Haus der Klingers herrschte Chaos. Im Wohnzimmer plärrte der Fernseher, im hinteren Teil des Hauses kläfften einige Hunde, aus einem der Schlafzimmer im ersten Stock dröhnte Rapmusik, und aus der Küche drang Charlenes Stimme.

»Auf keinen Fall bekommst du Eiscreme zum Frühstück«, erklärte sie. »Und wage es nicht, das Eis in deinen Orangensaft zu tun.«

Ich klopfte an den Türrahmen und spähte zu Charlene hinein. »Hi«, sagte ich. »Erinnern Sie sich noch an mich?«

Charlene starrte mich mit offenem Mund an. »Was tun Sie hier? Wie sind Sie hereingekommen?«

»Ein kleiner rothaariger Junge in einem blauen T-Shirt hat uns hereingelassen«, erklärte ich.

»Eines Tages wird man uns alle im Schlaf ermorden. Er macht einfach jedem die Tür auf.«

»Ich hatte gehofft, wir könnten uns vielleicht kurz unterhalten.«

»Wozu denn? Ich will keinen Mann. Und Zeit zum Plaudern habe ich auch nicht. Außerdem …«

Charlene hielt mitten im Satz inne, und ihre Augen weiteten sich leicht, als sie Diesel erblickte.

»Das ist Diesel«, stellte ich ihn Charlene vor. »Er gehört zu unserem Beziehungsteam. Er ist unser, äh, Männerspezialist. Sind Sie sicher, dass Sie nicht doch einen Mann in Ihrem Leben haben wollen? Manchmal können sie recht nützlich sein … Sie können den Müll rausbringen, Einbrecher abschrecken, verstopfte Rohre freikriegen.«

»Mag sein«, meinte Charlene. »Steht *er* zur Verfügung?«

»Stehst du zur Verfügung?«, fragte ich Diesel.

»Kein bisschen«, erwiderte Diesel.

»Mit ihm hätten Sie ohnehin keine große Freude«, erklärte ich Charlene. »Der ist nur begrenzt einsetzbar. Von Diesel kann man kaum erwarten, dass er einen neuen Schwimmer in die Toilette einsetzt, oder? Außerdem hätten Sie sicher gern einen Mann im Haus, der hin und wieder etwas kocht. Und das tut Diesel auch nicht.«

Diesel warf mir einen Blick zu, als wolle er sagen, dass er möglicherweise kochen würde, wenn man ihm einen Anreiz dazu böte.

»Meine Güte«, sagte Charlene.

Diesel ging quer durch die Küche, schenkte sich eine Tasse Kaffee ein und lehnte sich gegen die Arbeitsfläche. »In Ihrer Akte wird erwähnt, dass Sie bereits eine Menge Männer abgelehnt haben«, stellte er fest. »Warum haben Sie das getan?«

»Sie haben mich abgelehnt. Zu viele Katzen. Zu viele Kinder. Zu alt. Zu langweilig.«

»Dann müssen wir jemanden finden, der Kinder mag«, stellte Diesel fest. Sein Blick wanderte zu dem Kater, der auf der Arbeitsfläche vor dem Toaster schlief. »Und Tiere.«

»Darüber hinaus – welche Art von Männern gefällt Ihnen?«, fragte ich Charlene.

»Reich?«

»Würden Sie sich mit einigermaßen erfolgreich zufriedengeben?«

»Schauen Sie«, begann Charlene. »Ich will mich nicht binden. Ich habe es ernst gemeint, als ich gestern sagte, dass ich im Augenblick weder Zeit noch Kraft für einen

Mann habe. Auf dem Herd kocht eine Brühe, und neben der Waschmaschine im Keller wartete die Schmutzwäsche von letzter Woche auf mich. Oben hören sich zwei Kinder Rapmusik an und überlegen dabei, wie sie die Kindersicherung am Fernseher knacken können. Eine meiner Katzen ist trächtig, und ich weiß, dass sie sich irgendwo im Haus befindet – allerdings kann ich sie seit zwei Tagen nicht finden. Mein Ex-Mann, der Versager, hängt an einem Strand in Santa Barbara herum und lernt dort Surfen. Da er seit über einem Jahr keinen Unterhalt mehr geschickt hat, arbeite ich im Kraftfahrzeugamt, anstatt zu Hause zu bleiben und mich darum zu kümmern, dass aus meinen Kindern keine Jugendstraftäter werden. Ich brauche keinen Mann – ich brauche eine Haushaltshilfe.«

»Es sind nur noch wenige Tage bis zum Valentinstag«, erklärte ich Charlene. »Wir sollten uns zuerst um einen Mann kümmern, danach können wir uns vielleicht um eine Haushaltshilfe bemühen.«

Charlene drehte die Flamme unter dem Suppentopf höher. »Was muss ich tun, damit Sie von hier verschwinden?«

»Eine Verabredung«, warf Diesel ein. »Wir finden einen Mann für Sie, Sie gehen mit ihm aus, und dann lassen wir Sie in Ruhe.«

»Kann ich mich drauf verlassen?«

»Vielleicht«, erwiderte Diesel.

»Wir brauchen ein paar Vorgaben«, sagte ich zu Charlene. »Seien Sie ehrlich. Wie muss ein Mann für Sie sein?«

Charlene dachte einen Moment nach. »Er muss ein netter Kerl sein«, sagte sie dann. »Jemand, der zu mir passt. Jemand, bei dem ich mich wohlfühle.«

Der Kater stand auf, streckte sich auf der Arbeitsplatte, drehte sich um und wollte sich neben dem Herd wieder niederlassen. Sein Schwanz fuhr durch die offene Flamme unter dem Suppentopf und fing sofort Feuer. Der Kater kreischte laut und sprang vom Herd auf den Tisch. Der schwarze Labrador, der unter dem Tisch geschlafen hatte, fuhr hoch und jagte der lodernden Katze hinterher.

Wir sprangen alle wie wild herum und versuchten, den Kater zu fangen, ohne den brennenden Schwanz zu erwischen. Der Labrador krachte gegen ein Tischbein und jaulte auf. Diesel schnappte sich den Kater und kippte einen Liter Orangensaft über das Tier, während ich ein brennendes Platzdeckchen ausschlug.

»Kaum zu glauben, dass jemand Sie tatsächlich für langweilig hält«, sagte Diesel zu Charlene.

»Irgendetwas stimmt mit Blackie nicht«, bemerkte das rothaarige Kind und schaute unter den Tisch auf den Labrador. »Er winselt und hält sein Bein ganz komisch.«

Wir schauten alle auf Blackie. Tatsächlich sah seine Vorderpfote merkwürdig aus.

»Wie geht es dem Kater?«, fragte ich Diesel.

»Könnte schlimmer sein«, meinte Diesel. »Die Schwanzspitze ist verkohlt, aber der Rest sieht ganz gut aus. Da er vor Orangensaft tropft, ist das allerdings schwer zu sagen.«

Charlene wickelte ein Handtuch um die Katze. »Arme Mieze.«

Der Zwölfjährige und der Zehnjährige kamen in die Küche gerannt.

»Was ist los?«, wollte der Zwölfjährige wissen.

»Kitty hat sich selbst angezündet, und Blackie hat sich das Bein gebrochen«, berichtete der rothaarige Junge.

»So ein Mist«, bemerkte der Zwölfjährige. Dann drehten sich er und sein Bruder um und gingen wieder nach oben. So als würde das jeden Tag passieren.

»Wo soll ich um diese Uhrzeit an einem Samstag einen Tierarzt auftreiben?«, überlegte Charlene. »Ich werde zur Notaufnahme der Tierklinik fahren müssen. Das wird mich ein Vermögen kosten.«

»Ich kenne jemanden, der uns helfen kann«, beruhigte ich sie. »Ich habe seine Nummer in meinem Wagen.«

Charlene drückte die Katze an sich und nahm ihre Handtasche von der Arbeitsplatte. »Hol deinen Mantel und deine Mütze«, befahl sie dem rothaarigen Kind. »Und trommle deine Brüder zusammen. Alle sofort raus in den Wagen!«

Diesel hob den Labrador vom Boden auf und trug ihn zur Tür. »Ich glaube, Blackie sollte auf Diät gesetzt werden«, meinte er. »Dieser Hund wiegt mindestens eine Tonne.«

»Er bräuchte einen größeren Garten«, erklärte Charlene. »Er kann sich nie richtig austoben. Vor zwei Jahren ist er während eines Schneesturms auf unserer Veranda aufgetaucht und seitdem nicht wieder verschwunden.«

Die vier Kinder strömten herbei und stiegen in den Wagen, während ich Gary Martins Akte aus meinem Auto holte. Diesel schloss die Haustür ab und setzte sich mit Blackie auf dem Schoß in Charlenes Wagen. Die Vorderpfote des Hundes baumelte herunter. Charlene hatte sich mit dem Kater, der immer noch in das Handtuch gewickelt war, auf den Beifahrersitz gesetzt. Ich schlüpfte hinters Lenkrad und rief mit meinem Handy Gary Martin an.

»Es geht um einen Notfall«, erklärte ich ihm. »Eine Katze mit einem angesengten Schwanz und ein Hund mit einem gebrochenen Bein. Und ich habe mit Loretta gesprochen, aber das ist eine andere Geschichte.«

»Eine traurige Geschichte?«

»Ja. Besonders lustig ist sie nicht.«

»Meine Praxis wird heute erst um zehn Uhr geöffnet«, sagte Martin. »Aber ich kann schon eher kommen. In einer halben Stunde bin ich da.«

Ich holte Bob aus meinem Escape und schob ihn auf die hintere Sitzbank von Charlenes Minivan, stellte ihn allen vor und setzte mich wieder hinters Lenkrad.

»Wer ist der große Typ, der Blackie festhält?«, fragte das jüngste Kind an der ersten Ampel.

»Sein Name ist Diesel«, antwortete Charlene. »Benehmt euch anständig.«

»Diesel«, wiederholte das Kind. »Ich kenne niemanden, der so heißt.«

»Diesel ist ein Zug«, warf eines der anderen Kinder ein.

Ich stellte den Rückspiegel so ein, dass ich Diesels Augen sehen konnte. Unsere Blicke trafen sich und blieben kurz aneinander hängen. Ich konnte seinen Mund nicht sehen, aber die Fältchen um seine Augen verrieten mir, dass er lächelte. Die Klingers schienen ihn zu belustigen.

Die Lichter in der Praxis brannten bereits, als ich auf den Parkplatz einbog. Gary Martin war kurz vor uns eingetroffen. Er trug immer noch seinen Mantel und hatte seinen Hut auf, als wir alle hineinstürmten.

»Das ist Charlene Klinger«, sagte ich zu Martin. »Ihr gehören Kitty und Blackie und die vier Kinder.«

Charlene stellte ihm ihre Kinder vor. »Junior, Ralph, Ernie, Russell.«

Martin sah Diesel an.

»Das ist mein Begleiter«, erklärte ich. »Er ist der Hundeträger.«

»Ich muss eine Röntgenaufnahme von Blackies Bein machen, aber meine Assistentin kommt erst um zehn«, meinte Martin.

»Ich kann Ihnen helfen«, bot Charlene ihm an. »Ich habe vier Kinder, drei Katzen, zwei Hunde, ein Kaninchen und zwölf Hamster. Ich habe aufgeplatzte Lippen verarztet, Katzenbabys auf die Welt geholfen, vier Jungs gestillt. Und einmal musste Ernie so eine Projektarbeit für die Schule machen. Da haben wir Eier ausgebrütet und die Küken großgezogen.«

»Die Küken haben das ganze Haus vollgekackt«, erzählte Ralph.

Martin wickelte den Kater aus und sah sich den Schwanz des Tieres an. »Alles halb so schlimm«, stellte er fest. »Er hat in erster Linie Haare verloren und sich die Spitze angesengt. Warum ist er so klebrig?«

»Diesel hat das Feuer mit Orangensaft gelöscht«, erklärte Ralph ihm. »Das war echt stark.«

»Ich brauche jemanden, der die Katze in das hintere Behandlungszimmer bringt und in dem großen Waschbecken ganz vorsichtig den Orangensaft abwäscht«, sagte Martin. »Und jemand muss Blackie halten, während ich ihn röntge.«

»Ich kann Blackie halten«, meldete sich Russell zu Wort. »Das ist echt cool. Ich will vielleicht später auch mal Tierarzt werden. Ich wette, dass Sie eine Menge Mädchen kennenlernen.«

»Was Mädchen betrifft, bin ich wohl kein Experte«, gab Martin zu. »Mit Tieren komme ich besser zurecht. Tiere mögen mich. Mädchen sehen nur meine Glatze.«

»Ich finde Sie süß«, warf Charlene ein. »Sie sind knuddelig ... wie Fluffy.«

»Wer ist Fluffy?«, fragte Martin.

»Unser Kaninchen«, antwortete Ralph. »Es wiegt einen halben Zentner.«

»In unserem Haus ist alles übergewichtig«, meinte Charlene. »Bis auf die Kinder.«

Martin tauschte sein Jackett gegen einen blauen Arztkittel. »Vielleicht kann ich mir Fluffy einmal ansehen und eine bessere Ernährung für ihn empfehlen.«

»Es geht nicht nur um Fluffy«, sagte Ralph. »Wir haben praktisch einen Zoo zu Hause. Mom nimmt alle verstoßenen Tiere auf.«

Gary Martin und Charlene Klinger passten perfekt zueinander. Er wollte Kinder, und sie hatte einen Stall davon. Sie waren im gleichen Alter, und beide liebten Tiere. Und er konnte Charlenes Menagerie verarzten, wenn wieder einmal ein Feuer ausbrach. Außerdem sahen Charlene Klinger und Gary Martin so aus, als gehörten sie zusammen. Sie waren ein perfektes Paar. Viel besser als Gary Martin und Loretta Wie-hieß-sie-gleich-noch.

»Machen Sie auch Hausbesuche?«, fragte ich Martin. »Ich habe mir gerade überlegt, dass es vielleicht besser wäre, wenn Sie zu Charlene fahren könnten, um sich ihre Tiere anzusehen, da es so viele sind. Und wenn sie ihr diesen Gefallen tun, würde sie sich sicher mit einem Abendessen bei Ihnen dafür bedanken. Bestimmt haben Sie es allmählich satt, immer allein zu essen … jetzt, wo Sie Single sind.«

»Sind Sie sicher, dass ich Single bin?«

»Ganz sicher, vertrauen Sie mir.«

»Ich würde mich sehr freuen, wenn Sie sich meine Tiere anschauen könnten«, sagte Charlene. »Allerdings weiß ich nicht, ob Sie zum Essen bleiben wollen. Beim Abendessen geht es bei uns immer recht chaotisch zu.«

»Ich habe drei Schwestern und zwei Brüder«, erklärte Martin. »Chaos bin ich gewöhnt.«

»Können Sie eine Toilette reparieren?«, erkundigte ich mich. »Und kochen?«

»Natürlich. Wenn man mit drei Schwestern und zwei Brüdern in einem Haus mit nur einem Badezimmer aufwächst, lernt man einiges über Toiletten.« Martin nahm Diesel Blackie ab und machte sich auf den Weg zum Röntgenraum. »Und mein Schweinefilet ist unschlagbar. Außerdem backe ich hervorragende Brownies.«

Ich nahm Charlene zur Seite. »Haben Sie das gehört? Er macht Brownies.«

»Was soll's – ich rasiere meine Beine sowieso«, meinte Charlene. »Und er erinnert mich an Fluffy. Ich denke, ich sollte einen Versuch wagen. Glauben Sie, dass er Interesse hat?«

»Natürlich!«, sagte ich. »Sie sind die perfekte Frau für ihn: eine Göttin des Haushalts. Genau das, was er sich wünscht.«

Eine Stunde später war Kittys Schwanzspitze mit weißem Verbandmull umwickelt, und Blackies Vorderbein steckte in einem Gipsverband.

»Es war sehr freundlich von Ihnen, so früh hierherzukommen«, sagte Charlene zu Martin.

»Es war mir ein Vergnügen, Ihnen zu helfen«, erwiderte Martin. »Sie haben wunderbare Kinder. Russell war ein großartiger Assistent.«

»Vielleicht könnten Sie irgendwann einmal bei uns vorbeikommen und nach Blackie, Kitty und Fluffy sehen«, meinte Charlene.

»Natürlich«, antwortete Martin.

Wir standen alle um die beiden herum und warteten. Gary Martin war offensichtlich etwas schwer von Begriff.

Nach einem Moment, der sich ewig hinzog, legte Diesel Martin den Arm um die Schultern. »Vielleicht wollen Sie sich Charlenes Kaninchen *heute Abend* anschauen.«

Jetzt ging Martin ein Licht auf. »Heute Abend würde sehr gut passen! Um fünf Uhr muss ich mich um meinen letzten Patienten kümmern, also könnte ich gegen sechs Uhr bei Ihnen sein.«

»Heute Abend gibt es bei uns Schmorbraten, falls Sie es wagen wollen, mit uns zu essen«, sagte Charlene.

»Junge, das wäre großartig. Ich bringe die Nachspeise mit. Leider habe ich nicht genug Zeit, um Brownies zu machen, aber ich werde an der Bäckerei vorbeifahren.«

Wir brachten Charlene mit ihren Kindern und Haustieren zurück zu ihrem Haus, winkten zum Abschied und stiegen in meinen Wagen.

Diesel verpasste mir einen spielerischen Schlag auf die Schulter. »Sind wir nicht richtig gut?«, sagte er. »Du kannst zwei Namen auf unserer Liste streichen.«

Mein Handy klingelte, und ich ging ran.

»Deine Schwester kommt heute zum Abendessen«, verkündete meine Mutter. »Ich mache Lasagne, und zur Nachspeise gibt es Eiscremetorte. Ich dachte, du möchtest vielleicht auch kommen.«

»Ich muss heute Abend wahrscheinlich arbeiten.«

»Was? Und du kannst keine Pause machen, um etwas zu essen? Jeder muss irgendwann etwas essen.«

»Ja, aber ich habe einen Partner …«

»Es ist immer genug da. Bring deinen Partner mit. Ist es Lula?«

»Nein.«

»Ranger?«

»Nein.«

»Wer ist es?«

»Diesel.«

Schweigen.

»Der von dem Weihnachtsfest, an dem unser Baum abgebrannt ist?«, fragte meine Mutter schließlich.

»Ja.«

Ich sah schon vor mir, wie sie sich bekreuzigte.

»Was tust du mit Diesel?«, fragte sie. »Nein, sag es mir lieber nicht. Ich will es nicht wissen.«

5

Es war später Vormittag, und über uns zogen sich Wolken zusammen. Wir standen vor Jeanine Chans Haus und lasen ihre Akte.

»Nicht besonders ergiebig«, meinte Diesel. »Sie ist fünfunddreißig. Single. War nie verheiratet. Keine Kinder. Arbeitet in der Knopffabrik. Laut unserer Akte hat sie ein Problem.«

Jeanine wohnte in einem einstöckigen Reihenhaus, ungefähr 400 Meter vom Haus meiner Eltern in Burg entfernt. Ein Block bestand aus einundzwanzig solcher Häuser, die alle aus roten Ziegeln gebaut und billig zu mieten waren. Vor den Haustüren führten schmale Stufen zum Gehsteig. Hinten waren winzige Gärtchen, die an die nächste Straße grenzten. Zwei Schlafzimmer, ein Bad, eine winzige Wohnküche. Keine Garagen. Alle Häuser glichen sich wie ein Ei dem anderen.

Ich klingelte zweimal, dann wurde die Tür einen Spalt geöffnet, und Jeanine spähte heraus. »Ja?«, fragte sie.

»Wir suchen Jeanine Chan«, sagte ich.

»Ich bin Jeanine.«

Sie war einige Zentimeter kleiner als ich, hatte braune mandelförmige Augen und schulterlanges dunkelbraunes

Haar. Sie war schlank und trug ein graues formloses Sweatshirt und eine dazu passende Jogginghose.

Ich stellte zuerst mich und dann Diesel vor.

Jeanines Augen wurden glasig, als sie Diesel ansah.

»Annie deutete an, dass Sie ein Problem hätten«, sagte ich zu Jeanine.

»Wer? Ich?«, erwiderte Jeanine. »Nein. Ich nicht. Bei mir ist alles in Ordnung. Ich hoffe, ich habe Ihnen keine Umstände bereitet. Jetzt muss ich leider los.« Sie warf die Tür zu und schloss ab.

»Das war einfach«, bemerkte Diesel.

»Wir haben ihr Problem nicht gelöst.«

»Und?«

»Du bezahlst mich dafür, dass ich ein Date zustande bringe. Davon kann hier keine Rede sein. Außerdem fange ich langsam an, dieses Verkuppeln zu mögen. Es ist jedes Mal eine Herausforderung.«

Ich klingelte wieder an der Tür. Und noch einmal.

»Was denn noch?« Jeanine streckte den Kopf zur Tür heraus.

»Vielleicht wollen Sie es sich doch noch einmal überlegen. Sind Sie sicher, dass Sie kein Problem haben?«

Jeanine richtete ihren Blick auf Diesel.

»Bitte entschuldigen Sie mich einen Moment. Ich möchte mich kurz mit meinem Kollegen besprechen«, sagte ich zu Jeanine.

Ich nahm Diesel am Arm und führte ihn zu meinem Wagen.

»Es liegt an dir«, erklärte ich Diesel. »Du machst sie nervös.«

»Diese Wirkung habe ich eben auf Frauen«, erwiderte Diesel grinsend. »Das ist meine animalische Ausstrahlung.«

»Ohne Zweifel. Warte im Wagen. Ich werde allein mit Jeanine sprechen. Bin gleich wieder da.«

»Okay, wo liegt das Problem?«, fragte ich Jeanine, nachdem ich die Haustür hinter mir geschlossen hatte. »Ich weiß, dass es ein Problem gibt.«

»Hat Annie es Ihnen nicht erzählt? Meine Güte, das ist so peinlich. Ich weiß nicht, wie ich es sagen soll.« Sie atmete tief ein und kniff ihre Augen zusammen.

»Hallo? Jemand zu Hause?«, erkundigte ich mich, nachdem Jeanine über eine Minute lang mit geschlossenen Augen vor mir stand.

»Ich bereite mich darauf vor«, erklärte Jeanine.

»Mein Gott, das muss ja echt was Schlimmes sein.«

»Schlimmer geht's nicht.«

»Mord? Krebs? Schokoladenallergie?«

Jeanine seufzte tief. »Ich habe keinen Sex.«

»Das ist alles?«

»Ja.«

»So schlimm ist das nicht«, meinte ich. »Ich schätze, dass ich dagegen etwas tun kann. Ich muss also lediglich einen Mann finden, der mit Ihnen schlafen will?«

»So ungefähr.«

»Gibt es bestimmte Anforderungen?«, wollte ich wissen.

»Die gab es früher einmal, aber mittlerweile bin ich schon zu verzweifelt. Er sollte zumindest noch einige Zähne haben. Und es wäre schön, wenn er nicht so fett wäre, dass er mich dabei erdrückt. Das ist schon alles. Als ich die Tür geöffnet habe, bin ich in Panik ausgebrochen, weil ich dachte, dass Annie mir diesen Diesel geschickt hat. Ich meine, nicht dass ich etwas gegen ihn hätte, aber vielleicht sollte ich mich langsam nach oben arbeiten. Er sieht nicht so aus, als könne es eine Anfängerin mit ihm aufnehmen. Und das bringt mich zu meinem eigentlichen Problem.« Jeanine ließ ihre Fingerknöchel knacken. »Ich bin noch Jungfrau.«

»Das kann doch nicht wahr sein!«

»Ich weiß auch nicht, wie das passieren konnte. Zuerst war ich nur vorsichtig. Ich wollte es nicht mit irgendjemandem tun, verstehen Sie? Und dann war ich mit einem Mal Mitte zwanzig, und die Sache wurde peinlich. Wie erklärt man jemandem, dass man mit fünfundzwanzig noch keinen Mann gefunden hat, der gut genug dafür war? Und je älter ich wurde, um so schlimmer wurde es. Offenbar sind Jungfrauen nur in der High School und in Harems begehrt. Niemand ist scharf darauf, eine Fünfunddreißigjährige zu entjungfern.«

»Gütiger Himmel, wer hätte das gedacht?«

»Ja, da sind Sie platt. Glauben Sie mir, ich versuche es seit einiger Zeit mit allen Mitteln, aber ich finde keinen Freiwilligen. Und jetzt habe ich einen Mann kennengelernt, den ich wirklich mag. Er ist witzig, nett und liebevoll. Ich glaube, aus uns könnte tatsächlich etwas werden. Vielleicht ist er sogar die Liebe meines Lebens. Aber nun muss ich ständig irgendwelche Ausreden erfinden, um ihn nicht zu mir nach Hause einladen zu müssen… wie zum Beispiel, dass meine Katze krank ist oder dass meine Mutter zu Besuch kommt. Oder dass meine Gasleitung ein Leck hat.«

»Und das alles, weil Sie ihm nicht sagen können, dass Sie noch Jungfrau sind?«

»Genau. Er würde sofort die Flucht ergreifen. Das tun sie immer! Meine Güte, ich hasse es so. Wie zum Teufel soll ich denn meine Angst loswerden?«

»Vielleicht könnte Ihnen ein Arzt helfen.«

»Daran habe ich auch schon gedacht, aber das würde das Problem nur teilweise lösen.« Sie ließ wieder ihre Fingerknöchel knacken. »Ich weiß nämlich nicht, wie man es macht. Natürlich weiß ich, worauf es hinausläuft, aber der Ablauf ist mir fremd. Liege ich dabei einfach nur da? Oder soll ich irgendetwas machen?«

»Normalerweise tut man einfach das, wobei man sich gut fühlt.«

»Und wenn es sich nicht gut anfühlt? Ich bin fünfunddreißig Jahre alt. Zu alt, um damit anzufangen. Ich brauche so was wie eine Anleitung. Nichts Ausgefallenes. Ich wäre schon mit ein paar Anfängertipps zufrieden. Soll ich zum Beispiel dabei stöhnen?«

»Männern gefällt das, aber mich lenkt es nur ab.«

Jeanine kaute auf ihrer Unterlippe. »Ich glaube nicht, dass ich dabei stöhnen kann.«

»Sind Sie sicher, dass Sie das nicht lieber mit dem Mann besprechen wollen, mit dem Sie sich treffen?«

»Lieber steche ich mir eine Gabel ins Auge.«

»Okay. Immer mit der Ruhe. Ich werde mir etwas einfallen lassen.«

Ich verließ Jeanine und trottete zu Diesel zurück.

»Du warst ewig lang dort drin«, meinte Diesel. »Was ist denn ihr großes Problem?«

»Sie ist noch Jungfrau.«

»Im Ernst?«

»Offensichtlich ist es ab einem bestimmten Alter nicht mehr so einfach, die Jungfräulichkeit zu verlieren. Sie sagt, Männer ergreifen sofort die Flucht, wenn sie herausfinden, dass sie noch Jungfrau ist. Niemand will die Verantwortung übernehmen, der Erste zu sein.«

»Das verstehe ich«, meinte Diesel.

»Sie dachte, Annie hätte dich möglicherweise geschickt, um diesen Job zu erledigen.«

Diesel grinste. »Ich könnte es ja versuchen.«

Ich zog eine Augenbraue nach oben.

»Was?«, fragte Diesel.

»Männer.«

Diesel grinste noch breiter und zauste mir das Haar. Ich schlug seine Hand weg.

»Ich wollte nur behilflich sein«, verteidigte er sich.

»Jeanine hat einen Freund. Sie mag ihn sehr und will ihn nicht verlieren, aber sie befürchtet, dass er sich von ihr trennen könnte, wenn sie ihm gesteht, dass sie noch Jungfrau ist.«

»Dann soll sie es ihm nicht sagen«, meinte Diesel. »Er findet es selbst heraus, wenn die Sache gelaufen ist.«

»Das ist aber irgendwie hinterhältig.«

»Und? Hast du ein Problem damit?«

»Da ist noch etwas. Sie hat Angst, sich dabei dumm anzustellen. Mit fünfunddreißig, meint sie, sollte sie eigentlich gewisse Techniken draufhaben.«

»Ich glaube, dabei kannst du ihr sicher helfen«, erwiderte Diesel.

»Schon, aber ich bin mir nicht sicher, ob ich auf diesem Gebiet wirklich eine Expertin bin.«

»Das könnte ich testen und dir anschließend sagen, wie du abgeschnitten hast.« Diesel grinste wieder. »Ich werde dich auf einer Skala von eins bis zehn bewerten.«

»Das ist ein Angebot, von dem jedes Mädchen träumt.«

Diesels Telefon klingelte.

»Ja«, meldete er sich. »Wie schlimm ist es?« Er lauschte eine geschlagene Minute, beendete das Telefonat, ließ den Motor des Wagens an und legte den ersten Gang ein.

»Wohin fahren wir?«

»Wir machen uns auf die Suche nach Beaner. Er hat zwei Blocks von Ernie's Bar entfernt in einem Restaurant eine Frau angegriffen. Mein Informant sagte mir, dass Beaner dort frühstücken wollte, aber als er diese Frau gesehen habe, ging er wie ein Verrückter auf sie los. Und zwar, weil sie seiner eigenen Frau so ähnlich sah.«

»Meine Güte. Was hat er ihr angetan? Geht es ihr gut?«

»Sie wird sich davon erholen, die Sache ist aber nicht lustig.« Diesel steuerte auf die Innenstadt zu. »Ich weiß, dass Beaner in dem Viertel wohnt, in dem das Ernie's liegt. Ich habe ihn dort vor einer Woche ausfindig gemacht, allerdings kann ich ihn nicht genau orten. Ich dachte, wir fahren dorthin und spazieren ein wenig durch die Gegend. Vielleicht kann ich ihn dort ja spüren.«

Ich warf einen Blick nach hinten auf Bob. »Es ist eiskalt. Ich kann Bob nicht den ganzen Nachmittag in dem kalten SUV sitzen lassen.«

Diesel bog an der nächsten Kreuzung scharf nach links ab. »Wir setzen ihn in deiner Wohnung ab. Schließ ihn in dein

Badezimmer ein, damit er das Sofa nicht auffrisst. Dein Bad ist hübsch und groß. Dort wird er sich wohlfühlen.«

Die Gegend um das Ernie's ist eine Mischung aus Wohnviertel und Gewerbegebiet. Bürogebäude, schicke Apartmenthäuser, einfache Wohnblocks aus Sandstein, kleine Läden und Restaurants – alles ist dort bunt durcheinandergewürfelt. Diesel stellte den Wagen auf einem Parkplatz ab, und wir klappten unsere Krägen hoch und steckten die Hände in die Jackentaschen, um uns warm zu halten, als wir uns zu Fuß auf den Weg machten. Wir klapperten etliche Häuserblocks im Umkreis von über einem Quadratkilometer ab, aber Beaner tauchte nicht auf Diesels Radar auf.

Nach einer Weile verzogen wir uns in einen Feinkostladen und kauften uns dort Sandwiches und Kaffee zum Mittagessen, heilfroh, der Kälte zu entkommen.

»So klappt das nicht«, erklärte ich Diesel. »Ich plädiere dafür, es auf meine menschliche Weise zu versuchen – wir fragen einfach die Leute auf der Straße.«

»Ein Mensch bin ich auch«, erwiderte Diesel. »Nur habe ich noch ein paar zusätzliche Fähigkeiten.«

Ich aß mein Sandwich auf, trank meinen Kaffee aus und stand auf. »Du gehst Richtung Norden, ich nach Süden, und um drei Uhr treffen wir uns hier wieder.«

Ich fing mit dem Mädchen an der Kasse des Feinkostladens an und fragte sie, ob sie einen Mann mit einem himbeerfarbenen Muttermal im Gesicht gesehen habe. Ihre Antwort lautete nein. Als Nächstes war der Blumenladen dran, dann die Drogerie und die Reinigung. Niemand hatte Beaner gesehen. Ich sprach mit dem Türsteher des Apartmenthauses und mit dem Mitarbeiter am Empfang eines Bürohochhauses. Kein Beaner. Ich ging vier Blocks nach Süden und hielt ein paar Leute auf der Straße auf. Dann überquerte ich die Straße und arbeitete mich langsam wieder zu dem Feinkostladen vor. Aber ich hatte kein Glück.

Während ich auf Diesel wartete, blies mir der Wind von schräg oben Schneeflocken ins Gesicht. In Vermont ist Schnee sehr malerisch. In New Jersey ist er einfach nur lästig. Er behindert den Verkehr und erschwert das Laufen. Hunde färben den Schnee gelb, und Autos verwandeln ihn in braunen Matsch.

»Glück gehabt?«, fragte Diesel, als er endlich eintraf.

»Nein. Und du?«

»Nichts.«

Ich spürte mein Handy klingeln. Es war Larry Burlew, und ich verstand kaum, was er sagte. Er sprach mit Warp-Geschwindigkeit und stotterte dabei.

»Es funktioniert n-n-nicht«, stammelte er. »Ich weiß nicht, was ich zu ihr s-s-sagen soll. Jedes Mal, wenn ich winke, bringt sie mir einen Kaffee, aber ich weiß nicht, was ich dann mit ihr reden soll. Was soll ich sagen? Ich s-s-sage immer nur danke. Ich sollte wirklich mit ihr sprechen, aber ich bringe kein Wort heraus. Ich glaube n-n-nicht, dass ich noch mehr Kaffee vertragen kann, aber ich kann auch nicht zu winken aufhören.«

»Wie viele Tassen haben Sie schon getrunken?«

»Ich w-w-weiß nicht. Ich habe den Überblick verloren. Zwölf oder fünfzehn, glaube ich.«

»Wir sind auf dem Weg«, erklärte ich ihm. »Halten Sie durch, und trinken Sie um Himmels Willen keinen Kaffee mehr.«

6

Larry Burlew lief auf und ab, als wir den Laden betraten.

»Ich fühle mich nicht gut«, erklärte er. »Ich glaube, ich kriege gleich einen Herzinfarkt. Mein Puls rast. Und mein Auge zuckt. Vielleicht brauche ich eine Tasse Kaffee, um meine Nerven zu beruhigen.«

»Leg ihm seinen Mantel um, und geh mit ihm hinaus in die Kälte«, befahl ich Diesel. »Versuch, ein wenig Koffein aus seinem Kreislauf zu bekommen.«

»Und wer kümmert sich um den Laden?«, fragte Burlew. »Ich kann mein Geschäft nicht einfach im Stich lassen.«

»Ich werde das in die Hand nehmen«, beruhigte ich ihn. »Um diese Tageszeit kommen ohnehin keine Kunden. Machen Sie sich deswegen keine Sorgen.«

Fünf Minuten später kam eine Frau herein und verlangte einen Schweinebraten, ausgelöst und gerollt.

»Ich bin nur die Assistentin des Metzgers«, erklärte ich ihr. »Ich darf kein Fleisch entbeinen. Der Metzger wird in einer Stunde wieder hier sein, aber ich bin nicht sicher, ob er in der Lage sein wird, mit scharfen Werkzeugen umzugehen. Wie wäre es mit einem leckeren Brathähnchen?«

»Ich will kein Hähnchen«, erwiderte sie. »Ich brauche einen Schweinebraten.«

»Also gut, wie wäre es damit: Ich gebe ihn Ihnen umsonst, wenn Sie ihn mitsamt der Knochen nehmen. Das ist unser Angebot der Woche.«

»In Ordnung«, meinte die Kundin.

Ich nahm einen Braten aus der Kühltheke, schlug ihn in weißes Metzgerpapier ein und reichte ihn der Frau.

»Einen schönen Tag noch«, wünschte ich ihr.

Zwanzig Minuten später kam Diesel mit Burlew zurück.

»Wie geht es ihm?«, fragte ich Diesel.

»Er stottert nicht mehr, und sein Auge zuckt kaum noch. Ich musste ihn zurückbringen, weil ich Angst hatte, dass seine Nase sonst abfriert. Dieses Wetter ist zum Kotzen. Wenn der Fall hier abgeschlossen ist, werde ich den Antrag stellen, auf die Bahamas versetzt zu werden.«

»Kannst du das?«

»Nein. Ich gehe dorthin, wo ich gebraucht werde. Es gibt nicht viele Menschen, die meinen Job machen können.«

»Waren Kunden hier?«, erkundigte sich Burlew.

»Nein«, erwiderte ich. »Niemand hat etwas gekauft.«

»Der Plan mit der Kaffeelieferung funktioniert nicht«, stellte Diesel fest. »Wir müssen uns etwas anderes einfallen lassen.«

»Der Plan, den Kaffee liefern zu lassen, ist perfekt. Wir müssen nur Burlew noch trainieren. Er braucht Übung«, meinte ich. »Ich spiele die Kaffeelieferantin, und du bist Larry. Ich komme herein, und du fängst eine Unterhaltung mit mir an. Dann sieht er, wie man so etwas anstellt.«

Ich ging aus dem Laden und kam sogleich wieder herein.

»Hier ist Ihr Kaffee«, sagte ich zu Diesel und tat so, als würde ich ihm einen Becher Kaffee reichen.

»Danke«, antwortete Diesel. Dann packte er mich und küsste mich.

Ich schob ihn weg. »Was zum Teufel sollte das?«

Diesel wippte auf seinen Fersen und grinste. »Ich hatte einfach das Bedürfnis, dich zu küssen. Draußen war es arschkalt, und du bist kuschelig und warm.«

»Mannomann, ich wünschte, das könnte ich auch tun«, meinte Burlew. »Das war großartig.«

»Das war nicht großartig«, widersprach ich. »Das war ein schlechtes Beispiel. Diesel ist ein Spinner. Ich werde noch einmal hinausgehen und wieder reinkommen. Und dieses Mal werde ich *Ihnen* den Kaffee reichen.«

Ich ging nach draußen, blieb einen Moment lang auf dem Gehsteig stehen und atmete tief die kalte Luft ein. Der Kuss war verdammt gut gewesen. Nicht, dass er zu irgendetwas führen würde, aber er war trotzdem sagenhaft gewesen. Ich riss mich zusammen, ging wieder in den Laden zurück und gab vor, Burlew einen Becher Kaffee zu reichen.

Burlew nahm den Kaffee entgegen und sah mich hilflos an.

»Was sagen Sie jetzt?«, fragte ich ihn.

»Danke.«

»Und was noch?«

Burlew war ratlos.

»Sagen Sie ihr Ihren Namen«, forderte ich ihn auf.

»Larry Burlew.«

»Mein Name ist Jet«, verriet ich ihm.

Schweigen.

Ich versuchte, das Gespräch wieder in Gang zu bringen.

»Sagen Sie ihr, dass Sie einen ungewöhnlichen Namen hat. Fragen Sie sie, ob er etwas bedeutet.«

»Das ist Blödsinn«, warf Diesel ein. »Er wird sich anhören wie ein Idiot.«

»Was würdest du vorschlagen?«

»Ich würde sofort zur Sache kommen. Ich würde ihr sagen, dass ich mir das Spiel der Knicks in der Sportsbar am anderen Ende der Straße anschauen möchte, und sie fragen, ob sie mitkommt.«

»Du kannst dich doch nicht einfach für den Kaffee bedanken und sie dann fragen, ob sie mit dir in eine Bar gehen will. Das ist zu direkt. Und woher willst du wissen, ob sie ein Fan der Knicks ist?«

»Das spielt keine Rolle. Basketball ist ein Männersport und wird ihn wie einen Mann wirken lassen. Wenn er irgendwas Idiotisches über ihren Namen faselt, wird sie ihn für ein Weichei halten. Falls sie mit ihm ausgehen will, wird sie Ja sagen. Und wenn nicht, dann ist sowieso klar, dass du die Sache vergessen kannst.«

»Ich stehe nicht auf Basketball«, warf Burlew ein.

»Was gefällt Ihnen denn?«

»Ich mag Opern.«

Diesel stemmte die Hände in die Hüften. »Wollen Sie mich verscheißern?«

Burlew starrte auf die Kühltheke. »Da fehlt ein Schweinebraten. Sind Sie sicher, dass Sie nichts verkauft haben?«

»Ich habe ihn verschenkt. Für einen wohltätigen Zweck. An Pfadfinderinnen.«

Diesel richtete seine Aufmerksamkeit auf die Straße. »Hey, seht euch das an«, sagte er. »Die Kaffeeverkäuferin hat wohl ihre Schicht beendet. Sie hat den Mantel an und ihre Handtasche über die Schulter geschlungen. Es sieht so aus, als wolle sie hierherkommen. Sie hat das Café verlassen und überquert die Straße.«

»O nein«, stöhnte Burlew. »Sie bringt nicht noch mehr Kaffee, oder?«

»Nein«, antwortete Diesel. »Keinen Kaffee.«

Die Klingel an der Eingangstür ertönte, und Jet kam herein. »Hi«, begrüßte sie mich. »Ihr Cousin wird mich noch zur Mitarbeiterin des Monats machen, weil er so viel Kaffee bei mir bestellt.« Sie richtete ihren Blick auf Diesel. »*Hallo*«, hauchte sie.

»Er ist schwul«, behauptete ich. »Hundertpro.«

Jet seufzte. »Das habe ich mir schon gedacht – er ist zu schön, um wahr zu sein.« Sie sah zu Larry Burlew hinüber.

»Der ist hetero«, fügte ich schnell hinzu.

Jet nickte. »Ist schon wichtig, dass man weiß, woran man ist. Ist Ihr … ist er verheiratet?«

»Nein. Er ist noch zu haben.«

»Dann wäre es also klug, hier Fleisch zu kaufen?«

»Sie würden es nicht bereuen«, versicherte ich ihr.

»Gut. Ich habe Lust auf ein Steak für heute Abend.«

Diesel warf mir einen Blick zu. »Eine fleischfressende Raubkatze«, flüsterte er.

Jet sah Burlew an. »Was könnte mir schmecken?«

»Möchten Sie es grillen, schmoren oder in der Pfanne braten?«, erkundigte sich Burlew.

»Das weiß ich nicht. Gesund soll es sein.«

»Ich habe ein großartiges Rezept, das ich für Lendensteaks

verwende«, erklärte Burlew. »Ich mariniere das Fleisch und gare es dann mit Gemüse.«

»Das klingt herrlich«, meinte Jet. »Vielleicht könnten Sie mir zeigen, wie man das macht.«

»Natürlich«, erwiderte Burlew. »Es ist ganz einfach. Wenn Sie möchten, gleich heute Abend. Ich bringe die Steaks und die Zutaten mit.«

Jet schrieb ihre Adresse auf ein Stück von dem Metzgerpapier. »Kommen Sie, wenn Sie mit der Arbeit fertig sind. Ich werde Wein besorgen.« Dann ging sie.

Diesel und ich starrten Burlew an.

»Was zum Teufel war das?«, fragte Diesel.

»Wenn es um Fleisch geht, bin ich unschlagbar«, meinte Burlew.

Als wir die Metzgerei verließen, dämmerte es bereits. Straßenlaternen verbreiteten ihren Schein in den wirbelnden Schneeflocken, und Trenton sah kalt, aber gemütlich aus.

»Wir sind richtig gut bei diesem Beziehungsmist«, meinte Diesel. »Wir machen alles falsch, aber trotzdem wendet sich alles zum Guten.«

Wir fuhren zurück in das Viertel, in dem Beaner wohnte, und kurvten um einige Blocks. Schließlich blieb Diesel vor Ernie's stehen, und ich lief rasch hinein, um mich dort umzuschauen. Kein Beaner in Sicht.

»Es ist noch zu früh«, erklärte Diesel, als ich wieder im Auto saß. »Wir hätten gegen acht Uhr zurückkommen sollen.«

»Wir müssen jetzt ohnehin erst einmal zu meinen Eltern«, verkündete ich. »Ich habe uns zum Abendessen angemeldet.«

»Uns?«

»Ich wollte nicht, dass du dich ausgeschlossen fühlst.«

»Ich kann mich an deine Eltern noch sehr gut erinnern. Bei ihnen geht es zu wie in einer Klapsmühle.«

»Okay. In Ordnung. Setz mich an der Tür ab.«

»Auf keinen Fall«, erwiderte Diesel. »Das würde ich mir um nichts auf der Welt entgehen lassen.«

»Wir müssen nur noch schnell an meiner Wohnung halten, um Bob zu holen.«

Eine halbe Stunde später öffneten wir meine Badezimmertür, und Bob sah uns sabbernd und schnaufend aus verschlafenen Augen an. Er wimmerte mitleiderregend, öffnete sein Maul und brachte ein *würg!* hervor. Dann spuckte er eine Rolle Klopapier aus.

»Besser als das Sofa«, sagte Diesel.

Ich räumte das zerfressene Klopapier weg und steckte eine neue Rolle in den Halter. Als ich damit fertig war, war Bob wieder fit und munter, rieb sich liebevoll an Diesel und verteilte Hundespucke auf dessen Hosenbein.

»Wahrscheinlich sollte ich mich umziehen, bevor wir zu deinen Eltern fahren«, meinte Diesel.

Auf jeden Fall.

Diesel zog eine Jeans und ein Hemd aus seinem Rucksack. Beides waren genaue Duplikate von den Kleidungsstücken, die er trug – nur ohne die Spucke und die Pizzasauce. Nicht besser, nicht schlechter. Er schälte sich aus seinem Hemd, schnürte seine Stiefel auf und streifte erst sie und dann seine Jeans ab.

»O Gott!« Ich wirbelte herum, sodass ich mein Gesicht von ihm abwenden konnte. Nicht, dass das etwas ändern würde. Das Bild von Diesel in Unterhose hatte sich bereits in mein Gehirn eingebrannt. Ranger und Morelli, die beiden Männer in meinem Leben, hatten beide auf sehr verschiedene Art einen perfekten Körper.

Ranger war Amerikaner kubanischer Herkunft. Er hatte dunkle Haut, dunkle Augen und manchmal auch dunkle Absichten. Sein Körper glich dem eines Kickboxers, flink und gestählt, als wäre er bei einem Sondereinsatzkommando dabei. Morelli war hart und kantig. Er hatte das Temperament eines Italieners und die Muskelkraft und Gerissenheit, die man sich auf der Straße aneignet. Diesel wiederum war ein ganz anderes, viel größeres Kaliber. Obwohl ich keine Details erkennen konnte, vermutete ich, dass er *überall* größer war.

Grandma Mazur deckte gerade den Tisch, als wir eintrafen. Der Tisch war ausgezogen, und die Küchenstühle und ein Kinderhochstuhl waren dazugestellt worden, sodass zehn Leute Platz hatten. Valerie und Albert waren bereits da. Albert saß mit meinem Dad vor dem Fernseher, und Valerie konnte ich mit meiner Mutter in der Küche reden hören. Ihre älteste Tochter Angie saß im Wohnzimmer auf dem Boden und kritzelte in einem Malbuch. Das mittlere Kind Mary Alice galoppierte um den Wohnzimmertisch herum und tat so, als sei sie ein Pferd. Das Baby lag auf Alberts Schoß.

Als Diesel das Zimmer betrat, erstarrten alle.

»Meine Güte«, entfuhr es meinem Vater.

»Freut mich, Sie wiederzusehen, Sir«, sagte Diesel.

»Ich erinnere mich an dich«, erklärte Mary Alice. »Früher hast du einen Pferdeschwanz gehabt.«

»Das stimmt«, bestätigte Diesel. »Aber ich dachte mir, warum nicht mal was Neues.«

»Manchmal bin ich ein Rentier«, verkündete Mary Alice.

»Ist das etwas anderes, als ein Pferd zu sein?«, wollte Diesel wissen.

»Ja. Wenn ich ein Rentier bin, habe ich ein Geweih und kann fliegen wie Rudolph.«

»Kannst du nicht«, mischte sich Angie ein.

»Kann ich doch.«

»Kannst du nicht.«

»Ich kann ein bisschen fliegen«, behauptete Mary Alice.

Ich warf Diesel einen Blick zu.

Er lächelte und zuckte die Schultern.

Ich befreite Bob von der Leine, ließ Diesel im Wohnzimmer zurück, damit er meinen Vater unterhalten konnte, und ging in die Küche, um nach meiner Mutter zu sehen.
»Kann ich dir helfen?«, erkundigte ich mich.

»Du kannst die rote Sauce in die Sauciere füllen, und du kannst versuchen, deine Großmutter zur Vernunft zu bringen. Auf mich will sie partout nicht hören.«

»Worum geht's?«

»Hast du sie gesehen?«

»Sie hat gerade den Tisch gedeckt.«

»Hast du sie dir genau angeschaut?«

Großmutter Mazur kam in die Küche geschlurft. Sie war über siebzig, und die Schwerkraft war nicht gnädig mit ihr gewesen. Ihre schlaffe, zerfurchte Haut hing an ihrem Körper wie an einem Drahtgestell. Ihr dauergewelltes Haar war stahlgrau, und ihre Zähne waren gekauft. Ihren Augen entging fast nichts. Und ihre Lippen waren schrecklich geschwollen.

»Wir auchen Serietten«, stammelte sie. »I Geschirrschrank sind keine ehr.«

»O Gott«, stieß ich hervor. »Was ist mit deinem Mund passiert?«

»Sexy, nicht ahr?«, meinte Großmutter.

»Sie hat sich die Lippen aufspritzen lassen«, erklärte meine Mutter. »Sie ist zu irgendeinem idiotischen Arzt gegangen und hat sich Spritzen verpassen lassen.«

»Und nächste Oche lasse ich ir den Hintern aufolstern«, sagte meine Oma. »Kein Hängearsch ehr.«

»Mit Implantaten im Po ist nicht zu spaßen«, warnte ich sie. »Das solltest du dir lieber noch einmal überlegen.«

»Nächste Oche sind sie i Angebot«, meinte Großmutter. »Sonderangebote lasse ich ir nur ungern entgehen.«

»Schon, aber Implantate im Po sind sicher sehr schmerzhaft. Du wirst nicht sitzen können. Warum schauen wir uns nicht nach Sonderangeboten bei Schuhen um? Wir könnten zu Macy's gehen und anschließend in der Fressmeile zu Mittag essen.«

»Okay«, willigte Großmutter ein. »Das hört sich gut an.«

Meine Mutter nahm die Lasagne, ich die rote Sauce und Großmutter trug den Brotkorb zum Tisch. Wir setzten uns alle und hauten rein.

Großmutter Mazur nahm sich Lasagne und schenkte sich ein Glas Rotwein ein. Als sie sich mit der Gabel ein Stück Lasagne in den Mund steckte und einen Schluck Wein trank, fiel ihr alles wieder aus dem Mund und landete auf ihrem Schoß.

Sofort kam Bob angeschossen, schlabberte das Essen von Grandmas Schoß und setzte sich dann in Habachtstellung unter den Tisch.

»Eine Lillen sind so dick«, brachte sie mühsam hervor. »Sie gehorchen ir nicht.«

Meine Mutter sprang auf und kam mit einem Strohhalm für Grandma Mazur und einem Glas Schnaps für sich zurück.

Mein Vater hielt den Kopf über die Lasagne gebeugt. »Bitte erschießt mich«, murmelte er.

»Ich mag Lasagne«, verkündete Albert Kloughn. »Sie rutscht nicht vom Teller. Und wenn man von der roten Sauce nicht zu viel nimmt, kleckert man sich kaum was aufs Hemd.«

Kloughn war ein brotloser Anwalt, der sein Examen an der Acme School of Law in Barbados abgelegt hatte. Er war ein netter Kerl, aber so weich wie ein in der Mikrowelle erwärmtes Brötchen, und immer, wenn er nervös war, brach ihm auf der Oberlippe der Schweiß aus … was sehr häufig vorkam.

»Wie laufen die Geschäfte?«, erkundigte ich mich.

»Gut. Ich habe sogar ein paar Mandanten. Na ja, einer ist vor Kurzem gestorben, aber das passiert eben manchmal, oder?«

»Und wie läuft es in dem neuen Haus?«

»Sehr gut. Viel besser, als bei meiner Mutter zu wohnen.«

»Und die Hochzeit? Wie sieht es damit aus?«

Kloughn wurde blass, ließ einen fahren und fiel ohnmächtig vom Stuhl.

Diesel stand auf, zog Kloughn wieder auf die Füße und setzte ihn zurück auf seinen Stuhl. »Tief durchatmen«, forderte er ihn auf.

»Wie peinlich«, meinte Kloughn.

»Mann, jeder fühlt sich so, wenn es ums Heiraten geht. Nehmen Sie's nicht tragisch.«

»Armer Kuschelbär«, sagte Valerie und schob Kloughn mit einem Löffel ein paar Nudeln in den Mund. »Hat mein Schätzchen ein Aua?«

Diesel legte einen Arm um meine Schultern und presste seinen Mund an mein Ohr. »Wir sollten den Elektroschocker rausholen. Und sie alle beide damit plattmachen.«

»Vielleicht kannst du Albert ja nach dem Abendessen zu einem Spaziergang überreden. Und dich ein bisschen von Mann zu Mann mit ihm unterhalten. Er hat sich mit Annie in Verbindung gesetzt und um Hilfe gebeten. Also will er offensichtlich schon heiraten.«

»Das steht ganz oben auf der Liste der Dinge, die ich nicht tun will. So wenig wie von Beaner erwischt zu werden.«

»Beaner… Was genau passiert eigentlich, wenn Beaner jemanden erwischt?«

»Das willst du gar nicht wissen. Und ich will es dir nicht erzählen. Lass uns lieber nicht darüber reden.«

»Ich habe über Beaner nachgedacht. Vielleicht sollten wir uns mit Mrs. Beaner unterhalten. Lebt sie hier irgendwo in der Nähe. In Trenton?«

»Sie wohnt in Hamilton Township.«

»Ist sie auch eine Unerwähnbare? Besitzt sie furchteinflößende, böse Kräfte?«

»Ja, aber sie nutzt das kaum. Wenn überhaupt wendet sie den einen oder anderen billigen Zaubertrick an. Verbiegt Löffel und verschafft sich den Gewinn bei einem Rommeespiel. Ich habe mit ihr gesprochen, gleich nachdem man mir diesen Auftrag erteilt hatte.«

»Und?«

»Ich weiß nicht mehr als du. Sie sagte, sie habe die Nase voll von dieser Ehe. Sie sehne sich nach etwas anderem. Offensichtlich gibt Beaner Annie Hart die Schuld an allem, aber Mrs. Beaner meinte, Annie habe nichts damit zu tun – Annie sei lediglich eine Freundin von ihr. Sie wisse nicht, wo ihr Mann sich aufhalte, sicher aber irgendwo in der Nähe von Trenton, weil er es Annie unbedingt heimzahlen wolle.«

»Das ist alles? Warum hast du sie nicht gebeten, Beaner anzulocken, zum großen Aussöhnungsgespräch. Dann hättest du aus dem Schrank springen, deine Kopfgeldjägernummer abziehen und Beaner fassen können.«

»Sie wird sich hüten, Beaner über den Weg zu laufen, solange er so mies drauf ist. Das könnte ausarten, und damit will sie nichts zu tun haben.«

»Was ist mit dir? Hast du keine Angst vor Beaner?«

»Es gehört schon einiges dazu, um mich fertigzumachen, und Beaner besitzt diese Art von Kraft nicht. Er könnte es höchstens schaffen, dass ich mich leicht unbehaglich fühle.«

»Also gut, was hältst du davon? Wir bringen Mrs. Beaner dazu, ihren Mann anzulügen und zum Schein ein Treffen mit ihm zu vereinbaren.«

»Das kannst du versuchen, aber sie wird nicht einwilligen.«

Ich drückte ein Stück Brot in meinen Soßenrest. »Du weißt, was das bedeutet.«

Diesel hob seine Hände. Er hatte keine Ahnung, was ich meinte.

»Sie liebt ihn immer noch«, erklärte ich. »Sie will ihn nicht verraten. Und sie will nicht, dass er geschnappt und neutralisiert wird – oder was immer es ist, was du mit ihm vorhast.«

Diesel nahm sich eine zweite Portion Lasagne. »Vielleicht. Möglicherweise will sie aber auch nur nichts damit zu tun haben.«

»Ich könnte mit ihr reden.«

»Das ist wahrscheinlich keine schlechte Idee«, meinte Diesel. Er warf einen Blick auf seine Armbanduhr. »Pass auf: Ich werde mit Albert an die frische Luft gehen, mit ihm um den Block spazieren und ihn fragen, was zum Teufel er tun will, um endlich unter die Haube zu kommen. Du sprichst mit deiner Schwester und findest heraus, ob sie mit von der Partie ist. Und um acht Uhr versuchen wir unser Glück in Ernie's Bar. Wenn wir dort nichts erreichen, stattest du morgen Mrs. Beaner einen Besuch ab.«

7

Wir saßen in meinem Wagen und befanden uns auf dem Weg zu Ernie's. Es schneite nicht mehr, aber der Himmel war mondlos und pechschwarz, und die Luft war beißend kalt.

»Wie ist es mit Albert gelaufen?«, erkundigte ich mich bei Diesel.

»Er ist zwar nicht in Ohnmacht gefallen, aber er konnte sich nicht wirklich verständlich ausdrücken. Wenn ich ihn richtig verstanden habe, *will* er heiraten, aber der Gedanke an die Zeremonie versetzt ihn in Panik. Anscheinend hat der arme Kerl sogar schon versucht, sich hypnotisieren zu lassen, aber er schafft es immer noch nicht, vor den Traualtar zu treten.«

»Wie wäre es mit Beruhigungsmitteln?«

»Das hat er bereits versucht, davon aber eine Allergie bekommen. Der Kerl ist dabei völlig durchgedreht.«

»Ich habe mich mit Valerie unterhalten, und sie hat mir so ziemlich das Gleiche erzählt. Nicht, dass ich das nicht schon gewusst hätte. Er ist wirklich ein netter Kerl. Er liebt die Kinder, und er liebt Valerie, und ich weiß, dass er gern verheiratet wäre. Er hat einfach nur ein Problem damit, die Ehe zu schließen.«

Diesel fuhr ganz gemächlich die Straße hinunter und hielt schließlich gegenüber von Ernie's am Bordstein.

»Ist er drin?«, fragte ich Diesel.

»Ich glaube nicht«, sagte Diesel nach einer kurzen Pause. »Aber es würde nicht schaden, wenn du trotzdem einen Blick hineinwirfst.«

Ich überquerte die Straße, schob die große Eichentür auf, betrat die warme Kneipe und kletterte auf einen Barhocker. Es war kein Problem, einen freien Platz zu finden. Ins Ernie's kam man auf einen Drink nach Feierabend, samstagabends war hier nichts los. Der Laden war gespenstisch leer. Einige Stammkunden nippten an der Bar an ihren Drinks und starrten auf den Fernseher über ihren Köpfen. An den Tischen saß kein Mensch. Der sich langweilende Barkeeper schlenderte zu mir herüber.

»Was darf es sein?«, fragte er.

»Ich suche einen Freund. Er war gestern Abend hier. Er hat ein Muttermal im Gesicht und heißt Bernie.«

»Ja, ich kenne den Typen. Allerdings wusste ich nicht, dass er Bernie heißt. Kein sehr gesprächiger Mensch. Zahlt immer bar. Heute war er noch nicht da. Unter der Woche haben wir ein ganz anderes Publikum. Samstags und sonntags ist das Geschäft recht flau. Wollten Sie sich hier mit ihm treffen?«

»Nein, ich habe nur gedacht, ich könnte ihn hier finden.«

Ich verließ die Bar und ging zum Wagen zurück. »Er ist nicht da«, berichtete ich Diesel. »Der Barkeeper hat ihn heute noch nicht gesehen. Vielleicht haben wir ihn am Nachmittag verschreckt. Möglicherweise hat er uns gesehen, als wir auf der Suche nach ihm waren.«

Diesel saß mit seinem Handy in der Hand hinter dem Steuer. »Ich habe ein Problem«, erklärte er. »Annie meldet sich nicht. Ich rufe sie jeden Tag viermal an. Das ist das erste Mal, dass sie sich nicht meldet.«

»Vielleicht steht sie gerade unter der Dusche.«

»Sie weiß, dass ich um diese Zeit anrufe. Sie sollte eigentlich da sein. Ich habe einen Bekannten gebeten, bei ihr vorbeizuschauen. Er wohnt im selben Haus.«

»Warum wohnst du nicht bei ihm?«

»Seine Freundin wohnt bei ihm. Außerdem nervt er mich. Du treibst mich auch in den Wahnsinn, aber auf eine viel interessantere Art.«

Junge, Junge. »Glaubst du, dass Beaner Annie zwischenzeitlich gefunden hat?«

Diesel hob die Hände und drehte die Handflächen nach oben. »Keine Ahnung.«

Diesels Handy klingelte, und er warf einen Blick auf das Display. »Das ist Flash«, erklärte er.

»Der Typ, der in Annies Haus wohnt?«

»Genau.«

Eine Minute später war das Gespräch beendet. Diesel fuhr los und reihte sich in den Verkehrsstrom ein. »Sie ist nicht in ihrer Wohnung. Die Tür war verschlossen, und alles scheint an seinem Platz zu sein.«

»Hat sie ihre Handtasche mitgenommen?«, fragte ich ihn.

Diesel sah mich verblüfft an. »Das weiß ich nicht.«

»Ihre Stiefel? Ihren Mantel?«

»Keine Ahnung.«

»Hat das Licht gebrannt?«

»Weiß ich nicht.« Er wendete den Wagen und fuhr Richtung Innenstadt. »Wir fahren hin und sehen nach.«

Zwanzig Minuten später befanden wir uns in einer Seitenstraße im Zentrum von Trenton. Diesel benützte einen Generalschlüssel, um sich Zugang zu einer Tiefgarage zu verschaffen und den Wagen dort zu parken. Wir fuhren mit dem Aufzug in den siebten Stock. Bob ließen wir im Auto. Auf der Etage befanden sich vier Wohnungen. Diesel klopfte an die Tür mit der Nummer 704 und schloss dann auf. Wir gingen hinein und schauten uns um. Das Licht brannte. Auf der Arbeitsfläche in der Küche lag eine Handtasche. Darin eine Geldbörse und allerlei Krimskrams. Keine Schlüssel. Ich warf einen Blick in die Schränke. Kein Wintermantel oder Jacke. Keine Stiefel.

»Hier kommt meine Theorie«, verkündete ich. »Sie hat ihre Schlüssel mitgenommen und ihren Wintermantel angezogen, aber ihre Handtasche hat sie hier gelassen. Also glaube ich, dass sie nicht weit gehen und nicht lange bleiben wollte. Vielleicht wollte sie nur ein wenig frische Luft schnappen oder sich ein wenig Bewegung verschaffen. Und dann ist ihr möglicherweise etwas Unvorhergesehenes zugestoßen.«

Die Wohnung war nett. Nichts Ausgefallenes, aber geschmackvoll eingerichtet und gemütlich. Eine kleine Küche, ein Wohnzimmer, eine Essecke, ein Schlafzimmer mit einem Einzelbett und ein Bad.

»Das ist eine hübsche Wohnung«, sagte ich zu Diesel. »Aber ich kann mir gut vorstellen, dass Annie allmählich ein wenig hibbelig geworden ist, nachdem sie mehrere Tage hier eingesperrt war. Ihr Handy ist nicht in ihrer Handtasche. Warum versuchst du nicht noch einmal, sie anzurufen?«

Diesel tippte Annies Nummer in sein Handy. Nach einer kurzen Pause hörten wir ihr Telefon klingeln. Wir folgten dem Geräusch und fanden ihr Handy im Schlafzimmer neben dem Bett auf dem Boden liegen.

»Ich weiß nicht, was ich davon halten soll«, sagte ich zu Diesel. »Ich nehme mein Handy immer mit, wohin ich auch gehe. Ich kann mir keinen Grund vorstellen, warum sie ihr Handy hiergelassen hat. Aber es liegt auf dem Boden, also ist es ihr vielleicht aus der Manteltasche gefallen.«

Diesel schrieb in der Küche eine Notiz auf einen Klebezettel und befestigte diesen am Kühlschrank. Seine Nachricht war schlicht und lautete: RUF MICH SOFORT AN.

Wir schlossen die Tür hinter uns ab und nahmen den Lift zurück zur Tiefgarage. Als wir auf die Straße fuhren, kam mir eine geniale Idee. Das Pleasure Treasure war nur zwei Blocks von hier entfernt. Samstags war der Laden bis zehn Uhr geöffnet, und dort würden wir wahrscheinlich ein Buch finden, das der Jungfrau Jeanine weiterhelfen konnte.

»Bieg an der nächsten Kreuzung rechts ab«, bat ich Diesel. »Zwei Blocks von hier gibt es einen Sexshop, in dem wir ein Buch für Jeanine finden könnten.«

Ich sah, wie Diesel in dem dunklen Wagen grinste. »Gerade als ich dachte, der Tag sei total im Eimer, schlägst du vor, zu einem Sexshop zu fahren. Schätzchen, du bringst wirklich Sonnenschein in mein Leben!«

»Ich will dir wirklich nicht die Laune verderben, aber ich kenne den Laden, weil ich dort im Herbst jemanden hops genommen habe.«

»Dann wollen wir hoffen, dass dieser Ausflug dorthin lustiger wird, denn ich könnte jetzt ein wenig Spaß gebrauchen.«

Diesel stellte den Wagen auf dem winzigen Parkplatz neben dem Laden ab. Ich versprach Bob ein Leckerli vor dem Schlafengehen, wenn er noch ein klein wenig länger brav bleiben würde, und Diesel und ich gingen in das Geschäft. Wir waren die einzigen Kunden. Hinter der Theke stand einsam und verlassen eine Verkäuferin und las in einem Filmstarmagazin. Sie sah auf, als wir hereinkamen, und atmete geräuschvoll ein, als sie Diesel erblickte. Das Mädchen war vielleicht Mitte zwanzig, trug etliche Piercings und hatte sich die Augen wie eine Punkerin schwarz geschminkt.

»Wir sehen uns nur um«, erklärte ich ihr.

»Klar. Gebt Bescheid, wenn ich euch helfen kann.«

Diesel folgte mir in die Bücherabteilung, suchte sich ein Buch aus und blätterte es durch.

»Ist es gut?«, erkundigte ich mich.

»Ja. Sieh dir das an«, erwiderte Diesel. »Hast du das schon ausprobiert?«

Ich warf einen Blick auf das Bild. »Das ist sicher sehr unbequem, wenn nicht sogar unmöglich.«

»Hey, Bilder lügen nicht. Die machen es tatsächlich so.« Er legte einen Arm um mich und presste seine Lippen an mein Ohr. »Ich wette, ich würde das auch schaffen.«

»Du bist krank. Vielleicht sollten wir die Waschbärfrau nach einem Anfängerbuch fragen. Wenn wir das hier Jeanine zeigen, wird sie sich wahrscheinlich sofort für ein Nonnenkloster entscheiden.«

Diesel zog ein anderes Buch aus dem Regal. »Das sieht mehr nach grundlegenden Dingen aus. Es beginnt mit Anatomie. Und hier sind Bilder… von allem. Wir sollten zwei davon kaufen.«

Es war mir ein wenig peinlich, mit Diesel gemeinsam Fotos von Genitalien anzuschauen. »Natürlich«, sagte ich. »Kauf zwei.« Ich warf einen Blick auf meine Armbanduhr. »Meine Güte, so spät ist es schon? Wenn wir uns beeilen, schaffen wir es noch, uns das Ende des Spiels anzuschauen.«

»Um welches Spiel geht es?«, wollte Diesel wissen.

»Keine Ahnung. Um irgendein Spiel.«

Diesel ging zur Videoabteilung hinüber. »Wir sollten Jeanine einen Film besorgen. Hier gibt es einige gute.«

»Nein. Keine Filme für Jeanine. Jeanine kann mit Gestöhne nichts anfangen, und in diesen Filmen wird ständig gestöhnt.«

»Stöhnen macht Spaß«, meinte Diesel.

Ich warf ihm einen kurzen Blick zu. »Stöhnst du dabei?«

»Normalerweise nicht.«

»Warum nicht?«

»Ich käme mir dumm dabei vor.«

»Genau. Also bezahl die Bücher mit deiner gefälschten Kreditkarte, und lass uns nach Hause fahren.«

»Ich wette, ich könnte dich zum Stöhnen bringen.« Diesel grinste.

»Mir ist jetzt schon danach zumute«, erwiderte ich. »Und das hat nichts mit Sex zu tun.«

Ich nahm meinen Schal ab und wickelte ihn über einen Wandhaken neben meiner Wohnungstür. Dann hängte ich meine dicke Winterjacke über den Schal und tauschte meine Schneestiefel gegen meine Hausschuhe aus Lammfell.

»Ich kann es kaum fassen, dass du das ganze Zeug gekauft hast«, sagte ich zu Diesel.

»Es ist für Jeanine … außer du möchtest etwas davon für einen Probelauf haben.«

»Nein.

»Bist du sicher? Wir haben hier eine Tasche voll Spaß. Ich wette, wir haben Proben von jedem Kondom, das jemals entwickelt wurde.«

»Nein!«

Diesel stellte die Tasche auf die Arbeitsfläche in der Küche und ging zum Kühlschrank. Er holte ein paar Bier heraus. »Weißt du, was dein Problem ist? Du bist zu verklemmt.«

»Ich bin nicht verklemmt. Ich habe einen Freund und mache nicht rum.«

»Bewundernswert, aber diese Wohngemeinschaft würde besser funktionieren, wenn du weniger Skrupel hättest«, erklärte Diesel. »Auf dem Sofa ist nicht genug Platz für mich.«

»Ist auf dem Boden genug Platz für dich?«

»Das ist gemein«, beschwerte sich Diesel.

Ich nahm ihm ein Bier aus der Hand und wickelte den Laib Brot aus, der auf der Arbeitsfläche lag. Wir machten uns einen Stapel Erdnussbuttersandwiches, verfütterten eines davon an Bob, trugen den Rest und das Bier ins Wohnzimmer und stellten den Fernseher an.

»Ich will mehr über Beaner wissen«, sagte ich zu Diesel.

»Welche Kräfte besitzt er? Welche Art Chaos kann er verursachen?«

»Ich würde dir das gern sagen, aber dann müsste ich dich töten …«

»Sag es mir trotzdem.«

»Das möchte ich lieber nicht tun.«

»Na gut. Dann eben nicht. Ich werde die Geschichte morgen von Mrs. Beaner erfahren.«

»Okay, ich sage es dir«, willigte Diesel ein. »Aber wenn du lachst, verwandle ich dich in eine Kröte, das schwöre ich dir.«

»Das kannst du tatsächlich?«

»Die Frage sollte eher lauten, ob ich es tun würde. Und die Antwort ist nein.«

»Und nun zu Beaner.«

Diesel spülte ein Sandwich mit einem halben Bier hinunter. »Er kann dir einen Hautausschlag anhängen.«

»Einen Ausschlag?«

»Ja.«

»Das ist alles?«

»Schätzchen, es handelt sich nicht um einen gewöhnlichen Ausschlag. Es ist die Mutter aller Ausschläge. Wenn du ihn hast, juckt es dich überall. Es ist eine unaufhörliche Qual, die zwischen drei Tagen und drei Wochen anhält. Der Ausschlag gleicht der Wirkung von Giftsumach. Es bilden sich Quaddeln. Sie hinterlassen nicht unbedingt Narben, außer man kratzt sich mit einem Messer, weil man den Juckreiz nicht mehr erträgt.«

»Wow.«

Diesel ließ sich tiefer in das Sofa sinken und schloss die

Augen. »Wem versuche ich eigentlich, etwas vorzumachen? Es ist ein Ausschlag, verdammt noch mal! Wie schlimm kann ein solcher Ausschlag sein?« Er drückte seine Handballen auf seine Augen. »Früher habe ich gefährliche abartige Sexualtäter und verrückte Gewaltverbrecher verfolgt. Als ich das letzte Mal hier war, habe ich einen Kerl unschädlich gemacht, der an Weihnachten das Energieversorgungsnetz des Nordwestens lahmlegte. Das sind Aufgaben, an denen man sich festbeißen kann.« Er sackte noch weiter in sich zusammen und stöhnte. »Und jetzt jage ich Mr. Juckreiz. Hast du eine Ahnung, was das für mein Image bedeutet?«

»Dein Image leidet darunter?«

»Es ist ein Alptraum. Und es lässt sich auch nicht schönreden. Der große böse Diesel ist unterwegs, um einem armen Chaoten das Handwerk zu legen, der sich lediglich damit rühmen kann, anderen Leuten einen Nesselausschlag zu verpassen.«

Ich brach in Gelächter aus. »Das gefällt mir.«

Ich ging in die Küche und kehrte mit einer Tüte Kekse zu Diesel zurück. Ich öffnete die Tüte, und wir nahmen uns jeder einen Keks. Bob bekam zwei.

»Wie macht er es?«, fragte ich Diesel. »Überträgt er den Ausschlag durch Hautkontakt?«

»Ich habe keine Ahnung, wie er es anstellt. Ich habe noch nie beobachtet, wie es passiert, aber ich weiß, dass er den Ausschlag auch ohne Berührung auslösen kann.«

»Vielleicht könnte Beaner Annie den Ausschlag anhängen, und damit wäre die Sache erledigt. Möglicherweise muss er einfach nur den ganzen Frust loswerden«, meinte ich.

Diesel schüttelte den Kopf. »Er ist ein Irrer. Er ist ihr auf den Fersen und schafft es immer wieder, sie von Weitem anzustecken. Echt scheußlich. Annie hat Bläschen auf noch nicht abgeheilten Quaddeln.«

»Erzähl mir mehr über Beaner.«

»Ansonsten hat er keine außergewöhnlichen Begabungen. Er kennt sich recht gut mit Autos aus. Besaß früher mal eine eigene Werkstatt. Letztes Jahr hat er sie verkauft und ist sozusagen in Rente gegangen. Wahrscheinlich hat es seine Frau in den Wahnsinn getrieben, dass er ständig zu Hause rumhing. Eigentlich ist er ein ganz normaler Typ – bis auf die Sache mit dem Ausschlag. Und bis vor einer Woche war auch das noch absolut geheim. Einige Leute bekamen zwar aus unerklärlichen Gründen einen Ausschlag, aber das war's. Als seine Frau ihn dann vor die Tür setzte und er sich einredete, Annie sei schuld daran, machte er kein Geheimnis mehr daraus. In den ersten Tagen war nur Annie betroffen, doch dann verlor er die Kontrolle darüber und griff wahllos Leute an, wenn er wütend wurde.«

»So ein Mist.«

»Ja, da war ordentlich was los. Jedenfalls hat man mir den Auftrag erteilt, ihn auszuschalten.«

»Du meinst doch nicht, ihn … für immer auszuschalten?«

»Auszuschalten im Sinne von ›ihm den Stecker herauszuziehen, um ihm diese Kraft zu nehmen‹.«

»Das kannst du tun?«

»Ich habe da so meine Methoden.«

Diese Methoden interessierten mich, aber ich hielt es nicht für wahrscheinlich, dass er sie mir näher erläutern würde. Und wahrscheinlich war es auch besser, wenn ich sie nicht kannte, also aß ich noch zwei Kekse und hievte mich von der Couch hoch. »Ich gehe jetzt ins Bett. Bis morgen.«

Als ich aufwachte, fielen Sonnenstrahlen durch den senkrechten Spalt zwischen meinen Schlafzimmervorhängen, und ein schwerer Arm lag quer über meinem Brustkorb. Diesel schlief lang ausgestreckt neben mir und sah mit seinem Vier-Tage-Bart noch weniger salonfähig aus als sonst. Als ob ich nicht schon genug Probleme mit Männern hätte! Jetzt war auch noch ein Dritter in mein Bett gekrochen. Das war zu viel des Guten. Zumindest hatte ich meinen Schlafanzug noch an. Das beruhigte mich.

Ich löste mich von Diesel, schob mich unter seinem Arm hindurch und rollte mich aus dem Bett. Dann schnappte ich mir ein paar frische Kleidungsstücke, schloss mich im Badezimmer ein und stellte mich unter die Dusche. Ich hatte ein volles Tagespensum vor mir. Zuerst musste ich mit Mrs. Beaner reden und anschließend nach Gary Martin, Charlene Klinger und Larry Burlew sehen. Außerdem musste ich Jeanine die Tüte vom Pleasure Treasure vorbeibringen. Und dann war da noch Annie Hart. Ich hoffte zwar, dass Annie in ihr Versteck zurückgekehrt war, aber für sehr wahrscheinlich hielt ich es nicht.

Als ich aus dem Badezimmer kam, war Diesel bereits wach. Er stand in der Küche und löffelte Müsli aus einer Schüssel.

»Ich habe den Hund gefüttert und Gassi geführt«, berichtete er. »Ich wusste nicht, was ich mit der Ratte tun soll.«

»Hamster.«

»Was auch immer.«

Ich gab Rex frisches Wasser, füllte seinen Napf mit Hamsterflocken und schüttete Müsli für mich in eine Schüssel. »Hast du etwas von Annie gehört?«, fragte ich Diesel.

»Nein. Sie hat nicht abgenommen, als ich sie heute Morgen anrief, also habe ich Flash gebeten, noch einmal in ihrer Wohnung nachzuschauen. Immer noch leer.« Er stellte seine Müslischale in den Geschirrspüler. »Ich muss heute Vormittag allein losziehen und Annie finden. Ich spring nur rasch unter die Dusche. Dann düse ich ab. Ich habe dir Mrs. Beaners Adresse aufgeschrieben. Der Zettel liegt auf der Arbeitsfläche. Sie erwartet dich. Ich weiß nicht, wie hilfsbereit sie sich dir gegenüber verhalten wird, aber du solltest einen Versuch wagen. Ich bin auf meinem Handy zu erreichen. Die Nummer steht ebenfalls auf dem Notizzettel.«

»Hast du einen Wagen?«

»Ich kann mir einen besorgen.«

Okay. Auch darüber würde ich ihm keine Fragen stellen.

Ich stand an der Arbeitsplatte und ließ mir meine zweite Tasse Kaffee schmecken, als Diesel zurück in die Küche kam. Sein Haar war noch feucht, und er roch nach meinem Duschgel. Er hatte seine Jacke angezogen und sich seinen Schal um den Hals geschlungen. »Bis später«, sagte er.

Ich blinzelte, und schon war er verschwunden. Nicht auf magische Weise. Diesmal durch die Tür und den Gang hinunter zum Aufzug.

Ich spülte meine Tasse aus und ging ins Badezimmer, um mir die Zähne zu putzen. Als ich mich umdrehte, prallte ich gegen Ranger. Ich stieß einen schrillen Schrei aus und machte einen Satz nach hinten.

»Ich wollte dich nicht erschrecken«, entschuldigte er sich.

Normalerweise spürte ich Ranger, wenn er hinter mir stand, weil sich der Luftdruck veränderte und ich einen Hauch von Verlangen wahrnahm. Heute war ich etwas abgelenkt gewesen, deshalb hatte er mich komplett überrascht.

»Ständig schleichen sich Männer an mich heran«, beschwerte ich mich bei ihm.

»Ich habe Diesel gehen sehen.«

»Kennst du Diesel?«

»Nur von Weitem«, erwiderte Ranger. »Macht Diesel Schwierigkeiten?«

»Nicht mehr als üblich. Wir arbeiten zusammen.«

»Ich muss für ein paar Tage die Stadt verlassen. Tank wird hierbleiben. Ich bin jedoch auf meinem Handy erreichbar. Wenn ich zurückkomme, muss ich mit dir reden.« Er drückte mir einen flüchtigen Kuss auf die Lippen und verschwand.

»Ein geheimnisvoller Mann«, sagte ich zu der geschlossenen Tür.

»Das habe ich gehört«, ertönte Rangers Stimme von der anderen Seite.

8

Ich setzte Bob bei meinen Eltern ab und bat sie, auf ihn aufzupassen. Dann trank ich mit meiner Mutter und Grandma Mazur noch einen Kaffee und bog kurz nach neun in Betty Beaners Straße ein. Ich parkte in ihrer Auffahrt und betrachtete das Haus. Typisch Vorstadt. Zwei Stockwerke, Kolonialstil. Hübsch bepflanzter Vorgarten. Eingezäunter Garten hinter dem Haus. Doppelgarage. Frisch gestrichen.

Ich klingelte an der Tür, und Betty öffnete nach dem zweiten Mal. Sie war kleiner als ich und wohlgerundet. Sie hatte ein rundliches Gesicht mit einem hübschen Mund, der so aussah, als würde sie oft lächeln, dralle Hüften und große runde Brüste. Eine Rubensfrau. Sie schien um die fünfzig zu sein.

Ich streckte meine Hand aus. »Stephanie Plum.«

»Ich habe Sie erwartet«, sagte sie. »Diesel hat mich angerufen.«

»Wir dachten, Sie könnten uns vielleicht helfen, was Bernie betrifft.«

»Ich kann es nicht fassen, dass er in der Gegend herumläuft und Pusteln verteilt wie ein seniler alter Narr. Meine Güte, dieser Mann ist peinlich.«

Ich folgte ihr durch das Wohnzimmer und Esszimmer in

die Küche. Sie hatte an dem kleinen Küchentisch gesessen, Zeitung gelesen und Kaffee getrunken. Der Raum war anheimelnd und in warmen Farben gehalten. Hauptsächlich in Rost- und Gelbtönen. Die kleingemusterte Tapete war auf die Vorhänge am Fenster abgestimmt.

Betty schenkte mir eine Tasse Kaffee ein, und wir setzen uns an den Tisch. Ich warf einen Blick auf die Zeitung und sah, dass sie sich die Stellenanzeigen angeschaut hatte.

»Suchen Sie einen Job?«, fragte ich sie.

Betty hatte einen roten Stift neben die Zeitung auf den Tisch gelegt, aber keine der Anzeigen angestrichen. »Ich denke darüber nach. Das Problem dabei ist nur, dass ich nichts gelernt habe. Ich bin all die Jahre Hausfrau gewesen.«

»Zweihundert?«

Sie lächelte. »Ja. Zumindest kommt es mir so vor. Tatsächlich sind Bernie und ich seit fünfunddreißig Jahren verheiratet. Er arbeitete in einer Werkstatt, und ich brachte mein Auto zur Reparatur dorthin. Und bevor wir uns versahen, waren wir verheiratet.«

Ich nippte an meinem Kaffee und betrachtete Betty Beaner. Sie wirkte nicht wütend, als sie über Bernie sprach. Sie schien eher Zuneigung zu empfinden. Und Nachsicht zu zeigen. Irgendwie erinnerte sie mich an meine Mom. Meine Eltern führten keine perfekte Ehe, aber im Lauf der Zeit hatten sie einen Plan ausgearbeitet, der für einen glatten Ablauf sorgte. Meine Mutter gab meinem Dad das Gefühl, der Herr im Haus zu sein, und mein Vater räumte den Thron für sie.

»Ich weiß, das hört sich jetzt neugierig an«, begann ich.

»Aber ich habe nicht viel Zeit, und ich versuche, Diesel zu helfen. Was ist denn schiefgelaufen?«

»Er schnarcht.«

»Darum geht es? Das ist alles?«

»Haben Sie jemals versucht, die Nächte mit einem Mann zu verbringen, der schnarcht?«

»Nein. Die Männer in meinem Leben schnarchen nicht.«

»Bernie schnarchte früher auch nicht, und dann, eines Tages, fing es an… Er war ein Schnarcher geworden.«

»Gibt es keine Möglichkeit, etwas dagegen zu unternehmen?«

»Er will nicht glauben, dass er schnarcht. Er behauptet, ich mache eine große Sache daraus, aber er hält mich die ganze Nacht wach. Ich bin immer müde. Und wenn ich im Gästezimmer schlafe, ist er sauer. Er sagt, ein verheiratetes Paar sollte in einem gemeinsamen Bett schlafen. Also zum Teufel mit ihm. Ich reiche die Scheidung ein.«

»Er glaubt, es ginge um Gespräche und um Sex.«

»Natürlich geht es um Gespräche! Um Gespräche über sein Geschnarche! Ich will keine ausführlichen, gefühlsduseligen Diskussionen mit Bernie führen. Und ich habe ihn auch nicht darum gebeten, einer Büchergruppe beizutreten oder so etwas. Ich wollte einfach nur, dass er mir zuhört. Wenn ich sage, dass ich nicht schlafen kann, dann meine ich auch, dass ich nicht schlafen kann!«

»Und was ist mit dem Sex?«

»Das habe ich als Dreingabe erwähnt. Ich dachte mir, zum Teufel, wenn ich mich schon beklage, dann kann ich es auch gleich richtig machen.«

Betty malte mit dem roten Stift einen Kreis um eine Anzeige in der Zeitung. »Hier ist etwas, was ich sicher machen könnte. Sie suchen nach Kassierern für die Mautstelle an der Autobahn.«

»Haben Sie schon einmal an Eheberatung gedacht?«

»Machen Sie Witze? Glauben Sie tatsächlich, dass ein Mann, der nicht zugibt, dass er schnarcht, sich zu einer Eheberatung bereit erklärt? Ich habe das Geschnarche sogar aufgenommen. Er sagte, das sei ein Trick. Das sei ganz sicher nicht er gewesen.«

»Wenn ich Bernie dazu bringen könnte, sein Schnarchen zuzugeben, würden Sie es dann noch einmal mit ihm versuchen?«

»Ich weiß nicht. Allmählich gewöhne ich mich daran, allein zu sein. Das Haus ist schön ruhig. Und ich kann mir im Fernsehen ansehen, was ich will. Natürlich war es recht mühsam, den Schnee vom Gehsteig zu schaufeln.«

»Das Haus sieht so aus, als gäbe es hier drei Schlafzimmer. Wenn ich es nun einrichten könnte, dass Sie Ihr eigenes Zimmer mit einem eigenen Fernseher bekommen? Und nehmen wir an, auch der Sex würde besser werden? Ich weiß es nicht aus erster Hand, aber ich nehme an, Diesel kennt sich da ziemlich gut aus. Ich könnte ihn fragen, ob er mal mit Bernie redet.«

Wir mussten beide grinsen. Diesel und Bernie in einem Gespräch über Sex – das war die Sache wirklich wert.

Ich beschloss, die Tüte vom Pleasure Treasure zu Jeanine zu bringen, solange ich noch in Sexualberatungsstimmung war. Also rief ich sie an und erklärte ihr, dass ich auf dem Weg zu ihr sei.

»Gott sei Dank«, sagte Jeanine. »Ich bin nämlich für heute Abend verabredet und hatte schon befürchtet, ich müsste eine Blinddarmreizung vortäuschen.«

Zwanzig Minuten später stand ich vor ihrer Tür.

»Hier.« Ich schob ihr die Tüte zu. »Alles, was Sie über Sex wissen müssen … Glaube ich zumindest.«

Jeanine spähte hinein. »Was? Ist das alles?«

»Ein Sex-für-Anfänger-Handbuch. Und ein Video. Ich habe es zwar nicht gesehen, aber Diesel hält es für heiß. Und dann sind noch einige Öle drin. Die Gebrauchsanleitung liegt dabei. Ein Sortiment von Kondomen. Und als Zugabe hat die Verkäuferin noch einen Vibrator in Form eines Penis dazugelegt.«

Jeanine zog den Penis aus der Tüte. »Ihh.«

Ich stimmte ihr zu. Das war nicht der schönste Penis, den ich jemals gesehen hatte. Aber vielleicht war der Vergleich auch nicht fair, da ich vor Kurzem einige Topmodelle gesehen hatte.

»Den gab's umsonst«, sagte ich entschuldigend.

Jeanine blätterte in dem Buch. »Das sieht hilfreich aus. Ich wollte mir schon immer so ein Buch kaufen, hab mich aber nie getraut.«

»Ich würde vorschlagen, dass Sie das Buch lesen, und mich dann anrufen, wenn Sie Fragen dazu haben.«

»Vielleicht sollte ich mit dem Film anfangen«, meinte sie. »Möchten Sie sich das Video mit mir ansehen?«

»Ich glaube, ich passe. Ich habe die Erfahrung gemacht, dass solche Filme für Männer gemacht sind und hauptsächlich jede Menge Busen zeigen.«

»Das wäre enttäuschend«, erklärte Jeanine. »Das kann

ich auch im Umkleideraum des Fitnessstudios sehen.« Sie zog einen Klebestreifen von der Vorderseite der Hülle und japste. »Heiliger Bimbam.«

Ich warf einen Blick über ihre Schulter. »Zweimal heiliger Bimbam!«

»Das ist ein Mann«, stellte Jeanine fest. »Und er ist nackt. Ich habe noch nicht so viele Männer gesehen, also bin ich keine Expertin, aber ich habe mir nicht vorgestellt, dass sie … so groß sind.«

Ich sah mir das Bild genauer an. »Sie haben das Foto sicher mit Photoshop bearbeitet. Das ist ja ein Pferdeschwengel.«

»Auf dem Cover heißt es, dass alles echt ist. Keine Retusche.«

Ich zog meine Jacke aus. »Ein paar Minuten könnte ich sicher erübrigen, um sicherzugehen, dass alles wirklich authentisch ist. Ich möchte nicht, dass Sie falsche Informationen bekommen. Also los, schieben Sie die DVD mit diesem bösen Buben in den DVD-Player.«

»Es ist elf Uhr«, sagte Jeanine. »Beinahe Mittagszeit. Vielleicht brauchen wir ein Glas Wein, um das durchzustehen.«

Ich stimmte ihr zu. Das schien eindeutig ein Film zu sein, für den man einen Drink brauchte.

Zwanzig Minuten später schlürften wir Wein und beugten uns weit nach vorne, den Blick fest auf den Bildschirm geheftet.

»Das ist wie bei einem Autounfall«, stellte ich fest. »Einer der schlechtesten Filme, die jemals gedreht wurden. Und ich kann mich nicht davon losreißen.«

»Ja«, stimmte Jeanine mir zu. »Ich muss ihn mir wahrscheinlich noch einmal anschauen, um mich zu vergewissern, dass ich alles richtig verstanden habe.«

Es klingelte an der Tür, und wir zuckten zusammen.

Jeanine schloss fest ihre Augen. »Bitte, lieber Gott, lass es nicht meine Mutter sein.«

»Wohnt Ihre Mutter in Burg?«

Jeanine drückte auf den Pausenknopf. »Sie lebt in Milwaukee.«

»Dann stehen die Chancen gut, dass es nicht Ihre Mutter ist.«

»Ist mir nur so herausgerutscht.«

Jeanine öffnete die Tür, und meine Großmutter lehnte sich seitwärts, um an Jeanine vorbeizuspähen. Als sie mich auf dem Sofa entdeckte, winkte sie mir mit ihrem kleinen Finger zu.

»Dachte ich es mir doch, dass das dein Auto da vorne an der Straße ist. Ich habe es sofort erkannt«, sagte Großmutter. »Die Schwellung an meinen Lippen ist so weit zurückgegangen, dass ich wieder sprechen kann, also bin ich jetzt auf dem Weg zum Beerdigungsinstitut. Elaine Gracey wird dort aufgebahrt, damit man sich zur Mittagszeit von ihr verabschieden kann. Dein Vater ist mit dem Wagen unterwegs, also musste ich laufen, und ich erfriere gleich.« Sie starrte auf den Fernsehschirm, wo Big Chief und Vanessa Dickbender in voller Fahrt erstarrt waren. »Das ist sicher Kabelfernsehen«, meinte Grandma. »Diese Reality-TV-Shows werden immer besser. Ich hätte nichts dagegen, mich zu setzen und eine Weile zuzuschauen. Nur bis ich mich aufgewärmt habe. Trinkt ihr Wein? Ein Glas Wein wäre wunderbar.«

Ich hörte, wie draußen eine Wagentür zugeschlagen wurde, und wenige Sekunden später klingelte es wieder an der Tür. Jeanine öffnete, und Lula spähte herein.

»Ich komme gerade von der Kirche und habe deinen Wagen draußen gesehen. Außerdem glaube ich, gesehen zu haben, wie deine Großmutter in dieses Haus gegangen ist«, erklärte Lula. »Feiert ihr eine Party? Verdammt, wessen haariger Hintern ist das auf dem Bildschirm?«

»Das ist Big Chief«, erwiderte Jeanine.

»Er ist der Beste«, erklärte Lula, zog ihren Mantel aus und setzte sich zu Grandma aufs Sofa. »Ist noch Wein da?«

Jeanine brachte zwei weitere Gläser und die Flasche, und ich drückte auf die Abspieltaste.

»Nun seht euch das an«, rief Lula und beobachtete, wie Dickbender sich an Big Chief zu schaffen machte. »Das habe ich total oft gemacht, und die Frau hat keine Ahnung davon.«

»Lula ist Expertin für so was«, erzählte Grandma Jeanine.

»Darauf könnt ihr wetten«, sagte Lula. »Ich hatte alle Tricks drauf.«

Jeanine schenkte Lula ein Glas Wein ein. »Vielleicht könnten Sie mir ein paar Tipps geben.«

»Klar«, antwortete Lula. »Jetzt, wo ich mich aus dem Geschäft zurückgezogen habe, kann ich ruhig mein Geheimnis verraten, wie man eine erfolgreiche Hure wird. Also, worauf's ankommt, ist der Rhythmus. Der muss gut sein. Ich hab ›Jingle Bells‹ als Vorlage genommen und mich dazu bewegt. Jeder liebt ›Jingle Bells‹.« Lula trommelte den Rhythmus auf dem Kaffeetisch. »Jingle Bells. Jingle Bells. Jingle *all* the *way*… a-ha!"

»Menschenkind«, sagte Jeanine, »das ist genau das, was ich wissen muss.«

»Ja«, bekräftigte Lula. »Du singst einfach nur ›Jingle Bells‹, und bevor du dich versiehst, kannst du deine fünfzehn Dollar kassieren und gehen.«

»Das wäre auch was für mich«, warf Grandma ein. »Ich kann ›Jingle Bells‹ singen, und fünfzehn Dollar extra könnte ich auch gut gebrauchen.«

Vanessa Dickbender stieß einen Schrei aus, und wir schnappten alle nach Luft.

»Was war das?«, fragte Jeanine. »Was ist passiert?«

»Das könnte ein Orgasmus gewesen sein«, sagte Lula.

»Huch«, stieß Jeanine hervor. »Das klang schmerzhaft.«

Lula lehnte sich zurück. »Wahrscheinlich ist das Ganze nur vorgetäuscht, aber ich schätze, es sollte einen heftigen Orgasmus darstellen.«

Jeanine schenkte sich noch ein Glas Wein ein.

»Ich glaube, jetzt ist er bald fertig«, meinte Lula. »Das sehe daran, dass die Adern in Big Chiefs Gesicht hervortreten und er aussieht, als würde er einen Herzinfarkt bekommen. Wie lange macht er das denn schon?«

»Der Film läuft seit ungefähr vierzig Minuten«, antwortete ich.

»Niemand hat so ein Durchhaltevermögen wie Big Chief«, sagte Lula. »Er hat es einmal auf dem Rücksitz eines Wagens neunzig Minuten lang getrieben. Der Film ist ein Klassiker. Ich habe gehört, dass sie ihn anschließend an den Tropf hängen und ihm eine Infusion verpassen mussten.«

»Das macht mir Angst«, meinte Jeanine. »Vielleicht sollte ich mich mit Wiederbelebungsmaßnahmen befassen.«

»Kein Grund zur Sorge«, beruhigte ich Jeanine. »Es wird alles gut gehen. Singen Sie einfach ›Jingle Bells‹.«

Es war bereits früher Nachmittag, als ich Grandma am Haus meiner Eltern absetzte.

»Es tut mir leid, dass du die Aufbahrung verpasst hast«, sagte ich.

»Schon in Ordnung«, erwiderte sie. »Schließlich habe ich nicht jeden Tag die Gelegenheit, einen wirklich guten Aufklärungsfilm zu sehen. Und Elaine kann ich mir auch heute Abend noch anschauen.«

Ich wartete, bis Grandma im Haus verschwunden war, und fuhr wieder los. Zwei Blocks weiter klingelte mein Handy.

»Ich bin direkt hinter dir«, meldete sich Diesel. »Fahr rechts ran. Ich möchte mit dir reden.«

Ich parkte am Straßenrand und stieg aus dem Wagen. Diesel tat es mir nach. Er fuhr eine glänzende schwarze Corvette, die sich auffallend von all den anderen mit Salz und Matsch verkrusteten Autos auf der Straße abhob.

»Hübscher Wagen«, sagte ich. »Sauber.«

»Wie lief es mit Betty Beaner?«

»Es hat sich herausgestellt, dass Bernie schnarcht.«

»Und?«

»Betty kann nicht schlafen. Sie will ihr eigenes Zimmer haben, damit sie ihre Ruhe hat.«

»Das ist alles?«

»Sie will einen Fernseher in ihrem Zimmer haben. Und sie will besseren Sex.«

»Schätzchen, wir wollen alle besseren Sex.«

Ich zog eine Augenbraue hoch.

»Was?«, fragte Diesel.

»Jemand muss mit Bernie reden.«

»Aber nicht ich.«

»Ich dachte, du bist der große Meister in Sachen Sex.«

»Ich komme gut klar, aber ich habe nicht vor, mit Bernie ein Gespräch über Bienchen und Blümchen zu führen. Männer tun so etwas nicht. Das ist … unnatürlich.«

»Ja, aber du bist ein Unerwähnbarer. Du bist anders.«

Diesel steckte die Daumen in die Taschen seiner Jeans, und sein Gesicht schien zu sagen: Leg dich nicht mit mir an.

»Gut«, sagte ich. »Ganz wie du willst. Vergiss das mit dem armen Bernie. Zieh los und schalte ihn aus.«

»Ich fass es einfach nicht«, murmelte Diesel. »Die ganze Sache wird immer schlimmer. Reicht es denn nicht, dass ich für einen Metzger, eine Knopfmacherin und einen Tierarzt den Amor spielen muss … jetzt soll ich auch noch der Sextherapeut eines Mannes sein, der anderen Menschen Pusteln verpasst.«

»Es könnte ganz lustig werden. Männer unter sich und so. Und da wir gerade über Sexualkundeunterricht sprechen – ich habe die Tüte bei Jeanine abgegeben, und wir haben uns den Film gemeinsam angesehen.«

Das entlockte Diesel ein Grinsen. »Hat er euch gefallen?«

»Er war grauenhaft, aber wir haben ihn uns trotzdem zweimal angeschaut.«

Diesel brach in lautes Gelächter aus.

»Das ist wirklich ein Frauenfilm. Als Dickbender am

Ende losschrie, wurde Jeanine blass und schenkte sich ihr drittes Glas Wein ein. Wie läuft es mit der Suche nach Bernie?«

»Schlecht. Ich finde ihn nicht«, erwiderte Diesel. »Und ich empfange keinerlei Signale. Weiß seine Frau, wie man sich mit ihm in Verbindung setzen kann?«

»Nein. Ich habe ihr meine Visitenkarte gegeben, und sie versprach mir, mich anzurufen, falls er sich bei ihr melden sollte. Was ist mit Annie? Gibt es etwas Neues von ihr?«

»Auch sie kann ich nicht finden«, antwortete Diesel. »Es scheint, als wären die beiden zum Mond geflogen.«

»Das können sie aber nicht, oder?«

»Schätzchen, wir sind ein wenig abgefahren, aber wir gehören nicht zur NASA.«

Ein Windstoß traf mich, und ich vergrub mich in meine Jacke. Mein Atem verwandelte sich vor meinem Gesicht in frostige Wolken. Diesel zog mich zu sich heran und drückte mich an sich. Mir wurde sofort warm. Die Hitze brannte in meiner Brust, breitete sich in meinem Magen aus und schlängelte sich weiter in Richtung Süden.

Meine Stimme hob sich um eine Oktave. »Was tust du?«

»Ich wärme dich«, sagte Diesel.

»Nicht nötig, dass mir gleich *so* warm wird.«

»Hey, ich gebe nur meine Körperwärme an dich weiter. Es ist nicht meine Schuld, wenn dich das so durcheinanderbringt.«

»Es bringt mich nicht durcheinander.«

Diesel sah zu mir herunter und lächelte.

»Verdammt!«, stieß ich hervor und sah zu ihm hinauf. »Du hast echt Grübchen.«

»Das ist noch lange nicht alles, was ich zu bieten habe.«

Ich wich ruckartig zurück. »Ich muss los. Nach Charlene Klinger sehen.«

9

Charlene führte Blackie in ihrem winzigen Vorgarten im Kreis herum und versuchte, ihn zum Pinkeln zu bewegen.

»Vielleicht braucht er einen Feuerhydranten oder einen Baum«, meinte ich.

»Das ist ja gerade das Problem«, erklärte Charlene, »er kann sein Vorderbein nicht belasten. Also fällt er jedes Mal um, wenn er ein Hinterbein hebt.«

»Wie ist das Abendessen gestern gelaufen?«

»Schwer zu sagen. Junior verschüttete seine Milch, sobald wir uns an den Tisch gesetzt hatten. Die Riesenpfütze tropfte uns alle voll. Während wir versuchten, die verschüttete Milch aufzuwischen, schnappte sich Blackie den Schmorbraten und rannte damit davon. Also gab es Sandwiches mit Erdnussbutter und Marmelade zum Abendessen. Und während wir unsere Brote aßen, ist Fluffy entwischt, hat Garys Schnürsenkel aufgefressen und Kügelchen unter dem Tisch hinterlassen.

Ich hatte einen Film besorgt, den wir uns hätten anschauen können, wenn die Kinder im Bett waren, aber Gary war von der Milch völlig durchtränkt und machte sich daher schon bald auf den Heimweg. An der Tür sah es so aus, als würde er mir einen Gutenachtkuss geben wollen.

Die Kinder standen jedoch daneben und beobachteten uns, also schüttelte er mir nur die Hand und ging.«

»Wow.«

»Ja, das war ein Abend, den ich nicht so schnell vergessen werde. Vielleicht sollten wir doch auf Plan B zurückgreifen und nach einer Haushaltshilfe für mich suchen.«

»Aber offensichtlich waren Sie ihm sympathisch, sonst hätte er nicht mit dem Gedanken gespielt, Sie beim Abschied zu küssen.«

»Ja, wahrscheinlich.«

»Mögen Sie ihn?«

»Natürlich. Was sollte ich nicht an ihm mögen? Er ist nett zu Kindern und Tieren. Und er ist nett zu mir. Außerdem ist er süß und knuddelig. Allerdings kann ich mir nicht vorstellen, dass sich jemand dieses Chaos hier antun will.«

Ich war daran gewöhnt, mit einem Kind zu Abend zu essen, das sich für ein Pferd hielt, mit einer Großmutter, die in regelmäßigen Abständen die Tischdecke in Brand steckte, und einem zukünftigen Schwager, der in Ohnmacht fiel und furzte, wenn jemand von Hochzeit sprach. Also hatte ich nicht den Eindruck, dass bei Charlene ein größeres Chaos als üblich herrschte.

Ralph hatte sich an die Tür gestellt und uns zugehört. »Vielleicht sollten wir die Katze noch einmal anzünden«, schlug er vor. »Nur ein klein wenig.«

Ich riet Charlene, die Katze im Auge zu behalten, stieg wieder in meinen Wagen und suchte in Gary Martins Akte nach seiner Telefonnummer. Unter seiner Festnetznummer meldete sich der Anrufbeantworter. Ich versuchte es auf seinem Handy und wurde mit einem automatischen Ansagedienst verbunden. Er hatte Notdienst, also machte ich mich gleich auf den Weg zu seiner Praxis. Zwanzig Minuten später bog ich auf den Parkplatz der Tierklinik ein. Als ich einen Blick in den Rückspiegel warf, sah ich Diesel hinter mir anhalten.

Ich stieg aus dem Escape und ging auf Diesel zu. »Woher weißt du immer, wo ich bin?«

Diesel zuckte die Schultern. »Ich kann deinen Sender empfangen.«

»Du hast mein Auto verwanzt, richtig?«

Wieder dieses Lächeln mit den Grübchen. Grübchen sehen an den meisten Männern süß aus. Wenn Diesel seine Grübchen zeigte, stieg die Temperatur um zehn Grad an.

»Versuch nicht, mich mit deinen Grübchen rumzukriegen«, fuhr ich ihn an.

»Ich kann nichts dafür. Das passiert einfach. Hast du Annies Akte bei dir? Ich muss sie mir anschauen.«

Ich holte die Akte aus meinem Wagen und setzte mich neben Diesel auf den Beifahrersitz. »Viel steht nicht darin. Nur die übliche Kautionsvereinbarung und die Angaben zur Person.«

Diesel überflog die Akte. »Annies Anwalt hat sich ihre Kaution von Vinnie absichern lassen. Das Standardverfahren. Der Anwalt ist einer von uns. Sie ist anschließend wieder nach Hause gegangen, nach Hamilton Township. Und zwei Tage später hat dann Bernie begonnen, sie zu schikanieren. Man hat mich geholt, und wir haben sie zu dem geheimen Unterschlupf gebracht. Ich kann mir kaum vorstellen, dass jemand diesen sicheren Ort ausfindig gemacht hat. Ich glaube, Annie ist freiwillig von dort weggegangen.«

»Hast du bei ihr daheim nachgeschaut? Vielleicht wollte sie nur einfach wieder nach Hause.«

»Ich habe Flash losgeschickt. Er berichtete, das Haus sei verschlossen und dunkel, aber ich finde, wir sollten uns selbst vergewissern.«

Ich vertagte Gary Martin, sprang wieder in meinen Escape und folgte Diesel quer durch die Stadt zu Annies Haus. Es lag genau dort, wo ich es vermutet hatte. Ein schmuckes Häuschen im Neuengland-Stil mit zwei Dachgauben an der Vorderseite. Weiße Verkleidung und schwarze Jalousien. Sehr traditionell. Der kleine Garten war von einem weißen Lattenzaun eingegrenzt. An dem Briefkasten klebte ein rotes Herz. Wir parkten den Wagen in der Einfahrt und gingen zur Haustür.

»Hier liegt schlechte Energie in der Luft«, stellte Diesel fest.

Ich trat einen Schritt zurück. Ich wollte nicht in das Haus marschieren und Annie tot auf dem Boden ihres Wohnzimmers vorfinden. »Wie schlecht? Sollte ich lieber draußen warten?«

»So schlimm ist es nicht. *Gestört* trifft es wohl eher.«

Diesel schloss die Tür auf, und wir betraten den dunklen, stillen Eingangsbereich. Er knipste eine Lampe an, und als wir durch das Haus gingen, sahen wir, dass die Zimmer durchsucht worden waren. Überall waren Sofakissen verstreut, Schubladen standen offen, die Betten waren zerwühlt, und die Deckel der Spülkästen in den Toiletten lagen auf dem Boden. Hier war kein Stein mehr auf dem anderen. Wir schauten in alle Schränke, durchsuchten den Keller und den Kriechkeller. Kein Mensch weit und breit.

Wir verließen Annies Haus, so wie wir es vorgefunden hatten. Diesel schloss die Tür hinter uns ab, und wir zwängten uns wieder in seine Corvette, um uns zu beraten.

»Irgendjemand hat nach irgendetwas gesucht«, stellte ich fest.

»Ja, und möglicherweise ist es im Flur zu einem Kampf gekommen«, erwiderte Diesel. »Jemand hat die Vase von dem kleinen Tisch auf den Boden gestoßen.«

»Es liegt natürlich nahe, auf Bernie zu schließen, aber ich kann mir keinen Grund vorstellen, warum er das Haus durchsucht haben sollte. Glaubst du, es war die Polizei auf der Suche nach den angeblich gestohlenen Sachen?«

»Nein«, antwortete Diesel. »Das sieht nicht nach einer polizeilichen Durchsuchung aus. Außerdem bezweifle ich, dass die Polizei einen Großeinsatz machen würde wegen einer Klage, die mit großer Sicherheit wieder fallen gelassen wird. Annie wird wegen bewaffneten Raubüberfalls und Angriff mit einer tödlichen Waffe gesucht. Ein Mann namens Stanley Cramp behauptet, Annie sei in sein Pfandhaus gekommen, habe ihn ausgeraubt und ihn in den Fuß geschossen. Es wurde keine Waffe gefunden, aber zwei Zeugen wollen Annie am Tatort gesehen haben. Allerdings hat keiner von beiden einen Raubüberfall oder einen tätlichen Angriff beobachtet.«

Diesel hatte sich mir in dem kleinen Auto zugewandt. Sein Arm lag auf der Rücklehne meines Sitzes, und er streichelte gedankenverloren mit einer Fingerspitze meinen Nacken, während er sprach. Seine Berührung war beruhigend, aber gleichzeitig auch beunruhigend erotisch, und es fiel mir schwer, mich auf die Unterhaltung und nicht auf die warme Fingerspitze zu konzentrieren.

»Aus welchem Grund war Annie in dem Leihhaus?«, fragte ich Diesel.

»Annie sagte, sie sei nur aus einer Laune heraus hineingegangen. Sie sah eine Halskette, die ihr gefiel. Die zwei Zeugen waren bereits in dem Laden, als sie ihn betrat. Dann gingen die beiden. Annie verließ das Pfandhaus kurz danach – ohne die Halskette. Und wenige Minuten später ging der Anruf unter dem Notruf der Polizei ein.«

»Und wie kamen sie auf ihren Namen?«

»Sie hatte ihren Wagen vor dem Laden abgestellt, und Stanley Cramp notierte sich ihr Kennzeichen.«

»Was soll sie denn dort gestohlen haben?«, wollte ich wissen.

»Die Halskette. Sonst nichts.«

»Hast du mit Stanley Cramp gesprochen?«

»Noch nicht, aber ich glaube, es wird Zeit für ein Gespräch. Ich möchte, dass du dich mit ihm unterhältst. Vielleicht kannst du mit deinem Charme etwas aus ihm herausbekommen. Falls das nicht funktionieren sollte, tu dir keinen Zwang an und jag ihm eine Kugel in den anderen Fuß.«

»Das wird schwierig«, erklärte ich ihm. »Ich habe nämlich keine Waffe.«

Diesel griff unter seinen Sitz und zog eine Glock hervor.

»Die will ich nicht!«, protestierte ich.

»Warum nicht?«

»Ich hasse Schusswaffen.«

»Das kann nicht sein. Du bist doch Kopfgeldjägerin.«

»Das stimmt, aber ich schieße so gut wie nie auf Menschen. Nur im Fernsehen knallen Kopfgeldjäger Leute ab.«

Diesel zog eine Augenbraue nach oben.

»Okay, vielleicht habe ich ein paar Menschen angeschossen, aber das war nicht meine Schuld.«

»Nimm diese verdammte Waffe«, befahl Diesel. »Stanley Cramp ist kein netter Zeitgenosse.«

»Wo finde ich diesen Kerl?«

»Er wohnt in einem Apartment über dem Pfandhaus, aber um diese Tageszeit arbeitet er sicher. Das Leihhaus ist ein Einmannbetrieb und hat sieben Tage die Woche geöffnet.«

Ich kletterte aus Diesels Corvette, stieg in meinen Escape und fuhr los in Richtung Stadtmitte. Dort bog ich in eine kleine Seitenstraße ein, die zu dem Pfandhaus führte, und parkte auf der gegenüberliegenden Straßenseite, zwei Häuser von dem Laden entfernt. Diesel stand mit dem Wagen nur ein Geschäft weiter. Beim Überqueren der Straße warf ich ihm einen kurzen Blick zu. Dann klingelte ich an der Ladentür. Der Summer ertönte, und ich wurde eingelassen. Hier galt offensichtlich Sicherheitsstufe eins.

Stanley Cramp sah so aus, als sei ihm sämtliches Leben ausgesaugt worden. Er war eins fünfundsiebzig groß und hager. Etwa Mitte fünfzig. Sein schütteres, fettiges, schwarzes Haar musste dringend geschnitten werden. Seine Klamotten waren eine Größe zu groß und seine Zähne mit Tabakflecken übersät. Unter seinen Augen zeichneten sich Tränensäcke wie bei einem Bluthund ab, und die Farbe und Beschaffenheit seiner Haut erinnerten an nassen Zement. Er sah aus, als wäre er in einem Leichensack besser aufgehoben als hinter der Ladentheke eines Leihhauses.

Ich ging auf den Tresen zu und schenkte Cramp ein kokettes Lächeln. Cramp drehte sich um und schaute, ob jemand hinter ihm stand.

»Hoffentlich macht es Ihnen nichts aus«, begann ich. »Ich bin dort draußen beinahe erfroren, und Ihr Laden sah so gemütlich und warm aus. Und dann sah ich Sie hier ganz allein stehen.«

»Sie wollen nicht etwa… Sie wissen schon… hier 'ne kleine Nummer schieben, oder? Ich finde Sie wirklich hübsch, aber ich hab kein Geld. Hab gestern auf das falsche Pferd gesetzt und bin jetzt völlig pleite.«

Na großartig, er hielt mich für eine Nutte. Nicht gerade eine schmeichelhafte Einschätzung meiner Person, aber vielleicht konnte ich daraus Nutzen ziehen. »Setzen Sie oft auf das falsche Pferd?«

»Ja, leider. Früher habe ich bei Wetten immer gewonnen, aber dann hat sich das Blatt plötzlich gewendet, und jetzt gerate ich immer tiefer in die Scheiße.«

»Meine Güte, was für ein Jammer. Zum Glück haben Sie noch dieses Pfandhaus. Gehört es Ihnen?«

»Ja, sozusagen. Ich schulde einigen Leuten Geld, aber das bringe ich in Ordnung, sobald das Glück wieder auf meiner Seite ist.«

Ich schlenderte durch den Laden und spähte in die Schaukästen. »Sie hatten eine Weile eine sehr hübsche Halskette im Fenster, aber seit einiger Zeit habe ich sie nicht mehr gesehen.«

»Die Kette mit dem roten Stein? Die wurde gestohlen. Eine Frau hat den Laden überfallen und mir in den Fuß geschossen.«

»Was Sie nicht sagen!«

»Ich schwör's bei Gott. Der Fuß passt immer noch in keinen Schuh.«

»Wie schrecklich. Wurde sie verhaftet?«

»Ja, aber die Polizei konnte die Halskette nicht sicherstellen.«

»Wow.«

»Ich habe eine Flasche wirklich guten Fusel hinter dem Tresen«, sagte Cramp. »Wollen Sie einen Schluck zum Aufwärmen?«

»Klar.«

Cramp zog eine Flasche Jack Daniel's hervor und stellte sie auf die Glastheke. »Bedienen Sie sich.«

»Haben Sie ein Glas für mich?«

»Gläser sind oben. In meiner Wohnung.«

»Vielleicht könnten wir nach oben gehen.«

»Ja, das wäre wunderbar, aber wie gesagt, ich bin blank.«

»Ach, zum Teufel, was soll's. Es ist kalt, und ich habe ohnehin nichts Besseres zu tun. Lassen Sie uns nach oben gehen.«

Cramp sah aus, als würde er gleich aus den Latschen kippen.

»Aber was wird aus dem Laden?«, fragte ich.

»Ich werde abschließen«, sagte Cramp und hastete zur Eingangstür. Er schob den Riegel vor und drehte das Schild an der Tür um, sodass die Seite mit der Aufschrift GESCHLOSSEN nach außen zeigte. »Sonntags ist ohnehin nie viel los.« Er nahm die Flasche mit dem Whiskey in die Hand und deutete auf den hinteren Teil des Pfandhauses. »Die Treppe führt direkt in meine Wohnung«, erklärte er. »Wir müssen nicht mal aus dem Haus gehen.«

Die Treppe nach oben war schmal und dunkel und knarrte. Sie führte in eine kleine Wohnung, die ebenfalls schmal und dunkel war und knarrte. Im vorderen Zimmer stand ein Fernseher auf einem Kartentisch und gegenüber davon eine Bettcouch mit einer geblümten Steppdecke. Ein zerschrammter Beistelltisch war an einer Seite an das Bett gerückt.

Cramp holte zwei Gläser aus der Küche, stellte sie auf den Beistelltisch und füllte sie mit Whiskey. »Auf ex!« Er trank sein Glas in einem Zug aus.

Ich nippte zurückhaltend an meinem Getränk. »Nett haben Sie es hier oben«, bemerkte ich.

Cramp sah sich um. »Es war viel netter, bevor mich mein Glück verlassen hat. Ich besaß ein paar wirklich hübsche Möbelstücke, aber Sie wissen ja, wie es ist, wenn man im Verkauf tätig ist. Wenn ein Käufer bereit ist, Geld auszugeben, muss man sofort zuschlagen.«

»Sicher war es schlimm für Sie, dass man Ihnen die Halskette gestohlen hat. Sie sah teuer aus.«

»Ich wünschte, ich hätte das Ding nie zu Gesicht bekommen. Sehen Sie nur, was es mir eingebracht hat… einen angeschossenen Fuß.«

»Ich finde, das ist eine interessante Geschichte. Das könnte der Stoff für einen Kinofilm sein.«

»Tatsächlich?« Cramp schenkte sich aus der Flasche Jack Daniel's nach. »Ja, ich schätze, man könnte die Geschichte verfilmen.«

Okay, jetzt hatte ich ihn. Er war kein schlauer Kerl, und er war ein wenig beschwipst. Es würde mir leicht fallen, ihn auf einen Egotrip zu schicken.

»Wer hat die Halskette eigentlich verpfändet?«, erkundigte ich mich bei Cramp. »War es eine glamouröse Frau?«

»Na ja, nicht so glamourös wie ein Filmstar, aber sie war in Ordnung. Mitte zwanzig. Große Titten. Haare wie ein Rattennest, aber wenn eine Frau solche Hupen hat, spielt das keine Rolle, oder? Deshalb erinnere ich mich noch an sie. Namen kann ich mir nur schlecht merken, aber ein gutes Fahrgestell bleibt mir im Gedächtnis.«

Reizend.

»Wie auch immer, sie hat mir die gleiche Geschichte erzählt, die ich jeden Tag höre«, fuhr Cramp fort. »Sie hatte die Halskette von ihrem Freund geschenkt bekommen. Dann stellte sich heraus, dass ihr Freund ein Arschloch war. Also wollte sie jetzt Geld für die Kette sehen.«

Cramp stürzte seinen Drink hinunter. Gluck, gluck, gluck. Das könnte sein einbalsamiertes Aussehen erklären.

»Erzählen Sie weiter«, forderte ich ihn auf. »Ich will den Rest der Geschichte hören.«

»Klar«, sagte er. »Ich habe nie viel darüber nachgedacht, aber es ist eigentlich eine richtig gute Geschichte. Und sie wird noch besser. Ich nehme also die Kette von Madame Riesentitten als Pfand, und ungefähr zwei Wochen später kommt dieser Kerl in den Laden und will das Ding haben. Er legt mir den Pfandschein hin, und ich frage ihn, was aus der Tussi mit den großen Möpsen geworden ist. Er sagt, ich soll mein Maul halten und ihm die Halskette geben.

Und jetzt wird die Geschichte richtig interessant. So was macht sich im Film besonders gut. Fast alle Schmuckstücke im Laden sind Imitate. Ich habe einen Kerl an der Hand, der das Zeug für mich verkauft und mir Kopien davon anfertigt. Das ist ein Win-win-Geschäft für mich, verstehen Sie? Ich bekomme Geld von dem Hehler und verkaufe dann das Imitat an einen Kunden, oder der Idiot, der es versetzt hat, kauft es zurück. Meistens merken die Leute nicht, dass es sich um Fälschungen handelt. Und wenn sie Verdacht schöpfen, ist es ihnen zu peinlich, etwas dagegen zu unternehmen. Ganz schön schlau, stimmt's? Das habe ich mir alles selbst ausgedacht.«

»Wow«, sagte ich. »Cool.«

»Ja. Jedenfalls steht dieser Kerl mit dem Pfandschein für die Kette vor mir, und plötzlich erkenne ich ihn. Es ist Lou Delvina. Er ist das Arschloch, mit dem sie befreundet war! Lou Delvina, meine Fresse! Wissen Sie, wer Lou Delvina ist?«

»Ich habe von ihm gehört«, erwiderte ich.

Jeder in Trenton kannte Lou Delvina. Zwanzig Jahre lang arbeitete er als Killer für die Mafia im Norden von New Jersey, dann verschaffte er sich sein eigenes Territorium und zog nach Trenton. Er war kein großes Tier, aber er hatte das Beste aus sich gemacht. Ich hatte einige Geschichten über Delvina gehört, und keine davon klang gut. Delvina jagte einem Angst ein. Und zwar so richtig.

»Wenn Sie wissen, wer Delvina ist, können Sie sich vorstellen, welches Problem ich nun hatte«, meinte Cramp. »Ich hatte eine Halskette von jemandem verhökert, der mich umlegen würde, wenn er das herausfand. Und die Chancen, dass er es herausfinden würde, standen gut für ihn, denn ich schätze, er kann eine Fälschung auf den ersten Blick erkennen.«

»Meine Güte«, stieß ich hervor. »Sie müssen sich vor Angst in die Hose gemacht haben.«

»Und wie. Aber dann passierte es. Das Blatt wendete sich zu meinen Gunsten. Delvina steht da mit seinem Pfandschein in der Hand, und sein Handy klingelt. Offensichtlich ist es kein erfreulicher Anruf, denn sein Gesicht wird puterrot, und er kneift seine Knopfaugen zusammen. Wie eine Ratte. Und dann sagt er mir, er müsse jetzt gehen, aber er werde wiederkommen, um sich die Halskette zu holen, und ich soll gut darauf aufpassen.«

»Ich wäre geflüchtet«, sagte ich zu Cramp.

»Sehen Sie, das hätten die meisten Leute getan, aber ich bin schlauer. Zwei Frauen kamen in den Laden, um sich umzuschauen. Beide kannte ich. Und dann kam noch eine andere Frau herein, die ich noch nie gesehen hatte. Sie hatte direkt vor der Tür geparkt. Sofort nachdem alle gegangen waren, täuschte ich einen Raubüberfall vor. Gut, oder?«

»Eindeutig Stoff für einen Kinofilm. Ich wette, Brad Pitt könnte Ihre Rolle spielen.«

»Brad Pitt wäre gut«, stimmte Cramp mir zu. »Ich kann mir vorstellen, dass er sich für die Rolle eignen würde.«

»Was haben Sie mit der Halskette gemacht? Haben Sie sie heimlich der Frau zugesteckt?«

»Nein, die Kette habe ich weggeworfen. Im Hinterzimmer gibt es einen Zwischenraum unter dem Fußboden. Dort habe ich das Ding hineingeworfen. Und das Gewehr hinterher, gleich nachdem ich mich angeschossen hatte.«

»Sie haben sich selbst angeschossen?«

»Ja. Ich habe mich dazu hinreißen lassen. Ich wollte, dass alles ganz echt aussieht, aber es tat höllisch weh. Ich hatte nicht damit gerechnet, dass die Schmerzen so groß sein würden. Aber ich schätze, das war die Sache wert, denn alle haben mir die Story abgekauft. Ich habe allen erzählt, dass die Lady mit der Halskette entwischt wäre. Die Cops nahmen die Verfolgung auf, und auch Delvina machte sich auf die Suche nach ihr. Ihm liegt sehr viel an der Halskette.«

»Gibt es die echte Kette noch?«

»Zur Hölle, nein. Die Edelsteine wurden sofort neu gefasst. Ich habe keine Ahnung, was mein Kontaktmann mit den Fassungen macht. Wahrscheinlich schmilzt er sie ein.« Cramp warf einen Blick auf die Flasche Jack Daniel's. Beinahe leer. »Können wir jetzt damit anfangen?«

»Womit?«

»Na ja, du weißt schon – die Sache, wegen der wir hier heraufgekommen sind.«

Ich spürte den Vibrationsalarm meines Handys in meiner Tasche. Rasch zog ich das Telefon heraus und nahm den Anruf entgegen.

»Alles in Ordnung?«, erkundigte sich Diesel.

»Ja.«

»Brauchst du Hilfe?«

»Es ist kein Notfall, aber ein wenig Beistand könnte jetzt nicht schaden. Wo bist du?«

»Ich stehe direkt vor dem Pfandhaus.«

»Es ist abgeschlossen.«

»Nicht mehr.« Diesel legte auf.

»Wer war das?«, wollte Cramp wissen.

»Mein Zuhälter.«

»Verdammt, ich habe dir doch mehrmals gesagt, dass ich kein Geld habe. Was willst du? Nimm dir irgendwas aus dem Laden. Wie wär's mit ein paar Schmuckstücken? Sie sind alle nicht echt, aber das Zeug sieht trotzdem gut aus.«

Diesel kam hereinspaziert und starrte Cramp an. Ich beobachtete, wie Cramp sein Hemd durchschwitzte.

»Gibt es ein Problem?«, fragte Diesel.

»Nein, es gibt kein Problem«, antwortete Cramp. »Ich habe ihr gesagt, sie könne sich aus dem Laden alles nehmen, was sie will. Verdammt, sie hat noch nicht mal was gemacht.«

Diesel warf mir einen Blick zu. »Stimmt das?«

Ich zuckte die Schultern.

Cramp sah Diesel an. »Werden Sie mich jetzt verprügeln?«

»Vielleicht«, erwiderte Diesel.

Cramps Nase lief, und seine rotgeränderten Augen füllten sich mit Tränen. Allmählich tat er mir leid. Er war ein so armseliger Wurm.

»Sie sind doch kein Cop, oder?«, fragte Cramp mich.

»Nein, ich bin nicht von der Polizei.«

Cramp richtete seinen Blick wieder auf Diesel.

»Er ist auch kein Cop«, erklärte ich. »Eigentlich weiß ich nicht so recht, was er ist.«

Auf Diesels Gesicht war nicht einmal der Anflug eines Lächelns zu sehen. »Haben wir hier noch etwas zu erledigen?«

»Nein. Er hat kein Geld.«

»Dann lass uns verschwinden«, meinte Diesel.

»Ein Wort noch zum Abschied«, sagte ich zu Cramp. »Wenn etwas zu schön ist, um wahr zu sein, dann sollte man besser die Finger davon lassen.«

Diesel legte einen Arm um meine Schulter, als wir hinausgingen. »Was sollte denn diese tiefsinnige Lebensweisheit?«

»Er hielt mich für eine Nutte und hat sich eine kostenlose Nummer erhofft.«

Diesel zog mich näher zu sich heran. »Dieser Kerl ist ein Idiot. Das sieht doch jeder, dass du nicht zu der Sorte Mädchen gehörst, die sich verschenken.«

»Oh, danke. Ich habe ihm gesagt, du wärst mein Zuhälter.«

»Ich Glücklicher.«

»Er hat die angeblich gestohlene Halskette und die Tatwaffe in einem Spalt unter dem Boden des Hinterzimmers versteckt. Sollen wir uns die Sachen holen?«

»Nein, aber ich glaube, du solltest Morelli anrufen und ihm davon berichten. Er soll jemanden vorbeischicken, um sie zu beschlagnahmen.«

Ich berichtete Diesel von Delvina.

»Gute Arbeit«, sagte Diesel. »Du hast eine ganze Menge rausgekriegt.«

»Und was ist mit Annie? Hältst du es für möglich, dass Delvina Annie in seiner Gewalt hat?«

»Es kann gut sein, dass Delvina auf der Suche nach der Halskette Annies Haus durchwühlt hat. Ich kann mir jedoch nicht vorstellen, wie Delvina an Annie herangekommen sein sollte.«

»Durch Zufall? Vielleicht ging sie kurz nach draußen, um frische Luft zu schnappen, und er kam gerade in diesem Moment die Straße entlanggefahren.«

»Das wäre aber ein großer Zufall.«

»Etwas anderes fällt mir dazu nicht ein.«

»Mir auch nicht«, erwiderte Diesel. »Lass uns mit Mr. Delvina sprechen.«

»O nein. Das kannst du gern machen. Du bist der Iron Man. Und du wohnst nicht hier. Ich bin nur die schwache Stephanie aus Burg. Wenn Delvina auf mich schießt, werden sämtliche Körperflüssigkeiten aus mir herauslaufen, und dann sehe ich aus wie Stanley Cramp.«

»Ich möchte auf keinen Fall, dass aus deinem Körper irgendwelche Flüssigkeiten laufen, die das nicht tun sollten«, meinte Diesel. »Dann mache ich mich also auf die Suche nach Delvina, und du kümmerst dich in der Zwischenzeit um Annies Turteltäubchen. Wir nähern uns dem Valentinstag. Ich möchte nicht, dass wir etwas verpatzen.«

10

Ich setzte mich in meinen Wagen und schaute Diesel hinterher, als er wegfuhr. Da klingelte mein Telefon.

»Hallo, Sahneschnittchen«, sagte Morelli. »Ich wollte mich nur kurz melden. Gibt es etwas Neues, was ich wissen sollte?«

»Wenn man vom Teufel spricht! Ich wollte dich gerade anrufen. Ich habe einige Informationen für dich. Vinnie hat die Kaution für eine Frau namens Annie Hart gestellt. Sie hat angeblich ein Pfandhaus überfallen und den Besitzer in den Fuß geschossen.«

»Ich erinnere mich daran«, sagte Morelli. »Der Besitzer des Pfandhauses ist eine kleine Ratte namens Stanley Cramp.«

»Stimmt. Es hat sich herausgestellt, dass Cramp den Raubüberfall vorgetäuscht und sich selbst in den Fuß geschossen hat. Ich kann dir später weitere Einzelheiten berichten, aber du solltest schnellstens jemanden zum Pfandhaus schicken, bevor Cramp beschließt, das Beweismaterial verschwinden zu lassen.«

»Das werde ich sofort veranlassen. Wie läuft es sonst?«

»Im Kautionsbüro? Total schlecht. Wir haben nur einen wichtigen Kautionsflüchtling … und das ist Annie Hart.

Bob geht es gut. Er ist heute bei meinen Eltern zu Besuch. Diesel ist in der Stadt.«

»Diesel?«

»Ja, du erinnerst dich doch an Diesel, oder?«

»Rangers Halbbruder.«

»Er ist nicht Rangers Halbbruder.«

»Das könnte er aber gut sein. Die fahren beide ohne Licht auf der Überholspur.«

»Das hast du früher auch getan.«

»Nein. Ich war nur ein Arschloch. Ich habe mir nie wirklich eingebildet, Batman zu sein.«

»Ich verstehe, was du meinst.«

»Ich sitze hier in einem schäbigen Motel fest und erledige meine Polizeiarbeit. Soll ich nach Hause kommen?«

»Nein. Ich habe alles unter Kontrolle.«

»Gut zu wissen«, erwiderte Morelli. »Bis Dienstag oder Mittwoch werde ich hier wohl alles erledigt haben. Bis dann.« Er legte auf.

Ich brauste zum Klockner Boulevard und dann weiter auf der Hamilton und bog schließlich nach links, Richtung Burg, ab. Vor dem Haus meiner Eltern hielt ich an und stellte den Motor ab. Grandma stand an der Tür und beobachtete mich. Ein geheimnisvolles inneres Radar schien ihr mitzuteilen, wenn eine ihrer Enkelinnen sich näherte. Darin unterschied sie sich nicht sehr von Diesel, wenn man es recht bedachte.

»Gerade zur rechten Zeit«, meinte Grandma und hielt mir die Tür auf. »Deine Schwester ist hier, und wir haben aus der Konditorei einen leckeren Kuchen geholt.«

Bob hörte meine Stimme und raste durch den Gang auf

mich zu. Seine Ohren schlackerten, seine Zunge hing weit heraus, und seine Augen quollen hervor. Er rutschte auf dem polierten Holzboden aus, krachte in mich hinein und stieß mich gegen die Wand.

Ich kraulte seinen Kopf und umarmte ihn, bevor er wieder in die Küche und zu dem Kuchen zurückstürmte.

»Er ist wirklich ein lieber Kerl«, erklärte Grandma. »Ein Haus fühlt sich erst an wie ein Heim, wenn ein Hund da ist. Und dieses Mal hat er kaum etwas gefressen. Nur die Fernsehzeitschrift und einen Laib Brot, aber glücklicherweise hat er die Plastikverpackung wieder ausgespuckt.«

Valerie saß an dem kleinen Küchentisch. Sie hielt das Baby auf ihrem Schoß. Vor ihr stand eine Tasse Kaffee.

»Wo sind die Mädchen?«, fragte ich.

»In der Spielgruppe«, erwiderte Valerie. »Da gehen sie jetzt jeden Tag hin.«

Ich schnitt mir ein Stück von dem Kuchen ab und stellte mich aus Gewohnheit damit an die Spüle, um es zu essen.

Meine Mutter legte einen Teller, eine Gabel und eine Serviette auf den Tisch. »Setz dich«, forderte sie mich auf. »Es ist nicht gut für deinen Magen, wenn du den Kuchen im Stehen runterschlingst. Du isst viel zu schnell. Du kaust nicht einmal. Hast du dieses Stück Kuchen gekaut?«

Ich wusste nicht, ob ich es gekaut hatte. Ich konnte mich nicht einmal daran erinnern, es gegessen zu haben, aber meine Hand war leer, und auf meinem T-Shirt befanden sich Krümel, und das sagte wohl alles.

Ich zog einen Stuhl heran und setzte mich gegenüber von Valerie an den Tisch. Es war zu spät, um meinen Kuchen auf zivilisierte Weise zu essen … außer ich nahm mir noch ein zweites Stück. Ich prüfte den Bund meiner Jeans. Er saß sehr eng. Verdammt.

»Tut mir leid, dass Albert wegen mir am Tisch ohnmächtig geworden ist«, sagte ich zu Valerie. »Ich dachte, er hätte diese Heiratsphobie irgendwie in den Griff bekommen.«

»Es ist furchtbar«, meinte Valerie. »Dieser Mann wird mich niemals heiraten. Anfangs hat mir das nichts ausgemacht. Ich dachte, er braucht einfach noch ein wenig Zeit. Aber jetzt bin ich mir nicht mehr sicher, was er wirklich braucht.«

»Er muss sich seinen Kopf untersuchen lassen«, warf Großmutter ein.

»Das hat er bereits getan«, erwiderte Valerie. »Sie haben nichts gefunden.«

Wir dachten alle eine Weile darüber nach.

»Wie auch immer, es ist wichtig, dass wir heiraten«, sagte Valerie. »Ich bin wieder schwanger.«

Wir waren alle wie vom Donner gerührt.

»Ist das eine gute Nachricht?«, erkundigte sich Grandma.

»Ja. Ich wollte noch ein Baby mit Albert haben«, antwortete Valerie. »Ich wünschte mir nur, wir würden endlich heiraten.«

Okay, das war ein nicht von der Hand zu weisender Grund. Albert Kloughn würde in die Knie gehen müssen. Er würde meine Schwester heiraten. Dafür würde ich sorgen.

Ich schob meinen Stuhl zurück. »Ich muss los. Ist es in Ordnung, wenn Bob noch eine kleine Weile hierbleibt?«

»Du lässt ihn aber nicht für immer bei uns, oder?«, erkundigte sich meine Mutter.

»Nein! Ich hole ihn ganz bestimmt ab. Ehrenwort.«

Ich hastete aus der Küche und fuhr die kurze Strecke zu Jeanines Haus. Der Mann, mit dem sie verabredet war, musste jeden Moment eintreffen, und ich war der Meinung, es würde nicht schaden, ihr kurz vorher noch ein wenig Mut zuzusprechen. Ich parkte vor ihrem Haus, rannte zur Tür und klingelte.

Die Haustür flog auf, und vor mir stand Jeanine – splitterfasernackt. »Tadaaa!«, trällerte sie.

Unsere Blicke trafen sich, und wir stießen beide einen Schrei aus. Ich schlug meine Hände vor die Augen, und Jeanine knallte die Tür zu. Eine Minute später ging die Tür wieder auf, und Jeanine stand in eine Decke gehüllt vor mir.

»Ich dachte, es ist Edward«, erklärte sie.

»Wie viel haben Sie schon getrunken?«

»Genug. Und wissen Sie was? Ich habe mir den Film noch dreimal angesehen und stöhnen geübt.« Sie verdrehte die Augen. »Ohhhh«, stöhnte sie. »Oh, ja. Oh, ja.« Sie öffnete die Augen und sah mich an. »Wie war das?«

Zwei Häuser weiter ging eine Tür auf, und ein älterer Mann starrte uns an. Er schüttelte den Kopf, murmelte etwas über Lesben und ging wieder ins Haus zurück.

»Das war sehr gut«, lobte ich sie. »Aber Sie sollten vielleicht die Lautstärke etwas dämpfen.«

»Finden Sie es ein bisschen vorschnell, ihn nackt zu empfangen? Ich dachte nämlich, ich bringe es am besten sofort hinter mich, damit wir unsere Tischreservierung um sechs Uhr einhalten können. Ich hatte Angst, dass ich nervös werden und mich übergeben könnte, falls ich bis nach dem Abendessen damit warte.«

»Wie schön! Sie scheinen offensichtlich über alles gründlich nachgedacht zu haben.«

Jeanine atmete tief ein und ließ ihre Fingerknöchel knacken. »Vielleicht brauche ich noch einen starken Drink.«

»Sie haben wahrscheinlich schon genug getrunken«, meinte ich. »Sie wollen sich doch nicht schon in die Horizontale begeben, bevor Ihr Freund erscheint.«

Ich lief zu meinem Escape zurück, schlüpfte hinter das Lenkrad und wählte Charlene Klingers Nummer.

»Er hat angerufen!«, schrie sie ins Telefon. »Er will mich zum Abendessen ausführen. Was soll ich tun?«

»Gehen Sie mit ihm zum Abendessen.«

»So einfach ist das nicht. Ich weiß nicht, was ich anziehen soll. Und ich brauche einen Babysitter. Wo soll ich auf die Schnelle einen Babysitter hernehmen?«

»Schon unterwegs«, beruhigte ich sie und startete den Wagen. »In einer halben Stunde bin ich bei Ihnen.«

Junior öffnete die Vordertür und ließ mich ins Haus.

»Wo ist deine Mom?«, fragte ich ihn.

»Oben. Sie regt sich fürchterlich auf, weil sie nichts zum Anziehen findet, und ihr Haar hat sich in einer Foltermaschine verfangen.«

Ich eilte die Treppe hinauf. Charlene stand mit einem Lockenstab in der Hand im Badezimmer.

»Stephanie Plum, Ehestifterin mit Komplettservice, steht zur Verfügung und übernimmt die Kleiderberatung und das Babysitting«, verkündete ich.

»Sind Sie sicher, dass Sie mit den Kindern fertigwerden?«, fragte Charlene.

»Das ist ein Klacks für mich.«

In Wahrheit hätte ich mich lieber von einem Lastwagen überfahren lassen, als eine Stunde mit Charlenes Kindern zu verbringen, aber mir fiel nichts anderes ein.

»Ich hatte vor, diesen Hosenanzug anzuziehen«, sagte sie. »Was halten Sie davon?«

»Der Hosenanzug ist gut, aber die Bluse ist nicht sexy.«

»Oh, Gott, soll ich sexy wirken?«

Ich rannte in ihr Schlafzimmer und wühlte in dem Kleiderhaufen auf ihrem Bett. Schließlich entdeckte ich einen Pullover mit V-Ausschnitt, der meiner Meinung nach vielversprechend aussah, und trug ihn ins Badezimmer.

»Versuchen Sie es damit«, forderte ich sie auf.

»Den kann ich unmöglich tragen. Der Ausschnitt ist zu tief. Das war ein Fehlkauf.«

Ich zog ihr die Bluse aus und den Pullover über den Kopf. Dann trat ich einen Schritt zurück, und wir schauten beide in den Spiegel.

Charlenes Dekolleté hatte einiges zu bieten. »Perfekt«, erklärte ich. »Jetzt sind Sie nicht nur eine Haushaltsgöttin, sondern auch eine Sexgöttin.«

Charlene sah nach unten auf ihre Brüste. »Ich will nicht, dass er einen falschen Eindruck von mir gewinnt.«

»Und der wäre?«

»Ich weiß nicht. In solchen Sachen bin ich nicht gut. Kein Mann will sich mit mir ein zweites Mal treffen. Die hauen alle schon beim ersten Date ab. Was soll ich denn bei der zweiten Verabredung tun? Soll ich … Sie wissen schon, was ich meine.«

»Nein! Vor der dritten Verabredung gibt es kein ›Sie wissen schon, was ich meine‹. Und dann nur, wenn Sie den Mann wirklich gern haben. Bei mir gab es etliche Jahre, in denen überhaupt kein ›Sie wissen schon, was ich meine‹ vorkam.«

Junior beobachtete uns. »Au weia, du hast eine Menge Haut«, sagte er zu seiner Mutter. »Und deine Haare sehen komisch aus.«

Charlene richtete ihre Aufmerksamkeit von ihrem Busen zu ihrem Haar. »Der Lockenstab hat sich darin verfangen, und ich habe mir einige Haare angesengt.«

Ich verteilte Conditioner auf ihren angekokelten Haaren und brachte dann ihre Frisur mit einer Rundbürste und dem Fön in Form.

»Sie sind nicht von hier, oder?«, sagte ich zu Charlene.

»Ich bin vor fünf Jahren aus New Hampshire hierhergezogen.«

Das wäre eine Erklärung für ihr Haar.

Ich holte Lipgloss und Rouge aus meiner Handtasche und trug etwas davon auf Charlenes Gesicht auf. Als die Türklingel ertönte, suchte Charlene an dem Badezimmerschränkchen Halt.

»Denken Sie daran«, sagte ich zu ihr. »Sie sind eine Göttin.«

»Eine Göttin«, wiederholte sie.

»Und Sie lassen ihn nicht vor der dritten Verabredung ran.«

»Nicht vor der dritten Verabredung.«

»Außer er ist so hingerissen von Ihrem Ausschnitt, dass er Ihnen einen Heiratsantrag macht … dann könnten Sie den Prozess vielleicht beschleunigen.«

Ich begleitete Charlene die Treppe hinunter und half ihr dabei, ihren Mantel anzuziehen. Ich befahl Gary Martin, sich anständig zu benehmen und Charlene pünktlich um zehn Uhr nach Hause zu bringen. Dann schloss ich die Tür hinter ihnen und drehte mich zu den Kindern um.

»Ich habe Hunger«, verkündete Ralph.

Die anderen drei starrten mich schweigend und mürrisch an.

»Was?«, fragte ich.

»Wir brauchen keinen Babysitter«, erklärte Russell.

»Na schön. Tut einfach so, als wäre ich jemand anderer. Eine Freundin.«

Russell musterte mich von oben bis unten.

»Wie alt bist du?«, fragte ich ihn.

»Sechzehn.«

»Das glaube ich dir nicht.«

»Er ist zwölf«, verriet Ralph. »Und letzte Woche hat er in der Schule einen Steifer bekommen und wurde nach Hause geschickt.«

»Das heißt einen Steifen, du Volltrottel«, sagte Ernie.

Ralph stellte sich auf Zehenspitzen und baute sich vor Ernies Gesicht auf. »Nenn mich nicht Volltrottel.«

»Volltrottel, Volltrottel, Volltrottel.«

Ich warf einen Blick auf meine Armbanduhr. Ich war gerade drei Minuten lang im Dienst und hatte bereits die Kontrolle verloren. Das würde ein langer Abend werden.

»Alle ab in die Küche«, befahl ich. »Ich mach uns jetzt was zu essen.«

»Was gibt's denn?«, wollte Ralph wissen.

»Erdnussbuttersandwiches.«

»Ich mag keine Erdnussbutter«, erklärte Ralph.

»Ja, und außerdem ist das kein Abendessen, sondern Mittagessen«, fügte Ernie hinzu. »Zum Abendessen gehören Fleisch und Gemüse.«

Ich holte mein Handy hervor und wählte die Nummer von Pino's Pizza. »Ich brauche drei große Pizzas mit Paprikaschoten, Oliven, Zwiebeln und Salami«, sagte ich. »Und es muss schnell gehen.« Ich gab die Adresse durch und wandte mich wieder den Kindern zu. »Gemüse und Fleisch – kommt sofort.«

»Ich gehe nach oben«, verkündete Russell.

Ernie ging ihm hinterher. »Ich auch.«

Junior rannte in den hinteren Teil des Hauses und verschwand.

»Du musst Kitty und Blackie und Fluffy und Tom und Fritz und Melvin füttern. Und Blackie darfst du keine Pizza geben, weil er ein Laktoseinternet hat.«

»Du meinst wohl, er hat eine Laktoseintoleranz?«

»Ja. Er bekommt Durchfall. Und er macht dann überall hin.«

Ich ging in die Küche und füllte eine Schale mit Katzentrockenfutter für Kitty und eine Schüssel mit Hundetrockenfutter für Blackie. Für Fluffy gab ich einige Kügelchen Hasenfutter in eine Schüssel.

»Tom, Fritz und Melvin sind die Katzen, die draußen leben«, erklärte mir Ralph. »Mom kann sie nicht einfangen, also füttert sie sie nur.«

Ich stellte also auch noch draußen Futter für die Katzen hin, und dabei fiel mir auf, dass ich Junior schon eine Weile nicht mehr gesehen hatte.

»Wo ist Junior?«, fragte ich Ralph.

Ralph zuckte die Schultern. »Junior läuft öfter weg.«

Ich rief nach Junior, aber der Junge ließ sich nicht blicken. Ralph und ich gingen nach oben, um nach ihm zu suchen, und überraschten Russell und Ernie dabei, wie sie sich Pornoseiten im Internet anschauten.

»Das machen sie den ganzen Tag lang«, verriet mir Ralph. »Deshalb bekommt Russell immer einen Steifer.«

»Das heißt einen Steifen bekommen«, verbesserte ihn Ernie. »Einen *Steifen*!«

»Hat eure Mom kein Elternkontrollprogramm auf diesem Computer installiert?«, fragte ich Russell.

»Das geht nicht mehr«, erwiderte Russell.

»Russell ist ein Computerfreak«, erklärte Ralph. »Er kann jedes Programm knacken. Das hat er auch beim Fernseher gemacht, damit wir uns Filme mit nackten Leuten anschauen können.«

»Meiner Mutter ist es ohnehin egal, was ich tue«, meinte Russell. »Schließlich bin ich kein Kind mehr.«

»Natürlich bist du noch ein Kind«, widersprach ich. »Schalte das sofort ab.«

»Nein«, wehrte sich Russell. »Sie sind nicht meine Mutter. Sie können mir gar nichts vorschreiben.«

Ich tippte Diesels Nummer auf meinem Handy ein.

»Hilfe«, sagte ich, als er sich meldete.

»Was ist los?«

»Ich hüte Charlenes Kinder. Eins davon ist mir verloren gegangen, und zwei andere schauen sich Pornoseiten im Internet an. Es wird keinen guten Eindruck hinterlassen, wenn ich mich gezwungen sehe, sie zu erschießen.«

»Ich kann nicht besonders gut mit Kindern umgehen«, erklärte Diesel.

»Ich habe Pizza bestellt.«

»Schätzchen, wenn du mich bestechen willst, musst du dir schon etwas Besseres als Pizza einfallen lassen.«

»Okay, du kannst in meinem Bett schlafen ... Aber du musst auf deiner Seite bleiben.«

»Abgemacht.«

Diesel und die Pizza trafen zur gleichen Zeit ein. Diesel bezahlte den Pizzaboten und brachte die Pizzas ins Haus. Er ließ die drei Schachteln auf den Tisch fallen, öffnete eine davon und nahm sich ein Stück heraus.

»Eins der Kinder sitzt am Tisch«, stellte Diesel fest. »Wo sind die anderen?«

»Zwei sind oben und weigern sich herunterzukommen. Und Junior kann ich nicht finden.«

Diesel blieb einen Augenblick lang schweigend stehen. Er drehte sich ein wenig zur Seite und sah sich in dem Zimmer um. Dann biss er in sein Pizzastück und öffnete den Deckel einer Limodose. »Er ist unter dem Spülbecken«, verkündete er schließlich.

Ich riss die Tür des Spülschränkchens auf und erspähte Junior. »Möchtest du Pizza?«

»Kann ich sie hier drin essen?«

Ich reichte ihm ein Stück Pizza auf einem Küchentuch und schloss die Tür des Spülschranks wieder.

»Kann ich auch ein Stück haben?«, fragte Ralph.

»Hau rein«, forderte Diesel ihn auf. »Ich werde deine Brüder holen.«

Ralph und ich ließen uns die Pizza schmecken, während Diesel die Treppe hinaufging. Ich hörte lautes Kindergeschrei, gefolgt von Stille. Kurz darauf schlenderte Diesel mit Russell und Ernie in die Küche. Er hielt beide am Rücken ihrer T-Shirts fest, sodass ihre Füße den Boden nicht berührten.

Diesel setzte Russell und Ernie unsanft ab und nahm sich ein zweites Stück Pizza. »Sieht ganz so aus, als würde ich noch ein Weilchen hierbleiben«, erklärte er den beiden Jungs. »Also sollten wir uns die Zeit auf angenehme Weise vertreiben. Spielt ihr Jungs Poker? Habt ihr Geld?«

Diesel, Russell, Ernie und Ralph saßen immer noch am Küchentisch, als Charlene nach Hause kam. Ich schaute fern, und Junior schlief neben mir auf der Couch.

»Wie ist es gelaufen?«, fragte ich Charlene.

»Ich glaube, das war das erste Mal seit fünf Jahren, dass niemand beim Abendessen Milch verschüttet hat. Das war ein merkwürdiges Gefühl. Und er hat mir an der Tür einen Gutenachtkuss gegeben. Auch das war ein merkwürdiges Gefühl, aber es hat mir gefallen. Er ist wirklich ein netter Kerl.«

»Ist er Ihre wahre Liebe?«

»Es ist noch zu früh, um diese Frage zu beantworten, aber er hat das Potential dazu. Er hat mich und die Kinder für morgen Abend zum Essen zu sich nach Hause eingeladen.«

Diesel kam aus der Küche geschlendert. »Gerade zur rechten Zeit«, sagte er zu Charlene. »Wir haben Salami-Poker gespielt, und jetzt ist uns die Salami ausgegangen.«

Ralph trabte hinter Diesel her. »Er hat alle Salamischeiben gewonnen und dann gegessen«, erzählte Ralph.

Ich zog eine Augenbraue hoch und warf Diesel einen Blick zu.

»Ich spiele recht gut Karten«, meinte Diesel.

»Du hast mit Kindern Poker gespielt!«

»Schon, aber sie haben geschummelt.«

»Er hat gesagt, wenn er uns noch einmal beim Schummeln erwischt, verwandelt er uns in Kröten«, berichtete Ralph. »Das kann er doch nicht wirklich tun, oder?«

»Was hat es mit den Kröten auf sich?«, fragte ich Diesel.

»Nur eine leere Drohung«, erwiderte Diesel. »Sozusagen.«

Ich streifte mir meine Jacke über und hängte mir meine Handtasche über die Schulter. »Viel Spaß morgen Abend«, wünschte ich Charlene. »Wir bleiben in Verbindung.«

Diesel folgte mir nach draußen und begleitete mich zu meinem Wagen.

»Was ist mit Annie?«, erkundigte ich mich.

»Ich kann sie nicht finden. Und ich kann Bernie nicht finden. Und jetzt ist auch noch Lou Delvina verschwunden. Er hat ein Haus in Cranberry, aber dort lebt nur seine Frau. In der Doppelgarage steht nur ein Auto. Ich lasse gerade weitere Orte absuchen. In seinem Club ist er nicht. Und auch nicht in seiner Firma.«

»Es ist erst neun Uhr – es gibt noch viele andere Orte, wo er sich aufhalten könnte.«

»Stimmt. Flash beobachtet weiterhin sein Haus.«

Mein Handy klingelte.

»Gott sei Dank erreiche ich dich«, sagte Lula. »Das wirst du mir nicht glauben. Und leg bloß nicht auf – ich darf nur dieses eine Telefonat führen.«

11

»Wo bist du?«, fragte ich Lula.

»Ich sitze im Knast. Was zur Hölle glaubst du wohl, wo ich bin, wenn ich nur ein Telefonat führen darf? Ich brauche jemand, der mich gegen Kaution hier rausholt.«

»Ich werde Connie darum bitten müssen. Vinnie ist bereits mit Lucille auf dieser Valentinskreuzfahrt.« Ich warf einen Blick auf meine Armbanduhr. »Es ist neun Uhr am Sonntagabend. Connie wird einen Richter dazu überreden müssen, aus seinem Schlafanzug zu steigen, um die Kaution festzusetzen. Wie lautet denn die Anschuldigung?«

»Zerstörung von persönlichem Eigentum. Außerdem habe ich einem Idioten einen Knoten in seinen Schwanz gemacht. Und Tank ist auch hier.«

Tank war Rangers Stellvertreter in dessen Sicherheitsfirma. Er war auch Rangers bester Freund und sein Beschützer. Tank war ein großer Mann, der nicht viel redete, aber seine Fäuste überzeugend sprechen lassen konnte. Hin und wieder gelang es Lula, sich ihn zu schnappen und sich ihn zu Willen zu machen, und am nächsten Morgen sah Tank dann immer aus wie eine wandelnde Leiche. Soweit ich wusste, war das jedoch das erste Mal, dass sie es geschafft hatte, ihn ins Kittchen zu bringen.

»Tank und ich waren in dieser Bar«, berichtete Lula. »Und ein stinkbesoffener Trottel ging auf Tank los. Pöbelte rum von wegen Tank hat keinen Hals. Tank sieht aus wie Shrek, nur dass er nicht grün ist. Ich wurde allmählich sauer. Okay, das stimmt zwar alles, aber das Verhalten dieses Kerls gefiel mir nicht, verstehst du? Und zum Schluss nannte er mich Shreks fette Nutte … Da habe ich ausgeholt und ihm eine verpasst, und danach ist irgendwie alles außer Kontrolle geraten.«

Diesel grinste, als ich auflegte. »Ranger wird stinksauer sein, wenn er das hört. Ihm ist sehr daran gelegen, seine Firma aus den Schlagzeilen zu halten. Er will auf gar keinen Fall seinen sauberen Ruf aufs Spiel setzen.«

»Du kennst Ranger?«

»Nur flüchtig.«

Ich rief Connie an und berichtete ihr von Lula und Tank.

»Kannst du sie rausholen?«, fragte ich sie.

»Wahrscheinlich schon. Ich muss bloß ein paar Telefonate führen. Ich rufe dich wieder an.«

Diesel und ich stiegen in meinen Escape. Ich drehte die Heizung auf höchste Stufe, und Diesel riss das Fenster auf.

»Woher kennst du Ranger?«, wollte ich wissen.

Diesel zuckte die Schultern. »Ich habe einiges über ihn gehört. Ich nehme an, Connie wird jetzt einen Richter kaufen?«

»Das ist hier eine kleine Stadt. Wir versuchen, zivilisiert miteinander umzugehen. Connie wird einen Gefallen einfordern.«

Diesel wirkte entspannt neben mir, aber ich wusste, dass

er dringend Annie finden musste, und das ging ihm sicher durch den Kopf.

»Ich weiß, dass du dir Sorgen wegen Annie machst«, sagte ich. »Halte ich dich von dem ab, was du tun möchtest – was immer das auch sein mag?«

»Ich habe schon einiges ins Rollen gebracht. Wenn ich einen Anruf bekomme, muss ich los. Bis dahin gehöre ich ganz dir.«

Connie rief zurück. »Ich habe dafür gesorgt, dass die Papiere vorbereitet werden. Ich werde sie abholen, und wir treffen uns dann in einer halben Stunde am Tresen der Wache. Ich nehme an, Lula und Tank werden im Polizeirevier festgehalten.«

»Ja. Verstanden.« Ich legte auf und wandte mich Diesel zu. »Das könnte eine Weile dauern. Würde es dir etwas ausmachen, Bob bei meinen Eltern abzuholen und ihn zu mir nach Hause zu bringen?«

»Kein Problem. Ruf mich an, falls du Schwierigkeiten bekommen solltest.«

Die Polizei von Trenton ist in einem Bunker aus roten Ziegeln in einem Stadtteil untergebracht, in dem man etliche Verbrechen aus erster Hand kennt. Die Polizeiwagen werden daher auf einem mit Stacheldraht eingezäunten Parkplatz abgestellt. Leider hatten Connie und ich keine Berechtigung, dort zu parken, sodass wir gezwungen waren, unsere Autos auf der Straße abzustellen – einer Art Selbstbedienungsladen für Diebe, die Wagen zum Ausschlachten brauchten. Connie kam in einem schrottreifen Käfer angefahren, den sie sich extra für solche Gelegenheiten angeschafft hatte. Ich holte zwei falsche Antennen und ein riesiges, mit unechten Diamanten besetztes Kreuz aus meiner Konsole. Das Kreuz hängte ich an meinen Rückspiegel, und die Antennen steckte ich aufs Autodach. Wenn man nicht genau hinsah, konnte man mich glatt für einen Dealer halten, der nicht davor zurückschrecken würde, jemanden umzulegen, der sich an seinem Wagen zu schaffen machte.

Die übliche Öffnungszeit war längst vorbei, also mussten wir klingeln und warten, bis man uns die Tür öffnete. Connie kümmerte sich sofort um Lulas Freilassung. Auf dem Revier war nicht viel los. Es war zu spät für die Verkehrsrowdys, die während der Rushhour zugange gewesen waren, und zu früh für die Betrunkenen, die ihre Ehefrauen schlugen. Ein einsames betrübtes Bandenmitglied saß gefesselt auf einem am Boden festgeschraubten Stuhl. Sein rotzverschmiertes Hemd ließ darauf schließen, dass er eine Ladung Pfefferspray abbekommen hatte.

Am Empfangstresen schob mein Kumpel Eddie Gazarra Dienst. »Tut mir leid wegen Lula und Tank«, sagte er. »Ich war nicht hier, als man sie hergebracht hat, sonst hätte ich dich sofort angerufen. Irgendein idiotischer Anfänger hat sie angeschleift, und sobald ihre Personalien aufgenommen waren, konnten wir nichts mehr dagegen unternehmen.«

»Schon in Ordnung«, erwiderte ich. »Wir holen sie gegen Kaution raus.«

Gazarra ging zur Arrestzelle und holte Lula und Tank.

»Es gibt keine Gerechtigkeit auf dieser Welt«, schimpfte Lula. »Mich sperren sie ein, und der Fiesling, der mich fette Nutte genannt hat, ist nicht einmal hier.«

»Er ist im Krankenhaus und lässt sich seine Eier aus der

Nase ziehen«, erklärte Gazarra. »Sobald er wieder laufen kann, ohne Blut zu spucken, wird er unter Anklage gestellt.«

»Und was ist mit mir?«, protestierte Lula. »Ich habe einen Kratzer am Arm, und sicher wird das hier ein blauer Fleck. Und jemand hat mich gepackt und mir ein Loch in meinen brandneuen Pullover gerissen.«

Tank sagte nichts dazu. Er nahm seinen Gürtel und seine Schnürsenkel in Empfang und steckte die Plastiktüte mit seinem Kleinkram – Geldbeutel, Schlüssel, Kleingeld – in die Tasche.

»Es gibt noch eine schlechte Nachricht«, erklärte Gazarra. »Sie haben einen roten Firebird abgeschleppt und beschlagnahmt, der verbotswidrig vor der Bar auf einem Behindertenparkplatz stand.«

»Das ist mein Baby!«, rief Lula. »Und es war nicht verbotswidrig geparkt. Es stand nur fünf Zentimeter über der Linie. Mehr Platz war auf diesem dämlichen Behindertenparkplatz auch gar nicht.«

Gazarra reichte mir ein Blatt Papier. »Hier ist die Adresse von dem Abschlepphof und das Strafmandat. Ich würde empfehlen, den Wagen morgen abzuholen, denn deine Freundin hier hat wahrscheinlich die Promillegrenze überschritten, und bei ihrem Glück landet sie wegen Trunkenheit am Steuer wieder hier.«

Wir trotteten gemeinsam aus dem Polizeirevier und fanden glücklicherweise beide Autos unbeschädigt am Straßenrand vor. Connie brauste davon, in der Hoffnung, ihre Fernsehsendung noch sehen zu können, und ich verfrachtete Tank und Lula in meinen Escape.

»Was ist mit dir?«, fragte ich Tank. »Bist du zu der Bar mit dem Auto gefahren?«

Tank sah mich nur an.

Ich konnte mir ein Grinsen nicht verkneifen. »Du bist in einem von Rangers Wagen dorthingefahren, richtig?«

Tank nickte. »Ranger wird mich umbringen.«

»Ranger muss nichts davon erfahren.«

»Ranger weiß alles«, erwiderte Tank. Er sah mir in die Augen. »*Alles*.«

Au weia.

»Welche Bar habt ihr zwei demoliert?«

»Das Sly Dog«, antwortete Tank. »Der Wagen steht auf dem Parkplatz neben der Kneipe.«

Ins Sly Dog kamen hauptsächlich Leute, die Tickets für die Sovereign Bank Arena hatten. Je nach Veranstaltung setzte sich das Kneipenpublikum ganz verschieden zusammen, und ich war mir nicht sicher, was heute Abend geboten gewesen war. Vielleicht ein Rockkonzert oder ein Hockeyspiel oder eine Monster Truck Show. Die Bar lag fast noch in Reichweite von Burg und war etwa eine halbe Meile von Lulas Wohnung entfernt.

Ich fuhr auf der Perry Street zur Broad Street und dann quer durch die Innenstadt, bis ich hinter der Arena und der Bar angelangt war. Dann bog ich auf den Parkplatz und stellte meinen Wagen hinter dem schwarzen RangeMan-SUV ab.

Lula saß neben mir auf dem Beifahrersitz und Tank auf dem Rücksitz. Ich warf Lula einen Blick zu. »Wie soll's jetzt weitergehen?«

»Hey, Shrek«, rief Lula Tank zu. »Hast du einen Plan?«

»Ich denke, ich sollte dich jetzt nach Hause bringen«, erwiderte Tank.

»Ja«, stimmte Lula ihm zu. »Das verlangt der Anstand. Vielleicht sollten wir auf dem Weg an einem Drugstore anhalten. Ich möchte nicht, dass uns die … na ja, du weißt schon … ausgehen.«

Ich sah in den Rückspiegel nach hinten zu Tank, und als sich unsere Blicke trafen, grinste er.

Als ich zu Hause eintraf, war es elf Uhr. In meiner Wohnung war es dunkel. Nur im Badezimmer brannte ein Nachtlicht und warf seinen Schein in das Schlafzimmer. Diesel und Bob lagen, Seite an Seite, schlafend in meinem Bett. Diesel war, soweit ich das sehen konnte, splitternackt und hatte einen Arm um Bob gelegt.

Ich schlich mich ins Badezimmer und zog mir ein T-Shirt und Boxershorts an. Dann ging ich auf Zehenspitzen zu der anderen Seite des Betts und legte mich vorsichtig neben Bob.

»Alles gut gelaufen?«, ertönte Diesels Stimme leise in dem dunklen Raum.

»Ja. Wir haben sie gegen Kaution rausgeholt, und sie sind zusammen nach Hause gefahren. Es klingt vielleicht seltsam, aber es war … irgendwie nett. Ich glaube, sie mögen sich wirklich.«

»Da haben sie Glück.«

»Gibt es so jemanden auch für dich? Jemanden, den du wirklich magst?«

»Im Augenblick bist das du. Und ich würde dich noch mehr mögen, wenn du mit Bob den Platz tauschen würdest.«

»Vergiss es.«

»Einen Versuch war es mir wert«, meinte Diesel.

Um ein Uhr klingelte Diesels Handy. Als ich endlich wach war und mich wieder orientieren konnte, unterhielt sich Diesel bereits angeregt mit dem Anrufer.

»Lass ihn nicht aus den Augen«, befahl Diesel. »Doppelte Besetzung im Team, wenn es sein muss. Und ruf mich an, wenn er wieder losfährt.«

Ich setzte mich halb auf und stützte mich auf einen Ellbogen. »Was ist los?«, fragte ich, als Diesel sein Handy auf den Nachttisch zurücklegte.

»Lou Delvina ist gerade bei sich zu Hause eingetroffen. Er hat seinen Wagen in der Auffahrt geparkt und sich den ganzen Weg vom Auto zur Haustür gekratzt. Flash hat ihn durch das Küchenfenster gut sehen können. Delvina ist übersät mit Pusteln.«

»Bernie!«

»Ja, sieht ganz so aus. Ich weiß nicht, in welcher Beziehung sie zueinander stehen, aber dicke Freunde scheinen die beiden nicht zu sein, wenn Delvina sich kratzt.«

Bob war irgendwann im Laufe der Nacht vom Bett gesprungen, und nun klaffte eine riesige Lücke zwischen Diesel und mir.

Diesel klopfte auf die Stelle zwischen uns. »Du könntest rüberrutschen«, meinte er.

»Lieber nicht.«

»Hier ist es warm und bequem.«

»Mir ist warm genug.«

»Ich könnte dich noch mehr wärmen.«

»Meine Güte«, stieß ich hervor. »Du gibst wohl niemals auf.«

»Das ist eine meiner besten Eigenschaften.«

Die Sonne schien hell, als ich ein Auge öffnete und Diesel ansah. Er stand neben dem Bett, frisch geduscht, rasiert und mit einem sauberen T-Shirt.

»Woher kommt das T-Shirt?«, wollte ich wissen.

»Flash hat mir heute Morgen ein paar frische Klamotten gebracht.«

»Und woher hatte Flash die Klamotten?«

»Keine Ahnung. Ich habe ihn nicht gefragt.«

»Und du hast dich sogar rasiert. Weshalb das denn?«

»Heute ist Valentinstag. Ich wollte bereit sein, falls du dich Hals über Kopf in mich verlieben solltest.«

Valentinstag. Wie konnte ich das vergessen! Ich wälzte mich aus dem Bett und warf einen Blick auf die Uhr. Neun Uhr. Ich seufzte.

»Hast du nicht gut geschlafen?«, fragte Diesel.

»Lass mich in Frieden.«

»Ich hätte dir eine angenehme Nacht bereiten können.«

Ich sah ihn mit zusammengekniffenen Augen an. »Ich sagte, dass du mich in Frieden lassen sollst. Ich bin nicht gut drauf, also verschone mich. Und hör auf, mich anzulächeln und dabei deine Grübchen zu zeigen.«

Er reichte mir eine Tasse mit heißem Kaffee. »Ich versuche nur, deinen Kreislauf in Schwung zu bringen. Unser Mann ist aufgetaucht und hat sich in Bewegung gesetzt. Lou Delvina hat vor zehn Minuten sein Haus verlassen.

Flash hat sofort die Verfolgung aufgenommen. Ich fahre jetzt los. Möchtest du mitkommen?«

»Nein. Ja.«

Diesel stützte die Hände in die Hüften und sah zu mir herunter.

»Ja«, wiederholte ich. »Gib mir eine Minute Zeit.«

»Vierzig Sekunden wären besser.«

Ich sammelte hastig ein paar Kleidungsstücke vom Boden auf und rannte damit in das Badezimmer. In Rekordzeit zog ich mich an und hastete mit einer Haarbürste in der Hand aus dem Bad. Ich riss eine meiner Baseballkappen von der Garderobe und sprang in meine Stiefel. Diesel half mir in die Jacke und reichte mir eine frische Tasse Kaffee, und schon waren wir aus der Wohnung und liefen den Gang hinunter zum Aufzug.

»Bob!«, rief ich. »Was ist mit Bob?«

»Ich bin mit ihm Gassi gegangen und habe ihn gefüttert. Ihm geht es gut. Er hat sich im Wohnzimmer ein Plätzchen in der Sonne gesucht und schläft dort.«

Wir stiegen in die Corvette. Diesel rollte vom Parkplatz und fuhr auf der Hamilton Avenue in Richtung Route 1. Während er die Brücke nach Pennsylvania überquerte, fiel mein Blick auf die Warren-Street-Brücke rechts neben mir. TRENTON MAKES – THE WORLD TAKES stand dort drauf. Trenton gibt es, die Welt nimmt es. Ich hatte keine Ahnung, was das bedeuten sollte.

»Woher weißt du, wohin wir fahren müssen?«, fragte ich Diesel.

»Ich spüre Flash vor mir. Mit einigen Leuten kann ich mich in Verbindung setzen, und Flash gehört zu ihnen. Es funktioniert nicht immer, aber heute ist die Verbindung echt gut. Vielleicht liegt es daran, dass er wegen dieser Verfolgungsjagd aufgeregt ist.«

»Kannst du auch zu mir Verbindung aufnehmen?«

»Manchmal.«

»Also hast du keine Wanzen in meinem Auto angebracht?«

»Nein, ich habe deinen Wagen nicht verwanzt. Die Wanze befindet sich in deinem Geldbeutel. GPS ist wesentlich zuverlässiger als dieser Hokuspokus-Mist. Außer wenn es regnet. Bei Regen habe ich immer Probleme. Dann haut nichts richtig hin.«

Wir hatten mittlerweile die Route 1 verlassen und steuerten auf Yardley zu. Auf den Straßen war nicht viel los. In Yardley angelangt, lenkte Diesel den Wagen an den Straßenrand.

»Was ist los?«, fragte ich.

»Ich habe Flash verloren, aber ich spüre, dass er irgendwo hinter mir ist.«

Diesel tippte eine Nummer in sein Handy. »Ich habe dich verloren«, erklärte er. Er drehte sich auf seinem Sitz um und sah aus dem Rückfenster. »Ja«, sagte er. »Ich sehe das Verkehrsschild. Hol mir zwei von diesen glasierten Donuts und einen Kaffee.« Diesel wandte sich mir zu. »Kurzer Halt bei Dunkin' Donuts. Willst du auch etwas?«

»Verdopple deine Bestellung.«

»Bitte vier glasierte Donuts und zwei Becher Kaffee«, gab Diesel an Flash weiter.

Fünf Minuten später reihte Diesel sich wieder in den Verkehr ein. »Wir haben Blickkontakt«, berichtete er. »Der

Fahrer in dem blauen Honda Civic vor uns ist Flash. Zwei Wagen vor ihm fährt ein schwarzer Lincoln mit Kennzeichen aus New Jersey. Ich nehme an, das ist unser Mann Delvina.«

Wir folgten Flash und Delvina weitere zehn Minuten und bogen in eine Straße ein, die am Delaware River entlangführte. Auf beiden Seiten der Straße lagen große ältere Häuser, umgeben von teilweise baumbestandenen Grundstücken. Dazwischen tauchten kleine Sommerhäuser auf. Der schwarze Lincoln bog am Fluss in eine Seitenstraße ein und verschwand hinter einer mannshohen Hecke, die ein Privatgrundstück umgab. Flash verlangsamte das Tempo und parkte ein Haus weiter am Straßenrand. Wir stellten die Corvette hinter ihm ab und stiegen aus. Flash kam uns mit Kaffee und Donuts auf halbem Weg entgegen.

»Ich glaube, ihr kennt euch noch nicht«, meinte Diesel. »Flash, das ist Stephanie. Stephanie, das ist Flash.«

Flash war knapp eins achtzig groß, hatte stachelig nach oben gegeltes rotes Haar und eine Menge Diamantstecker in seinen Ohren. Er war schlank und hätte glatt für einen Schüler durchgehen können, wenn bei näherem Hinsehen nicht die feinen Fältchen um seine Augen gewesen wären. Er trug Jeans und Turnschuhe und einen Skianorak mit etlichen Liftkarten am Reißverschluss. Allem Anschein nach war Flash Snowboarder.

Ich nahm mir einen Donut und einen Becher Kaffee. Es wäre richtig nett gewesen, wenn wir hier nur so zum Spaß gewesen wären, fand ich. Wir standen eine Weile zusammen, tranken Kaffee und aßen Donuts – und ließen den Lincoln dabei nicht aus den Augen. Wir wollten sehen, ob aus dem Lincoln nur jemand ausstieg oder ob später auch jemand wieder mitfuhr. Fünfzehn Minuten verstrichen.

Diesel trank seinen Kaffee aus und steckte den Becher in die leere Donut-Tüte. »Los, machen wir uns an die Arbeit«, meinte er.

Flash zerknüllte seinen Becher und warf ihn ebenfalls in die Tüte. Ich trank rasch den Rest meines Kaffees aus und warf den Becher weg.

»In dem Lincoln saßen zwei Männer«, berichtete Flash. »Delvina und ein Fahrer. Delvina ist gestern Abend allein nach Hause gekommen und hat seinen Wagen in der Garage geparkt. Heute Morgen wurde er mit dem Lincoln abgeholt. Der Fahrer sieht sehr muskulös aus.«

»Es wäre besser, wenn wir das bei Dunkelheit erledigen könnten«, meinte Diesel. »Aber so lange will ich nicht mehr warten.«

Wir standen vor Delvinas Nachbarhaus, einem großen Kolonialgebäude mit einem Holzschindeldach und mit Zedernholz verkleideten Seiten. An der Auffahrt befand sich kein Tor, und es gab keine schützende Hecke. Im Inneren des Hauses brannte kein Licht. Die Auffahrt war von einer dünnen Schneeschicht bedeckt, in der keine Reifenspuren zu sehen waren. Der Gehsteig vor dem Haus war nicht gestreut oder geräumt worden. Offensichtlich war das Haus um diese Jahreszeit nicht bewohnt. Zwischen den beiden Häusern befand sich ein knapp zehn Meter breites, baumbestandenes Grundstück.

»In dem Zedernhaus ist niemand«, stellte ich fest. »Wir könnten uns an den Bäumen entlangschleichen und uns die Sache dann genauer anschauen.«

Diesel schloss die Corvette mit der Funkfernbedienung ab, und wir gingen vorsichtig im Schutz der grünen Nadelbäume weiter.

Delvinas Haus war riesig. Zwei Stockwerke. Eine Garage mit vier Stellplätzen. Der Lincoln parkte auf der kreisförmigen Auffahrt in der Nähe der Haustür. Auf dieser Seite des Hauses gab es nicht viele Fenster. Ein kleines Fenster oben, ein kleines Fenster unten. Wahrscheinlich waren dahinter Badezimmer. Die innen angebrachten Holzjalousien waren fest verschlossen. Auch bei einem weiteren Fenster im Obergeschoss waren die Vorhänge zugezogen. Ohne Zweifel ein Schlafzimmer. Der breite Rasenstreifen zwischen uns und dem Haus war mit Frost überzogen.

»Wir müssen einen Blick in das Haus werfen«, meinte Diesel. »Herausfinden, wie viele Leute dort drin sind.«

»Ihr bleibt schön hier«, meinte Flash zu uns. »Das ist ein Job für den Flashman.«

Flash flitzte über den Rasen, drückte sich an die Hausmauer und lauschte.

»Ist Schnelligkeit seine besondere Fähigkeit als Unerwähnbarer?«, fragte ich Diesel.

»Soviel ich weiß, ist er kein Unerwähnbarer. Er kann einfach nur schnell laufen.«

Flash schlich ums Haus, blieb von Zeit zu Zeit stehen, lauschte und spähte durch die Fensterscheiben. Dann verschwand er um die Ecke, und Diesel und ich warteten geduldig. Fünf Minuten verstrichen, und ich verlor allmählich die Geduld.

»Bleib ganz ruhig«, flüsterte Diesel mir zu. »Es geht ihm gut.«

Wenige Minuten später tauchte Flash wieder auf und kam über den Rasen auf uns zugerannt.

»Delvina ist mit seinem Fahrer dort drin. Beide haben einen Ausschlag am ganzen Körper. Sie haben eine weiße Salbe aufgetragen, die jedoch offensichtlich nicht wirkt. Annie ist ebenfalls im Haus. Es scheint ihr gut zu gehen, obwohl sie auch Pusteln hat. Sie trägt eine Fußfessel mit einer langen Kette, die anscheinend irgendwo in einem angrenzenden Raum befestigt ist. Ein Badezimmer vermutlich. Das konnte ich nicht genau erkennen. Alle sind im hinteren Teil des Hauses, im Wohnzimmer, das mit der Küche verbunden ist. Und da ist noch ein anderer Mann, ebenfalls gefesselt. Ich glaube, es handelt sich um Bernie. Ich bin Bernie zwar nie persönlich begegnet, aber ich habe ein Foto von ihm gesehen. Das muss er sein. Das Muttermal war allerdings nicht zu erkennen, weil sein Gesicht ebenfalls mit Pusteln übersät und mit weißer Salbe zugeschmiert ist.«

»Das ist merkwürdig«, meinte Diesel. »Warum sollte sich Bernie selbst einen Ausschlag verpassen?«

»Ich habe keine Ahnung«, erwiderte Flash. »Aber diesen Leuten geht es nicht gut. Sie reden alle gleichzeitig, wedeln mit den Armen durch die Luft und kratzen sich ständig.«

»Ist sonst noch jemand im Haus?«, erkundigte sich Diesel.

»Ich habe niemanden sonst gesehen.«

»Ich muss Annie und Bernie dort herausholen«, sagte Diesel. »Aber ich will nicht einfach hineinstürmen und riskieren, dass jemand verletzt wird. Jemand muss für Ablenkung sorgen.«

Jetzt wusste ich, warum er mich mitgenommen hatte. »Ich schätze, das soll wohl ich sein«, sagte ich.

Diesel reichte mir die Schlüssel der Corvette. »Mach einen auf ›Jungfer in Not‹. Wenn du sie vor das Haus gelockt hast, können wir von hinten hineingehen.«

Ich rannte zu der Corvette und setzte mich hinter das Steuer. Ich wartete, bis keine anderen Autos in Sicht waren, fuhr um den Civic herum und bog dann scharf rechts in Delvinas Auffahrt ein. Das Grundstück war nicht eingezäunt, aber die Hecke war auf beiden Seiten der Einfahrt säulenförmig zurechtgestutzt worden. Ich brachte den Wagen absichtlich ins Schleudern, sodass ich eine von Delvinas Heckensäulen rammte und die Corvette dann in den Vorgarten schlitterte. Ich drückte den Airbag zur Seite und taumelte aus dem leicht eingedrückten Wagen.

Ich setzte einen Gesichtsausdruck auf, der mich hoffentlich benommen wirken ließ, und ging die Auffahrt zum Haus hinauf. Ich war etwa in der Mitte angelangt, als die Tür aufging und Delvinas Fahrer mich anstarrte.

»Was zum Teufel war das?«, wollte er wissen.

Ich gab mein Bestes, um meine Unterlippe zum Zittern zu bringen, und dachte an traurige Dinge wie überfahrene Tiere auf der Straße und übrig gebliebene Geburtstagstorten in einer Konditorei, bis es mir tatsächlich gelang, eine Träne über meine Wange kullern zu lassen. Ich muss ehrlich zugeben, dass die Träne eine Herausforderung war, aber das Zittern gelang mir ohne Probleme. Es begann in meinen Knien und setzte sich dann wie von selbst nach oben fort. Den größten Teil meines Lebens hatte ich Geschichten über Lou Delvina gehört, und in allen kam eine Menge Blut vor.

»Ich weiß nicht, was passiert ist«, erwiderte ich. »Mein Wagen geriet plötzlich ins Schleudern, und ich ha-ha-habe die Hecke gerammt.«

Delvina tauchte hinter seinem Fahrer auf, und mir schlug das Herz bis zum Hals.

»Was zum Teufel ist mit meiner Hecke passiert?«, brüllte Delvina.

»Sie ist hineingerutscht«, erklärte sein Fahrer.

»Verdammte Scheiße. Wissen Sie, wie schwer es ist, eine Hecke zu dieser Größe hochzuziehen?«

»Es tut mir wirklich leid«, entschuldigte ich mich. »Ich muss wohl auf der vereisten Straße ins Schleudern geraten sein.«

Delvina marschierte aufgeregt die Auffahrt hinunter, schwang seine Arme und streckte den Kopf nach vorne. Der Sechzigjährige hatte einen dichten schwarzen Haarschopf, Augenbrauen, die an behaarte Raupen erinnerten und eine Figur wie ein Hydrant mit krummen Beinen. Seine normale Gesichtsfarbe war nur schwer zu erraten, da er von roten, mit weißer Salbe betupften Pusteln übersät war. Unter der Creme hatte sich sein Teint wahrscheinlich dunkelrot gefärbt.

»Verdammt, ist das denn zu fassen?«, schimpfte Delvina. »So ein Mist! Die ganze beschissene Woche geht das schon so.«

Delvina stampfte an mir vorbei und auf direktem Weg zu seiner Hecke. »Oh, verdammt, seht euch das an«, stieß er hervor. »Eine der Pflanzen ist ganz abgeknickt. Bis die nachgewachsen ist, wird hier ein riesiges Loch sein.«

Inzwischen hatte ich die Möglichkeit gehabt, die beiden Männer genauer unter die Lupe zu nehmen, und hatte festgestellt, dass sie nicht bewaffnet waren. Das half mir, meine wackeligen Knie wieder unter Kontrolle zu bringen. Vielleicht trugen sie ein Knöchelholster, aber das musste mich kaum beunruhigen. Ich hatte bereits Cops bei dem Versuch beobachtet, ihre Waffe aus einem Knöchelholster zu ziehen, und wusste, dass sie dabei jedes Mal fluchend und schimpfend auf einem Bein herumgehüpft waren. Bis Delvina dieses Kunststück gelänge, wäre ich sicher längst über alle Berge. Es kostete mich aber allerhand Mühe, vor den Männern zu verbergen, wie stinkesauer ich darüber war, dass niemand die Träne bemerkt hatte, die ich hervorgequetscht hatte. Schließlich gelang mir das nicht jeden Tag.

Der Fahrer hatte sich neben Delvina gestellt. »Vielleicht könnte man etwas Neues einpflanzen«, schlug er vor. »Eine Art Transplantat.«

»Himmel, meine Frau wird fuchsteufelswild werden, wenn sie das sieht. Es wird ihr Ansehen im Gartenclub ruinieren, wenn wir das nicht wieder hinkriegen.« Delvina fuhr mit der Hand unter sein Hemd und dann vorne in seine Hose. »Oh, Mann, der Ausschlag ist überall. Herr im Himmel, du solltest mich einfach abknallen.«

»Das liegt an diesen Leuten«, erwiderte der Fahrer und kratzte sich am Hintern. »Sie haben uns diesen Fluch angehängt. Ich schlage vor, sie im Delaware zu versenken.«

Delvina warf einen Blick zurück auf das Haus. »Du hast

wahrscheinlich recht. Ich habe ohnehin die Schnauze voll von ihnen. Und ich glaube allmählich, dass diese Herz-Schmerz-Tante sowieso nicht das hat, wonach wir suchen.«

Delvina und der Fahrer machten sich auf den Weg zurück zum Haus, und ich hatte noch kein Zeichen von Diesel bekommen – weder auf mystische noch auf andere Weise –, dass die Luft rein war.

»Hey!«, rief ich Delvina hinterher. »Was ist mit meinem Wagen?«

»Was soll damit sein?«, fragte Delvina. »Fährt er nicht mehr? Ich finde, er sieht noch ganz gut aus.«

»Sie haben doch ein Handy, oder?«, warf der Fahrer ein. »Rufen Sie Ihren Automobilclub an. Sie besitzen eine neue Corvette, also sind Sie sicher Mitglied in irgendeinem Club.«

Die rechte Seite der Corvette war zerkratzt, und der rechte Scheinwerfer vorne war zerbrochen. In den Scheinwerfern und in der leicht ramponierten Haube steckten Zweige der Hecke. Ich klemmte mich hinters Lenkrad und ließ den Motor aufheulen.

Delvina und sein Fahrer standen mit den Händen in die Hüften gestützt vor meinem Wagen und starrten mich an, als wäre ich eine weitere Pustel auf ihrem Hintern. Es war kalt, und die beiden standen in Hemdsärmeln da. Sie hatten keine Lust, die Aufgaben eines Mechanikers in einer Hinterhofwerkstatt zu übernehmen. Zum Glück waren sie absolute Chauvis, die in mir nur eine minderbemittelte Tussi sahen. Wäre Flash in die Hecke gebrettert, hätte keiner der beiden das Haus ohne eine 9-mm-Pistole im Hosenbund verlassen. Trotzdem strapazierte ich ihre Geduld, und es war nur eine Frage der Zeit, bis sie mich durchschauten und nach ihren Knöchelholstern griffen.

Ich behielt Delvina im Auge, während ich das baumbestandene Grundstück beobachtete. Endlich tauchte Diesel auf und hob seine Daumen in die Luft. Ich nickte ihm kurz zu und seufzte erleichtert auf.

»Sie haben recht«, sagte ich zu Delvina. »Anscheinend kann ich mit meinem Wagen noch gut fahren. Das mit Ihrer Hecke tut mir leid.« Ich fuhr vorsichtig rückwärts, legte dann den Vorwärtsgang ein und fuhr aus der Auffahrt auf die Straße. Ich biss mir auf die Unterlippe und hielt den Atem an. Kleine Zweige von der Hecke flogen vom Kühler, und der rechte Vorderreifen gab ein knirschendes Schleifgeräusch von sich, aber ich fuhr weiter, bis ich um die nächste Kurve gebogen war.

12

Ich fuhr an den Straßenrand, blieb im Wagen sitzen und wartete. Nach einigen Minuten tauchte der blaue Honda Civic auf. Diesel sprang heraus und lief zu mir herüber.

»Alles in Ordnung?«, erkundigte er sich.

»Ja. Sitzen Annie und Bernie in deinem Civic?«

Diesel klaubte einige Heckenzweige von meinen Scheibenwischern. »Ja. Kannst du mit dem Wagen noch fahren?«

»Der rechte Vorderreifen gibt Schleifgeräusche von sich.«

Diesel sah sich den Reifen auf der rechten Seite an und zog einen großen Zweig aus dem Radkasten.

»Jetzt sollte das Problem gelöst sein«, meinte er. »Rutsch rüber. Ich fahre jetzt.«

Ich kletterte auf den Beifahrersitz, und Diesel setzte sich hinters Lenkrad. Er manövrierte den Wagen vorsichtig auf die Straße, fuhr ein kleines Stück und wendete dann. Flash folgte ihm. Diesel winkte Flash vorbei, und Flash setzte sich vor uns. Wir brausten an Delvinas Haus vorbei und dann immer weiter bis zu der Brücke, die uns wieder nach New Jersey brachte.

»Soweit ich das beurteilen kann, weiß Delvina nicht, wo Annie wohnt«, erklärte Diesel. »Ich werde Annie und Bernie dorthinbringen, damit sie sich aussprechen können.«

»Hat sich Bernie den Ausschlag selbst zugefügt?«

»Anscheinend hat er die Kontrolle verloren und jeden in seiner Umgebung infiziert, sich selbst eingeschlossen. Ich hatte noch keine Gelegenheit, mehr darüber herauszufinden.«

Wir fuhren durch die Stadt, parkten in der Tiefgarage und nahmen den Aufzug zu Annies Wohnung. Diesel schloss die Tür auf, und ich drehte mich zu Flash um und schnitt unwillkürlich eine Grimasse. Sein Gesicht war von Pusteln übersät.

»Oh, Scheiße«, sagte Bernie zu Flash. »Es tut mir wirklich leid. Ich mache das nicht mit Absicht, das schwöre ich. Der Ausschlag kommt einfach aus mir herausgebrochen.«

Flash kratzte sich am Bauch. »Die Pusteln schießen überall aus der Haut. Was soll ich jetzt machen?«

»Halt dich von Bernie fern, und versuch es mit einer Kortisonsalbe«, riet ihm Diesel.

Flash rannte den Gang hinunter und drückte den Aufzugknopf.

Bernie hinkte in Annies Wohnung. »Ich habe Pusteln an meinen Fußsohlen«, erklärte er Diesel. »Sie sind überall. Sie müssen mir helfen. Ich will nie wieder eine dieser Pusteln sehen.«

Ich hielt mich von Bernie fern so gut es ging und stellte mich in den Gang, der zum Schlafzimmer führte. Von dort aus betrachtete ich die anderen im Wohnzimmer.

»Was ist mit Annie?«, fragte Diesel. »Wollen Sie sie etwa im Stich lassen?«

»Ich war zwei Tage lang an Annie gekettet. Auch sie will ich nie mehr wiedersehen.«

»Ich dachte, wir hätten uns verbündet«, meinte Annie.

Bernie kratzte sich am Arm. »Ja, vielleicht. Ich schätze, Sie sind in Ordnung. Ich weiß es nicht. Ich kann nicht mehr klar denken. Ich will mich nur noch in kaltem Wasser baden oder irgend so etwas.«

»Ich habe mit Betty gesprochen«, erzählte ich Bernie. »Sie würde gerne mit Ihnen verheiratet bleiben, aber sie stellt einige Forderungen.«

»Alles! Verdammt, sehen Sie sich das an! Ich habe sogar eine Pustel unter meinem Fingernagel!«

»Ich werde Sie nach Hause bringen und Ihnen eine Salbe besorgen«, sagte Diesel. »Aber zuerst muss ich alles über Delvina wissen. Wie ist es ihm gelungen, Sie und Annie gefangen zu nehmen?«

»Ich habe vollkommen durchgedreht«, antwortete Bernie. »Ich habe versucht, an Annie heranzukommen, aber Sie hatten sie fortgeschafft, und ich konnte sie nicht finden. Dann kam mir der Gedanke, dass sie vielleicht irgendetwas hinterlassen hatte, was mir einen Hinweis geben könnte. Sie wissen schon – so etwas wie eine Adresse, die sie auf einen Notizblock gekritzelt hatte. Im Fernsehen kommt so etwas ständig vor. Also brach ich in ihr Haus ein, aber dort waren zwei Schlägertypen, die gerade die ganze Bude auseinandernahmen. Ich bin so blöd – ich bin ihnen direkt in die Arme gelaufen.«

»Delvina war der ursprüngliche Besitzer der Halskette«, warf Annie ein. »Wir haben ein Gespräch zwischen ihm und seinem Fahrer belauscht und uns dann die Geschichte zusammengereimt. Auf der Rückseite der Halskette war eine Kontonummer eingraviert. Anscheinend lief gegen Delvina eine Untersuchung wegen Steuerhinterziehung, und er wollte die Halskette nicht in seinem Besitz haben. Also gab er sie seiner Freundin, aber als er herausfand, dass sie die Kette im Pfandhaus versetzt hatte, traf ihn beinahe der Schlag.« Annie begann sich am Arm zu kratzen, hörte dann abrupt damit auf und steckte rasch ihre Hände in die Hosentaschen. »Er hätte es beinahe geschafft, sich die Halskette zurückzuholen, doch dann beschloss der Besitzer des Pfandhauses aus unerfindlichen Gründen, einen Raubüberfall vorzutäuschen. Daher suchte Delvina natürlich nach mir.«

»Schlechtes Timing war der Grund, dass ich dann in die Sache verwickelt wurde«, erklärte Bernie. »Sie haben die Halskette zwar nicht in Annies Haus gefunden, aber da ich dort eingebrochen war, nahmen sie an, dass ich irgendwie in Verbindung mit Annie stand. Sie durchsuchten mich und fanden ihre Telefonnummer in meinem Handy. Also rief einer von Delvinas Männern Annie an und gab sich für mich aus.«

»Er hörte sich auch irgendwie so an wie Sie«, erklärte Annie. »Er sagte, er habe mir etwas Wichtiges mitzuteilen. Ich hoffte, Sie hätten sich beruhigt und wollten mit mir reden. Diese Gelegenheit wollte ich nicht vorübergehen lassen.«

»Annie hatte keine Lust, weit zu gehen, also einigten sie sich auf ein Café ein paar Häuser weiter. Als sie dort eintraf, schnappten sie sie«, ergänzte Bernie.

»Warum haben Sie Ihre Handtasche nicht mitgenommen?«, fragte ich Annie.

»Ich wollte doch nur kurz aus dem Haus«, erwiderte

Annie. »Ich hatte ein wenig Geld und meine Schlüssel eingesteckt, und ich dachte, ich hätte auch mein Handy dabei, aber es muss mir irgendwo aus der Tasche gefallen sein. Mehr, dachte ich, brauchte ich nicht.«

»Sie haben uns zu Delvinas Ferienhaus am Fluss gebracht«, erzählte Bernie. »Das war am Samstagabend. Sie haben uns gefesselt, und dann habe ich irgendwie durchgedreht, und bei allen brach der Ausschlag aus. Delvina und seine zwei Schlägertypen haben daraufhin aufgegeben und sind abgehauen. Ich glaube, sie wussten nicht, was sie von dem Ausschlag halten sollten. Am nächsten Morgen kam Delvina mit einem anderen Kerl zurück und begann uns über die Halskette auszufragen, aber jedes Mal, wenn die beiden uns näher kamen, wurde der Ausschlag schlimmer. Nach kurzer Zeit gaben sie auf und verschwanden wieder. Glücklicherweise waren wir im Badezimmer angekettet, und die Kette war lang genug, sodass wir an den Kühlschrank in der Küche gehen konnten. Heute Morgen kamen Delvina und sein Helfer zurück, und dann habt ihr uns gerettet.«

»Wie steht es mit meinen letzten fünf Kandidaten?«, erkundigte sich Annie. »Werden alle einen schönen Valentinstag haben? Haben sie die große, wahre Liebe gefunden?«

»Was das betrifft, bin ich mir nicht sicher«, erwiderte ich. »Aber ich bin davon überzeugt, dass sie alle einen schönen Valentinstag erleben werden. Außer Albert Kloughn. Er ist noch übrig.«

»Meine Güte«, sagte Annie. »Wir haben nicht mehr viel Zeit.«

»Keine Sorge. Ich habe einen Plan.« Ich warf Bernie

einen Blick zu. »Sie haben aufgehört, sich zu kratzen«, bemerkte ich.

»Ich bin zu müde, um mich zu kratzen.«

Wie schade, dass Bernie so müde war. Ich hätte ihn gerne zu einigen meiner Bekannten gebracht, damit er dort seinen Ausschlag hätte verbreiten können. Da wären zuerst einmal mein Ex-Mann Dickie Orr und meine Erzfeindin Joyce Barnhardt.

»Ich werde Sie jetzt nach Hause zu Ihrer Frau bringen«, sagte Diesel zu Bernie. »Ich werde Sie dort am Straßenrand absetzen. Dann sind Sie auf sich allein gestellt.«

»Das werden Sie nicht tun«, protestierte Annie. »Sie fahren uns zu einem Drugstore, damit Bernie sich eine Valentinskarte und eine Schachtel Pralinen kaufen kann. Und dann begleiten wir ihn alle nach Hause und vergewissern uns, dass zwischen Bernie und Betty wieder alles in Ordnung ist.«

Annie meinte es mit Sicherheit gut, aber allmählich fragte ich mich, ob sie von einem anderen Planeten kam.

»Das habe ich gehört«, sagte Diesel zu mir.

»Hast du nicht.«

»Habe ich schon.«

»Ich habe das nur in Gedanken formuliert!«

»Na und?«

»Es ist beinahe Mittag«, sagte ich zu Annie und Diesel. »Ihr könnt mich ja auf dem Weg an meiner Wohnung absetzen. Ich muss nach Bob sehen und meinen Wagen holen. Außerdem braucht Lula mich vielleicht, um sie zum Abschlepphof zu fahren, wo ihr Firebird steht. Und ich will kurz nach Jeanine und Charlene und Larry Burlew schauen. Und dann habe ich mir auch noch etwas Besonderes für Kloughn und meine Schwester überlegt. Ich habe mir gedacht, dass ich ihnen erzähle, ich würde heiraten und bräuchte sie als Trauzeugen. Meinen Eltern und meiner Großmutter werde ich das Gleiche erzählen. Dann werden wir uns alle im Haus meiner Eltern treffen. Ein Friedensrichter wird erscheinen, und in letzter Minute werden wir mich gegen Valerie und Albert Kloughn austauschen. Ich befürchte, ohne diese Schwindelei könnte Kloughn Wind davon bekommen, und dann säße er sofort im nächsten Flieger nach Buenos Aires.«

»Brillant«, meinte Annie. »Ich kann den Friedensrichter bestellen und mich um die Papiere kümmern. Für solche Dinge habe ich gute Verbindungen.«

Diesel sah zu mir herunter. »Und wer wird der angebliche Bräutigam sein?«

»Diese Rolle musst du übernehmen. Ich habe heute niemand anderen zur Verfügung.«

»Bekomme ich dafür eine Hochzeitsnacht?«

»Nein, tut mir leid«, erwiderte ich.

»Wir werden ja sehen«, meinte Diesel.

»Es gibt noch eine Menge zu tun«, sagte Annie. »Packen wir's an! Wir können meinen Wagen nehmen. In Diesels Corvette haben wir nicht alle Platz.«

Ich rief Valerie an, sobald ich wieder in meiner Wohnung war. »Ich heirate heute Nachmittag«, erklärte ich ihr. »Und ich möchte, dass du und Albert meine Trauzeugen seid.«

»Gütiger Himmel!«, rief Valerie. »Das kommt so plötzlich. Wen willst du heiraten?«

»Diesel.«

Schweigen.

»Hallo?«, fragte ich nach.

»Bist du sicher, dass du ihn heiraten willst?«

»Ja. Kannst du zu unserer Hochzeit kommen?«

»Natürlich«, erwiderte Valerie. »Um welche Uhrzeit?«

»Um vier Uhr. Und ich werde bei uns zu Hause heiraten.«

»Weiß Mom Bescheid?«

»Noch nicht.«

»Oh, Mann.«

»Vielleicht sollten wir es ihr nicht sagen«, schlug ich vor. »Vielleicht sollten wir alle einfach ganz spontan aufkreuzen.«

»Das klingt nach der besseren Lösung«, stimmte Valerie mir zu. »Wenn wir ihr vier Stunden Zeit geben, wird sie einen Partyservice und eine Band anheuern, und im Haus werden überall Blumen stehen. Und es werden etwa zweihundert Leute da sein.«

»Stimmt. Du und Albert, ihr seid ganz bestimmt da, nicht wahr?«

»Natürlich. Bist du schwanger?«

»Äh, vielleicht.«

»Das wäre großartig. Dann würden wir unsere Babys zur gleichen Zeit bekommen.«

»Ich bin mir noch nicht sicher.«

»Ich weiß, und ich werde es niemandem erzählen. Meine Lippen sind versiegelt.«

»Danke, Val.«

Bob war in der Küche und grinste mich an.

»Spar dir diese alberne Miene«, befahl ich Bob. »Damit

machst du niemandem etwas vor. Du hast meine Couch angefressen. In den Kissen sind riesige Löcher, und überall fliegt die Füllung heraus.«

Auf Bobs Maul klebte ein Stück Füllwatte. Ich zupfte sie ab und ließ sie auf den Boden zu all den anderen großen flauschigen Bällchen Füllstoff fallen.

»Ich hoffe, das klappt«, sagte ich zu Bob. »Die Alternative wäre ein Elektroschocker, und das würde sich in Vals Hochzeitsalbum nicht gut machen.«

Ich führte Bob einmal um den Block. Nachdem er sein Geschäft erledigt hatte, fuhren wir in das Kautionsbüro.

Lula und Connie steckten die Köpfe zusammen, als ich den Raum betrat.

»Sieh dir diese schweinegroße Schachtel Pralinen an, die ich bekommen habe«, sagte Lula, während sie auf einem Karamellbonbon herumkaute. »Mein Süßer hat sie mir zum Valentinstag geschenkt. Das wird der beste Valentinstag werden, den ich jemals erlebt habe.«

Connie und Lula hatten das riesige rote Herz auf Connies Schreibtisch gelegt. Sie hatten den Deckel abgenommen und die Schachtel bereits zur Hälfte geleert.

»Nimm dir etwas, bevor alles weg ist«, forderte Connie mich auf. »Wir haben beschlossen, dass das unser Mittagessen ist.«

»Welcher Schatz hat dir das geschickt?«, fragte ich Lula.

»Mein absoluter Liebling«, erwiderte Lula. »Und für mich gibt es ohnehin nur noch einen Schatz. Er ist mein großer, gigantischer, fabelhaft aussehender Mann und meine heiße Liebe. Du glaubst nicht wirklich, dass Ranger ihm etwas antun wird, oder?«

»Ranger und Tank sind wie Brüder.«

»Ja, aber denk mal an *Der Pate.* Sie haben den armen Fredo umgelegt.«

»Ranger wird Tank sicher nicht umlegen.«

Ich nahm an, dass Ranger sich insgeheim über die Sache im Gefängnis gewaltig amüsieren würde.

»Was steht heute auf dem Plan?«, erkundigte sich Lula.

»Ich möchte nach Jeanine und Charlene und Larry Burlew sehen. Willst du mitkommen?«

»Zum Teufel, ja. Nach all dem Süßkram fühle ich mich, als wäre ich seekrank. Und was ist das hässliche rote Ding da mitten auf deiner Stirn? Du kratzt dauernd dran herum. Und auf deiner Backe hast du noch so was.«

Ich rannte ins Badezimmer und warf einen Blick in den Spiegel. Pusteln! Verdammter Mist.

Wir hielten zuerst an einem Drugstore, um eine Salbe zu kaufen. Dann fuhren wir zum Kraftfahrzeugamt. Charlene stand hinter dem Schalter und wirkte richtig glücklich. Sie winkte uns zu, als sie uns sah, und wir gingen an der Schlange vorbei nach vorne.

»Entschuldigen Sie bitte«, wandte sich Lula an die Leute, die zu murren begannen. »Wir sind hier auf Amor-Patrouille. Und Sie müssen Ihre Einstellung ändern, sonst wird Amor Sie in diesem Jahr nicht besuchen.«

»Danke nochmals, dass Sie auf meine Kinder aufgepasst haben«, sagte Charlene.

»Kein Problem. Ich wollte mich nur erkundigen, ob alles gut gelaufen ist.«

»Besser als gut«, erwiderte Charlene. »Was haben Sie da im Gesicht?«

»Das ist doch wirklich schön«, meinte Lula, als wir das Gebäude wieder verließen. »Durchströmt dabei nicht Wärme deinen ganzen Körper? Ich habe dir doch gesagt, dass Liebe in der Luft liegt.«

Unser nächstes Ziel war Larry Burlews Metzgerei.

Burlew bediente gerade einen Kunden, also stellten Lula und ich uns an die Seite und warteten. Ich schaute über die Straße zu dem Café hinüber und sah, dass Jet mir zuwinkte. Sie lächelte und streckte ihre Daumen in die Höhe. Ich erwiderte ihre Geste.

Als der Kunde den Laden verlassen hatte, ging ich auf Burlew zu. »Wie ist das Abendessen gelaufen?«, erkundigte ich mich.

»Es war wunderbar. Das Fleisch war perfekt. Und wir haben Babykarotten und Frühkartoffeln dazu gegessen. Und gestern Abend haben wir uns ein Lammkarree gemacht, und es war einfach sensationell.«

»Ja, gut, aber sind Sie auch auf Ihre Kosten gekommen?«, wollte Lula wissen.

»Natürlich«, erwiderte Burlew. »Es war jede Menge da. Und übrig geblieben ist auch noch was.«

Lula warf mir einen Blick zu. »Ich werde Diesel bitten müssen, ein vertrauliches Gespräch mit ihm zu führen.«

»Ich habe für heute Abend für Jet und mich einen Tisch in einem Restaurant reserviert«, fuhr Burlew fort. »Heute ist Valentinstag.« Er musterte mich genauer. »Haben Sie einen Ausschlag? Das könnte eine allergische Reaktion auf etwas sein. Haben Sie in letzter Zeit Krustentiere gegessen?«

»Ich wünsche Ihnen einen wunderschönen Abend«, sagte ich zu ihm und versuchte, mich nicht an der Stirn zu kratzen. »Rufen Sie mich an, wenn Sie weitere Hilfe brauchen.«

»Ist er nicht ein süßes Knuddelchen?«, meinte Lula, als sie sich in den Escape setzte. »Diese Jet hat wirklich Glück. Nicht jedes Mädchen bekommt einen Mann, der so viel von Fleisch versteht wie er.«

Ich warf einen Blick in den Rückspiegel und trug noch mehr Salbe auf.

Es war ein Arbeitstag, also war Jeanine sicher in der Knopffabrik und nicht zu Hause zu erreichen. Ich versuchte es deshalb auf ihrem Handy.

»Hallo«, meldete sie sich.

»Hier ist Stephanie Plum. Ich wollte mich nur vergewissern, dass alles in Ordnung ist. Warum höre ich keine Maschinengeräusche im Hintergrund?«

»Ich bin zu Hause und habe den schlimmsten Kater, den es jemals auf dieser Welt gegeben hat.«

»Wie ist es gestern Abend gelaufen?«

»Ich glaube, ganz gut. Ich kann mich nicht mehr an viel erinnern, aber er war immer noch hier, als ich heute Morgen aufgewacht bin. Das ist doch ein gutes Zeichen, oder?«

»Aber ja!«

»Wie sich herausgestellt hat, war er nicht mehr jungfräulich, aber er hatte auch nicht viel Erfahrung, also haben wir uns gemeinsam den Film angeschaut und einiges ausprobiert, bis wir dann irgendwann weggepennt sind. Wie auch immer, heute Morgen hat er mir Blumen geschickt, und heute Abend gehen wir zusammen aus.«

»Wow, das klingt großartig, Jeanine. Ich freue mich sehr für Sie.«

»Ja, ich freue mich auch, aber ich muss jetzt auflegen, weil ich mich übergeben muss.«

»Ich glaube, Bob hat sich nach all diesem Romantikscheiß eine große Portion Pommes frites verdient«, sagte Lula. »Er hat die ganze Zeit über brav auf dem Rücksitz gesessen, aber er sieht hungrig aus.«

»Bob hat heute Morgen die Couch aufgefressen.«

»Also gut, ich bin diejenige, die die große Portion Fritten braucht. Ich brauche Kohlenhydrate und Fett, um die viele Schokolade auszugleichen.«

Ich hielt vor dem Drive-Through-Schalter von Cluck-in-a-Bucket und bestellte eine Riesenportion Pommes frites, zwei Dosen Soda und einen Cheeseburger für Bob. Dann fuhr ich auf den Parkplatz von Bucket und warf Bob den Burger zu.

Diesel stellte seine Corvette neben meinem Wagen ab, stieg aus und beugte sich zu meinem Fenster herunter. »Meine Güte, ist das eine Pustel auf deiner Stirn? Schätzchen, das ist ein Riesending.«

»Hast du auch einen Ausschlag?«

»Nein«, erwiderte Diesel. »Mein Immunsystem ist außergewöhnlich stark.«

»Er ist gut«, bemerkte Lula. »Er hat dich gefunden, ohne dich anzurufen. Er ist wie Ranger.«

»Ich bin verwanzt«, erklärte ich Lula.

»Du meinst, wie bei diesem James-Bond-Mist? Wenn er Informationen von diesem Alphabet-Menschen bekommt? Wie hieß der noch mal gleich? M? Q? Z?«

»Gibt es einen Spezialagenten bei den Unerwähnbaren, der diese Wanzen für dich besorgt?«, fragte ich Diesel.

»Nein. Das kleine Teufelsinstrument habe ich im Internet ersteigert. Bei Ebay. Zu einem wirklich guten Preis. Es ist nur einmal benutzt worden – von einem Mann, der den Verdacht hatte, dass seine Frau ihn betrügt. Ich wollte dir nur sagen, dass Annie alles vorbereitet hat. Der Friedensrichter wird Punkt vier Uhr im Haus deiner Eltern sein.«

Lula legte ihre Pommes Frites zur Seite. »Was soll das denn heißen?«

»Das ist eine lange Geschichte«, erwiderte ich. »Die Kurzfassung davon ist, dass Diesel und ich vorgeben zu heiraten, damit wir Kloughn dazu bringen, Valerie zu heiraten.«

»Weiß Morelli davon?«

»Wir tun doch nur so.«

»Ich will gar nicht fragen, ob Ranger davon weiß. Der arme alte Diesel wäre ein toter Mann, wenn Ranger das wüsste.«

Ich warf Diesel einen Blick zu.

»Vielleicht«, meinte Diesel. »Aber das ist nicht sehr wahrscheinlich. Mich umzubringen ist nicht leicht. Ich muss mich dafür nicht in Schale werfen, oder?«

»Ihr solltet mich besser dazu einladen«, warf Lula ein. »Wenn du heiratest, ohne mich dazu einzuladen, werde ich stinksauer. Und wenn du deinen Job behalten willst, solltest du auch Connie einladen.«

»Es ist keine richtige Hochzeit«, erklärte ich ihr.

»Zur Hölle, das interessiert mich nicht. Vorgetäuscht. Echt. Es ist eine Hochzeit. Gibt es eine Torte?«

»Keine Torte.«

»Was für eine arschbillige Hochzeit ist das denn? Ohne Torte?«

»Sie hat recht«, meinte Diesel. »Wir sollten eine Torte besorgen.«

»Ich sehe schon, dass *ich* das in die Hand nehmen muss«, sagte Lula. »Also, wir werden Folgendes machen. Ihr setzt mich im Büro ab. Ich werde Connie abholen, und wir werden eine Torte besorgen. Dann kannst du in der Zwischenzeit mit Diesel und Bob die Gäste begrüßen. Es ist schon fast vier Uhr.«

»Es gibt keine Gäste«, erklärte ich. »Die Hochzeit findet im engsten Familienkreis statt.«

»Wie auch immer«, meinte Lula. »Jetzt aber mal dalli, dalli.«

»Wie ist es mit Bernie gelaufen?«, frage ich Diesel, als wir uns auf dem Weg zum Haus meiner Eltern befanden.

»Er ist wieder bei Betty. Zumindest für eine Weile. Und er hat seine Fähigkeit verloren, anderen Menschen einen Ausschlag anzuhängen. Wenn wir Kloughn unter die Haube gebracht haben, ist alles erledigt, und du kannst Annie haben.«

»Wahrscheinlich wird die Klage sowieso fallen gelassen. Und falls nicht, werde ich dafür sorgen, dass sie sofort auf Kaution wieder freikommt, damit sie nicht im Gefängnis schmoren muss.«

»Das weiß ich zu schätzen«, sagte Diesel. »Sie kommt von einem anderen Planeten, aber sie ist ein netter Mensch.«

13

»Was für eine Überraschung«, sagte meine Mutter, als Diesel, Bob und ich zur Tür hereinkamen. »Bleibt ihr zum Abendessen?« Ihre Augen weiteten sich. »Was hast du da auf deiner Stirn?«

»Das ist ein Ausschlag, und wir kommen nur kurz auf einen Besuch vorbei.«

»Du hattest noch nie einen Ausschlag«, meinte meine Mutter. »Ich wusste nicht, dass du dafür anfällig bist.«

Grandma kam aus der Küche angelaufen. »Na, sieh mal einer an! Das ist aber eine unerwartete Freude!«

»Danke«, sagte Diesel.

Ich stieß ihn mit meinem Ellbogen an. »Damit meint sie Bob.«

Hinter uns wurde eine Wagentür zugeschlagen, und Mary Alice rannte ins Haus, gefolgt von Angie, Albert und Valerie mit dem Baby. Alle hatten sich fein gemacht.

»Meine Güte«, stieß meine Mutter hervor. »Was ist hier los?«

»Hast du es ihr nicht gesagt?«, fragte Valerie.

»Nein. Ich bin gerade erst gekommen.«

»Na, dann tu es jetzt!«, forderte Valerie mich auf. »Das ist so aufregend!«

Es klingelte an der Tür. Es war Annie mit dem Friedensrichter.

»Gütiger Himmel«, sagte sie, als sie einen Blick auf meine Stirn geworfen hatte.

Annie war von Kopf bis Fuß mit Pusteln übersät, aber sie heilten bereits ab, und sie hatte sie mit weißer Salbe und Make-up gleichmäßig abgedeckt. Mein Vater saß im Wohnzimmer vor dem Fernseher. Er stellte den Ton lauter und ließ sich noch tiefer in seinen Sessel sinken.

Ich schaute Diesel an. Er wippte auf den Fersen und grinste. »Mach schon, Schatz«, sagte er. »Überbring ihnen die guten Nachrichten.«

»Es ist so weit«, verkündete ich.

»Was?«, wollte Grandma wissen. »Was?«

»Diesel und ich haben beschlossen zu heiraten. Heute.«

Meine Mutter wurde blass und bekreuzigte sich. »Heilige Maria, Mutter Gottes …«

»Was ist mit Joseph?«, fragte Großmutter.

Ich spürte Panik in mir aufsteigen und sah Diesel nach Hilfe flehend an.

»Der ist gerade verreist«, warf Diesel rasch ein.

Unwillkürlich stieß ich einen erstickten Laut aus. »Sehr witzig.«

»Mir ist nichts anderes eingefallen«, flüsterte Diesel. »Bei solchem Scheiß bin ich nicht gut.«

Meine Mutter atmete tief durch. »Du bist schwanger«, sagte sie.

»Nein!«

»Ist das nicht großartig?«, gluckste Valerie. »Zwei neue Babys!«

Mein Vater sprang auf. »Babys? Wer bekommt hier ein Baby?«

»Stephanie«, antwortete Valerie. »Sie bekommt ein Baby, und sie will heiraten.«

Mein Vater sah sich verblüfft im Zimmer um. Kein Joe. Kein Ranger. Dann blieb sein Blick an Diesel hängen. »Nicht dieser Verrückte«, sagte er.

Diesel stieß einen Seufzer aus.

Mein Vater wandte sich an meine Mutter. »Gib mir das Tranchiermesser. Und vergewissere dich, dass es scharf ist.«

Es klingelte wieder an der Tür, und Lula und Connie kamen mit einer Torte hereingestürmt. Es war ein riesiger Hochzeitskuchen. Drei Schichten, und ganz oben der Bräutigam und die Braut.

»Wir haben tatsächlich noch eine Torte auftreiben können«, schnaufte Lula. »Mary Beth Krienski hat kalte Füße bekommen und ihre Hochzeit am Wochenende abgesagt. Und wir haben diesen supertollen Kuchen zu einem Spottpreis bekommen. Die Konditorei wollte ihn schon in den Müll befördern. Wir sind gerade noch rechtzeitig gekommen.«

»Es ist eine Bisquittorte mit Zitronencreme zwischen den einzelnen Schichten«, erklärte Connie.

»Stellt den Kuchen auf den Tisch im Esszimmer«, befahl Grandma. »Sehe ich gut aus für die Fotos? Sitzt meine Frisur?«

Fotos! Val würde Hochzeitsfotos haben wollen. »Ich habe nicht daran gedacht, einen Fotoapparat mitzubringen«, gestand ich.

»Schon in Ordnung«, erwiderte Valerie. »Ich habe meine Kamera dabei.«

»Ja, und Connie und ich haben bei einem Laden angehalten und uns eine dieser Einwegkameras besorgt«, erzählte Lula.

»Die Braut muss auf jeden Fall fotografiert werden«, sagte Grandma.

Alle Blicke waren plötzlich auf mich gerichtet. Ich war an diesem Morgen überstürzt aus dem Haus gelaufen. Ich trug immer noch die Klamotten, die ich rasch vom Boden aufgeklaubt hatte, und ich hatte eine Baseballkappe auf dem Kopf. Und auf meinem Gesicht blühten zwei riesige rote Pusteln.

»Keine Sorge, Schätzchen«, sagte Diesel zu mir. »Ich finde, du siehst… süß aus.«

Ich stellte Annie und den Friedensrichter den anderen vor, und Albert Kloughn bekam einen Schweißausbruch.

»Sie kamen mir gleich bekannt vor«, sagte er zu Annie. »Wir sind uns schon einmal begegnet, aber das ist schon eine Weile her.«

Annie lächelte ihn an. »Wie schön, Sie wiederzusehen, Albert.«

Albert trug einen Anzug und eine Krawatte und zerrte an seinem Hemdkragen. »Ich bekomme keine Luft«, schnaufte er.

»Ich will jetzt sofort heiraten«, rief ich.

»Wir müssen noch einige Papiere unterzeichnen«, erklärte Annie. »Albert, du unterschreibst hier als Trauzeuge. Und Valerie auch. Und hier für Stephanie.«

Ich sah zu, wie Diesel unterschrieb. »Nur Diesel?«, fragte ich ihn. »Kein Nachname?«

»Das ist alles, was ich bieten kann«, erwiderte er. »Mein Name lautet Diesel.«

»Ich muss aufs Klo«, sagte Albert.

»Nein!«, antwortete ich. »Das wirst du dir noch verkneifen müssen. Und jetzt gehen alle auf ihre Plätze. Valerie, du stellst dich neben mich. Und du, Albert, stehst neben Diesel.«

Der Friedensrichter trat in Aktion und zückte rasch sein kleines Buch, in dem sein Text für die Feier stand.

Lula schoss ein Bild, und meine Mutter begann zu weinen.

Albert stand wie angewurzelt da. Sein Gesicht war blass, aber auf seinen Wangen zeichneten sich rote Flecken ab. Diesel packte Albert am Rücken seines Jacketts und zog ihn näher zu sich heran, sodass wir alle vier nebeneinander in einer Reihe standen.

»Können wir beginnen?«, fragte der Friedensrichter.

»Ja«, antwortete ich. »Aber wir müssen noch die Plätze tauschen. Heiraten werden hier jetzt Valerie und Albert.«

Albert ging in die Knie, doch Diesel zog ihn wieder hoch und hielt ihn an seinem Jackett fest.

Der Richter fing an, aus seinem Skript vorzulesen. »Liebe Gemeinde …«

»Überfliegen Sie alles, bis zu dem Teil, in dem man gefragt wird, ob man will«, unterbrach ich ihn.

Der Friedensrichter blätterte einige Seiten in seinem Buch um.

»Ich muss mich übergeben«, sagte Albert.

»Mann, schlucken Sie es runter«, befahl ihm Diesel.

Alberts Knie gaben wieder nach. »Bei Hochzeiten reagiere ich immer so.«

»Es ging Ihnen noch gut, als Sie dachten, es wäre meine Hochzeit«, sagte Diesel. »Stellen Sie sich einfach vor, ich würde heiraten.«

»Das kann ich nicht«, jammerte Albert. »Ich bin nicht gut darin, mir Sachen vorzustellen.«

»Wir könnten eine Doppelhochzeit feiern«, schlug Valerie vor. »Gleichzeitig. Dann könnte sich Albert auf seine Rolle als Trauzeuge konzentrieren.«

Ich spürte, wie eine weitere Pustel an meinem Kinn hervorbrach. »Ich brauche meine Salbe«, sagte ich. »Jemand muss mir meine Salbe holen.«

»Das ist keine schlechte Idee«, meinte Annie. »Das Universum hätte eine Sorge weniger, wenn Diesel verheiratet wäre.«

»Ich heirate Diesel aber nicht!«, erklärte ich Annie.

»Hey«, warf Diesel ein. »Eine Menge Frauen würden alles dafür geben, um mich zu angeln.«

»Ich gehöre aber nicht zu diesen Frauen.«

»Ach was?« Diesel verlagerte Albert von einer Hand in die andere. »Können wir jetzt weitermachen? Dieser Kerl wird allmählich schwer.«

»Würdest du mich tatsächlich heiraten?«, fragte ich Diesel.

»Nicht für immer und ewig, aber für eine Nacht würde es mir Spaß machen.«

Gütiger Himmel.

»Ich bin verwirrt«, meldete sich mein Vater zu Wort. »Wer heiratet?«

»Albert und Valerie heiraten«, erklärte ich. Ich wandte mich an Albert. »Du hast jetzt die Wahl. Entweder ziehst du das mit offenen Augen durch, oder ich hole meinen Elektroschocker. Dann wirst du mit geschlossenen Augen und zuckenden Gliedern auf dem Boden liegend die Ehe eingehen. Meine Schwester ist wieder schwanger, und ich werde dafür sorgen, dass sie endlich heiratet.«

Albert stand der Mund offen, und seine Augen waren glasig.

»Ich gehe davon aus, dass er sich dafür entschieden hat, die Augen offen zu behalten«, sagte ich zu dem Friedensrichter. »Fangen Sie an, Ihren Text vorzulesen. Und beeilen Sie sich.«

»Wollen Sie …«, wandte sich der Friedensrichter an Albert.

»Er will«, antworteten wir alle einstimmig.

»Ich auch«, fügte Valerie hinzu.

Und somit waren Valerie und Albert verheiratet.

»Lasst uns die Torte anschneiden«, sagte Lula.

Meine Großmutter kam mit einem Kuchenmesser angetrabt, und wir versammelten uns um die Torte. Sie sah wunderbar aus, nur hatte Bob leider an einer Seite den Zuckerguss abgeschleckt.

»So ist es besser«, meinte Grandma. »Normalerweise kann man sich immer aussuchen, ob man weißes oder rotes Fleisch essen möchte. Hier geht es darum, ob man Glasur möchte oder nicht.«

Ich lief die Treppe zum Badezimmer hinauf, um nach Salbe zu suchen.

Diesel folgte mir eine Minute später und brachte mir ein Stück Kuchen mit. »Das war sehr nett von dir, was du für deine Schwester getan hast«, sagte er.

»Wie geht es Albert?«

»Er ist außer sich vor Glück.«

»Ich glaube, er hat die wahre Liebe gefunden.«

Diesel nickte und reichte mir das Kuchenstück. »Ich muss gehen. Ich habe einen neuen Auftrag erhalten.«

»So schnell?«

»Ja, aber ich werde zurückkommen. Du schuldest mir noch eine Nacht.«

»Ich schulde dir keine Nacht!«

»Ich habe es bis zum Ende durchgezogen«, sagte Diesel. »Das muss doch etwas wert sein.«

»Wie wäre es mit einem Bier und einer Pizza?«

»Das wäre ein Anfang«, erwiderte Diesel. »Und mach dir keine Sorgen wegen Delvina. Ich habe ihn in eine Kröte verwandelt.«

Es klingelte, und Grandma öffnete.

»Stephanie«, rief sie nach oben. »Hier ist jemand von einem Lieferdienst, der eine Menge Blumen für dich hat. Er sagt, dass zwei Sträuße eigentlich in deine Wohnung geliefert werden sollten, aber ich habe ihm gesagt, er könne alle hier abgeben.«

Ich ging von Diesel gefolgt nach unten und nahm Grandma drei Schachteln ab.

In dem ersten Karton lag eine wunderschöne langstielige rote Rose. Keine Karte.

In der zweiten Schachtel befanden sich ein Dutzend gelbe Rosen. Auf der beiliegenden Karte stand: ALLES LIEBE, JOE.

In dem dritten Karton lag ein Strauß Gänseblümchen. Auf der Karte stand gekritzelt: … NORMALERWEISE IST DER VALENTINSTAG ECHT BESCHISSEN.

In diesem Jahr war das nicht so gewesen, wie ich fand.

Ich spürte, wie mir jemand einen zarten Kuss auf den Nacken gab, und drehte mich zu Diesel um. Aber hinter mir auf der untersten Stufe befand sich nur die Tortenplatte.

Glücksklee und Koboldküsse

Ein Stephanie-Plum-Roman

Ins Deutsche übertragen
von Ulrike Laszlo

Ich möchte mich bei Alex Evanovich, Peter Evanovich und meiner Freundin und Lektorin bei St. Martin's Press SuperJen Enderlin für ihre unschätzbare Unterstützung bedanken.

1

Meine Mutter und meine Großmutter haben sich nach Kräften bemüht, mich zu einem braven Mädchen zu erziehen. Mit dem Begriff »Mädchen« habe ich kein Problem – ich mag Männer, Shoppen und jede Menge Kohlenhydrate. Wenn auch nicht unbedingt in dieser Reihenfolge. Was das »brav sein« allerdings anbelangt, da habe ich manchmal so meine Schwierigkeiten. Ich klaue zwar keine Autos oder schnüffle Klebstoff, dafür plagen mich aber ziemlich viele unreine Gedanken. Und einige davon habe ich auch schon in die Tat umgesetzt. Einmal zum Beispiel habe ich den Kleiderschrank eines Mannes durchwühlt, weil ich scharf auf seine Unterwäsche war. Oberflächlich betrachtet klingt das nicht nach einem wirklich heißen Erlebnis, aber es handelte sich nicht um einen gewöhnlichen Typen, und ich konnte seltsamerweise überhaupt keine Unterwäsche bei ihm finden.

Meine Mutter und meine Großmutter Mazur sind wirklich brave Leute. Sie beten jeden Tag und gehen regelmäßig zur Kirche. Ich hingegen habe zwar immer gute Absichten, aber Religion ist für mich wie Tennis. Ich spiele in Gedanken ein ausgezeichnetes Match, und vor meinem geistigen Auge sehe ich in diesem knappen weißen Röckchen großartig aus, aber in Wahrheit setze ich nie auch nur einen Fuß auf den Court.

Normalerweise beschleichen mich unter der Dusche Gedanken an das Spirituelle und Mystische, und dann stellen sich mir Fragen über das Unbekannte. Wie zum Beispiel: Gibt es ein Leben nach dem Tod? Und was genau ist Kollagen? Und was wäre, wenn es Wonder Woman tatsächlich gäbe? Wenn sie sich so zurückgezogen verhielte, dass man sie nie zu Gesicht bekäme?

Heute ist St. Patrick's Day, der Gedenktag zu Ehren des irischen Nationalheiligen St. Patrick, und als ich heute Morgen unter der Dusche stand, dachte ich über das Glück im Leben nach. Wie funktioniert es? Warum haben manche Menschen ständig Glück und andere so gut wie nie? Virgil meint, das Glück sei mit den Mutigen. Zumindest habe ich das letzte Woche an der Tür des Damenklos im Kino gelesen. Ich kenne Virgil zwar nicht persönlich, aber seine Denkweise gefällt mir. Trotzdem muss es noch an etwas anderem liegen als nur an Mut. An Dingen, die wir nicht verstehen.

Mein Name ist Stephanie Plum, und ich versuche, alles Unbegreifliche morgens unter der Dusche zu lassen. Das Leben ist so schon hart genug, da muss man nicht auch noch den ganzen Tag herumlaufen und sich den Kopf darüber zerbrechen, warum Gott Cellulitis erfunden hat. Ich arbeite als Detektivin für das Kautionsbüro meines Cousins Vinnie in Trenton, New Jersey und verbringe meine Tage damit, Verbrecher zu jagen, die sich auf Dachböden verstecken. Es war kurz nach neun Uhr morgens, und ich stand mit Lula, meiner Begleiterin, auf dem Gehsteig vor dem Kautionsbüro.

»Du bist ein Feiertagsmuffel«, sagte Lula. »Immer wenn

wir einen Feiertag haben, machst du nicht mit. Heute ist St. Patrick's Day, und du hast nichts Grünes an. Du kannst von Glück sagen, dass wir keine Feiertagspolizei haben, denn die würden deinen knochigen Hintern in den Kerker für Drückeberger schleifen.«

»Ich habe nichts Grünes.« Okay, ich besaß ein olivgraues T-Shirt, aber es war schmutzig.

»Ich habe viele grüne Sachen. Mir steht Grün«, erklärte Lula. »Aber mir stehen alle Farben. Vielleicht mit Ausnahme von Braun, weil sich das nicht von meiner Hautfarbe abhebt. Braun ist zu viel des Guten für mich.«

Lula bewegt sich in vielen Dingen im Grenzbereich, was das zu viel des Guten betrifft. Lula ist nicht wirklich fett; eigentlich ist sie eher zu klein für ihr Gewicht, und ihre Kleidung ist zu eng für ihre üppigen Kurven. Sie ist ein hundertprozentiges Jersey Girl, und heute glänzte ihr Haar so knallrot wie ein Liebesapfel. Sie hatte sich in eine kleeblattgrüne Spandexhose mit aufgedruckten Tiermotiven gezwängt und in ein dazu passendes grünes, mit Pailletten besetztes Stretchtop. Dazu trug sie dünkelgrüne wildlederne Stiefeletten mit Pfennigabsätzen. Lula war früher auf den Strich gegangen, bevor sie den Job im Kautionsbüro angenommen hatte, und ich schätzte, dieses Outfit stammte aus ihrer damaligen Kleiderkollektion.

Ehrlich gesagt komme ich mir in Lulas Gegenwart manchmal ein wenig langweilig und unglaublich blass vor. Ich habe ungarische und italienische Vorfahren, doch mein Aussehen lässt eher an Osteuropa als an die Mittelmeerregion denken. Ich habe schulterlange, gewöhnliche braune Locken, blaue Augen und eine hübsche Nase, die ich von der Mazur-Seite der Familie geerbt habe. Ich trug wie üblich Jeans und Turnschuhe und ein langärmliges T-Shirt mit dem Logo der Rangers, meines Lieblings-Eishockeyteams. Draußen waren gerade mal zehn Grad, und Lula und ich hatten uns in Kapuzensweatshirts gehüllt. Auf Lulas Sweatshirt stand KÜSS MICH – ICH BIN IRISCH. Meines war grau und hatte einen kleinen Schokoladeneisfleck am Ärmelbündchen.

Lula und ich waren auf dem Weg zu Cluck-In-A-Bucket, um uns einen Lucky-Clucky-Milchshake zu besorgen, und Lula kramte in ihrer Handtasche nach ihren Autoschlüsseln.

»Ich weiß genau, dass diese Schlüssel hier irgendwo sind«, sagte Lula. Sie zog den Inhalt ihrer Tasche hervor und legte alles auf die Motorhaube ihres Wagens. Kaugummi, Fettstift, einen Elektroschocker, ein Handy, eine vernickelte Glock Kaliber .40, Tic Tacs, eine Dose Tränengas, eine Stimmungskerze, eine Taschenlampe, Handschellen, einen Schraubenzieher, ein Fläschchen Nagellack, die Derringer mit dem Perlmuttgriff, die sie als Valentinstagsgeschenk von Tank, ihrem Schatz, bekommen hatte, einen musikalischen Flaschenöffner, eine Rolle Klopapier, Tabletten gegen Sodbrennen …

»Einen Schraubenzieher?«, fragte ich sie.

»Man weiß nie, wann man einen braucht. Du würdest dich wundern, was man mit einem Schraubenzieher alles machen kann. Ich habe auch extrastarke Kondome mit Kirschgeschmack hier drin. Weil man nie weiß, wann Tank plötzlich ein paar schöne Momente braucht.«

Lula fand endlich ihren Schlüssel, wir schoben uns in ihren roten Firebird, und sie parkte aus und fuhr los. Von der Hamilton Avenue bog sie in die Columbus Avenue ein, und wir beide starrten auf die grauhaarige, drahtige alte Lady einen Block vor uns. Die Frau trug weiße Tennisschuhe, eine hellgrüne Stretchhose und eine graue Wolljacke. In der einen Hand hielt sie eine weiße Tüte aus einer Bäckerei, mit der anderen umklammerte sie den Riemen einer großen Reisetasche aus Segeltuch. Und sie mühte sich ab, die Tasche über den Bürgersteig zu schleifen.

Lula spähte mit zusammengekniffenen Augen durch die Windschutzscheibe. »Entweder ist das Kermit der Frosch oder deine Großmutter.«

Grandma Mazur lebt bei meinen Eltern, seit Grandpa Harry seine Reise ins himmlische Transfettsäuren-Reich angetreten hatte. Grandma war schon die ersten siebzig Jahre ihres Lebens ein verkappter Freigeist gewesen. Als dann mein Großvater starb, gab es für sie kein Halten mehr, und nun lässt sie sich von niemandem mehr etwas vorschreiben. Ich persönlich halte das für großartig … aber ich muss auch nicht mit ihr unter einem Dach leben.

Ein Wagen schlingerte um die Ecke und bremste ruckartig neben Grandma ab.

»Der Wagen scheint ohne Fahrer zu fahren«, meinte Lula. »Ich sehe keinen Kopf.«

Die Fahrertür flog auf, und ein kleiner Mann sprang aus dem Wagen. Er war dünn, hatte lockiges, kurz geschnittenes graues Haar und trug eine grüne Hose.

»Sieh dir das an«, sagte Lula. »Deine Großmutter trägt Grün, und der winzige Mann trägt Grün. Alle tragen Grün, nur du nicht. Kommst du dir nicht wie eine Spielverderberin vor?«

Der kleine Mann sprach auf meine Großmutter ein, und Grandma wirkte nicht sehr glücklich. Sie wich Zentimeter für Zentimeter zurück, und der kleine Mann schnappte sich den Riemen der Reisetasche und riss ihn Grandma mit einem Ruck aus der Hand. Grandma verpasste dem Mann mit ihrer großen schwarzen Handtasche einen Schlag gegen die Schläfe, und er fiel auf die Knie.

»Sie schlägt sich sehr gut, wenn man bedenkt, wie alt und klapprig sie ist«, meinte Lula.

Grandma schlug noch einmal auf den Mann ein. Er packte sie, und beide gingen zu Boden. Ineinander verschlungen rollten sie auf dem Bürgersteig herum und traten und schlugen aufeinander ein.

Ich stieß die Wagentür auf, schwang mich aus dem Firebird und stürzte mich ins Getümmel. Ich zerrte den kleinen Mann von Grandma weg und hielt ihn eine Armeslänge von mir entfernt fest.

Er drehte und wand sich, gab grunzende Laute von sich und ruderte mit den Armen. »Lassen Sie mich los!«, kreischte er mit vor Anstrengung gepresster Stimme. »Wissen Sie überhaupt, wer ich bin?«

»Geht's dir gut?«, fragte ich Grandma.

»Natürlich geht's mir gut«, erwiderte Grandma. »Und ich hätte auch ohne dich gewonnen. Hast du nicht gesehen, dass ich kurz davor war, ihn zu besiegen?«

Die Pfennigabsätze ihrer Stiefel klapperten auf dem Gehsteig, als Lula herüberkam. Sie packte Grandma unter den Achseln, zog sie hoch und stellte sie auf die Füße.

»Wenn ich groß bin, will ich so werden wie Sie«, erklärte Lula meiner Großmutter.

Ich richtete meine Aufmerksamkeit wieder auf den kleinen Mann, aber er war mir entwischt. Die Tür seines Wagens schlug zu, der Motor sprang an, und der Wagen raste die Straße hinunter.

»Ein hinterhältiger kleiner Mistkerl«, stellte Lula fest. »Gerade noch hattest du ihn fest im Griff, und jetzt fährt er einfach davon.«

»Er hatte es auf meine Tasche abgesehen«, erklärte Grandma. »Könnt ihr euch das vorstellen? Er hat behauptet, dass sie ihm gehört, also forderte ich ihn auf, das zu beweisen. Da versuchte er, damit abzuhauen.«

Ich warf einen Blick auf die Tasche. »Was ist da drin?«

»Das geht dich nichts an.«

»Was ist in der Tüte von der Bäckerei?«

»Gefüllte Donuts.«

»Gegen einen gefüllten Donut hätte ich nichts einzuwenden«, sagte Lula rasch. »Ein Donut würde sehr gut zu einem Lucky-Clucky-Milchshake passen.«

»Ich liebe diese Milchshakes«, erklärte Grandma. »Ich teile meine Donuts mit euch, wenn ihr mich auf einen Milchshake einladet, aber Finger weg von meiner Reisetasche. Niemand darf in meiner Reisetasche herumschnüffeln.«

»Sie haben doch keine Leiche dort drin versteckt, oder?«, wollte Lula wissen. »Ich transportiere in meinem Firebird nicht gern Leichen. Das widerspricht dem Feng-Shui-Prinzip.«

»Eine Leiche könnte ich hier nicht unterbringen«, entgegnete Grandma. »Die Tasche ist viel zu klein dafür.«

»Es könnte sich um einen Kobold handeln, einen kleinen grünen Leprechaun«, meinte Lula. »Schließlich ist heute St. Patrick's Day. Wenn Sie einen Kobold entführt hätten, könnten Sie ihn dazu bringen, Sie zu seinem Goldtopf zu führen.«

»Da bin ich mir nicht sicher. Ich habe gehört, dass man sich vor diesen Kobolden in Acht nehmen sollte. Sie scheinen recht durchtrieben zu sein«, erwiderte Grandma. »Wie auch immer, ich habe keinen Kobold in der Tasche.«

Am Tag nach dem St. Patrick's Day wachte ich neben Joe Morelli auf, meinem fast festen Freund. Morelli ist Polizist in Trenton, und wenn es um unreine Gedanken geht, sehe ich neben ihm wie eine Amateurin aus. Nicht, dass er pervers oder sonderbar wäre. Er ist einfach nur im Vollbesitz seiner Manneskräfte. Morelli hat welliges schwarzes Haar, ausdrucksvolle braune Augen, einen ständigen Anflug von Bartstoppeln, ein Adlertattoo aus seiner Zeit bei der Navy und einen durchtrainierten, muskulösen Körper, der schlichtweg zum Anbeißen ist. Vor Kurzem erst hatte er ein kleines Häuschen von seiner Tante Rose geerbt und war einigermaßen häuslich geworden. Unsere beruflichen Verpflichtungen und ein starker Selbsterhaltungstrieb halten uns davon ab, ständig zusammenzuleben. Aufrichtige Zuneigung und unreine Gedanken treiben Morelli in mein Bett, wenn unser Terminkalender es zulässt. An den grellen Sonnenstrahlen, die in mein Schlafzimmer fielen, konnte ich erkennen, dass Morelli verschlafen hatte. Ich drehte mich um, um einen Blick auf den Wecker zu werfen, und Morelli schlug die Augen auf.

»Ich bin spät dran«, stellte er fest.

»Wie schade«, erwiderte ich. »Ich hatte große Pläne für diesen Morgen.«

»Und die wären?«

»Ich wollte Dinge mit dir anstellen, für die es noch nicht einmal einen Namen gibt. Wirklich heiße Sachen.«

Morelli lächelte mich an. »Vielleicht könnte ich noch ein paar Minuten erübrigen …«

»Für das, was ich vorhabe, bräuchtest du mehr als ein paar Minuten. Es könnte Stunden dauern.«

Morelli stieß einen tiefen Seufzer aus und rollte sich aus dem Bett. »So viel Zeit habe ich nicht. Und ich bin lange genug mit dir zusammen, um zu wissen, wann du mich auf den Arm nimmst.«

»Zweifelst du an meinen Absichten?«

»Schätzchen, manchmal lege ich mich echt ins Zeug und versuche, dich zum Sex wachzukitzeln. Aber wenn du dann wach bist, kannst du nur noch an Kaffee denken.«

»Das stimmt nicht.« Manchmal dachte ich an Pfannkuchen und Donuts.

Morellis großer, hellbrauner struppiger Hund kletterte auf das Bett und legte sich in die Kuhle, die Morelli zurückgelassen hatte.

»Ich sollte bereits vor zehn Minuten bei einer Einsatzbesprechung gewesen sein«, erklärte Morelli. »Wenn du Bob rausbringst, damit er sein Geschäft machen kann, springe ich rasch unter die Dusche. Dann treffen wir uns auf dem Parkplatz, und ich versäume nur die erste Hälfte der Besprechung.«

Fünf Minuten später übergab ich Bob seinem Herrchen und schaute Morelli hinterher, wie er mit seinem SUV davontuckerte. Ich ging zurück in das Gebäude, fuhr mit dem Aufzug in den ersten Stock und ging in meine Wohnung. Nachdem ich in die Küche geschlurft war und die Kaffeemaschine angestellt hatte, klingelte das Telefon.

»Deine Großmutter ist verschwunden«, sagte meine Mutter. »Als ich heute Morgen aufstand, war sie weg. Sie hat einen Zettel mit der Nachricht hinterlassen, dass sie sich auf den Weg gemacht habe. Ich habe keine Ahnung, was das bedeuten soll.«

»Vielleicht ist sie mit einer ihrer Freundinnen in ein Restaurant gegangen. Oder sie wollte zur Bäckerei.«

»Aber sie ist schon seit Stunden weg. Und ich habe alle ihre Freundinnen angerufen. Niemand hat sie gesehen.«

Okay, ich musste zugeben, dass sich das ein wenig beunruhigend anhörte. Vor allem, da sie gestern diese mysteriöse Reisetasche bei sich gehabt hatte und von dem kleinen Mann mit der grünen Hose angegriffen worden war. Es schien etwas weit hergeholt, eine Verbindung darin zu sehen, aber allein bei dem Gedanken, dass es möglich war, verspürte ich ein flaues Gefühl im Magen.

»Wir sprechen über deine Großmutter«, rief meine Mutter mir ins Gedächtnis. »Sie könnte irgendwo am Straßenrand stehen und versuchen, per Anhalter nach Las Vegas zu fahren. Du findest doch Leute, oder? Davon lebst du. Also finde deine Großmutter.«

»Ich bin Kopfgeldjägerin, keine Zauberkünstlerin. Ich kann Grandma Mazur nicht einfach herbeizaubern.«

»Du bist meine einzige Hoffnung«, beschwor mich meine Mutter. »Komm rüber und schau dich nach Hinweisen um. Es gibt Würstchen. Und Kuchen und Rührei.«

»Abgemacht«, erwiderte ich. »Gib mir zehn Minuten.«

Ich legte auf, drehte mich um und stieß gegen einen Riesenkerl. Mit einem schrillen Aufschrei sprang ich zurück.

»Ganz ruhig.« Er streckte seine Arme aus, zog mich zu sich heran und drückte mir einen freundschaftlichen Kuss auf die Stirn. »Beinahe wäre mir das Trommelfell geplatzt. Du musst lernen, dich zu entspannen.«

»Diesel!«

»Ja. Habe ich dir gefehlt?«

»Nein.«

»Das ist gelogen«, meinte er. »Rieche ich Kaffee?«

Diesel taucht hin und wieder in meinem Leben auf. Tatsächlich war dieser Besuch erst sein dritter, aber mir kam es so vor, als wäre er schon viel öfter hier gewesen. Er hat einen muskulösen, fantastischen Körper, wirkt ein wenig abgerissen und riecht genauso, wie eine Frau sich das wünscht... Nach Sex, frisch gebackenen Plätzchen und einem Hauch Weihnachten. Okay, ich weiß, das ist eine merkwürdige Kombination, aber zu Diesel passt sie. Vielleicht deshalb, weil er nicht ganz normal ist... aber wer ist das schon? Er hat widerspenstiges sandfarbenes Haar und braune Augen, die prüfend dreinschauen. Er lächelt die meiste Zeit – und ist aufdringlich und unhöflich, besitzt aber auch einen unerklärlichen Charme. Und er kann Dinge tun, die ein normaler Mann nicht tun kann. Zumindest behauptet er das.

»Was tust du hier?«, wollte ich wissen.

»Ich bin auf der Suche nach jemandem. Es macht dir doch nichts auch, wenn ich hier ein paar Tage rumhänge, oder?«

»Doch!«

Er warf einen Blick auf meinen Mantel. »Willst du weggehen?«

»Ich bin auf dem Weg zu meiner Mutter, um dort zu frühstücken.«

»Ich bin dabei.«

Ich stieß einen Seufzer aus und schnappte mir meine

Handtasche und die Schlüssel. Gemeinsam verließen wir meine Wohnung und gingen den Gang hinunter. Mrs. Finley aus 3D befand sich bereits im Fahrstuhl, als wir einstiegen. Sie holte tief Luft und presste sich gegen die Wand.

»Schon okay«, beruhigte ich sie. »Er ist harmlos.«

»Ha!«, warf Diesel ein.

Diesel sah aus, als wäre er einer Ausgabe des GQ-Magazins für Obdachlose entsprungen. Jeans mit einem Riss am Knie, staubige Boots, ein T-Shirt mit einer Werbeaufschrift für Corona-Bier, ein schäbiges graues Sweatshirt, das er mit offenem Reißverschluss über dem T-Shirt trug. Zwei-Tage-Bart. Seine Haare sahen aus, als hätte er sie mit einem Schneebesen bearbeitet. Nicht, dass ich mir ein Urteil erlauben konnte. Ich sah auch nicht gerade aus wie eine Sexgöttin. Mein Haar war verwuschelt, ich war nur schnell in ein bequemes Paar Uggs geschlüpft und hatte meinen Wintermantel über eine von Morellis Jogginghosen und ein mit Entchen bedrucktes Schlafanzugoberteil aus Flanell gezogen.

Wir verließen alle hastig den Aufzug, und Diesel folgte mir zu meinem Wagen. Ich fuhr einen Chevy Monte Carlo, eine alte Klapperkiste, die ich günstig bekommen hatte, weil der Rückwärtsgang nicht funktionierte.

»Also, Mr. Magic«, sagte ich zu Diesel. »Was kannst du mit Autos anstellen?«

»Ich kann sie fahren.«

»Kannst du sie reparieren?«

»Ich kann einen Reifen wechseln.«

Das merkte ich mir, für den Fall, dass ich einmal einen Reifenwechsel brauchte. Ich riss die Tür auf und quetschte mich hinters Lenkrad.

Meine Eltern leben in Burg, die Abkürzung für Chambersburg, einem Stadtteil von Trenton. Die Unterkünfte und die Hoffnungen hier sind bescheiden, aber die Essensportionen riesig. Meine Mutter schaufelte einen Haufen Rührei und über ein Pfund Frühstückswürstchen auf Diesels Teller. »Ich stand heute Morgen auf, und sie war weg«, berichtete meine Mutter. »*Wusch.*«

Diesel wirkte nicht sonderlich beunruhigt. Ich schätzte, dass *wusch, und weg bist du* in seiner Welt nicht allzu ungewöhnlich war.

»Wo hast du ihre Nachricht gefunden?«, fragte ich meine Mutter.

»Auf dem Küchentisch.«

Ich schluckte das letzte Stück meines Würstchens hinunter. »Das letzte Mal, als sie verschwunden war, haben wir sie in einer Schlange gefunden. Sie hatte dort ihr Lager aufgeschlagen, um sich ein Ticket für ein Konzert der Stones zu kaufen.«

»Ich habe deinen Vater gebeten, herumzufahren und nach ihr Ausschau zu halten, aber bis jetzt hat er sie nicht gesehen.«

Mein Vater hatte bei der Post gearbeitet, war jetzt in Rente und fuhr halbtags Taxi. Meistens fuhr er nur bis zum Taxistand, um dort mit seinen Freunden Karten zu spielen, aber manchmal brachte er auch frühmorgens Fahrgäste zum Bahnhof.

Ich trank meinen Kaffee aus, schob den Stuhl vom Tisch zurück und ging nach oben, um mich in Grandmas Zimmer umzuschauen. Soweit ich das sehen konnte, hatte sie ihre Handtasche, ihre graue Jacke und ihre Zähne dabei.

Es gab keine Anzeichen eines Kampfes. Keine Blutspuren. Keine Reisetasche. Auf ihrem Nachttisch lag ein Prospekt von Daffy's Hotel und Casino in Atlantic City.

Ich latschte zurück in die Küche. »Wo ist die große Tasche?«

»Welche große Tasche?«, erkundigte sich meine Mutter.

»Grandma hatte gestern eine große Tasche bei sich. Sie ist nicht in ihrem Zimmer.«

»Ich weiß nichts von einer solchen Tasche«, erwiderte meine Mutter.

»Hat Grandma gestern ihren Rentenscheck bekommen?«

»Schon vor ein paar Tagen.«

Vielleicht hatte sie sich ein paar neue Klamotten gekauft, sie in die Reisetasche gestopft und war am frühen Morgen mit einem Bus zu Daffy's gefahren.

Diesel beendete sein Frühstück und stand auf. »Brauchst du Hilfe?«

»Bist du gut bei der Suche nach verschwundenen Großmüttern?«

»Nein. Nicht mein Fachgebiet.«

»Was ist denn dein Fachgebiet?«, wollte ich wissen.

Diesel grinste mich an.

»Abgesehen davon«, sagte ich.

»Vielleicht hat sie einfach ein Schäferstündchen mit dem Metzger.«

Meine Mutter rang nach Luft. Sie war entsetzt, dass Diesel so etwas sagte. Und noch entsetzter, weil sie wusste, dass das durchaus möglich war.

»Sie würde nicht mitten in der Nacht zu einem Schäferstündchen aufbrechen.«

»Falls es dich beruhigt, ich kann keine Störungen des

Energieflusses feststellen«, erklärte Diesel. »Sie war nicht in Gefahr, als sie das Haus verließ. Aber vielleicht liegen mir auch nur all die Würstchen und Eier schwer im Magen.«

Diesel und ich haben einen ähnlichen Beruf. Wir suchen beide nach Leuten, die schlimme Dinge angestellt haben. Diesel ist hinter Menschen mit besonderen Talenten her. Er bezeichnet sie als »die Unerwähnbaren«. Ich spüre Menschen auf, die so gut wie keine Begabungen haben. Ich nenne sie Flüchtlinge. Wie auch immer man die Gejagten nennt – der Jäger muss sich bei seinem Job sehr stark auf seinen Instinkt verlassen, und nach einer Weile entwickelt man ein Gespür für Energieströme. Okay, das klingt ein wenig nach Obi-Wan Kenobi, aber manchmal betritt man ein Gebäude und bekommt eine Gänsehaut. Dann weiß man, dass an der nächsten Ecke etwas Scheußliches lauert. Mein Gänsehaut-Empfänger ist gut, aber Diesels ist besser. Ich nehme an, dass Diesels Sinneswahrnehmung in einem Bereich liegt, der üblicherweise Werwölfen vorbehalten ist. Glücklicherweise ist er nicht übermäßig behaart, sonst müsste ich mir Gedanken darüber machen.

»Ich fahre zurück in meine Wohnung, um zu duschen und mich umzuziehen. Danach fahre ich ins Büro«, erklärte ich Diesel. »Kann ich dich irgendwo absetzen?«

»Ja. Von meinen Quellen weiß ich, dass sich der Mann, nach dem ich suche, gestern in der Mulberry Street aufgehalten hat. Ich will mich dort ein wenig umsehen. Vielleicht mit ein paar Leuten sprechen.«

»Ist der Kerl gefährlich?«

»Nicht besonders, aber die Idioten, die ihn verfolgen, sind es.«

»Ich habe in Grandmas Zimmer einen Prospekt entdeckt«, berichtete ich meiner Mutter. »Wahrscheinlich hat sie den Seniorenbus nach Atlantic City genommen und wird heute Abend wieder zurück sein.«

»O Gott«, stieß meine Mutter hervor und bekreuzigte sich. »Deine Großmutter allein in Atlantic City! Was da alles passieren kann! Du musst sie zurückholen.«

Normalerweise hätte ich das für eine dumme Idee gehalten, aber heute war ein schöner Tag, und ich war schon seit einer Ewigkeit nicht mehr in Atlantic City gewesen. Das klang wie ein perfekter Vorwand, um mir einen Tag freizunehmen. Ich hatte noch fünf offene Fälle zu bearbeiten, doch darunter war nichts, was nicht noch warten konnte. Und ich hatte nichts dagegen, auf ein wenig Abstand zu Diesel zu gehen. Diesel stellte eine Komplikation in meinem Leben dar, die ich wirklich nicht brauchte.

Eine Stunde später hatte ich mir Jeans, einen langärmligen Pulli mit V-Ausschnitt und ein Sweatshirt angezogen. Ich fuhr zum Kautionsbüro, parkte am Gehsteig und marschierte hinein.

»Was steht an?«, wollte Lula wissen. »Ziehen wir heute los, um ein paar böse Jungs zu fangen? Ich bin bereit, ein paar Leuten in den Hintern zu treten. Dafür habe ich heute die richtigen Stiefel an. Außerdem trage ich einen Stringtanga, der mir zwei Nummern zu klein ist, und bin richtig fies drauf.«

Connie Rosolli schnitt eine Grimasse. Connie ist die Büroleiterin und eine waschechte Italoamerikanerin aus Burg. Ihr Onkel Lou war der Fahrer von Zwei-Zehen-Garibaldi. Und man munkelt, dass ihr Onkel Nunzo dabei geholfen hatte,

Jimmy Hoffa in der Schaufel eines Kipplasters verschwinden zu lassen. Connie ist ein paar Jahre älter, einige Zentimeter kleiner und um einiges üppiger als ich. Wäre Connie nach einer Frucht benannt, würde sie mit Nachnamen Cantaloupe-Melone heißen.

»Zu viel Information«, sagte Connie zu Lula. »Ich will nichts über deinen Stringtanga wissen.« Connie nahm einen Aktenordner von ihrem Schreibtisch und reichte ihn mir. »Das ist gerade hereingekommen. Kenny Brown. Gesucht wegen schweren Autodiebstahls. Zwanzig Jahre alt.«

Das bedeutete, dass er, wenn er nicht 150 Kilo wog, schneller laufen konnte als ich und daher verdammt schwer zu erwischen sein würde.

Ich stopfte die Akte Brown in meine Schultertasche. »Grandma Mazur hat sich aus dem Staub gemacht. Ich vermute, sie ist zu Daffy's gefahren, und ich habe meiner Mutter versprochen, nach ihr zu suchen. Will jemand mitkommen?«

»Ich hätte nichts gegen einen Ausflug nach Atlantic City«, meinte Lula.

»Ich auch nicht«, erklärte Connie. »Ich kann die eingehenden Anrufe auf mein Handy umleiten.«

Lula hatte bereits ihre Handtasche über die Schulter geschlungen und hielt ihre Autoschlüssel in der Hand. »Ich fahre. Ich werde nicht in einem Wagen ohne Rückwärtsgang nach Atlantic City fahren.«

»Ich brauche den Rückwärtsgang fast nie«, verteidigte ich mich.

Connie schloss das Büro ab, und wir quetschten uns alle in Lulas Firebird.

»Was macht deine Großmutter in Atlantic City?«, fragte Lula.

Ich schnallte mich an. »Ich bin mir nicht sicher, ob sie wirklich in Atlantic City ist. Das ist nur so eine Vermutung. Aber wenn sie dort sein sollte, wird sie wahrscheinlich an den Spielautomaten sitzen.«

»Ich sage euch, sie hatte gestern einen Kobold in dieser Reisetasche«, meinte Lula. »Und sie hat ihn nach Atlantic City mitgenommen. Das ist genau der richtige Ort, um einen Kobold als Glücksbringer mitzunehmen.«

»Du glaubst doch nicht wirklich an Kobolde, oder?«, fragte Connie Lula.

»Wer, ich? Zur Hölle, nein«, entgegnete Lula. »Ich weiß nicht, warum ich das gesagt habe. Es ist mir einfach so rausgerutscht. Jeder weiß doch, dass es keine Kobolde gibt, richtig?« Lula bog in die Broad Street ein. »Trotzdem gibt es eine Menge Geschichten über sie, und das muss ja von irgendwoher kommen. Erinnert ihr euch an das Weihnachten, als es in Trenton von Elfen nur so wimmelte? Wenn es Elfen gibt, könnte es auch Kobolde geben.«

»Das waren keine Elfen«, berichtigte ich sie. »Das waren kleinwüchsige Menschen mit spitzen Ohren aus Plastik, die im Rahmen der Marketingstrategie einer Spielzeugfabrik von Newark hierhergebracht wurden.«

»Das weiß ich«, erwiderte Lula. »Aber manche Leute hielten sie für Elfen.«

Es dauert ungefähr eineinhalb Stunden, um von Trenton nach Atlantic City zu gelangen. Vierzig Minuten, wenn Lula hinter dem Steuer sitzt. Bis nach Pleasantville fährt man nur auf dem Highway. Danach wird die Fahrt weniger angenehm, denn von dort bis zur Küste in Atlantic City sieht alles ziemlich runtergekommen aus. Wir fuhren an etlichen Blocks vorbei, vor denen Huren, Rauschgifthändler und Jugendliche mit leerem Blick herumlungerten. Plötzlich wurde die Umgebung wieder freundlicher, und wir erreichten das Daffy's. Lula parkte in der Garage. Wir frischten unser Make-up auf, besprühten unser Haar mit Haarspray und trabten dann durch das Labyrinth, das zum Casino führte.

»Es wird nicht leicht werden, Grandma Mazur hier zu finden«, meinte Connie. »Hier wimmelt es von alten Leuten. Sie karren sie mit dem Bus hierher, drücken ihnen eine Stange Zigaretten und einen Gutschein für das Mittagsbuffet in die Hand und zeigen ihnen, wie sie ihre Kreditkarten in die Spielautomaten stecken müssen.«

»Ja, die lassen es hier echt krachen«, erklärte Lula.

Das stimmte. Im ganzen Land stecken wir die alten Menschen in Pflegeheime und füttern sie mit Wackelpudding. In Jersey hingegen halten wir sie in Casinos beschäftigt. Hier lässt sich niemand von Demenz und Herzerkrankungen ausbremsen.

»Wahrscheinlich kann man hier sogar eine Dialyse über den Zimmerservice bestellen«, meinte Lula. »Ich sage euch, ich bin wirklich froh, dass ich meine goldenen Jahre hier und nirgendwo sonst verbringen darf.«

»Wir schwärmen in verschiedene Richtungen aus, um Grandma zu suchen«, schlug ich vor. »Und wir bleiben über unsere Handys in Kontakt.«

Ich hatte gerade die Hälfte der Blackjack-Tische hinter mich gebracht, als mein Handy klingelte.

»Ich habe sie gefunden«, meldete Connie. »Sie sitzt an einem Spielautomaten und spielt Poker. Geh zu dem großen Hund in der Mitte des Saals und dann nach links.«

Daffy's war eines der größeren, neueren Casinos am Boardwalk. In einem unsinnigen Versuch, Caesar's Palace zu übertreffen, hatten die Besitzer sich dazu entschlossen, sich bei der Einrichtung des Casinos von dem zehn Jahre alten Beagle des Vorstandsvorsitzenden inspirieren zu lassen … Daffy. Es gab eine Daffy Doodle Bar, ein Daffy Delicious Restaurant, und Daffys Pfotenabdrücke zierten den lila-goldfarbenen Teppich. Die Krönung des Ganzen war eine sechs Meter große, zwei Tonnen schwere Bronzestatue von Daffy, aus deren Augen Laserstrahlen schossen. Der Hund bellte zu jeder Stunde und stand direkt in der Mitte des Hauptraums.

Ich wandte mich an dem riesigen Bronzedaffy nach links und entdeckte Grandma auf einem Hocker vor einer Doppel-Bonus-Pokermaschine. Sie beugte sich weit nach vorn und konzentrierte sich auf die Kombinationen. Glocken klingelten, Lichter blitzten auf, und Grandma schlug unaufhörlich auf die Playtaste.

Hinter Grandma stand Randy Briggs. Er presste die Reisetasche an seine Brust und sah sich immer wieder im Saal um, ohne Grandma dabei ganz aus den Augen zu lassen. Briggs ist ein Computerfreak Anfang vierzig mit schütterem blondem Haar, zynischen braunen Augen und dem Charme von Attila dem Hunnen. Die Tasche festzuhalten bereitete ihm große Mühe, denn Briggs ist nur einen knappen Meter groß und konnte die Arme kaum um die Tasche schlingen. Ich kenne ihn schon seit einigen Jahren und würde nicht behaupten wollen, dass wir Freunde sind. Ich schätze, wir haben eine Art Geschäftsbeziehung – mehr oder weniger.

»Hey«, grüßte ich ihn. »Was geht hier ab?«

»Das Übliche«, erwiderte Briggs. »Und was wollen Sie hier?«

»Ich hänge hier nur rum.« Ich schaute auf die Reisetasche. »Was ist in der Tasche?«

»Geld.« Briggs schaute zwischen Connie und Lula hin und her. »Ich bin angeheuert worden, darauf aufzupassen, also kommen Sie nicht auf komische Ideen.«

»Einige Ideen hätte ich da schon«, erklärte Lula. »Etwa, dass ich mich auf Sie setzen könnte, bis von Ihnen nur noch ein Fettfleck auf dem Teppich übrig bleibt.«

Grandma hörte auf, auf die Playtaste zu schlagen, und drehte sich zu uns um. »Ich habe gerade eine Glückssträhne. Kommt mir nicht zu nahe, das könnte Unglück bringen.«

»Wie viel hast du gewonnen?«, erkundigte ich mich.

»Zwölf Dollar.«

»Und wie viel hast du schon in die Maschine gesteckt?«

»Keine Ahnung«, erwiderte Grandma. »Ich habe den Überblick verloren.«

»Ich rieche ein Buffet«, verkündete Lula. »Hier muss irgendwo ein Buffet sein. Wie spät ist es? Ist es schon Zeit für ein Mittagsbuffet?«

Überall um uns herum meldeten sich Senioren von den Spielautomaten ab, hievten sich in ihre Rollstühle und warfen die Elektromotoren an.

»Schau dir das an«, sagte Lula. »Diese alten Leutchen schlagen uns auf dem Weg zum Buffet, und wir müssen uns mit den Resten begnügen.«

»Ich hasse Buffets«, warf Briggs ein. »An die guten Sachen komme ich nie ran.«

»Ich kriege alles«, entgegnete Lula. »Jeder ist sich selbst der Nächste! Achtung, ich komme. Entschuldigt mich.«

»Ich schätze, es könnte nicht schaden, eine Kleinigkeit zu essen«, meinte Grandma. »Ich sitze schon seit vier Stunden an dieser Maschine, und mir ist der Hintern eingeschlafen. Allerdings sollten wir uns beeilen, sonst landen wir hinter den Schwächlingen mit den Gehgestellen und den tragbaren Sauerstoffgeräten. Die brauchen eine Ewigkeit, um in der Schlange voranzukommen.«

Das Buffet war im Bowser Room aufgebaut. Wir kauften uns Essensbons, luden unsere Teller voll und setzten uns.

»Ist nicht böse gemeint«, sagte ich zu Briggs. »Aber es ist ein wenig merkwürdig, dass gerade Sie das Geld bewachen sollen.«

Briggs stieß seine Gabel in einen Haufen Shrimps. »Was soll das heißen? Halten Sie mich etwa für unehrlich? Glauben Sie, man könnte mir kein Geld anvertrauen?«

»Ich denke, dass Sie nicht gerade groß sind.«

»Stimmt, aber ich bin bösartig und gemein. Ich bin wie ein Frettchen.«

»Ich will mehr über das Geld wissen.« Ich wandte mich an Grandma. »Woher hast du das Geld?«

»Ich habe es auf anständige und ehrliche Art gefunden.«

»Über wie viel Geld sprechen wir?«

»Das weiß ich nicht genau. Ich habe beim Zählen den Überblick verloren, aber ich schätze, es ist eine knappe Million.«

Alle hörten auf zu essen und starrten Grandma an.

»Hast du deinen Fund bei der Polizei gemeldet?«

»Ich habe dran gedacht, aber dann habe ich beschlossen, dass das die Polizei nichts angeht. Als ich aus der Bäckerei kam, sah ich einen Regenbogen. Und während ich den Regenbogen betrachtete, stolperte ich über die Tasche mit dem Geld.«

»Und?«

»Es war St. Patrick's Day. Jeder weiß, dass man einen Topf Gold behalten darf, wenn man ihn am Ende eines Regenbogens findet.«

»Das ist richtig«, stimmte Lula zu. »Da hat sie recht.«

»Ich wollte schon immer einmal etwas von unserem Land sehen, also habe ich mir von einem Teil des Geldes ein Wohnmobil gekauft«, berichtete Grandma. »Und hier ist mein erster Stopp.«

»Du darfst nicht fahren«, erklärte ich Grandma. »Dir wurde der Führerschein entzogen.«

»Deshalb habe ich Randy angeheuert. Ich habe das Wohnmobil sehr günstig bekommen, weil es früher einem Kleinwüchsigen gehörte. Der Fahrersitz ist genau dafür eingestellt. Sobald ich das sah, dachte ich an Randy. Mir fiel der Fall mit den Elfen ein, den ihr beide bearbeitet habt.«

»Das waren keine Elfen«, berichtigte ich Grandma. »Es waren kleine Menschen, die man aus Newark hierhergeholt hatte. Und du kannst so viel Geld nicht einfach behalten.«

»Ich behalte es nicht«, entgegnete Grandma. »Ich gebe es aus.«

»Es gibt gewisse Regeln. Du musst den Fund melden und dann eine bestimmte Zeitspanne abwarten, bis es dir gehört. Und wahrscheinlich musst du dafür dann Steuern zahlen.«

Ich konnte kaum glauben, dass ich das sagte. Ich hörte mich an wie meine Mutter.

»In diesem Fall trifft das nicht zu«, behauptete Grandma. »Das ist Glücksgeld.«

»Ich schätze, deshalb haben Sie auch zwölf Dollar gewonnen«, meinte Lula.

»Nehmt euch doch etwas von dem Geld«, forderte Grandma uns auf. »Ich habe jede Menge davon.« Sie wandte sich an Briggs. »Gib allen ein Bündel Scheine.«

»Das halte ich für keine gute Idee«, sagte ich zu Grandma. »Stell dir vor, jemand macht seinen Anspruch geltend, und du musst das Geld zurückgeben.«

»Das ist das Schöne daran«, erwiderte Grandma. »Das hier ist kein gewöhnliches Geld. Es ist Glücksgeld. Man verwendet es dazu, um mehr Geld zu gewinnen. Also werden wir immer Geld genug haben, wenn wir es brauchen.«

»Du hast stundenlang gespielt und nur zwölf Dollar gewonnen!«

»Es hat eine Weile gedauert, um den richtigen Rhythmus zu finden, aber jetzt habe ich den Dreh raus«, behauptete Grandma.

»Bist du sicher, dass das Geld nicht dem kleinen Mann mit der grünen Hose gehört?«

»Ich habe ihn gefragt, wie viel Geld sich in der Tasche befinde, und er wusste es nicht. Er ist ein gemeiner Dieb. Er muss mich dabei beobachtet haben, als ich es fand, und jetzt will er es stehlen.«

»Er ist uns heute Morgen aus Burg gefolgt«, warf Briggs ein. »Zumindest glaube ich, dass er es war. Ein kleiner Mann in einem weißen Toyota.«

Ich sah mich um. »Ist er hier?«

»Ich habe ihn nicht gesehen«, erwiderte Briggs. »Nachdem wir vom Highway abgebogen sind, habe ich ihn im Verkehrsgewühl aus den Augen verloren.«

»Ich werde mir eine Nachspeise holen«, verkündete Grandma. »Und dann stürze ich mich wieder auf die Spielautomaten.«

»Ich lasse das Dessert aus und trage mein Geld zu den Würfeltischen«, sagte Lula.

»Ich auch«, stimmte Connie zu. »Nur, dass ich lieber Blackjack spiele.«

Briggs teilte Geld aus und setzte sich dann wieder steif hin, wobei er die Reisetasche als Sitzkissen benutzte.

2

Mein Handy klingelte, und auf dem Display erschien meine Festnetznummer.

»Es ist einsam hier«, erklärte Diesel. »Ich empfange keine Signale von dir oder von meiner Zielperson. Wo bist du?«

»In Atlantic City. Grandma ist hier. Sie hat eine Menge Geld gefunden und sich ins Vergnügen gestürzt.«

»Gefunden?«

»Erinnerst du dich daran, dass ich in ihrem Zimmer nach einer Reisetasche gesucht habe? Grandma hat diese Tasche bei sich, und sie ist randvoll mit Geld. Angeblich hat sie sie gestern auf ihrem Heimweg von der Bäckerei am Straßenrand gefunden.«

»Eine grüne Reisetasche mit einem gelben Streifen?«

»Ja.«

»Oh, Mann, so ein Zufall«, meinte Diesel. »Wie viel Geld?«

»Ungefähr eine Million.«

»Schleicht etwa ein kleiner Kerl mit lockigem grauem Haar und einer grünen Hose in der Gegend herum?«

»Ein kleiner Mann in einer grünen Hose hat Grandma gestern angegriffen. Und wahrscheinlich ist er ihr heute Morgen aus Burg gefolgt.«

»Sein Name ist Snuggy O'Connor. Er ist der Kerl, hinter

dem ich her bin, und das Geld in der Tasche ist gestohlen. Wenn du ihn siehst, schnapp ihn dir und halt ihn für mich fest, aber lass ihn nicht aus den Augen – er könnte sich in Luft auflösen.«

»Tatsächlich?«

»Nein. Menschen lösen sich nicht einfach in Luft auf. Meine Güte, du glaubst aber wirklich alles.«

»Du tust das in gewisser Weise. In der einen Minute stehst du hinter mir, und in der nächsten bist du einfach verschwunden.«

»Ja, bei mir ist das etwas anderes. Ich kann das, aber es ist nicht einfach.«

Diesel legte auf, und ich kehrte zu meinem Mittagessen zurück. Makkaroni mit Käse, Kartoffelsalat, Truthahn mit Soße, Makkaroni mit Käse, ein Brötchen, Drei-Bohnen-Salat und noch mehr Makkaroni mit Käse. Ich mag Makkaroni mit Käse.

Eine halbe Stunde später saß Grandma wieder an der Pokermaschine, und Briggs und ich hielten Wache. Ich hoffte, dass Diesel bereits unterwegs war und einen Plan hatte, denn ich hatte keinen blassen Schimmer, was ich mit Grandma machen sollte. Schließlich konnte ich ihr schlecht Handschellen anlegen und sie nach Hause schleifen.

Aus den Augenwinkeln nahm ich ein feuerrotes Aufblitzen wahr und sah, dass es sich um Lulas Haar handelte. Sie kam quer durch das Casino auf mich zu.

»Das wirst du nicht glauben«, begann Lula. »Ich habe nur Mist gewürfelt…«

»Wie gewonnen, so zerronnen«, warf Briggs ein. »So viel zu der Theorie, das sei Glücksgeld.«

»Ja, aber wie sich dann herausstellte, hat es mir tatsächlich Glück gebracht. Neben mir stand ein berühmter Fotograf, der hier Aufnahmen für eine Dessous-Firma macht und mir sagte, dass sie gerade nach erfahrenen Übergrößen-Models suchten. Er gab mir seine Karte und lud mich für morgen früh ein. Ich hätte mir beinahe auf der Stelle mein Höschen nass gemacht. Endlich die Gelegenheit, auf die ich gewartet habe. Ich wollte schon immer ein Supermodel werden. Und als Supermodel ist man nur noch einen Schritt davon entfernt, richtig berühmt zu werden.«

»Genau, was die Welt braucht«, meinte Briggs. »Noch eine große, fette Prominente.«

Lula sah ihn mit zusammengekniffenen Augen an. »Haben Sie mich gerade als fett bezeichnet? Habe ich da richtig gehört? Dann kann ich nur hoffen, dass meine Ohren mir einen Streich gespielt haben, sonst mache ich Zwergenstaub aus Ihnen.«

»Kleiner Mensch«, protestierte Briggs. »Ich bin ein kleiner Mensch.«

»Aha«, erwiderte Lula. »Ich persönlich wäre lieber ein Zwerg. Das klingt irgendwie gut. ›Kleiner Mensch‹ hingegen hört sich so an, als gehörten Sie in den Kindergarten.«

Briggs stemmte die Hände in die Hüften und beugte sich vor. »Wie würde Ihnen ein Faustschlag auf die Nase gefallen?«

Lula sah zu ihm hinunter. »Und wie würde es Ihnen gefallen, meinen Daumen in Ihrem Auge zu spüren?«

»Ich wusste nicht, dass Sie Erfahrung als Unterwäschemodel haben«, sagte Grandma zu Lula.

»Na ja, ich habe nicht wirklich gemodelt. Meine Erfahrung bezieht sich mehr auf allgemeine Dinge. Damals, als ich noch angeschafft habe, war ich für meine Accessoires bekannt. Jeder wusste, wer auf hübsche Dessous stand, musste zu Lula gehen. Und außerdem lese ich regelmäßig Modemagazine. Ich weiß, wie man posiert. Und ich habe ein hübsches Lächeln.«

Lula zeigte uns ihr Lächeln.

Grandma kniff die Augen zusammen und starrte sie an. »Sieh mal an. Sie haben einen Goldzahn vorn. Er funkelt im Licht. Das ist mir bisher noch nie aufgefallen.«

»Ich habe ihn mir letzte Woche machen lassen«, erklärte Lula. »Er ist mit einem Diamanten besetzt. Deshalb glitzert er.«

»Falls es mit dem Modeln nicht klappt, können Sie ja Pirat werden«, meinte Briggs.

»Ich habe mir den Zahn für die Auftritte mit Sally Sweet und seiner Band machen lassen«, erklärte Lula. »Wir konzentrieren uns jetzt ganz auf Rap. Sally betritt damit Neuland – er ist wohl der erste Drag-Rapper.«

Sally Sweet fährt tagsüber einen Schulbus in Trenton und tritt an Wochenenden in Bars auf. Er sieht aus wie Howard Stern und zieht sich an wie Madonna. Ich hatte ein Bild vor Augen, wie Sally in Frauenkleidern rappte, und das war kein schönes Bild.

»Wie läuft es beim Video-Poker?«, fragte Lula Grandma.

»Nicht so gut«, antwortete Grandma. »Vielleicht muss ich mich erst warm laufen.«

»Genauso läuft es«, meinte Lula. »Zuerst hat man Pech, dann kommt das Glück.«

Mein Handy in meiner Tasche klingelte. Es war meine Mutter.

»Wo bist du?«, erkundigte sie sich.

»Ich bin im Daffy's in Atlantic City.«

»Hast du deine Großmutter gefunden?«

»Ja. Sie sitzt an einem Spielautomaten.«

»Du darfst ihr nicht mehr von der Seite weichen. Und setz sie nicht in den Bus nach Hause. Wer weiß, wo sie dann landet.«

»In Ordnung«, erwiderte ich. »Kein Bus.«

»Ruf mich an, wenn ihr euch auf den Weg macht, damit ich weiß, wann ich mit dir und deiner Großmutter rechnen kann.«

»Geht klar.«

Ich legte auf und betrachtete Grandma, die nach vorn gebeugt auf ihrem Stuhl hockte und auf den Startknopf einschlug. Ich fragte mich, ob es ein Verbrechen war, wenn man seine eigene Großmutter entführte. Wahrscheinlich war das die einzige Möglichkeit, sie nach Hause zu bringen.

»Ich gehe einkaufen«, verkündete Lula. »Ich muss morgen bei meinem Debüt als Supermodel gut aussehen. Ich weiß, es handelt sich um Dessous in Übergrößen, aber ich überlege trotzdem, ob ich nicht ins Fitnessstudio gehen soll, um zehn bis fünfzehn Pfund abzunehmen. Ich wette, das könnte ich schaffen, wenn ich mich richtig anstrenge.«

Ich sah an Lula vorbei hinüber zu dem kleinen Mann in der grünen Hose, und unsere Blicke trafen sich. Er starrte uns von der anderen Seite des Casinos unverhohlen an. Ich krümmte meinen Zeigefinger und bedeutete ihm mit einer Bewegung, zu uns zu kommen. Er sprang rasch hinter eine Reihe von Spielautomaten und verschwand. Obwohl ich ihm sofort hinterherlief, konnte ich ihn nicht mehr sehen.

Als ich zurückkam, war Lula bereits gegangen. Briggs war auf der Reisetasche sitzend eingeschlafen, und Grandma starrte auf die Pokermaschine.

»Ich fühle mich nicht gut«, erklärte Grandma. »Mein Finger ist ganz geschwollen, und mir ist ein wenig schwindlig. Ich kann die blinkenden Lichter nicht mehr ertragen.«

»Wir sollten nach Hause fahren.«

»Ich kann nicht nach Hause fahren. Ich muss hierbleiben und auf meine Glückssträhne warten. Ich habe mir heute Morgen eines dieser Zimmer für risikobereite Glücksspieler genommen und werde mich dort ein wenig ausruhen.«

Ich stieß Briggs mit dem Zeh an, und er sprang von der Tasche und riss die Augen weit auf, bereit, sich in ein Frettchen zu verwandeln.

»Was?«, stieß er hervor.

»Grandma möchte auf ihr Zimmer gehen.«

Zehn Minuten später hatte ich Grandma mit dem Geld in ihr Zimmer gesperrt, und Briggs hielt vor ihrer Tür Wache.

»Ich werde nach Connie sehen«, erklärte ich Briggs. »Rufen Sie mich auf meinem Handy an, wenn Grandma aufsteht.«

Ich ging den Gang hinunter, fuhr mit dem Aufzug zum Casinosaal und entdeckte Connie am Blackjack-Tisch. Vor ihr lagen Chips im Wert von fünfzehn Dollar.

»Das ist kein Glücksgeld«, seufzte Connie. »Ich habe kein einziges Mal gewonnen … und ich habe mir einen Nagel abgebrochen.«

Der Typ, der neben ihr saß, sah aus wie ein berufsmäßiger Schläger. Nicht, dass Connie das stören würde. Die Hälfte ihrer Familienmitglieder sahen so aus … und manche aus gutem Grund.

»Es war wirklich schlimm, als sie sich den Nagel abbrach«, meinte der Kerl. »Sie hat Wörter benutzt, die ich nicht mehr gehört habe, seit ich in der Army war.« Er rückte näher an Connie heran. »Wenn Sie ein Glücksgefühl verspüren wollen, könnte ich Ihnen dabei helfen.«

»So dringend nötig habe ich es nicht«, erwiderte Connie.

»War ja nur ein Angebot. Kein Grund, gemein zu werden«, murrte er.

Ich schlenderte durch das Casino und hielt Ausschau nach dem kleinen Mann mit der grünen Hose. Ich drehte eine Runde in der Spielhalle, wanderte durch ein paar Geschäfte und sah mich an der Bar und in dem Café um. Kein kleiner Mann mit grüner Hose. Ehrlich gesagt war ich erleichtert. Ich meine, was zum Teufel sollte ich mit ihm machen, wenn ich ihn fand? Ich hatte keine rechtliche Befugnis, ihn festzunehmen. Und anscheinend hatte Grandma ihm sozusagen sein Geld gestohlen. Was sollte ich sagen, wenn er es zurückforderte?

Ich suchte mir einen Spielautomaten aus, der mir gefiel, setzte mich und schob einen Dollar in den Geld schluckenden Schlitz. Fünfundvierzig Sekunden später war mein Dollar Geschichte, und der Automat verstummte. Ich verspürte keinen Drang, einen zweiten Dollar hineinzustecken. Ich liebe Casinos, aber Glücksspiel ist nicht meine Leidenschaft. Ich mag die Neonlichter, die Geräusche und den Optimismus. Mir gefallen die Menschen, die mit unrealistischen Hoffnungen hierherkommen. Die Energie ist spürbar. Okay, manchmal wird sie befeuert durch Gier, Faulheit und Sucht. Und manchmal löst sich die Energie in Verzweiflung auf. Ich finde, das ähnelt einer Fahrt auf der Schnellstraße durch

Newark. Die Straße bringt dich zwar schneller an dein Ziel, aber dort besteht auch immer die Gefahr, dass du einen Unfall hast und stirbst. Eben typisch für Jersey, richtig? Versuch dein Glück und benimm dich wie ein Idiot.

Plötzlich richteten sich alle meine kleinen Nackenhärchen auf, und ich ahnte, dass Diesel in meinen Luftraum eingedrungen war. Ich drehte mich auf meinem Stuhl herum und sah ihn hinter mir stehen.

»Wie läuft's?«, fragte er.

»Ich habe verloren.«

»Das kann ich in Ordnung bringen.«

Er steckte einen Dollar in den Automaten. Glocken klingelten und dröhnten, Lichter blinkten, und die Maschine zeigte einen Gewinn von vierhundertzwanzig Dollar an.

Ich starrte ihn an und verdrehte die Augen.

»Das ist noch gar nichts«, meinte er grinsend. »Du solltest mich am Würfeltisch erleben.«

»Ich habe deinen kleinen Mann mit der grünen Hose gesehen.«

»Hier?«

»Ja. Ich bin hinter ihm hergerannt, aber er ist verschwunden.«

»Was hat er getan?«, wollte Diesel wissen.

»Er hat Grandma beobachtet.«

Zwei ältere Frauen in samtenen Jogginganzügen blieben auf ihrem Weg zu den Spielautomaten stehen, um Diesel zu betrachten. Sie musterten ihn anerkennend von oben bis unten und lächelten ihn an.

»Meine Damen«, grüßte Diesel und erwiderte ihr Lächeln.

Eine der Frauen zwinkerte ihm zu, bevor sie weitergingen.

Diesel drückte auf den Auszahlungsknopf, und der Spielautomat warf einen Gutschein für den Gewinn aus. Er steckte mir den Schein in die Tasche meines Sweatshirts und zog mich von meinem Hocker. »Gehen wir auf die Jagd nach Snuggy dem Schleicher.«

»Warum nennst du ihn so?«

»Er schafft es, sich überall reinzuschleichen – selbst in Banktresore. Wo ist Grandma?«

»Sie macht ein Nickerchen in ihrem Zimmer. Briggs steht vor ihrer Tür Wache.«

Diesel nahm meine Hand und führte mich durch das Casino. Ich spürte, wie mein Arm heiß wurde, und als die Hitzewelle meine Schulter erreicht hatte und begann, sich in südliche Richtung auszubreiten, löste ich mich aus Diesels Griff.

Daffy meldete bellend, dass es zwei Uhr geschlagen hatte. Dabei schossen Laserstrahlen aus seinen Augen und tanzten über die Decke des Casinos. Die alten Leutchen wirkten ein wenig lethargisch, nachdem sie sich am Buffet den Bauch vollgeschlagen hatten, und nahmen davon kaum Notiz. Aber als der Hund dann »Yankee Doodle« bellte, griffen überall im Casino etliche von ihnen nach ihren Medikamenten gegen Sodbrennen und Darmbeschwerden. Der Tag neigte sich allmählich dem Ende zu. Ab vier Uhr würden die Busse für die Senioren zum Einsteigen bereitstehen, und gegen fünf Uhr würde das Casino einem Friedhof gleichen. Um sechs würden dann die Nachtgäste eintreffen. Sie würden mehr trinken, mehr Geld ausgeben und enger anliegende Kleidung tragen. Die Männer würden mehr Haare auf dem Kopf haben und die Frauen größere Brüste. Oder zumindest würden ihre Brüste weiter oben sitzen.

»Wie willst du Snuggy denn schnappen?«, fragte ich Diesel.

»Ich dachte, ich würde dich ein oder zwei Stunden durch das Casino schleifen, in der Hoffnung, ihm dabei über den Weg zu laufen. Und wenn das nicht funktioniert, werde ich Grandma als Köder benutzen.«

Wir schlenderten durch die Reihen der Spielautomaten und gingen an den Spieltischen vorbei… Roulette, Würfelspiele, Blackjack. Wir sahen uns in der Bar, im Café und in den Geschäften um. Wir verließen das Hotel und stellten uns an die Strandpromenade. Am Himmel hingen tiefe Wolken, und der Wind hatte aufgefrischt. Das Meer vor uns war grau und schaumig, und die Wellen rollten heran und brachen sich am menschenleeren Strand. Nur an der Promenade hasteten einige Menschen mit gesenkten Köpfen und hochgeschlossenen, weit nach oben gezogenen Sweatshirts vorbei.

Diesel sah aus, als gehörte er hierher. Die Stadt der Sünde hinter ihm und die wilde, unbezähmbare See vor ihm. Ich hatte das dumpfe Gefühl, dass ich eher in die Schuhabteilung bei Macy's gehörte.

»Was nun?«, fragte ich ihn.

»Ruf Briggs an und frag ihn, ob Grandma wach und bereit für unser Spiel ist.«

»Sie schläft«, verkündete Briggs, nachdem er sich bereits nach dem zweiten Klingelton gemeldet hatte. »Ich kann sie schnarchen hören. Wahrscheinlich hört das halbe Hotel ihr Schnarchen. Sie klingt, als würde sie versuchen, ihr gesamtes Gesicht mit ihrer Nase einzusaugen. Ich bekomme Kopfschmerzen davon. Und ich muss mal aufs Klo. Ich brauche dringend eine Pause.«

Diesel und ich gingen ins Hotel zurück und fuhren mit dem Aufzug nach oben zu Grandmas Etage. Randy Briggs verschwand hastig, und Diesel und ich setzten uns mit dem Rücken an die Wand auf den Teppichboden.

»Erzähl mir etwas über Snuggy«, forderte ich Diesel auf.

Diesel streckte ein Bein auf dem Boden aus und winkelte das andere an. »Snuggy verursacht mir Magenbeschwerden. Das ist schon das zweite Mal, dass ich hinter ihm herjagen muss. Beim ersten Mal habe ich ihn in einem Ziegenstall auf halbem Weg zum Gipfel des Mount Everests aufgespürt. Und ich bin nicht der Typ für eine Everest-Besteigung. Dort ist es kalt. Und wenn du keine Lust mehr hast, dir Felsen anzuschauen, dann hast du Pech gehabt, denn etwas anderes gibt es dort nicht.« Diesel schloss die Augen. »Ich bevorzuge Palmen, die sich im leichten tropischen Wind wiegen.«

»Was ist mit Trenton? Magst du Trenton?«

»Gibt es dort Palmen?«

»Nein.«

»Dann hast du bereits die Antwort darauf«, erklärte Diesel.

»Bist du hinter Snuggy her, weil er das Geld gestohlen hat?«

»Nein. Ich war schon vorher hinter ihm her. Er hat ein Pferd gestohlen und wurde bei seiner Flucht erkannt. Ich wurde gebeten, ihn auf Eis zu legen, bis die Sache geregelt werden kann. Leider gibt es dabei ein Problem – Snuggy ist wie Schall und Rauch. Er lässt sich nur sehr schwer festhalten.«

»Und er will sich nicht auf Eis legen lassen?«

»Er behauptet, das würde sein Arbeitsleben beeinträchtigen.«

»Wie sieht das denn aus?«

»Anscheinend stiehlt er allen möglichen Kram.«

»Heutzutage stehlen nicht mehr viele Leute Pferde.«

»Ich schätze, er mag Pferde. Er war früher Jockey. Durch eine merkwürdige Fügung des Schicksals gewann er ein Rennen, ist aber direkt hinter der Ziellinie vom Pferd gefallen. So läuft das ständig bei ihm. Er hat unglaublich viel Glück, schafft es jedoch immer, letztendlich alles zu vermasseln. Gestern hat er Lou Delvina eine knappe Million Dollar gestohlen, wurde jedoch von Delvinas Sicherheitskameras aufgenommen und hat das Geld am Straßenrand zurückgelassen, wo es deine Großmutter gefunden hat.«

Lou Delvina war ein Gangster aus unserer Gegend und ein absolut furchteinflößender Kerl. Diesel und ich hatten vor nicht allzu langer Zeit mit ihm zu tun gehabt, und ich war nicht begeistert von dem Gedanken, mich noch einmal mit ihm befassen zu müssen, wenn auch nur indirekt.

»Deine Zielperson hat also meistens Glück, reitet gern, mag grüne Hosen und ist nicht der Hellste. Noch etwas?«, fragte ich Diesel.

»Er spricht mit Tieren«, erwiderte Diesel. »Zweiweg-Kommunikation.«

»So wie der Pferdeflüsterer und diese Tier-Telepathin im Fernsehen?«

»So ungefähr.«

»Kannst du mit Tieren sprechen?«, wollte ich wissen.

»Schätzchen, ich kann mich kaum mit Menschen verständigen.«

3

Die Tür des Aufzugs am Ende des Gangs öffnete sich, und Snuggy kam heraus. Sein Blick fiel auf Diesel und mich, wie wir nebeneinander auf dem Boden saßen, und seine Augen weiteten sich. »Sie!«, stieß er hervor.

»Überraschung.« Diesel stand auf.

Snuggy drehte sich rasch um, drückte auf den Knopf nach unten und versuchte, die bereits geschlossenen Türen des Lifts aufzustemmen.

»Mann, das ist doch erbärmlich«, meinte Diesel. »Hören Sie auf, an der Aufzugtür zu kratzen, und kommen Sie hierher.«

»Grundgütiger Himmel, das kann ich nicht. Meine geliebte Mutter liegt im Sterben. Ich muss rasch an ihr Krankenbett.«

Diesel warf mir einen Blick zu. »Du kannst noch nachgemachter irischer Akzent und pathologisches Lügen auf die Liste setzen.«

»Das trifft mich zutiefst«, sagte Snuggy.

»Ich habe eine Akte über Sie«, erklärte Diesel. »Ihr Name ist Zigmond Kulakowski, Sie sind in Staten Island geboren, und Ihre Mutter ist vor zehn Jahren gestorben.«

»Aber ich fühle mich wie ein Ire«, verteidigte Snuggy sich.

»Ich bin ziemlich sicher, dass ich ein Leprechaun bin, so ein irischer Kobold.«

Diesel stemmte die Hände in die Hüften. Es hatte den Anschein, als ob er das schon öfter gehört hätte. »In Ihrer Akte steht nichts davon, dass Sie ein Leprechaun sind. Und ich habe schlechte Neuigkeiten für Sie – ein Schrank voll mit grünen Hosen macht noch keinen Kobold.«

»Aber ich habe unglaubliches Glück.«

»Ja, und ich bin unglaublich spitz, aber das macht mich noch nicht zu Nachbars Lumpi.«

Ich stand auf und stellte mich neben Diesel. »Ich möchte etwas über das Geld wissen, das meine Großmutter gefunden hat. Das Geld, das Lou Delvina gehört.«

Snuggy sank leicht in sich zusammen. »Ich habe Bargeld gebraucht und gehört, dass in Delvinas Safe jede Menge Scheine liegen. Ich meine, wenn man schon etwas stehlen muss, sollte man etwas klauen, was ohnehin nicht sauber ist, oder? Ich wusste, dass Delvina seine Geschäfte in einer Autowaschanlage an der Ecke Hamilton und Beacon Street abwickelte, also bin ich dahin gegangen, als der Laden gerade aufmachte. Und wieder einmal hatte ich Glück. Alle, auch Delvina, waren draußen, hinter dem Gebäude, um sich eine geplatzte Wasserleitung anzuschauen. Die Tür zum Büro stand sperrangelweit offen. Ich ging hinein, sah die Reisetasche auf dem Schreibtisch, warf einen Blick hinein, entdeckte das Geld und verschwand rasch damit. Während ich nach meinen Schlüsseln suchte, stellte ich die Tasche auf dem Autodach ab, und dann vergaß ich sie und fuhr davon. Ich nehme an, dass die Tasche herunterrutschte, als ich um die Ecke bog. Ich ging zurück und sah die alte Dame die

Straße entlangschlurfen. Manche Menschen haben keinerlei Skrupel, das kann ich euch sagen. Ich habe ihr ganz freundlich klargemacht, dass ich diese Tasche verloren hätte, aber sie befahl mir zu verschwinden. Und dann hat sie mich wüst beschimpft!«

»Sie sagte, Sie hätten nicht gewusst, wie viel Geld sich in der Tasche befand.«

»Ich hatte es nicht gezählt und wusste nicht, wie viel drin war. Grundgütiger Himmel, ich hatte es nur gestohlen!«

»Wenn Sie noch einmal grundgütiger Himmel sagen, scheuere ich Ihnen eine«, erklärte Diesel.

»Das können Sie nicht machen«, entgegnete Snuggy. »Ich bin alt und nur halb so groß wie Sie.«

»Ja, es wäre peinlich«, gab Diesel zu. »Aber ich glaube, ich könnte mich dazu überwinden.«

Snuggy trat von einem Bein aufs andere. »Wie auch immer – das Geld gehört mir. Und ich will es wiederhaben.«

»In diesem Fall ist dann wohl der Finder der Gewinner«, bemerkte ich. »›Des einen Freud, des anderen Leid.‹ Außerdem hat Grandma schon eine Menge davon ausgegeben.«

Snuggys Augen traten hervor, und eine tiefe Röte stieg ihm vom Nacken aufwärts bis unter die Haarspitzen. »Was? Das darf doch nicht wahr sein! Ich brauche dieses Geld. Es geht um Leben oder Tod. Sie werden Doug töten!«

Auweia. »Wer ist Doug?«

»Doug ist ein Pferd. Douglas Iron Man III. Wir kennen uns bereits seit Jahren. Er war vier Jahre alt, als ich in den Ruhestand ging. Damals war er wirklich etwas Besonderes. Er gewann sogar das *Preakness Stakes,* das große Pferderennen für Vollblüter. Aber seit einiger Zeit geht es ihm nicht gut. Ich habe ihn zufällig wiedergesehen, als ich letzte Woche einen Freund in Rumson besuchte. Doug stand in seinem Stall und sollte eingeschläfert werden. Er hatte eine Wunde am Bein, die operiert werden musste, und sie hatten beschlossen, dass die Behandlung zu kostspielig wäre.«

»Das ist sehr traurig.«

»Das ist nicht nur traurig, sondern kriminell. Armer Doug. Er war zutiefst deprimiert und konnte kaum mehr den Kopf heben. Er sah mich mit seinen großen braunen Augen an, und ich wusste, dass ich etwas unternehmen musste. Also kam ich in der folgenden Nacht zurück, schmuggelte ihn dort heraus und brachte ihn nach Trenton. Mein Cousin hat ein Haus in der Mulberry Street, und er erlaubte mir, Doug vorerst in seiner Garage unterzustellen, jedenfalls bis ich das mit der Behandlung geregelt hatte. In Pennsylvania gibt es eine sehr gute Tierklinik für Pferde. Aber ich musste zuerst das Geld dafür auftreiben. Als ich von Delvina hörte, hielt ich das für die perfekte Gelegenheit. Er hatte das Geld nicht erarbeitet und verdiente es nicht. Ich war der Meinung, dass es bei Doug viel besser angelegt wäre.«

Ich nickte. »Das ergibt Sinn.«

»Aber nicht für den Besitzer des Pferdes«, wandte Diesel ein. »Ihm fehlte am nächsten Morgen ein Pferd. Und darüber war er nicht gerade erfreut.«

»Ich habe ihm eine Nachricht hinterlassen«, verteidigte sich Snuggy. »Und ich habe sogar angeboten, ihm Doug abzukaufen.«

»Unsere Leute arbeiten bereits daran, die Sache zu regeln«, erklärte Diesel. »Bis es so weit ist, müssen Sie und Doug untertauchen. Doug kann nicht in einer Garage in Trenton bleiben.«

»Es ist schlimmer, als Sie denken«, sagte Snuggy. »Delvina ist mir gestern Abend zu der Garage gefolgt und hat Doug mitgenommen. Jetzt hält er ihn als Geisel. Delvina will sein Geld zurück. Alles. Sonst wird er Doug etwas Schreckliches antun.«

»Großartig«, seufzte Diesel. »Schlimm genug, dass ich einen Kerl aufspüren musste, der sich für einen irischen Kobold hält. Jetzt muss ich auch noch einen alten Gaul retten.«

»Doug ist nicht irgendein altes Pferd«, protestierte Snuggy. »Er ist sehr intelligent. Und empfindsam. Es hat seine Gefühle verletzt, als ihm klar wurde, dass sie sein Bein nicht behandeln lassen wollten. Er hat in all den Jahren hart gearbeitet, um in Form zu bleiben und die Rennen zu gewinnen. Und dann wurde er als Deckhengst eingesetzt, und er arbeitete Tag und Nacht, um Stuten zu decken. Und nicht alle haben sich ihm begeistert hingegeben. Doug erzählte mir, dass einige sich richtig zickig verhielten.«

»Vielleicht hätte Doug den Stuten mehr Aufmerksamkeit schenken sollen«, meinte ich. »Ein Nein ist ein Nein.«

»Das war sein Job«, entgegnete Snuggy. »Er steckte in einer Zwickmühle.«

Diesel stieß ein prustendes Lachen aus.

»Sie sind doch hier, um mir zu helfen«, sagte Snuggy zu Diesel.

»Nein«, erwiderte Diesel. »Ich soll Sie aus dem Verkehr ziehen, damit Sie keine Dummheiten mehr machen und dann womöglich noch in Lettermans Talkshow landen und der ganzen Welt erzählen, Sie könnten mit Tieren sprechen.«

»Meine Güte«, seufzte ich. »Das geht mir echt an die Nieren. Ich kann es nicht zulassen, dass Delvina Doug tötet.«

Diesel sah aus, als hätte er Bauchschmerzen. »Du wirst dich doch wegen dieses Pferds jetzt nicht benehmen wie ein kleines, rührseliges Mädchen, oder?«

»Ich werde nicht zulassen, dass ein armes Pferd zu Knochenleim verarbeitet wird, nur weil es eine Wunde am Bein hat. Es ist ein Pferd! Pferde sind wunderbare Tiere.«

»Hast du schon einmal ein Pferd aus der Nähe gesehen?«, fragte Diesel.

»Nicht in letzter Zeit. Aber im Fernsehen sehen sie wundervoll aus. Und als Kind habe ich alle Bücher über Blitz, den schwarzen Hengst, gelesen.«

Diesel unterdrückte mühsam ein Lächeln. Offensichtlich amüsierte er sich über mich. »Wissen Sie, wohin Delvina Doug gebracht hat?«, fragte er Snuggy.

»Nein.«

»Wie halten Sie Kontakt zu Delvina?«

»Er ruft mich an. Er hat mir bis morgen um drei Uhr Zeit gegeben, ihm das Geld zurückzugeben. Er sagte, wenn er es bis dahin nicht bekommen habe, würde er Doug erschießen.«

»Das reicht dicke«, erklärte ich. »Wir holen uns einfach das Geld von Grandma und geben es Delvina zurück. Wahrscheinlich wird er es nicht bemerken, dass ein wenig fehlt. So etwas passiert eben manchmal, richtig?«

Ich rief Lula an. »Gib nichts mehr von dem Geld aus«, befahl ich ihr. »Wir brauchen es.«

»Zu spät«, erwiderte sie. »Es ist weg. Und ich trage alles am Leib, was ich davon gekauft habe. Meine Supermodel-Klamotten. Und ich hatte echt Glück – ich bin noch mal diesem

Fotografen über den Weg gelaufen, und er hat schon mal ein paar Bilder von mir gemacht. Jetzt habe ich eine Portfolio-Mappe für morgen Vormittag.«

»Oh-oh.«

»Was soll das heißen? Es gibt kein ›Oh-oh‹. Es ist alles in Ordnung. Er hat eine Stunde lang Fotos von mir geschossen und gesagt, dass es die besten Aufnahmen sind, die er jemals gemacht hat.«

»Hast du ihn für diese Aufnahmen bezahlt?«

»Ja. Sie waren teuer, aber sie sind das Geld wert. Ich sage dir, der Kerl versteht sein Handwerk.«

»Wo ist er jetzt?«

»Keine Ahnung. Ich bin gerade ins Casino zurückgekommen. Er ist nicht mehr bei mir. Wir haben die Bilder draußen gemacht. Es war kalt, aber er meinte, das Licht sei richtig gut. Wo bist du?«

»Ich bin im 14. Stock und warte darauf, dass Grandma aufwacht. Sie wollte ein Nickerchen machen.«

»Ich komme gleich rauf.«

Ich beendete das Gespräch und rief Connie an.

»Bist du noch am Blackjack-Tisch?«

»Ja.«

»Ich nehme an, du hast kein Geld mehr übrig, oder?«

»Stimmt. Ich habe bis auf den letzten Cent alles verloren.«

»Du solltest besser in den vierzehnten Stock kommen. Wir haben ein Problem.«

Die Zimmertür ging auf, und Grandma steckte ihren Kopf heraus. »Was ist hier los?« Sie entdeckte Snuggy und holte tief Luft. »Das ist der Räuber! Den würde ich überall sofort wiedererkennen.« Grandma zog sich rasch in ihr Zimmer zurück und tauchte ein paar Sekunden später mit einer Waffe in der Hand wieder im Gang auf. Sie feuerte einen Schuss ab und traf eine Wandleuchte, bevor Diesel ihr das Ding wegnehmen konnte.

»Sie ist verrückt!«, rief Snuggy. »Diese Frau ist geistesgestört. Tut doch etwas!«

»Mit dieser Waffe stimmt wohl etwas nicht«, meinte Grandma. »Normalerweise schieße ich nicht so weit daneben.«

»Er hat immer Glück«, erklärte ich Grandma.

»Ich bin mir ziemlich sicher, dass ich ein irischer Kobold bin«, sagte Snuggy.

Grandma musterte ihn. »Ich schätze, das könnte eine Erklärung dafür sein.«

Diesel nahm die Patronen aus der Trommel und steckte sie ein, bevor er die Waffe Grandma zurückgab. »Haben Sie eine Ahnung, wie viel Geld Sie ausgegeben haben?«

»Nein, darauf habe ich nicht geachtet. Randy hat sich darum gekümmert.« Sie schaute sich um. »Wo ist er?«

»Er ist zur Toilette gegangen.«

»Vielleicht hat der Leprechaun ihn verschwinden lassen«, meinte Grandma. »Jeder weiß, dass man diesen Kobolden nicht trauen darf.«

Ich erzählte Grandma von Doug und Lou Delvina.

»Das klingt nach einem Haufen Mist«, sagte Grandma.

»Ich habe Bilder«, warf Snuggy ein und zog sein Handy aus der Tasche. »Ich habe sie gemacht, um sie dem Tierarzt in Pennsylvania zu schicken.«

Wir schauten alle Snuggy über die Schulter, um die Aufnahmen von Doug zu betrachten.

»Er sieht tatsächlich echt aus«, bemerkte Grandma. »Und er ist eine wahre Schönheit. Er hat wunderschöne Augen.«

Lula trat aus dem Aufzug und kam zu uns herüber. »Was schaut ihr euch da an?«

Ich setzte sie über Doug und Delvina ins Bild und betrachtete ihre neuen Klamotten. Goldene Louboutins mit Pfennigabsätzen, ein metallisch-goldfarbener Minirock und ein langes schwarzes Jackett aus Satin. Als sie das Jackett auszog, kam ein goldfarbenes Bustier zum Vorschein, das nicht annähernd groß genug war, um ihre Melonen zu bedecken.

Snuggy stand direkt vor Lula, und als sie sich runterbeugte, um ihn in Augenschein zu nehmen, sah er aus, als hätte er seine Zunge verschluckt. Diesel wirkte ein wenig schockiert, aber er lächelte. Ich bin eindeutig heterosexuell, aber ich muss zugeben, dass mich der Anblick der aus dem goldenen Top hervorquellenden Brüste faszinierte.

»Mann, in dieser Aufmachung kommen Ihre Hupen gut zur Geltung«, bemerkte Grandma. »So ein Oberteil würde mir auch gefallen.«

»Ich hatte schon Angst, es würde nicht richtig sitzen«, meinte Lula.

»Von hier unten sieht es gut aus«, erklärte Snuggy.

»Kein Grund zur Beschwerde«, fügte Diesel hinzu.

Der Aufzug klingelte, und Connie kam heraus. »Was ist los?«

Ich wiederholte die Geschichte von Doug und Delvina, und Connie sah sich die Fotos an.

»Wir müssen dieses Pferd retten«, sagte Lula. »Jetzt, wo ich kurz davor bin, ein Supermodel zu werden, kann ich es mir nicht leisten, mein Karma zu versauen.«

»Was soll all das Gerede über Feng-Shui und Karma?«, wollte Connie wissen.

»Ich habe mir mein Horoskop erstellen lassen, und da hieß es, ich müsse spiritueller leben. Eigentlich wollte ich Katholikin werden, aber das klang absolut schrecklich, also habe ich mich für den asiatischen Kram entschieden.«

»Ich schätze, ich hätte nichts dagegen, mein Geld dafür zu verwenden, Doug zu retten«, erklärte Grandma. »Und ich habe immer noch mein Wohnmobil. Wenn man es sich recht überlegt, bin ich dann immer noch ein Glückspilz.«

Wir marschierten alle in Grandmas Zimmer und warteten, bis Diesel das Geld gezählt hatte.

»Sechshundertvierzigtausend«, sagte er schließlich und wandte sich an Snuggy. »Wie viel haben Sie laut Delvina gestohlen?«

»Achthundertneunzigtausend.«

Diesel verstaute das Geld wieder in der Reisetasche und zog den Reißverschluss zu. »Dann fehlt uns eine Viertelmillion.«

»Ich habe zehntausend ausgegeben«, gestand Connie.

»Bei mir waren es auch zehntausend«, sagte Lula.

»Ich habe das Wohnmobil für einen guten Preis bekommen«, warf Grandma ein. »Es kostete nur dreißigtausend. Und ich habe Randy dafür bezahlt, dass er das Geld bewachte und das Wohnmobil fuhr.«

Diesel grinste Grandma an. »Sie haben fast zweihunderttausend an Spielautomaten verzockt? Das ist beeindruckend.«

»Vor allem wenn man bedenkt, dass ich ja auch gewonnen habe.«

»Zwölf Dollar?«

»Ja. Ich hatte eine echte Glückssträhne.«

»Delvina wird das nicht gefallen«, gab Snuggy zu bedenken. »Er will die gesamte Summe wiederhaben.«

»Wir sollten Delvina keinen Cent von diesem Geld zurückgeben«, meinte Diesel. »Er kann froh sein, dass er noch lebt und aufrecht stehen kann.«

»Schon, aber wir müssen an das Pferd denken«, wandte Lula ein. »Wir müssen uns auf das Pferd konzentrieren. Wie können wir es anstellen, das Tier heil und unversehrt zu befreien?«

»Warum sorgen Sie nicht dafür, dass wir ein wenig Glück haben?«, wandte sich Grandma an Snuggy. »Sie sind der Kobold, also sollten Sie losziehen und ein paar Töpfe Gold für uns finden.«

»Das könnte ich schon machen, aber dazu müsste ich einem Regenbogen folgen, und heute war es stark bewölkt. Und nachts kann ich das nicht tun. Außerdem bin ich ein Kobold polnischer und irischer Abstammung, also klappt die Sache mit den Goldtöpfen bei mir wahrscheinlich ohnehin nicht. Meistens kommt es mir einfacher vor, das Gold zu stehlen.«

»Ich habe eine gute Idee«, meldete sich Lula zu Wort. »Warum nehmen wir nicht das Geld, das wir noch übrig haben, und setzen es bei den Würfeltischen ein? Okay, dieser Kobold ist wohl ein Dilettant, aber das ist immer noch Glücksgeld, oder? Mir hat es Glück gebracht, und Grandma auch.«

Ich warf Diesel einen Blick zu. Ich wusste, wer hier die Fähigkeit hatte, beim Würfeln zu gewinnen. Diesel konnte wahrscheinlich die Augen der Würfel ändern, wenn er sich darauf konzentrierte.

»Nein«, erklärte Diesel.

»Ich habe doch gar nichts gesagt.«

»Das war nicht nötig. Ich weiß, was du gedacht hast.«

»Kannst du jetzt etwa Gedankenlesen?«

»Schätzchen, das stand in Leuchtbuchstaben auf deiner Stirn geschrieben.«

»Ich halte es für keine gute Idee, die gesamte Summe zu setzen«, meinte Snuggy. »Vielleicht sollten wir jeder mit einer kleinen Summe losziehen und schauen, wie es läuft.«

»Es ist Ihr Geld und Ihr Pferd«, erwiderte Diesel. »Wie viel wollen Sie austeilen?«

»Tausend für jeden«, beschloss Snuggy.

Diesel gab Lula, Connie, Grandma und Snuggy jeweils tausend Dollar, nahm sich selbst aber nichts von dem Geld.

»Wo ist Randy?«, erkundigte sich Grandma. »Er muss auf mein Geld aufpassen, während ich Glück im Spiel habe.«

Ich rief Briggs mit meinem Handy an.

»Ja«, meldete er sich.

»Wo sind Sie?«

»Ich bin mit einem Mädchen zusammen. Sie ist doppelt so groß wie ich und nur halb so alt. Und ich bin sehr beschäftigt. Was wollen Sie?«

»Grandma ist aufgewacht und will ins Casino zurück.«

»Meine Güte, geben Sie ihr eine Pille oder so. Ich glaube, ich habe mich gerade verliebt.«

»Und was denken Sie, wie lange diese Liebe anhalten wird?«

»Zehn Minuten. Höchstens zwanzig.«

Ich beendete das Gespräch.

»Briggs ist im Augenblick nicht abkömmlich«, erklärte ich Grandma. »Ich werde die Tasche für dich halten.«

»Okay, gehen wir«, sagte Grandma. »Lasst uns dieses Casino ordentlich aufmischen.«

»Und was machst du?«, fragte ich Diesel.

»Ich spiele den Babysitter für den Kobold.«

»War das sarkastisch gemeint?«, wollte Snuggy wissen.

Diesel hielt ihm die Tür auf. »Haben Sie ein Problem mit Sarkasmus?«

4

Wir quetschten uns alle in den Aufzug und fuhren zum Casino hinunter. Snuggy und Diesel gingen zu den Blackjack-Tischen, Lula steuerte den Roulettetisch an, und Connie und ich begleiteten Grandma zu ihrer Lieblingspokermaschine.

»Ich spüre eine Menge Geld auf mich zurollen«, meinte Grandma. »Das vorher war erst die Aufwärmphase.«

Wir halfen Grandma, sich an dem Automaten niederzulassen, und Connie stupste mich an.

»Schau mal über den Gang zu dem Blackjack-Tisch, der uns am nächsten steht«, forderte sie mich auf. »Ich glaube, der Kerl im gestreiften Hemd ist Billy Major.«

Billy Major hat einen Stall voller Pferdchen, die für ihn laufen. Soviel mir bekannt war, hatte man ihn noch nie wegen Zuhälterei verhaftet. Allerdings war er schon einige Male wegen Drogenbesitzes festgenommen worden, und die letzte Kaution stand noch aus. Billy Major stand auf meiner Liste von Ausreißern. Er war nicht vor Gericht erschienen, und ich hatte ihn bis zu diesem Moment nicht ausfindig machen können. Wahrscheinlich, weil ich in Trenton nach ihm gesucht hatte, während er sich offensichtlich in Atlantic City aufhielt.

In meiner Hosentasche steckten nur eine Kreditkarte und

zwanzig Dollar. Meine Handtasche mit all meinen Kopfgeldjägerutensilien hatte ich oben in Grandmas Zimmer gelassen. »Ich habe meine Ausrüstung nicht bei mir«, informierte ich Connie.

Connie trug ihre Tasche über der Schulter. Sie wühlte darin und kramte Handschellen, einen Elektroschocker und eine halbautomatische Smith & Wesson Kaliber .45 hervor. Ich nahm die Handschellen und den Elektroschocker an mich und überließ ihr die Smith & Wesson. Connie war zwar viel tougher als ich, aber Verbrecher einzufangen fiel in meinen Aufgabenbereich.

Ich klemmte die Reisetasche mit dem Rest des Geldes zwischen Grandmas Hocker und den Pokerautomaten. »Ich komme gleich wieder«, erklärte ich ihr. »In der Zwischenzeit lass das Geld nicht aus den Augen.«

Ich überquerte den Gang, stellte mich hinter Major und sah ihm ein paar Minuten beim Spielen zu. Die Handschellen steckten in der Gesäßtasche meiner Jeans, und den Elektroschocker hatte ich in die Tasche meines Sweatshirts geschoben. Der Croupier mischte die Karten, und ich beugte mich zu Major vor.

»Verzeihen Sie«, sagte ich mit den Lippen direkt neben seinem Ohr. »Billy Major?«

»Ja.«

Er drehte sich um, und als er mich ansah, dämmerte es ihm, wer ich war. Es war nicht das erste Mal, dass ich ihn verhaftete.

»Oh, Scheiße«, fluchte Major.

Ich legte ihm eine Handschelle an, und er sprang mit einem Aufschrei hoch und stieß gegen den Spieltisch. Chips flogen durch die Luft, alle standen hastig auf, und der Croupier rief nach dem Sicherheitspersonal, während sich Drinks aus den umgekippten Gläsern auf den Teppich ergossen.

Ich mühte mich ab, um Major die zweite Handschelle anzulegen. »Dies ist eine Festnahme durch eine Kopfgeldjägerin. Halten Sie still!«

»Leck mich.« Major riss mir die Handschellen aus der Hand und stürmte zum Ausgang auf der gegenüberliegenden Seite.

Er hatte einen Vorsprung, aber seine hochhackigen Stiefel und die vierzig Pfund schweren Goldketten um seinen Hals behinderten ihn. Er rempelte ungeniert alle Leute an, während ich versuchte, vorsichtig um die Getränkekellnerinnen und die Casinogäste herumzulaufen. Schließlich krachte er in eine alte Frau mit einem Gehgestell und stolperte. Ich machte einen großen Satz und stürzte mich auf ihn. Die Wucht meines Aufpralls brachte uns beide zu Fall.

Ich hatte nie Unterricht in Kampfsport. Meistens verlasse ich mich darauf, dass die Leute meine Verzweiflung unterschätzen. Ich krallte meine Finger in Majors Hemd. Mir war klar, dass die Sicherheitskräfte des Casinos mir helfen würden, ihn festzunehmen. Ich durfte ihn nur bis zu deren Eintreffen nicht loslassen. Wir wälzten uns auf dem Boden, bis ich aus den Augenwinkeln etwas Goldenes aufblitzen sah und erkannte, dass es sich um Lula handelte.

»Aus dem Weg«, befahl Lula.

Ich rollte mich zur Seite, und Lula setzte sich mit voller Wucht auf Major. Major gab ein bellendes Keuchen von sich, furzte und blieb reglos liegen.

Ein alter Mann sah auf Major hinunter. »Er ist tot.«

Lula stand auf, und ich ließ die zweite Handschelle zuschnappen. Major rührte sich immer noch nicht. Wir sahen ihn uns alle genauer an.

»Ich glaube, ich habe ihn gerade noch atmen sehen«, meinte Lula.

»Ich habe einen Defibrillator an meinem Elektroroller«, sagte jemand. »Wollen Sie versuchen, ihn damit wiederzubeleben?«

»Ich habe ein Sauerstoffgerät«, meldete sich ein anderer Mann.

Lula schob einen Fuß unter Major und drehte ihn um. Seine Augen waren offen, und er presste seine Lippen fest aufeinander.

»Gütiger Himmel«, stieß er zwischen zusammengebissenen Zähnen hervor.

»Ihm ist nur die Luft weggeblieben«, meinte Lula. »Ich habe diese Wirkung auf Männer, weil ich ein Supermodel bin.«

Die Sicherheitsleute waren inzwischen eingetroffen und hatten sich unter die Gaffer gemischt. Die Gaffer schienen sich gut zu amüsieren, aber die Wachleute wirkten nicht sehr glücklich.

Connie bahnte sich einen Weg durch die Menge, baute sich vor dem Leiter der Sicherheitstruppe auf, zeigte ihm ihren Ausweis und erklärte ihm, dass ich ihre Stellvertreterin sei. Die Menge der Gaffer zerstreute sich. Zwei Tische von uns entfernt stand Diesel und grinste mich an. Ich zeigte ihm den Stinkefinger, und sein Grinsen wurde noch breiter.

»Was machen wir jetzt mit diesem Idioten?«, wollte Lula wissen. »Ich würde ihn zurückbringen, aber ich habe morgen

Vormittag dieses Fotoshooting. Ich werde hier übernachten, um morgen taufrisch und putzmunter zu sein. Grandma hat gesagt, ich könne mich bei ihr einquartieren. In ihrer Suite steht eine Ausziehcouch.«

»Ich werde ihn mitnehmen«, erklärte sich Connie bereit. »Ich habe heute ohnehin kein Glück im Spiel. Wenn du mir deinen Firebird leihst, kannst du meine tausend Dollar haben.«

»Abgemacht«, erwiderte Lula. »Ich habe das Gefühl, dass es heute bei mir gut laufen wird. Wahrscheinlich werde ich die zusätzlichen Tausend gar nicht brauchen, aber ich nehme sie – nur für alle Fälle.«

Gemeinsam zogen wir Major auf die Füße und führten ihn aus dem Casino in die Parkgarage. Wir holten Fußfesseln aus dem Kofferraum von Lulas Wagen, legten sie Major an und beförderten ihn auf den Rücksitz. Connie setzte sich hinter das Steuer, und wir sahen ihr nach, als sie davonfuhr.

»So ein Glück«, meinte Lula. »Wir haben einen Mistkerl geschnappt. Und wir mussten ihn nicht einmal umbringen.«

Das Casino war verhältnismäßig leer, als wir in die Spielhalle zurückkehrten. Die Tagesspieler stiegen in die Busse ein. Die Nachtgäste steckten noch auf dem Highway im Verkehr fest. Einige Angestellte kehrten leise die Teppiche ab und sammelten die leeren Gläser ein. Der große Hund namens Duffy war verstummt.

»Ich gehe ins Café und hole mir einen Burger«, erklärte Lula. »Kommst du mit?«

»Ich muss zurück zu Grandma. Ich habe sie mit dem Geld allein gelassen.«

Ich hastete zur Spielhalle zurück und entdeckte Briggs,

bevor ich Grandma sah. Er stand hinter ihr, wie immer, doch er sah nicht so aus, als würde er die Reisetasche bewachen. Grandma bearbeitete den Spielautomaten, und Briggs war auf seinem Posten, aber er wirkte irgendwie gelangweilt. Und die Reistasche war verschwunden.

»Wo ist das Geld?«, fragte ich ihn.

»Ich habe es in den Hotelsafe gelegt«, antwortete Briggs.

»Aber nicht, weil ich es sonst verspielen könnte«, fügte Grandma hinzu, während sie auf die Play-Taste einhämmerte. »Ich habe mir gedacht, wir sollten es besser an einen sicheren Ort bringen. Damit Randy die große, schwere Tasche nicht ständig mit sich herumschleppen muss. Wir sind hier ohnehin fast fertig. Es ist erstaunlich, wie schnell man tausend Dollar ausgeben kann, wenn man den Bogen raushat.«

»Hast du etwas gewonnen?«

»Keinen einzigen verflixten Cent. Aber das soll mir recht sein. Ich will ohnehin jetzt zurück in mein Zimmer, um fernzusehen. Um sieben Uhr fängt eine Wiederholung von *Let's Dance* an.«

Ich ließ Grandma und Briggs allein und ging zu Snuggy und Diesel hinüber. Snuggy spielte Blackjack, und Diesel stand hinter ihm.

»Wie läuft's?«, fragte ich Diesel.

»Ich befürchte, für das Pferd sieht es nicht gut aus.«

»Snuggy hat nicht mehr viele Chips übrig.«

»Er bekommt ständig ein gutes Blatt in die Hand, aber er ist der schlechteste Blackjack-Spieler aller Zeiten.«

»Warum spielst du nicht?«, wollte ich wissen.

»Ich kann nicht. Ich habe hier schon zu oft gewonnen.

Wenn ich mich an den Tisch sitze, wird man mich bitten, das Casino zu verlassen.«

»Das dürfen sie tun?«

»Sie glauben, dass ich betrüge.«

»Stimmt das?«

»Ja.« Diesel lächelte mich an. »Der Ringkampf hat mir gut gefallen.«

»Du hättest mir helfen können!«

»Du hast dich auch ohne meine Hilfe recht gut geschlagen. Wer war der Kerl, den du niedergerungen hast?«

»Billy Major. Er ist ein Zuhälter aus Trenton, der mit Drogen erwischt wurde. Vinnie hat die Kaution für ihn gestellt, aber Major ist nicht zu seinem Gerichtstermin erschienen. Es war ein reiner Glücksfall, dass Connie ihn entdeckte.«

Snuggy rutschte auf seinem Stuhl hin und her und ließ seine Fingerknöchel knacken. Er war nervös. Ihm war bewusst, dass er die Sache in den Sand setzte. Er hatte nur noch einige wenige Chips übrig.

»Das ist die reine Qual«, sagte ich zu Diesel. »Er sollte lieber etwas spielen, wo es allein aufs Glück ankommt.«

»Bei allen Spielen muss man Entscheidungen treffen«, entgegnete Diesel. »Selbst an den Spielautomaten. Aber er macht immer genau das Falsche.«

Lula kam auf uns zugestapft. Sie war offensichtlich aufgebracht und fuhr erregt mit den Händen durch die Luft. »Hier wird manipuliert«, schimpfte sie. »Ich schätze, ich weiß, wann ich eine Glückssträhne habe. Und genauso war es. Aber ich habe verloren. Wie kann das sein? Ich habe gute Lust, das zu melden.« Sie warf einen Blick auf Snuggy. »Ihm scheint es auch nicht besser zu ergehen. Ich sage euch, in diesem Laden wird man übers Ohr gehauen. Wo ist Grandma?«

»Sie ist auf ihr Zimmer gegangen, um sich eine Wiederholung von *Let's Dance* anzuschauen.«

»Im Ernst? Ich liebe diese Sendung. Vielleicht sollte ich sie mir gemeinsam mit ihr anschauen. Ich befürchte, mein Blutdruck ist nach oben geschossen, weil ich all das Geld verloren habe. Ich habe Kopfschmerzen. Welche Art von Kopfschmerzen bekommt man von hohem Blutdruck? Einen Druck auf dem Oberkopf? Ein Stechen hinter dem linken Augapfel? Einen Schmerz, der sich vom Nacken nach unten zieht? Ich habe das alles. Vielleicht habe ich einen Schlaganfall. Hängt irgendetwas an mir herunter?«

»Nicht, soweit ich sehen kann«, beruhigte ich sie. Elastan bewirkt wahre Wunder.

Lula marschierte davon, und ich warf Diesel einen strafenden Blick zu.

»Schau mich nicht so an«, protestierte Diesel. »Sie hat gefragt, ob irgendetwas an ihr hängen würde, und ich habe nichts dazu gesagt.«

»Aber dir dabei etwas gedacht.«

»Kannst du jetzt plötzlich Gedankenlesen?«

»Es stand in Leuchtbuchstaben auf deiner Stirn geschrieben.«

Diesel zog mich an sich und umarmte mich. »Treffend bemerkt!«

Allmählich strömten die Nachtgäste in das Casino. Junge Singles, die direkt von der Arbeit kamen. Ältere Pärchen in diesem schwierigen Alter, wo man sich zwischen betreutem Wohnen und dem Familienheim in der Vorstadt entscheiden musste. Schwer süchtige Spieler, die den ganzen Tag damit verbracht hatten, ihren Kater zu vertreiben, und nun bereit waren, das Desaster von letzter Nacht zu wiederholen. Der Lärmpegel stieg, und die Croupiers legten einen Zahn zu.

»Das war's«, erklärte Snuggy und schob seinen Stuhl zurück. »Ich bin geliefert. Jetzt habe ich all mein Geld verloren. Ich fühle mich schrecklich.«

Eine der Getränkekellnerinnen machte sich an Diesel heran. »Kann ich Ihnen etwas besorgen? *Irgendetwas*?«

»Nein«, erwiderte Diesel. »Aber danke für das Angebot.«

Ich verdrehte die Augen, und die Kellnerin tänzelte davon.

»Wie sollen wir nur das Geld für Doug zusammenbekommen?«, fragte Snuggy. »Wir haben nur noch bis morgen um drei Uhr Zeit.«

»Wir alle mögen Doug, das steht fest«, erwiderte Diesel. »Aber vielleicht ist seine Zeit gekommen.«

Snuggy starrte ihn entsetzt an, und ich verpasste Diesel einen Schlag auf den Hinterkopf.

»Doug ist ein Pferd«, verteidigte Diesel sich. »Wisst ihr, wie viele Pferde man für eine Viertelmillion kaufen kann? Auch wenn es sich um Pferdestärken unter einer Motorhaube handelt.«

»Es gibt hier eine Menge Casinos«, erklärte ich. »In einem davon lässt man dich sicher spielen.«

»Tut mir leid, Schätzchen, ich bin eine *Persona non grata*, eine unerwünschte Person. Diese Casinos haben mir das Studium am MIT ermöglicht.«

Ich war sprachlos. »Du hast am MIT studiert? An dieser supertollen Uni?«, brachte ich schließlich hervor.

»Nur weil ich groß bin, heißt das noch lange nicht, dass ich dumm bin.«

»Du siehst aus wie ein Penner.«

»Ich trage gern bequeme Klamotten. Außerdem finden viele Frauen, dass ich so sehr sexy aussehe.« Er grinste und zauste mir das Haar. »Du vielleicht nicht, aber viele andere Frauen schon.«

Ich verdrehte wieder die Augen.

»Wenn du das öfter machst, wirst du da drin noch etwas losreißen«, meinte Diesel.

»Dann warst du also nicht immer hinter bösen Jungs her?«

»Damit habe ich Anfang zwanzig angefangen. Als Hobby quasi.«

»Wie Buffy, die Vampirjägerin?«

»Ja, außer dass ich mich nicht mit Vampiren anlege. Und ich glaube, dass es Buffy in Wirklichkeit gar nicht gibt. Sie ist nicht echt.«

»Und bist du echt?«

»So echt, wie ein Kerl nur sein kann.«

»Okay, großartig. Nun wissen wir, dass wir alle echt sind«, warf Snuggy ein. »Könnten wir uns wieder auf das Problem mit Doug konzentrieren?«

»Ich muss an einem Pokerspiel außerhalb des Casinos teilnehmen«, erklärte Diesel. »Privat. Mit hohen Einsätzen.«

Snuggy streckte seine Faust in die Luft. »Ja! Ich wusste, dass Sie mir helfen würden. Bleiben Sie hier. Ich werde herumfragen und herausfinden, wo ein solches Spiel stattfindet.«

»Sie werden sich doch nicht aus dem Staub machen, oder?«, sagte Diesel zu Snuggy. »Denn dann werde ich Sie verfolgen, und wenn ich Sie aufgespürt habe, wird das nicht lustig für Sie werden.«

»Sie haben mein Wort.«

»Ihr Wort ist keinen Pfifferling wert«, erklärte Diesel. »Denken Sie nur daran, was ich Ihnen gesagt habe. Vergewissern Sie sich, dass mich keiner der Spieler kennt. Und finden Sie heraus, ob man an der Tür auf Waffen untersucht wird.«

»Okay, verstanden«, erwiderte Snuggy. »Warum wollen Sie das mit den Waffen wissen? Tragen Sie eine bei sich?«

»Nein. Ich will nicht angeschossen werden, wenn ich gewinne. Das tut weh. Wir gehen in das Café. Sie können mich dort holen kommen oder Stephanie auf ihrem Handy anrufen.«

Snuggy machte sich auf den Weg, und Diesel steckte eine Hand in die Tasche meines Sweatshirts.

»Hey!«, protestierte ich.

»Ich suche nach dem Gutschein.«

»Na klar.«

»Ich brauche den Beleg, den ich dir nach dem Gewinn am Spielautomaten gegeben habe.«

»Ich habe ihn in meine Hosentasche gesteckt, damit ich ihn nicht verliere.«

»Noch besser.«

Ich trat einen Schritt zurück. »Ich hole ihn lieber selbst raus!«

»Hey, du verdirbst einem ja den ganzen Spaß«, meinte Diesel.

»Ich habe einen Freund.«

»Und?«

Ich zog die Quittung aus meiner Tasche und reichte sie Diesel. »Und ich mache nicht rum.«

»Bewundernswert, aber langweilig.« Diesel nahm mir den Beleg aus der Hand und zog mich quer durch den Raum zur Kasse. »Es würde dich nicht umbringen, ein wenig mit mir zu flirten. Dann bliebe mir dieser Auftrag nicht als total ätzend im Gedächtnis. Ich muss auf einen Kerl aufpassen, der sich für einen Kobold hält, und soll ein abgehalftertes Pferd retten. Das Mindeste, was du für mich tun könntest, ist, mir ab und zu an den Hintern zu fassen.«

»Und wenn ich nur daran denke, dir einen Klaps auf den Po zu geben?«

»Besser als nichts.«

Diesel gab dem Kassierer die Quittung und steckte seinen Gewinn ein. »Das sollte für ein paar Burger reichen«, erklärte er, legte mir einen Arm über die Schultern und führte mich zum Café.

5

Wir waren gerade dabei, unsere Burger und Pommes frites aufzuessen, als Snuggy in das Café stürmte.

»Ich habe Sie für ein Spiel angemeldet«, berichtete er. »Es findet im Caesar's statt, hat aber nichts mit dem Hotel zu tun. Eine streng private Party. Und es geht um eine Menge Geld. Das Spiel fängt um zehn Uhr an.« Snuggy reichte Diesel einen Zettel. »Hier sind die Zimmernummer und der Name des Kerls. Wenn Sie nach ihm fragen, lässt man Sie rein. Sie müssen zehntausend Dollar Startgebühr mitbringen.«

Ich schaute Diesel an. »Hast du zehntausend?«

»Noch nicht.«

»Und wie willst du dir das Geld besorgen?«

»Ich werde es mir aus der Reisetasche nehmen.«

Snuggy warf einen Blick über seine Schulter und starrte auf den Eingang des Cafés.

»Gibt es ein Problem?«, erkundigte Diesel sich.

Snuggy richtete seine Aufmerksamkeit wieder auf uns. »Nein. Alles in Ordnung.«

Eine halbe Stunde später klopften wir an Grandmas Tür.

»Ihr kommt genau zur rechten Zeit«, meinte Lula. Sie ließ uns in das Zimmer, trottete zurück zur Couch und quetschte sich zwischen Grandma und Briggs. »Gerade hat die Folge angefangen, in der sie die Wie-heißt-sie-gleich-noch zum Heulen bringen, weil sie nicht sexy genug ist. Und nach ihr kommt die Dicke mit dem hässlichen blauen Kleid an die Reihe.«

Diesel legte seine Lippen an mein Ohr. »Sie macht Witze, oder?«

»Siehst du denn nie fern?«

»Doch. Ich schaue mir Baseballspiele, Boxen oder Eishockey an.«

»Bei dieser Sendung geht es um etwas anderes«, erklärte ich ihm.

Grandma hatte sich eine Suite mit zwei Zimmern gemietet. Im Schlafzimmer standen ein breites Doppelbett, eine Kommode und zwei Boudoir-Stühle. Im Wohnzimmer befanden sich eine große Couch, ein Schreibtisch mit Stuhl, ein bequemer Clubsessel und ein Polsterhocker. An den buttergelben Wänden hingen etliche Bilder von Beagles. Der gelbe Teppich war mit schwarzen Abdrücken von Hundepfoten verziert. Der Stoff der Vorhänge und die Bezüge des Sofas und der Stühle waren gelb und orange und mit weißem Blumenmuster bedruckt. Es sah aus wie Snoopys Zimmer in einer Irrenanstalt.

»Was hältst du von dem Zimmer?«, fragte Grandma. »Wirkt es nicht richtig fröhlich?«

»Ja«, antwortete ich. »Sehr fröhlich.«

Diesel rückte wieder an mein Ohr heran. »Wenn ich länger hier drinbleiben muss, wird mich der Schlag treffen.«

»Wir sind hier, um uns etwas Geld aus der Tasche zu holen«, erklärte ich. »Diesel braucht es.«

»Dann müsst ihr warten«, sagte Briggs. »Ich will diesen Teil nicht versäumen. Das Geld liegt unten im Safe. Man muss sich an der Rezeption melden, dann wird man zwei Treppen nach unten geführt, wo sich die Schließfächer für Hotelgäste befinden. Das Ganze ist ziemlich aufwändig. Es dauert etwa eine halbe Stunde. Ich würde den Rest der Sendung verpassen.«

»Kann *ich* das Geld nicht holen?«, erkundigte sich Diesel.

»Nein. Ich habe es dort hingebracht, und nur ich kann es wieder holen. Man braucht einen Ausweis mit Lichtbild, und der Fingerabdruck wird eingescannt. Wie in Fort Knox.«

»Was ist das für eine Sendung?«, wollte Diesel wissen. »Die Leute tanzen.«

»*Let's Dance*«, erklärte ich ihm. »Tänzer tanzen mit Stars.«

»Ich würde mich von einer Klippe stürzen, wenn ich mir das jede Woche anschauen müsste.«

»Und wenn du bei jeder Sendung ein Stück Geburtstagstorte essen dürftest?«

»Das wäre schon besser«, erwiderte Diesel. »Aber ich könnte mich trotzdem nicht daran gewöhnen.«

»Die Sendung ist um neun Uhr zu Ende«, sagte Briggs. »Können Sie bis dahin warten?«

»Schätze schon«, antwortete Diesel.

»Ich bleibe hier«, erklärte Snuggy. »Diese Sendung gefällt mir.«

Ich quetschte mich neben Grandma. »Mir auch.«

»Gehen diese Tänzer manchmal aufeinander los?«, wollte Diesel wissen.

»Nein.«

»Dann verziehe ich mich lieber. Ich bin um neun Uhr wieder da.«

Um neun Uhr war Briggs bereit aufzubrechen. Grandma ruhte sich in ihrem Schlafzimmer aus, und Lula und Snuggy hatten auf den SPEED Channel umgeschaltet und schauten Autorennen.

Diesel klopfte einmal und öffnete dann die Tür.

»In meine Wohnung kommst du ständig unangemeldet hereingeplatzt. Warum klopfst du also hier an?«, wollte ich von ihm wissen.

»Ich will es nicht riskieren, einige dieser Leute nackt zu sehen. Bei dir ist das etwas anderes.«

»Lasst uns gehen«, drängte Briggs. »Ich habe heute Abend noch eine Verabredung, und ich möchte nicht zu spät kommen.«

Diesel legte seinen Arm um meine Schultern. »Ich habe einen Plan.«

Das fand ich gut, denn ich hatte keine Ahnung, wie es weitergehen sollte. Ich hatte keine Lust mehr, fernzusehen oder im Casino herumzuhängen. Ich hatte kein Zimmer. Ich hatte keine Möglichkeit, nach Hause zu fahren. Und ich hatte kein Geld. Ich hatte Morelli angerufen, um ihm zu sagen, dass ich noch nicht wüsste, wann ich wieder in Trenton sein würde, hatte aber nur seinen Anrufbeantworter erreicht. Das bedeutete, dass er entweder zu einem Fall gerufen worden war, oder dass die Rangers spielten und das Spiel im Fernsehen übertragen wurde.

»Du wirst mir zu einem zivilisierten Aussehen verhelfen«, erklärte Diesel.

»Wie viel Zeit habe ich dafür?«

»Nicht genug. Ich möchte nur, dass du mich begleitest. Ich habe die Spieler überprüft. Sie sind alle älter, und ich bezweifle, dass irgendeiner von ihnen zerrissene Jeans trägt. Wenn ich allein komme, könnten sie mich für einen Stricher halten. Wenn du dabei bist, können wir ein Rollenspiel aufführen.« Er wandte sich an Snuggy. »Sie werden dieses Zimmer nicht verlassen. Wenn Sie es wagen, hetze ich Ihnen Lula auf den Hals. Und Sie haben gesehen, was sie mit dem Kerl im Casino gemacht hat.«

Snuggy rang nach Luft und ihn schauderte unwillkürlich.

»Ja«, bestätigte Lula. »Ich würde Sie zerquetschen wie eine Wanze, wenn ich dazu gezwungen wäre.«

Diesel, Briggs und ich fuhren mit dem Aufzug hinunter und gingen quer durch das Casino zur Rezeption. Briggs legte seinen Ausweis vor und bat um Zugang zu seinem Schließfach. Er wurde in ein Hinterzimmer geführt, und die Tür schloss sich hinter ihm.

Mein Handy summte in meiner Tasche. Ich zog es heraus und warf einen Blick auf das Display. Eine unterdrückte Rufnummer. Höchstwahrscheinlich Morelli oder Ranger.

»Ja?«, meldete ich mich.

»Dein Auto steht vor dem Kautionsbüro, und der elektronische Chip in deiner Handtasche verrät mir, dass du dich in Atlantic City aufhältst. Alles in Ordnung?«

Es war Ranger. Ranger war früher bei den Special Forces gewesen und arbeitete jetzt als Sicherheitsexperte. Unsere gemeinsame Geschichte ist noch nicht allzu lang, und es ist schwer zu sagen, in welche Richtung sich unsere Beziehung in Zukunft entwickeln wird. Rangers Persönlichkeit und die Farbe seiner Haut sind einige Nuancen dunkler als Morellis. Er ist ein wenig größer und etwas muskulöser. Sein braunes Haar ist zurzeit kurz geschnitten, und seine Augen sind schwarz. Und er ist ein richtiger Hingucker – mit oder ohne Kleidung.

In der Vergangenheit habe ich mich in einige heikle Situationen gebracht, und Ranger fühlt sich nun verpflichtet, mich zu bewachen. Da ich keinen Einfluss auf Ranger habe, und weil es mir manchmal sogar gefällt, dass er auf mich aufpasst, lasse ich ihn gewähren.

»Ich bin hier mit Grandma und Lula und Randy Briggs, einem Kerl, der sich für einen Kobold hält… und Diesel.«

»Babe«, sagte Ranger.

»Und es geht mir gut.«

»Weiter so.« Ranger legte auf.

Diesel hatte seine Daumen in die Hosentaschen gesteckt. »Ich nehme an, das war nicht deine Mutter.«

»Es war Ranger.«

»Wollte er kontrollieren, ob du brav im Bettchen liegst?«

»Er vergewissert sich eben gern, ob es seinen Leuten gut geht.«

»Und was ist mit deinem Freund Morelli?«

»Den habe ich vorher schon angerufen.«

Joe Morelli kenne ich schon mein ganzes Leben lang. Ich kenne seine Familie, seine Freunde, seine Lebensgeschichte. Und seine sexuellen Vorlieben, seine Lieblingsteams und seine Lieblingspizza, seine Schuhgröße und die Musikliste seines iPods.

Ranger und Diesel lassen sich eher anhand der Art, wie sie einen berühren, beschreiben. Rangers Berührungen sind fest. Er hat verdammt gern das Sagen. Diesels Berührungen sind erstaunlich sanft. Ich glaube, Diesel befürchtet, er könnte blaue Flecken hinterlassen.

»Kannst du bei diesem Spiel eine Viertelmillion gewinnen?«, fragte ich ihn.

Diesel zuckte die Schultern. »Es lässt sich schwer vorhersagen, wie ein Spiel laufen wird. Ich hätte höhere Einsätze bevorzugt, aber Snuggy hat diese Runde für mich ausfindig gemacht, also werde ich mein Bestes geben.«

Die Tür hinter der Rezeption ging auf, und Briggs kam mit einem Briefkuvert in der Hand auf uns zu. Er reichte Diesel das Kuvert und nahm einen Anruf auf seinem Handy entgegen.

»Ich bin unterwegs«, sagte er. Dann lauschte er der Stimme am anderen Ende und kicherte. »Ich muss los«, ließ er uns wissen. »Wartet nicht auf mich.«

Caesar's Hotel und Casino befand sich einige Blocks weiter nördlich. Der Boardwalk war hell erleuchtet, aber das Meer und der Himmel glänzten schwarz. Die Wellen schlugen ungesehen an den Strand und zogen sich rauschend wieder zurück. Um die Lampen über unseren Köpfen wirbelte Sprühnebel. Ich kramte einen Haargummi aus meiner Tasche und band mein Haar zu einem Pferdeschwanz zusammen, bevor es kraus wurde und nicht mehr zu bändigen war.

»Das Spiel findet in einer der Glücksspielersuiten statt«, informierte mich Diesel. »Die Suite war leider am Nachmittag schon belegt, deshalb konnte ich nicht hinein, aber wahrscheinlich gibt es ein Wohnzimmer, in dem du dich aufhalten kannst. Bleib weg vom Pokertisch und schlaf nicht ein. Ich werde mich als John Diesel vorstellen, also denk daran, mich John zu nennen.«

»Ich dachte, dein Name sei einfach nur Diesel.«

»Nicht jeder fühlt sich wohl dabei, mit einem Kerl Karten zu spielen, der nur einen Namen besitzt.«

Vor uns tauchten das Casino und die Einkaufspassage auf. Hell erleuchtete Paläste der Hoffnung und Erholung. Diesel steuerte mit mir auf die Einkaufspassage zu.

»Wir müssen dich ein wenig aufdonnern«, erklärte er. »Die Jeans ist okay, aber das Sweatshirt und der Pullover müssen weg.«

»Und was ist mit dir? Wirfst du dich auch in Schale?«

»Nein. Ich bin der Hedge-Fonds-Typ, der so reich ist, dass er alles anziehen kann, wonach ihm gerade zumute ist.«

»Und ich bin …«

»Du bist meine Tussi.«

Da ich in Trenton geboren und aufgewachsen bin, habe ich glücklicherweise ein Händchen dafür, Tussiklamotten auszusuchen. Ich fand ein kleines weißes T-Shirt, auf dem in glitzernden pinkfarbenen Buchstaben *Süßes Ding* quer über der Brust geschrieben stand. Es war eine Größe zu klein, tief ausgeschnitten und endete ein paar Zentimeter über meiner Jeans, sodass genügend Haut zu sehen war. Darüber zog ich eine schwarze Lederjacke, die perfekt zu meinen schwarz-weißen Turnschuhen passte. Ich legte noch eine Extraportion Eyeliner und Wimperntusche auf, dann war ich startklar.

Diesel grinste, als ich aus der Umkleidekabine kam. »Wenn ich kein Pferd retten müsste, würde ich dich heiraten.«

»Das überrascht mich nicht. Ich habe dich schon immer für einen Kerl gehalten, der auf Betthäschen steht.«

»Das spart Zeit«, meinte Diesel.

Wir verließen das Einkaufszentrum und gingen quer über den Boardwalk zum Casino. Die Spielhalle glich der im Daffy's. Allerdings stand hier anstelle des riesigen Hunds aus Bronze eine Statue von Cäsar. Selbst an einem Werktag im März war der Laden gerammelt voll. Bunte Neonlichter zuckten durch den Raum. Spielautomaten schepperten und klingelten. Wir gingen schnurstracks zu den Aufzügen.

Einige Minuten später standen wir vor der Suite. Der Mann, der uns die Tür öffnete, war jung. Anfang zwanzig. Und groß. Über eins achtzig. Ein mit Steroiden vollgepumptes Muskelpaket. Ein angemieteter Gorilla, der als Türsteher fungierte. Die Suite war luxuriös eingerichtet und ging aufs Meer hinaus. Um diese Uhrzeit sah man nur die schwarze Fensterscheibe, aber am Morgen musste der Ausblick fantastisch sein. An dem Pokertisch saßen bereits fünf Männer. Sie waren alle in den Fünfzigern. Übergewichtig von zu viel Alkohol und Völlerei. Sie sahen aus wie Raubtiere und betrachteten uns mit mäßigem Interesse.

Diesel nickte ihnen zu. »John Diesel.«

»Diesel, wie der Motor. Bist du der Motor einer Lok oder eines Lkws?«, fragte einer der Männer.

Diesel lächelte nur. Das hatte er schon oft gehört.

»Ich bin Rocky«, stellte sich der Mann vor. »Wer ist die Lady?«

»Stephanie«, antwortete Diesel.

»Du gehst wohl auf Nummer sicher, falls du vorzeitig aussteigen musst?«

»Ich habe sie als Glücksbringer mitgebracht«, erklärte Diesel.

Er gab mir einen leichten Kuss auf den Scheitel und setzte sich an den Tisch. Ich holte mir eine Cola von der Bar und machte es mir auf dem Sofa bequem. Es war ein riesiges, dick gepolstertes Monstrum mit einer Menge Dekokissen. Auf dem niedrigen Glastisch davor standen frische Blumen. Und eine Platte mit frischem Obst. Auf einem Serviertisch war ein komplettes Buffet angerichtet.

Eine Stunde später hockte ich immer noch auf dem Sofa und beobachtete das Spiel. Inzwischen hatte es einen bestimmten Rhythmus angenommen. Die Karten wurden gegeben. Chips wurden über den Tisch geschoben. Es wurde nur wenig gesprochen. Diesel wirkte zufrieden. Er spielte unauffällig, blieb im Spiel, warf aber nicht mit Geld um sich. Ich hatte damit gerechnet, dass er allmählich eine bestimmte Rolle spielen würde. Vielleicht, indem er zu viel trank oder sich nervös gab. Stattdessen hatte er beschlossen, sich beinahe unsichtbar zu machen. Obwohl wir uns in einem Nichtraucherzimmer befanden, rauchten drei der Männer. Einer paffte an einer Zigarre. Niemand beschwerte sich darüber. Diesel hatte eine Cola mit Rum vor sich stehen, aber er hatte nur daran genippt.

Bis Mitternacht waren zwei der sechs Spieler ausgestiegen. Diesel und Rocky schienen in etwa auf Gleichstand zu sein. Der Mann zu Diesels Linken schwitzte. Sein Name war Walter, und er hatte mehr verloren, als er verkraften konnte. Er legte seine Karten auf den Tisch und gab sich geschlagen. Er stand auf und verließ das Zimmer. Ohne mich dabei anzuschauen.

Von der Entfernung konnte ich nicht beurteilen, wie viel Geld im Spiel war. Nur Diesel und Rocky spielten noch mit ihrem ursprünglichen Einsatz. Alle anderen hatten bereits aufgestockt. Manche sogar um einiges.

Diesel sah sich zu mir um. »Alles in Ordnung, Schätzchen?«

»Ja«, antwortete ich. »Mir geht's gut. Bist du bald fertig?«

»Schwer zu sagen.«

»Vielleicht sollten wir den Einsatz erhöhen, jetzt, wo nur noch richtige Männer übrig geblieben sind«, sagte Rocky zu Diesel. Und schob seine Chips in die Mitte des Tisches.

Der Mann gegenüber von Diesel rückte seinen Stuhl zurück und stand auf. »Das ist mir zu mächtig. Ich bin raus.«

Diesel zählte seine Chips. Noch nicht genug. »Was für ein Jammer. Ich habe ein wirklich gutes Blatt, aber ich bin ein wenig knapp bei Kasse. Ich mache euch einen Vorschlag. Ich werfe Stephanie in den Topf und gehe mit.«

Ich sprang von der Couch. »Was?«

Rocky warf mir einen Blick zu. »Schätze, sie ist es wert. Wie genau lautet der Einsatz?«

Diesel lehnte sich in seinem Stuhl zurück. »Was wollen Sie? Die ganze Nacht? Vierundzwanzig Stunden?«

»Die ganze Nacht. Ich fliege morgen früh ab.«

»Hey, warte mal«, protestierte ich. »Du kannst mich nicht in einem Pokerspiel setzen.«

»Ich kaufe dir morgen ein neues Auto«, bot Diesel mir an.

»Welche Marke?«

»Was willst du haben?«

»Ich möchte einen Ferrari«, erklärte ich.

»Vergiss es. Ich kaufe dir einen Camry.«

»Einen Lexus.«

»Einen gebrauchten Lexus.«

»Auf keinen Fall«, erklärte ich ihm.

Diesel warf einen weiteren Blick auf die Karten in seiner Hand und auf das Geld auf dem Tisch. »Okay, ich werde dir einen neuen Lexus kaufen.«

Ich biss mir auf die Unterlippe. Ich war ziemlich sicher, dass Diesel wusste, was er tat. Ich meine, er betrügt, richtig?

»Wie gut sind deine Karten?«, fragte ich.

Diesel zuckte die Schultern.

»Sie ist eine ziemliche Nervensäge«, meinte Rocky.

Diesel schaukelte auf seinem Stuhl nach hinten und musterte mich. »Man gewöhnt sich an sie, und dann wächst sie einem ans Herz. Und sie ist das Beste, was ich im Moment bieten kann, außer Sie wollen lieber einen Scheck von mir haben.«

»Verdammt, was soll's«, knurrte Rocky. »Was hast du?«

Diesel legte seine Karten auf den Tisch. »Straße in einer Farbe. Mit Bube als höchste Karte.«

»Damit schlägst du meinen Vierling. Alles Könige.« Er musterte mich zum zweiten Mal von oben bis unten. »Auch gut. Mit ihr hätte ich wahrscheinlich einen Herzinfarkt bekommen. Die sieht nach einer Menge Arbeit aus.«

Ich starrte ihn mit zusammengekniffenen Augen an. »Wie bitte?«

»Hab dich nicht so. Das war nur so dahingesagt.«

Ich schlang mir meine Handtasche um die Schulter und nahm meine Einkaufstüte in die Hand. Ich war bereit zu gehen. Normalerweise lag ich um diese Uhrzeit schon im Bett, und ich war stinksauer, dass mich alle für einen wenig wertvollen Einsatz hielten. Na gut, ich bin nicht Julia Roberts, aber ich habe eine hübsche Nase, und ich hatte mir erst vor zwei Tagen die Augenbrauen gezupft.

Diesel steckte seinen Gewinn in die Tasche und ging zur Tür. »Wir sollten das irgendwann einmal wiederholen.«

»Ich bin mir ziemlich sicher, dass du geschummelt hast«, sagte Rocky. »Aber ich weiß nicht, wie.«

»Ich hatte einfach nur Glück«, erwiderte Diesel.

Der angeheuerte Schläger ließ uns hinaus und sah uns nach, als wir zum Aufzug gingen. Wir stiegen rasch ein, und Diesel drückte auf die Knöpfe zum dritten Stock und zur Lobby. Im dritten Stock stiegen wir aus und nahmen die Treppe.

»Für alle Fälle«, meinte Diesel. »Walter sah zwar so aus, als würde er sich gleich selbst die Kugel geben, aber er könnte seine Meinung geändert haben und stattdessen lieber mich erschießen wollen.«

»Wie viel hast du gewonnen?«

»Einhundertzehntausend.«

»Das ist eine Menge Geld, aber nicht genug.«

»Delvina hat kein Interesse daran, das Pferd zu töten. Er will sein Geld haben, und ich hoffe, dass er schlau genug ist und kapiert, dass die Hälfte besser ist als nichts.«

Als wir im ersten Stock angekommen waren, schob uns Diesel in den Lastenaufzug. Wir fuhren damit bis zum Erdgeschoss und stiegen in der Küche aus. Das Personal wirkte nicht überrascht. Wahrscheinlich stahlen sich ständig Leute auf diesem Weg aus dem Casino.

»Und nun?«, wollte ich wissen.

»Jetzt gehen wir zurück zu Daffy's und nehmen uns ein Zimmer«, erklärte Diesel.

»Zwei Zimmer.«

Ich traute kaum meinen Ohren. »Sie haben keine Zimmer mehr? Was soll das heißen?«

»In der Stadt finden vier große Kongresse statt«, teilte uns der Mitarbeiter an der Rezeption mit. »Ich telefoniere bereits die ganze Nacht herum, um noch Zimmer aufzutreiben. Wenn Sie eine Übernachtungsmöglichkeit suchen, müssen Sie zum Boardwalk gehen.«

Es war beinahe ein Uhr. Sich um diese Uhrzeit in Atlantic City am Boardwalk herumzutreiben schien mir keine gute Idee zu sein.

»Wir könnten nach Trenton zurückfahren. Dann wären wir gegen halb drei zu Hause«, sagte ich zu Diesel.

Diesel legte mir die Hand auf den Rücken und schob mich von der Rezeption weg. »Hast du ein Auto?«

»Nein. Wir sind mit Lulas Wagen gekommen, und den hat sich Connie geborgt, um den Kautionsflüchtling zurückzubringen. Wie bist du hierhergekommen?«

»Du erwartest doch nicht wirklich eine Antwort auf diese Frage, oder?«

»Glaubst du, wir könnten uns einen Wagen mieten?«

»Nicht um diese Uhrzeit. Aber ich könnte mir ein Auto leihen«, erwiderte Diesel.

»Du meinst damit, du könntest einen Wagen stehlen, richtig?«

»Stehlen würde bedeuten, ihn für immer zu behalten.«

»Grandma hat eine Suite. Wir könnten dort die Nacht verbringen und uns morgen früh überlegen, wie wir nach Trenton zurückkommen.«

Wir fuhren mit dem Aufzug in das vierzehnte Stockwerk, betraten den Gang und sahen, dass Lula sich vor Grandmas Suite auf dem Teppich ausgestreckt hatte. Sie hatte sich umgezogen und trug nicht mehr ihr schrilles goldfarbenes Outfit. Sie war hellwach und lag mit einem Kissen unter ihrem Kopf auf dem Rücken.

»Und?«, fragte ich.

»Ich kann nicht schlafen. Und morgen früh habe ich mein wichtiges Fotoshooting. Ich brauche meinen Schönheitsschlaf, aber bei Grandmas Geschnarche tue ich kein Auge zu. So etwas habe ich noch nie gehört. Das ist kein normales Schnarchen. Ich habe versucht, ein eigenes Zimmer zu bekommen, aber es ist alles ausgebucht.«

»Wo ist Snuggy?«, fragte Diesel.

»Er ist immer noch dort drin.«

Die Tür der Suite ging auf, und Snuggy taumelte auf den Gang. »Ich halte das nicht mehr aus. Ich brauche meinen Schlaf.«

Lula rappelte sich hoch. »Ich auch. Was sollen wir tun?«

»Wir bringen sie um«, schlug Snuggy vor.

»Soll mir recht sein«, erwiderte Lula. »Wie wollen wir es machen? Sie mit einem Kissen ersticken?«

Der Aufzug machte *Ping,* und Briggs sprang heraus. »Was macht ihr alle im Flur? Und woher kommt dieses grässliche Geräusch? Das klingt wie King Kong mit einer Nebenhöhlenentzündung.«

»Grandma schnarcht«, erklärte ich ihm. »Wir haben keinen Platz zum Schlafen. Das Hotel ist ausgebucht, und bei Grandma hält es niemand aus. Wo schlafen Sie?«

»Ich schlafe im Wohnmobil. Ich bin nur zurückgekommen, um rasch nach dem Rechten zu sehen.«

Lula riss ihre Augen auf. »Ich wette, in dem Wohnmobil ist jede Menge Platz. Dort können sicher einige Leute schlafen.«

»Fünf«, erklärte Briggs.

»Wir sind fünf Leute«, sagte Lula. »Stellt euch das vor – wir passen haargenau in das Ding. Wo steht es?«

»Auf dem Parkplatz neben der Tankstelle.«

»Ich bin dabei«, verkündete Lula. »Sie gehen voran. Und beeilen Sie sich. Ich spüre schon, wie sich Tränensäcke unter meinen Augen bilden.«

Wir folgten Briggs zu dem Parkplatz und stiegen einer nach dem anderen hinter ihm in das Wohnmobil.

»Wir dürfen kein Licht machen, weil hier eigentlich niemand übernachten darf«, erklärte Briggs. »Der Parkplatz ist nur für Hotelgäste gedacht. Ich habe eine kleine batteriebetriebene Lampe, mit der ich mir behelfe.«

Briggs schaltete das Lämpchen an, und wir quetschten uns alle in das schwach beleuchtete Wohnmobil. Es sah aus, als wäre es früher einmal ein großer, geräumiger Winnebago gewesen, aber das musste schon lange her sein. Das Wohnmobil war außen ausgebessert und frisch lackiert und innen vollkommen neu eingerichtet und umgerüstet worden.

»Was zum Teufel ist das?«, fragte Lula. »Alles hier drin ist winzig. Schaut euch diesen klitzekleinen Stuhl an. Er sieht aus wie ein Möbelstück aus einem Puppenhaus. Wie soll ich in diesem Stuhl meinen Hintern parken?«

»Das Wohnmobil gehörte einem Kleinwüchsigen«, erklärte Briggs. »Für mich passt es perfekt.«

»Ich komme mir vor wie in Barbies Camper«, meinte Lula. »Wo sollen wir hier schlafen?«

»Hier vorn steht eine Couch, in der Mitte des Wohnmobils befinden sich zwei Schlafkojen, und im hinteren Teil gibt es eine Schlafkammer mit einem Doppelbett. Dort schlafe ich.«

»Von wegen«, protestierte Lula. »Haben Sie etwa morgen früh ein Fotoshooting? Nein, also gehen Sie mir aus dem

Weg.« Lula stürmte in das Schlafzimmer und schlug die Tür hinter sich zu.

Diesel warf einen Blick auf die Schlafkojen. »Die sind ja nur eins zwanzig lang.«

»Ausreichend Platz für mich«, erklärte Briggs, wälzte sich in die untere Koje und zog den Vorhang hinter sich zu.

Snuggy warf einen Blick auf die obere Schlafkoje. »Ich schätze, da passe ich gerade noch hinein.« Er kletterte die Leiter hinauf, machte es sich bequem und schloss den Vorhang.

Diesel stemmte die Hände in die Hüften. »Damit bleibt uns die Couch, meine Süße.«

»Die Couch ist einen Meter fünfzig lang und ungefähr fünfzig Zentimeter breit. Deine Schultern sind breiter als das.«

Diesel schleuderte seine Schuhe von den Füßen und streckte sich auf dem Sofa aus, ein Knie angewinkelt, einen Fuß auf dem Boden. »Du kannst oben liegen.«

»Das soll wohl ein Witz sein!«

»Sehe ich so aus, als würde ich scherzen?«

Ich schaltete das Licht aus, zog meine Turnschuhe und die Lederjacke aus und manövrierte mich Brust an Brust auf Diesels Körper. Ein Knie zwängte ich zwischen seine Beine. »Erdrücke ich dich?«

Diesel schlang seine Arme um mich. »Nein, aber ich wäre dir dankbar, wenn du keine schnellen Bewegungen mit deinem Knie machen würdest.«

»Um Himmels willen«, meldete sich Briggs aus seiner Koje. »Ihr zwei werdet doch jetzt keine romantischen Anwandlungen bekommen, oder? Das ist ein Familienwohnmobil.«

»Hätte ich auch nur die geringste Hoffnung auf Romantik, würde ich mir keine Sorgen wegen ihres Knies machen«, erwiderte Diesel.

6

Ich wurde aus tiefem Schlaf gerissen. Ohne nachzudenken, versuchte ich, mich auf die andere Seite zu drehen, und Diesel und ich fielen von der Couch und krachten auf den Boden.

Diesel lag halb auf mir. »Erdbeben«, murmelte er. »Wo bin ich? In Thailand? In Japan?«

»In Atlantic City.«

»Bin ich betrunken?«

»Nein. Du hast dich an mir festgehalten und bist mit mir von der Couch gerollt.«

Die Tür der Schlafkammer wurde aufgerissen, und Lula stürmte in ihrem goldenen Supermodel-Outfit heraus. »Wie spät ist es? Habe ich mich verspätet? Habe ich verschlafen?«

Diesel warf einen Blick auf seine Armbanduhr. »Es ist halb sieben.«

»Ich soll früh am Morgen beim Fotoshooting sein. Was heißt früh am Morgen?«

Ich rappelte mich auf und stellte fest, dass ich immer noch das T-Shirt mit der Aufschrift *Süßes Ding* trug, aber keinen BH mehr anhatte. »Was zum Teufel…?« Ich sah an mir herunter.

Diesel zog meinen BH aus seiner Hosentasche. »Das war zu unbequem für dich.«

»Wie ist mein BH von meinem Körper in deine hintere Hosentasche gelangt?«

»Das ist eines meiner besonderen Talente«, erklärte Diesel und reichte mir meinen BH.

»Ich muss los«, verkündete Lula. »Ich habe die Nummer eines Zimmers, wo ich mich melden soll. Ich werde einfach dort warten.«

Briggs streckte seinen Kopf aus der Schlafkoje. »Verdammt, es ist mitten in der Nacht. Ich muss doch sehr bitten – ich versuche hier zu schlafen!«

Diesel setzte sich auf die Couch, um seine Stiefel zu schnüren. »Ich habe Hunger. Ich werde uns was zum Frühstück besorgen.«

»Und ich werde mich anziehen und nach Grandma sehen«, sagte ich. »Wir treffen uns dann im Café.«

Ich trug wieder mein Sweatshirt und den Pullover mit dem V-Ausschnitt, als ich vor Grandmas Tür ankam. Grandma stand normalerweise immer früh auf, aber für alle Fälle hatte ich mir von Briggs die Schlüsselkarte geben lassen. Ich klopfte einmal. Keine Antwort. Ich klopfte noch einmal und wollte gerade die Schlüsselkarte in das Schloss stecken, als die Tür aufging. Ein Mann streckte seinen Arm aus, packte mich und zerrte mich in das Zimmer.

Ich erkannte den Kerl. Es war Lou Delvinas Fahrer. Ich kannte seinen Namen nicht, aber er und Lou sahen sich sehr ähnlich. Anfang sechzig und eine Figur wie ein Hydrant. Jede Menge schwarzer Haare und buschige Augenbrauen. Mit einer Hand hatte er mein T-Shirt gepackt, in der anderen hielt er eine Waffe.

»Das ist gut. Sehr praktisch. Jetzt brauchen wir Sie nicht mehr anzurufen.«

Wenn so etwas passiert, schießt Adrenalin in das System, und sofort stellt sich diese Kampf-oder-Flucht-Reaktion ein. Zu Zeiten der Höhlenmenschen funktionierte das sehr gut; da war fliehen immer eine kluge Entscheidung. Und man muss nicht viel denken, wenn man rennt, als wäre der Teufel hinter einem her. Meine Reaktion auf eine Adrenalinausschüttung ist heillose Panik. Ich fange an zu schwitzen, und mein Herz schlägt wie verrückt. Mein Verstand friert ein. Glücklicherweise dauert dieser Zustand nur ein oder zwei Minuten an, und wenn sich die Panik legt, schalte ich auf Überlebensmodus.

»Wie ich sehe, sind Sie überrascht«, sagte er. »Wahrscheinlich erinnern Sie sich nicht mehr an mich. Ich bin Mickey; ich arbeite für Mr. Delvina. Vor nicht allzu langer Zeit hatten wir einen kleinen Zusammenstoß.«

»Das habe ich nicht vergessen.«

»Dann erinnern Sie sich sicher auch noch an Mr. Delvina«, fuhr Mickey fort.

Eine grauhaarige unförmige Kreatur humpelte aus dem Schlafzimmer herein. »Sieh mal an, Stephanie Plum«, sagte das Wesen. Seine Stimme war tief und krächzend. Sein Gesicht war aufgedunsen, und der aufgeschwemmte Körper ging übergangslos in den Kopf über. Von seinem Hals war nichts zu sehen. Seine Augen quollen hervor.

»Lou Devina?«, fragte ich. Es gelang mir nicht ganz, meinen Schock zu verbergen. Als ich ihn das letzte Mal gesehen hatte, war er ein unauffälliger Italoamerikaner in den mittleren Jahren gewesen. Und nun war er … eine gigantische Kröte.

»Witzig, wie es manchmal läuft. Mir wird Geld gestohlen, und dafür bekomme ich Sie. Sie fallen mir sozusagen einfach in den Schoß. Ist das nicht ein Riesenglück? Glück im Unglück.«

»Sind Sie sicher, dass Sie Lou Delvina sind?«

»Mr. Delvina musste wegen eines Hautausschlags Steroide nehmen«, erklärte Mickey. »Dadurch haben sich Wassereinlagerungen gebildet.«

»Wo ist Grandma?«

»Sie ist im anderen Zimmer. Wir wollten sie gerade auf einen Ausflug mitnehmen. Eigentlich kamen wir vorbei, um unser Geld abzuholen, aber sie sagte, sie habe es nicht.«

»Es befindet sich im Hotelsafe.«

»Das hat sie uns verraten. Und sie behauptete, sie könne es nicht herausholen.«

»Ich höre, dass du über mich sprichst, du Schwachkopf«, brüllte Grandma aus dem anderen Zimmer. »Welchen Teil von *ich kann es nicht aus dem Safe holen* hast du nicht verstanden?«

»Es stimmt«, bestätigte ich. »Sie kann es nicht abholen, weil sie es nicht hinterlegt hat. Ich habe es in den Safe getan.«

»Das ist eine fette Lüge«, entgegnete Mickey. »Ich habe die Rezeption angerufen. Ein Kerl namens Randy Briggs hat das Geld dort deponiert.«

»Er hat sich bei dem Anruf wie ein richtiges A-loch benommen«, rief Grandma aus dem Schlafzimmer. »Er hat ihnen gesagt, ich sei senil und könne mich nicht mehr erinnern. Er soll zur Hölle fahren.«

»Falls Sie sich wundern – wir haben sie im Schlafzimmer gefesselt«, erklärte Mickey. »Sie ist ein böses Weib. Sie hat mir gegen das Knie getreten. Dabei haben wir ihr nichts getan.«

»Ich habe auf deine Weichteile gezielt«, rief Grandma. »Aber ich habe mein Bein nicht hoch genug heben können.«

»Verstehen Sie, was ich meine?«, fragte Mickey. »Gehört es sich für eine alte Lady, so zu sprechen?«

Lou Delvina bedeutete Mickey, Grandma aus dem Schlafzimmer zu holen. »Bring sie her«, befahl er. »Ich habe noch einiges vor. Ich muss zurück nach Trenton. Meine Spritze gegen die Allergie ist fällig.«

Mickey trottete ins Schlafzimmer und rollte Grandma heraus. Sie hatten sie an einen Rollstuhl gefesselt und ihr eine Decke über die Beine gelegt.

»Ganz schön clever, oder?«, meinte Mickey. »Niemand wird bemerken, dass wir sie entführen. In diesem Laden werden viele alte Ladys herumgeschoben.«

Delvina drohte Grandma mit dem Zeigefinger. »Sie sollten sich lieber anständig benehmen, wenn wir dieses Zimmer verlassen. Wenn Sie Ärger machen, wird Mickey Ihnen einen Schlag mit dem Elektroschocker verpassen, und Sie machen sich nass.«

»Das jagt mir keine Angst ein«, entgegnete Grandma. »In meinem Alter passiert das ständig.«

»Warum wollen Sie sie entführen?«, fragte ich Delvina.

»Ich will mein Geld.«

»Sie haben bereits ein Pferd. Wie viele Geiseln brauchen Sie noch?«

»So viele wie nötig.«

»Nehmen Sie mich anstelle von Grandma. Ich bin kooperativer als sie.«

»Sie haben mich und Mickey bei unserer letzten Begegnung ausgetrickst«, erwiderte Delvina. »Das hat mir gar nicht gefallen. Sie und dieser Motortyp … Diesel.« Delvinas geschwollenes, fleckiges Gesicht rötete sich. »Ich hasse ihn. Und Sie werden sehen, meine Zeit wird kommen. Man legt sich nicht mit Lou Delvina an. Wenn ich auf jemanden sauer bin, dann rechne ich irgendwann mit ihm ab. Das ist allgemein bekannt. Und jetzt habe ich einen Plan. Das stimmt doch, Mickey, oder?«

»Ja, Boss, Sie haben einen Plan.«

»Was ist das für ein Plan?«, wollte ich wissen.

»Ein *großer* Plan.«

Auweia. Lou Delvina sah jetzt nicht nur aus wie eine Kröte, sondern er war auch noch leicht durchgedreht.

»Mein Plan sieht zuerst vor, dass ich mein Geld wiederhaben will«, krächzte Delvina. »Bringen Sie mir das Geld, und Sie bekommen Ihre Großmutter zurück.«

»Warten Sie hier, ich werde das Geld besorgen. Ich muss nur zuerst Briggs ausfindig machen.«

»Sehe ich etwa so dumm aus?«, keuchte Delvina. »Sie würden die Cops anschleppen. Und außerdem brauche ich meine Spritze. Und Mickey muss das Pferd füttern.«

Mickey hielt immer noch seine Waffe auf mich gerichtet. Er reichte Delvina die Pistole und zog Handschellen aus seiner Gesäßtasche. »Her mit Ihrem Handgelenk«, forderte Mickey mich auf.

»Nein.«

»Strecken Sie den Arm aus, oder Lou wird Sie erschießen.«

»Das glaube ich nicht.«

»Da haben Sie recht«, warf Delvina ein. »Ich werde die alte Lady erschießen. Es würde mir richtig Spaß machen, die alte Schachtel umzulegen.«

Ich seufzte tief und streckte Mickey meine Hand entgegen. Er legte mir eine Handschelle um das Handgelenk und ließ sie einrasten. Dann führte er mich in das Badezimmer und befestigte die andere Handschelle an der Handtuchhalterung.

Mickey verließ das Badezimmer und schloss die Tür hinter sich. Einige Sekunden später hörte ich das gedämpfte Geräusch der Zimmertür, die aufgezogen wurde und dann ins Schloss fiel.

Oberflächlich betrachtet waren Lou Delvina und Mickey mittelmäßige, klischeebehaftete, stümperhafte böse Jungs, die hervorragend in ein Casting für jeden beliebigen Mafiafilm, der jemals gedreht wurde, gepasst hätten. Zumindest war das der Fall, bevor Delvina das Kortisonproblem hatte. Allerdings hatte Delvina recht, was seinen Ruf betraf. Delvina hatte sich den Aufstieg auf der Karriereleiter zum Topgangster in Newark mit Zähnen und Klauen erkämpft und es schließlich auf diese Weise zu einem eigenen Haus mit Grundstück gebracht. Und dieses Grundstück lag in Trenton. Früher einmal wäre es ein begehrtes Schmuckstück gewesen, aber die guten alten Zeiten waren vorbei, und die Mafia regierte nicht mehr allein in Trenton. Die Mafia musste sich den Kuchen in Trenton mit russischen Dieben, Kinderbanden, asiatischen Gangs und schwarzen und hispanischen Gangstas teilen. Also kämpfte Delvina immer noch um seinen Platz, und Leute, die ihm im Weg standen, verschwanden manchmal einfach.

Ich saß auf dem Rand der Badewanne und wartete. Irgendwann würde jemand auftauchen. Ein Zimmermädchen. Diesel. Briggs. Eine halbe Stunde zog sich dahin, und plötzlich hörte ich mein Handy in meiner Handtasche in dem anderen Zimmer klingeln. Ich hoffte inständig, dass es nicht meine Mutter war. Sie würde ausrasten. Immerhin hatte sie mich losgeschickt, um Grandma Mazur zurückzuholen, und nun war Grandma gekidnappt worden.

Das Handy hörte auf zu klingeln, und ich wartete wieder. Zehn Minuten später hörte ich, wie jemand die Suite betrat.

»Hilfe«, brüllte ich. »Ich bin im Badezimmer eingeschlossen.«

Diesel öffnete die Tür und musterte mich. »Eigentlich stehe ich nicht auf Fesselspiele, aber das macht mich an.«

»Delvina und sein Kumpel Mickey waren hier. Sie haben Grandma gekidnappt.«

»Ist das schlimm?«

»Ja!«

Diesel zog seinen Schlüsselring aus der Tasche, zog einen davon heraus und steckte ihn in das Schloss der Handschellen. Und das Schloss ging auf.

»Ich dachte, du hättest magische Kräfte und könntest die Handschellen einfach herunterfallen lassen«, sagte ich.

»Das könnte ich tun, aber das wäre nur Angeberei.«

»Delvina will Grandma nach Trenton zurückbringen und sie dort als Geisel festhalten, um das Geld zurückzubekommen … sie und das Pferd.«

»Delvina fängt allmählich an, mich zu nerven«, erklärte Diesel.

»Als du dich das letzte Mal von ihm genervt fühltest, hast du gedroht, ihn in eine Kröte zu verwandeln. Und jetzt spricht er mit krächzender Stimme, ist fett und unförmig und hat keinen Hals mehr.«

»Kaum zu glauben.«

»Du hast doch Delvina nicht etwa in eine Kröte verwandelt, oder?«

Diesel lächelte. »Er ist keine richtige Kröte. Er sieht nur so aus.«

»Manchmal jagst du mir richtig Angst ein.«

»Ja, aber ich bin sexy und knuddelig, also ist das nicht so schlimm.«

Ich kramte mein Handy aus meiner Tasche und rief Briggs an. Nach einigen Klingelzeichen meldete sich sein Anrufbeantworter.

»Wir müssen das Geld aus dem Safe holen«, sagte ich zu Diesel. »Ich mache mir Sorgen um Grandma Mazur. Mit Delvina ist nicht zu spaßen.«

»Briggs schläft wahrscheinlich noch«, meinte Diesel. »Wir gehen zum Wohnmobil und wecken ihn auf.«

Ich ging durch die Suite und suchte Grandmas Sachen zusammen, damit ich sie an der Rezeption auschecken konnte. Ich wollte sichergehen, dass sie keinen Grund fand, noch einmal in ihr Zimmer zurückzukehren.

Snuggy saß auf der eingebauten Sitzbank, als wir das Wohnmobil betraten. Er aß Müsli und sah zerknittert aus.

»Das kotzt mich an«, stieß er hervor. »Ich habe keine saubere Kleidung. Ich habe nicht einmal eine Zahnbürste. Und hier gibt es keine Milch für mein Müsli.«

»Wo ist Briggs? Schläft er noch?«, erkundigte ich mich.

»Nein. Sein Handy klingelte, kurz nachdem Sie gegangen

waren, und er stand auf und ging weg. Ich glaube, er hat etwas mit irgendeinem Mädchen am Laufen.«

»Hat er irgendetwas gesagt? Wissen Sie etwas über dieses Mädchen?«

»Nein. Er hat mir nichts verraten.«

Die Tür wurde aufgestoßen, und Lula stürmte herein.

»Ich werde ihn umbringen!«, rief sie. »Ich werde ihn finden und ihn töten. Und dann werde ich ihn windelweich prügeln. Ich habe vor diesem Hotelzimmer gesessen und gewartet und mich gefragt, wann dieses Fotoshooting endlich beginnen wird. Da kommt ein Zimmermädchen und geht hinein. Ich folge ihr, und was glaubt ihr, sehe ich da? Sie sind weg. In diesem verdammten Zimmer ist keine Menschenseele. Also gehe ich nach unten zur Rezeption und frage nach. Und es stellt sich heraus, dass die Leute mitten in der Nacht abgedüst sind.«

Snuggy klopfte mit dem Löffel gegen die Müslischachtel. »Wollen Sie etwas Müsli?«

»Ja«, antwortete Lula. »Ich habe nicht gefrühstückt und könnte ein Pferd verschlingen. Nichts für ungut.«

»Ich wette, das war deren Masche«, meinte Snuggy. »Man gibt dem Fotografen einen ordentlichen Batzen Geld für eine Präsentationsmappe, und er hat nicht einmal einen Film in seiner Kamera. Das passiert ständig.«

»Woher wissen Sie das?«

»Ich habe bei der Serie *Alle lieben Raymond* mitgespielt. Rays Bruder wurde auf diese Weise übers Ohr gehauen.«

Lula kippte sich eine großzügige Portion Müsli in eine Schüssel und machte sich darüber her. »Wartet mal«, sagte sie dann. »In diesem Müsli fehlt die Milch.«

»Wir haben keine Milch«, informierte ich sie.

»Ich bin so sauer, dass ich nicht einmal bemerke, was ich esse. Ich muss durchatmen und mich beruhigen. Sonst bekomme ich wahrscheinlich einen Schlaganfall.« Sie schob sich einen weiteren Löffel Müsli in den Mund. »Also, was geht hier vor? Habe ich etwas verpasst, während ich übers Ohr gehauen wurde?«

»Lou Delvina hat Grandma entführt.«

»Das darf doch nicht wahr sein! Warum sollte er das tun?«

»Er dachte wohl, das Pferd wäre uns nicht wichtig genug, also hat er eine weitere Geisel genommen.«

»Da hat er sich die Falsche ausgesucht«, meinte Lula. »Nichts für ungut – ich mag deine Großmutter sehr, aber sie wird ihm das Leben zur Hölle machen.«

Genau das befürchtete ich auch. Wenn Grandma zu streitsüchtig wurde, könnte Delvina vielleicht denken, dass sich die Anstrengung nicht lohnte, und er würde sie loswerden wollen … für immer.

Diesel hatte sich auf das Sofa gefläzt. »Wie hat Delvina Grandma eigentlich gefunden?«, fragte er Snuggy.

»Ich habe nichts gesagt«, verteidigte sich Snuggy. »Das schwöre ich.«

Diesel starrte ihn an. Ohne etwas zu sagen. Er sah ihn einfach nur unbeirrt an.

Snuggy rutschte auf der Sitzbank hin und her. »Er muss mir hierhergefolgt sein.«

Jetzt starrten alle Snuggy an.

»Okay«, gab Snuggy zu. »Er ist mir tatsächlich gefolgt. Ich habe ihn gesehen, aber ich hatte keine Wahl. Er wollte Doug töten, und damit hatte er mich völlig in der Hand. Und ich hielt es nicht für wichtig, dass er hier war. Schließlich beobachtete er mich nur. Aber dann fing er an, mich unter Druck zu setzen. Als er mich ansprach, sagte ich ihm, dass ich nicht an das Geld herankäme, weil es im Safe läge. Ich hatte keine Ahnung, dass er Grandma entführen wollte. Er hatte doch schon Doug. Wer hätte gedacht, dass er eine alte Frau kidnappen würde?«

»Ich will keine Panik verbreiten oder so«, sagte ich zu Diesel. »Aber wir müssen Grandma sofort befreien. *Jetzt.*«

»Wir könnten die Polizei verständigen, doch das würde Snuggy und Doug in Schwierigkeiten bringen. Und Delvina könnte ausflippen und Grandma verschwinden lassen.«

Ich biss mir auf die Unterlippe, um meine aufsteigenden Tränen zu unterdrücken, und befahl mir, mich zusammenzureißen. Ich wollte nicht, dass Grandma für immer verschwand.

»Es sieht so aus, als müssten wir uns das Geld ohne Briggs holen«, meinte Diesel.

»Meine Güte«, stieß Lula hervor. »Knacken wir den Safe?«

»Nein«, antwortete Diesel. »Wir werden diese Leute nur ein wenig an der Nase herumführen.«

Wir nahmen den Aufzug und folgten Daffys Pfotenabdrücken durch das Spielcasino bis zur Hotelrezeption.

»Ich muss die Routineabwicklung bei den Schließfächern kennen«, erklärte Diesel. »Jemand muss zur Rezeption gehen und das Ganze ein Mal durchspielen.«

»Das mache ich«, bot Lula an. »Wir Supermodels haben immer massenhaft Schmuck bei uns. Ich werde ihnen sagen, dass ich mich vergewissern möchte, ob alles seine Richtigkeit hat, bevor ich ihnen meine Wertsachen anvertraue. Und wenn sie mich nicht mit dem nötigen Respekt behandeln, schlage ich Alarm und beschuldige sie der Diskriminierung. Ein Supermodel zu diskriminieren ist gesetzeswidrig. Wir haben dieselben Rechte wie jeder andere Mensch auch.«

Lula stolzierte zur Rezeption, und wir alle beobachteten, wie sie mit einem der Angestellten sprach. Der Rezeptionist holte den Manager, und dieser führte Lula in ein Hinterzimmer. Zehn Minuten später tauchte Lula wieder auf, dankte dem Manager und dem Angestellten und kam quer durch die Lobby zu der Ecke, wo wir auf sie warteten.

»Man muss hinter der Rezeption durch die Tür«, berichtete Lula. »Von dem Hinterzimmer aus betritt man einen Gang und fährt mit einem Aufzug zwei Stockwerke nach unten. Dort gelangt man in einen weiteren Gang, in dem ein Wachposten an einem Schreibtisch sitzt. Man muss seinen Ausweis vorzeigen und seinen Finger auf einen dieser Scanner drücken, wie in Disney World. Wäre ich allein gewesen, wäre ich dort nicht mehr weitergekommen. Der Manager erledigte das für mich und führte mich den Gang hinunter bis zu einer Tür mit der Aufschrift GÄSTE. Hinter dieser Tür befinden sich die Schließfächer für die Hotelgäste. Es gibt noch andere Türen, die zu dem Raum führen, in dem das Geld vom Casino gezählt wird, aber sie sind alle abgeschlossen. Die Schließfächer für die Hotelgäste kann man nur mit einem Schlüssel und einem Code öffnen. Gibst du den Code falsch ein, rücken die Marines an und machen dich fertig. Ach ja, noch etwas.« Lula wandte sich an Diesel. »Du wirst permanent gefilmt. Vielleicht solltest du dir vorher einmal die Haare kämmen.«

»Woher weiß ich, welches Schließfach das richtige ist?«, erkundigte sich Diesel.

»Der Typ an dem Schreibtisch mit der Fingerabdruckmaschine hat ein Buch, in dem alle Namen mit den zugehörigen Schließfachnummern eingetragen sind. Habe ich schon erwähnt, dass er eine Waffe trägt? Ein richtig großes Ding.«

»Der bewaffnete Wachmann ist ein Problem«, erklärte Diesel. »Ich kann Kameraaufnahmen verzerren und Schlösser öffnen, aber ich kann mich nicht unsichtbar machen.«

»Ich habe einen Elektroschocker«, sagte Lula. »Wie wäre es, wenn du aus dem Aufzug springst und ihm ganz rasch ein paar elektrische Schläge verpasst? Du musst allerdings sehr schnell sein, sonst schießt er auf dich. Wie schnell bist du?«

»Nicht so schnell wie eine Gewehrkugel.«

»Ich könnte mich an dem Wachmann vorbeischleichen«, bot Snuggy an. »Ich kann mich nämlich unsichtbar machen. Kaum lässt man mich aus den Augen, bin ich auch schon – *schwupp!* – verschwunden.«

»Ich habe gehört, dass Kobolde das können«, meinte Lula.

»Das stimmt!«, bestätigte Snuggy.

Diesel sah zu Snuggy hinunter. »Sie können sich nicht unsichtbar machen. Sie haben nur den Bogen raus, genau zu erkennen, wann jemand abgelenkt ist.«

»Ich bin mir ziemlich sicher, dass ich mich unsichtbar machen kann«, entgegnete Snuggy.

»Wenn Sie sich irren, schneiden Ihnen die Marines Ihre Eier ab«, erklärte ihm Lula.

»Das würde mir aber gar nicht gefallen«, sagte Snuggy. »Ich hänge an meinen Eiern.«

Diesel ließ seinen Blick durch die Lobby schweifen und

spähte dann in die Spielhalle. »Ich wünschte, Briggs würde auftauchen.«

Ich wählte Briggs' Nummer, und wir alle warteten, während sein Handy klingelte. Schließlich schaltete sich der Anrufbeantworter ein.

»Rufen Sie mich an!«, befahl ich. »Und zwar sofort!«

»Gehen wir mal davon aus, dass Sie es tatsächlich schaffen, sich an dem Wachmann vorbeizuschleichen«, sagte Diesel zu Snuggy. »Können Sie die abgeschlossene Tür zu dem Raum mit den Schließfächern und das Schließfach selbst öffnen?«

»Das ist ein Kinderspiel für mich. Mein Problem besteht darin, dass ich nicht an den Sicherheitskameras vorbeikomme. Aus irgendwelchen Gründen kann ich mich auf dem Bildschirm nicht unsichtbar machen.«

»Ich kann dafür sorgen, dass die Aufnahmen verzerrt werden«, erklärte Diesel. »Aber Sie dürfen keine Zeit verlieren, sobald Sie den Aufzug verlassen haben. Sie werden nur ein paar Minuten Zeit haben, bevor sie jemanden zum Nachschauen schicken.«

»Ich werde es schon schaffen«, meinte Snuggy. »Dougs Leben hängt davon ab.«

Mein Handy klingelte, und ich zog es rasch aus meiner Tasche, in der Hoffnung, Briggs' Stimme zu hören.

»Plum?«

Es war Lou Delvinas unverkennbare Krächzstimme. »Ich hoffe, Sie sind bereits mit meinem Geld unterwegs«, sagte er.

»Noch nicht, aber ich arbeite daran.«

»Sie haben Zeit bis drei Uhr. Zuerst bringe ich das Pferd um, dann die alte Frau. Und dann komme ich, um Sie zu holen. Oder vielleicht sollte ich mich zuerst um Ihre Mutter kümmern. Oder um Ihre Schwester. Oder, noch besser, um eine Ihrer kleinen Nichten.«

Delvina legte auf, und Diesel legte mir einen Arm um die Schultern. »Alles in Ordnung? Du bist gerade ganz blass geworden.«

»Wir müssen Delvina das Geld bringen.«

Diesel sah hinüber zur Rezeption und warf dann einen Blick auf Snuggy. »Ich weiß, dass ich das bereuen werde«, seufzte er.

»Wie wollen wir es machen?«, fragte Snuggy. »Soll ich einfach hinter die Theke schlüpfen und dann zum Aufzug gehen?«

»Nein. Ich muss Sie zum Aufzug begleiten. Das heißt, wir brauchen ein Ablenkungsmanöver, also werden wir zuerst einen Spielautomaten füttern.«

Zehn Minuten später hielt Lula einen bis zum Rand mit Vierteldollar- und 5-Cent-Stücken gefüllten Becher in der Hand. »Ich liebe den Anblick der Münzen, wie sie in die Schale prasseln. Es spielt keine Rolle, dass es sich nur um acht Dollar handelt. Was zählt, ist das Erlebnis, dass all das Geld auf dich zukommt. Und ich kann es kaum fassen, wie viel Glück wir hatten. Ich habe noch nie einen Becher so voll machen können.«

Ich warf Diesel einen Blick zu.

»Ich bin eben ein Glückskind«, meinte Diesel.

»Vielleicht bist du ein Kobold.«

»Auf meinem Führerschein steht nichts davon.«

»Nun, die Kraftfahrzeugbehörde würde so was auf alle Fälle wissen.«

»Okay, wir ziehen das jetzt durch«, erklärte Diesel. »Und so wird die Sache ablaufen. Stephanie bleibt hier, damit jemand Kaution für uns stellen kann, falls wir alle verhaftet werden. Snuggy bleibt dicht an meiner Seite, bis ich die Kameras manipuliert habe. Und Lula verursacht ein Chaos, damit Snuggy und ich uns hinter die Rezeptionstheke schleichen können.«

»Jetzt habe ich es kapiert«, sagte Lula. »Ich soll den Becher fallen lassen.«

»Genau«, bestätigte Diesel. »Und sorg dafür, dass alle Blicke auf dich gerichtet sind.«

Lula schälte sich aus ihrem schwarzen Blazer und reichte ihn Diesel. »Überlass das getrost mir. Nur Tote würden mich bei dieser Aktion nicht anstarren. Ich werde die Königin des Chaos sein.«

Lula stöckelte auf ihren Pfennigabsätzen und in ihrem knallengen, mit goldenen Pailletten besetzten Supermodelkleid zur Rezeption. Der Rock endete knappe acht Zentimeter unter ihrem Po, und ihre Brüste, die nur notdürftig von ihrem Bustier an Ort und Stelle gehalten wurden, bewegten sich wie Wackelpudding. Sie hielt den Becher mit den Münzen eine Armeslänge von sich entfernt, um ihre natürlichen Reize nicht zu verdecken.

»Juhu!«, rief sie einem der Männer hinter der Rezeption zu. »Ich bin ein angehendes Supermodel und habe hier einen Becher voll Münzen. Ich schätze, ich brauche ein wenig Hilfe, um dieses Geld sicher aufzubewahren. Wahrscheinlich sollte ich … hoppla!« Lula stolperte und riss den Becher hoch, sodass die Münzen in alle Richtungen flogen. »Mein Geld!«, kreischte sie.

Lula bückte sich, um die Münzen aufzuheben, wobei ihre

linke Brust aus dem Top fiel und ihr Rock so weit nach oben rutschte, dass er den Blick auf ihren Vollmond freigab. Sie trug einen farblich passenden goldenen Stringtanga, der jedoch fast ganz in den Tiefen des Alls verschwunden war. Alle im Hotel und im Casino rangen gemeinsam nach Luft. Es klang, als würde die gesamte Luft auf Anhieb eingesaugt und einige Sekunden später wieder ausgestoßen. Vier Wachmänner eilten zur Stelle, und alle sechs Männer hinter dem Rezeptionstresen starrten Lula mit aufgerissenem Mund an.

Lula richtete sich auf, schob ihren Busen zurück in das Oberteil ihres Kleids und zog den Rock nach unten. Dann bückte sie sich in eine andere Richtung, um ihr Geld aufzuheben, und wieder fiel ihr der Busen heraus, und der Rock rutschte nach oben. Um sie herum drängten sich etliche Leute und versuchten, die Münzen aufzusammeln und in den Becher zurückzuwerfen, ohne dabei auf unangemessene Weise ihre Nasen in Lulas Allerheiligstes zu stecken. Und Lula fielen immer wieder einige Münzen auf den Boden, sodass sie sich ständig bücken musste.

»Meine Güte!«, rief Lula. »Ach du lieber Himmel! O Gott, o Gott!«

Diesel und Snuggy verschwanden hinter der Tür, die zu dem Aufzug führte, und Lula verursachte weiter Chaos. Schließlich machte ein Assistent der Geschäftsleitung dem Ganzen ein Ende, indem er den Becher an sich nahm. Der Großteil des Geldes landete wieder in dem Gefäß, und der Assistent fragte Lula, ob sie die Münzen in Scheine oder Daffy Dollar wechseln wolle.

»Würden Sie mir das raten?«, fragte Lula ihn. »Was würden Sie an meiner Stelle tun? Vielleicht sollte ich die Münzen einfach behalten und damit weiterspielen. Ich habe das Gefühl, als hätte ich eine Glückssträhne. Sieht man mir das nicht an?« Lula wandte sich an mich. »Was meinst du dazu? Was soll ich tun?«

Ich behielt die Tür hinter dem Tresen im Auge. Fünfzehn Minuten waren verstrichen. Briggs war bereits nach zehn Minuten zurückgekommen, als er Diesels Einsatz für das Pokerspiel geholt hatte.

»Ich finde, du solltest damit weiterspielen«, antwortete ich. »Aber heb dir ein paar Münzen für die Parkuhr auf.«

Die Tür ging auf, und Diesel schlenderte aus dem Zimmer. Er wurde sofort von einem der Angestellten an der Rezeption aufgehalten. Er schwankte leicht und grinste. Einige Fetzen der Unterhaltung drangen zu uns herüber.

»Ich habe das Klo gesucht«, erklärte Diesel. »Man hat mir gesagt, dass es hier irgendwo sei, aber ich habe es nicht gefunden. Da sollte doch ein Schild dran sein, finden Sie nicht? Wie sollen die Leute das sonst wissen?«

»Die Gästetoiletten befinden sich auf der anderen Seite der Lobby«, teilte einer der Angestellten Diesel mit.

»Okay.« Diesel kam auf mich zu, ein wenig unsicher auf den Beinen. Als er bei Lula angelangt war, flog die Tür hinter der Rezeption auf, und Snuggy kam herausgestürmt. Er rannte so schnell, dass seine Beine nur ein grüner Farbfleck waren. Der übergewichtige, schwer atmende Wachmann, der ihn verfolgte, war im Vergleich zu ihm langsam wie eine Schnecke.

Diesel stieß gegen Lula und schlug ihr den Becher aus der Hand. Zum zweiten Mal wuselten etliche Leute beim Anblick der Münzen über den Boden wie Kakerlaken über einen Kuchen. Der Wachmann streckte sich, nicht sicher, in welche Richtung Snuggy geflohen war, reckte seinen Hals und versuchte, über die Menschenmenge hinwegzusehen.

»Ich gebe Ihnen zehn Dollar, wenn Sie es mit mir auf dem Parkplatz treiben«, bot Diesel Lula an.

»Geht in Ordnung«, erwiderte Lula. »Entschuldigen Sie mich«, wandte sie sich an den Manager. »Ich muss mich um meine Geschäfte kümmern.«

Wir gingen alle schnellen Schrittes quer durch das Casino und fingen an zu rennen, sobald wir den Parkplatz erreicht hatten. Snuggy saß bereits im Wohnmobil und hatte den Motor angelassen, als wir hineinsprangen.

»Fahren Sie los«, befahl Diesel. »Und keinen Blick zurück.«

Eine halbe Stunde später befanden wir uns auf dem Garden State Parkway auf dem Weg nach Trenton, und mein Pulsschlag war fast wieder im normalen Bereich.

»Was zum Teufel ist dort drin passiert?«, wollte Lula wissen.

Diesel streckte sich auf der Couch aus. »Es ist mir gelungen, die Überwachungskameras zu manipulieren, aber um sicherzugehen, bin ich brav mit Mr. Schleicher im Aufzug nach unten gefahren. Was danach passierte, ist ganz typisch für Snuggy O'Connor. Die Aufzugtüren öffneten sich, Snuggy zischte los, rannte zu dem Wachmann an dem Schreibtisch und blätterte in dessen Betriebsbuch, um die Nummer des Schließfachs herauszufinden. ›Was zum Teufel machen Sie da?‹, fragte der Wachmann. ›Und wie kommen Sie hierher? Wo ist Ihr Ausweis?‹ Und Snuggy antwortete: ›Sie können mich nicht sehen. Ich bin ein Kobold.‹«

»Ich hätte schwören können, dass ich unsichtbar war«, warf Snuggy ein, ohne sich ablenken zu lassen und den Blick von der Straße abzuwenden.

»Aber er war es nicht?«, riet Lula.

»Nicht im Geringsten«, bestätigte Diesel. »Der Wachmann zog seine Waffe und richtete sie auf Snuggys Stirn.«

»Ich verstehe nicht, warum es nicht funktioniert hat«, meinte Snuggy. »Es hat bisher immer geklappt.«

»Vielleicht hat es nicht funktioniert, weil Sie kein verflixter Kobold sind«, sagte Diesel.

»Habt ihr das Geld bekommen?«, fragte ich.

»Ja«, antwortete Diesel. »Ich habe den Wachmann davon überzeugt, ein Schläfchen zu halten, und wir haben uns das Geld geholt. Und dann ist Mr. Grüne Hose in Panik geraten, als der zweite Wachmann hereinkam. Er kreischte wie ein Mädchen und rannte durch das ganze Gebäude, als sei nicht der Wachmann, sondern der Teufel hinter ihm her.«

Mein Handy klingelte, und ich verzog das Gesicht, als ich die Nummer auf dem Display sah. Es war meine Mutter.

»Ich rufe jetzt die Polizei an«, verkündete sie. »Wo steckst du?«

»Ich bin auf dem Rückweg nach Trenton.«

»Gott sei Dank. Lass mich mit deiner Großmutter sprechen.«

»Sie schläft.«

»Es ist Vormittag. Warum schläft sie jetzt?«

»Ich weiß nicht, aber es sieht ganz so aus, als ob sie tief und fest schläft.«

»Wirst du bald zu Hause sein?«, wollte meine Mutter wissen. »Es gibt kalten Braten zum Mittagessen. Soll ich

Kartoffelsalat dazu machen? Vielleicht hole ich uns frische Brötchen.«

»Grandma sagte, sie wolle noch ein bisschen shoppen gehen, also werden wir zum Mittagessen nicht zu Hause sein. Ich werde mit ihr zur Quaker Bridge Mall fahren.« Ich gab ein paar Geräusche von mir und imitierte ein Rauschen in der Leitung. »Die Verbindung wird schlechter«, brüllte ich ins Telefon. »Ich kann dich nicht mehr hören. Muss aufhören.« Ich legte auf.

Diesel grinste. »Du wirst in die Hölle kommen, weil du deine Mutter angelogen hast.«

»Hast du deine Mutter nie angelogen?«

»Ich bin ein Junge. Da wird das erwartet.«

»Wie soll es in Trenton weitergehen?«, erkundigte sich Snuggy. »Wo soll ich dieses Monstrum parken?«

»Setzen Sie Lula und mich am Kautionsbüro in der Hamilton Avenue ab, damit wir in unsere Autos umsteigen können. Das Wohnmobil können Sie anschließend auf dem Parkplatz hinter meinem Wohnhaus abstellen«, erwiderte ich.

7

Lula und ich sahen dem Wohnmobil nach, wie es sich vom Bordstein entfernte und die Hamilton Avenue entlangtuckerte.

»Das waren zwei merkwürdige Tage«, meinte Lula. »Glück und Unglück und Glück und Unglück. Und dann dieser dumme Kobold. Und jetzt wurde auch noch deine Großmutter gekidnappt. Wie oft passiert so etwas schon? Natürlich gab es mal diesen Vorfall, wo sie in einem Sarg eingesperrt wurde und dann das Beerdigungsinstitut abgefackelt hat. Das zählt wahrscheinlich als Kidnapping.«

Ich kramte in meiner Handtasche und suchte meinen Autoschlüssel. »Ich mache mir Sorgen um sie. Delvina ist ein übler Bursche.«

»Ehrlich gesagt mache ich mir auch Sorgen um sie. Kann ich noch irgendetwas für dich tun?«

»Nein, aber vielen Dank. Du warst heute großartig.«

»Ich werde hineingehen und nach Connie sehen.« Sie richtete ihren Blick an mir vorbei auf einen Wagen, der sich dem Randstein näherte. »Du bekommst Besuch. Der heiße Mr. Groß-und-Gutaussehend ist da.«

Ranger parkte seinen schwarzen Porsche Turbo und schälte sich aus dem Wagen. Wie üblich trug er seine schwarzen RangeMan-Klamotten. Schwarze Boots, eine schwarze Cargohose, die am Hintern perfekt saß, ein schwarzes T-Shirt unter einer schwarzen Windjacke mit der schwarzen Aufschrift RANGEMAN am Ärmel. Er kam zu mir herüber und gab mir einen freundlichen, langen Kuss auf die Schläfe, direkt über meinem Ohr.

»Babe.«

Babe konnte bei Ranger eine Menge bedeuten. Je nach Tonfall klang es sexy, vorwurfsvoll oder sehnsüchtig. Er sagte *Babe*, wenn ich ihn belustigte, erstaunte oder ihn auf die Palme brachte. Heute bedeutete es in erster Linie »hallo«.

Er zupfte spielerisch an meinem Pferdeschwanz. »Du siehst besorgt aus.«

»Ich könnte ein wenig Hilfe brauchen. Lou Delvina hat Grandma gekidnappt.«

»Wann ist das passiert?«

»Heute Morgen. Grandma hat vor zwei Tagen am St. Patrick's Day eine Tasche mit Geld gefunden. Sie hat sich ein Wohnmobil gekauft und Randy Briggs angeheuert, um sie nach Atlantic City zu fahren. Wie sich herausstellte, gehörte das Geld einem kleinen Mann, der sich für einen Kobold hält. Und dieser Kobold hat das Geld von Delvina gestohlen. Also hat Delvina das Pferd des Kobolds und Grandma entführt, um das Geld zurückzubekommen. Aber unser Problem ist, dass wir nur einen Teil des Geldes haben.«

»Wir?«

»Diesel und ich.«

Ranger bedeckte sein Gesicht mit beiden Händen und presste die Fingerspitzen auf die Augen. Das war eine der Gesten, die man macht, wenn man am liebsten von einer

Brücke springen oder jemanden erwürgen will. »Diesel«, stieß er hervor.

»Du magst ihn nicht?«

»Wir hängen nicht gemeinsam rum.«

»Ich glaube, er hat Delvina in eine Kröte verwandelt.«

»Delvina sieht nur aus wie eine Kröte. Unter den Warzen ist er immer noch ein Mafioso mittleren Alters und von mittlerer Bedeutung. Und er ist skrupellos. Und ein wenig verrückt.«

»Großartig. Jetzt fühle ich mich gleich besser.«

»Warst du noch nicht bei der Polizei?«

»Nein.«

»Morelli?«

»Nein. Wir hatten Angst, Delvina würde in Panik geraten und meine Großmutter verschwinden lassen.«

»Die Sorge ist berechtigt«, meinte Ranger. »Wie kann ich dir helfen?«

»Zunächst einmal bräuchte ich Delvinas Telefonnummer.«

Ranger rief sein Büro an, ließ sich Delvinas Nummer geben und leitete sie an mich weiter. »Und nun?«, fragte er.

»Ich hoffe, das genügt. Ich werde ihm sein Geld geben – im Austausch gegen Grandma.«

»Ruf mich an, wenn es irgendwelche Schwierigkeiten geben sollte. Ich muss wieder los und mich um einen Auftrag kümmern.«

Ich rief sofort Delvina an. »Okay«, begann ich. »Ich habe das Geld.« Zumindest das meiste davon. »Wie wollen wir vorgehen?«

»Legen Sie die Reisetasche auf den Beifahrersitz eines Wagens und fahren Sie um drei Uhr zur Autowaschanlage.

Wenn die gesamte Summe da ist, bekommen Sie Ihre Großmutter zurück.«

»Wird sie an der Waschanlage sein?«

»So ungefähr. Sobald wir das Geld gezählt haben, wird sie zur Waschstraße gebracht. Machen Sie sich darüber keine Sorgen. Je schneller wir sie los sind, umso besser, glauben Sie mir.«

»Ich nehme an, ich sollte Ihnen sagen, dass eine kleine Summe fehlt.«

»Wie viel?«

»Ungefähr … einhundertvierzigtausend, mehr oder weniger.«

»Kommt nicht in Frage. Auf keinen Fall. Ich brauche das ganze Geld. Um drei Uhr, sonst wird zuerst das Pferd erschossen und dann die alte Lady. Beinahe hoffe ich, dass Sie das Geld nicht zusammenbringen. Es würde mir wirklich Spaß machen, die alte Schachtel abzuknallen.«

Ich stieg in meine Schrottkarre und fuhr zu meinem Mietshaus. Als ich dort angekommen war, waren meine Tränen beinahe versiegt. Ich lief die Treppen hinauf, putzte mir die Nase und versuchte, mich unter Kontrolle zu bekommen, bevor ich die Wohnungstür aufschloss.

Snuggy saß auf der Couch und sah fern. Er glich eher einem Penner aus Dublin als einem Kobold.

»Wo bewahren Sie all Ihre grünen Hosen auf?«, wollte ich wissen. »Wohnen Sie hier in der Nähe?«

»Ich habe ein Apartment in Hamilton Township. Neben dem Tierfriedhof.«

Das passte.

Diesel spazierte aus meinem Schlafzimmer. Er trug dieselben Klamotten wie vorhin, hatte aber offensichtlich gerade geduscht. Sein Haar war noch feucht, und seine Bartstoppeln waren verschwunden.

»Ich habe deine Rasierklinge und deine Zahnbürste benützt«, erklärte er. »Ich bin davon ausgegangen, dass dir das nichts ausmacht.«

»Du hast doch keine ansteckende Krankheit, oder?«

»Selbst wenn ich wollte, könnte ich mich nicht anstecken.« Er steckte seine Daumen in die Hosentasche und blieb einen Moment lang stehen. »Geht es dir gut?«

»Ja.« Eine Träne quoll aus meinem Auge und rollte mir über die Wange.

»Oh, Scheiße«, fluchte Diesel. »Es geht um die Zahnbürste, richtig? Ich kaufe dir eine neue.«

»Es geht um Grandma. Er wird sie erschießen, weil wir nicht die volle Summe haben. Ich habe mit ihm gesprochen, und er hat mir gesagt, dass sie das Geld zählen würden. Wenn nicht alles da wäre, würden sie Grandma und das Pferd erschießen.«

»Also müssen wir uns mehr Geld beschaffen«, stellte Snuggy fest. »Wie schwer kann das schon sein?«

»Wir sprechen nicht über Wechselgeld«, sagte Diesel. »Wir brauchen einhundertvierzigtausend Dollar.«

»Vielleicht könnten Sie einer Bank einen kurzen Besuch abstatten«, schlug Snuggy Diesel vor.

Diesel warf einen Blick auf seine Armbanduhr. »Delvina hält das Pferd und Grandma irgendwo versteckt. Wir werden versuchen, sie zu finden. Ist uns das bis zwei Uhr nicht gelungen, tritt Plan B in Kraft.«

»Was ist Plan B?«, fragte ich ihn.

»Eigentlich habe ich keinen Plan B. Ich nehme an, Plan B würde bedeuten, dass wir die Polizei einschalten. Ich werde Flash damit beauftragen, einen Blick auf Delvinas Landhaus zu werfen.«

Flash arbeitet mit Diesel zusammen. Oder vielleicht arbeitet Flash auch *für* Diesel. Oder möglicherweise ist Flash einfach nur Diesels Freund. Schwer zu sagen, wie Flash sich in das große Ganze einfügt. Er ist sehr schlank, einige Zentimeter größer als ich und hat stacheliges Haar. Er wohnt in Trenton, hat eine Freundin und fährt gern Ski. Und er ist ein sehr nützliches Teammitglied. Das ist alles, was ich über Flash weiß.

Diesel wählte Flashs Nummer und wartete, bis dieser sich meldete. »Ich brauche dich. Du musst dir Lou Delvinas Haus in Bucks County anschauen«, sagte er. »Delvina hält irgendwo ein Pferd und Stephanies Großmutter als Geiseln. Ich werde sein Haus in Trenton unter die Lupe nehmen.«

»Kann ich auch etwas tun?«, erkundigte sich Snuggy.

»Sie können hierbleiben und sich nicht von der Stelle rühren«, erwiderte Diesel. »Solange wir weg sind, öffnen Sie niemandem die Tür. Bestellen Sie keine Pizza. Kaufen Sie keine Kekse von Pfadfinderinnen. Schauen Sie nicht aus dem Fenster. Verriegeln Sie die Tür und stellen Sie den Fernseher leise.« Diesel steckte seinen Kopf in den Kühlschrank. »Hier ist nichts drin. Wie kannst du ohne Essen leben?«

»Ich habe Erdnussbutter und Cracker im Schrank.«

»Ich mag Erdnussbutter und Cracker«, erklärte Snuggy.

»Tun Sie sich keinen Zwang an«, meinte Diesel und legte einen Arm um mich. »Wir müssen uns beeilen. Ich will mir die Autowaschanlage ansehen, und dann werden wir uns ein wenig in Delvinas Club umsehen. Er hat ein Haus in Cranbury, aber ich bezweifle, dass er ein Pferd und eine alte Lady dort gefangen hält, wo seine Frau wohnt.«

Ich folgte Diesel die Treppe hinunter, durch die kleine Eingangshalle und zur Hintertür hinaus. Als wir an meinem Wagen ankamen, nahm er mir die Schlüssel aus der Hand.

»Was soll das?«, fragte ich.

»Ich fahre.«

»Das glaube ich nicht. Das ist mein Auto, also werde ich fahren.«

»Der Mann fährt. Das weiß doch jeder.«

»Nur in Saudi-Arabien.«

Er ließ die Schlüssel über meinem Kopf baumeln. »Glaubst du tatsächlich, du kannst mir diese Schlüssel wieder abnehmen?«

»Glaubst du tatsächlich, du kannst noch laufen, nachdem ich dir gegen das Knie getreten habe?«

»Du kannst eine richtige Nervensäge sein«, sagte Diesel.

Eine weitere Träne rollte über meine Wange.

»Diese Träne hast du mit Gewalt rausgequetscht«, behauptete Diesel.

»Habe ich nicht. Ich stehe unter großem psychischem Druck. Ich habe Hunger und muss dringend duschen, und ein schrecklicher Mann, der aussieht wie eine Kröte, will meine Großmutter erschießen. Und ich bin müde. Ich habe letzte Nacht kaum geschlafen.«

»Es war nett letzte Nacht«, meinte Diesel. »Es hat mir gefallen, dich im Arm zu halten.«

»Du versuchst, mich weichzukochen.«

»Funktioniert es?«

Ich verdrehte in Gedanken die Augen und stieg auf der Beifahrerseite in den Wagen.

Die Autowaschanlage lag nicht weit entfernt von meiner Wohnung. Wir fuhren daran vorbei, wendeten und fuhren ein zweites Mal daran vorbei. Es war kurz nach elf Uhr an einem Donnerstag, und die Waschanlage war leer. Drei junge Latinos in Waschanlagen-Overalls hingen vor der bürstenlosen Anlage herum, die in einen Betontunnel zum Durchfahren eingebaut war. Der Warteraum und Delvinas Büro lagen einige Meter davon entfernt in einem zweiten Betonklotz. Der Warteraum war an der Vorderseite verglast, und ich sah einige Verkaufsautomaten und eine Theke mit einer Kasse, aber keine Leute. Auf dem Parkplatz standen zwei Schrottkarren, die nicht so aussahen, als würden sie Delvina gehören.

Diesel fuhr um die umliegenden Blocks, um sich einen Überblick zu verschaffen und nach schwarzen Autos von Mafiamitgliedern Ausschau zu halten. Wir entdeckten keine Mafiosi-Wagen, Pferdeställe, Heuwagen oder humpelnde Männer, die sich ihre Weichteile hielten, weil Grandma es endlich geschafft hatte, ihr Bein weit genug nach oben zu reißen, um ihnen Schaden zuzufügen.

»Delvina könnte deine Großmutter überall versteckt haben«, meinte Diesel. »Aber mit dem Pferd ist das schon eine andere Sache. Du kannst kein Pferd durch die Innenstadt von Trenton reiten, um es gegen Lösegeld zu übergeben. Delvina braucht einen Pferdehänger, um Doug zu transportieren. Bisher habe ich kein Zeichen von einem Pferd oder einem Anhänger gesehen.«

Diesel bog in die Roebling Avenue ein und fuhr langsamer, als er sich Delvinas Club näherte. Der Club befand sich in einem schäbigen zweistöckigen Reihenhaus aus Backstein. Vor der Veranda standen zwei Klappstühle von Lugio's Bestattungsinstitut. In Chambersburg benutzte man so etwas als Gartenmöbel. Vor und in dem Club rührte sich nichts. Und hier war kein Platz, um ein Pferd zu verstecken.

Diesel fuhr das kleine Sträßchen hinter den Reihenhäusern entlang. Jedes Haus besaß einen schmalen Garten mit einer Einzelgarage im hinteren Teil. Diesel parkte auf halber Höhe der Straße, stieg aus dem Wagen und sah sich um. Er ging die Straße entlang und warf einen Blick in alle Garagen und Hinterhöfe.

»Kein Anzeichen von einem Pferd«, berichtete er, als er zurückkam. »Aber ich habe das Gefühl, dass sich hier einige Leute an Lkws zu schaffen machen. Brauchst du einen Toaster?«

Ich rief Connie an und fragte nach, ob Delvina noch andere Grundstücke besaß.

»Warte einen Moment«, bat Connie. »Ich lasse seinen Namen durch einige Programme laufen.«

Ich hörte zu, wie Connie auf ihre Tastatur einhackte, und wartete, bis sie die Informationen auf ihrem Bildschirm gelesen hatte.

»Bisher sehe ich hier nur sein Haus in Cranbury und das andere Haus in Bucks County. Und die Autowaschanlage. Ich weiß, dass er noch andere Immobilien besitzt, aber er hat sie wahrscheinlich über eine Holdinggesellschaft erworben. Ich kann das nachprüfen, aber das wird eine Weile dauern. Ich rufe dich zurück.«

»Danke.«

»Wir haben Zeit«, meinte Diesel. »Also können wir ebenso gut einen Blick auf das Haus in Cranbury werfen.«

Cranbury ist eine hübsche kleine Stadt, nur einen Steinwurf entfernt von der sechsspurigen Route 130. Delvina wohnte in einer ruhigen, von Bäumen bestandenen Straße. Sein Haus war mit weißen Schindeln gedeckt, hatte schwarze Fensterläden und eine rote Tür. Es war zweistöckig und besaß eine angebaute Garage für zwei Autos. Das Grundstück war etwa tausend Quadratmeter groß und mit Bäumen, Büschen und Blumen bepflanzt. Mrs. Delvina gärtnerte offensichtlich gern.

»Das sieht alles so harmlos, so normal aus«, meinte Diesel und ließ vom Wagen aus seinen Blick über die Straße und das Haus schweifen.

»Vielleicht benimmt sich Delvina mehr oder weniger normal, wenn er sich in diesem Haus befindet.«

Diesel fuhr systematisch alle Straßen in der Nachbarschaft von Delvinas Haus ab. Rund um Cranbury war die Gegend ländlich – dort könnte ein Pferd untergestellt werden, ohne Aufsehen zu erregen, aber wir wussten nicht, wo wir mit unserer Suche beginnen sollten.

Ich rief Connie an, um die Neuigkeiten über Delvinas Grundbesitz zu erfahren.

»Hier in der Gegend habe ich nichts gefunden«, berichtete Connie. »Er besitzt eine Immobilie auf den Kaimaninseln und eine Eigentumswohnung in Miami, eingetragen auf den Namen LD Sons Import.«

»Hast du es unter dem Mädchennamen seiner Frau versucht?«

»Ja. Keine Einträge.«

Diesel schaltete den Monte Carlo hoch und fuhr aus der Stadt hinaus in Richtung Trenton. Wir waren bereits auf der Broad Street, als Flash anrief. Diesel zog die Augenbrauen hoch und schüttelte den Kopf. Kein Zeichen von Grandma oder Doug in Bucks County.

»Ich brauche frische Klamotten«, sagte Diesel zu Flash. »Und überprüfe, ob sich die Sache mit O'Connor geklärt hat. Falls nicht und ich weiter in seiner Nähe bleiben soll, braucht auch er andere Klamotten. Und eine Zahnbürste.«

Wir hielten an einem Cluck-In-A-Bucket, besorgten uns einige Tüten mit Essen und brachten sie in meine Wohnung.

Snuggy lag immer noch vor dem Fernseher auf der Couch. Wir stellten das Essen auf dem Sofatisch ab und machten uns gemeinsam darüber her.

»Während ihr weg wart, ist mir etwas eingefallen«, sagte Snuggy. »Delvina will Grandma nicht freilassen, weil wir ihm nicht die volle Summe zurückgeben können, aber vielleicht nimmt er das Geld, das wir haben, im Austausch gegen Doug. Wir könnten ihn um einen Aufschub von vierundzwanzig Stunden bitten, um den Rest zu besorgen. Und jetzt kommt das Beste. Sobald wir Doug zurückhaben, kann ich ihn fragen, wo Delvina Grandma versteckt hat.«

Diesel verschlang gerade sein zweites Hühnchensandwich. »Oberflächlich betrachtet klingt das nach einer guten Idee. Sollte es sich jedoch herausstellen, dass Sie nicht mit einem Pferd sprechen können, werde ich Sie von der Brücke an der Route 1 in den Delaware werfen.«

»Sie haben ein Vertrauensproblem«, sagte Snuggy zu Diesel. »Ich spüre passiv-aggressive Tendenzen.«

»Ich bin nicht passiv-aggressiv«, entgegnete Diesel. »Ich bin aktiv-aggressiv. Und ich muss ein Idiot gewesen sein, Ihnen zu vertrauen. Sie sind ein Spinner.«

»Soll ich Delvina anrufen?«, fragte ich Diesel.

»Ja. Vielleicht gewinnen wir damit etwas Zeit.«

Das Geld lag in der Reisetasche auf dem Sitz neben mir. Ich verlangsamte die Geschwindigkeit und steuerte den Monte Carlo in die Waschanlage. Nachdem ich ausgestiegen war, übernahm einer der Jungs in Uniform das Steuer. Der Monte rollte in die Waschanlage, und als er auf der anderen Seite wieder herauskam, hielt der Junge die Reisetasche in der Hand. Er kam zu mir herüber und reichte mir ein Blatt Papier. »Das ist von Mr. Delvina. Er sagte, Sie wüssten, was zu tun sei.«

Diesel und Snuggy saßen einen halben Block entfernt in dem Wohnmobil. Ich fuhr um den Häuserblock herum und parkte meinen sauberen Monte Carlo hinter dem Wohnmobil. Dann stieg ich aus, sperrte mein Auto ab und kletterte in das Wohnmobil. Snuggy saß hinter dem Steuer. Er war der Einzige, der auf den Sitz passte.

»Hier ist die Adresse«, sagte ich zu ihm. »Es liegt südlich der Stadt, neben der Broad Street. In einem kleinen Gewerbegebiet, das anscheinend kaum besucht wird.«

Zehn Minuten später steuerte Snuggy das Wohnmobil auf den Parkplatz einer kleinen Lagerhalle. Aus dem Pflaster wuchs Gras, und eines der vorderen Fenster war mit Brettern vernagelt. Diesel sprang aus dem Wagen und blieb einen Augenblick lang still stehen. Ich nahm an, dass er irgendwie die kosmische Temperatur maß. Er ging zu einem Nebeneingang, und Snuggy und ich stiegen aus dem Wohnmobil und folgten ihm.

Diesel öffnete die Tür, und wir alle spähten in den dämmerigen Raum. In der Ecke am anderen Ende raschelte es, und tief im Schatten entdeckte ich das Pferd, angebunden an einen Betonklotz. Es drehte den Kopf zu uns herüber, schaute uns an und gab ein Geräusch von sich. Kein hohes Wiehern, sondern eher ein leises Schnauben.

»Doug!«, rief Snuggy. Er rannte zu dem Pferd hinüber und warf seine Arme um dessen Hals.

Diesel und ich gingen langsam auf das Pferd zu, und ich begriff, warum Snuggy von ihm so angetan war. Es war ein wunderschönes Tier. Seine Mähne und sein Schwanz waren schwarz, und seine Brust war kastanienbraun. Es hatte große, gefühlvolle Augen mit langen Wimpern. Und es war sehr muskulös. Selbst in dem dunklen Lagerraum konnte ich seine Kraft spüren. Irgendwie war das Gefühl vergleichbar mit dem, das ich empfand, wenn ich neben Diesel stand.

Wir schnitten das Seil an dem Betonblock durch und führten Doug durch den Lagerraum auf den Parkplatz.

»Sind Sie sicher, dass das funktionieren wird?«, fragte ich Snuggy.

»Ganz sicher«, erwiderte Snuggy. »Doug ist ein alter Hase auf diesem Gebiet. Das stimmt doch, Doug?«

Doug warf Snuggy aus einem seiner riesigen Pferdeaugen einen Blick zu.

»Und wie genau unterhalten Sie sich mit ihm?«, wollte ich wissen.

»Es funktioniert auf telepathische Weise, sozusagen.«

»Kann er mich verstehen?«

»Ja. Sehen Sie, das ist der Fehler, den Menschen machen. Jeder glaubt, dass Tiere sie nicht verstehen können, nur weil sie nicht sprechen.«

Ich dachte an Morellis Hund Bob. Ich war ziemlich sicher, dass Bob kein Wort verstand.

»Na los!«, forderte Snuggy Doug auf. »Gib ihr ein Zeichen, damit sie weiß, dass du sie verstehst.«

Doug blinzelte.

»Sehen Sie?«, sagte Snuggy. »Beeindruckend, nicht wahr?«

»Das war alles? Ein Blinzeln?«

»Oh, Mann«, meinte Diesel. »Wir sind geliefert.«

Doug bewegte sich zur Seite und trat Diesel auf den Fuß. Diesel klopfte ihm auf die Schulter, bis Doug seinen Huf von Diesels Fuß nahm.

»Okay«, sagte ich. »Jetzt habt ihr beide euer Revier markiert. Können wir jetzt weitermachen?«

»Wir sind extra mit dem Wohnmobil gefahren, weil es eine Anhängerkupplung hat. Aber sie haben den Pferdeanhänger nicht hiergelassen«, stellte Snuggy fest. »Ich habe mir den Anhänger von einem Freund geliehen, und sie haben damit Doug weggebracht. Und jetzt ist er verschwunden.«

»Vielleicht können Sie ihn auf dem Rückweg reiten«, schlug Diesel vor.

»Aber doch nicht auf der Autobahn!«, protestierte Snuggy. »Außerdem ist sein Bein verletzt. Es tut ihm weh, wenn er lange laufen muss.«

Wir sahen alle hinunter auf Dougs Bein. Es war mit einer Bandage umwickelt.

»Wir bringen ihn in das Wohnmobil«, sagte Diesel.

Snuggy und ich rissen den Mund auf und formten lautlos mit den Lippen das Wort *WAS*?

Diesel schien gleich der Geduldsfaden zu reißen. »Habt ihr eine bessere Idee?«

Snuggy und ich schüttelten den Kopf. Wir hatten gar keine Idee.

»Wir verschwenden hier nur unsere Zeit«, erklärte Diesel.

Snuggy nahm Dougs Halfter in die Hand und führte das Pferd zu unserem Wohnmobil hinüber. An der Tür führten drei Stufen ins Innere, und die Öffnung war nur ungefähr einen guten Zentimeter breiter als Dougs Hinterteil.

Doug stemmte seine Beine fest auf den Boden und warf Snuggy einen Blick zu, der, wie ich hätte schwören können, sagte: *Bist du verrückt?*

»Hoch mit dir!«, befahl Snuggy. »Rein in das Wohnmobil.«

Doug rührte sich nicht von der Stelle.

Snuggy schwenkte auf die telepathische Verständigung um, nickte und schenkte Doug einen mitfühlenden Blick.

»Ich verstehe deine Bedenken«, sagte Snuggy. »Aber du brauchst keine Angst zu haben. Der Einstieg könnte ein wenig eng werden, sobald du jedoch dort drin bist, wirst du genügend Platz haben.«

Es folgte ein weiterer telepathischer Austausch.

»Ich werde am Steuer sitzen«, versicherte Snuggy dem Pferd.

Doug rührte sich immer noch nicht von der Stelle.

»Was redest du da?«, protestierte Snuggy. »Ich bin ein guter Fahrer. Ich habe dich nach Freehold gebracht, wo du das Rennen gewonnen hast.«

Doug verdrehte die Augen.

»Ich bin erst runtergefallen, nachdem wir gewonnen hatten«, betonte Snuggy. »Und das hatte nichts mit meinen Fahrkünsten zu tun. Es war einfach nur ein blöder Zufall.«

»Wie wäre es damit?«, wandte sich Diesel an Doug. »Du steigst jetzt in das Wohnmobil, oder wir lassen dich hier auf dem Parkplatz stehen und kommen nicht mehr zurück.«

Snuggy ging voran und zog an Dougs Halfter, während Diesel mit seiner Schulter Dougs Hinterteil anschob. Nachdem Diesel ausgiebig geflucht und Doug etliche Male nervös mit den Hufen gescharrt hatte, stieg Doug endlich in das Wohnmobil.

»Meine Güte, hör auf, dich zu beschweren«, beschwichtigte Snuggy das Pferd. »Schau dir Diesel an. Er passt hier auch nicht hinein, aber er macht das Beste daraus.«

Doug wandte sich zu Diesel um, und sein Blick war, wenn ich das richtig deutete, nicht sehr freundlich.

»Vielleicht möchtest du Doug etwas mehr Platz machen«, schlug ich Diesel vor. »Geh doch mit Snuggy nach vorn.«

8

Es war bereits vier Uhr, als wir den Parkplatz vor meinem Mietshaus erreichten und das Wohnmobil im hinteren Teil neben den Müllcontainern parkten.

»Wir sollten Doug für ein paar Minuten aus dem Wohnmobil lassen«, meinte Snuggy. »Damit er seine Beine strecken und sein Geschäft machen kann.«

Die Möglichkeit, dass Doug möglicherweise dringend sein Geschäft erledigen musste, brachte uns alle auf die Beine. Wir bugsierten Doug in das hintere Schlafzimmer, drehten ihn herum und brachten ihn zur Tür und die Stufen hinunter. Snuggy führte ihn auf dem Parkplatz herum, aber Doug hatte offensichtlich nicht das Bedürfnis, sich zu erleichtern. Das betrübte mich nicht wirklich, denn ich hätte nicht gewusst, wie ich eine Ladung Pferdeäpfel auf dem Parkplatz hätte erklären sollen.

»Fragen Sie ihn nach Grandma«, bat ich Snuggy. »Weiß er, wo sie ist?«

Es war verrückt. Obwohl ich Snuggy diese Pferdeflüsterergeschichte nicht abgekauft hatte, wollte ein Teil von mir, dass sie wahr war. Ich wollte das nicht nur um Grandmas willen glauben, sondern weil mir die Idee gefiel, dass eine Kommunikation zwischen Tier und Mensch möglich war. Mir gefiel auch die Vorstellung, dass Rentiere fliegen konnten und dass es tatsächlich eine Diät mit Geburtstagstorten gab. Und am allermeisten wollte ich in den Himmel kommen.

»Was ist passiert?«, fragte Snuggy Doug. »Aha. Ah, ich verstehe. Aha.«

Ich sah Diesel an. »Sagt dir das etwas?«

»Ja, dass ich gute Lust habe, meinen Job an den Nagel zu hängen und eine Ausbildung zum Barkeeper zu machen.«

»Doug sagt, er sei auf einem Hof gewesen, bevor sie ihn in die Lagerhalle gebracht hätten. Dort sei er wie ein Hund am Boden festgebunden gewesen. Er sagt, es sei demütigend gewesen. Er weiß nicht genau, wo das war, aber er könnte den Ort vielleicht finden, wenn wir ihn herumfahren.«

»Das ist ein wenig vage«, meinte Diesel.

»Doug glaubt, sie könnten Grandma dort festhalten. Er hat Geschrei gehört, und dann haben sie die Rollläden heruntergelassen, sodass er nicht durch die Fenster schauen konnte. Und er glaubt, einen Schuss gehört zu haben.«

»Nein!« Ich griff mir an die Brust. »Wann?«

»Kurz bevor sie ihn in den Pferdeanhänger geführt haben.«

Ich zog rasch mein Handy aus der Tasche und wählte Delvinas Nummer.

»Ist meine Großmutter in Ordnung?«

»War sie das schon jemals?«

»Ich will mit ihr sprechen«, forderte ich.

»Auf keinen Fall. Wir haben sie ins Klo gesperrt, und ich werde diese Tür nicht öffnen, bevor ich mir einen Viehtreiber besorgt habe. Haben Sie das restliche Geld?«

»Noch nicht, aber ich arbeite daran.«

Delvina legte auf.

»Doug sagt, er habe Hunger«, meldete Snuggy. »Er hat nur Gras bekommen, und davon nur ganz wenig. Er glaubt, uns besser helfen zu können, sobald er nicht mehr so hungrig ist.«

Diesel rief Flash an. »Ich brauche Pferdefutter«, sagte er. Er lauschte Flash eine Weile und starrte dabei auf seine Schuhe. »Ich habe keine Ahnung, was Pferde fressen. Geh in einen Pferdeladen und frag nach. Und bring außer dem Pferdefutter Bier und Pizza mit.«

»Was wollen Sie mit Doug machen?«, fragte ich Snuggy. »Er braucht eine Scheune oder einen Stall oder etwas in der Art.«

»Ich habe einen Operationstermin für nächste Woche vereinbart. Anschließend habe ich einen Platz in Hunterdon County für ihn. Nur im Moment weiß ich nicht, wohin mit ihm. Und ich schätze, ich sitze in der Klemme, was die Operation betrifft. Ich habe kein Geld mehr dafür.«

Ich rief meine Mutter an.

»Sagt dir der Name Lou Delvina etwas?«

»Du hast doch nichts mit ihm zu tun, oder? Das ist ein schrecklicher Mensch. Wenn dein Cousin dir den Auftrag erteilt hat, Lou Delvina zu suchen, dann nimm den Job nicht an. Lass einen anderen nach ihm suchen.«

»Er ist keiner meiner Fälle. Es geht um etwas anderes.«

»Ich habe gehört, dass er krank sei. Und irgendetwas ist mit ihm und seiner Frau passiert, denn er wohnt nicht mehr in seinem Haus in Cranbury.«

»Weißt du, wo er jetzt wohnt?«

»Nein, aber ich habe letzte Woche Louise Kulach in der Kirche getroffen, und sie hat mir erzählt, dass Delvina sich öfter Aufschnitt im Feinkostladen an der Cherry Street kaufe. Sie sagte, er sähe schrecklich aus. Sie hätte ihn nicht mehr erkannt, wenn der Metzger ihr nicht gesagt hätte, dass es sich um Delvina handelte. Wo ist deine Großmutter?«

»Sie ist kurz aufs Klo gegangen.«

»Was soll ich mit dem Mittagessen machen? Ich habe einen Topf mit Spaghettisoße auf dem Herd.«

»Grandma will im Einkaufszentrum essen.«

»Na gut, in Ordnung, aber lass sie nicht in dem chinesischen Lokal essen. Davon bekommt sie immer Durchfall.«

Ich steckte mein Handy wieder in die Tasche. »North Trenton«, verkündete ich. »Delvina wurde in dem Feinkostladen an der Cherry Street gesehen.«

»Man sollte niemals den Wert von Klatsch unterschätzen«, meinte Diesel. »Lasst uns fahren, bevor es dunkel wird.«

»Und was ist mit dem Pferdefutter?«, wollte Snuggy wissen.

»Wir halten unterwegs an einem Cluck-In-A-Bucket«, erwiderte Diesel.

»Doug frisst keine Burger«, erklärte Snuggy. »Pferde sind Vegetarier.«

»Wie auch immer«, sagte Diesel. »Dann halten wir eben an einem Supermarkt und kaufen einen Salatkopf für ihn. Schaffen Sie ihn wieder in das Wohnmobil.«

Snuggy ließ den Wohnwagen langsam durch die Cherry Street rollen. Doug stand im Gang zwischen dem Esstisch und der Couch, schaute aus dem großen Vorderfenster und fraß einen Apfel. Es war bereits der vierte, und ein Stück davon fiel ihm aus dem Maul, während er darauf herumkaute. Es ist offensichtlich nicht leicht, einen Apfel zu essen, wenn man keine Daumen zum Festhalten besitzt. Wir hatten systematisch den Norden von Trenton abgefahren und befanden uns nun zum zweiten Mal in der Cherry Street.

Diesel hockte auf dem Sitz neben Snuggy. »Ich hoffe, dass Sie mich mit diesem Pferd nicht an der Nase herumführen«, sagte er zu Snuggy.

Doug streckte seinen Kopf nach vorn und biss Diesel in die Schulter. Nicht fest genug, um eine blutende Wunde zu verursachen, aber fest genug, um einen Abdruck und mit Apfelstückchen vermischten Sabber auf Diesels Hemd zu hinterlassen.

»Das ist der Grund, warum ich keine Waffe trage«, erklärte Diesel. »Wenn's nach mir ginge, würde ich ihn jetzt am liebsten erschießen, aber später würde ich es wahrscheinlich bereuen … irgendwann einmal.«

Snuggy verließ die Cherry Street, fuhr ein paar Blocks weiter und blieb dann mitten auf der Straße stehen. »Doug sagt, die Gegend habe anders ausgesehen. Er sagt, das Haus sei freistehend gewesen.«

»Lag es im Wald? In der Mitte eines Felds?«, fragte ich.

»Nein, es war einfach freistehend«, antwortete Snuggy. »Und dort war es sehr laut. Er konnte die ganze Nacht Autos hören.«

»Die Route 1«, sagte ich zu Diesel. »Das Haus lag am Ende einer Straße, die auf die Route 1 führt.«

Die Sonne ging unter, und ich sah vor uns ein rosarotes Glühen am Himmel.

»Hübscher Sonnenuntergang«, bemerkte ich.

»Das ist kein Sonnenuntergang«, erwiderte Diesel. »Die Sonne steht hinter uns. Das ist ein Feuer.«

Ein Streifenwagen raste an uns vorbei, und ich hörte Sirenen in der Ferne.

Snuggy steuerte das Wohnmobil an den Straßenrand, um einen Feuerwehrwagen vorbeizulassen.

»Ich habe kein gutes Gefühl bei dieser Sache«, erklärte Diesel. »Folgen Sie dem Wagen.«

Snuggy fuhr die Straße entlang und parkte das Wohnmobil einen Block von dem Feuer entfernt. Vor dem brennenden Haus standen kreuz und quer Polizeiautos und Löschfahrzeuge. Das Haus lag am Ende einer Sackgasse. Das Grundstück war riesig. Neben dem Haus befand sich eine Garage für zwei Autos. Die Türen waren offen, und was immer sich in der Garage befand, stand in Flammen. Feuerwehrmänner mit Wasserschläuchen liefen herum und riefen sich gegenseitig Anweisungen zu. Neben und hinter dem Haus standen große Bäume. Das Dröhnen der Feuerwehrautos übertönte alle anderen Geräusche, aber ich wusste, dass man in einer ruhigeren Nacht von hier aus den Verkehr auf der Route 1 hören konnte.

Diesel stand auf. »Du bleibst hier«, befahl er. »Ich werde mich umsehen.«

»Kommt nicht in Frage«, protestierte ich. »Ich komme mit dir.«

»Jeder Polizist und jeder Feuerwehrmann in dieser Gegend kennt dich«, sagte Diesel. »Jemand wird Morelli anrufen, und dann haben wir die Polizei am Hals.«

»Vielleicht ist es an der Zeit, die Polizei einzuschalten.«

»Lass mich die Lage überprüfen, bevor wir voreilige Schlüsse ziehen. Ich komme gleich zurück.«

Ich setzte mich auf die Couch und wählte Delvinas Nummer. Meine Hände zitterten, und ich musste zweimal wählen, bis ich die richtigen Zahlen eingegeben hatte. Delvina meldete sich nicht.

Als Nächstes rief ich Connie an. »Bist du noch im Büro, oder wurde mein Anruf weitergeleitet?«, fragte ich sie.

»Ich bin noch hier und versuche, die liegen gebliebene Ablage zu erledigen.«

»Ich bräuchte die Überprüfung einer Adresse.«

Kurz darauf war sie wieder in der Leitung. »Das Haus gehört Mickey Wallens, Delvinas Fahrer.«

Ich legte auf und biss mir auf die Unterlippe. Snuggy und Doug starrten schweigend mit mir durch die Frontscheibe. Wir drei atmeten kaum. Diesel tauchte hinter einem Feuerwehrwagen auf und rannte zum Wohnmobil zurück.

»Anscheinend ist das Feuer im Badezimmer im ersten Stock ausgebrochen. Die Feuerwehrmänner sind noch nicht sicher, ob sich jemand im Haus befand, aber ich glaube, dass das Gebäude leer war. Eine der Garagen war ebenfalls leer. In der anderen stand ein Pferdeanhänger, der komplett ausgebrannt ist.«

»Was nun?«, fragte Snuggy.

»Fahren Sie uns zurück zu Stephanies Wohnung«, befahl Diesel.

»Halten Sie auf dem Weg an der Waschanlage an«, warf ich ein. »Ich möchte meinen Wagen abholen.«

Snuggy stellte das Wohnmobil wieder bei den Mülltonnen ab, und ich parkte meinen Wagen eine Reihe weiter und achtete darauf, dass ich später damit ungehindert wieder losfahren konnte. Ich stieg aus und versuchte noch einmal, Delvina zu erreichen. Nach dem zweiten Klingelton meldete er sich.

»Ich will meine Großmutter sprechen.«

»Sie liegt im Kofferraum. Machen Sie sich um sie keine Sorgen. Sie hat eine Decke und ein Kissen und hat sich neben dem Ersatzreifen zusammengerollt. Der Kofferraum ist ziemlich groß.«

»Das ist schrecklich. Sie ist eine alte Frau.«

»Ich werde Ihnen sagen, was schrecklich ist. Sie hat Mickeys Haus niedergebrannt. Sie beschwerte sich, dass es im Badezimmer nach Kacke riechen würde, also hat Mickey ihr Streichhölzer unter der Tür durchgeschoben.«

Ich konnte Mickeys Stimme hören, der anscheinend neben Delvina stand. »Ich wollte ihr nur behilflich sein.«

»Wie oft muss ich dir das noch sagen?«, fuhr Delvina Mickey an. »Keine Waffen, scharfen Gegenstände oder Zündhölzer für Geiseln.«

»Wir hatten noch nie eine alte Frau als Geisel«, verteidigte sich Mickey. »Ich wusste nicht, dass für sie die gleichen Regeln gelten.«

Delvina wandte sich wieder mir zu. »Unser Sir Walter Raleigh hier hat Ihrer Großmutter Streichhölzer gegeben, und sie hat sie dazu benutzt, um den Rauchmelder auszulösen. Irgendwie gerieten dann die Vorhänge in Brand. Verdammt, wir hatten Glück, dass wir nicht umgekommen sind. Jetzt irren wir herum wie Obdachlose. Ich muss aufhören. Ich glaube, wir haben uns verfahren.«

Delvina legte auf.

»Und?«, fragte Diesel.

»Sie wissen nicht mehr weiter.«

»Das Gefühl kenne ich«, meinte Diesel. »Ich werde nach oben gehen, wo hoffentlich eine Pizza und ein Bier auf mich warten.«

Wir gingen gemeinsam zur Hintertür, und als wir dort angekommen waren, bemerkte ich, dass Doug uns gefolgt war.

»Was sollen wir mit Doug machen?«, fragte ich.

»Doug kann im Wohnmobil bleiben«, sagte Diesel.

»Doug will aber nicht im Wohnmobil bleiben«, erklärte Snuggy. »Das Feuer hat ihm Angst gemacht. Er will bei uns bleiben.«

»Ja, aber das ist ein Wohnhaus für Menschen«, wandte ich ein.

»Sind dort keine Haustiere erlaubt?«

»Keine Pferde!«

»Woher wissen Sie das? Steht das etwa in Ihrem Mietvertrag? Außerdem erlauben Sie Diesel, bei Ihnen zu wohnen.«

»Diesel ist stubenrein.«

»Das ist Doug auch«, behauptete Snuggy.

Doug ließ den Kopf hängen, hielt sein verletztes Bein hoch, um es nicht zu belasten, und sah mitleiderregend aus.

»Also gut, meinetwegen«, seufzte ich.

Snuggy, Diesel, Doug und ich stiegen in den Aufzug ein, und ich warf einen Blick auf das Schild mit dem zulässigen Höchstgewicht.

»Wie viel wiegt Doug?«, fragte ich Snuggy.

»Knapp sechshundert Kilo«, antwortete Snuggy. »Wir müssen alle die Luft anhalten. Ich werde jetzt auf den Knopf drücken. Wir müssen ja nur ein Stockwerk nach oben fahren.«

Als der Aufzug im ersten Stock anhielt, betete ich, dass die Türen sich öffnen würden. Auf keinen Fall wollte ich mit einem Pferd im Lift stecken bleiben. Nach einem langen Augenblick gingen die Türen auf, und wir marschierten alle hintereinander den Gang entlang zu meiner Wohnung. Flash hatte einen Sack Getreide, zwei Eimer, zwei Sechserpack Bier, drei Pizzas und eine Reisetasche mit Diesels und Snuggys Klamotten vor meine Tür gestellt.

Wir trugen alles hinein und sperrten die Tür hinter uns ab. Snuggy schüttete für Doug etwas von dem Getreide in den einen Eimer und füllte den anderen mit Wasser. Diesel schnappte sich eine der Pizzaschachteln und ein Bier und machte es sich vor dem Fernseher gemütlich.

Manche Leute bringen keinen Bissen hinunter, wenn sie unter Stress sind. Ich hingegen bekomme einen Mordshunger, wenn ich nervös bin. Ich esse dann, um das dumpfe Gefühl in meinem Bauch zu vertreiben. Also setzte ich mich neben Diesel und verschlang ein Stück Pizza. Als ich einen Blick in die Schachtel warf, stellte ich fest, dass sie leer war.

»Willst du den Karton auch noch essen?«, fragte Diesel.

»Habe ich die ganze Pizza gegessen?«

»Vier Stück.«

»Ich kann mich nicht daran erinnern.«

»Tief durchatmen!«, befahl Diesel. Er legte seine Hände auf meine Schultern und massierte mich. »Weiteratmen«, sagte er. »Versuch, dich zu entspannen. Deiner Großmutter wird nichts geschehen. Wir werden sie finden.«

Unter Diesels Händen wurde mir warm. Die Hitze wanderte über meinen Hals nach oben und mein Rückgrat hinunter. Es war kein sexuell erregendes Gefühl, sondern sinnlich und beruhigend. Ich spürte, wie sich mein Inneres entkrampfte und sich mein Herzschlag verlangsamte.

»Du hast wunderbare Hände«, sagte ich zu Diesel. »Immer wenn du mich berührst, wird mir warm.«

»Man hat mir gesagt, das habe etwas mit übereinstimmender Körperchemie und gemeinsamen Energieströmen zu tun. Die Person, die mir das gesagt hat, hatte zwar jede Menge Magic Mushrooms intus, aber ich fand, das klang cool. Die andere Erklärung ist, dass meine Köpertemperatur etwas höher ist als üblich und ich dich außerdem gern berühre.«

Erst als ich wieder aufwachte, wurde mir klar, dass ich plötzlich eingeschlafen sein musste. Ich war an Diesel geschmiegt, und er sah sich ein Basketballspiel im Fernsehen an. Snuggy schaute ebenfalls zu. Er trug frische Klamotten, die genauso aussahen wie seine alten, außer dass sie nicht so zerknittert waren und keine ausgebeulten Knie und Ketchupflecken aufwiesen. Doug stand in der dunklen Küche. Offensichtlich war er kein Fan der Knicks.

Es war neun Uhr, und meine Mutter lief wahrscheinlich nervös hin und her und wartete darauf, dass ich Grandma nach Hause brachte. Ich tippte ihre Nummer in mein Handy ein und stellte mir dabei vor, wie sie bei dem ersten Klingelton ans Telefon sprang.

»Wo bist du?«

»Ich bin zu Hause.«

»Wo ist deine Großmutter?«

»Ich habe sie irgendwie verloren.«

»Was?«

»Erinnerst du dich, wie Grandma sich zu Beginn dieser Geschichte einfach davongemacht hat? Es ist so ähnlich. Aber ich glaube, dieses Mal ist sie nicht so weit weg.«

»Wie konnte das passieren?«

»Sie ist eben sehr gerissen.«

»Ich verstehe das nicht. Sie hat ein schönes Zuhause bei uns. Warum tut sie das?«

»Ich glaube, sie braucht ab und zu einfach ein Abenteuer. Und sie hat halt Hummeln im Hintern.«

»Das hast du von ihr geerbt«, meinte meine Mutter. »Du bist wie deine Großmutter.«

Diese Vorstellung war ein wenig erschreckend, aber ich wusste, dass sie wahr war. Für Aufregung war ich immer gut. Immerhin befand sich in diesem Augenblick ein Pferd in meiner Küche.

»Mach dir keine Sorgen«, beruhigte ich meine Mutter. »Es geht ihr sicher gut. Ich werde sie finden und morgen nach Hause bringen.«

Diesel riss sich von dem Spiel los, als ich auflegte. »Wie ist es gelaufen?«

»So wie erwartet. Ich hätte Hausarrest bekommen, wenn sie mich nicht bräuchte, um Grandma zurückzubringen.«

»Ich wette, du hattest als Kind oft Stubenarrest.«

Ich lachte laut, als ich daran dachte. »Ich bin dann immer aus dem Badezimmerfenster geklettert.«

»Und Morelli hat unten auf dich gewartet?«

»Nein. Damals hatte ich nur sporadisch was mit Morelli. Er war einer von den Jungs, die rasch immer wieder die Flucht ergriffen.«

»Und jetzt?«

»Jetzt wartet er unten auf mich.« Ich ließ im Geiste meine Knöchel knacken. »Ich habe das Gefühl, etwas unternehmen zu müssen. Ich hasse es, hier herumzusitzen, während Grandma in Delvinas Kofferraum eingesperrt ist.«

Mein Handy klingelte, und einen Moment lang konnte ich mit der Nummer auf dem Display nichts anfangen. Dann fiel es mir siedend heiß ein. Briggs. Ihn hatte ich total vergessen.

»Ja?«, meldete ich mich.

»Wo seid ihr alle?«

»Wir sind wieder in Trenton. Wo sind Sie?«

»Ich bin in Atlantic City. Und ich habe eine Glückssträhne. Ich gewinne eine Runde nach der anderen. Warum seid ihr alle weggefahren?«

»Lou Delvina hat Grandma gekidnappt.«

»Das darf nicht wahr sein!«

»Ich nehme an, Sie sind daher jetzt arbeitslos.«

»Meine Güte. Haben Sie sie noch nicht befreien können?«

»Nein. Wir arbeiten daran. Wir brauchen einhundertvierzigtausend Dollar, um sie auszulösen. Wie viel haben Sie gewonnen?«

»Nicht so viel.«

»Dann würfeln Sie weiter«, befahl ich ihm. Und legte auf.

9

Ich schlug auf den Alarmknopf meines Weckers neben meinem Bett, aber das Klingeln hörte nicht auf.

»Telefon«, murmelte Diesel in mein Ohr.

Ich tastete nach dem Telefon und murmelte ein Hallo.

»Ich komme gerade von einer Dreifachschicht zurück«, sagte Morelli. »Bandenkrieg in der Sozialsiedlung. Zwei Tote. Willst du mit mir frühstücken, bevor ich mich aufs Ohr haue?«

»Wie spät ist es?«

»Halb sieben.«

»Ich habe hier volles Haus. Ich glaube, ich sollte besser hierbleiben und alles im Auge behalten.«

»Wer ist bei dir?«

»Diesel und Snuggy O'Connor und Doug.«

»Snuggy O'Connor«, wiederholte Morelli. »Der Name kommt mir irgendwie bekannt vor.«

»Er war früher Jockey und ist mit Doug hier.«

»Und wer ist Doug?«

»Doug ist ein Pferd.«

Es folgte ein langes Schweigen.

»Sie sind doch nicht etwa alle in deiner Wohnung, oder?«, fragte Morelli schließlich.

»Doch.«

»Ist Doug ein kleines Pferd?«

»Nein, ein großes. Die Sache ist ziemlich kompliziert.«

»Das ist immer so«, meinte Morelli. »Ich bin wirklich sehr müde. Vielleicht findet diese Unterhaltung nur in meiner Fantasie statt. Ich melde mich morgen oder übermorgen wieder bei dir, wenn ich ausgeschlafen habe.«

Diesel lag vollständig bekleidet neben mir im Bett; er hatte nur seine Schuhe abgestreift. Auch ich war in meinen Kleidern eingeschlafen … allerdings fehlte mein BH. Er baumelte am Türknauf, und ich wollte nicht darüber nachdenken, wie er dort hingekommen war.

»Was tust du in meinem Bett?«, wollte ich von Diesel wissen.

»Du bist vor dem Fernseher eingeschlafen, also habe ich dich hierhergetragen und bin davon ausgegangen, dass es dir nichts ausmachen würde, wenn ich mich zu dir legte. Auf deiner Couch habe ich nicht genug Platz, und ich schlafe nicht gern auf dem Boden. Hast du einen Weckanruf in Auftrag gegeben?«

»Das war Morelli. Er hat gerade eine Dreifachschicht hinter sich gebracht und wollte sich zurückmelden.«

Ich stand auf und warf einen Blick ins Wohnzimmer. Kein Pferd. Kein Snuggy. Ich ging zum Schlafzimmerfenster und zog den Vorhang zurück. Snuggy und Doug standen im hinteren Teil des Parkplatzes auf einer kleinen Grünfläche. Doug hinkte beim Gehen.

»Dougs Bein macht ihm Probleme«, sagte ich zu Diesel. »Es macht mich ganz traurig, wenn ich ihn so hinken sehe. Ich wette, dass er früher mal ein großartiges Pferd war, als er noch jung und gesund war.«

»Das wird schon wieder werden«, meinte Diesel. »Wir finden sicher einen Weg, ihn behandeln zu lassen.«

Ich nickte und blinzelte, um meine Tränen zurückzuhalten. Der Gedanke an Doug und Grandma war so beklemmend, dass es mir fast die Kehle zuschnürte.

»Ich gehe unter die Dusche«, verkündete ich.

»Möchtest du Gesellschaft haben?«

»Nein, aber danke für das Angebot.«

»Das war das Mindeste, was ich tun konnte«, erwiderte Diesel.

Ich holte mir saubere Kleidung, schloss mich im Badezimmer ein und stieg unter die Dusche. Als ich fertig war, fühlte ich mich neu belebt.

»Ich hatte eine Idee, während du geduscht hast«, erklärte Diesel. »Wir brauchen Geld, richtig? Und wer hat eine Menge Geld? Delvina. Ich habe beobachtet, wie die Tasche in die Autowaschanlage getragen wurde, aber ich habe nicht gesehen, dass sie dort herausgebracht wurde. Also nehme ich an, dass Delvina das Geld im Safe der Waschanlage verstaut hat.«

»Und?«

»Wir klauen Delvina das Geld. Dann geben wir es ihm zurück, um Grandma auszulösen. Ich schwöre dir, manchmal bin ich so brillant, dass es kaum auszuhalten ist.«

»Es gibt nur ein Problem dabei: Wie stehlen wir das Geld, ohne dabei erwischt zu werden?«

»Wir müssen die Typen da ablenken.«

»Auweia. Das kommt mir bekannt vor.«

»Dieses Mal muss es sich um eine viel bessere Ablenkung handeln. Etwas Cleveres. Ich gehe rasch unter die Dusche und zieh mir frische Klamotten an, dann werden wir uns auf den Weg machen und alles auskundschaften.«

Snuggy, Diesel und ich saßen gegenüber der Autowaschanlage in meinem Wagen und beobachteten das Treiben dort. Freitags gab es ermäßigte Preise für Senioren, und um acht Uhr war bereits einiges los.

»Das wird schwierig werden«, gab ich zu bedenken. »Zu viele Menschen. Wir hätten es letzte Nacht bei Dunkelheit machen sollen.«

»Letzte Nacht wusste ich noch nicht einmal, dass wir das machen wollen. Lass uns aussteigen und ein wenig herumspazieren. Um die Sache aus einem anderen Blickwinkel zu betrachten. Vielleicht fällt uns ja was Geniales ein.«

Diesel überquerte die Straße, ging einen halben Block weiter und dann hinten um das Gebäude herum. Snuggy und ich gingen auf der anderen Straßenseite in die andere Richtung.

In einem kleinen Vorgarten saß ein Dobermann und beobachtete den Verkehr. Er trug ein Halsband mit einem kleinen Kästchen daran.

»Ein unsichtbarer Zaun«, erklärte Snuggy. »Im Boden vergraben läuft ein Draht entlang, und wenn er ihn überschreitet, bekommt er einen Stromschlag.« Er lächelte den Hund an. »Wie geht's?«

Der Hund sah Snuggy an.

»Wow, tatsächlich?«, sagte Snuggy.

»Was?«, fragte ich.

»Er sagt, er habe eine Socke gefressen und warte nun darauf, bis er sie verdaut habe. Deshalb sitzt er hier draußen. Normalerweise ist er um diese Tageszeit immer im Haus.«

Der Dobermann stand auf, konzentrierte sich einen Moment lang und setzte sich dann wieder hin. Anscheinend war die Socke noch nicht bereit, seinen Körper zu verlassen.

»Wir beobachten das Gelände«, erklärte Snuggy dem Hund. »Ich bin ein Kobold, und der Kerl, dem die Autowaschanlage gehört, hat mein Glücksgeld in seinem Safe eingeschlossen.«

Die Augen des Hundes weiteten sich ein wenig. Entweder beeindruckte ihn die Koboldgeschichte, oder die Socke bewegte sich in südliche Richtung.

»Das schwöre ich dir«, fuhr Snuggy fort. »Ich würde ja einfach hinübergehen und mir das Geld holen, aber ich habe Probleme mit meiner Unsichtbarkeit als Kobold.«

Der Dobermann musterte Snuggy von oben bis unten.

»Tatsächlich? Bist du sicher?«, fragte Snuggy.

»Um was geht es?«, wollte ich wissen. »Um was? Sagen Sie es mir!«

Snuggy schlug sich mit der Handfläche gegen die Stirn. »Natürlich. Warum habe ich nicht daran gedacht? Es liegt auf der Hand.«

»Was liegt auf der Hand? Woran haben Sie nicht gedacht?«

»Wir haben jetzt keine Zeit für Erklärungen, aber ich weiß, was schiefgegangen ist. Sagen Sie Diesel, er soll sich keine Sorgen machen. Ich werde mich um alles kümmern. Ihr setzt euch in den Wagen und holt mich ab, wenn ich aus dem Büro komme.«

»Warten Sie! Wir sollten das vorher besprechen. Was hat der Hund Ihnen gesagt?«

»Er meinte, es läge an meiner Kleidung! Verstehen Sie, jetzt ergibt alles einen Sinn. Ich war unsichtbar, aber meine Kleider waren es nicht. Wahrscheinlich liegt es an dem neuen

Waschmittel, das ich verwendet habe. Ich muss also nur meine Kleidung ausziehen, dann kann ich hineingehen und das Geld aus dem Safe holen, ohne dass mich jemand dabei sieht.«

»Nein, nein, nein, nein. Das ist keine gute Idee.«

Snuggy zerrte sich seine Jacke und sein T-Shirt vom Leib und schleuderte seine Schuhe von den Füßen. Ich winkte verzweifelt Diesel zu, aber er war auf seinem Weg um das Gebäude herum und sah mich nicht. Ich griff nach Snuggy, verfehlte ihn aber.

»Vertrauen Sie mir. Es funktioniert ganz bestimmt.« Snuggy tänzelte von mir weg und öffnete den Reißverschluss seiner grünen Hose.

Snuggy trug eine enge weiße Unterhose unter seiner grünen Hose. Eine Sekunde später lag die Unterhose auf dem Boden, und Snuggy rannte über die Straße.

»Huch!«, rief ich und schlug meine Hände vor die Augen. Als ich meine Hände wieder sinken ließ, sah ich Snuggys schneeweißen Koboldhintern über den Bordstein zur Autowaschanlage hüpfen und auf die Tür des Büros zusteuern.

Die Bürotür ging auf, und ein Riesenkerl, der aussah wie Bigfoot in der Uniform der Waschanlage, musterte Snuggy. »Was zum Teufel …?«

Diesel kam in dem Moment wieder zum Vorschein und blieb wie angewurzelt auf dem Gehsteig stehen. Er starrte Snuggy verblüfft an und richtete dann seinen Blick über die Straße auf mich.

Ich zuckte die Schultern und bedeutete ihm mit einer Geste, dass ich nicht wusste, was das sollte, und es nicht meine Schuld war.

Snuggy tanzte vor dem Kerl von der Waschanlage hin und her. »Unsichtbar möge ich sein, und das ist euer Glück, denn sonst würdet ihr den Zorn meines Knüppels zu spüren bekommen.«

»Dein Knüppel sieht nicht so aus, als ob man sich davor fürchten müsste«, meinte der Mann.

Einige andere Mitarbeiter in Uniform unterbrachen ihre Arbeit und starrten Snuggy an.

»Was ist los mit ihm?«, wollte einer von ihnen wissen.

»Er hält sich für einen Kobold«, erklärte Bigfoot.

»Auf gar keinen Fall ist das einer«, widersprach der andere. »Kobolde haben dort unten rotes Haar.«

Alle starrten auf Snuggys entblößten Unterleib und seine Schamhaare. Auch Snuggy blickte nach unten.

»Mann, ich habe schon Joints geraucht, die dicker waren«, meinte einer der Jungs. »Ich wusste nicht, dass es so kleine Dinger überhaupt gibt.«

»Ich bin jetzt eigentlich unsichtbar«, sagte Snuggy.

Es hatte sich bereits eine Schlange von Autos gebildet, weil etliche Kunden den Seniorenrabatt nutzen wollten. Die Fahrer hupten und schrien Snuggy aus ihren Fenstern an.

»Sie halten die Schlange auf.«

»Gehen Sie aus dem Weg. Glauben Sie etwa, ich habe den ganzen Tag Zeit?«

»Perversling!«

»Bringt den Kerl weg!«

»Sie sollten jetzt ganz ruhig und friedlich mit uns mitkommen«, forderte Bigfoot ihn auf. »Wir werden Sie ins Krankenhaus bringen. Dort gibt es einen separaten Raum für Kobolde.«

Bigfoot streckte die Arme nach Snuggy aus, und Snuggy schrie auf und sprang zur Seite. Die Männer rannten hinter ihm her, und Snuggy sprang in blinder Panik um die wartenden Autos herum. Zwei weitere uniformierte Angestellte der Autowaschanlage schlossen sich der Jagd an. Die bloße Anzahl seiner Verfolger machte Snuggy noch konfuser. Die Senioren hupten weiter, und alle schrien durcheinander.

»Fangt ihn!«

»Schneidet ihm auf der anderen Seite den Weg ab!«

»Haltet euch links!«

»Lauft nach rechts!«

Wahrscheinlich dauerte das alles nur wenige Minuten, aber es schien sich um Stunden zu handeln. Snuggy kreischte wie ein Mädchen und fuchtelte mit den Armen durch die Luft, während er umherrannte. Er wich zwei Männern aus, spurtete geradewegs in die Waschstraße hinein und verschwand hinter einem Wasservorhang.

»Ihhh!«, quiekte er in dem Tunnel.

Die Jungs von der Waschanlage rannten hinter Snuggy her, aber Snuggy war der Einzige, der auf zwei Beinen wieder aus dem Tunnel kam. Er war klatschnass und mit Seifenschaum bedeckt, aber er flitzte mit Lichtgeschwindigkeit davon. Bigfoot kroch auf Händen und Knien heraus, und zwei seiner Kollegen stolperten mit den Armen rudernd hinterher und landeten in dem seifigen Wasser auf ihren Hintern.

Diesel tauchte wie aus dem Nichts auf, packte mich an meinem Sweatshirt und zog mich zum Wagen. »Steig ein!«, schrie er mir zu.

Ich sprang neben Diesel auf den Beifahrersitz, und er schoss davon. Snuggy rannte vor uns die Straße entlang. Er riss die Knie hoch in die Luft und pumpte mit den Armen, ohne sich umzuschauen. Diesel hupte und bremste den Wagen neben ihm ab. Snuggy riss die hintere Tür auf und warf sich auf den Rücksitz.

»Der verdammte Dobermann«, keuchte er. »Ich hätte es besser wissen sollen. Einem Dobermann kann man nicht trauen. Sie lieben solche Streiche.«

Ich sah starr nach vorn, um Snuggy nicht nackt auf dem Rücksitz anschauen zu müssen. Das war kein erbaulicher Anblick.

»Ist Ihnen so etwas schon einmal mit einem Dobermann passiert?«, fragte ich ihn.

»Ich lerne es nie«, meinte Snuggy. »Ich bin einfach zu vertrauensselig. Sind das meine Klamotten?«

»Ja. Ich habe sie vom Boden aufgeklaubt und in den Wagen gelegt. Ich dachte mir, dass Sie früher oder später frieren würden.«

»Danke«, erwiderte Snuggy. »Das war sehr nett von Ihnen.«

Ich sah nach unten auf meine Füße und entdeckte die Reisetasche. »Wie ist die Tasche hierhergekommen?«

»Keiner hat auf das Büro geachtet«, erklärte Diesel. »Alle haben Jagd auf Snuggy gemacht. Also habe ich das Sicherheitssystem ausgeschaltet, bin hineingegangen, habe den Safe geöffnet und das Geld herausgeholt.«

Ich öffnete die Tasche und zählte das Geld. Es war alles da. »Juhuu! Hat dich jemand dabei gesehen?«

»Nein. Ich bin durch die Hintertür hinein- und wieder hinausgegangen. Das Büro war leer.«

Als wir an meiner Wohnung ankamen, war Snuggy wieder angezogen. Er hatte immer noch einige Seifenflocken in den

Haaren, aber sonst sah er ganz gut aus. Ich öffnete die Wohnungstür und hörte Doug in der Küche herumstampfen.

»Doug muss raus«, sagte Snuggy.

»Raus? Wohin?«

»Raus! Holen Sie den Aufzug.«

Ich rannte zum Lift und drückte auf den Knopf. Die Türen gingen auf, Snuggy und Doug trabten den Gang herunter, und wir stiegen ein. Doug tänzelte umher und wirkte verzweifelt. Er hob seinen Schweif, wir hörten ein Geräusch, als würde Luft aus einem Ballon entweichen, und der Aufzug füllte sich mit einem Pferdefurz.

»Ach du Scheiße!«, rief ich.

»Doug entschuldigt sich dafür. Er sagt, das sei ihm einfach so rausgerutscht.«

Die Türen öffneten sich, und wir liefen alle hastig durch die Eingangshalle und hinaus auf den Parkplatz. Doug stellte sich breitbeinig hin und pinkelte ungefähr fünfzehn Minuten lang. Dann ging er ein wenig herum und ließ einen Berg von Pferdeäpfeln fallen. Es gab in Trenton ein Gesetz, dass man Hundekot mit einer Schaufel entfernen musste, aber ich war mir nicht sicher, ob das auch für Pferdeäpfel galt. Ich würde eine Schneeschaufel und einen Fünfundsiebzig-Liter-Sack brauchen, um das zu entfernen, was Doug hatte fallen lassen.

»Eine Wohnung ist wahrscheinlich nicht der beste Platz für Doug«, sagte ich zu Snuggy.

»Das Wohnmobil ist zu klein für ihn. Ich weiß nicht, wohin ich ihn sonst bringen soll.«

»Ich habe einen Freund, dem ein Gebäude mit einer Tiefgarage gehört. Die Garage ist sicher, gut beleuchtet und sehr sauber.« In der Tat war sie sauberer als meine Wohnung.

»Das könnte klappen«, meinte Snuggy. »In einer Parkgarage hätte er Platz, um ein wenig auf- und abzulaufen. Und vielleicht könnte ich ihm ein wenig Stroh bringen, auf dem er einige Tage bis zu seinem Operationstermin stehen kann.«

Ich rief Ranger an.

»Hi«, meldete sich Ranger.

»Hi. Ich wollte dich fragen, ob ich etwas für ein paar Tage in deiner Garage abstellen dürfte.«

»Etwas?«

»Ein Pferd.«

Es folgte kurzes Schweigen.

»Babe«, sagte Ranger schließlich.

»Er war früher ein Rennpferd.«

Wieder Schweigen.

»Es handelt sich sozusagen um ein obdachloses Pferd«, erklärte ich.

»Ich bin fast schon auf dem Weg zum Flughafen und werde erst in ein paar Tagen wieder hier sein. Du kannst das Pferd in meine Garage stellen, aber ich will kein Pferd in meinen Wohnräumen haben.«

»Wer würde denn ein Pferd in seiner Wohnung unterbringen? Das ist doch bescheuert.«

»Wo ist das Pferd im Augenblick?«

»In meiner Wohnung.«

»Du schaffst es immer wieder, mich zu erheitern, so viel steht fest«, sagte Ranger und legte auf.

Ich rannte nach oben, um es Diesel zu erzählen und meine Handtasche zu holen.

»Snuggy kann bei Doug bleiben, wenn er verspricht, das Gelände von RangeMan nicht zu verlassen«, meinte Diesel.

»Ich werde Snuggy dorthin fahren. Sobald ich die beiden dort abgesetzt habe, komme ich zurück. Aber bevor ich losdüse, sollte ich Delvina anrufen.«

Diesel durchstöberte den Kühlschrank. Er fand den Rest der Pizza und biss hinein. »Wenn er dich den Übergabeort bestimmten lässt, dann schlag wieder die Autowaschanlage vor.«

Ich rief Delvina an und sagte ihm, dass wir das Geld hätten.

»Ich melde mich wieder«, erwiderte Delvina. »Ich muss ein paar Vorkehrungen treffen.«

»Die Autowaschanlage passte gut beim letzten Mal. Warum wollen wir uns nicht wieder dort treffen?«

»Die Waschanlage ist dafür nicht geeignet«, lehnte Delvina ab. »Ich werde einen besseren Ort finden und Sie dann anrufen.«

Die Durchfahrtshöhe reichte aus, um das Wohnmobil in die Tiefgarage von RangeMan zu steuern. Wir parkten es an einer Seite und luden Doug aus.

Die Aufzugtüren öffneten sich, und Hal stieg aus. Hal war RangeMans Muskelmann mit einem Körper wie ein Stegosaurus. Er trug schwarze RangeMan-Klamotten, seine blonde Igelfrisur war frisch geschnitten, und auf seinem Gesicht lag ein strahlendes Lächeln.

»Das ist ein Pferd«, stellte Hal fest und sah aus wie ein Achtjähriger an Weihnachten.

»Ranger hat mir gesagt, ich dürfe ihn für ein paar Tage hier abstellen.«

Hals Lächeln wurde noch breiter. »Er ist groß.«

»Er war früher ein Rennpferd.«

»Im Ernst? Wow. Ich soll euch alles besorgen, was ihr braucht.«

»Ein paar Strohballen wären toll«, sagte Snuggy.

»Kein Problem. Und dort drüben auf der anderen Seite ist eine Parkbucht, wo wir unsere Autos waschen. Dort können Sie Wasser holen. Sagen Sie mir Bescheid, wenn Sie sonst noch etwas brauchen.«

»Es wäre schön, wenn Sie mich heimfahren könnten«, sagte ich zu Hal. »Ich werde das Wohnmobil hierlassen.«

Snuggy und ich luden Dougs Futter und die Eimer aus dem Wohnmobil, und Snuggy warf einen Blick auf den Wasserschlauch auf der anderen Seite.

»Ich würde gern die Wunde an Dougs Bein säubern und neu verbinden«, erklärte er. »Im Badezimmer habe ich einige Mullbinden gefunden, aber ich bräuchte noch ein wenig Seife.«

Ich hatte so ein elektronisches Dings an meinem Schlüsselbund, mit dem ich die RangeMan-Garage öffnen und auch in Rangers private Räume gelangen konnte. Ich fuhr mit dem Aufzug in den sechsten Stock, betrat Rangers Bude und ging auf direktem Weg in sein Badezimmer. Rasch schnappte ich mir eine Flasche Duschgel und kehrte in die Garage zurück. Es war Rangers Bulgari Green, und wahrscheinlich würde mir nun jedes Mal ein wenig schwindlig werden, wenn mir Dougs Geruch in die Nase stieg, aber das war die schnellste Lösung.

»Ich muss los«, erklärte ich Snuggy. »Wenn es ein Problem gibt, können Sie Hal oder mich anrufen. Ich werde jemanden mit Lebensmitteln und frischer Kleidung für Sie vorbeischicken. Diesel sagt, Sie dürfen das RangeMan-Gebäude nicht verlassen.«

Ich parkte das Wohnmobil an der Wand, und Hal holte mich mit einem schwarzen Explorer ab. Auf dem Weg zu meiner Wohnung fuhren wir an der Autowaschanlage vorbei. Dort ging alles seinen gewohnten Gang. Es lief niemand herum, der sich so benahm, als habe es hier gerade einen Raubüberfall gegeben. Ich drückte fest die Daumen, dass sie den Safe nicht öffnen und ausrasten würden. Jetzt durfte nichts schiefgehen. Ich konnte es kaum erwarten, Grandma zurückzubekommen.

Als wir bei mir zu Hause eintrafen, bedankte ich mich bei Hal und eilte Richtung Eingang. Dillon Ruddick, der Hausmeister des Gebäudes, und einige Mieter liefen vor dem offenen Aufzug hin und her.

»So etwas habe ich noch nie gerochen«, sagte Mrs. Ruiz. »Der Gestank hat mich verfolgt, als ich aus dem Aufzug stieg. Er hängt in meiner Kleidung.«

»Das ist ein Pferdefurz«, erklärte Mr. Klein. »Auf dem Parkplatz liegt Pferdemist, und der Aufzug riecht nach einem Pferdefurz. Irgendjemand in diesem Haus hält sich ein Pferd.«

»Das ist doch lächerlich«, entgegnete Mrs. Ruiz. »Wer würde denn so etwas tun?«

Alle drehten sich um und sahen mich an.

»Riechen Sie das?«, fragte Mr. Klein.

»Was?«

»Den Pferdefurz.«

»Ich dachte, das sei der Typ in 3C.«

Dillon prustete und grinste mich an. Ihm blieb nicht viel

verborgen, aber er war ein gutmütiger Typ und ließ sich mit einem Sechserpack Bier bestechen. Ich flitzte ins Treppenhaus und rannte einen Absatz hinauf.

Diesel saß an meinem kleinen Esstisch und arbeitete an meinem Computer. »Delvina hat angerufen«, erzählte er mir. »Er wollte die Übergabe in einer verlassenen Fabrik am Ende der Stark Street machen. Ich habe ihm gesagt, dass wir damit nicht einverstanden seien. Er will sich auf keinen Fall in der Autowaschanlage mit uns treffen. Ich glaube nicht, dass er das Geld bereits vermisst, aber er hat ein wenig Muffensausen. Er hat eine alte Lady gekidnappt, und das ist etwas anderes, als ein Pferd zu entführen. Das könnte ihn in den Knast bringen.«

»Habt ihr euch auf einen Übergabeort geeinigt?«

»Ich wollte einen öffentlichen Platz, er einen abgeschiedenen Ort. Er hat Angst, dass die Polizei sich einschaltet, und das ist verständlich. Wir haben uns darauf geeinigt, uns auf dem Parkplatz des Multiplex-Kinos zu treffen.«

»Welches Multiplex-Kino?«

»Hamilton Township.«

»Das Kino hat Pleite gemacht. Es ist mit Brettern vernagelt.«

»Stimmt. Mir wäre ein Ort lieber gewesen, an dem sich mehr Menschen aufhalten. Ich werde die Übergabe durchführen. Aber ich traue Delvina nicht – er ist zu nervös. Ich möchte, dass du dich mit einem Gewehr auf dem Dach postierst.«

»Ich kann mit Gewehren nicht sonderlich gut umgehen. Wenn du einen Scharfschützen brauchst, ist Connie die richtige Person.«

»Dann hol Connie. Die Übergabe soll um zwölf Uhr mittags stattfinden. Du und Connie, ihr müsst mindestens eine Stunde vorher auf dem Dach sein. Die Vorderseite des Parkplatzes ist gut überschaubar. Dahinter führt eine kleine Straße vorbei, von der aus man Zugang zu den Müllcontainern hat. Auf der anderen Seite der Straße befindet sich ein Grünstreifen. Du solltest dich also durch die Hintertür in das Gebäude und auf das Dach schleichen. Ich werde dafür sorgen, dass alle Türen für dich offen sind. Ich habe auf deinem Computer Luftaufnahmen von der Gegend herausgesucht, und ich glaube, es wird funktionieren.«

10

»Wir haben das Geld, um Grandma auszulösen«, erzählte ich Connie und Lula, als ich im Kautionsbüro angelangt war. »Die Übergabe soll um zwölf Uhr mittags auf dem Parkplatz des bankrotten Multiplex-Kinos in Hamilton Township stattfinden.«

»Wo hast du das Geld her?«, wollte Lula wissen.

»Diesel hat es besorgt.«

»Ein guter Mann«, meinte Lula.

»Er braucht einen Scharfschützen auf dem Dach, der ihm Deckung gibt«, sagte ich zu Connie. »Kannst du dir heute zwei, drei Stündchen freinehmen?«

»Klar«, erwiderte Connie. »Ich werde mir etwas Nettes aus dem Hinterzimmer raussuchen.«

Im Hinterzimmer des Kautionsbüros lagerte ein Durcheinander von konfiszierten Gegenständen. Die Sammlung reichte von Tischbacköfen bis zu Harleys, Computern und Fernsehgeräten. Außerdem gehörte ein Waffenvorrat dazu. Connie besaß eine Kiste mit Handschellen, die sie bei einem Notverkauf erstanden hatte, etliche Schachteln mit Munition für fast jede Waffe auf der Welt, Handfeuerwaffen, Schrotflinten, Gewehre, Maschinengewehre, Messer, einige Elektroschockpistolen und einen Raketenwerfer.

»Mit einer Knarre kann ich genauso gut umgehen«, behauptete Lula. »Ich komme auch mit.«

Lula war eine nur geringfügig bessere Schützin als ich. Der Unterschied zwischen Lula und mir bestand darin, dass Lula bereit war, auf fast alles zu schießen.

Eine halbe Stunde später parkte Lula ihren Firebird hinter dem Grünstreifen, und wir schlichen uns durch die Büsche Richtung Kino. Es war kein Mensch zu sehen, und die Hintertür des Gebäudes war unverschlossen. Connie hatte ein Scharfschützengewehr mit einem Hochleistungs-Zielfernrohr und Laser bei sich sowie eine mit allerlei Spielzeug gefüllte Handtasche. Lula hatte sich für ein Sturmfeuergewehr entschieden. Und ich wurde damit beauftragt, die Munition und den Raketenwerfer zu tragen.

»Ich glaube wirklich nicht, dass wir einen Raketenwerfer brauchen«, meinte ich.

»Wir gehen lieber auf Nummer sicher«, entgegnete Lula. »Außerdem wollte ich schon immer mal eine Rakete abfeuern.«

Connie ging zuerst hinein, und wir folgten dem Strahl ihrer Taschenlampe durch das dunkle Kino und die Feuertreppe hinauf zu der Tür, die auf das geteerte Flachdach führte. Die Sonne an dem grauen wolkenverhangenen Himmel war blass; es sah nach Regen aus. Ich trug ein Sweatshirt unter einer Windjacke und spürte, wie die Kälte durch die Schichten drang.

Ich begriff, warum Diesel gerade dieses Gebäude ausgesucht hatte. Wir konnten uns hinter einer kunstvoll errichteten Stuckfassade verstecken und von dort aus den gesamten Parkplatz überblicken. Lula und Connie suchten sich geeignete Positionen, und ich fand ein Plätzchen, wo ich alles beobachten konnte und niemandem im Weg war.

»Ich komme mir vor wie einer der Jungs in einem Sondereinsatzkommando«, meinte Lula. »Wenn ich das gewusst hätte, hätte ich mich passend angezogen.«

Lula trug jedoch Stöckelschuhe mit zehn Zentimeter hohen Absätzen, einen kurzen schwarzen Stretchrock, der ihr beinahe passte, ein orangefarbenes T-Shirt aus Lycra und eine dazu passende orangefarbene Webpelzjacke.

Wir hockten uns hin und warteten auf die Übergabe. Um halb zwölf hörten wir ein Auto hinter dem Gebäude vorfahren. Wir rannten auf die andere Seite und sahen einen schwarzen Lincoln Town Car. Zwei Männer stiegen aus und rüttelten an der Hintertür. Wir hatten die Tür abgesperrt, nachdem wir das Gebäude betreten hatten, also gingen sie zurück zu dem Lincoln, holten ein Stemmeisen heraus und brachen damit die Tür auf. Dann gingen sie noch einmal zurück, nahmen einige Gewehre aus dem Kofferraum und verschwanden damit in dem Gebäude.

»Ich wette, das sind Delvinas Jungs«, meinte Lula. »Wahrscheinlich kommen sie aufs Dach hoch.«

Connie nickte zustimmend.

»Tja, Pech gehabt«, sagte Lula. »Wir waren zuerst hier und haben das Dach für uns reserviert.«

»Ich schätze, wir müssen sie aus dem Verkehr ziehen«, sagte Connie. »Kann mal jemand die Handschellen bringen?«

»Ich habe welche hier.« Lula steckte den Kopf in ihre Handtasche, kramte ein wenig darin herum und zog schließlich zwei Paar heraus.

Connie und Lula postierten sich zu beiden Seiten der Tür

und warteten auf die Männer. Die Tür öffnete sich, die Männer traten aufs Dach, und Connie hob ihr Gewehr.

»Stehen bleiben«, befahl sie. »Lasst eure Waffen fallen und nehmt die Hände hoch.«

Sie drehten sich beide um und starrten Connie an.

»Was zum Teufel …?«, begann der eine.

Die beiden nicht mehr ganz jungen Schlägertypen trugen Bowlinghemden und Stretchbundhosen. Ihr Haar war mit Gel zurückgekämmt. Ihre Schuhe waren abgewetzt und an den Absätzen abgetreten. Und ihre Waffen waren nicht so groß wie unsere.

»Waffen auf den Boden«, herrschte Connie sie an.

»Und wenn wir das nicht tun? Werdet ihr Mädels dann böse?«

Connie schoss ihm ein Loch in den Fuß. Eigentlich war nur ein kleines Stück von seinem Schuh weggeflogen, aber aus der Art und Weise, wie er seine Waffe fallen ließ und herumsprang, konnte man schließen, dass die Kugel wahrscheinlich seinen kleinen Zeh gestreift hatte.

»Scheiße, verdammte Scheiße«, brüllte er. »Verdammt!«

Auf dem Dach liefen einige Rohre entlang, die zu der Klimaanlage gehörten. Lula tastete die Männer nach Waffen ab und fesselte sie dann mit den Handschellen an eines der Rohre.

»Was ist mit meinem Fuß?«, fragte der eine Mann. »Sehen Sie sich das an. Ich blute. Ich brauche einen Arzt.«

»Wenn einer von euch beiden noch einen Ton von sich gibt, werde ich auch in den anderen Fuß schießen«, drohte Connie.

Wir kehrten auf unsere Positionen im vorderen Teil des

Gebäudes zurück und beobachteten den Parkplatz. Um Punkt zwölf Uhr kamen zwei langsam fahrende Wagen in Sicht. Bei dem einen handelte es sich um einen schwarzen Town Car. Das andere Auto war mein Monte Carlo. Die Autos blieben ein gutes Stück voneinander entfernt im Leerlauf stehen. Die Fahrertür des Town Cars wurde geöffnet, und Mickey stieg aus. Diesel stieg aus dem Monte und schlenderte hinüber. Surfertyp trifft Mafioso.

Sie redeten kurz miteinander. Diesel hatte eine Kuriertasche aus schwarzem Leinen über der Schulter hängen und ließ seine Hände locker an den Seiten baumeln. Schließlich reichte er Mickey die Tasche. Mickey wandte sich zum Gehen, aber Diesel hielt die Tasche am Schulterriemen fest.

»Nicht so schnell. Ich will Grandma haben.«

Obwohl er leise sprach, wurde seine Stimme bis zu uns nach oben getragen.

»Klar«, erwiderte Mickey. »Sie ist im Wagen. Ich werde sie holen.«

»Ich behalte die Tasche, bis Sie zurückkommen«, erklärte Diesel.

Mickey drohte ihm mit dem Finger. »Sie haben ein Vertrauensproblem.«

»Das höre ich immer wieder.«

Mickey ging zum Wagen und öffnete die hintere Tür. Grandma taumelte heraus, zeigte Mickey den Stinkefinger und ging missbilligend brummend zu Diesel hinüber. Diesel gab Mickey die Kuriertasche und zog Grandma an sich.

Ich war so erleichtert, dass ich beinahe zusammenklappte. Rasch stützte ich mich gegen die Wand, um nicht auf die Knie zu sinken.

»Wartet mal«, sagte Lula. »Da kommt noch ein Wagen.«

Das Auto war schwarz und fuhr sehr schnell. Diesel warf einen Blick darauf, packte Grandmas Hand und zog sie zu dem Monte Carlo. Der schwarze Wagen bremste ruckartig vor dem Monte, und vier Männer mit gezückten Waffen sprangen heraus. Diesel änderte die Richtung und rannte mit Grandma im Schlepptau zum Eingang des Kinos.

Einer der Männer nahm sie ins Visier, aber Connie schoss auf ihn, und alle sahen zum Dach hinauf. Ein zweiter Mann feuerte zwei Schüsse auf uns ab, und Lula ballerte mit dem Sturmgewehr los. Es war wie im Krieg. Die drei übrigen Männer gingen hinter ihrem Wagen in Deckung und erwiderten Lulas Feuer. Mickey und Delvina schossen wie wild auf uns. Und Diesel und Grandma flitzten in das Kino.

»Das ist doch Schwachsinn«, schimpfte Lula. »Wir befinden uns hier in den Vereinigten Staaten. Hier rennt man nicht einfach herum und knallt Leute ab. Okay, vielleicht in den Sozialsiedlungen, aber das hier ist ein verdammtes Kino! Einige Sachen sind in einem Multiplex-Kino nicht erlaubt. Gib mir den Raketenwerfer. Denen werde ich den Arsch aufreißen.«

»Weißt du, wie das Ding funktioniert?«, fragte ich.

»Was muss man dafür denn wissen? Man zielt und feuert, richtig? Sie geben diese Dinger den Dummköpfen, die zur Army gehen. So schwer kann das also nicht sein, oder? Du stellst dieses Ungetüm für mich auf, und ich erledige den Rest.«

Ich hielt mir die Ohren zu und schloss die Augen … und *krawumm!* Weg war das Geschoss. Wir spähten alle über den Rand des Gebäudes. Und *BUMM*. Die Rakete sprengte meinen Wagen in die Luft.

»Da stimmte wohl etwas mit dem Visier nicht«, meinte Lula. »Zumindest musst du jetzt keinen Wagen ohne Rückwärtsgang mehr fahren.«

Der Monte verwandelte sich in einen Feuerball.

»Du bist doch versichert, oder?«, erkundigte sich Lula.

Delvina und seine Männer blieben einen Moment lang schockiert und mit offenem Mund stehen. Dann stürzten sie zu ihren Autos und rasten davon. Diesel öffnete die Tür und betrachtete meinen Wagen. Er stemmte die Hände in die Hüften, und von meinem Posten hoch über ihm sah ich, dass er lächelte. Wenn du einen Mann zum Lächeln bringen willst … dann jag ein Auto mit einem Raketenwerfer in die Luft.

Es hatte zu nieseln begonnen. Ich packte die Munition zusammen, und Lula und Connie schulterten ihre Gewehre.

»Hey!«, rief der Kerl mit dem angeschossenen Zeh. »Was ist mit uns?«

»Irgendjemand wird hier oben nach euch suchen … hoffe ich mal«, meinte Connie.

»Ja, aber es regnet. Ich werde mich erkälten.«

»Wartet mal.« Lula spähte über den Rand des Gebäudes. »Der eine schwarze Wagen kommt zurück.«

Connie und ich rannten zu ihr hinüber und schauten nach unten. Es war Delvinas Auto. Es fuhr zur Eingangstür, und Delvina sprang heraus und stürmte in das Gebäude.

»Ihr solltet hierbleiben und dafür sorgen, dass sonst niemand das Haus betritt«, schlug ich vor. »Ich gehe nach unten, um Diesel zu helfen.«

»Hier«, sagte Connie. »Nimm meine Taschenlampe und diesen Stunner, eine Mikrowellenwaffe. Sie ist neu. Vinnie hat sie letzte Woche beim Würfeln gewonnen. Ziel damit einfach wie mit einer Pistole und drück ab. Sie verursacht keine bleibenden Schäden, aber der Getroffene hat das Gefühl, als würde seine Haut in Flammen stehen.«

Ich nahm die Mikrowellenwaffe in die Hand und rannte die Treppen hinunter in die dunkle Eingangshalle. Zu meiner Linken befand sich ein Gang und zu meiner Rechten ein weiterer. Alle Großkinos hatten zwei Zugänge. Ich glaubte, im rechten Gang ein Geräusch zu hören. Mit der Hand an der Wand tastete ich mich in der totalen Dunkelheit vorsichtig voran. Ich wollte mich nicht mit dem Strahl der Taschenlampe verraten.

Dann blieb ich stehen und lauschte wieder. Ich befand mich jetzt am Eingang zu einem der Kinosäle und hörte ein schwaches Gemurmel. Mit angehaltenem Atem schlich ich hinein. Ich ging auf Zehenspitzen die Rampe hinauf, die zu den Sitzreihen führte, und stahl mich in den Gang.

Delvina, Diesel und Grandma befanden sich etwa zwanzig Reihen vor mir. Grandma und Diesel wandten mir das Gesicht zu, geblendet von dem grellen Schein von Delvinas Taschenlampe. Ich sah, wie Diesels Blick den Bruchteil einer Sekunde auf mich fiel und dann sofort wieder zu Delvina zurückkehrte.

»Wollt ihr wissen, wie ich euch hier gefunden habe?«, fragte Delvina Grandma und Diesel. »Ich habe ein Gespür für so etwas. Ich bin schlau. Und ich kann Gefahr riechen. Und wenn ich Gefahr wittere, dann beseitige ich sie. Versteht ihr, was ich sage?«

»Nein«, erwiderte Grandma. »Sie sind ein Spinner.«

»Soll heißen, ihr geht mir total auf den Wecker«, fuhr Delvina fort. »Deshalb muss ich euch loswerden. Beide. Das hätte ich schon vor vier Wochen tun sollen«, sagte er an Diesel gewandt, »als Sie mir diesen Ausschlag angehängt haben. Ich weiß, dass Sie das waren. Und Sie haben auch gesagt, Sie würden mich in eine Kröte verwandeln, und sehen Sie mich an. Es stimmt!«

Ich zielte mit dem Stunner auf Delvinas Nacken und drückte ab.

»Autsch!«, stieß Delvina hervor und schlug sich auf den Nacken.

Er hatte seine Waffe immer noch auf Grandma gerichtet, aber er hüpfte auf und ab, und ich konnte mit der Mikrowellenwaffe nicht mehr richtig auf ihn zielen.

»Sie sind das«, beschuldigte er Diesel. »Sie haben Wanzen auf mich losgelassen, die mich beißen sollen, richtig? Feuerwanzen. Ich weiß, dass Sie kein normaler Mensch sind. Selbst O'Connor sagt das. Er sagte, dass Sie diese *Fähigkeiten* hätten. Sie und dieses Pferd. Ihr steckt unter einer Decke, stimmt's? Ihr pflanzt irgendwelche Gedanken in meinen Kopf.«

»Welche Gedanken?«, wollte Grandma wissen.

»Pferdegedanken«, erwiderte Delvina. »Das Pferd spricht zu mir. Ich höre es in meinen Gedanken. Welches Pferd tut denn so etwas?«

»Vielleicht ist das Pferd von einem anderen Planeten«, meinte Grandma. »Ich habe einmal eine Sendung im Fernsehen gesehen, in der sie zeigten, wie alle diese Außerirdischen an einem Ort in Arizona landeten, Kontrolle über die Gedanken der Leute ausübten und sie dazu zwangen, all diese Pornoseiten im Internet anzuklicken.«

Delvina war wie vom Donner gerührt, und ich zielte auf die Hand, in der er seine Waffe hielt. Er jaulte auf, ließ die Waffe fallen und griff mit der anderen Hand nach der verletzten.

»Schnappt ihn euch!«, rief Grandma.

Delvina packte sie, schubste sie gegen Diesel und rannte los. Bis Diesel es geschafft hatte, sich von Grandma zu lösen, war Delvina bereits aus dem Theater gelaufen. Ich verfolgte ihn, aber er hatte einen guten Vorsprung. Es war verblüffend, wie schnell er sich mit diesem aufgeschwemmten Körper auf den dünnen kurzen Krötenbeinen bewegen konnte.

Ich hörte Schüsse, die vom Dach kamen, und es klang so, als würde das Feuer vom Eingang des Kinos erwidert. Ich schaltete die Taschenlampe ab, um kein leichtes Ziel abzugeben, und blieb im Dunkeln abrupt stehen. Diesel trat hinter mich, nahm mich an der Hand und zog mich mit sich. Wir rannten los, so schnell wir konnten – ich in blindem Vertrauen und Diesel ohne Schwierigkeiten, sich zurechtzufinden.

Wir erreichten die Lobby, wo ein wenig Licht durch die Glastüren am Eingang fiel, und ich sah durch die Scheiben, wie der schwarze Wagen davonbrauste.

Diesel und ich bahnten uns einen Weg nach draußen, drückten uns gegen die Wand, um uns vor dem Regen zu schützen, und sahen dem davonrasenden Auto nach. Direkt vor uns brannte mein Monte Carlo unausweichlich aus.

»Ein hübsches Feuer«, bemerkte Grandma, während sie mit Lula und Connie zu uns kam.

»Ich war schon im Kino, als ich sah, wie der Monte Carlo

getroffen wurde«, berichtete Diesel. »Wer hat die Rakete abgefeuert?«

»Das war wohl ich«, antwortete Lula. »Ich bin ziemlich sicher, dass der Raketenwerfer defekt war.«

»Geht es dir gut?«, fragte ich Grandma.

»Ich müsste mir mal die Lippen nachziehen.«

Lula setzte Grandma, Diesel und mich an meiner Wohnung ab. Wir winkten ihr zum Abschied nach und betraten die kleine Empfangshalle. Die Aufzugtüren waren offen und so blockiert, dass sie sich nicht automatisch schließen konnten. Im Lift stand ein Ventilator, und hinter dem Gebläse hatte jemand einen Lufterfrischer mit der Duftnote Frühlingswiese aufgestellt.

»Hier hat wohl jemand einen fahren lassen«, meinte Grandma.

Wir gingen die Treppe hinauf und schlurften den Gang hinunter. In meiner Wohnung hing ein leichter, nicht unangenehmer Geruch nach Pferd.

»Ich weiß, das klingt verrückt, aber irgendwie tut mir Lou Delvina leid«, erklärte Grandma. »Ich habe ihn belauscht, und er erzählte, dass seine Frau ihn verlassen habe, weil Diesel ihm diesen Ausschlag verpasst und ihn so fett gemacht habe. Deshalb wollte Delvina sein Geld zurück. Damit wollte er ein schickes großes Haus für seine Frau kaufen. Er glaubt, dass sie dann zu ihm zurückkommen würde.« Grandma schob ihre Prothese leicht hin und her. »Ich sage euch, er hat nicht mehr alle Tassen im Schrank. Es ist wirklich traurig. Früher war er ein hochangesehener Mafioso. Und jetzt ist er nur noch ein durchgeknallter Blödmann.«

Ich rief meine Mutter an.

»Grandma ist bei mir in meiner Wohnung«, berichtete ich. »Ich bringe sie bald nach Hause.«

»Warum bringst du sie nicht gleich hierher?«

»Ich habe ein Problem mit meinem Wagen.«

»Dann schicke ich deinen Vater zu dir, um sie zu holen.«

Ich brachte Grandma auf Vordermann, so gut ich konnte, und als mein Vater an der Tür klopfte, war sie bereit zum Aufbruch.

»Auf deinem Parkplatz steht ein fetter Kerl, der aussieht wie eine Kröte«, berichtete mein Vater. »Er spricht mit sich selbst, und ich glaube, er bastelt einen Molotowcocktail.«

Wir gingen alle zum Fenster und sahen hinaus. Lou Delvina stand auf dem Parkplatz im Regen und versuchte, einen Stofffetzen anzuzünden, den er in eine Weinflasche gestopft hatte. Ich öffnete das Fenster und streckte den Kopf hinaus.

»Hey!«, rief ich. »Was machen Sie da?«

»Ich tue, was ich tun muss«, brüllte Delvina.

Er zündete den Lappen an und schleuderte die Flasche in die Höhe. Sie krachte durch mein Wohnzimmerfenster und rollte auf dem Boden entlang. Der Teppich wurde an einigen Stellen versengt, aber die Flasche zerbrach nicht. Diesel packte sie kurzerhand und warf sie wieder zum Fenster hinaus. Sie zersplitterte neben Delvinas schwarzem Wagen, und das Auto ging sofort in Flammen auf.

»Hilfe!«, kreischte Delvina und sprang hastig von dem Feuer weg. »Außerirdischer Voodoo! Holt die Nationalgarde, verständigt die Sicherheitsbehörden, die Regierung.« Er sah zu Diesel hinauf und schüttelte die Faust. »Du wirst mich nicht kriegen. Ich kenne euch Außerirdische. Ich weiß, was ihr den Menschen antut. Das ist ein Kampf um Leben und Tod.« Delvina rannte von dem Parkplatz und verschwand außer Sichtweite.

»Armer Mann«, meinte Grandma. »Woher hat er bloß die Idee, dass Diesel ein Außerirdischer ist?«

»Was mich betrifft, ist das alles nicht passiert.« Mein Vater wandte sich an mich. »Ich habe nichts gesehen. Und genau das werde ich deiner Mutter erzählen.«

Nachdem mein Vater und Grandma gegangen waren, schloss ich die Tür hinter ihnen ab. In der Ferne hörte ich die Sirenen einiger Feuerwehrautos, und aus dem brennenden Wagen quoll schwarzer Rauch. Diesel befestigte eine Plastiktüte vor der zerbrochenen Fensterscheibe, damit der Rauch und der Regen nicht in meine Wohnung dringen konnten.

Mein Telefon klingelte, und das Display verriet mir, dass es Morelli war.

»Ich habe gehört, dass auf deinem Parkplatz ein Wagen brennt«, sagte Morelli.

»Er gehört nicht mir. Mein Auto wurde in die Luft gejagt und brannte vor dem Multiplex-Kino aus.«

Das musste Morelli erst einmal verdauen. »Früher wäre ich bei so etwas ausgeflippt, aber jetzt kommt es mir ganz normal vor. Der Wagen auf deinem Parkplatz … Hast du ihn in Brand gesteckt?«

»Nein.«

»Muss ich irgendwelche schmutzigen Details wissen?«

»Nein. Alles ist unter Kontrolle. Diesel hat eine Mülltüte über das zerbrochene Fenster geklebt, und die Brandbombe hat nur den Teppich leicht versengt.«

»Großartig«, erwiderte Morelli. Und legte auf.

»Hat er das einigermaßen gut aufgenommen?«, erkundigte sich Diesel.

»Ich habe gehört, wie er Magentabletten gekaut hat.«

11

Der Rauch wehte nicht mehr an meinen Fenstern vorüber, und das unverständliche Quaken und Krächzen aus den Funkgeräten der Polizei war verstummt. Ein Löschfahrzeug und ein Streifenwagen waren noch da. Ein Abschleppwagen stand bereit, um die Reste von Delvinas Wagen zum Schrottplatz zu bringen. Die meisten meiner Nachbarn waren in ihre Wohnungen zurückgekehrt. Das Fernsehprogramm interessierte sie mehr als das jämmerliche, verkohlte Autowrack auf dem Parkplatz.

Diesel und ich standen in der Küche und aßen Erdnussbuttersandwiches. Diesel hielt plötzlich mit seinem Sandwich in der Hand inne und lauschte. »Was denn jetzt noch?« Er ging zur Tür, und in dem Augenblick schrillte die Türklingel.

Diesel öffnete, und vor ihm stand Mickey.

»Das ist mir sehr unangenehm«, entschuldigte Mickey sich.

Diesel und ich spähten an ihm vorbei auf den Gang.

Mickey schüttelte Regentropfen von seinem Schirm und lehnte ihn gegen die Wand. »Ich bin allein. Kann ich reinkommen?«

»Haben Sie eine Bombe bei sich?«, wollte ich wissen.

»Nein. Aber ich habe Kopfschmerzen.«

»Was ist los?«

»Ich suche Mr. Delvina, und der ausgebrannte Wagen auf Ihrem Parkplatz da hätte genau die Größe von Mr. Delvinas Auto.«

Ich strich Erdnussbutter auf eine Scheibe Brot und legte einige Kartoffelchips und Oliven drauf. »Es handelt sich tatsächlich um Mr. Delvinas Wagen«, erklärte ich Mickey.

»Saß Mr. Delvina darin, als er verbrannte?«

»Leider nicht.«

»Mr. Delvina ist kein gesunder Mann«, begann Mickey.

»Was Sie nicht sagen.«

»In letzter Zeit ist er nicht mehr der Alte. Unter uns gesagt, er hat keinen Ausschlag mehr, aber er ist verrückt nach seiner Medizin. Er nimmt immer mehr davon, und ich befürchte, sie macht seine Birne weich.«

Ich schmierte ein weiteres Sandwich und reichte es Mickey.

»Danke. Ich hatte noch kein Mittagessen. Mr. Delvina konnte es kaum erwarten, zu dem Multiplex-Kino zu fahren. Angeblich braucht er das Geld, um seine Frau zurückzugewinnen, aber ich persönlich glaube, dass er es für seine Medizin ausgibt. Und jetzt bildet er sich ein, dieser Diesel wäre ein Außerirdischer. Das ist doch verrückt. Einfach verrückt.«

Mickey biss von dem Sandwich ab und kaute. »Das schmeckt köstlich«, lobte er. »Normalerweise mag ich keine Erdnussbutter, aber auf diesem Sandwich ist alles drauf, was man braucht.«

»Glauben Sie nicht, dass Diesel ein Außerirdischer ist?«

»Natürlich nicht. Jeder weiß, dass Außerirdische anders aussehen. Außerirdische haben große Köpfe mit riesigen Augen und dürre Körper. Sie sehen aus wie dieser… wie heißt er noch? Wie dieses grüne Knetmännchen aus der Sesamstraße.«

»Da hörst du es«, sagte ich zu Diesel. »Du siehst nicht aus wie ein Außerirdischer.«

»Gut zu wissen«, erwiderte Diesel.

»Wie auch immer, nachdem Mr. Delvina vor dem Multiplex-Kino ausgerastet ist, hatten wir eine Meinungsverschiedenheit, und er warf mich aus dem Wagen und brauste davon. Mr. Delvina wollte eine Brandbombe in diese Wohnung werfen, weil er glaubt, dass ihr beide es hier miteinander treibt und versucht, die Brut des außerirdischen Teufels heranzuzüchten.« Mickey hörte zu essen auf und dachte einen Moment lang nach. »Wie ist Mr. Delvinas Wagen in Brand geraten?«, fragte er dann.

»Durch eine Brandbombe«, antwortete ich.

Mickey schüttelte den Kopf. »Er hat es nie gelernt, eine gute Brandbombe zu basteln. Das musste immer ich erledigen. Es ist wichtig, die richtige Art von Flasche dafür zu verwenden. Die Leute glauben, jeder könne eine Brandbombe herstellen, aber das stimmt nicht.«

»Man muss es können«, meinte Diesel.

»Genau«, bestätigte Mickey. »Wir haben alle unsere besonderen Fähigkeiten, richtig? Wie der Boss. Früher konnte er Leute gut einschätzen. Dafür hatte er einen guten Riecher.« Mickey schüttelte den Kopf. »Es tut mir leid, dass der Boss durchgedreht ist. Ich befürchte, ich habe dazu beigetragen. Schließlich habe ich ihm immer seine Medizin besorgt. Das hätte ich nicht tun sollen.« Mickey spülte sein Sandwich mit einem Schluck Limo hinunter. »Sie sollten sich in Acht nehmen. Mr. Delvina gibt nicht so schnell auf, wenn er sich etwas in den Kopf gesetzt hat. Selbst jetzt, wo er übergeschnappt ist.« Mickey schrieb seine Telefonnummer auf ein Stück Papier und reichte es mir. »Rufen Sie mich an, wenn Sie Mr. Delvina sehen. Ich werde kommen und versuchen, ihn aus dem Verkehr zu ziehen.«

Diesel schloss die Tür hinter Mickey und grinste mich an. »Die Leute glauben, wir treiben es hier miteinander.«

»Komm bloß nicht auf dumme Gedanken.«

»Zu spät. Mir geht bereits eine Menge durch den Kopf.«

»Denkst du auch über Delvina nach?«

»Nicht im Augenblick«, erwiderte Diesel.

»Delvina wird nicht begeistert sein, wenn er seinen Safe öffnet, um das Geld dort zu deponieren, das er heute bekommen hat.«

Diesel schraubte den Deckel auf das Erdnussbutterglas und steckte sein Messer in den Geschirrspüler. »Ich sage es nur ungern, aber wir müssen Delvina finden und ihn irgendwie außer Gefecht setzen, bevor er herausfindet, wie man eine bessere Bombe bastelt.«

»Außer Gefecht setzen«, wiederholte ich. »Das klingt sehr zivilisiert.«

»Ja. Ich würde mich wie ein knallharter Kerl fühlen, wenn ich sagte, dass ich Delvina umnieten werde, aber das wäre nicht echt. Ich bin kein Killer.«

Ich ging zum Fenster und sah hinaus. Das Feuerwehrauto und der Streifenwagen waren verschwunden. Delvinas Wagen wurde langsam auf einen Abschleppwagen verladen. Wahrscheinlich ging ein Polizist irgendwo im Haus von Tür zu Tür und stellte Fragen. Ich hielt es für das Beste, von hier zu verschwinden, bevor er den ersten Stock erreichte.

Rasch warf ich mir eine Allwetterjacke über, zog den Reißverschluss zu und hängte mir meine Tasche über die Schulter. »Delvina ist zu Fuß unterwegs. Er kann einen Wagen stehlen, einen Freund anrufen oder zu Fuß zur Autowaschanlage gehen. Ich tippe auf die Waschanlage.«

Wir schlossen die Wohnungstür ab und liefen die Treppe hinunter. Als wir die Haustür aufstießen, blieben wir abrupt stehen. Wir hatten keinen fahrbaren Untersatz.

»Mist«, stieß ich hervor. »Kein Auto.«

Diesel ließ seinen Blick auf die Wagen auf dem Parkplatz gleiten. »Such dir einen aus.«

»Du bringst keine Leute um, aber du klaust Autos?«

»Ja.«

Ich zog mein Handy aus der Tasche und rief Lula an. »Ich brauche jemanden, der mich zu meinen Eltern fährt.«

Mein Vater war weggegangen, um einige Besorgungen zu machen, und meine Mutter und Grandma standen in der Küche und schrien sich gegenseitig an.

»Du hast Stubenarrest«, erklärte meine Mutter meiner Großmutter. »Du darfst dieses Haus nicht verlassen.«

»Das kannst du vergessen«, erwiderte Grandma.

Meine Mutter sah mich an, als ich hereinkam. »Was soll ich nur mit ihr machen?«

»Ich finde, du solltest einen Handel mit ihr machen.«

»Was für einen Handel?«

»Wie wäre es, wenn du ihr einen Fernseher für ihr Zimmer kaufst, wenn sie dir verspricht, nie wieder einfach abzuhauen?«

»Dieser Handel gefällt mir«, meinte Grandma. »Einen Fernseher in meinem Zimmer könnte ich gut gebrauchen. Dann könnte ich mir alles anschauen, was mir gefällt.«

Jeder hat seinen Preis.

»Ich schätze, das geht in Ordnung«, sagte meine Mutter. »Wir könnten dir einen kleinen Flachbildfernseher kaufen, der auf deine Kommode passt.«

»Ich habe Probleme mit meinem Wagen«, erklärte ich. »Könnte ich mir vielleicht Onkel Sandors Buick ausleihen?«

»Natürlich«, erwiderte meine Großmutter. »Bedien dich.«

Als mein Großonkel Sandor in ein Pflegeheim zog, hinterließ er seinen taubenblau-weißen Buick Baujahr 1953 Grandma Mazur. Grandma Bleifuß wurde jedoch der Führerschein entzogen, und sie darf den Wagen nicht mehr fahren. Der Buick steht für Notfälle jedoch immer noch in der Garage meines Vaters.

»Du hast einen verdammt guten Genpool, Schätzchen«, bemerkte Diesel und folgte mir aus dem Haus. »Deine Großmutter ist eine furchtlose Frau. Sie hat nicht einmal Angst vor deiner Mutter.«

»Grandmas Philosophie lautet *jetzt oder nie.*«

Ich öffnete das Garagentor, und Diesel grinste noch breiter. »Das ist ja mal ein Auto.«

Eigentlich sah es nur aus wie ein Auto. Es fuhr wie ein Eisschrank auf Rädern. Ich reichte Diesel die Schlüssel und stieg auf der Beifahrerseite ein.

Diesel steuerte den Wagen durch Burg auf die Hamilton Avenue, und wir fuhren an der Autowaschanlage vorbei. Bei dem Regen war nicht viel los. Kein Zeichen von Delvina. Wir hatten bereits nach ihm Ausschau gehalten, als wir mit Lula unterwegs gewesen waren, ihn aber nicht entdeckt.

»Was tun wir, wenn wir Delvina finden?«, fragte ich Diesel.

»Gute Frage. Wenn er ein normaler Mensch wäre, könnten wir ihn dazu zwingen, eine Entziehungskur zu machen. Leider befürchte ich, dass eine Entgiftung nichts an Delvinas Wunsch, uns zu töten, ändern würde.«

Wir parkten einen halben Block entfernt auf der anderen Straßenseite, und ich rief Connie an. »Erzähl mir alles über Delvinas Autowaschanlage. Was genau geschieht dort? Geldwäsche? Glücksspiel? Zuhälterei?«

»Alles, was du aufgezählt hast«, antwortete Connie. »Bei der Geldwäsche bin ich mir nicht sicher, aber dort geht Bargeld über den Tisch, also liegt es nahe, dass er nicht nur Autos wäscht.«

»Was ist mit den Angestellten? Hat außer Delvina jemand Zugang zu dem Safe?«

»Soweit ich weiß, hat er nur einen Haufen dummer Jungs angeheuert. Sollte wirklich jemand Zugang zu dem Safe haben, dann meiner Meinung nach sein Handlanger Mickey.«

»Okay, ich fasse zusammen«, sagte ich zu Diesel. »Delvina hat Grandma gekidnappt und Snuggy erpresst. Er betreibt Glücksspiel in seiner Autowaschanlage, hat einen Stall voll Huren am Laufen und wäscht wahrscheinlich Geld. Es müsste uns doch gelingen, ihn zumindest wegen einer dieser Dinge dranzukriegen.«

Wir saßen nun schon eine halbe Stunde hier, und ich wurde unruhig. Die Zeit verstrich, und Delvina plante dort draußen weiß der Himmel was.

Mein Handy klingelte, und ich zog es rasch aus meiner Tasche.

»Delvina war hier«, berichtete Connie. »Er stürmte wie

ein Irrer ins Kautionsbüro, redete wirres Zeug und fuchtelte mit einer Waffe herum. Er sagte, er sei auf der Suche nach dir und dem Außerirdischen. Ich nehme an, damit meinte er Diesel. Da ihr ganz offensichtlich beide nicht hier wart, verschwand er wieder. Er faselte etwas davon, dass du aus deiner Wohnung getürmt seist, aber dass er dich schon aufspüren würde. Ich könnte mir vorstellen, dass er sich möglicherweise als Nächstes auf den Weg zu deinen Eltern macht. Er sagte, er wisse, wo du wohnst.«

»Du bleibst hier in dem Buick und beobachtest die Waschanlage«, befahl Diesel. »Ich werde zum Haus deiner Eltern gehen. Wenn Delvina auftaucht, rührst du dich nicht von der Stelle. Bleib einfach sitzen und ruf mich an.«

»Nimm den Buick. Das geht schneller.«

Er stieg aus. »Ich brauche den Buick nicht.«

»Du wirst doch kein Auto stehlen, oder?«

»Schließ deine Augen und zähl bis hundert.«

Ich machte die Augen zu und zählte bis zwanzig. Als ich meine Augen wieder aufmachte, war Diesel verschwunden. Ich sah die Straße hinunter. Fehlte eines der am Straßenrand geparkten Autos?

Der Regen war wieder in ein Nieseln übergegangen. Er bildete Schlieren auf der Windschutzscheibe und ließ die Straße glänzen. Es war später Nachmittag, und der Verkehr nahm zu. Ein schwarzer Town Car bog in das Gelände der Waschanlage ein und parkte hinter dem Büro. Die hintere Seitenwand des Wagens war mit Schusslöchern übersät. Die Scheinwerfer gingen aus, und Mickey stieg aus dem Auto und betrat das Büro durch die Hintertür.

Einige Minuten später kam ein gepanzerter Laster die

Straße entlanggerollt, fuhr auf den Parkplatz und parkte neben dem Town Car. Delvina stieg aus dem Panzertruck und ging mit der Kuriertasche in der Hand auf das Gebäude zu. Er trug einen unförmigen Regenmantel, und sein Kopf war mit einer Aluminiumfolie umwickelt.

Ich tippte Diesels Nummer in mein Handy, bekam aber nur seine Mailbox zu fassen. »Delvina ist hier«, sagte ich rasch und legte auf.

Ich blieb eine Weile sitzen, doch dann verlor ich die Geduld. Ich stieg aus dem Wagen, überquerte die Straße und lief zu der Waschanlage. Vorsichtig schlich ich um das Gebäude und hoffte, in ein Fenster linsen zu können, aber ich hatte kein Glück. Ganz langsam und leise drehte ich an dem Knauf der Hintertür und schob die Tür einen winzigen Spaltbreit auf.

Das Büro bestand im Grunde genommen aus einem großen Raum mit einer Vordertür, die zum Empfang der Waschanlage führte, und einer Hintertür, durch die man auf den Parkplatz gelangte. Ich spähte durch den Spalt und sah Delvina und Mickey vor dem Safe stehen.

»Was haben Sie sich besorgt?«, fragte Mickey.

»Einen gepanzerten Wagen. Ich nehme jetzt mein Geld mit und fahre nach Kansas. Ich habe gelesen, dass man in der Landesmitte sicherer vor Außerirdischen ist.«

»Das ist doch verrückt. Und was ist mit Ihrer Frau und Ihrem neuen Haus?«

»Scheiß drauf! Ich will kein neues Haus; ich habe keine Ahnung, was mit dem alten Haus nicht stimmen soll. Wie auch immer, es ist mir ernst damit. Diesen Außerirdischen werde ich loswerden, aber es könnte noch mehr davon geben.

Sie sind sicher in Rudeln oder Herden unterwegs.« Delvina zog ein Fläschchen aus der Tasche und warf sich ein paar Pillen in den Mund.

»Sie sollten vorsichtiger mit diesen Tabletten sein«, mahnte Mickey. »Ich glaube, sie tun Ihrem Verstand nicht gut.«

»Ich brauche diese Pillen. Ich leide an Ausschlag.«

»Ich sehe keinen Ausschlag.«

»Weil ich die Pillen nehme, Dummkopf.«

»Was haben Sie da auf dem Kopf? Ist das ein Regenschutz?«

»Das trage ich, damit sie meine Gedanken nicht steuern können. Weißt du noch, wie wir Aluminiumfolie verwendet haben, um das Navigationssystem zu stören, wenn wir einen Truck geklaut haben? Bei Außerirdischen funktioniert es genauso. Wenn du Aluminiumfolie auf dem Kopf trägst, können sie nicht an deinen Gedanken herumpfuschen.«

»Das klingt einleuchtend, aber ich bin nicht davon überzeugt, dass es sich um Außerirdische handelt. Sie sehen nicht wie Aliens aus.«

»Das liegt daran, dass sie ihre Gestalt verändern können. Erinnerst du dich noch an *Raumschiff Enterprise*?«

»Ja, diese Changelings waren fiese Typen.«

»Jedenfalls tut es mir leid, dass ich dich aus dem Wagen geworfen habe, und ich wollte dich auch nicht feuern«, erklärte Delvina. »Aber du hast Unsinn gequatscht.«

»Vielleicht, aber ich verstehe nicht, warum wir uns wegen diesem Riesenkerl und dieser Plum-Frau Ärger einhandeln sollten.«

»Entweder wir oder sie«, entgegnete Delvina. »Das sieht doch jeder.«

Delvina stellte die schwarze Leinentasche neben den Safe auf den Boden und drehte an dem Schloss. Nachdem er die richtige Zahlenkombination eingegeben hatte, zog er die Tür auf und schnappte nach Luft. Keine Spur von der Reisetasche im Safe.

»Wo ist die Tasche?«, fuhr er Mickey an. »Wo ist das Geld?«

»Im Safe«, antwortete Mickey.

»Der verdammte Safe ist leer.«

»Das ist unmöglich. Nur Sie und ich kennen die Kombination. Wie kann der Safe leer sein? Vielleicht haben Sie das Geld rausgenommen und es vergessen.«

Delvinas Gesicht färbte sich rot. »Ich habe ein Gedächtnis wie ein Elefant. Ich vergesse nie etwas. Ich bin doch kein Idiot.«

»Schon, Boss, aber Sie haben in letzter Zeit viele Tabletten genommen.«

»Hör endlich auf, ständig von den Tabletten zu reden. Ich weiß, was ich tue. Du bist derjenige, der nicht weiß, was er tut.« Delvina tippte mit einem Finger gegen die Aluminiumfolie. »Du schützt dein Gehirn nicht so, wie ich es tue. Und ich bin klug genug, um zu wissen, wer das Geld genommen hat.«

»Wer?«, fragte Mickey.

»Du hast es genommen«, behauptete Delvina.

»Das glaube ich nicht. Ich kann mich nicht daran erinnern, es genommen zu haben.«

»Du hast es geklaut, weil ich dich gefeuert habe. Und hast dir eingebildet, du kämst damit davon.«

»Das ist eine Beleidigung. So etwas würde ich niemals tun.«

»Ich will mein Geld zurück!«, brüllte Delvina Mickey an. »Gib es sofort her.«

»Ich habe es nicht genommen, das schwöre ich.«

Delvina zog eine doppelläufige Flinte aus einem Gewehrständer an der Wand. »Das ist deine letzte Chance.«

Mickeys Augen quollen hervor und schienen ihm jeden Moment aus den Augenhöhlen zu fallen. »Das ist verrückt.«

Delvina hob das Gewehr, und Mickey rannte zur Hintertür. Ich sprang rasch zur Seite, und Mickey flitzte aus dem Gebäude und schlug die Tür hinter sich zu. *Bumm!* Delvina schoss ein Loch von der Größe einer Cantaloupe-Melone in die Tür. Mickey sprang in den Town Car und ließ den Motor an.

Ich schaute auf meine Füße hinunter und befahl ihnen loszulaufen, aber sie rührten sich nicht.

Delvina stieß die Tür auf und zielte auf das Auto, aber der Wagen schlitterte bereits vom Parkplatz. Ich hätte mich prima hinter der Tür verstecken können, wäre da nicht dieses riesige Loch gewesen.

»Sie!«, brüllte Delvina und richtete die Flinte auf mich.

Ich erstarrte wie ein Reh im Scheinwerferlicht. Mein Mund stand offen, und mein Herz klopfte wie wild.

»Gehen Sie in das Büro«, befahl er. »Los!«

Ich stolperte hinein und versuchte, mich zusammenzureißen. Wenn ich keine abrupten Bewegungen machte, würde er wahrscheinlich nicht auf mich schießen. Eigentlich war er hinter Diesel her. Er würde mich dazu benutzen, um an Diesel heranzukommen.

Delvina zog Handschellen aus der obersten Schreibtischschublade. Er ließ sie auf den Schreibtisch fallen und trat einen Schritt zurück, die Flinte immer noch auf mich gerichtet. »Legen Sie sie an.«

Ich legte sie so an, dass meine Hände sich vor meinem Körper befanden. Wenn man jemanden wirklich in Schach halten will, legt man ihm die Handschellen immer mit den Händen auf dem Rücken an, aber daran schien Delvina nicht zu denken.

»Okay«, stieß er hervor. »Wo ist er?«

Meine Gedanken rasten. Ich musste Delvina irgendwie in eine Position manövrieren, in der er sich im Nachteil befand. Wenn wir im Büro blieben, bestand die Gefahr, dass Diesel hereinkommen und von Delvina erschossen werden würde. Meine beste Überlebenschance sah ich darin, Delvina zu RangeMan zu bringen. Dort würde mir Rangers Mannschaft zu Hilfe kommen.

»Diesel wollte nach Snuggy und Doug schauen«, behauptete ich. »Sie haben sich in einer Parkgarage in der Innenstadt versteckt.«

»Dann fahren wir dorthin.« Delvina deutete mit dem Gewehrlauf auf die Tür. »Los.«

Ich blinzelte in den Nieselregen, als ich nach draußen trat. Diesel konnte ich nicht entdecken. Und es war auch keine Spur von Mickey zu sehen, der mit einem Wärter der psychiatrischen Abteilung von St. Francis zurückkam. Was ich sah, war ein Panzertruck.

»Steigen Sie ein«, befahl Delvina. »Sie fahren.«

»Das ist vielleicht keine gute Idee«, wandte ich ein. »Ich bin noch nie mit einem gepanzerten Lkw gefahren.«

»Er fährt sich wie jeder andere Truck auch. Er hat sogar ein Automatikgetriebe. Steigen Sie ein, sonst knalle ich Sie ab. Es regnet auf meine Aluminiumfolie. Das ist ziemlich laut auf meinem Kopf. Wie Regen auf einem Blechdach.«

Ich zog mich nach oben auf den Fahrersitz und legte meine gefesselten Hände auf das Lenkrad. »Sie werden den Motor anlassen und den Rückwärtsgang einlegen müssen«, sagte ich zu Delvina.

Ich stieß vorsichtig zurück, Delvina schaltete auf Drive, und ich fuhr langsam vom Parkplatz. Außer mithilfe der Seitenspiegel hatte ich keine Sicht nach hinten. Die Windschutzscheibe war kugelsicher. Meine Hände waren mit Handschellen gefesselt, und dieses Monstrum fuhr dahin wie ein Güterzug. Ich befürchtete, einen Dodge Neon zu überrollen, ohne es zu bemerken.

»Woher haben Sie dieses Ding?«, fragte ich Delvina.

»Ausgeliehen.«

Auweia.

Ich rollte über einige Bordsteinkanten und nahm einen Briefkasten mit, aber ich fuhr weiter.

»Meine Güte«, knurrte Delvina. »Sie sind die schlechteste Autofahrerin, die mir jemals begegnet ist.«

Offensichtlich war er noch nie bei Grandma mitgefahren. Wenn man berücksichtigte, dass ich ums Verrecken nichts sehen konnte, und dass meine Hände gefesselt waren, machte ich meinen Job recht gut, wie ich fand. Ich mähte den Schülerlotsen nicht um und blieb an den meisten Ampeln stehen.

»Wohin fahren wir?«, wollte Delvina wissen.

»Noch einen Block weiter. Es ist das schmale Haus mit der Tiefgarage.«

Ich kroch die Straße entlang und steuerte den gepanzerten Wagen auf das Sicherheitstor der Parkgarage zu.

»Und nun?«, fragte Delvina.

Nun hätte ich eigentlich meine Schlüsselkarte zücken müssen, aber sie befand sich in meiner Handtasche, und die Handtasche lag in dem Buick.

»Ich habe vergessen, dass es hier ein Sicherheitstor gibt«, erwiderte ich.

Delvina legte den Rückwärtsgang ein. »Fahren Sie ein Stück zurück.«

Ich ließ den Wagen langsam zurückrollen.

Delvina schob den Hebel wieder auf Drive. »Jetzt rammen Sie das Tor.«

»*Was?* Sind Sie verrückt geworden? Ich werde das Tor nicht rammen. Es ist schließlich nicht aus Sperrholz.«

»Verdammt, das ist ein gepanzerter Lkw. Er ist gebaut wie ein Panzer.«

Delvina beugte sich nach vorn und drückte seinen Fuß auf das Gaspedal, und der Lkw schoss in das Tor. Es krachte laut, Funken flogen, und das Tor gab nach und brach aus den Scharnieren.

Außer den privaten Räumen wird jeder Zentimeter des Geländes von RangeMan überwacht, einschließlich des Gehsteigs vor dem Tor. Als ich beschlossen hatte, Delvina zu RangeMan zu bringen, hatte ich nicht damit gerechnet, das Tor rammen zu müssen. Jetzt hatte ich nicht nur Angst davor, dass Delvina mich erschießen würde, sondern auch davor, dass Rangers flotte Truppe das tun könnte.

Snuggy und Doug hatten sich in eine Ecke zurückgezogen. Snuggy hatte die Augen weit aufgerissen, und Doug kniff seine zusammen. Delvina wälzte sich aus dem Truck. Er hielt die Flinte immer noch auf mich gerichtet und befahl mir auszusteigen. Während ich herauskletterte, kamen Tank und Hal aus dem Treppenhaus gestürmt. Sie sahen, dass ich gefesselt war, und dass Delvina eine Schrotflinte in der Hand hielt, und an dem Ausdruck in ihren Augen sah man, was sie dachten: *Oh, Scheiße!* Die Aufzugtüren gingen auf, und zwei weitere RangeMan-Männer kamen mit gezogenen Waffen heraus.

Delvina öffnete seinen Regenmantel. »Seht ihr das?«, rief er. »Ich bin verdrahtet und kann jederzeit in die Luft fliegen. Ich trage überall Plastiksprengstoff an mir. Wenn ihr auf mich schießt, wird das ganze Gebäude hochgehen. Also lasst die Waffen fallen.«

Alle warfen ihre Waffen auf den Boden, und Delvina sah sich um. »Wo ist er?«

»Wer?«, fragte ich.

»Sie wissen, wen ich meine. Diesel.«

»Er ist nicht hier«, sagte Snuggy. »Warum haben Sie Aluminiumfolie auf dem Kopf?«

»Damit das Pferd nicht mit mir sprechen kann.«

Snuggy schaute zu Doug hoch. »Sprichst du mit ihm?«

Doug schien die Schultern zu zucken. Vielleicht war es aber auch nur ein unwillkürliches Muskelzucken.

»So funktioniert das nicht«, sagte Delvina zu mir. »Und ich werde allmählich richtig sauer. Jedes Mal, wenn Sie sich in meine Angelegenheiten mischen, endet es in einem Riesendurcheinander. Ich sage Ihnen, was ich tun werde. Ich werde Sie abknallen. Und dann erschieße ich das Pferd. Und danach alle diese Kerle in Schwarz. Und dann verschwinde ich aus dieser verdammten Stadt.« Er kratzte sich am Arm und am Hals. »Schauen Sie mich an. Es juckt wieder. Das ist dieser verdammte Ausschlag. Ich brauche mehr Medizin.«

»Sie können uns nicht alle mit dieser Schrotflinte erschießen«, meinte ich. »Sie können nur einen von uns damit erledigen.«

»Stimmt. Ich werde Sie mit der Flinte abknallen. Und alle anderen erschieße ich mit der Glock, die ich in meine Hose gesteckt habe.«

»Ranger wird das nicht gefallen«, bemerkte Tank. »Lieber will ich erschossen werden, als ihm die Sache mit dem Tor erklären müssen. Es ist schon schlimm genug, dass ich ein Pferd hier stehen habe, das nach seinem Duschgel riecht.«

Ich sah an Delvina vorbei und entdeckte Diesel am Eingang der Parkgarage.

»Hey, Delvina!«, rief Diesel. »Suchen Sie nach mir?«

Delvina drehte sich zu Diesel um, und Doug machte einen Satz nach vorn und stieß Delvina zu Boden. Tank und Hal stürzten sich auf ihn und entrissen ihm die Waffen.

»Das ist kein Plastiksprengstoff an seinem Körper«, stellte Tank fest. »Das ist Knetgummi.«

»Das war alles zu kurzfristig«, verteidigte sich Delvina. »So schnell konnte ich keinen Plastiksprengstoff auftreiben.«

Hal betrachtete den gepanzerten Lkw. »Wo kommt das Fahrzeug her?«

»Er hat es sich geliehen«, antwortete ich.

Zwei Streifenwagen stellten sich quer vor die Parkgarage.

Diesel schlenderte zu mir herüber und nahm mir die Handschellen ab. »Alles in Ordnung?«

»Ja.«

»Gut, dass ich hier war, um dich zu retten.«

Doug trat Diesel gegen sein Bein, und Diesel ging in die Knie.

»Das Pferd sagt, du bist ein Haufen Pferdemist«, erklärte Delvina Diesel.

12

Lula schob sich an den Polizeibeamten vorbei. »Connie und ich haben über Funk von dieser Geschichte gehört und dachten uns sofort, dass es um dich ging«, sagte sie zu mir. »Wo ist Ranger? Ist er immer noch verreist?«

»Ja.«

»Ich schätze, du kannst es kaum erwarten, ihm zu erzählen, wie du mit einem gepanzerten Lkw sein ach so tolles Sicherheitstor demoliert hast.«

Der bloße Gedanke daran jagte mir einen Schauder über den Rücken.

Delvina in seinen Handschellen rastete total aus. »Es juckt überall«, jammerte er. »Jemand muss mich kratzen. Kratzt meine Nase. Bekomme ich wieder einen Ausschlag? Ich brauche meine Medizin. Meine Tabletten sind in meiner Tasche. Jemand muss mir eine Pille in den Mund stecken.«

»Ich habe großartige Neuigkeiten«, verkündete Lula. »Ihr ratet nie, was ich gerade in meiner Post gefunden habe. Erinnert ihr euch an den Fotografen in Atlantic City? Er hat mir einen Brief geschickt. Er entschuldigte sich dafür, dass das Fotoshooting verschoben werden musste. Er schrieb, dass er meine Fotos heiß finde und eines davon an das Fremdenverkehrsamt verkauft habe. Sie hätten es für eine Werbetafel verwendet. Und er schickte mir diesen Scheck über fünftausend Dollar und ein Bild von der Reklametafel.«

Ich sah mir das Foto an. Es zeigte Lula in einem roten Spitzentanga. Quer über ihre Brüste stand geschrieben: WIR IN ATLANTIC CITY KÖNNEN EIN GEHEIMNIS BEWAHREN – GANZ GLEICH WIE GROSS ES IST! Lulas linker Busen musste auf der Werbetafel ungefähr einen Meter fünfzig breit sein. Die Größe ihres Hinterns konnte ich nicht einmal schätzen.

»Ich muss nach Atlantic City und mir die Reklametafel anschauen«, verkündete Lula. »Das ist so aufregend. Ich weiß, dass uns Supermodels eine solche Kleinigkeit kaltlassen sollte, aber ich kann nicht anders.«

»Doug sagt, er würde dein Werbeplakat gern sehen, aber wir haben keinen Pferdeanhänger mehr«, meinte Snuggy.

»Ich habe darüber mit Stephanies Großmutter gesprochen, und wir waren uns einig, dass Delvinas Geld für Dougs Operation verwendet werden soll«, sagte Diesel. »Das Geld dürfte mehr als ausreichen, um die Tierarztkosten zu decken und einen Pferdeanhänger zu kaufen.«

Snuggys Augen röteten sich, und er wischte sich die Nase ab. »Das ist wirklich nett von euch. Doug sagt, es tue ihm leid, dass er Sie getreten hat. Und er hatte gerade eine gute Idee. Vielleicht könnten wir Grandma das Wohnmobil abkaufen, anstatt uns einen Pferdeanhänger zuzulegen. Dann könnten Doug und ich gemeinsam auf Reisen gehen.«

»Ich bin sicher, Grandma wird euch das Wohnmobil liebend gern verkaufen«, meinte ich.

»Und ich habe noch weitere gute Neuigkeiten«, verkündete Diesel. »Das Problem mit Dougs früherem Besitzer ist geklärt, und Doug befindet sich somit offiziell in Ihrer Obhut. Ich erkläre euch hiermit zu Kobold und Pferd.«

Ich ging mit Diesel hinaus. »Woher wusstest du, dass ich bei RangeMan bin?«

»Zufallstreffer.«

»Ich nehme an, das bedeutet, dass du jetzt weiterziehst.«

»Ja, aber ich werde zurückkommen, Schätzchen. Schließ deine Augen und zähl bis hundert.«

Ich zählte bis zwanzig und öffnete meine Augen. Diesel war verschwunden … und mein BH ebenfalls.

Janet Evanovich

ist die unangefochtene Meisterin turbulenter Komödien und Erfinderin der höchst erfolgreichen Stephanie-Plum-Reihe. Die Autorin wurde von der Crime Writers Association mit dem »Last Laugh Award« und dem »Silver Dagger« ausgezeichnet und erhielt bereits zweimal den Krimipreis des Verbands der unabhängigen Buchhändler in den USA. Weitere Informationen zur Autorin und Ihren Werken unter: www.janetevanovich.de und www.evanovich.com

Janet Evanovich; Lee Goldberg
Mit High Heels und Handschellen

350 Seiten
ISBN 978-3-442-48064-7
auch als E-Book erhältlich

FBI Special Agent Kate O'Hare ist bekannt für ihren Verstand und – solange es nicht um Schokolade geht – ihre eiserne Disziplin. In den vergangenen Jahren hat die hübsche Dreiunddreißigjährige etliche Kriminelle hinter Gitter gebracht. Doch obwohl Kate sich längst einen Namen als Agentin gemacht hat, ist der einzige Name, der sie selbst interessiert: Nicolas Fox. International operierender Trickbetrüger und nicht nur kriminell, sondern vor allem kriminell attraktiv und gefährlich charmant. Und so fliegen, wenn O'Hare und Fox aufeinandertreffen, nicht nur die Fetzen, sondern auch die Funken...